MONA KASTEN

Trust Again

mona kasten

trust again

roman

LYX

LYX in der Bastei Lübbe AG
Dieser Titel ist auch als E-Book erschienen.

MIX
Papier aus verantwortungsvollen Quellen
FSC® C083411
FSC www.fsc.org

Originalausgabe

Textredaktion: Kathleen Weise
Covergestaltung: ZERO Werbeagentur GmbH
Coverabbildung: FinePic®, München
Satz: Greiner & Reichel, Köln
Gesetzt aus der Adobe Caslon
Druck und Einband: CPI books GmbH, Leck – Germany

Printed in Germany
ISBN 978-3-7363-0249-5

3 5 7 6 4

Sie finden uns im Internet unter: www.lyx-verlag.de
Bitte beachten Sie auch: www.luebbe.de und www.lesejury.de

Für meine Eskalationsmädels:
Bianca, Caro, Kim, Laura, Nadine,
Rebecca und Yvo

trust again playlist

Weaker Girl – Banks
War Of Hearts – Ruelle
Lay It All On Me – Rudimental (feat. Ed Sheeran)
Into You – Ariana Grande
Let Me Love You – Ariana Grande (feat. Lil Wayne)
What A Feeling – One Direction
Never Enough – One Direction
Bloodsport – Raleigh Ritchie
No Pressure – Justin Bieber (feat. Big Sean)
Only Love – Ben Howard
Rivers In Your Mouth – Ben Howard
Remnants – Jack Garratt
In The Shadow Of A Dream – James Morrison
To The Wonder – Aqualung (feat. Kina Grannis)
Everything Is Lost – Maggie Eckford
dRuNk – ZAYN
Show Me Love – Robin Schulz & J.U.D.G.E.
Close – Nick Jonas (feat. Tove Lo)
We Don't Talk Anymore – Charlie Puth (feat. Selena Gomez)
Where's My Love – SYML

kapitel 1

Es war eine Schnapsidee gewesen, im Coffeeshop schreiben zu wollen.

Der absolute Reinfall.

Ich starrte den Typen an, der vor mir stand und mich ansah, als würde er auf eine Antwort auf das warten, was er gerade zu mir gesagt hatte. Keine Ahnung, weshalb er davon ausging, dass ich ihn verstanden hatte. Vielleicht glaubte er, ich besäße die wundersame Begabung, Lippen zu lesen? Meine Kopfhörer hatten den ungefähren Durchmesser einer Pizza und wogen in etwa zehn Pfund. Ich hatte extra ein bisschen mehr Geld investiert, damit auch wirklich kein Geräusch zu mir durchdrang, wenn ich mich beim Arbeiten konzentrieren musste.

Genau deswegen hasste ich es eigentlich, an öffentlichen Orten zu schreiben. Zum einen, weil der Lautstärkepegel nur mit schalldichten Kopfhörern zu ertragen war, und zum anderen, weil man ständig von irgendwelchen Leuten angesprochen oder angerempelt wurde. Ersteres war jetzt gerade der Fall gewesen.

Der Typ war hübsch, keine Frage. Er hatte rotbraunes Haar und schöne braune Augen. Mit seiner Jeans, dem eng anliegenden Shirt, das seine Schultern umspannte, war er wirklich nett anzusehen. Trotzdem breitete sich ein ziemlich unangenehmes Gefühl in mir aus.

Langsam hob ich die rechte Muschel meiner übergroßen Kopfhörer vom Ohr.

»Wie bitte?«, fragte ich und neigte den Kopf zur Seite, um den Typen besser verstehen zu können. In meinem linken Ohr tönte noch immer *Halsey* in voller Lautstärke.

Der Typ sah durch halb gesenkte Lider auf mich herab. »Du bist oft freitags hier«, sagte er und deutete mit dem Kinn auf mich. »Bist mir schon ein paar Mal aufgefallen.«

Das stimmte, auch wenn es keineswegs eine freiwillige Entscheidung war. Wäre es mir überlassen gewesen, hätte ich den Freitagnachmittag in meinem Zimmer im Wohnheim der Woodshill University verbracht. Aber leider teilte ich mir das Zimmer mit einer Nymphomanin.

»Ja. Hier gibt es guten Kaffee«, murmelte ich. Die Art und Weise, wie der Kerl mich ansah, war mir unangenehm. Als würde er sich etwas von mir erhoffen und die Möglichkeit, dass er es nicht bekommen könnte, gar nicht erst in Betracht ziehen.

Jetzt neigte auch er den Kopf zur Seite. Das Lächeln wurde breiter. »Du trinkst keinen Kaffee. Meistens bestellst du dir eine heiße Schokolade. Aber bald wird es wieder wärmer. Ich bin gespannt, worauf deine Wahl dann fällt.«

Meine Hände wurden feucht, und ich schluckte schwer. Allmählich wurde er mir unheimlich. Immerhin war ich niemand, der sich um einen Platz an der riesigen Fensterfront prügelte, sondern saß meistens in der oberen Etage des Cafés *Patriot*, ganz weit hinten in einer Ecke mit dem Rücken zum Innenraum. Dieser Platz mit dem kleinen runden Tisch und den abgenutzten Stühlen war wie ein kleines Versteck für mich. Ich hätte nie gedacht, jemand könnte mich dort beobachten.

Es war gruselig.

Beobachtete er mich schon länger? Oh Gott, hatte er womöglich gesehen, woran ich arbeitete?

»Ich würde es gerne herausfinden«, fuhr der Typ fort, seine Stimme eine Oktave tiefer.

Im Ernst. Er versuchte, die Nummer mit der tiefen Stimme und dem Schlafzimmerblick bei mir abzuziehen. Wäre ich ein anderes Mädchen gewesen, hätte es vielleicht funktioniert. Aber ich mied die Gesellschaft des männlichen Geschlechts seit mehr als einem Jahr wie die Pest.

»Ich weiß das Angebot zu schätzen«, fing ich an und strich meinen Pony zur Seite. Er befand sich gerade in dieser nervigen Zwischenphase, während der mir die roten Strähnen wie kleine spitze Geschütze in die Augen piekten. »Aber ich glaube nicht, dass das eine gute Idee ist.«

»Ach, komm«, erwiderte er sofort und zog sich den freien Stuhl vom Nachbartisch in meine Ecke. Er setzte sich verkehrt herum darauf und stützte die Arme auf die Lehne. »Ich bin ein guter Zuhörer.«

Wie kam er denn darauf, dass ich mit ihm reden wollte? Mein Blick huschte für einen kurzen Moment zu meinem Laptop. Ich hatte extra darauf geachtet, die Schriftgröße kleiner einzustellen, und auch das Display war auf eine niedrige Helligkeit eingestellt. Trotzdem juckte es mich in den Fingern, ihn einfach zuzuklappen. Das, was dort stand, war nicht für fremde Augen bestimmt – zumindest jetzt noch nicht.

Mit einer ruckartigen Bewegung drang Grover in mich ein, und ich stöhnte laut. Der animalische Laut, den er dabei ausstieß, ließ mich jetzt schon beinahe kommen.

Nein, am allerwenigsten war das für die Augen dieses gruseligen Fremden bestimmt.

»Welches Fach?«, fragte der Typ und deutete auf meinen Laptop.

Mit einer scheinbar beiläufigen Bewegung klappte ich den Bildschirm zu, gleich danach schob ich die kabellosen Kopfhörer in den Nacken und nahm beide Hände, um meine Haare vorsichtig unter ihnen hervorzuziehen. Dann griff ich meine Tasche vom Boden, um Watson – so hatte ich den gigantischen Laptop getauft, als ich ihn vor knapp drei Jahren gekauft hatte – wieder zu verstauen. Er war riesig mit seinen schätzungsweise einhundert Zoll und wog dementsprechend viel.

Der Typ fasste mich sanft am Arm. »Hey, alles klar. Ich wollte dich nicht verscheuchen, bin schon weg«, sagte er nun in einem beinahe schüchternen Tonfall. »Du sahst nur so ausgeschlossen aus, und da dachte ich …« Unbeholfen zuckte er mit den Schultern.

Okay, jetzt war er nicht mehr ganz so unheimlich.

»Ich finde dich echt nett …« Ich überlegte fieberhaft, ob er mir seinen Namen bereits verraten hatte.

»Cooper«, half er mir aus.

»Cooper«, wiederholte ich mit einem Lächeln. »Wirklich, du wirkst wie ein netter Kerl, aber ich muss jetzt los. Ich habe noch einiges zu tun und kann mich hier irgendwie nicht konzentrieren.« Ich befreite meinen Arm aus seinem Griff und verstaute das Akkukabel im vorderen Fach meiner Laptoptasche.

»Wir könnten es irgendwann wiederholen. Wenn du nicht mehr so viel zu tun hast«, schlug Cooper vor.

Ich unterdrückte ein Seufzen und erhob mich. »Ich bin nicht … interessiert. Tut mir leid.«

Cooper war ebenfalls aufgestanden. Er ließ seine Augen langsam an meinem Körper rauf- und runterwandern. »So hätte ich dich gar nicht eingeschätzt.«

Ich blinzelte perplex. »Wie bitte?«

»Ich meine nur, du siehst aus wie jemand, der gegen ein bisschen Spaß nichts einzuwenden hat.« Sein Blick war plötzlich nicht mehr freundlich, sondern ziemlich abschätzig. »Aber du bist anscheinend total prüde. Schade.«

Innerhalb weniger Sekunden rutschten Coopers zuvor gesammelten Pluspunkte in ein gewaltiges Minus.

»Ich nehme alles zurück, Cooper. Du bist überhaupt kein netter Kerl«, stieß ich hervor und sammelte kopfschüttelnd meine restlichen Habseligkeiten ein. Zum Schluss schulterte ich die schwere Tasche.

»Oder bist du vielleicht lesbisch? Dann hättest du das ja auch gleich sagen können!«

Dieser Typ war unfassbar. »Nicht, dass meine sexuelle Orientierung hierbei irgendeine Rolle spielt, aber nur weil ich nicht mit dir ausgehen will, heißt das noch lange nicht, dass ich nicht auf Männer stehe«, zischte ich und drängte mich an ihm vorbei. »Oder dass ich prüde bin, nur weil ich nicht auf deine Masche mit der tiefen Stimme und dem Ich-beobachte-dich-schon-eine-Weile reinfalle.«

Schneller, als es mit der Tasche hätte möglich sein sollen, hastete ich die Treppe hinunter und stürmte nach draußen.

Tief sog ich die frische Februarluft ein. Es war noch immer ziemlich kalt, und beim Ausatmen traten kleine Wölkchen aus meinem Mund. Ich kramte die gestrickte, khakifarbene Wollmütze aus der Jackentasche und schob sie über den Kopf, bis sie meine Ohren vor dem schneidenden Wind in Woodshill schützte. Nachdem ich auch den Schal über das halbe Gesicht gezogen hatte, ging ich im Kopf meine Möglichkeiten durch.

Ins Wohnheim konnte ich wohl noch nicht zurückkehren. Meine Mitbewohnerin Sawyer hatte wieder einmal Männerbesuch, und ich war schon viel zu oft Zeugin ihrer sexuellen Aktivitäten geworden. Sie war einer der Gründe dafür gewesen, dass ich in teure Kopfhörer investiert hatte. Da mir das Risiko zu groß war, wieder auf einen halbnackten Kerl zu treffen, der gerade den Kopf zwischen ihren Beinen vergraben hatte, traute ich mich nicht nach Hause.

Das *Patriot* fiel ab sofort als Schreiblocation flach. Solange dieser Widerling noch da war, brachten mich keine zehn Lamas dorthin zurück.

Eine Möglichkeit wäre die Unibibliothek. Heute würde sie erst um zehn schließen, aber für das, woran ich gerade arbeitete, war sie nicht besonders gut geeignet. Zu viele Menschen, die einem im Vorbeigehen auf den Bildschirm schauten.

Ich vergrub die Hände in den Taschen und traf mit den Fingern auf kühles Metall. Meine düsteren Gedanken lichteten sich augenblicklich. Natürlich!

Vor knapp zwei Monaten war meine beste Freundin Allie in ihre neue Wohnung gezogen, die eine knappe Viertelstunde vom Campus entfernt lag. Gleich bei ihrem Einzug hatte sie mir ihren Zweitschlüssel gegeben. Zum einen, weil ich offizielle Tante ihres Katers Spidey war und ihn während ihrer Abwesenheit manchmal füttern musste, und zum anderen, weil Allie über Sawyers rege Aktivitäten im Bilde war. Sie hatte mir angeboten, zu ihr zu kommen, sollte ich mal wieder ausgesperrt werden. Ich hatte mich noch nicht oft getraut, auf dieses Angebot zurückzukommen, aber heute blieb mir keine andere Wahl.

Sofort holte ich mein Handy aus der Tasche und klingelte bei ihr durch. Nachdem ich sie nicht erreichte, schrieb ich ihr eine kurze Nachricht, in der ich meinen Besuch ankündigte.

Bei jedem anderen Menschen wäre es mir unangenehm gewesen, auf Hilfe angewiesen zu sein, aber bei Allie sah das anders aus. Ich hatte sie im vorigen Semester kennengelernt, am allerersten Tag der Einführungsveranstaltungen. Ich war nur auf sie aufmerksam geworden, weil sie genauso ausgesehen hatte, wie ich mich gefühlt hatte – schlichtweg verzweifelt. Kurzerhand hatte ich sie zu mir in die Reihe gewinkt, und von da an waren wir unzertrennlich.

Allie wohnte mit ihrem Freund Kaden in einer sehr schönen Gegend. Die Grünanlagen waren an diesem Tag noch von Frost bedeckt, aber ich war mir sicher, dass sie in den kommenden Monaten vor Farbe geradezu strahlen würden. Das Wohnhaus lag in der Nähe eines kleinen Parks, und schon von hier aus hatte man gute Sicht auf den Mount Wilson und die umliegenden Täler.

Noch vor einem Jahr hätte ich meinen Laptop darauf verwettet, dass ich niemals einen schöneren Ort als Portland finden würde. Doch jetzt war dort alles mit Erinnerungen verbunden, die ich für immer aus meinem Gedächtnis verbannen wollte, während mir das Verdrängen hier hingegen bisher ganz gut gelungen war – und nicht nur das. Ich hatte außerdem schon jetzt ganz viele neue Erinnerungen sammeln können.

Ich schloss die Haustür zu Allies Wohnhaus auf und stieg die Stufen bis in den zweiten Stock hinauf. Inzwischen hatte ich so viel Zeit bei Allie verbracht, dass ich den Weg beinahe besser kannte als den zu meinem Wohnheimzimmer. Man musste die Wohnungstür immer ein bisschen anziehen und sich dann schwer dagegenstemmen, damit sie sich öffnen ließ. Gleich als ich in den Flur trat, hörte ich Spideys vertrautes Miauen.

»Hallo?«, rief ich vom Flur aus. Ich stellte die Tasche ab und öffnete die Jacke. Noch immer unschlüssig, ob überhaupt jemand da war, trat ich vorsichtigen Schrittes in Richtung Wohnzimmer.

Stille.

Einzig Spideys leises Brummen war zu hören, als er sich an meinen Beinen rieb. Vorsichtig ließ ich die Hand über seinen rot getigerten Rücken gleiten. Augenblicklich breitete sich ein seliges Lächeln auf meinen Lippen aus, und ich schulterte Watson wieder, um es mir auf dem Sofa im Wohnzimmer gemütlich zu machen.

Doch was dann geschah, war schlimmer als jedes Worst-Case-Szenario, das ich mir für diesen Tag noch hätte ausdenken können.

Penis.

Das war das, was mir als Erstes ins Auge sprang.

Ein ziemlich großer, und nebenbei bemerkt auch eindeutig einsatzbereiter Penis befand sich in meinem Blickfeld. Ich riss die Augen auf und starrte an Kaden hoch, der meinen Blick mit offenem Mund erwiderte. Die Sekunden verstrichen, und ich wollte wirklich nicht hingucken –, aber er war nun mal nackt. Und meine Augen taten irgendwie, was sie wollten. Sofort kniff ich sie fest zusammen.

Gott, ich wünschte, ich könnte mich spontan in Luft auflösen.

»Kaden?«, erklang die Stimme meiner besten Freundin aus dem Schlafzimmer.

Das war dann wohl mein Stichwort.

Ich machte auf dem Absatz kehrt, wobei ich natürlich über Spidey stolperte, weil meine Augen immer noch zusammengekniffen waren, und rannte so schnell aus der Wohnung, wie ich nur konnte. Kaden rief mir noch etwas hinterher, aber ich sah zu, dass ich Land gewann. Meine Schritte hallten im Treppenhaus wider, die Absätze meiner Ankleboots knallten auf den Granit, und plötzlich rannte ich mit voller Wucht in jemanden hinein.

Der Stoß haute mich um, und ein heftiger Schmerz durchlief mein Gesicht. Ich taumelte rückwärts und griff ziellos in der Luft umher, um Halt zu finden. Da! Ich bekam den Typen zu fassen. Doch statt mir Halt zu geben, stieß dieser ein Ächzen aus und taumelte genauso heftig. Er entschied sich dafür, mich niederzureißen, statt auf mich zu fallen. Sehr nett, wie ich fand.

Während ich versuchte, mich aufzurichten, verpasste ich diesem Tag in meinem imaginären Kalender ein dickes, rotes Kreuz.

Autsch. Vermutlich war meine Nase gebrochen. Meine Nase, meine Knie und vielleicht auch ein paar Rippen.

»Ich wünsche mir zwar schon ziemlich lange, dass du dich auf mich stürzt, aber so wörtlich habe ich das eigentlich nie gemeint«, erklang es unter mir, und ich hielt die Luft an.

Der Tag bekam gleich zwei rote Kreuze. Dazu einen fetten schwarzen Kreis und ein Emoji. Am besten das kleine Äffchen, das sich die Augen zuhält.

Mit einem Arm strich ich mir die roten, wirren Strähnen aus der Stirn, um wieder sehen zu können.

Strahlende, dunkelblaue Augen erwiderten meinen Blick.

Dieses amüsierte Funkeln war mir mehr als vertraut. Ebenso die samtige Stimme, die zuckenden Mundwinkel und auch die schwarzen Haare, die meistens taten, was sie wollten.

Spencer.

Ich war mitten in meinen besten-schlimmsten Albtraum hineingerannt. Der einzige Kerl, der es seit meiner Trennung geschafft hatte, mein eigens auferlegtes Zölibat manchmal infrage zu stellen.

»Ich glaube, meine Nase ist gebrochen«, stöhnte ich und blies mir eine Ponyfranse aus dem Auge. Selbst dieser kleine Lufthauch lies meinen Nasenrücken pochen.

Eine Hand hob sich von meiner Hüfte hoch zu meinem Gesicht und betastete vorsichtig besagtes Körperteil. Meine Haut fing an zu kribbeln, selbst durch das schmerzende Pochen hindurch.

»Nichts gebrochen.«

Die Gewissheit seiner Worte machte mich stutzig. »Woher weißt du das?«, fragte ich interessiert.

Seine zweite Hand legte sich wieder auf meine Hüfte, als gehörte sie genau dort hin. Vertraut. Selbstsicher. Und ich schaffte es einfach nicht, wieder aufzustehen.

»Ich habe mir die Nase schon mal gebrochen«, erklärte Spencer und drehte den Kopf zur Seite, sodass ich sein Gesicht im Profil sehen konnte. »Siehst du?«

Tatsächlich. Ein ganz, ganz leichter Hubbel war auf dem oberen Nasenrücken zu erkennen. Mein Blick machte sich wieder selbstständig und fuhr die starke Linie seines Kinns entlang, bis zu seinem Mund und wieder zurück nach oben. In meinem Brustkorb regte sich etwas, und endlich erwachte ich aus meiner Starre.

Vorsichtig stieß ich mich vom Boden ab und erhob mich. »Sorry. Ich wollte dich nicht umrennen.«

Auch er stand auf, noch immer dieses Beinahelächeln in den Mundwinkeln. Als er endlich hochgekommen war, hielt er den Unterarm vor den Bauch und verneigte sich leicht vor mir.

»Es war mir eine Ehre, Dawn.« Er richtete sich wieder auf und sah von oben auf mich herab.

Spencer war groß – viel größer als ich, was mit meinen mickrigen eins achtundfünfzig kein großes Kunststück war.

»Wenn du jemals wieder jemanden als persönliche Wand gebrauchen kannst, melde dich bei mir. Meine Nummer hast du.« Jetzt grinste er und zeigte eine Reihe gerader, ebenmäßiger Zähne.

Wieder regte sich etwas in meinem Oberkörper, diesmal ein verräterisches Flattern im Bauch.

Verflucht sei Spencer Cosgrove.

Als ich ihn zum ersten Mal gesehen hatte, war mir ein Wort durch den Kopf gejagt: Scheiße.

Da ich ihn für Kaden gehalten hatte, der Allie damals nicht besonders freundlich behandelte, hatte ich ihm einen ordentlichen Einlauf verpasst. Ein schiefes Grinsen hatte sich auf seinem Gesicht ausgebreitet, und dann waren es plötzlich zwei Worte gewesen, die mir durch den Kopf geschossen waren: verfluchte Superscheiße.

Allie hatte das Missverständnis hastig aufgeklärt. Dabei wäre ich gern noch etwas länger wütend auf ihn gewesen. Es hätte mir einen wunderbaren Vorwand geliefert, das Offensichtliche zu ignorieren. Nämlich dass Spencer heiß war.

Er war heißer, als es gesund für sein Umfeld war. Ich *wollte* ihn nicht scharf finden, aber es war eine Tatsache, die ich nicht abstreiten konnte. So sehr ich mich auch darum bemühte.

»Dawn?«, hakte Spencer nach und runzelte leicht die Stirn. »Alles in Ordnung? Du hast dir den Kopf doch nicht allzu schlimm an meiner stählernen Brust angeschlagen, oder?«

Es war klar, dass er Witze machte, so wie über alles, was ihm in die Quere kam. Spencer war nicht besonders breit gebaut. Das tat seiner Attraktivität allerdings keinen Abbruch – eher im Gegenteil. Er besaß den schlanken, sehnigen Körper eines Läufers und war perfekt gebaut. Nicht zu breit, nicht zu schlank. Genau dazwischen. Einfach … argh.

»Ich bin froh, dass es dein starker Körper gewesen ist, in den ich gerannt bin, und nicht die Wand«, antwortete ich ein bisschen zu atemlos und sah mich nach Watson um. Er musste bei unserem Sturz hart aufgekommen sein. Hoffentlich war durch die Polsterung der Tasche das Schlimmste verhindert worden. Ich besaß nicht genügend Geld für einen neuen Laptop.

»Warst du gerade bei Allie?«, fragte Spencer weiter, und sein Arm schob sich in mein Blickfeld. Er hatte Watson aufgehoben und strich mit der anderen Hand ein paar Schmutzflecken von der schwarzen Laptoptasche.

Seine Frage rüttelte eine Erinnerung in meinem Kopf wach. Ich starrte ihn mit aufgerissenen Augen an.

»Du kannst da nicht hoch!« Ich schüttelte heftig den Kopf. Meine Haare wirbelten umher, eine Strähne blieb zwischen meinen Lippen kleben. Ich pustete sie wieder aus.

Spencer runzelte erneut die Stirn. »Kaden und ich waren für ein Projekt verabredet.«

Ich wollte ihm sagen, dass die beiden beschäftigt waren, oder es anders irgendwie nett umschreiben, aber stattdessen platzte nur ein einziges Wort aus mir heraus. »Penis.«

Er blinzelte perplex. »Was?«

Und als wäre ich eine gesprungene CD, brachte ich wieder nur dasselbe Wort hervor, diesmal sogar etwas lauter. »Penis!«

Die Situation erinnerte mich an das Penis-Spiel, bei dem derjenige gewann, der das Wort in der Öffentlichkeit am lautesten ausrief.

»Ich kann dir Cosgrove Junior gerne zeigen, aber da wäre ein privater Rahmen irgendwie angebrachter, findest du nicht?« Er erwiderte meinen Blick und zuckte dann gleichgültig mit den Schultern. »Aber gut, wenn du willst, dann eben hier. Früher oder später wäre es ohnehin dazu gekommen.« Spencer griff nach unten und nestelte an seinem Gürtel herum.

Sofort packte ich seine Hände und zerrte sie fort. »Nicht dein Penis, du Idiot«, zischte ich. »Kaden war nackt, als ich in die Wohnung geplatzt bin. Ich glaube … die beiden haben gerade keine Zeit für uns.«

Spencer presste die Lippen fest aufeinander. Seine Schultern begannen zu beben.

»Lach ruhig«, sagte ich verbissen und ließ seine Hände abrupt los.

Er warf den Kopf in den Nacken und lachte laut. Es klang heiser und volltönend. Sein Lachen erfüllte das ganze Treppenhaus und trieb mir einen angenehmen Schauer über den Rücken.

Ich hasste ihn ein bisschen dafür.

Frustriert seufzte ich und stellte den schweren Laptop auf dem Boden ab. »Heute ist nicht mein Tag.«

»Was musst du denn machen?«, fragte Spencer, nachdem sein Lachen zu einem schiefen Grinsen abgeflaut war.

»Ich muss noch ein bisschen arbeiten und habe keine Ahnung, wo ich jetzt hin soll«, antwortete ich.

»Wieso gehst du nicht zurück ins Wohnheim?«, fragte er und spielte mit dem Reißverschluss seiner schwarzen Jacke. Er drehte ihn in der Hand, zog ihn ein Stück auf und wieder zu.

So war es immer mit Spencer. Er konnte nicht stillstehen, vermutlich nicht einmal, wenn es um Leben oder Tod gehen würde. Dafür hatte er zu viel angestaute Energie in sich. Mit allem, was er in die Finger bekam, spielte er herum. Immer wenn ich mich mit Allie zum Lernen verabredete, und er gerade bei Kaden war, trieb er uns in den Wahnsinn, weil er unaufhörlich mit Stiften auf Bücher trommelte oder die Finger nicht vom Druckknopf seines Kugelschreibers lassen konnte.

Am Anfang hatte ich das noch merkwürdig gefunden. Einerseits hatte mich irritiert, wie wahnsinnig attraktiv ich ihn fand, andererseits hatte es mich stets nervös gemacht, dass er ständig in Bewegung war. Doch je mehr Zeit wir miteinander verbrachten, desto mehr gewöhnte ich mich an seine Ticks. Mittlerweile war Spencer einer meiner besten Freunde.

Nur ein Freund. Nicht mehr.

»Sawyer ist … beschäftigt. Also bin ich in einen Coffeeshop, aber da konnte ich mich irgendwie nicht konzentrieren, vor allem weil da so ein komischer Typ war, der mich zu einem Kaffee einladen wollte, und dann bin ich hergekommen, weil ich dachte, dass Allie und Kaden nicht da wären«, wich ich aus.

Spencer gluckste. »Sag nicht, du hast Sawyer auch beim …«

Ruckartig hob ich den Kopf. »Nein, habe ich nicht.«

Seine Augen blitzten auf, und ich sah ihm deutlich an, dass er mir kein Wort glaubte. »Du kannst mit zu mir kommen.«

Ich wollte protestieren, aber dann fiel mir ein, dass ich noch nie bei Spencer gewesen war. Wir bewegten uns im selben Freundeskreis und verbrachten viel Zeit miteinander, aber unsere Treffen fanden nie bei ihm statt. Wenn ich ehrlich war, war ich ein bisschen neugierig, weshalb er uns nie zu sich nach Hause einlud.

Trotzdem konnte ich nicht mit ihm gehen. Tief in mir sträubte sich etwas dagegen, Zeit mit ihm alleine zu verbringen. Das taten wir nicht häufig, aber wenn es doch mal dazu kam, musste ich mich zusammenreißen, um ihn nicht zu lange anzustarren. In Gegenwart unserer Freunde fiel mir das leichter.

»Ich weiß nicht.«

Er beugte sich dicht zu mir. »Warum nicht?«, fragte er, und sein Blick fuhr nachdenklich über mein Gesicht. Er war nah, viel zu nah.

Mein Herz machte einen Sprung, obwohl es das nicht tun sollte. Bei niemandem. Ich hatte es ihm inständig verboten. Scheiß Verräterherz. Da hegte und pflegte ich es gesund, und dann tat es so etwas.

»Weil …« Ich musste mich räuspern, wenn er mir so nahe kam. Natürlich sprang mein Instinkt auf seinen herben Geruch und diese charismatische Ausstrahlung an. Das hatte aber rein gar nichts mit *mir* und meinen Wünschen zu tun. Ich brauchte Abstand, wenn ich verhindern wollte, dass sich die Hitze in meiner Magengegend weiter hochkämpfte und sich letztlich tomatenrot auf meinen Wangen breitmachte. Manchen Mädchen stand diese Röte. Sie sahen aus, als kämen sie gerade von einem schönen Winterspaziergang. Ich dagegen bekam Flecken, die erst meinen Hals in Beschlag nahmen und sich anschließend ungleichmäßig auf meinem Gesicht verteilten. Also das Gegenteil von attraktiv. Außerdem wollte ich von Spencer nicht zum Erröten gebracht werden.

Als hätte er diesen Gedanken gelesen, richtete er sich wieder auf und hob mit einer schnellen Bewegung meine Tasche vom Boden auf.

»Hey!«, rief ich und sprang auf. Ich griff nach meiner Jacke und schlüpfte in die Ärmel. Als ich mich umdrehte, war Spencer bereits die Treppe hinuntergelaufen. »Gib mir Watson zurück!«

Auf dem nächsten Absatz hielt er inne und sah zu mir hoch. »Watson? Wie John Watson?«

Ich nickte und wickelte mir im Gehen den Schal um den Hals, während Spencer ein Brummen tief aus der Brust zum Besten gab.

»Wenn du wüsstest, wie gerne ich dich genau in dieser Sekunde um ein Date bitten würde.«

Ich seufzte. So ging es mittlerweile seit über einem halben Jahr. Beinahe täglich bat er mich um ein Date – und jedes Mal verneinte ich.

Ich hatte keine Dates. Ich *wollte* keine Dates. Und ganz gleich, wonach mein Körper verlangte – ich würde mich nie wieder auf einen Kerl einlassen.

»Du weißt, wie meine Antwort lautet«, sagte ich und hielt eine Stufe über ihm inne. Nun befanden wir uns auf Augenhöhe.

Alles, was ich sah, war Blau. Blau und dieses Grinsen.

»Du kommst aber trotzdem mit, oder?«

»Lässt du mir denn eine Wahl?«, entgegnete ich.

Im nächsten Moment hatte er auf dem Absatz kehrtgemacht und sprang die restlichen Stufen hinab, Watson unter einen Arm geklemmt wie eine Geisel.

Das war dann wohl meine Antwort.

kapitel 2

Spencer fuhr einen rostroten Volvo Hatchback, dessen Farbe sich mit meinen Haaren biss. Beim Fahren trommelte er auf dem Lenkrad herum, obwohl das Radio ausgestellt war, und wir unterhielten uns über unverfängliche Sachen. Das College, welche Filme wir zuletzt gesehen hatten, die anstehende Party in einem der Verbindungshäuser, zu der wir eigentlich nicht gehen wollten.

Spencer hatte immer irgendetwas zu berichten. Er studierte Creative Industries im Hauptfach und hatte sein Nebenfach bereits zweimal gewechselt, weil er sich nicht festlegen konnte und ihn alles interessierte.

In diesem Semester lag sein Fokus auf *Sexuality, Gender and Queer Studies*, und ich fragte ihn über das Fach aus, weil es damals auf meiner Liste auch ziemlich weit oben gestanden hatte. Dann war ich allerdings für Englisch mit dem Schwerpunkt Creative Writing genommen worden – meinen Wunschstudiengang.

Während wir miteinander sprachen, verflog auch meine Befangenheit, mit zu ihm nach Hause zu fahren. Solange er keine zu anzüglichen Kommentare machte, war er nämlich ein guter Freund, in dessen Gesellschaft ich mich inzwischen sehr wohlfühlte.

Es dauerte nicht lange, bis wir in eine hübsche Wohngegend

kamen, die – so wie eigentlich alles in Woodshill – nah bei der Innenstadt lag.

Spencer lenkte den Wagen auf einen der freien Parkplätze am Straßenrand. Ich stieg aus und nahm die Gegend näher in Augenschein. Hier war es sogar noch ein bisschen hübscher als bei Allie und Kaden. Die Straße bestand aus vielen ordentlich nebeneinander gebauten Reihenhäusern, die von grünen Rasenflächen und gepflegten Vorgärten umgeben waren.

»Heiliger Strohsack«, murmelte ich.

Die Reihenhäuser wirkten mit ihren verwinkelten Erkern und Giebelfenstern wie einem Filmset entsprungen. Es musste sich um ein Neubaugebiet handeln, so unverbraucht und frisch wie alles aussah und auch roch. Dennoch war die Gegend dem Stil der anderen Wohnhäuser in Woodshill angepasst. Bloß eine Spur neuer, einen Tick hübscher. Überrascht sah ich Spencer an, doch er wich meinem Blick aus und machte sich auf den Weg in Richtung Eingang. Ich folgte ihm, während ich die Bäume und ebenmäßig gepflanzten Blumen betrachtete, die trotz der Kälte schon zu blühen begannen.

Spencer lief geradewegs auf den schmalen, von Sträuchern gesäumten Weg zu, der zu einer dunkelgrünen Haustür mit Milchglasfenstern führte. Seine Schultern wirkten verspannt, während er den Schlüssel ins Schloss manövrierte und sich gegen die Tür stemmte. Er trat beiseite, damit ich reinkommen konnte.

»Hier wird uns aber niemand nackt begegnen, oder?«, fragte ich, als ich unsicheren Schrittes das Haus betrat. Seit wir in die Straße eingebogen waren, schien Spencer still. Zu still, zu ruhig. Er zappelte überhaupt nicht mehr herum. Das Einzige, das noch an den normalen Spencer erinnerte, war, dass er Watson noch immer im Schwitzkasten hielt.

»Nein, ich wohne allein«, sagte er mit einem Lächeln, das

nicht ganz echt wirkte. »Und ich laufe nur nackt rum, wenn ich in Stimmung bin.« Er hob anzüglich die Brauen, und ich atmete innerlich auf. Das klang schon eher nach Spencer.

Er nahm mir die Jacke ab und hängte sie an der Garderobe auf, bevor er mich durch den Flur in Richtung Wohnzimmer führte.

Oh, wow.

Graue Wände, dunkle Dielen und Möbel mit cremefarbenen Akzenten füllten den Raum. Eine riesige Eckcouch mit gemusterten Kissen teilte das Wohnzimmer vom offenen Essbereich ab, in dem ein großer, grob gefertigter Holztisch mit sechs Stühlen stand. Ich bog nach links um die Ecke und nahm die Küche in Augenschein. Ein peinlicher Laut befreite sich aus meiner Kehle. Er war eine Mischung aus Erstaunen und Aufgeregtheit und …

»Wie konntest du nur?« Aufgebracht fuhr ich zu ihm herum.

Er verharrte mit in den Taschen vergrabenen Händen im Essbereich.

Mit dem Daumen deutete ich über meine Schulter. »Du weißt, wie gerne ich koche, und hast mir *das* verheimlicht?«

Die neue Einbauküche war der Traum eines jeden Hobbykochs und das genaue Gegenteil der mickrigen Wohnheimküche, mit der ich mich zufriedengeben musste. Ein Gasherd stand auf der rechten Seite, auf der polierten Arbeitsfläche befand sich ein Messerblock, der völlig unbenutzt aussah. Darüber hing eine Metallschiene, an der Pfannenwender aus Metall und reichlich anderes Zubehör klebten.

Ich lief zum Herd, drehte mich schwungvoll herum und stützte die Arme zu beiden Seiten meiner neugefundenen Liebe ab.

»Hallo«, säuselte ich und deutete einen Knicks an. »Ich wohne hier.«

Ein kleines Schmunzeln lag in Spencers Mundwinkeln. »Sex and the City?«

Ich presste mir stolz die Hand auf den Brustkorb. »Du bist ein fähiger Schüler, Cosgrove.«

»Nur weil wir den Film dreimal mit euch ansehen mussten, Edwards«, gab er zurück und schlenderte zu mir in die Küche. Neben mir fummelte er am Messerblock herum. Ein Messer nach dem anderen zog er heraus, betrachtete es eine Weile, fuhr mit dem Daumen über den Griff und schob es letztlich wieder zurück an seinen Platz.

Es juckte mich in den Fingern, ihn davon abzuhalten, aber Spencer zu berühren, war überhaupt keine gute Idee. Mir gefiel nicht, wie mein Körper auf seinen reagierte.

»Darf ich dich was fragen, Spence?«, sagte ich nach einer Weile.

Er gab bloß einen grunzenden Laut von sich.

»Wieso waren wir noch nie hier? Ich meine, manchmal quetschen wir uns am Wochenende sogar in Scotts Wohnung, dabei ist hier doch«, ich machte eine Geste mit der Hand, die das gesamte Untergeschoss einschloss, »ausreichend Platz.« Das war eine Untertreibung. Allein das Wohnzimmer hatte die dreifache Größe unseres Wohnheimzimmers.

Er hielt mitten in der Bewegung inne, bevor er ruckartig das letzte Messer zurückschob. Dann holte er tief Luft. »Das Haus gehört meinen Eltern.«

Das erklärte … nicht besonders viel.

»Und?«, hakte ich nach.

Er kaute auf der Unterlippe herum. »Sie haben ziemlich viel Geld. Als Student in so einem Haus zu wohnen, lässt mich irgendwie wie ein Arsch wirken.«

»Du glaubst, wir würden dich für einen Arsch halten, weil deine Eltern Geld haben?«, fragte ich mit hochgezogener Braue.

Er wandte den Blick ab und schüttelte den Kopf. »Egal. Ich wollte noch laufen gehen. Wenn du magst, im Kühlschrank ist Saft, und ich hole dir noch ein Wasser von unten«, sagte er hastig und stieß sich von der Arbeitsfläche ab. »Ich glaube, ich habe irgendwo sogar noch Reese's. Die mochtest du doch so gerne, oder?« Er öffnete einen Hängeschrank auf der gegenüberliegenden Seite und suchte die Regale mit konzentriertem Blick ab.

»Spence, es ist völlig okay, dass du …«

»Beim nächsten Mal sorge ich vor.« Er schloss die Schranktüren wieder und rieb sich über den Hinterkopf. »Watson liegt auf dem Wohnzimmertisch. Ich dachte, die Couch wäre vielleicht bequemer als die Stühle beim Esstisch. Fühl dich wie zu Hause.«

Sein Blick war gehetzt, er sah überall hin, nur nicht in meine Augen. Dann machte er auf dem Absatz kehrt und rauschte aus der Küche. Ich hörte seine Schritte auf der Treppe, die nach oben führte, dann knallte eine Tür zu. Völlig perplex starrte ich auf den Fleck, an dem er eben noch gestanden hatte.

Ich erwachte erst aus meiner Starre, als Spencer in seinen Laufsachen zurück ins Wohnzimmer kam. Er tat so, als wäre ich nicht da, stellte eine Wasserflasche auf dem Wohnzimmertisch ab und schob sich beim Rausgehen Ohrstöpsel in die Ohren.

Erst als die Haustür ins Schloss fiel, traute ich mich, wieder zu atmen.

Anscheinend hatte ich eine Grenze überschritten. Ich, die immer darauf beharrte, klare Linien zu wahren, und es hasste, wenn Leute in meiner Vergangenheit gruben, hatte eine Grenze bei einem meiner besten Freunde überschritten.

Scheißtag.

Es dauerte eine Weile, bis ich mich an die weichen Kissen und das neue Umfeld gewöhnt hatte. Außerdem kreisten meine Gedanken noch immer um Spencer, aber ich versuchte, mich wieder auf mein Dokument zu konzentrieren. Ich brauchte dringend noch ein paar Wörter in meinem aktuellen Manuskript, wenn ich mein Monatsziel einhalten wollte. Nachdem ich Watson aus seinem Ruhezustand erweckt hatte und die Kopfhörer wieder auf den Ohren saßen, konnte ich zu meiner Geschichte zurückkehren.

Grover packte mich fest im Nacken und ließ den Blick unverwandt auf meinem Gesicht verweilen, während er sich langsam aus mir herauszog und wieder in mich drängte. Sein heißer Atem traf meinen Nacken, und ich schnappte nach Luft, als ich seine Zunge an meinem Hals spürte. Ich drängte mich ihm entgegen, was ihm ein animalisches Knurren entlockte.

Mein Rücken prallte gegen die Wand, und ich keuchte, bog den Rücken durch. Grover machte mich wahnsinnig. Das lag nicht nur an der Tatsache, dass er mein Boss und ich nur seine Sekretärin war, sondern vor allem daran, wie er einen Schlüssel zu meinem Inneren gefunden hatte. Nie hätte ich es für möglich gehalten, dass sich jemand in den Abgrund wagen würde, den mein Inneres darstellte. Nie hätte ich es für möglich gehalten, dass jemand dafür sorgen konnte, dass ich mich derart begehrt fühlte.

Grovers Blick brannte sich heiß in meinen, er hinterließ einen Abdruck auf und in mir. Ich konnte nicht wegsehen. Mit jedem Stoß eroberte er mich von Neuem, trieb mich auf eine hohe Welle, von der aus ich den Abgrund nicht mehr sehen konnte. Er stieß heftiger in mich, und wenig später schrie ich seinen Namen im leeren Büro.

Ich lehnte mich auf der Couch zurück und betrachtete mein Werk. Fast geschafft. Eine neue Novelle, die ich bald veröffentlichen konnte.

Dass ich mit meinem größten Hobby meinen Lebensunterhalt verdienen konnte, machte mich unglaublich glücklich. Manche Studenten mussten sich für einen Hungerlohn in Firmen abrackern, andere wiederum gingen kellnern oder gaben Nachhilfe wie meine beste Freundin Allie.

Ich dagegen schrieb, und zwar erotische Geschichten.

Das war wahrscheinlich nicht das Erste, worauf man tippte, wenn man mich sah. Ich war klein, und meine Augen riesig und kugelrund, was die meisten Leute dazu verleitete, mich für ein unschuldiges Reh zu halten. Nicht für jemanden, dem es Spaß machte, tagelang detaillierte Sexszenen zu formulieren.

Ich hatte schon immer gern geschrieben. Bereits während der Highschool hatte ich meiner Fantasie freien Lauf gelassen und fleißig in meine Notizbücher gekritzelt. Es war bloß ein Hobby gewesen, mein liebstes neben Lesen und Kochen. Nachdem dann der große Aufschwung der erotischen Literatur gekommen war, hatte ich anonym an einem Schreibwettbewerb für erotische Kurzgeschichten teilgenommen. Ich hatte zwar nicht gewonnen, war aber auf der Shortlist gelandet, die von der Community bewertet wurde. Das Feedback war überwältigend gewesen. Noch nie hatte ich jemandem meine Arbeit gezeigt. Aber anonym im Netz fiel es mir leichter, da der Druck, verurteilt zu werden, nicht so groß war. Nachdem ich eine Menge Mails erhalten hatte, in denen ich darum gebeten wurde, weiterzuschreiben, arbeitete ich sofort an meiner nächsten Kurzgeschichte, die doppelt so lang wurde. Die Leser des Forums fuhren total auf die Story ab und fingen an, mir Bilder und Castvorschläge für eine potenzielle Verfilmung zu schicken.

Danach konnte ich einfach nicht mehr aufhören. Ich war süchtig, verbrachte meine Nachmittage am Computer meines Dads und schrieb bis tief in die Nacht. Dad unterstützte mein Hobby, brachte mir Essen und Trinken, wenn ich mich wieder einmal stundenlang nicht vom Bildschirm losreißen konnte. Ich hatte ihm nie verraten, in welchem Genre ich schrieb –, was wahrscheinlich auch gut war. Welcher Vater wollte schon von seiner Tochter hören, dass sie Geschichten mit dem Titel *Hot for You* produzierte, die zu großen Teilen aus Sex bestanden?

Zwar hatte ich mir online als *D. Lily* – mein zweiter Vorname – einen Namen gemacht, im wahren Leben kannte allerdings niemand mein Geheimnis. Nicht einmal Allie. Und das durfte auch ruhig noch eine Weile so bleiben. Ich mochte meine Freunde. Ich hatte mich gut in Woodshill eingelebt und mich überall integriert –, das sollte sich auf keinen Fall ändern. Was, wenn sie mich danach mit anderen Augen sahen? Was, wenn sie über mich lachten? Mich verspotteten, so wie Nate es getan hatte? Was, wenn es die Runde machte, und mir alle von da an nur noch mit dummen Sprüchen begegnen würden? Ich wollte nicht das Mädchen sein, das Sexgeschichten schrieb, wollte nicht für pervers gehalten werden. Ich hatte Angst vor den Konsequenzen.

Sobald alle davon wussten, würde ich meine Geschichten nicht mehr genießen können –, da war ich mir sicher. Jetzt war es noch magisch. Ich konnte mich voll und ganz auf meine Protagonisten konzentrieren.

So wie jetzt gerade. Meine Finger flogen geradezu über die Tastatur.

Bis Spencer sich neben mir aufs Sofa fallen ließ.

Ich schrie auf und zuckte so heftig zusammen, dass mir die Kopfhörer von den Ohren rutschten.

»Bist du irre?«, fuhr ich ihn an.

»Sorry, ich dachte, du hörst mich«, sagte Spencer und rieb sich übers Gesicht.

Heiliges Kanonenrohr.

Das Shirt klebte ihm am Brustkorb und ließ mich Muskeln

erkennen, die er bei seiner Statur eigentlich gar nicht haben sollte. Hastig sah ich wieder hoch, doch auch das stellte sich als Fehler heraus. Sein Haar war feucht, er strich es sich in einer fließenden Bewegung aus der Stirn. Seine Wangen waren gerötet, das Gesicht war von einem dünnen Schweißfilm überzogen, und seine Brust hob und senkte sich schneller als sonst. Ich wollte den Anblick und auch den Geruch des schweißüberströmten Spencers eklig finden, aber irgendwelche Synapsen in meinem Hirn schlugen nicht an. Nicht, nachdem ich die letzten Stunden damit verbracht hatte, über nackte Körper zu schreiben.

»Bist du … schön gelaufen?«, fragte ich und hätte mich am liebsten sofort geohrfeigt. Wie lahm.

»Es war wunderbar. Scheißkalt, aber sehr schön.« Er beugte sich grinsend vor, um nach dem Wasser zu greifen, das er mir hingestellt hatte. Er schraubte den Deckel ab und setzte die Flasche an die Lippen. »Hast du gar nichts getrunken?«

Ich schüttelte den Kopf und rieb mir die Augen. Schwarze Pünktchen erschienen in meinem Sichtfeld. Ich hatte zu lange auf den Bildschirm gestarrt. Jetzt ließ ich den Blick nach draußen schweifen. Spencers Haus verfügte sogar über einen kleinen Garten, wenn ich das richtig erkennen konnte. Die Sonne ging gerade unter und tauchte alles in ein angenehm warmes Licht.

Ich drehte mich wieder zu ihm. »Irgendwie habe ich die Zeit vergessen.«

»Ich gehe duschen. Komm gerne mit, dann kann ich dir zeigen, wie viel hübscher das Badezimmer im Gegensatz zur Küche ist.«

Ich boxte gegen seinen Oberarm. »Nein, danke.«

Spencer erhob sich. Seine Lippen waren immer noch ein bisschen feucht vom Wasser und sein Grinsen so unverschämt, dass es hätte verboten werden sollen. »Irgendwann wirst du mich freiwillig in dieses Badezimmer begleiten, Süße. Du weißt es, ich weiß es, und die Welt ist sich darüber auch schon seit Anbeginn der Zeit im Klaren.« Er streckte die Arme über den Körper, und mein Blick fiel automatisch auf seine Muskeln, die sich anspannten.

Meine Kehle wurde trocken.

Es kostete mich alle Kraft, die ich besaß, wieder auf meinen Bildschirm zu schauen. »Wenn du das sagst.«

Das war Spencers und mein Ding. Jede Freundschaft brachte so etwas mit sich, eine Methode, die dafür sorgte, dass sich alles wieder einpendelte. Seine Sprüche gehörten dazu. Meine abweisenden Antworten waren auch Teil davon. Von daher war ich froh, dass der Spencer von vorhin weg und mein Freund zurückgekehrt war.

»Dawn Edwards, irgendwann werde ich dir mein Badezimmer zeigen.« Er betonte seine Worte so, dass eindeutig war, wofür sein Badezimmer ein Synonym war. Sein Grinsen wurde breiter. »Du kannst sonst auch hier warten, und wir essen noch zusammen. Dann kann ich dir zeigen, wie gut ich den Backofen bedienen und mit Pizza befüllen kann.«

Sofort fragte ich mich, ob das ebenfalls ein Code für etwas Unanständiges war, aber inzwischen kannte ich Spencer ganz gut. Wenn es um Pizza ging, war er selten zu Scherzen aufgelegt.

Ich betrachtete die an seinem Körper klebende Kleidung mit zusammengekniffenen Augen. »Geh vorher duschen. Ich will keine Schweißpizza.«

Er beugte sich über mich und schüttelte den Kopf wie ein nasser Hund.

Ich quiekte und riss die Hände schützend über mich. »Du bist widerlich, Spencer!«

Er lachte laut und zog sich von mir zurück. »Ich lasse die Tür offen, falls du doch noch das Bedürfnis verspürst, meiner Einladung zu folgen.«

Als er ins Obergeschoss verschwand, starrte ich ihm nach. Der flirtende Spencer brachte mich zwar häufig aus dem Konzept und wurde mir oft gefährlich, weil er zu scharf war, um gesund zu sein –, aber er war mir viel lieber als der verschlossene Spencer, der ein falsches Lächeln aufsetzte, Fragen auswich und einfach verschwand.

kapitel 3

Seit dem Penis-Vorfall waren mittlerweile zwei Tage vergangen, und ich hatte nichts von Allie gehört – außer einer Nachricht mit einem Äffchen, das sich die Augen mit beiden Händen zuhält, und drei zwinkernden Smileys. Ich hatte mich nicht getraut, zu antworten.

Ein paar Vorlesungen waren ausgefallen, und weil sie so viel Nachhilfe gab und zeitlich sehr eingespannt war, war es inzwischen tatsächlich eine ganze Woche her, seit wir uns das letzte Mal gesehen hatten. Ich wusste, dass ich es nicht ewig hinauszögern konnte, aber allein der Gedanke daran, ihr in die Augen blicken und mich dafür entschuldigen zu müssen, dass ich den Penis ihres Freundes angestarrt hatte, ließ mich feuerrot werden.

Beim ersten zaghaften Klopfen an meiner Tür schnürte meine Mitbewohnerin Sawyer ihre Doc Martens fest und schulterte ihren Rucksack. Gepaart mit ihrem hellblonden langen Haar und den vielen kleinen Tätowierungen auf den Armen sah sie gefährlich aus – und ziemlich heiß.

»Bin dann weg«, murmelte sie zum Abschied.

»Wann kommst du wieder?«, fragte ich.

Sawyer verzog sich meistens, sobald Allie zu mir kam. Die beiden hatten keinen besonders guten Start hingelegt, was unter anderem daran lag, dass Sawyer etwas mit Kaden gehabt hatte, als Allie bei ihm eingezogen war. Das bildete keine besonders gute Basis für eine Freundschaft. Wobei man bei Sawyer und mir auch nicht von inniger Zuneigung sprechen konnte. Sie war ziemlich unnahbar und schwierig. Wären wir nicht zusammen in einem der winzigsten Wohnheimzimmer gelandet, hätte sie bestimmt niemals mit mir geredet.

»Heute Abend bin ich wieder da, also keine Kerle abschleppen, Dawn.« Sie schlüpfte in die Ärmel ihrer Lederjacke. Danach befreite sie ihr Haar aus dem Kragen.

»Pass bloß auf mit deiner Ironie. Nachher kommst du wieder und hier findet die größte Orgie des Campus statt«, sagte ich trocken und suchte meine Sachen zusammen.

»Dann freue ich mich schon auf später«, erwiderte sie noch, bevor sie die Tür öffnete.

Allie lächelte zaghaft, aber ich sah deutlich, wie gezwungen die Geste war. Sawyer schaute sie einen Moment lang an, ohne ein Wort zu sagen. Die Raumtemperatur sank zunehmend. Dann schob sich Sawyer an meiner besten Freundin vorbei und verließ das Wohnheim.

Bevor Allie etwas sagen konnte, sprang ich auf sie zu und umarmte sie fest. Dabei vergrub ich das Gesicht in ihrem Pullover. Das war nicht besonders schwer, weil sie in etwa die Größe eines Victoria's-Secret-Models hatte.

»Ich wollte nicht hinsehen. Echt nicht, Allie. Aber er war *nackt*«, stieß ich hervor.

Sie erwiderte meine Umarmung. »Das weiß ich doch. Kaden sagt, du sahst aus wie ein aufgescheuchtes Huhn.« Sie lachte.

Da löste ich mich von ihr. »Und er sah aus wie ein Reh, das nachts im Lichtkegel eines Autos mitten auf der Straße steht. Ein Reh mit erigiertem Penis.«

Sie presste die Lippen aufeinander, aber ich konnte sehen, dass sie ein Lachen unterdrückte. »Mal abgesehen vom Penis saht ihr dann ja beinahe gleich aus.«

»Ich dachte, ihr wärt nicht da, nur deswegen bin ich vorbeigekommen.«

Allie schälte sich aus ihrem grauen Mantel und legte ihn auf der ramponierten Kommode neben meinem Schreibtisch ab. »Ich will, dass du immer vorbeikommst, wenn sie dich wieder aussperrt. Das Angebot war ernst gemeint.«

»Ich weiß«, gab ich zurück und schenkte ihr Wasser ein. Ich deutete auf den Stuhl, den ich für sie bereitgestellt hatte, und baute Schüsseln mit Schokolade und Chips vor ihr auf.

»Ich glaube, Kaden hat sich genauso erschrocken wie du. Lass uns die Sache einfach vergessen. Und ich schalte ab sofort mein Handy wieder auf laut«, schlug Allie vor.

Ich nickte heftig. »Das klingt wie Musik in meinen Ohren.«

»Dann könnten wir uns beim nächsten Mal auch wieder bei uns treffen, und ich müsste Sawyer nicht verjagen.« Allie kaute auf der Unterlippe herum.

»Ihr könntet auch einfach das Kriegsbeil begraben und von vorne anfangen«, schlug ich vor und nahm ihr gegenüber Platz. Sawyer hatte mir ihren kleinen Klapptisch geliehen, den sie immer als Schreibtisch benutzte. Den, den Dad mir extra für mein Zimmer geschreinert hatte, nutzte ich nämlich als Abstellort für alles Mögliche, weshalb er völlig überfüllt war. Mal ganz abgesehen von Watson, der Unmengen an Platz brauchte.

»Ich glaube nicht, dass sie das will.« Jetzt kaute Allie an ihrem Nagel herum.

»Wieso nicht? Hast du sie gefragt?«

»Natürlich nicht. Aber sie wirkt so, als …«

»Ach, Allie.« Ich schüttelte den Kopf. »Du hast doch nichts gegen Sawyer, oder?«

Ihre Nase kräuselte sich. »Bis auf die Tatsache, dass sie dich ständig aus eurem Zimmer wirft und mit meinem Freund geschlafen hat, eigentlich nicht.«

»Hätte ich einen Kerl, dann würde ich sie vermutlich auch rausschmeißen. Ich würde mir auch nicht beim Sex zugucken wollen«, sagte ich mit einem Schulterzucken. »Und sie kannte Kaden vor dir. Seit du bei ihm eingezogen bist, lief da doch nichts mehr.«

Sie brummte, immer noch nicht ganz überzeugt.

»Wir sind nicht mehr auf der Highschool«, sagte ich bestimmt und klemmte mir einen Stift hinters Ohr. »Beim nächsten Mal, wenn ihr euch seht, macht ihr Smalltalk oder so. Das ist ab sofort Gesetz.«

»Ach, wirklich?«, fragte Allie mit erstauntem Blick, und ich nickte energisch.

»Ja, ab sofort gilt jeder Paragraf dieses Gesetzes in meinem Reich.« Ich breitete die Arme aus.

»Dann werde ich mich den Wünschen der Königin selbstverständlich beugen«, meinte meine Freundin und senkte den Kopf ein Stück.

»Vorbildlich, vielen Dank. Was haben du und Kaden eigentlich heute Abend vor?«

Allie lächelte verträumt. Sie war so verliebt, dass es beinahe eklig war. Gleichzeitig hatte ich Allie und Kaden so in mein Herz geschlossen, dass ich mich eigentlich nur für sie freuen konnte. Ich hatte möglicherweise sogar ein paar Tränen vergossen, nachdem sie endlich zusammengekommen waren. Vielleicht war das aber auch nur dem Schmerz der Prellung zuzuschreiben, die ich mir zugezogen hatte, nachdem ich Kaden mit voller Wucht geschlagen hatte.

»Wir haben heute ein Date. Essen, Kino, und ich darf den Film aussuchen.«

»Was kein besonders liebevolles Angebot von Kaden ist, wenn man bedenkt, dass ihr den gleichen Filmgeschmack habt«, gab ich zu bedenken. »Wenn ich du wäre, würde ich noch aushandeln, dass du den Soundtrack der Fahrt bestimmen darfst.«

»Du gefällst mir. Dich behalte ich.«

Ich grinste. »Danke, gleichfalls.«

Allie zog die Beine auf den Stuhl und rückte sie im Schneidersitz zurecht. Ihr Blick schweifte kurz nach draußen und verklärte sich für einen Moment.

»Wie geht es dir sonst?«, fragte ich vorsichtig und tat ihr den Schneidersitz nach, der alles gemütlicher machte. Selbst viel zu kleine Klappstühle aus Kunststoff.

»Ich habe gestern mit meinen Eltern telefoniert. Das war irgendwie … seltsam.«

Ich holte schnappend Luft. »Wieso hast du nichts gesagt? Ich wäre vorbeigekommen!«

Sie lächelte traurig. »Das weiß ich zu schätzen, aber ich wollte es diesmal alleine probieren.«

Allies Eltern hatten einen Sprung in der Schüssel. Die Sachen, die sie in der Vergangenheit mit ihrer Tochter angestellt hatten, wünschte ich nicht einmal meinem schlimmsten Feind.

»Waren sie wieder gemein? Soll ich jemanden auf sie ansetzen?«, fragte ich und schob ihr die Schüssel mit den Chips rüber. Es waren welche mit einer Ketchup-Würzung, die absolut eklig schmeckte. Aber ich wusste, dass Allie voll auf die Dinger abfuhr.

»Es war einfach merkwürdig, Dawn. Sie waren geradezu … Freundlich würde ich nicht sagen, aber irgendwie schon offener als sonst«, antwortete sie stirnrunzelnd. Sie zog ein Bein an und umschlang es mit beiden Armen. »Ich glaube, wir müssen alle erst lernen, mit der neuen Situation umzugehen. Aber es war schön, mal keine Vorwürfe an den Kopf geschmissen zu bekommen. Dad hat sogar nach meinem Studium gefragt, und Mom hat nur sieben Mal geschnaubt.«

Ich nickte anerkennend. »Wow. Wenn das mal kein Fortschritt ist.«

»Ja, nicht wahr?« Sie beugte sich vor und griff sich eine Handvoll Chips. Sie schnüffelte daran, und ihr Gesicht blühte vor Freude auf.

Es gab nichts Besseres, als Allie beim Essen zuzuschauen. Sie freute sich über die merkwürdigsten Dinge so sehr, dass man meinen könnte, sie käme von einem anderen Planeten oder so. Es war herzallerliebst.

»Jetzt, da wir über meine Eltern gesprochen haben, können wir auch über dein Lieblingsthema reden«, sagte sie mit vollem Mund und einem vielsagenden Blick.

Obwohl die Worte nur undeutlich von ihren Lippen kamen, verstand ich auf Anhieb, was oder besser gesagt *wen* sie meinte.

Nathaniel Duffy.

»Lieber nicht.«

»Dawn ...«

»Allie ...«

»Dawn!«

Ich seufzte. »Okay. Ich ... bin ziemlich froh, dass er meine neue Nummer nicht hat.«

»Du weichst der eigentlichen Frage aus.«

»Du hast mir keine Frage gestellt«, gab ich zurück.

Allie hob eine Braue. »Sie war impliziert, Dawn.«

Ich brummte. Ich wollte nicht über Nate reden. Lieber sprach ich über die Uni, Kaden, Sawyers Triebverhalten – sogar über den unverschämten Kerl aus dem Café hätte ich lieber gesprochen. Alles, nur nicht Nate.

»Schönes Wetter heute. Sag mal, geht ihr bald wieder wandern? Ich hatte überlegt ...«

»Als gute Freundin ist es meine Aufgabe, dich darauf anzusprechen. Reden ist wichtig«, schalt Allie mich und schob sich noch mehr Chips in den Mund.

»Schön«, seufzte ich und rieb mir die allmählich pochende Stirn. »Er hat nicht noch einmal versucht, mich zu erreichen. Ich musste zwar erst meine Nummer ändern, damit er aufhört, aber seitdem ist alles super.«

»Was denkst du, wieso er dich erreichen will?«

Ich zuckte mit den Schultern. »Keine Ahnung. Wenn ich ehrlich bin, interessiert es mich auch nicht. Ich habe seit Thanksgiving nicht mehr mit ihm geredet und würde es auch ganz gerne dabei belassen.«

Bevor ich nach Woodshill gezogen war, hatte ich die Tage damit verbracht, meine verlorene Zukunft zu beweinen. Alles, was ich gemeinsam mit Nate geplant hatte und was niemals geschehen würde.

Sechs. Verdammte. Jahre.

Vergeudet.

Klar, mit dreizehn kann man noch nicht davon ausgehen, die Liebe seines Lebens getroffen zu haben, aber bei Nate und mir … war das anders gewesen. Etwas ganz Besonderes. Das, worüber man in Liebesromanen las.

Schon von Kindesbeinen an waren wir miteinander befreundet gewesen. Er hatte alles von mir bekommen: meinen ersten Kuss. Meinen Abschlussball. Meine Jungfräulichkeit. Meine Vergangenheit, meine Zukunft, und auch alles dazwischen.

Mädchen träumten bekanntlich immer von einem Happy End – ich hatte meins in Nate gefunden. Zumindest hatte ich das geglaubt, bis ich ihn mit Rebecca Pennington erwischt hatte. Der Landschaftsarchitektin von nebenan, mit der Nate anscheinend mehr gemeinsam hatte, als ich geglaubt hatte. Das Mädchen mit dem schlanken Giraffenhals und dem Traumkörper, den sie damals unter Nate im Bett geräkelt hatte.

In *unserem* Bett, nebenbei bemerkt.

»Vielleicht solltest du es deinem Dad sagen«, schlug Allie leise vor, und sofort versteifte ich mich.

»Unter gar keinen Umständen.« Ich schüttelte den Kopf so heftig, dass mir der Pferdeschwanz in die Augen peitschte. Autsch.

»Er denkt, ihr hättet euch im Guten getrennt«, gab meine Freundin zu bedenken und wischte sich mit dem Handrücken über den Mund. »Was, wenn er deine Nummer einfach rausgibt? Dann wären der Wechsel und der damit verbundene Aufwand unnötig gewesen.«

»Du klingst wie meine Stimme der Vernunft«, stöhnte ich und sank auf dem Stuhl in mir zusammen. »Dabei solltest du mich dazu animieren, mal wieder rauszukommen, mich heißen Kerlen vorstellen und mir nahelegen, mich mal wieder flachlegen zu lassen.«

Allies Augen weiteten sich überrascht. »Willst du das denn?«

»Natürlich nicht«, brummte ich und legte mir einen Arm über die Augen. Verdammt, nein, das wollte ich auf keinen Fall.

»Falls doch, kenne ich jemanden, der sich mit Sicherheit freiwillig melden würde, um das Problem aus der Welt zu schaffen.«

Ich hob den Kopf. »Hast du meine Vagina gerade als ein Problem bezeichnet?«

»Nein, ich habe dir durch die Blume mitgeteilt, dass Spencer immer noch scharf auf dich ist.«

Ich stöhnte auf. Nicht das schon wieder.

»Ich weiß, dass du nicht bereit für eine neue Beziehung oder dergleichen bist, Dawn. Und ich glaube auch nicht, dass Spencer es darauf anlegt.«

»Ich will nichts von Spencer«, knurrte ich. »Und mein Notstand ist nicht so schlimm, dass ich mich auf den erstbesten

Kerl stürze, der mir in die Quere kommt. Wenn Nonnen ein Leben lang auf Sex verzichten, dann werde ich ja wohl ein paar Jahre aushalten können.«

»Du weißt gar nicht, was dir entgeht.« Allies Lächeln wurde zweideutig.

Ich nahm eines der Schokostückchen und warf es nach ihr. »Nur weil du und Kaden jetzt …« Wieder tauchte sein Penis vor meinem inneren Auge auf. Mein Gott, wieso hatte sich mir dieses Bild so eingebrannt? »… so viel Spaß miteinander habt, heißt das nicht, dass du mich bemitleiden musst.«

»Aber ich bemitleide dich doch nicht!« Sie beugte sich herunter, um das Schokostück vom Boden aufzuklauben und sich anschließend in den Mund zu stecken. »Ich will nur das Beste für dich.«

»Das da wäre?«, fragte ich.

Ein Glanz trat in ihre graugrünen Augen. »Dawn, du solltest dich großartig fühlen. Auf diesen verfluchten Mistkerl pfeifen und nach vorne blicken. Du willst, dass ich dir rate, dich flachlegen zu lassen? Dann tue ich das hiermit offiziell.«

Ich schnaubte bloß und schüttelte den Kopf.

Allies Gesicht nahm einen ernsten Ausdruck an. »Lass dich flachlegen, Dawn Edwards. Vorzugsweise von unserem gemeinsamen Freund Spencer Cosgrove. Gerne aber auch von einem anderen Exemplar der männlichen Spezies.«

Ich nahm eine Handvoll der ekligen Chips und stopfte sie in den Mund, einfach nur, um darauf nichts antworten zu müssen.

Am frühen Abend half ich Allie dabei, sich für ihr Date vorzubereiten. In Sachen Make-up war zwar sie die Spezialistin, aber dafür hatte ich zehnmal so viele Klamotten im Schrank wie sie. Es war ein stetiges Geben und Nehmen, als wäre Allie die Schwester, die ich nie hatte. An diesem Tag lieh ich ihr eines meiner Glitzeroberteile, das ein sehr schönes Dekolleté zauberte, und durfte sie danach noch frisieren. Als sie ging, strahlte sie mich so breit an, dass mir ganz schwer ums Herz wurde. Ich freute mich so sehr für sie. Wenn jemand einen riesigen Batzen Glück verdiente, dann war es Allie.

Nachdem ich die Schüsseln fortgeräumt und Sawyers Tisch wieder an seinen Platz gerückt hatte, wappnete ich mich für die Duschen. Das West-Campus-Wohnheim war zwar sehr schön, aber ziemlich beengt für die knapp hundert Studenten, die hier Unterschlupf fanden. Ich wohnte im ersten Stock auf einem Flur mit sieben weiteren Wohnheimzimmern. Zwei davon waren Einzelzimmer, die anderen allesamt Doppelzimmer so wie Sawyers und meines. Insgesamt war West Campus ziemlich verwinkelt. Auf unserer Etage befanden sich noch unzählige weitere Zimmer, von denen wir aber nur etwas mitbekamen, wenn wir durch die angrenzende Glastür zum nächsten Flur traten. Da jeder Flur über sein eigenes Gruppenbad verfügte, musste ich mir die Duschen nur mit vierzehn weiteren Studentinnen teilen. Quasi ein Klacks.

Als ich ins Bad kam, war dankenswerterweise keine der Duschkabinen belegt. Schlechte Zeiten zum Duschen waren auf jeden Fall der Morgen oder der späte Abend, aber zwischen vier und sechs hatte ich oft Glück.

Das warme Wasser fühlte sich wunderbar auf meiner Haut an, aber so sehr ich es auch versuchte: Die Gedanken an Nate ließen sich nicht vertreiben. Ich versicherte mir immer wieder, dass ich über ihn hinweg war. Aber was mir selbst jetzt, ein knappes Jahr nach unserer Trennung, immer noch zu schaffen machte, war die Tatsache, dass ich mich so in ihm getäuscht hatte. Ich hätte diesem Mann mein Leben anvertraut, alles für ihn getan. Ich konnte nicht verstehen, wie er das, was wir gehabt hatten, einfach so hatte wegwerfen können. Wie er mich so verletzen konnte, nach allem, was wir miteinander durchgemacht hatten. Was wir miteinander geteilt hatten.

Ihn mit Rebecca zu erwischen ... Das war die größte Demütigung meines Lebens gewesen. Und dann anschließend zu erfahren, dass die Sache mit den beiden schon länger lief, hatte mich vollends niedergerissen. Tief in mir war etwas zerbrochen, und das spürte ich tagtäglich, jedes Mal, wenn ich mich vor Angst verkrampfte, sobald mich ein Kerl auch nur ansah.

Wütend schäumte ich mir das Haar ein. Nein, ich würde nicht mehr darüber nachdenken. Ich hatte genug Zeit mit Nate verschwendet. Der Rest würde nicht für negative Gedanken draufgehen. Dafür war sie viel zu wertvoll.

Vielleicht hatte Allie recht.

Vielleicht war es an der Zeit, dass ich mich mal wieder verabredete. Oder Sex hatte. Das bedeutete ja nicht, dass ich mich ernsthaft auf einen Kerl einlassen musste, oder? Davor brauchte ich mich nicht fürchten. Eine kurze Sache zwischendurch –, dafür brauchte man keine Gefühle und auch kein längerfristiges Vertrauen.

Ich verrieb das fruchtige Duschgel zwischen meinen Händen und schäumte meinen Körper ein. In koordinierten Bewegungen fuhr ich über meine Arme, meinen Bauch und die leichten Hubbel auf der inneren Seite meines Oberschenkels.

Allie hatte recht – ich vermisste den Sex.

Nate und ich hatten viel Sex gehabt. Guten Sex. Zumindest nachdem wir gelernt hatten, wie es richtig funktionierte. Doch in den ersten Monaten nach der Trennung wurde jeder Gedanke an Geschlechtsverkehr von den Bildern von Nate und Rebecca überschattet, wie er sich über ihrem nackten Körper bewegte, sein Rücken ganz zerkratzt von ihren langen Fingernägeln.

Erst seit Kurzem sehnte ich mich wieder nach körperlicher

Nähe. Doch der einzige Mensch, der mir da zu Hilfe kommen konnte, war ich selbst. Und zwar mit meinen Händen, so wie auch jetzt.

Ich fuhr in langsamen Bewegungen über meinen Körper und schloss die Augen, während das warme Wasser auf mich niederprasselte. In meiner Fantasie waren es nicht meine eigenen Hände, die da über meine Haut fuhren, sondern raue Männerhände. Finger, die genau wussten, was sie taten und die richtigen Stellen fanden, um mir Gänsehaut zu bereiten. Es waren fremde Lippen, die meinen Nacken küssten und eine brennende Spur auf meiner Haut hinterließen. Ich neigte den Kopf zur Seite, um dem heißen Mund leichteren Zugang zu verschaffen.

»Ich sagte doch, dass ich dir mein Badezimmer zeigen würde«, raunte Spencer dicht an meinem Ohr und drängte mich gegen die kalten Fliesen.

Ich erschrak so heftig, dass ich auf der Schaumspur am Boden ausrutschte. Ich knallte mitten aufs Steißbein, und mein schmerzerfülltes Stöhnen hallte in der Kabine wider.

Mein Atem ging stoßweise, und ich presste mir die Hand auf den Brustkorb. Meine Brust hob und senkte sich schnell, und ich spürte den Nachhall eines lustvollen Ziehens im Unterleib.

Oh Mann.

Ich war ja so was von geliefert.

kapitel 4

Ich war kein Feigling. War ich noch nie gewesen und würde es hoffentlich auch niemals werden.

Einmal, als mir im Schwimmbad mein Handtuch geklaut worden war, hatte ich mich nicht verkrochen, sondern war nackt von der Dusche bis zur Umkleide gelaufen.

Als ich mich damals versehentlich in den falschen Kinosaal gesetzt hatte und statt eines Animationsfilms in einem Splatterfilm gelandet war, war ich zweieinhalb Stunden bis zum Abspann sitzen geblieben, auch wenn mir danach total schlecht gewesen war.

Und einmal, als ich mit meinem Fahrrad eine Schramme in das Auto unseres gruseligen alten Nachbarn gefahren hatte, hatte ich all meinen Mut zusammengenommen und an seiner Haustür geklingelt, um es ihm zu beichten. Ich hatte gezittert wie Espenlaub, auch noch abends, als ich meinem Dad die ganze Geschichte erzählte. Aber ich war stolz darauf, dass ich mich dem Dilemma gestellt hatte und nicht davongelaufen war.

Ich war *kein* Feigling.

Mit diesen Worten im Kopf stand ich vor Allies Tür und wartete, dass der Summer ertönte.

Normalerweise stellte ich mich unangenehmen Situationen, statt vor ihnen zu flüchten. Deshalb würde ich mich jetzt auch Kaden stellen –, wobei ich insgeheim hoffte, dass er diesmal etwas anhatte. Für ein Penis-Revival war ich wirklich nicht bereit.

Der Summer erklang, und ich drückte die Tür mit der Schulter auf. Mit energischen Schritten lief ich die Treppe hinauf. Allie wartete bereits in ihrer Wohnungstür. Ich nahm sie in den Arm, schälte mich aus der Jacke und lief dann zielstrebig ins Wohnzimmer.

Kaden saß auf dem Sofa, den Controller seiner Konsole in der Hand, den Blick auf den Bildschirm seines Fernsehers gerichtet. Als er mich entdeckte, drückte er einen Knopf und das Gekreische der Kreaturen seines Spiels verstummte. Kleine Fältchen erschienen um seine Augen, und wenig später verzogen sich auch seine Mundwinkel.

Er neigte den Kopf zur Seite und grinste mich an. »Hallo, Dawn.«

»Du brauchst gar nicht so zu grinsen«, brachte ich hervor und spürte, wie meine Wangen in Flammen aufgingen. »Ich habe dich nackt gesehen, schön. Das war nicht der erste Penis, der mir unter die Augen gekommen ist. Und ich würde es begrüßen, wenn du mich ab sofort nicht immer so dämlich angucken würdest. Verstanden?«

Sein Grinsen wurde breiter, und er lehnte sich zurück, ganz gelassen, als hätte ich nicht gerade sein Geschlechtsteil erwähnt. »Ich hatte ehrlich gesagt ein bisschen Angst, dass du dich auf mich stürzen würdest, so groß wie deine Augen geworden sind.«

»Kaden.« Allies Stimme war eine leise Warnung, wobei ich auch ihre Belustigung deutlich hören konnte.

»Ehrlich, Bubbles. Wärst du nicht hier gewesen, dann hätte Dawn mich wahrscheinlich bei lebendigem Leibe verschlungen.«

»So toll ist dein Körper nun auch wieder nicht, du eingebildeter kleiner Stinker.«

Kaden hob die tätowierten Arme über den Kopf und streckte sich mit zufriedenem Gesichtsausdruck.

»Hör jetzt auf, Dawn zu ärgern«, rief Allie aus der Küche.

»Dawn ist hier?«

Oh, Shit.

Die Schlafzimmertür schwang auf, und zum Vorschein kam ein auf dem Boden sitzender Spencer, der einen Plastikstab mit einer an einem Gummiband baumelnden Stoffmaus in der Hand hielt.

Als er mich sah, breitete sich ein träges Lächeln auf seinen Lippen aus. »Hey.«

Ich wollte ihn ebenfalls begrüßen, aber da kam nichts aus meinem Mund. Meine Stimme war verschwunden. Stattdessen traten Bilder vor meine Augen, die sich wie ein Film immer und immer wieder abspielten.

Es waren nicht meine eigenen Hände, die da über meine Haut fuhren, sondern raue Männerhände. Finger, die auf meinem Körper spielten wie auf einem Instrument; Hände, die genau wussten, was sie taten.

Ich starrte auf Spencers Hände. Seine Linke lag fest um den Plastikstab, mit der Rechten streichelte er Spidey. Zum ersten Mal fiel mir auf, wie groß seine Hände waren. Er hatte lange Finger und breite Handgelenke – perfekt dazu geeignet, fest zuzupacken. Seine Hand fuhr langsam über Spideys Fell, bis seine Finger vorne innehielten und den Kater unterm Kinn kraulten. Mein Blick wanderte an seinem Arm hinauf, über das nachlässig hochgekrempelte, karierte Hemd, über seine Schultern, die mir heute ein bisschen breiter erschienen als sonst, bis ich letztlich wieder bei seinen blauen Augen hängenblieb. In mir regte sich etwas, das sich seit Monaten im Tiefschlaf befunden hatte. *Himmel.*

Spencer Cosgrove streichelte einen Kater, und es machte mich an. *Nein, nein, nein.*

»Er ist so groß geworden.« Ich räusperte mich und zwang mich zu einem Lächeln.

»Ja, nicht? Inzwischen ist er auch ziemlich bissig.«

»Nur bei dir, Spence«, meinte Allie hinter mir.

Das war mein Stichwort. »Spidey ist eben ein sehr intelligentes Tier.«

Spencer schnaubte. »Bei mir kann er sich Dinge trauen, die er bei euch niemals wagen würde. Ist es nicht so, mein kleiner Freund?« Er ließ den Stab los, um den Kopf des Katers in beide Hände zu nehmen.

Wieder machte mein Magen einen Satz nach oben. Mal ehrlich, warum jagte mir der Anblick eines Mannes, der ein niedliches, flauschiges Tier streichelte, eine solche Hitze in die Wangen? War das ein neuer Fetisch?

Spidey nutzte Spencers kurze Unaufmerksamkeit sofort zu seinen Gunsten. Er schlüpfte durch seinen Griff, schnappte sich die Stoffmaus und verbiss sich darin. Ehe Spencer nach dem Stab greifen konnte, war der Kater schon zu mir ins Wohnzimmer gerannt, Gummischnur und Stab hinter sich herziehend. Bei mir angekommen schnurrte er und legte die Stoffmaus ab.

»Danke, Spidey.« Ich beugte mich hinunter und streichelte seinen kleinen flauschigen Kopf. »Das ist sehr aufmerksam von dir.«

»Ganz übler Schachzug. Hör auf, dich an sie ranzumachen, Mann.«

Ich konnte Spencer nicht in die Augen sehen. Nicht, wenn mein Körper bei seinem Anblick so unberechenbar reagierte. Also streichelte ich Spidey ein letztes Mal, bevor ich mich aufrichtete und mit Allie unseren Arbeitsplatz einrichtete.

In den nächsten Stunden konzentrierten wir uns ganz auf unsere Analyse von Sylvia Plaths Gedicht *Spiegel* und ihre Lebensgeschichte als Symbol und Spiegelbild der Frauenbewegung. Wir versuchten es zumindest. Denn Spencer und Kaden auszublenden, die irgendwann begannen, sich auf dem Sofa zu bekriegen und dabei grunzende Laute von sich gaben, war nahezu unmöglich.

Wenigstens erklärten sich die beiden später am Abend bereit, Essen für uns zu bestellen.

Beim Essen unterhielt ich mich ausschließlich mit Allie, und wir jammerten uns gegenseitig ein bisschen die Ohren voll, weil wir noch so viel für unsere Kurse erledigen mussten. Kaden fing irgendwann an, Allies Nacken zu massieren, und Spencer trat hinter meinen Stuhl und sah sich an, woran wir arbeiteten. Normalerweise hätte ich den Kopf in den Nacken gelegt und seine Sprüche über mich ergehen lassen. Ich hätte eine ironische Bemerkung gemacht und ihn damit zum Grinsen gebracht. Aber heute konnte ich nichts dergleichen tun. Ich konnte nur kerzengerade dasitzen und so tun, als wäre ich total vertieft in meine Arbeit, während er hinter mir stand und seine Hände auf die Rückenlehne stemmte. Seine Fingerknöchel streiften meine Schulterblätter nur ganz leicht, und automatisch beugte ich mich ein Stück weiter über meine Notizen.

»Alles in Ordnung?«, murmelte er so leise, dass nur ich ihn verstehen konnte.

Ich nickte kurz, obwohl ich den Kopf eigentlich hätte schütteln sollen. Zu mehr war ich nicht in der Lage, während ich versuchte, die elenden Gedanken aus meinem Kopf zu bekommen und das Flattern in meinem Magen mit aller Kraft zu unterdrücken.

Vielleicht war ich doch ein Feigling.

kapitel 5

Den Rest der Woche nutzte ich, um mich wieder zusammenzuraufen. Ich tat einfach so, als wäre nichts geschehen, und verhielt mich normal. Mein Tagtraum in der Dusche? Vergessen. Der hatte niemals stattgefunden. Ich erinnerte mich nicht mehr daran und verbannte ihn in einen Karton meines Hirns, der den Schriftzug *nicht existent* trug. Stattdessen besuchte ich meine Vorlesungen, arbeitete mit Allie an der Endfassung unseres Essays und schrieb, sobald ich nach Hause kam, wie besessen an *Hot for You*. Das war auch der Grund, weshalb ich Allies Einladung ausgeschlagen hatte, den Freitagabend bei ihr in der Wohnung zu verbringen und danach noch feiern zu gehen. Das und die Tatsache, dass ich wahrscheinlich sterben würde, sobald ich Spencer sah.

Nicht existent.

Ich würde einfach schreiben. Und lesen. Oder beides. Solange ich nur nicht an Spencer dachte.

Nicht! Existent!

Als ich an diesem Abend ins Wohnheim zurückkehrte, herrschte reger Betrieb. Viele Studenten fuhren an den Wochenenden nach Hause, wollten ihre Familien sehen oder ihre Fernbeziehungen hegen.

Mit meiner Umhängetasche, Einkäufen und einer Tüte mit neuen Büchern beladen, stand ich einen kurzen Moment vor meiner Zimmertür. Ich hämmerte ein paar Mal dagegen, um Sawyer vorzuwarnen. Dann betrat ich den Raum mit geschlossenen Augen.

»Bei drei werde ich die Augen öffnen. Wenn jemand hier ist, der zu wenig Kleidung trägt, sollte er sich schnellstens anziehen, damit es nicht peinlich wird«, sagte ich laut und deutlich in den Raum.

Die Antwort, die ich bekam, bestand aus einem unterdrückten Schluchzen.

Sofort riss ich die Augen auf und stellte meine Ladung Einkäufe auf meiner Kommode ab. »Sawyer?«

»Hau ab«, erklang die ruppige Antwort.

Sie saß auf ihrer Seite des Zimmers beim Fenster. Das helle strubbelige Haar hing wie ein Vorhang vor ihrem Gesicht, beide Beine hatte sie an die Brust gezogen. Sie trug kurze Shorts mit zerrissenen Strumpfhosen und ein schwarzes Top mit Cutouts, über das sie eine dünne Bluse gezogen hatte. Ihre Outfits erweckten nicht selten den Wunsch in mir, sie ganz dick einzupacken, damit sie sich nicht erkältete.

Ich zog mir den zweiten Stuhl ans Fenster und setzte mich neben sie. »Was ist los?«

»Geht dich einen Scheißdreck an, Dawn.« Ihr Blick war weiterhin auf den Boden gerichtet.

»Ich weiß. Sich-umeinander-Kümmern ist nicht so dein Ding, aber du klingst, als hättest du die letzten Stunden mit Heulen verbracht. Und Sawyer Dixon heult nicht. Ich wusste nicht einmal, dass du Tränendrüsen hast.«

Sawyer hob den Kopf und sah mich mit ausdruckslosem Gesicht an. Ihre Schminke war verschmiert, gräuliche Spuren zogen sich an den Wangen entlang nach unten.

»Wen soll ich töten? Ich kenne jemanden, der mir noch einen Gefallen schuldet«, sagte ich.

Sie schnaubte, und hätte ich es nicht besser gewusst, hätte ich es beinahe für ein Lachen gehalten.

»Ich habe mich vor ein paar Tagen mit einem Kerl getroffen.«

»Was hat das Schwein getan?«, fragte ich bemüht ruhig. Mir wurde flau im Magen.

»Ich … Wir haben rumgemacht«, fing sie an und räusperte sich.

Ich sah deutlich, dass es sie einige Überwindung kostete, mir das zu erzählen.

»Meine Kette hat sich in meinem Haar verfangen, also habe ich sie abgenommen, und jetzt … ist sie verschwunden.« Ihr Blick wurde plötzlich ganz leer. Das Feuer in ihren graublauen Augen war erloschen, und einen Moment lang bekam ich es richtig mit der Angst zu tun. »Am nächsten Morgen war sie weg, und er behauptet, er wüsste nicht, wovon ich rede.«

Am liebsten hätte ich ihr eine Hand auf den Arm gelegt oder ihren Rücken gestreichelt, aber ich konnte mir vorstellen, wie sie auf eine solche Geste reagiert hätte.

»Die Kette ist dir wichtig?«, fragte ich vorsichtig und furchte die Stirn. Ich versuchte, mich an ein Schmuckstück zu erinnern, das ich schon einmal an ihr gesehen hatte, bekam aber kein deutliches Bild vor Augen.

Sie nickte. Es war eine kurze, abgehackte Bewegung, und mir wurde klar, wie schwer es ihr fallen musste, mir etwas über ihr Privatleben anzuvertrauen.

»Sie gehörte meiner Mutter. Es ist ein Medaillon und …« Sie schluckte hart und schloss kurz die Augen. Der Atem kam zittrig über ihre Lippen, und ich konnte gar nicht richtig glauben, dass das dort meine Mitbewohnerin war.

Sawyer zeigte sonst nie Gefühle und war so verschlossen, dass ich mich teilweise fragte, ob sie überhaupt welche besaß.

Wenn ihr diese Sache so sehr zusetzte, dann musste diese Kette ihr wirklich viel bedeuten. Und wenn das der Fall war, wollte ich ihr helfen. Nur weil wir uns nicht besonders nahestanden, bedeutete das nicht, dass ich ihr einfach beim Weinen zusehen konnte.

Ich fasste sie sanft am Arm. »Mehr muss ich nicht wissen«, sagte ich sanft und rieb mit dem Daumen über ihre nackte Haut. Sie musste völlig durchgefroren sein. »Sag mir, wo der Kerl wohnt.«

Sie sah mich wieder an, zwei steile Falten gruben sich in ihre Stirn. »Ich brauche keinen Beschützer.«

»Ja, ja, ich weiß. Du bist stark, unabhängig und einfach fabelhaft, aber manchmal kann es ganz hilfreich sein, sich Unterstützung von außen zu holen.« Ich erwiderte ihren Blick fest. »Ich will deine Kette zurückholen.«

Eine Weile sahen wir uns nur an. Eine stumme Konversation spielte sich zwischen uns ab, für die Sawyer anscheinend nicht genug Kraft übrig hatte.

»Wie stellst du dir das …« Sie hielt inne und schüttelte den Kopf. »Egal, was ich jetzt sage, du rennst eh los, oder?«

Ich nickte grinsend und erhob mich, während sie mir die Adresse auf mein Handy übertrug. Mit ein paar Handgriffen packte ich die Einkäufe aus und schlang mir die Tasche über die Schulter. Bevor ich mich auf den Weg machte, nahm ich die bunte Patchworkdecke, die mir meine Grandma zum Collegebeginn geschenkt hatte, und drapierte sie um Sawyers Schultern.

Sie rümpfte bloß die Nase, ließ es aber über sich ergehen.

Selbstverständlich musste es ein Verbindungshaus sein, in dem lauter Sportler wohnten. Nicht, dass Sawyer mal einen normalsterblichen Kerl treffen konnte, der nicht so aussah, als könnte er mich mit einer Hand zerquetschen.

Bereits von Weitem erkannte ich, dass hier Partyvorbereitungen am Laufen waren. Ich entdeckte ein paar Kerle, die mehrere Bierfässer von der Ladefläche eines Trucks hoben und auf dem Gehweg abstellten, während andere Typen aus dem Hauseingang liefen, um den nächsten Teil der Kette zu bilden.

Vor ein paar Monaten war ich schon einmal hier gewesen. Damals hatten Allie und ich uns von irgendwelchen Kerlen bequatschen lassen und waren mit auf ihre Feier gegangen. Entweder war es das Haus der Alpha-Beta-Irgendwas-Fraternity gewesen oder das Tribute-May-Irgendwas-Haus. Ich hatte keinen blassen Schimmer, auf jeden Fall kam mir die schöne, alte Fassade des Baus ziemlich bekannt vor.

Ich drückte den Rücken durch und machte mich auf den Weg in Richtung der Eigentlich-Egal-Fraternity, vorbei an den Bierfass-Kerlen, die Treppe hinauf ins Haus. Ich beachtete die Typen nicht, die mich angafften, und versuchte, möglichst selbstsicher dreinzublicken, damit mich niemand ansprechen und fragen würde, was ich hier zu suchen hatte. Die Kerle, die in diesem Haus wohnten, waren doch dafür berüchtigt, ständig irgendwelche Mädchen abzuschleppen. Am heutigen Abend war ich eine davon. Undercover, verstand sich.

Ich warf einen Blick auf mein Handy.

Erster Stock, dritte Zimmertür links.

Ein Kinderspiel.

Ich stieg die Treppe hinauf, vorbei an Auszeichnungen und ein paar Abschlusszeugnissen von Alumni. Die Stufen bestanden aus dunklem knarrenden Holz, und auf dem Weg nach oben kam mir bloß ein Kerl entgegen, von dem ich im Vorbeigehen nur die Füße sah.

Oben angekommen folgte ich der Wegbeschreibung, die Sawyer mir aufs Handy geschickt hatte, und lief zielstrebig den Gang entlang, bis ich vor jener Tür stand, hinter der ich die

Kette vermutete. Unter meiner Haut begann es zu prickeln, Adrenalin durchströmte mich, und mit jeder Faser meines Körpers war mir bewusst, dass ich gerade etwas Verbotenes tat.

Sofort nahm ich mir vor, das in meiner nächsten Novelle zu verarbeiten.

Ich fühlte mich wie eine Abenteurerin, als ich die Hand um den kühlen Knauf schloss. Ich war undercover, mysteriös …

… aber leider nicht unsichtbar.

»Hey«, erklang eine tiefe Stimme im Flur.

Scheiße.

Ich erstarrte und spürte, wie sich Hitze meinen Hals hinaufkämpfte. Inständig verbot ich meinem Körper, zu erröten. Ich setzte meinen lässigsten Blick auf und fuhr mir in einer – wie ich glaubte – sehr verführerischen Geste durchs Haar. Dabei ziepte eine Strähne, die sich unter dem Riemen meiner Tasche verfangen hatte, und aus meinem lässigen Ausdruck wurde eine Grimasse.

»Hi«, gab ich zurück.

Ich betrachtete den Typen, der im Türrahmen gegenüber lehnte und beide Arme vor der breiten Brust verschränkt hatte. Schöne hellgrüne Augen, die von hellen Wimpern umrahmt waren, erwiderten meinen Blick. Sein Haar war ein Stück länger und gewellt, es fiel ihm in die Stirn, und als hätte er meinen Blick auf seine Strähnen bemerkt, schüttelte er den Kopf auf diese Art, wie es nur Männer mit halblangem Haar bewerkstelligen konnten.

»Was machst du da?«, fragte er.

»Ich bin mit …« Oh verflucht, Sawyer hatte mir den Namen ihres Typens zwar genannt, aber er wollte mir beim besten Willen nicht einfallen. »… mit …«

Jetzt begann der Typ, argwöhnisch dreinzublicken.

Fieberhaft suchte ich nach irgendeinem Spitznamen. »…

dem Schnuckel verabredet, der hier wohnt. Wir haben uns letzte Woche bei Professorin Lamberts Vorlesung getroffen, er ist in mich reingelaufen, meine Sachen sind runtergefallen und haben sich im Flur vor dem Hörsaal verteilt. Echt, wie im Film.«

Seine Mundwinkel zuckten, und er machte einen langsamen Schritt in meine Richtung. Automatisch wich ich einen Schritt zurück, meine Hand rutschte vom Knauf und blieb irgendwo in der Luft baumeln.

»Ich bin Brix«, stellte sich der Typ vor und hielt mir die Hand entgegen.

Irgendwo in meinem Hinterkopf klingelte es leise, während ich seine ausgestreckte Hand erfasste. Ich kannte ihn irgendwoher.

Ach, du *Kacke*.

Er war der Kerl gewesen, der Allie vor ein paar Monaten dermaßen abgefüllt hatte, dass sie am Ende des Abends auf einem der Tische getanzt hatte.

Hoffentlich erkannte er mich nicht.

»Jetzt ist, glaube ich, der Zeitpunkt, wo du mir deinen Namen verraten musst«, raunte Brix.

Bingo! Er hatte keine Ahnung, wer ich war.

»Ich bin Chelsea«, sagte ich, den ersten Namen auf den Lippen, der mir auf die Schnelle einfiel.

»Schön, dich kennenzulernen, Chelsea.« Brix lächelte ein halbes Lächeln und blickte an mir hinab und wieder hinauf. Er schien meinen Körper förmlich zu scannen, und das obwohl ich noch immer in meine dicke Jacke gepackt war. »Dein *Schnuckel*«, er betonte das Wort mit Belustigung in der Stimme, »ist gerade noch nicht da und schließt sein Zimmer für gewöhnlich ab. Aber ich bin mir sicher, er würde sich freuen, dich nachher unten zu treffen. Ich gebe dir so lange gerne einen Drink aus.«

Mir blieb nichts anderes übrig, als Brix zu folgen. Er führte mich in die Küche, in der er mir einen Plastikbecher mit Bowle füllte, die noch im Kühlschrank gelagert war.

Ich stieß mit Brix an, der sich selbst ein Bier geöffnet hatte. Dann zog er mich zu einem Ledersofa, das in der Mitte des Aufenthaltsraums stand. Ich schälte mich aus der Jacke, pfriemelte sie zusammen mit dem Schal um den Gurt meiner Tasche und stellte beides zu meinen Füßen ab. Rund um uns herum waren bereits einige Typen, die anscheinend ebenfalls Teil der Verbindung waren. Eine riesige Anlage wurde hereingetragen und angeschlossen, kurz darauf wummerten Beats durch das ganze Haus.

Ich nahm einen Schluck Bowle und gab einen genüsslichen Laut von mir. Das Zeug schmeckte wie Fruchteis mit einer Note Vanille.

»Gut, oder?«, fragte Brix neben mir und legte einen Arm auf der Lehne ab.

Ich nickte energisch. »Was ist da alles drin?«

Er setzte seine verschwörerische Miene auf. »Geheimrezept meiner Oma.«

Ich lachte und trank noch einen Schluck. Meine Schwäche für Eiscreme stellte sich meiner Mission in den Weg – die Bowle schmeckte wie ein herrlicher Maracujamilchshake. Eigentlich hatte ich den Becher nicht leeren wollen, aber es geschah wie von selbst, während ich Brix zum Reden animierte, damit ich nicht noch mehr Lügen auftischen musste und mich letztlich verplapperte.

Er erzählte mir vom Training – er spielte Baseball –, und ich fragte ihn darüber aus. Ehe ich mich versah, war die Party in vollem Gange und das Verbindungshaus gut gefüllt. Als Brix sah, dass mein Becher leer war, erhob er sich und kämpfte sich durch die Menge in die Küche, um ihn noch einmal aufzufüllen.

Das war meine Chance.

Ich schnappte mir meine Sachen und erhob mich. Alles drehte sich, und ich musste mich mit einer Hand erst einmal kurz an der Sofalehne abstützen und blinzeln, damit die Welt stehen blieb. Je süßer der Alkohol, desto vorsichtiger musste man sein. Eine Regel, die ich nicht zum ersten Mal am eigenen Leib zu spüren bekam.

Ich zwängte mich an der provisorischen Tanzfläche hinter dem Sofa vorbei in Richtung der Treppe. Durch den Eingang kamen noch immer stetig Menschenmassen. Die Luft war stickig und verbraucht und roch irgendwie nach Gras.

Ausgezeichnet.

Ich erklomm die Stufen und klammerte mich am Geländer fest. Die Treppe unter mir schwankte gewaltig, und ich benötigte all meine Konzentration, um einen klaren Kopf zu behalten. Oben angekommen scherte sich kaum jemand um meine Anwesenheit. Ich sah bloß ein Pärchen dicht an der Wand stehen, das gerade dabei war, einander an die Wäsche zu gehen. Mit schnellen Schritten lief ich zur dritten Tür auf der linken Seite und drehte den Knauf. In einer schnellen Bewegung schob ich mich durch den kleinen Spalt und schloss sie geräuschlos hinter mir.

Mit angehaltenem Atem drehte ich mich um. Als ich endlich wieder einatmete, stieg mir der Geruch von Zitrusreiniger in die Nase.

Ich würde Sawyer *umbringen*.

Meine Hand fand den Lichtschalter auf der rechten Seite der Tür nach mehrmaligem Abtasten. Ich knipste das Licht an und hätte am liebsten vor Wut mit dem Fuß aufgestampft oder irgendwo dagegengetreten.

Sawyer hatte mich mit ihrer Wegbeschreibung direkt zum Badezimmer des Obergeschosses geleitet. Diese doofe Nuss.

Ich kramte gerade mein Handy aus der Tasche, als sich die Tür hinter mir plötzlich öffnete und ich mit Schwung nach vorne manövriert wurde. Ich fuhr herum. Brix stand im Türrahmen und funkelte mich an.

»Hast du gefunden, wonach du gesucht hast?«, fragte er und sah sich mit gespieltem Interesse im Bad um.

»Ich …«

»Du heißt nicht Chelsea, oder?«, fragte er ungerührt und umklammerte die Tür so fest, dass seine Knöchel weiß hervortraten.

»Nein«, gab ich kleinlaut zurück und überlegte fieberhaft, wie ich mich aus diesem Schlamassel wieder befreien konnte. Meine Gedanken zogen sich in die Länge. Verdammter Alkohol.

»Ich habe es so satt, von euch elenden Betas ausspioniert zu werden«, brachte Brix zwischen zusammengebissenen Zähnen hervor.

Perplex blinzelte ich. »Was?«

Er schnaubte verächtlich. »Tu nicht so. Die Aktion mit dem Toilettenpapier? Als ich dich hier in der Tür habe stehen sehen, wusste ich sofort, wer du bist. Aber dass du tatsächlich die Dreistigkeit besitzt und dich noch mal hier hochschleichst, übertrifft echt alles.«

»Ich bin für eine Freundin hier«, sagte ich schnell und hob entwaffnet die Hände. »Sie hat ihre Kette hier liegen lassen, und ich wollte sie zurückholen, weil es sich dabei um ein Erbstück handelt. So. Da hast du sie, die erniedrigende, traurige und übrigens auch ziemlich langweilige Wahrheit über meine Anwesenheit in deinem Badezimmer.«

»Ja, nee, ist klar. Und ich bin der Messias.«

In der nächsten Sekunde hatte er den Schlüssel aus dem Schloss manövriert, knallte die Tür zu und schloss sie ab. Von außen.

»Hey!« Ich hechtete zur Tür und rüttelte am Knauf. »Brix! Mach sofort die Tür wieder auf!«

Sein Lachen drang durch die Tür. »Nur über meine Leiche, *Chelsea*. Du kannst gehen, wenn die Party vorbei ist und du nichts mehr zum Schnüffeln findest.« Seine Schritte entfernten sich von der Tür, bis sie im Treppenhaus verklangen.

Ich umschloss den Türknauf erneut mit der Hand und rüttelte kräftig daran. Abgeschlossen. Der verfluchte Verbindungsscheißer hatte mich tatsächlich in seinem Badezimmer eingesperrt.

Das konnte gerade unmöglich passieren.

Ein hysterisches Kichern kämpfte sich meinen Hals hinauf, aber ich versuchte, nicht in Panik zu verfallen. Nur so würde ich heil aus dieser Situation herauskommen.

Ich blickte mich im geräumigen Bad um, nahm alles genau in Augenschein. Eine große Wanne stand in der hinteren Ecke, unzählige Flaschen Duschgel standen auf dem Rand. Zwei Waschbecken befanden sich auf der anderen Seite. Darüber waren Hängeschränke mit Spiegeltüren angebracht. Schnellen Schrittes lief ich dorthin und riss die Türen auf. Bis auf Unmengen an Kondomen, Rasierern, Aftershaves und ein paar anderen Hygieneartikeln war nichts Nützliches zu finden. Ich hatte insgeheim auf eine Nagelfeile oder Haarnadeln gehofft, um das Schloss zu knacken – das hatte ich ziemlich früh in Dads Werkstatt gelernt. Allerdings hatte ich leider nichts Brauchbares in meiner Tasche, bis auf meinen Schlüssel, das Handy und ein Buch, das ich vergessen hatte auszupacken.

Mein letzter möglicher Fluchtweg war der durch das Fenster, das zwischen Wanne und Toilette lag. Ich lief rüber und öffnete es. Gleich darauf schob ich den Kopf hinaus und blickte runter. Mein Magen gab ein übles Grummeln von sich. Tief, wirklich ganz tief unten, stand eine Reihe von Mülltonnen, davor befand sich ein gepflasterter schmaler Weg, und davor kam erst der Rasen. Das würde ich niemals überleben.

Nein. Fürs Runterspringen hatte ich dann doch nicht genügend Eier in der Hose.

Mit einem frustrierten Seufzen setzte ich mich auf den Klodeckel und rieb mir die Schläfen. Ich vergrub das Gesicht in den Händen und befühlte meine heißen Wangen. Ich saß knietief in der Patsche und hatte keinen blassen Schimmer, wie ich mich aus dieser Situation wieder befreien sollte.

Letztendlich holte ich mein Handy aus der Tasche. Ich hatte eine SMS bekommen. Von Sawyer.

Sorry, dritte Tür rechts. Nicht links.

Am liebsten hätte ich den Kopf gegen den Badewannenrand geschlagen und ihr zurückgeschrieben, dass es dafür jetzt zu spät war, vielen Dank. Stattdessen starrte ich nur resigniert auf das Handy, drehte es in der Hand hin und her, strich mit dem Finger über ein Stück der geblümten Hülle, in der ein Riss war. Die Kante schnitt mir in den Daumen, und ich atmete zischend ein.

Ich beschloss, über meinen Schatten zu springen und Allie anzurufen. Mir blieb leider nichts anderes übrig, es sei denn, ich wollte tatsächlich die ganze Nacht hier eingesperrt sein. Schwerfällig drückte ich die Kurzwahltaste und hob das Handy ans Ohr.

»Hallo?« Im Hintergrund war lautes Stimmengewirr zu hören, zusätzlich zum Klappern von Geschirr.

Ich räusperte mich. »Hey, Allie. Ich brauche deine Hilfe.«

»Was ist passiert?«, fragte sie sofort.

»Ich … stecke in der Patsche.«

Sie atmete scharf ein. »Mach mir keine Angst, Dawn.«

»Es ist nichts Schlimmes, versprochen. Jemand hat mich eingesperrt und …«

Sie gab ein Quietschen von sich. »Wie bitte? Jemand hat dich eingesperrt?«

»Ist das Dawn?«, erklang Spencers Stimme im Hintergrund.

Ich kniff die Augen zusammen.

»Sie steckt in der Klemme, Spence. Ich glaube, sie …« Allie gab einen empörten Laut von sich, dann wurde ihre Stimme leiser.

»Wo zum Teufel bist du?«, bellte Spencer in den Hörer.

Ich drückte Zeigefinger und Daumen auf den Nasenrücken und sammelte mich. Spencer war die letzte Person, von der ich wollte, dass sie mich hier rausholte.

»Dawn, du machst uns gerade ziemlich Angst. Sag mir, wo du bist«, sagte er eindringlich.

»Ihr braucht euch keine Sorgen machen. Mir geht es gut. Ich bin in diesem bescheuerten Verbindungshaus, in dem Allie und ich letztes Semester feiern waren. Dieser eine Kerl hat mich für eine Beta-Irgendwas-Spionin gehalten und …«

Er fluchte laut. »Bleib, wo du bist. Ich bin gleich da.«

Es rauschte in der Leitung, dann hörte ich Spencer und Kaden im Hintergrund reden.

»Dawn, bist du noch dran?« Allie war wieder am Telefon.

»Ja. Kann einer von euch vorbeikommen?«, fragte ich kleinlaut.

»Spencer ist gerade dabei, seine Jacke anzuziehen. Ich muss nur meine Tasche finden und …«

»Nein! Du brauchst nicht alles stehen und liegen lassen. Es reicht, wenn mich einer abholt. Bitte macht keine große Sache daraus«, sagte ich schnell.

»Aber ich fühle mich nicht wohl dabei, wenn du mit diesen zwielichtigen Typen in einem Haus bist«, gestand Allie.

»Allie, im Ernst. Mach dir keine Gedanken, ich hocke hier auf einem Toilettendeckel und bin hundertmal sicherer, als du beim letzten Mal gewesen bist. Bitte lass die anderen nicht meinetwegen sitzen«, flehte ich. Es reichte, wenn ich mich vor Spencer blamierte. Allie sollte nicht ihre eigene Feier auflösen, nur weil ich eine miese Undercover-Agentin war.

Eine kurze Pause entstand. »Bist du dir sicher?«

»Natürlich. Sag Spencer, ich schicke ihm eine Nachricht, in welchem Zimmer ich feststecke.«

Es dauerte noch etwa zwei Minuten, bis ich sie davon überzeugt hatte, nicht in akuter Lebensgefahr zu schweben.

Nachdem wir aufgelegt hatten, war ich einerseits erleichtert, aber andererseits auch nervös, dass Spencer nun unterwegs war, um mich abzuholen. Ich hatte ihn die gesamte Woche gemieden und ihm nicht in die Augen sehen können, ohne an das zu denken, was mir in der Dusche durch den Kopf gegangen war.

Um mich zu beruhigen, nahm ich das Buch aus der Tasche und machte mich an die letzten Kapitel. Wirklich konzentrieren konnte ich mich allerdings nicht. Bei jedem Geräusch aus dem Flur schreckte ich in der Hoffnung hoch, dass mich jemand hier herausholte. Aber auch aus Angst, jemand könnte doch etwas Schlimmeres mit mir vorhaben, als mich nur einzusperren.

Ich war mir nicht sicher, wie viel Zeit verging, bis geräuschvoll am Türknauf gerüttelt wurde. Ich rutschte beinahe vom Klodeckel, weil ich mich so erschreckte. Ich schlug das Buch zu und stopfte es hastig in die Tasche.

»Dawn?«

»Spence?« Ich hechtete zur Tür und presste die Hände dagegen. Mein Herz fing heftig an zu klopfen.

»Hier ist kein Schlüssel«, erklang seine gedämpfte Stimme von der anderen Seite.

Verflucht. »Dieser dämliche Brix muss ihn mitgenommen haben, als er mich eingeschlossen hat.«

»Ich werde diesen Dreckskerl umbringen«, war seine Antwort.

Seine Schritte entfernten sich wieder. Meine Stirn sank geräuschvoll gegen die Tür. Am liebsten hätte ich den Kopf noch ein paar Mal dagegen geschlagen. Es dauerte keine fünf Minuten, da hörte ich jemanden durch den Flur laufen.

»Falls du noch an der Tür stehst, geh ein Stück beiseite«, sagte Spencer.

Ich kam seiner Bitte nach. Nach einem kurzen Moment gab die Tür ein leises Klicken von sich und schwang nach innen auf. Spencer erschien im Türrahmen, und eine Woge der Erleichterung überkam mich.

»Du bist der Beste. Vielen, vielen Dank«, sagte ich hastig. Ich widerstand dem Impuls, ihm um den Hals zu fallen.

»Die Geschichte hierzu will ich unbedingt hören«, erwiderte er bloß. Seine Wangen waren von einer Röte überzogen, und sein Blick war grimmig. Ich fragte mich, ob er Brix eine reingehauen hatte, um an den Schlüssel zu kommen.

Mein Blick fuhr über seine Schultern, an seinen Armen hinab bis hin zu seinen Händen.

Es waren nicht meine eigenen Hände, die da über meine Haut fuhren, sondern raue Männerhände.

Nein! Sofort schloss ich den Deckel des Kartons in meinem Hirn wieder. Nachdem ich die ganze Woche derart konsequent gewesen war und mir solche Gedanken verboten hatte, würde ich jetzt nicht einknicken, nur weil er seine Ärmel hochgekrempelt hatte und ich mich nicht an seinen Armen und Händen sattsehen konnte.

Ich wandte den Blick ab.

»Ich muss noch etwas besorgen«, sagte ich schnell und sah überall hin, nur nicht in sein Gesicht. »Danke, dass du mich hier rausgeholt hast. Aber ich habe Sawyer versprochen, etwas zu holen, das sie hier vergessen hat, von daher muss ich noch bleiben.«

»Und du denkst allen Ernstes, dass ich dich alleine hierlasse?«, entgegnete er. »Kommt überhaupt nicht infrage, Dawn.«

Ich sah auf meine Füße und wich seinem Blick weiter aus. Trotzdem spürte ich, dass er einen langen Schritt auf mich zumachte. Ich brauchte nicht einmal hinsehen, um das zu wissen. Ich *spürte* es einfach. All meine Sensoren waren auf ihn ausgerichtet, und ich hasste meinen Körper dafür. Verfluchter Tagtraum, verdammte Dusche, verflixter Spencer, mit seinen schönen, großen Händen und dieser … Argh!

»Sawyer hat ihre Kette hier verloren. Ich habe keine Ahnung, in welchem Zimmer«, sagte ich laut, um meine Gedanken zu übertönen, und blickte ziellos von Tür zu Tür. »Aber irgendwo muss sie sein.«

»Gut. Ich helfe dir«, sagte er.

»Okay. Danke.« Gott, noch peinlicher würde es kaum werden.

Ohne mich zu ihm umzudrehen, öffnete ich die Tür, die gegenüber vom Bad lag. Das war das Zimmer, in dem Brix gestanden und mich erwischt hatte. Ich schob mich durch die Tür und knipste das Licht an. Spencer folgte mir ins Zimmer und schloss die Tür geräuschlos hinter sich.

»Welcher Idiot klaut Mädchenschmuck?«, fragte ich und sah mich in dem unaufgeräumten Zimmer um. Der Geruch von Schweiß und Aftershave lag in der Luft, und ich betrachtete die Poster von Baseballspielern, die eingerahmt an der Wand hingen.

»Jemand, der sich neben dem Studium was dazuverdienen will und den Kram verscherbelt«, antwortete Spencer dicht hinter mir.

Sein Atem kitzelte meinen Nacken, und eine verräterische

Gänsehaut kroch über meine Arme. Sofort wollte ich einen Schritt nach vorne machen, aber er griff nach meiner Hand und drehte mich in einer fließenden Bewegung zu sich herum.

»Wieso gehst du mir aus dem Weg?«, raunte er.

Ich musste die Augen schließen. Seine Hand lag schwer auf meinem Arm, sein Körper vor mir strahlte eine solche Wärme aus, dass meine Knie weich wurden. Ich konnte nichts dagegen tun und fühlte mich hilflos.

»Was ist los mit dir, hm?« Seine Stimme war ein bisschen heiser und stellte merkwürdige Dinge mit meinem Magen an.

Langsam, ganz langsam, wanderte seine Hand an meinem Unterarm hinauf. Wie in meiner Fantasie begann meine Haut, zu prickeln und an Temperatur zuzunehmen. Ich konnte nur den Kopf schütteln. Wie war es möglich, dass eine Berührung von ihm reichte, um mich so zu erschüttern? Lag es daran, dass ich mich schon seit Monaten zu ihm hingezogen fühlte? Daran, dass er derart hartnäckig versuchte, mich rumzukriegen? Daran, dass ich mich insgeheim nach körperlicher Nähe sehnte? Oder war schlichtweg der Alkohol schuld daran, dass ich in Spencers Nähe so schwach wurde?

»Sieh mich an, Dawn.«

Meine Mauern schwankten, und ich meinte sogar, ein paar Risse zu spüren, die sich langsam, aber sicher ausbreiteten. Ich öffnete die Augen ein Stück, obwohl ich wusste, dass das noch viel gefährlicher war.

Verrückt. Diese gesamte Situation, dieser Moment. Alles war einfach nur verrückt und vollkommen surreal.

Spencer war mir so nahe, dass meine Kehle trocken wurde. Ich hätte seine schwarzen, dichten Wimpern zählen können. Oder die paar Sommersprossen auf seiner Nase. Jetzt, da ich wusste, dass sie schon mal gebrochen gewesen war, erkannte ich das merkwürdigerweise auch.

»Deine Nase ist schief«, flüsterte ich. Meine Stimme war im verschwindend geringen Raum zwischen uns abhandengekommen.

Sein einer Mundwinkel hob sich leicht. Er wickelte sich eine Strähne meines Haars um den Finger. »Deine Haare sind kastanienrot.«

»Ich dachte, das gefällt dir«, murmelte ich wie von Sinnen und starrte fasziniert auf die Strähne, die er abwickelte und wieder aufrollte. Normalerweise spielte er ununterbrochen mit Kugelschreibern oder anderen Gegenständen herum. Heute hatten seine Hände mich.

»Nicht nur das.«

Ich packte den Saum seines Shirts, um mich bei Bewusstsein zu halten. Spencer seufzte leise. Er kam noch dichter, bis unsere Gesichter nur noch eine Handbreit voneinander entfernt waren.

»Dawn …« Er flüsterte meinen Namen, als litte er unter Qualen, die nur ich beenden könnte. »Es fällt mir gerade ziemlich schwer, dich nicht zu küssen, wenn du mich so ansiehst.«

Mir ging es genauso. Die Luft zwischen uns staute sich immer weiter an, bis ich glaubte, nicht mehr atmen zu können. Wenn unsere Münder nicht bald aufeinandertrafen, würde die Welt untergehen. Die Erde würde sich einfach auflösen. Ich würde tot umfallen. Das wollte ich nicht, und Spencer schien es ähnlich zu gehen. Er senkte den Kopf im selben Moment, in dem ich mich auf die Zehenspitzen stellte.

Er drückte seinen Mund auf meinen, und ich schmolz auf der Stelle. Seine Lippen waren fest und warm, sanft und vorsichtig. Ich krallte die Hände fester in sein Shirt und zog ihn an mich. In meiner Brust breitete sich eine Hitze aus, die in alle Richtungen davonschoss.

Spencer stöhnte leise und schlang die Arme um mich. Sein

Mund löste sich kurz von meinem, und Spencer rang nach Luft. Im nächsten Augenblick küsste er mich wieder.

Ich hätte sterben können, weil es sich so gut anfühlte. Ich öffnete die Lippen für ihn, und seine Zunge traf auf meine. Ich seufzte und dann …

… schob er mich ruckartig von sich.

Er starrte mich ungläubig an, mit beiden Armen von sich gestreckt. »Du willst mich doch auf den Arm nehmen, Dawn.«

»Was?«, fragte ich, noch immer völlig benommen von diesem tollen Kuss.

Spencer ließ meine Schultern abrupt los und wich einen Schritt vor mir zurück. Dann stieß er ein zittriges Lachen aus. »Du bist betrunken. Betrunken.« Mit beiden Händen fuhr er sich durchs Haar und verschränkte die Hände hinter dem Kopf.

»Nicht so richtig, ich meine, ich habe nur … ein bisschen Bowle getrunken«, sagte ich kleinlaut.

Anscheinend hatte ich das Falsche gesagt, Spencer drehte sich um und ging ein paar Schritte durchs Zimmer. Er ließ die Arme sinken und ballte die Hände zu Fäusten.

»Spence …«

»Fuck!« Mit voller Wucht trat er gegen Brix' Wäschetrommel, die polternd zu Boden ging.

Ich hielt den Atem an und schlang die Arme um meinen Körper, um ihn vom Zittern abzuhalten. Noch nie hatte ich Spencer wütend erlebt.

Er fuhr zu mir herum, und eine Weile schaute er mich einfach nur an. Ich sah es hinter seinen Augen angestrengt arbeiten. Er öffnete den Mund, um etwas zu sagen, überlegte es sich dann aber anders. Er schluckte hart und sah zu Boden. »Nicht so.«

In meinem Kopf schwirrte es. Alles war durcheinander, mir

war unheimlich heiß, und in meinem Kopf machte sich ein Pochen bemerkbar. Mit den Fingern berührte ich meine Lippen. Sie prickelten wie verrückt. Dann ballte ich die Hand zur Faust. Wie hatte ich nur zulassen können, dass das passierte?

»Tut mir leid«, wisperte ich.

Ich sah, wie sich seine Schultern anspannten. Anscheinend hatte ich schon wieder das Falsche gesagt.

»Ich bin ein verdammter Lapsus«, brummte ich.

Spencer starrte mich an, als hätte ich den Verstand verloren. »Lapsus?«, fragte er irritiert.

»Latein für Fehler. Sagt mein Dad immer. Aber er benutzt es eher als eine Art Schimpfwort.«

Das nahm ein bisschen Härte aus seinem Blick. »Ich finde, das klingt nach einem kleinen Tier. Mit langen Schlappohren.«

Ich lächelte schwach, obwohl mir nach Heulen zumute war. Spencer erwiderte meinen Blick gefühlt mehrere Stunden lang. Wir sahen uns an, bis ich die Stille nicht mehr aushielt und doch wieder einen Schritt in seine Richtung machte.

»Tut mir leid.« Ich wusste nicht, was ich noch sagen sollte, damit er mich wieder so ansah wie vorher.

Er nickte langsam, atmete noch einmal tief durch, und dann veränderte sich etwas in seinem Blick. Ich wusste, was er da tat. Er versteckte seine Gefühle, verschloss sie hinter seiner unbeschwerten Fassade. Das amüsierte Funkeln trat zurück in seine Augen.

»Mir tut es auch leid, kleiner Lapsus.« Verlegen rieb er sich über den Hinterkopf. »Auch, dass ich geschrien habe. Das tut mir sogar noch ein bisschen mehr leid als das mit der umgestoßenen Schmutzwäsche.«

»Das bekommen wir schon wieder hin«, murmelte ich und beugte mich runter, um Brix' Kleidungsstücke zurück in die Trommel zu stopfen.

Spencer hockte sich mir gegenüber hin und griff ebenfalls nach den Kleidungsstücken. »Gib's zu. Dir hat mein kleiner Wutausbruch gefallen.«

Ich schmunzelte, dankbar über seinen Versuch, die Stimmung wieder aufzulockern – auch, wenn wir nur so taten, als ob. »Er war sehr männlich.«

»Bedeutet das, dass es meinen Sex-Appeal in deinen Augen noch ein bisschen gesteigert hat?«

»Ich hatte ein bisschen Angst, dass du dir den Fuß brichst.«

»Ich habe Füße aus Stahl.«

»So wie auch deine Nase aus Stahl ist?«

»Meine Nase ist das einzig Weiche an meinem Körper. Kein Wunder also, dass sie mal nach ein bisschen mehr Aufmerksamkeit verlangt hat.«

Ich stieß ein so erleichtertes Lachen aus, dass es beinahe wie ein Schluchzen klang. Alles pendelte sich wieder ein. *Wir* pendelten uns wieder ein. Alles würde wieder gut werden.

Wenn ich es mir lange genug einredete, glaubte ich es fast selbst.

Ich nahm das nächste von Brix' Shirts in die Hand und entdeckte darunter etwas Goldenes auf dem Teppich. Vorsichtig griff ich danach.

»Schau mal«, sagte ich und ließ die Kette aus meiner geschlossenen Faust baumeln. »Ich fasse es nicht.«

Das Medaillon funkelte im Licht der Hängelampe. Ich war mir sicher, das Schmuckstück noch nie an Sawyer gesehen zu haben. Vorsichtig drehte ich es um und betrachtete die vergoldete Rückseite. Dort waren zwei verschnörkelte Buchstaben eingraviert.

E. D. D wie Dixon?

»Ist das Sawyers?«

Ich nickte langsam. »Ich denke schon. Sie meinte, es wäre

ein Medaillon. Also haben wir unsere Mission abgeschlossen.«

»Das war überraschend leicht«, meinte Spencer. »Wir würden super Agenten abgeben.«

Ich schnaubte. »Eigentlich hat dein Fuß die ganze Arbeit geleistet.«

Er lächelte nicht, und auch seine Bewegungen wirkten fahrig, während er die Wäsche zurück in die Trommel stopfte. Er erhob sich und schob das Monstrum zurück an seinen ursprünglichen Platz. »Lass uns schleunigst von hier verschwinden. Nicht, dass Brix auf noch dümmere Ideen kommt.«

Er hielt mir die Hand hin. Ich griff danach und ließ mir von ihm aufhelfen. Mit einem schmerzhaften Ziehen im Magen nahm ich wahr, dass jetzt er derjenige war, der mir nicht in die Augen sehen konnte.

kapitel 6

Die ganze Sache mit Brix und der Kette schien Sawyer auch noch Tage danach mitzunehmen. Sie verbrachte mehr Zeit im Wohnheim, und manchmal, wenn ich nach Hause kam, saß sie wieder am Fenster und starrte Löcher in die Luft. Auf meine Aufmunterungsversuche reagierte sie abweisend, und auch unterhalten wollte sie sich nicht. Nach ein paar Tagen gab ich den Versuch auf, sie zum Reden zu bringen, und stellte ihr stattdessen ab und an Schokolade hin, die sie auch nicht anrührte.

Ich hatte es schon fast aufgegeben, als sie an einem Nachmittag nach Hause kam, ihren Rucksack in die Ecke schmiss und sich mit verschränkten Armen vor mich stellte. Fragend blickte ich an ihr hoch. Dann beugte sie sich plötzlich nach vorne und zupfte an meinen Haaren herum. Ich war viel zu perplex, um reagieren zu können, und starrte sie einfach nur an.

Da sagte sie unvermittelt: »Ich brauche ein Modell für einen Fotografiekurs. Hast du Lust?«

Und so fand ich mich auf einer Parkbank mitten auf dem Campus wieder, während sich Sawyer ihre riesige Spiegelreflexkamera vor die Nase hielt und mich mehrfach dazu aufforderte, wütend zu gucken. Sawyer studierte Fotografie und musste für einen Kurs Portraits schießen, auf denen verschiedene Emotionen wiedergegeben wurden. Daher auch die merkwürdigen Anweisungen, die sie mir seit über einer Stunde gab.

»Du siehst aus, als hättest du einen Grashüpfer im Mund.«

Ich zog die Nase kraus. »Igitt.«

Sie knipste ein weiteres Bild, und die Kamera klickte mehrmals. »Genau, igitt. Aber du sollst nicht aussehen, als hättest du was Ekliges gegessen, sondern als wärst du total aufgebracht.« Sie ließ die Kamera kurz sinken und gab ein wütendes Stirnrunzeln mit zusammengekniffenen Augen zum Besten. »So, siehst du?«

Ich versuchte es, ehrlich. Ich wollte meine Stirn heftig runzeln, aber es funktionierte nicht. Stattdessen bewegte sich nur mein Haaransatz auf und ab.

Sawyer seufzte. »Sonst überspringen wir das erst mal. Jetzt guck mal wie eine Irre.«

Ich schielte und zog eine Grimasse, und das Klicken der Kamera wurde von einem Windstoß davongetrieben.

»Schon nicht schlecht. Hör mal auf, zu schielen, und lach total durchgeknallt.«

Ich kam ihrer Bitte nach, obwohl ich mich dabei wie die bescheuertste Person der Welt fühlte. Immer wenn irgendwelche Menschen vorbeiliefen, spürte ich, wie Hitze meinen Hals hinaufkroch.

»Jetzt guck mal erotisch verträumt.«

Ich hob eine Braue. »Das ist Teil der Aufgabe? Erotisch verträumt zu gucken?«

»Die *Emotionen* sind mein Projekt. Ich durfte sie selbst auswählen«, gab Sawyer zurück und machte ein paar Bilder davon, wie ich mit offenem Mund vor ihr saß. Mit Sicherheit sehr hübsche Aufnahmen. Vielleicht sollte ich die Sache mit dem Online-Profilbild noch einmal überdenken.

Meine Mitbewohnerin ging in die Knie und drehte an einem der unzähligen Rädchen an ihrer Kamera. »Mund ein bisschen mehr schließen. Und jetzt denk an, ich weiß nicht, deinen Lieblingsschauspieler, der nackt über eine Wiese hüpft oder so.«

»Kann ich auch an Harry Styles denken?«, fragte ich hoffnungsvoll und rief mir mein liebstes Boybandmitglied vor Augen. Auch wenn er sein lockiges Haar inzwischen kurz trug – der Kerl hatte einfach Stil mit seiner Rockstarausstrahlung, die gleichzeitig etwas Niedliches an sich hatte. Manche Mädchen fanden enge Jeans an Jungs nicht besonders hübsch, ich hingegen konnte mir nichts Erotischeres vorstellen als Harry in einer engen, schwarzen Röhrenjeans.

»Wunderbar, Dawn. Ganz toll«, sagte Sawyer. Sie machte eine kurze Pause, trat zu mir und holte den Kamm aus ihrer hinteren Hosentasche, den sie schon zuvor genutzt hatte, um mir das lockige Haar zu frisieren. Sie griff eine obere Partie ab und kämmte, was das Zeug hielt.

Sawyer musterte mich zufrieden und machte wieder ein paar Schritte rückwärts. »Jetzt denk wieder an den Schleimbolzen in engen Hosen.«

Vor Empörung wurden meine Wangen ganz heiß. »Hast du Harry Styles gerade einen Schleimbolzen genannt? In meiner Gegenwart?« Ich wollte aufspringen und sie mit Gras bewerfen, weil kein harter Gegenstand in Sichtweite war, aber sie hob eine Hand und bedeutete mir mit einer herrischen Geste, sitzenzubleiben.

»Genau so! Du machst das wirklich großartig.«

Ich sprang auf und hielt die ausgebreitete Hand in Richtung der Linse, während Sawyer auf dem Rasen zurückwich. Sie fotografierte mich weiter und interessierte sich überhaupt nicht dafür, wohin sie lief. Als wäre ihr alles gleichgültig, solange sie den perfekten Schnappschuss bekam. Sie hätte einen großartigen Paparazzo abgegeben.

»Das machst du toll, Dawn! Irre und gleichzeitig wütend,

wow. Und jetzt mach wieder den Grashüpferblick.« Sie grinste breit.

Ich machte einen Satz nach vorne, Sawyer wich zurück und kam nicht mehr mit. Sie stolperte über die eigenen Füße und landete mit dem Rücken im Gras. Leider hatte ich so viel Schwung mitgebracht, dass ich beinahe auf sie fiel. Gerade so konnte ich meinen Sturz noch zur Seite lenken – und prallte frontal ins weiche, nasse Gras.

Sawyer kriegte sich gar nicht mehr ein. Ich glaube, es war das erste Mal, dass ich sie lachen hörte.

Ich stöhnte vor Schmerz und rollte mich schwerfällig herum. Mein Mund war voller Grashalme, und ich spuckte sie dahin zurück, wo sie hingehörten.

»Wütend hätten wir dann auch im Kasten«, gluckste Sawyer.

Nachdem ich mir den letzten Grashalm aus dem Mund gefischt hatte, ließ ich den Kopf zur Seite fallen. Sawyer hielt sich den Bauch mit beiden Händen.

»Ich habe schon lange nicht mehr so gelacht.«

»Schön, dass dich der Anblick von Gras in meinem Mund so erheitert hat.«

Eine Weile lagen wir grinsend nebeneinander und starrten in den Himmel. Ich hätte es nie für möglich gehalten, Sawyer einmal so unbeschwert zu erleben. Bis vor drei Minuten hatte ich sie ja noch kein einziges Mal lachen gehört.

Aus dem Augenwinkel sah ich, wie ihre Hand wie automatisch zu dem Medaillon auf ihrem Dekolleté wanderte und ihre Finger sich darum schlossen. Ich hätte zu gern gefragt, was es damit auf sich hatte und was mit ihrer Mutter los war, wusste aber, dass ich damit zu weit gehen würde. An diesem Punkt in unserer Mitbewohner-vielleicht-irgendwann-einmal-so-etwas-wie-Freunde-Beziehung waren wir noch lange nicht angekommen.

»Danke, Dawn«, murmelte Sawyer plötzlich, den Blick noch immer starr nach oben gerichtet. Sie musste mir nicht erklären, wofür sie sich bedankte.

»Gern geschehen.«

Wir schwiegen eine Weile. Schließlich fummelte Sawyer an dem breiten Band herum, an dem die Kamera um ihren Hals hing, und überprüfte, ob auch alles intakt war. Danach drückte sie auf ein kleines grünes Dreieck, und mein gerötetes Gesicht erschien auf dem Display. »Sieh mal einer an, kleiner Feuerteufel. Wer hätte gedacht, dass du so böse gucken kannst.«

»Das sieht komisch aus«, brummte ich.

»Es sieht genau so aus, wie es aussehen soll. Erwarte jetzt nicht von mir, dass ich dir sage, dass du schön bist und dass du aufhören sollst, so einen Quatsch zu reden. Ich hasse Mädchen, die nach Komplimenten lechzen, und ich finde nicht, dass du das nötig hast.« Sie klickte sich durch die restlichen Bilder, während ich stumm verarbeitete, dass sie mir gerade ein Kompliment gemacht hatte.

Die Geschichte von Grover und Chelsea war bald fertig. Gerade hatten die beiden sich furchtbar gestritten, und jetzt überlegte ich, wie ihre Versöhnung womöglich aussehen könnte. Für die kommende Woche hatte ich meinen Testleserinnen gemailt, die ich im Forum meines ersten Schreibwettbewerbs kennengelernt hatte, und beide hatten mir bereits zugesagt, sich Zeit für den Text zu nehmen.

Normalerweise mochte ich es sehr, die letzten Szenen einer Geschichte zu schreiben. Alle zuvor gewebten Fäden führten zueinander und fanden sich an einem Punkt, an dem ich die Figuren ihres Weges gehen lassen konnte. Während ich im echten Leben nicht mehr an Happy Ends glaubte, gelang mir das in Fiktion eigentlich immer ganz gut – nur heute nicht.

Ich wusste nicht, woran es lag, aber irgendetwas stimmte nicht. Ich fand nicht die richtigen Worte und fühlte mich völlig blockiert. Ich tippte und tippte, nur um dann alles wieder zu löschen und von vorn zu beginnen. Es war ein ekliges Gefühl, das ich so noch nicht gekannt hatte. Gleichzeitig verspürte ich immensen Druck, nicht so kurz vorm Ende zu versagen. Die Leserinnen von D. Lily erwarteten Nachschub, den ich ihnen unbedingt liefern wollte.

Ich raufte mir die Haare, stützte das Kinn auf den Händen ab und starrte auf den blinkenden Cursor.

»Was stöhnst du denn die ganze Zeit so rum?«, kam es plötzlich vom anderen Ende des Zimmers.

Ich zuckte zusammen. »Nichts. Ich komme bloß nicht weiter.«

»Woran arbeitest du denn?«

»Ein Essay für … Professorin Lamberts Kurs. Ich hab beschlossen, es schriftlich einzureichen, statt zu referieren.«

Als ich den Kopf hob, lag Sawyers prüfender Blick auf mir.

»Deine Verzweiflung scheint ganz schön groß zu sein, wenn dich ein Essay derart frustriert.«

»Mh hm«, machte ich und richtete den Blick wieder auf den Bildschirm.

»Du schreibst ziemlich viele Essays«, sinnierte Sawyer weiter.

Ich starrte weiter auf mein Dokument. »Mh hm.«

»Manchmal, wenn du am Laptop sitzt, läufst du rot an. Das ist mir schon öfter aufgefallen.«

Wieder hob ich den Blick. »Ach ja?«

Sawyer saß auf ihrem Stuhl am Fenster, ihren eigenen Laptop auf dem Schoß. Ihr platinblondes Haar hatte sie sich über eine Schulter drapiert und spielte mit den zerzausten Strähnen. Die Geste wirkte abgelenkt, aber ihr Blick war scharf und wachsam.

Meine Wangen wurden warm.

Ihre Augen funkelten wissend. Dann klappte sie ihren Laptop zu und erhob sich plötzlich.

Sofort verspannte ich mich. »Wag es nicht, näher zu kommen, Sawyer Dixon«, drohte ich.

Ihr Grinsen wurde hinterhältig. Gefährlich langsam kam sie in meine Zimmerhälfte. Plötzlich machte sie einen Satz auf mich zu und entriss mir den Laptop.

Ich kreischte und sprang auf. »Gib mir sofort meinen Laptop zurück, du Biest!«, schrie ich.

»*Mit einer schwungvollen Bewegung riss er den Stoff von meinem Körper. Die Knöpfe rollten geräuschvoll über die kalten Fliesen. Wir taumelten weiter ins Bad, und ich nestelte an Grovers Gürtel herum*«, las sie laut vor.

Ich krallte die Hand in ihr zerrissenes Shirt und zerrte daran. »Hör sofort auf damit!«

»*Er ging nicht auf, und ich gab ein frustriertes Knurren von mir. Grover lachte an meinem Hals und leistete Abhilfe. Meine Hände waren einfach zu zittrig. Schneller als je zuvor zogen wir einander aus, hinterließen eine Kleiderspur auf dem Boden*«, fuhr sie fort.

Meine Wangen standen in Flammen. Ich bekam den Laptop zu fassen und entriss ihn ihr. Atemlos ließ ich mich zurück auf mein Bett fallen und klappte Watson zu. Dann rieb ich mir übers Gesicht.

»Du bist ein richtiges Arschloch, Sawyer«, sagte ich aufgebracht.

Sie ließ sich auf meinem Schreibtischstuhl nieder und nickte zustimmend. »Ich weiß. Aber ich habe es nicht mehr ausgehalten.«

Ich runzelte die Stirn. »Was?«

»Du machst immer so ein riesiges Geheimnis daraus, was du schreibst, und erzählst immer, dass du an Essays sitzt, aber mal ehrlich, ich kenne keinen Freshman, der so viele Aufsätze schreiben muss wie du. Und dann stellst du die Helligkeit deines Displays immer so niedrig und die Schriftgröße ganz klein, das macht einen nur noch neugieriger. Du studierst Creative Writing. Ich hab mir schon gedacht, dass du Romane oder Gedichte oder was auch immer schreibst. Ich wollte nur wissen, *was* du schreibst. Ich hätte ja auch auf Fanfiction getippt, aber das hier«, sie grinste, »ist echt besser als alles, was ich mir ausgemalt habe. Wer hätte gedacht, dass meine unschuldig aussehende Mitbewohnerin, die total verspannt wirkt und nie was mit Kerlen anfängt, Pornos schreibt?«

Ich konnte sie nur mit offenem Mund anstarren. Dass ausgerechnet Sawyer die Erste in Woodshill war, die hiervon erfuhr, war das denkbar Schlimmste, was passieren konnte.

»Fabelhaft. Leg los«, sagte ich tonlos und wedelte mit der Hand.

»Womit?«

»Damit, dich darüber lustig zu machen.«

Jetzt war Sawyer diejenige, die die Stirn furchte. »Wieso sollte ich?«

Ich hatte ein einziges Mal jemandem etwas vorgelesen, das ich geschrieben hatte. Nate hatte zugehört. Und dann den Kopf in den Nacken gelegt und schallend gelacht. Als er sich wieder eingekriegt hatte, hatte er mir den Kopf getätschelt und mich gefragt, ob ich diesen Schwachsinn tatsächlich veröffentlichen wollte.

Danach hatte ich mir ein Pseudonym zugelegt. Es hatte so wehgetan, Nates Lachen und die damit einhergehende Verachtung über mich ergehen zu lassen. So sehr, dass ich beschlossen hatte, niemals wieder jemandem in meinem unmittelbaren Umfeld etwas von meiner Arbeit zu zeigen.

Grimmig funkelte ich Sawyer an. »Weil es genau so ist, wie

du sagst. Ich schreibe erotische Novellen und veröffentliche sie online. Haha. Sehr witzig. Die kleine, niedliche Dawn, die seit Monaten keinen Sex hatte und auf Dates verzichtet, schreibt erotische Literatur. Selten was Lustigeres gehört«, fauchte ich bitter.

In ihrem Blick zeigte sich etwas wie Abneigung. »Meine Güte«, murmelte sie. »In deinem Kopf möchte ich nicht stecken. Muss ja ein schrecklicher Ort sein, wenn es da so zugeht.«

Darauf wusste ich nichts zu erwidern.

»Du bist total plemplem. Ehrlich gesagt finde ich das mit der Schreiberei sogar ganz cool. Aber wenn du denkst, dass ich – gerade *ich* – dich wegen so was verurteilen würde, dann brauche ich mir ja keine Mühe zu geben.«

Ich glaubte, mich verhört zu haben.

Sawyer wandte sich von mir ab und ging zurück in ihre Zimmerhälfte. Dort öffnete sie ihren Laptop wieder. Als ich den Mund öffnete, um etwas zu sagen, stopfte sie sich demonstrativ Ohrstöpsel in die Ohren und stellte die Musik so laut, dass ich sie am anderen Ende des Zimmers hören konnte.

kapitel 7

Das *Woodshill Steakhouse* war Dads und mein liebster Treffpunkt. Der Weg dorthin war zwar ein bisschen länger als zu den Restaurants im Stadtzentrum, aber dafür war die Lage umso schöner.

Von außen sah das Holzhaus baufällig und karg aus, aber von innen war es nicht zu übertreffen. Der Inhaber hatte sich Mühe gegeben, alles herzurichten. Die Einrichtung war mit den Geweihen über der Theke, grob gearbeiteten Holzbänken und tief an Drahtseilen hängenden Glühlampen sehr rustikal und versprühte einen angenehmen Charme. Neben dem leckeren Essen war der Ausblick ins Tal ein Highlight. Für Dads monatlichen Besuch reservierte ich meist Wochen vorher einen Tisch beim großflächigen Fenster. Die Isolierung war zwar nicht besonders gut und die Kälte drang bis zur Sitzbank vor, aber dafür konnte man aufs Wasser und die umliegende Landschaft blicken. Während meine Freunde alle gerne Wandern gingen, hätte ich einfach stundenlang hier sitzen und hinausblicken können, eingewickelt in eine der Steppdecken, die der Besitzer Al stets auslegte.

Kurz nachdem ich den Laden betreten hatte, entdeckte ich meinen Vater. Er saß bereits auf unserem Stammplatz und sah aus dem Fenster nach draußen aufs Wasser. Auch heute trug er einen dunkelgrauen Overall, die gebräunten Arme vor sich auf dem Tisch abgelegt. Sein Kopf war kahlgeschoren, auf seinem Kinn dagegen befanden sich umso kräftigere Stoppeln, die mittlerweile größtenteils ergraut waren.

Automatisch breitete sich ein Lächeln auf meinen Lippen aus.

Dad und ich standen uns sehr nahe. Meine leibliche Mutter hatte Dad und mich verlassen, noch bevor ich zwei Jahre alt geworden war. Ich hatte keinerlei Erinnerungen an die Zeit, in der wir zu dritt waren, wusste nicht einmal mehr, wie Mom aussah. Als ich kleiner war, hatte sie mir ab und zu Postkarten aus Asien geschickt, wo sie lebte und als Bankerin arbeitete, aber auch das war irgendwann eingeschlafen – höchstwahrscheinlich, weil von meiner Seite keine Annäherungsversuche stattgefunden hatten.

Es wäre gelogen, zu sagen, dass ich mir nicht manchmal eine weibliche Bezugsperson gewünscht hatte, vor allem als ich in die Pubertät gekommen war und eher gestorben wäre, als Dad nach den Vor- und Nachteilen von Tampons zu fragen. Nichtsdestotrotz hatte es mir nie an irgendetwas gefehlt. Wenn meine Freundinnen mit ihren Müttern shoppen fuhren oder das Spa besuchten, hatte ich mich mit meinen Hausaufgaben in Dads Werkstatt gesetzt und ihm und seinen Kollegen beim Arbeiten zugesehen. Als ich noch kleiner war, mussten sie immer aufpassen, dass die Werkzeuge außerhalb meiner Reichweite lagen. Eine meiner Lieblingserinnerungen aus der Grundschulzeit war die an den Tag, an dem sie mir einen Spielzeugkasten voller pinkfarbener Schraubenzieher geschenkt hatten.

Wenn ich Dad fragte, was bei ihm und Mom schief gegangen war, sagte er immer, dass es manchmal bei zwei Menschen einfach nicht passte und es dann für beide Seiten die beste Entscheidung wäre, sich zu trennen, bevor der eine den anderen oder man sich gegenseitig zu sehr und unheilbar verletzte.

Und dass er sich sicher war, dass es jemanden da draußen gab, der besser zu ihm passte und der ihn vollkommen glücklich machen würde. Seit der Sache mit Nate wusste ich nur zu gut, was er mit »unheilbar verletzen« meinte.

Mit schnellen Schritten lief ich zu unserem Fensterplatz und warf mich auf die Sitzbank ihm gegenüber. Sie knarrte gefährlich, aber das machte mir nichts aus. »Hey, Dad.«

»Vielleicht solltest du beim nächsten Mal noch ein bisschen mehr Anlauf nehmen«, gab er zurück.

»Aber nur, wenn du den Schaden übernimmst«, sagte ich und wickelte den Schal von meinem Hals.

Er stieß ein rumpelndes Lachen aus und beugte sich über den Tisch, nachdem ich mich ausgezogen hatte. »Wie geht's dir, Spätzchen?«

»Ganz gut. Ich habe diese Woche einen Essay eingereicht und stand Modell für meine Mitbewohnerin.«

Dad schlug mit der Faust auf den Tisch, sodass der Tontopf mit der künstlichen Pflanze zu wackeln begann. »Ist nicht wahr! Wie kam es denn dazu?«

Eine Bedienung kam zu uns und nahm unsere Bestellung auf, erst danach erzählte ich, wie es zu Sawyers und meiner Annäherung gekommen war. Dabei ließ ich kein Detail aus, auch nicht, dass ich im Badezimmer des Verbindungshauses eingesperrt worden war.

»Sollte mir dieser Junge unter die Augen treten, wird er sein blaues Wunder erleben.« Dads buschige Brauen waren tief zusammengezogen, sodass kaum noch Platz zwischen ihnen blieb und ihm beinahe den Anblick einer Monobraue verlieh.

»Dabei würde ich sehr gerne zusehen«, sagte ich und rührte in meinem Eistee herum.

»Immerhin versteht ihr euch jetzt besser, also ist bei der Sache doch was Gutes bei rumgekommen.«

»Na ja, so richtig befreundet sind wir jetzt auch nicht«, murmelte ich in Erinnerung an den Vortag. Sawyer hatte seitdem kein Wort mehr mit mir gewechselt.

»Das kommt noch, Spätzchen. Nach dem, was du mir bisher über sie erzählt hast, wirkt sie wie ein sehr verschlossener Mensch. Manche Leute brauchen mehr Zeit, um andere an sich heranzulassen.«

Ich strich mir den Pony aus der Stirn und sah Dad missmutig an. »Diesmal habe ich Mist gebaut, Dad.«

»Inwiefern?«, fragte er und stützte sich mit den Ellenbogen auf den groben Tisch.

»Sie hat rausgefunden, dass ich Geschichten veröffentliche. Und ich … wollte das doch für mich behalten.«

»Irgendwann werden ohnehin alle deine Freunde Bescheid wissen, Dawny. Spätestens wenn du die Bestsellerlisten stürmst.«

Ich lächelte. Dad wusste, dass ich Geschichten veröffentlichte, auch wenn ich ihm gesagt hatte, dass er sie auf gar keinen Fall und unter keinen Umständen lesen durfte. Damals hatte er gefragt, wieso. Ich hatte ihm wortlos das Cover von *Tame Me* gezeigt, auf dem der nackte Körper eines Mannes zu sehen war, der sich einen Hut vor sein Gemächt hielt.

Dad hatte keine weiteren Fragen gestellt.

»Ich weiß. Aber bisher genieße ich es einfach, eine ganz normale Studentin zu sein, die nicht für ihr ungewöhnliches Hobby gemobbt wird. Dass Sawyer es herausgefunden hat, hat mich total vor den Kopf gestoßen, und ich habe ziemlich fies reagiert.«

»Entschuldige dich bei ihr«, sagte Dad schlicht.

»Mache ich, wenn sie wieder mit mir redet und sich nicht hinter ihrem Laptop verkriecht.«

Dad nickte anerkennend. »Und wie geht's deinen anderen Freunden? Alles in Ordnung so weit?«

Ich hatte Dad meiner kleinen Clique vorgestellt, und alle fanden ihn schwer in Ordnung. Spencer hatte sogar ein Selfie mit ihm machen wollen und dann irgendwas von »zukünftiger Schwiegervater« gemurmelt. Zum Glück hatte Kaden ihn mit Gewalt vom Fotografieren abgehalten.

Dass Spencer mich seit unserem Kuss im Verbindungshaus mied und ich ihn seitdem auch nicht mehr gesehen hatte, wollte ich Dad nicht auf die Nase binden. Ich wusste selbst nicht, was ich von der Situation halten sollte. Denn wenn ich mich an Spencers Mund erinnerte, seinen Geschmack und seine Hände auf meinem Körper, dann ... war das ganz und gar nicht gut. Monatelang hatte ich erfolgreich verdrängt, wie attraktiv und toll ich ihn fand. Zu wissen, wie es sich anfühlte, ihm nahe zu sein, löste einen Tornado in meinem Magen aus. Mir wurde warm, und alles kribbelte, und das machte mir ziemliche Angst. Ich wollte mich nicht so fühlen, denn das endete nur darin, verletzt zu werden.

Lieber konzentrierte ich mich auf die Sache mit Sawyer, die Uni, mein nächstes Schreibprojekt ... Einfach alles schien mir besser, als mir Gedanken über die Hitze in meinem Bauch zu machen.

»Meinen Freunden geht es gut«, antwortete ich verspätet und mit aller Überzeugungskraft, die ich aufbringen konnte. Ich sah, dass Dad nachhaken wollte, lenkte aber schnell ab. »So, und jetzt erzähl. Wie war deine Verabredung letzte Woche?«

Mein Vater atmete schwer aus und fing an, am Etikett seiner Flasche herumzufummeln. »Es war ein Reinfall.«

Ich seufzte. Dad suchte schon seit Jahren nach einer neuen Partnerin. Mit fünfzehn hatte ich sogar einmal versucht, ihn zu verkuppeln. Das war gründlich in die Hose gegangen. Vermutlich weil ich ihm ein Online-Dating-Profil erstellt und dort ein Foto hochgeladen hatte, das älter als zehn Jahre gewesen war.

Außerdem ein paar Hobbys dazu erfunden und in seinem Namen ein paar willige Singles angeschrieben hatte.

Danach hatte ich einen Monat Hausarrest bekommen.

»Was ist jetzt schon wieder passiert?«

»Ich hatte so viel zu tun, dass ich die Verabredung beinahe vergessen habe, also bin ich in meiner Arbeitskleidung zum Restaurant gefahren und … Na ja, du kannst dir vorstellen, wie begeistert sie darüber war.«

Oh je. Dads befleckter Overall nach einem langen Arbeitstag in der Werkstatt war wirklich nicht das Outfit, das ich mir für ein Date vorgestellt hätte. Mal ganz abgesehen von der Tatsache, dass er mit Sicherheit über und über mit Sägespänen bedeckt gewesen sein und nach Holz und Schweiß gerochen haben musste.

»Dad, du kannst nicht erwarten, dass eine Verabredung gut läuft, wenn du dort in deiner schmutzigen Arbeitskleidung auftauchst«, sagte ich sanft.

Er brummte und rieb sich über die Bartstoppeln. »Wahrscheinlich hast du recht.«

»Beim nächsten Mal musst du dir einen Anzug anziehen, dich parfümieren und deinen Bart trimmen. Das reicht dann schon für einen gelungenen Abend, glaub mir.«

Mein Dad konnte echt gut aussehen, wenn er wollte. Für sein Alter war er ziemlich fit. Das lag an der harten körperlichen Arbeit, die er tagtäglich ausübte. Mit seinen warmen, braunen Augen und den tiefen Lachfalten um die Mundwinkel wirkte er unheimlich sympathisch. Da draußen gab es bestimmt Hunderte Frauen, die ihn mit Kusshand genommen hätten. Wir mussten sie nur noch finden. Denn auch wenn ich für mich nicht mehr daran glaubte: Ich war mir ganz sicher, dass es für ihn eine zweite Chance für die große Liebe geben würde.

»Ich hatte die Wahl zwischen zu spät kommen oder in Arbeitskleidung erscheinen«, erklärte Dad seine merkwürdige Logik.

Ich unterdrückte ein Grinsen. »Und du hast dich für den Overall entschieden.«

»Früher oder später hätte sie mich ohnehin darin gesehen. Von mir aus hätte sie auch einfach in ihrer OP-Bekleidung zu unserer Verabredung erscheinen können«, sagte er schulterzuckend.

Am liebsten hätte ich meinen Kopf auf den Tisch gehauen, aber dieses Vorhaben wurde von der Bedienung unterbrochen, die unsere dampfenden Teller vor uns abstellte. Ich hatte mich für ein Hüftsteak entschieden, dazu überbackenes Spinatgratin. Ich sog den Duft des Käses ein, und mir lief das Wasser im Mund zusammen.

»Na ja, auf jeden Fall werde ich Stacey nicht noch einmal wiedersehen.« Dad schnitt sofort an seinem Steak herum. »Guten Appetit.«

Ich kaute bedächtig auf dem Fleisch und ließ den Blick nach draußen wandern. Es war bewölkt und sah nach Regen aus, trotzdem übte der Ausblick aufs Tal einen beruhigenden Einfluss auf mich aus.

»Keine Sorge, Dad«, sagte ich, als ich runtergeschluckt hatte. »Wir finden deine Mrs Right schon noch. Sie muss sich irgendwo verstecken. Und wenn Stacey deinen Overall nicht hübsch genug fand, dann ist sie eine dumme Kuh.«

Das entlockte ihm ein Schmunzeln. Eine Weile aßen wir stillschweigend.

»Wo wir gerade dabei sind … Nathaniel und Rebecca werden in das Maynard-Haus ziehen.«

Ich hielt mit der Gabel auf dem Weg zum Mund inne. »Was?«

Dad tupfte sich die Lippen mit einer Serviette ab, faltete sie anschließend zusammen und klemmte sie unter den Tellerrand. All das geschah wie in Zeitlupe. »Er hat es noch einmal mit einem Gutachter angesehen, ein bisschen verhandelt und dann zugeschlagen. Es ist eine tolle Immobilie. Ich habe mich schon gefragt, wann sie endlich verkauft wird.«

Ganz langsam ließ ich die Gabel wieder auf den Teller sinken. Das Herz schlug mir bis zum Hals. Mir wurde kalt, und Feuchtigkeit sammelte sich in meinen Handinnenflächen. Ein Druck baute sich in meiner Brust auf, und ich bemühte mich um tiefe Atemzüge. Ich sah wieder nach draußen, wollte, dass die Natur die bittere Kälte aus meinem Inneren vertrieb, aber diesmal entfaltete sich ihre Wirkung nicht. Sie kam nicht dagegen an. Nichts würde jemals dagegen ankommen.

»Ich wollte, dass du es von mir erfährst, Dawny, und nicht erst, wenn du mich das nächste Mal besuchst und alle darüber schwatzen.«

Ich konnte nur den Kopf schütteln. »Okay. Danke.«

Dad griff über den Tisch nach meiner Hand. »Du darfst ruhig wütend sein, Spätzchen. Oder traurig. Das ist völlig in Ordnung.«

Ich schloss die Augen und nickte. Ich brauchte all meine Kraft, um nicht den Teller zu nehmen und ihn durch das Steakhouse zu schleudern. Ich musste irgendetwas kaputtmachen. Meiner Wut Luft machen, da ich sonst platzen würde. Ich würde explodieren und alles in meinem Umfeld niederreißen.

Nate besaß tatsächlich die Frechheit, das Maynard-Haus zu kaufen.

Das Haus, von dem wir als Teenager immer geträumt hatten. Das Haus, in dessen Garten wir uns geschlichen hatten, um über die Veranda ins Wohnzimmer zu schauen. Das Haus mit der weißen Fassade und den dunkelgrünen Dachziegeln, den hübschen Fensterläden und den hohen, mit Stuck verzierten Decken. Unseren gemeinsamen Traum von einer Zukunft, die wir niemals haben würden.

Ich umklammerte das Glas mit dem Eistee, bis meine Knöchel weiß hervortraten. Dann nahm ich einen großen Schluck und sah Dad wieder an, ein falsches, aber hoffentlich sehr überzeugendes Lächeln auf den Lippen.

»Alles in Ordnung, Dad. Ich freue mich für Nate. Wirklich«, sagte ich mit sanfter Stimme.

Nie hatte ich es übers Herz gebracht, Dad vom wahren Grund unserer Trennung zu erzählen. Mein Dad konnte ziemlich eigenwillig sein und hatte nicht viele Freunde. Die Duffys gehörten seit über einem Jahrzehnt zu seinem engen Freundeskreis. Nur deshalb hatte ich ihm vorgegaukelt, Nate und ich hätten uns im Guten getrennt, obwohl das Gegenteil der Fall war. Außerdem wollte ich nicht, dass Dad sich um mich sorgte. Er hatte genug um die Ohren, ich wollte keine Belastung für ihn sein, sondern die starke Frau, zu der er mich erzogen hatte.

Es hatte viel Kraft gekostet, tagsüber so zu tun, als wäre alles in Ordnung, und meinen Schmerz nur nachts rauszulassen. Aber ich hatte es geschafft. Das Einzige, was Dad wusste, war, dass die Trennung schlimm gewesen war, wie fast alle Trennungen eben. Aber er glaubte mir, als ich ihm gesagt hatte, wir wären einfach noch zu jung, um eine so ernsthafte Beziehung zu führen. Dass unser Zusammenleben nicht funktioniert hätte. Dass wir es probiert hätten, aber gescheitert waren und es beenden wollten, bevor es zu spät war und einer von uns unheilbar verletzt wurde. So wie bei ihm und Mom.

Bullshit.

Den Rest unseres gemeinsamen Nachmittags verbrachte ich im Zombie-Modus. Ich bekam kaum mit, was Dad mir noch alles erzählte, und antwortete auf seine Fragen zwar möglichst fröhlich, aber mit wenigen Worten. Ich kleisterte mir ein dickes Lächeln aufs Gesicht, als wir uns voneinander verabschiedeten und schloss ihn fest in die Arme. Noch nicht mal sein vertrauter Duft nach Sägespänen und Holz konnte mich trösten.

Den Weg nach Hause ging ich wie betäubt und so langsam wie eine Schildkröte. Als es anfing zu regnen, blieb ich kurz stehen und reckte das Gesicht zum Himmel. Kleine kalte Spritzer landeten wie Nadeln auf meiner Haut, und ich ließ mich davon betäuben.

Ich brauchte über eine Stunde bis ins Wohnheim. Mit der verschmierten Schminke fühlte ich mich nicht nur wie ein Zombie, sondern sah vermutlich auch wie einer aus. Die Mädchen, die meinen Weg kreuzten, starrten mich an, aber das zog wie im Nebel an mir vorbei. Ich lief geradewegs in mein Zimmer, nahm nichts wahr, hörte niemanden.

Irgendwie schaffte ich es bis zu meinem Bett und ließ mich mit dem Gesicht zuerst darauf fallen. Sawyer fragte mich irgendetwas, aber ich wollte nichts hören und auch nicht erklären, was der Grund für meinen desaströsen Zustand war. Also zog ich mir die Decke über den Kopf und drehte mich mit dem Gesicht zur Wand.

Allmählich kamen Dads Worte bei mir an. Je tiefer ich sie in mich hineinließ, desto mehr Schaden richteten sie an. Mein Körper fühlte sich schwer an, voll vom Kummer, der mich nach der Trennung von Nate niedergerissen hatte.

Nate hatte unser Haus gekauft. Für das Mädchen, mit dem er mich über Monate hinweg betrogen hatte.

Es sollte mir inzwischen gleichgültig sein, aber das war es nicht. Nicht nach sechs gemeinsamen Jahren. Nicht, nachdem ich derart verletzt worden war. Nate in unserem Schlafzimmer zu finden, unter ihm Rebecca, war das Schlimmste gewesen, was ich jemals erlebt hatte. Der Schmerz hatte mich auseinandergerissen und mir jegliches Vertrauen genommen, das ich zu fühlen imstande gewesen war. Der Schmerz war ... Ich konnte es gar nicht beschreiben. Es hatte so wehgetan.

Die Erinnerung lähmte mich, und ich rollte mich zu einem Ball zusammen. Ich schloss ganz fest die Augen, weil sie brannten und ich keine Lust hatte, wegen Nate zu heulen. Meine Reserven für Nathaniel Duffy waren aufgebraucht. Das war mein Vorsatz für den Umzug nach Woodshill gewesen. Loszulassen. Mir eine neue Zukunft aufzubauen. Und keine einzige Träne mehr seinetwegen zu vergießen.

Er hatte das Maynard-Haus gekauft.

Er machte einfach weiter, als wäre nichts geschehen.

Er lebte unseren Traum mit einer anderen.

Es war nicht so, dass ich Nate noch immer liebte. Das tat ich schon seit geraumer Zeit nicht mehr. Ich fand es sogar erstaunlich, wie schnell dieses Gefühl versiegt war, nachdem ich herausgefunden hatte, was für ein Mensch er in Wirklichkeit war. Aber das hieß nicht, dass es nicht trotzdem wehtat, dass er einfach weitermachte, als wären wir nie zusammen gewesen.

Aber ich weinte nicht.

Irgendwann hörte ich Sawyer mit jemandem sprechen, und gleich darauf hörte ich Schritte näher kommen.

»Dawn?«

Ich drehte mich unter der Decke um und lugte mit einem Auge darunter hervor. Allie hockte vor meinem Bett. Ich rückte ein Stück weiter zur Wand und hob die Decke an, damit sie sich zu mir legen konnte. Sie kam der stummen Aufforderung nach, und wenig später lagen wir beide in meiner Höhle.

Wir sahen einander an, und ich hatte Mühe beim Schlucken. Allies graugrüne Augen verdunkelten sich, als sie sah, wie fleckig meine Wangen waren. Trotzdem fragte sie nicht. Sie drängte mich nie zu irgendetwas. Das war einer der Gründe, weshalb ich sie so liebte.

»Ich habe dir Reese's mitgebracht«, sagte sie stattdessen.

Probeweise hob ich einen Mundwinkel, um zu sehen, ob das funktionierte. Erfolgreich war ich wohl nicht, Allies Stirn furchte sich noch weiter.

»Es muss echt schlimm sein, wenn deine Reaktion auf Reese's so aussieht.«

»Nate hat unser Haus gekauft«, flüsterte ich. Da war ein dicker Kloß in meinem Hals, der verhinderte, dass ich laut sprechen konnte. »Bestimmt holt er sich bald auch noch einen Malteser und nennt ihn Cupcake.«

»Dieses miese Arschloch.«

Ich nickte und stieß mit dem Kopf dabei fast gegen ihre Stirn. »Ich will mich nie wieder so fühlen, wie ich es gerade tue. Und das ist nur die abgeschwächte Version von dem, wie es damals aussah.« Ich rieb mir über den Brustkorb, als könnte ich auf diese Weise das unangenehme Gefühl darin vertreiben.

Allie hob eine Hand und strich mir über den Arm. Da lag kein Mitleid in ihrem Blick, sondern einfach nur Verständnis. Als wüsste sie genau, wovon ich sprach. »Wahrscheinlich wollte Nate dich deswegen anrufen. Um dir davon zu erzählen.«

Verächtlich schnaubte ich und ein paar Speichelspritzer landeten in Allies Gesicht. Sie kniff die Augen zusammen.

»Sorry.«

»Kein Problem. Dafür bin ich da.«

Jetzt lächelte ich schon ein bisschen mehr. Wenn auch immer noch schwach. »Ich kann nicht glauben, dass er *unser* Haus gekauft hat.«

»Davon hast du mir nie erzählt«, sagte meine Freundin leise.

Ich schluckte den elenden Kloß herunter und räusperte mich. »Es war eigentlich nur eine alberne Schwärmerei. Wir haben immer von der Zukunft geredet und geträumt. Ich wollte irgendwie mit der Schreiberei über die Runden kommen, während Nate sich in der Firma seiner Stiefmutter hochgearbeitet hätte und ... Wir überlegten uns, wohin wir ziehen würden. In diesem Haus hat seit Jahrzehnten ein Mann gewohnt, Ernest Maynard, auf dessen Tod alle im Ort nur gewartet haben, damit das Haus endlich zum Verkauf steht.«

»Das klingt richtig fies«, meinte Allie und ich nickte kräftig.

»Das war es auch. Zu meiner Verteidigung muss ich aber auch sagen, dass Ernest aussah wie ein Zweihundertjähriger.«

»Ein stolzes Alter.«

Wieder nickte ich, und die Decke raschelte an meinem Haar. »Wahrscheinlich war er erst hundertdreiundsechzig oder so. Da alle in unserem Umfeld über das Haus gesprochen haben, sind Nate und ich spaßeshalber einmal hingefahren und wurden beim Versuch, einen Blick ins Innere zu erhaschen, von Ernest erwischt. Er hat gedroht, die Polizei zu rufen.«

»Oh nein!«

»Am nächsten Tag sind Nate und ich mit Pralinen hingefahren, um uns bei ihm zu entschuldigen. Er hat uns reingelassen, und wir haben einen Tee getrunken.«

Allie grinste. »Und ihr habt das Haus von innen gesehen.«

»Es war ein Traum. Wirklich, Allie. Das schönste Haus, das ich jemals gesehen habe. Wie aus einem Bilderbuch, nur noch viel schöner. Ein richtiger Mädchentraum, romantischer Landstil und ... einfach das perfekte Haus. Ernest hat uns erzählt, wie er das Haus zusammen mit seinem Vater erbaut hat, und wurde total rührselig. Er wusste genau, wie sehr alle hofften, dass er bald den Löffel abgibt und ...« Ich musste mich räuspern, weil meine Stimme total belegt war. »Nate sagte ihm, dass sein Tod überhaupt nicht infrage kommt, solange wir noch so jung sind und nicht mitbieten könnten. Damals waren wir sechzehn.«

»Ihr habt schon damals davon geträumt, in das Haus zu ziehen?«

Ich zuckte mit den Schultern. »Bevor wir Ernest kennengelernt haben, war es nur eine Albernheit. Aber danach … änderten sich die Dinge.«

»Was ist mit Ernest geschehen?«

Ich holte zittrig Luft und zupfte an der Nagelhaut am Daumen herum. »Er ist vor einem halben Jahr gestorben.«

»Das tut mir leid.«

»Mir auch. Er hatte keine lebenden Verwandten, von daher wurde das Haus der Stadt überschrieben und nun offenbar verkauft.«

Ein harter Zug trat um Allies Mundwinkel. »An Nate.«

Ich nickte.

»Ach, Liebes.«

»Sieh es einfach so: Der dumme Wichser wird der Nächste sein, der in dem Druckshaus verreckt«, erklang Sawyers Stimme dicht neben uns.

Ich schlug die Decke beiseite. Meine Mitbewohnerin hatte sich ihren Klappstuhl neben mein Bett gezogen und lackierte ihre Nägel gerade auf meinem Nachttisch.

»Das ist total taktlos, Sawyer«, schalt Allie sie.

»Taktlos, aber wahr. Außerdem stehen wir auf ihrer Seite«, sagte Sawyer mit einem Nicken zu mir.

Allie setzte sich auf und blickte irritiert zwischen mir und Sawyer hin und her.

»Ich glaube, wir mögen uns jetzt«, erklärte ich und hörte meine Mitbewohnerin sofort einen angewiderten Laut ausstoßen.

»Wegen der Sache im Verbindungshaus? Weiß sie, dass du eingesperrt wurdest?«, fragte Allie aufgebracht.

»Du wurdest was?«

»Ach, das tut jetzt nichts zur Sache. Allie, du hattest Reese's erwähnt?«

Ihr blieb noch einen Moment lang der Mund offen stehen, dann schüttelte sie den Kopf und griff sich ihre Tasche vom Boden. »Sogar die großen.« Mit zufriedener Miene packte sie einen riesigen Beutel aus und öffnete ihn mit beiden Händen.

Sofort schnappte ich mir einen der Erdnussbutter-Cups und wickelte das dunkle Papier ab. Allie hielt Sawyer den Beutel ebenfalls hin, aber die hob nur ihre linke, metallic Blau lackierte Hand.

Kurzerhand wickelte ich den Rest des Papiers ab, robbte über das Bett und hielt ihr das kleine Schokotörtchen vor den Mund. »Mach A.«

Sawyer blickte erst skeptisch, schnappte dann zu und nahm gleich den ganzen Cup in den Mund, wodurch sie wie ein Hamster aussah, der sich einen Vorrat anlegte. Ich lachte, und das brach das Eis.

Den Freitagnachmittag verbrachten wir damit, die komplette Packung zu verdrücken, Allie gab sich die größte Mühe, mich von der Sache mit Nate abzulenken, und von Sawyer bekam ich sogar die Nägel lackiert. Eigentlich war es ganz schön, so verwöhnt zu werden. Leider setzte trotzdem keine gute Laune bei mir ein – der Schmerz über die Sache mit dem Haus klebte noch immer an mir wie zäher, klebriger Teer.

Als sich Sawyer später wieder in ihre Zimmerhälfte zurückzog, telefonierte Allie.

»Ich glaube nicht, dass wir heute noch rausgehen werden. Ich bin mir sicher, Dawn möchte lieber zu Hause bleiben.«

Ich horchte auf. »Dawn will nicht zu Hause bleiben. Dawn

will raus und vergessen, dass dieser Tag jemals existiert hat«, rief ich laut.

»Ja, das war sie.« Allie bedeckte das Handy und sah mich mit schräg gelegtem Kopf an. »Bist du dir sicher?«

Ich nickte energisch. Himmel, ja, ich wollte nicht im Wohnheim versauern und in Gedanken immer wieder das beschissene Maynard-Haus vor Augen sehen. Ich brauchte dringend frische Luft oder vielmehr die stickige Luft eines Clubs mit wummernder Musik, die mir die Erinnerungen aus dem Körper trieb.

kapitel 8

Ich war unaufhaltsam und großartig und Nate konnte mich mit seinem Haus mal kreuzweise! Schön, dass er seine Zukunft hatte –, dafür hatte ich eine fabelhafte Gegenwart. Und die lag hier, inmitten einer Gruppe wild tanzender Menschen, über deren Gesichter bunte Lichter flackerten und die sich mit mir dem Takt eines wilden Beats hingaben.

Allie und mein Kumpel Scott wirbelten mich herum und sorgten dafür, dass ich ins Schwitzen kam – und zwar auf eine richtig gute Weise.

Meine Schuhe waren so hoch, dass ich zur Abwechslung mal auf einer Höhe mit meinen Freunden war. Allie hatte mich neu geschminkt und meine Haare gelockt. Ich trug ein petrolblaues Kleid, das ab der Taille abwärts weiter fiel und beim Tanzen schön um meine Beine schwang. Ich vergaß mich in der Musik, tanzte mit geschlossenen Augen und ließ mich in Drehungen führen, von denen mir schwindelig wurde.

Allie und ich waren geradewegs ins *Hillhouse* gefahren, dem einzigen Club in der Nähe des Campus, bei dem die Ausweise nur stichprobenartig geprüft wurden. Sawyer hatte anderweitige Pläne, zumindest hatte sie das behauptet. Vermutlich musste sie erst einmal den Nachmittag verarbeiten, den sie mit mir und Allie verbracht hatte.

Irgendwann stießen Monica und Ethan zu unserer kleinen

Tanzgruppe und bewegten sich mit uns im Takt. Ich genoss das Gefühl des Basses in meinen Knochen und ließ die Wut über Nate mit hemmungslosen Bewegungen heraus. Meine Laune war immer noch nicht die beste, aber immerhin war ich von ein paar meiner liebsten Menschen umgeben.

»Oh Gott«, hörte ich Allie dicht neben mir murmeln und ich öffnete die Augen und folgte ihrem Blick.

Monica und Ethan gingen sich gerade heftig an die Wäsche. So richtig. Sie tanzten wie zwei einander Unbekannte, die auf einen One-Night-Stand hofften und dabei aussahen, wie sich paarende Paviane. Das ganze Programm, mit wackelnder Hüfte am männlichen Vorderteil, in den Nacken gelegten Köpfen, feuchten Über-die-Schulter-Küssen und … Bäh.

»Trinkpause?«, fragte ich Allie und Scott und beide hakten sich bei mir unter.

Wir gingen zu unserem Tisch, an dem neben Scotts Freund Micah nun auch Kaden eingetroffen war. Ich ließ mich auf die Sitzbank fallen, gegenüber von Scott und Micah, und nahm einen kräftigen Schluck meiner Cola. Am Tischende zog Kaden Allie gleich zwischen seine Beine und legte den Kopf in den Nacken. Die beiden trafen sich in einem Kuss, und Kaden murmelte irgendetwas, das Allies Wangen dazu brachte, sich rosa zu färben. Im Gegensatz zu mir war sie eines dieser Mädchen, an denen diese leichte Röte sehr hübsch aussah. Erst danach ließ Kaden sie los und sie setzte sich auf den Platz neben ihn.

»Hallo, Spannerin«, wandte sich Kaden dann an mich und stützte sich mit den Ellenbogen auf dem Tisch ab.

Ich hob eine Braue. »Ja. Haha. Ich habe dich nackt gesehen. Große Sache.«

Scott stieß einen Laut aus, der mich an ein sterbendes Schwein erinnerte. »Du hast was?«

»Mach dir nichts draus. Mich hat er auch schon so bezeichnet«, sagte Allie kopfschüttelnd. Sie kam trotzdem nicht umhin, zu grinsen.

»Wieso hast du Kaden nackt gesehen?«, hakte Scott nach.

»Das würde mich auch interessieren«, pflichtete Micah ihm bei.

»Ich wollte in Allies Wohnung arbeiten. Und da war er«, ich deutete mit dem Kopf auf Kaden, »zufälligerweise unbekleidet.«

»Darf ich auch einen Schlüssel zu eurer Wohnung bekommen, um dort zu arbeiten?«, fragte Scott an Allie gewandt.

»Unsere beiden Ersatzschlüssel wurden leider schon an Spence und Dawn vergeben. Sorry, Scott«, antwortete sie.

Jetzt wandte er sich hoffnungsvoll an mich.

Ich schüttelte den Kopf. »Ich fürchte, ich muss nein sagen. Auch wenn dein Dackelblick sehr wirkungsvoll ist.«

Das brachte Scott zum Schmollen, woraufhin Micah aufstand und ihm die Hand hinhielt. »Komm.«

Er schlug ein und warf noch einen Blick zu uns zurück. »Ich habe diesen Zweitschlüssel nicht nötig, wie ihr seht.«

Die beiden zogen ab zur Tanzfläche und bewegten sich wenig später im Takt eines neuen Songs. Micah hatte es wirklich drauf. Er besaß diese lässige Eleganz, die ich bisher an sehr wenig Menschen gesehen hatte. Die beiden gaben ein herrliches Kontrastbild ab. Scott mit seinem blonden gestylten Haar, Micah mit dem kurzen krausen Haar und der bronzefarbenen Haut.

Ich wollte meine Schwärmerei für die beiden gerade mit Allie teilen, da nahm ich Schmatzgeräusche von der anderen Seite des Tisches wahr.

»Wie ich sehe, komme ich genau richtig«, erklang plötzlich Spencers Stimme neben mir.

Ich riss den Kopf herum und starrte an ihm hoch. Wieso musste er immer diese elenden Hemden tragen? Und wieso, wieso, wieso fand ich seinen Anblick jedes Mal wieder einfach nur atemberaubend?

In meiner Brust flatterte es verräterisch.

Ich freute mich, ihn zu sehen. Das war einfach nur beschissen. Noch beschissener wurde es, als mein Blick irgendwie an seinem Mund hängenblieb. Eine Mordshitze sammelte sich in meinem Magen.

Dann grinste Spencer. Als verstände er genau, was gerade in mir vorging. Dabei kapierte er überhaupt nichts.

Er konnte nicht wissen, dass mich die Tatsache, diesen Kuss wiederholen zu wollen, unglaublich wütend machte. Er wusste nichts von der Angst, die sich in mir ausbreitete, wenn mein Herz bei seinem Anblick zu hüpfen begann. Das, was sich da in mir entwickelte, war überhaupt nicht gut. Spencer war nicht gut für mich. Ich würde sicher keine Gefühle für ihn entwickeln und ihn so dicht an mich heranlassen, dass er die Macht darüber bekam, mich so zu verletzen, wie Nate es getan hatte. Ich würde nie wieder Schmerzen wegen eines Kerls haben. Also konnte Spencer sich sein besserwisserisches Grinsen sonst wohin schieben.

Ruckartig erhob ich mich. »Ich gehe tanzen«, sagte ich laut, damit Allie und Kaden wussten, wohin ich ging.

Ohne Spencer noch einmal anzusehen, flüchtete ich mich schnellen Schrittes auf die Tanzfläche. Meine Freunde schienen alle mit sich selbst beschäftigt zu sein, also suchte ich mir eine freie Fläche und bewegte mich allein.

Es lief ein Song von Fifth Harmony, der mir sonst total auf den Keks ging, heute aber genau das war, was ich brauchte.

Ich wiegte mich im Takt und mir war total egal, was die Leute um mich herum taten. Es war gleichgültig, was geschehen war, weil ich hier war, die Musik meine Haut streichelte und meine Gedanken betäubte. Das hier war besser als Alkohol.

Irgendwann öffnete ich die Augen wieder und entdeckte einen Kerl, der mich anlächelte. Er stand in einigem Abstand zu mir und wiegte sich ebenso im Takt wie ich.

Heute war alles egal.

Keine Gefühle, keine Trauer, keine Erinnerungen. Keine Angst.

Ich verringerte den Abstand zwischen uns, und der Kerl tat es mir gleich. Wir tanzten ausgelassen zu trashiger Musik. Es war toll. Ich ließ mich von ihm ablenken und in Drehungen führen, ließ zu, dass er mich berührte, einfach, weil ich es konnte. Ich hatte die Macht über meine Gefühle und konnte entscheiden, was dieser Abend mit sich brachte. In mir war kein Platz für Schmerz und Angst, sondern nur für Spaß und Leichtigkeit. Es gab nur diesen Fremden mit dem dunklen Haar und der undefinierbaren Augenfarbe, diesen Song und unsere Bewegungen im Gleichtakt.

Bis ich hinter mir plötzlich jemand anderes spürte. Ich wusste sofort, wer mich da antanzte. Meine Haut kribbelte und mein Herz hatte wieder diesen merkwürdigen Aussetzer. Ich warf einen Blick über die Schulter und sah Spencer an. Doch er blickte nicht mich, sondern den Kerl wütend an, mit dem ich tanzte.

Der wandte sich sofort lächelnd von mir ab. Es dauerte keine zehn Sekunden, bis er das nächste Mädchen gefunden hatte.

Wütend drehte ich mich zu Spencer um. »Was sollte das?«, fauchte ich.

»Ich will nicht dabei zusehen, wie du mit anderen Kerlen tanzt. Lenk dich lieber mit mir ab.« Er schlang einen Arm um meine Taille, als dürfte er das einfach, als hätte er ein Recht darauf, mich so zu berühren.

Aber das hatte er nicht. Und ich würde ihm dieses Recht niemals zusprechen, weil es nur weiteren Schmerz bedeutete.

»Hör auf«, sagte ich.

»Das geht nicht.« Er strich mir über den Rücken, und obwohl ich das Gegenteil wollte, zerfloss ich in seinen Händen. Er kam mit dem Mund ganz dicht an mein Ohr. »Ich kann nicht aufhören, wenn es um dich geht, Dawn.«

Die Musik, die bis eben noch meinen ganzen Körper erschüttert hatte, war in meinen Ohren völlig verklungen. Ich hörte nichts mehr, spürte nur noch Spencer, seine bedeutungsvollen Worte, und alles in mir schrie seinen Namen. Aber es ging nicht. Es ging einfach nicht. Sich auf ihn einzulassen, bedeutete, dass ich ihm vertrauen musste. Und das tat ich nicht. Wenn nicht gewiss war, was danach folgen würde.

»Im Ernst, Spencer. Lass mich los«, brachte ich zwischen zusammengebissenen Zähnen hervor und stieß ihn mit beiden Händen heftig gegen den Brustkorb.

Bestürzt sah er mich an und hob sofort entwaffnet die Hände.

»Du kannst nicht einfach herkommen und einen auf eifersüchtig machen, nur weil wir uns geküsst haben. Wir sind nicht zusammen. Du hast keinen Anspruch auf mich. Und den wirst du auch niemals bekommen, weil ich ihn dir nicht geben werde. Also lass mich gefälligst in Ruhe!«

Totenstille.

Wortwörtlich. Der ganze Club war für einen Moment still, bevor der nächste Song begann. Unsere kleine sichere Blase war beim Klang meiner schrillen Stimme geplatzt, und mehrere Leute hatten die Köpfe in unsere Richtung gedreht – darunter auch unsere Freunde.

Spencer sah mich aus dunklen Augen an, seine Lippen leicht geöffnet, die Brauen ein wenig in die Höhe gezogen. Dann biss er die Zähne fest zusammen und senkte den Blick auf seine Schuhspitzen. Vielleicht sah er auf dem Boden auch nach einem Loch, in das er sich verkriechen – oder mich schubsen – konnte.

Ehe ich mich versah, lief er mit großen Schritten in Richtung Bar davon.

Spencer betrank sich. Ich sah ihm aus der Ferne dabei zu, wie er einen Drink nach dem anderen in sich hineinkippte und auch nicht damit aufhörte, als Kaden aufstand und versuchte, ihn davon abzuhalten.

Ich fühlte mich hundsmiserabel.

Er war mein *Freund*. Ich hätte ihm diese Worte niemals an den Kopf werfen sollen, nur weil ich mich vor meinen Gefühlen fürchtete. Ich wusste, dass ich damit alles kaputtgemacht hatte. Uns, unsere Freundschaft und anscheinend auch Spencers Abneigung gegen Alkohol.

Ich hatte ihn noch nie betrunken erlebt und stellte fest, dass ich es schrecklich fand. Immer wenn er einen Drink geleert hatte, wedelte er mit dem Glas in der Luft herum und verlangte prompt den nächsten. Zwischendurch sah ich wildfremde Mädchen auf ihn zukommen, die sich an seine Seite stellten und mit ihm flirteten. Er ging darauf ein, tanzte sogar mit ein paar davon und kehrte dann zurück zur Bar.

»Das ist so ein Mist«, murmelte Monica. »Er betrinkt sich nie.«

»Das habe ich nicht gewollt«, wiederholte ich zum dritten Mal.

»Du hättest vielleicht nicht ganz so hart zu ihm sein müssen«, sagte Monica, während Ethan an ihrem bunt gesträhnten Haar herumspielte.

»Sie sind beide erwachsen. Du kannst Dawn nicht die

Schuld für sein Verhalten geben«, erwiderte er leise und küsste ihren Hals. »Er ist einundzwanzig Jahre alt, Baby. Da betrinkt man sich schon mal, wenn man einen miesen Abend hatte.«

»Du hast recht.« Sie seufzte. »Sorry, Dawn.«

Ich lächelte beschwichtigend. *Sie* hatte recht, nicht Ethan. Und wir beide wussten es.

Nach und nach verließen die anderen den Club, alle klopften mir auf die Schulter oder tätschelten mir den Arm. Anscheinend gab ich einen sehr mitleiderregenden Anblick ab. Es wäre mir lieber gewesen, sie hätten mich angeschrien oder mir die Schuld dafür gegeben, dass Spencer gerade seine Prinzipien über Bord warf.

»Es ist nicht deine Schuld«, sagte Allie.

Zum ersten Mal wünschte ich mir, Sawyer wäre bei mir. Ihre Ehrlichkeit und Direktheit hätte ich in dieser Situation gut gebrauchen können. Allie meinte es nur gut, aber sie log. Das alles war sehr wohl meine Schuld, und ich konnte nicht nach Hause, solange Spencer sich in diesem selbstzerstörerischen Zustand befand.

Kaden kehrte zurück an unseren Tisch. »Guck nicht so gequält, Dawn. Er braucht jetzt einfach ein bisschen Abstand.«

Ich brummte und versuchte, seinen Worten irgendeine Bedeutung zu schenken. Es gelang mir nicht. Spencer unterhielt sich gerade mit Mädchen Nummer sieben. Er lächelte und nippte an seinem Drink, dann hob er eine Hand und bestellte etwas für seine neue Freundin. Sie strahlte ihn an und spielte mit ihrem Haar. Vermutlich wollte sie sich gerade auf seinen Schoß setzen, als er sich erhob und sein Handy aus der Hosentasche holte. Er nahm einen Anruf entgegen und hielt sich mit der anderen Hand ein Ohr zu. Er machte ein paar Schritte zur Seite, weg von Mädchen Nummer sieben, ohne noch einen Blick zu ihr zurückzuwerfen. Seine Schultern sackten in sich zusammen. Für einen Moment lang fürchtete ich, er würde sich mitten auf dem Tresen erbrechen. Doch dann schob er das Telefon zurück in die Jeans, knallte ein paar Scheine auf die Bar und verschwand in der Menschenmenge in Richtung Ausgang.

Alarmiert sah ich Kaden an, doch er hatte gerade nur Augen für seine Freundin und schob ihr das Haar aus dem Gesicht. Allie beugte sich zu ihm runter und wisperte ihm etwas ins Ohr, das ihn dazu brachte, sie heftig zu küssen.

Mist.

Ich schnappte mir meine Tasche, sprang mit einer flüchtigen Erklärung auf und schob mich durch die Menge nach draußen. Kalte Nachtluft peitschte mir entgegen, noch immer regnete es wie verrückt. Ich schirmte mir die Augen mit einer Hand ab und sah mich auf dem Parkplatz um.

Inzwischen hatte sich der Zustrom der Partywütigen gelichtet und vor dem *Hillhouse* standen kaum noch Wagen. Bloß vereinzelt liefen ein paar junge Leute an mir vorbei. Spencers rostroter Volvo stach selbst in dunkelster Nacht noch unter anderen Fahrzeugen hervor. Ebenso wie das Licht, das gerade im Wagen anging.

»Scheiße«, zischte ich.

Er war vollkommen durchgeknallt.

Ich überlegte nicht lange, sondern sprintete los –, was auf meinen High Heels im Regen ein wirkliches Unterfangen war. Ich stolperte ein paar Mal, konnte mich aber noch rechtzeitig fangen, bevor mein Gesicht Bekanntschaft mit den Pflastersteinen machte. Bereits von Weitem konnte ich Spencer fluchen hören. Die Fahrertür stand weit offen.

Mit geröteten Wangen saß er auf dem Fahrersitz und versuchte, den Autoschlüssel in die Zündung zu bekommen.

»Was zum Teufel machst du da?«, fuhr ich ihn an. »Bist du völlig übergeschnappt?«

Er fluchte wieder und stocherte weiter mit dem Schlüssel in der Luft herum. Er verfehlte die Zündung immer wieder, und ich hätte kaum dankbarer dafür sein können.

»Spencer, du solltest wirklich nicht mehr fahren. Nicht in diesem Zustand.« Ich lehnte mich ein Stück vor. »Bitte, hör auf damit.«

Er tat so, als würde er meine Anwesenheit überhaupt nicht bemerken.

»Ich mache mir Sorgen um dich«, versuchte ich es erneut und streckte den Arm vorsichtig nach dem Autoschlüssel aus.

Spencers linke Hand schoss hervor, und er packte mein Handgelenk. »Du weißt, dass ich eine ziemliche Schwäche für dich habe«, sagte er, ohne mich anzusehen, »aber im Moment verspüre ich keine große Lust auf deine Gesellschaft, Dawn.« Er stieß meine Hand weg. »Wirklich nicht.«

Es fühlte sich an, als hätte er mich geohrfeigt, und ich spürte, wie meine Kehle ganz trocken wurde.

Noch einmal versuchte Spencer, den Schlüssel in die Zündung zu stecken. Wieder ging es daneben. »Fuck.«

»Lass mich fahren.«

»Verschwinde, Dawn.« Er nuschelte.

»Bitte.«

»Komm schon«, murmelte er, bekam den Griff aber einfach nicht koordiniert. »Verdammte Scheiße!« Er schlug mit der Handfläche kräftig aufs Lenkrad, einmal, zweimal, mit geballter Faust noch einmal, und ich traute mich nicht, ihn davon abzuhalten.

Es dauerte eine Weile, bis er aufhörte, mit voller Wucht das Lenkrad zu verprügeln. Danach sank er mit der Stirn darauf, das Steuer mit beiden Händen fest umklammert.

»Ich hole Kaden«, sagte ich leise.

Wieder kam seine Hand aus dem Nichts. Diesmal packte er

mich am Saum meines Kleides. Wahrscheinlich realisierte er es nicht einmal.

»Nein.« Seine Hand bebte an meinem Oberschenkel, so aufgewühlt war er. »Wieso ausgerechnet heute?« Er hob den Kopf, lehnte ihn an die Kopfstütze und ließ ihn dann auf die Seite fallen, um mich aus dunklen Augen anzusehen. Schweißperlen traten ihm auf die Stirn, und seine Hand hörte nicht zu zittern auf.

Das war nicht Spencer. Der Spencer, den ich kannte, verlor nicht derart den Kopf, betrank sich nicht und versuchte dann, mit dem Auto zu fahren. Irgendetwas stimmte ganz und gar nicht, das sah ich ihm deutlich an. Das lag nicht nur an der Sache mit uns. Das konnte ich fühlen.

»Was ist passiert?«, flüsterte ich. Alles in mir drängte mich dazu, ihn in den Arm zu nehmen und ihm zu sagen, dass alles wieder gut werden würde.

»Ich muss nach Hause«, krächzte er, seine Augen unverwandt, aber dennoch verschleiert auf mich gerichtet.

»Dann fahre ich dich nach Hause. Ich kann von dort aus zu Fuß gehen.«

Er schüttelte leicht den Kopf. »Nein. Portland. Ich muss nach Portland.« Er nuschelte etwas, das schwer nach »Notfall« klang und meine Alarmglocken schrillen ließ.

»Rutsch rüber. Ich fahre dich nach Portland.«

Seine Mundwinkel verzogen sich bitter. »Ich kann dich gerade echt nicht sehen, Dawn.«

»Du kannst nicht im betrunkenen Zustand zweieinhalb Stunden Autofahren. Lass mich *irgendetwas* für dich tun, Spencer«, flehte ich und umschloss seine Hand mit meiner, um das Zittern zu unterdrücken. »Bitte. Bitte, rutsch rüber.«

Er senkte den Blick auf unsere Hände. Nach einem kurzen Moment nickte er. Ich ließ seine Hand sofort los, und er versuchte, den Sicherheitsgurt zu lösen. Nach drei Versuchen und einem weiteren gelallten Fluch beugte ich mich über seinen Schoß und half ihm. Schwerfällig hievte er sich über die Mittelkonsole und stieß sich dabei den Kopf hart am Griff über der Beifahrertür.

Ich hatte ihn noch nie derart viel fluchen hören.

Ich schlüpfte aus meinen Mörderhacken, da ich mit den Absätzen mit Sicherheit nicht würde fahren können, und legte sie zusammen mit meiner Tasche im Fußraum vor Spencer ab. Danach schnallte ich ihn schnell an und löste seine Finger vom Schlüsselbund.

»In Portland musst du mir sagen, wo ich lang fahren muss. Schaffst du das?«, fragte ich, während ich den Motor startete.

Er brummte, was ich als Zustimmung deutete.

»Keine Sorge. Alles wird wieder gut«, murmelte ich und machte mich mit den Funktionen des Wagens vertraut.

»Das ist eine Lüge.«

Ich sah ihn an, doch er wich meinem Blick aus und schaute aus dem Fenster.

»Alle sagen das ständig, und ich warte und warte, und es passiert einfach nicht. Manche Dinge kann man nicht rückgängig machen. Nichts wird jemals wieder gut.« Er nuschelte, und ich verstand ihn kaum, geschweige denn dass ich die Bedeutung seiner Worte in irgendeiner Weise begriff. Ich wusste nicht, was ihn derart belastete, und ich war mir auch nicht sicher, ob ich ihm dabei helfen konnte. Das Einzige, was ich machen konnte, war, ihn sicher nach Hause zu fahren. Also lenkte ich den Wagen vorsichtig über den Parkplatz zur Hauptstraße. Immer weiter, in Richtung Highway, auf den Weg nach Portland.

kapitel 9

Die erste Dreiviertelstunde schlief er.

Dann musste er sich übergeben und ich hielt am Rand der Straße an. Ich konnte ihm zwar nicht die Haare halten, so wie Allie es mal bei mir gemacht hatte, aber ich rieb ihm über den Rücken und murmelte beruhigende Worte, von denen ich hoffte, dass sie irgendwie zu ihm durchdrangen. Ich half ihm zurück zum Wagen, und diesmal schaffte er es sogar alleine, sich anzuschnallen.

Nach eineinhalb Stunden musste ich anhalten, um zu tanken. Neben neongrünen Flipflops aus einer Grabbelkiste besorgte ich einen großen Kaffee, eine Flasche Wasser und ein Sandwich für Spencer. Als ich zurück zum Wagen kam, war er gerade dabei, seine Jacke auszuziehen.

»Was machst du?«, fragte ich mit sanfter Stimme und verstaute den Kaffee im Getränkehalter zwischen uns.

»Anziehen«, sagte er nur und warf mir den schwarzen Parka in den Schoß.

Selbst betrunken hatte der Kerl Manieren. Ich hatte meine Jacke im *Hillhouse* liegengelassen und trug nur mein dünnes, blaues Kleid. Wobei jetzt auch noch neongrüne Flip-Flops dazukamen, damit ich beim Fahren nicht mehr vom Pedal rutschte. Die Temperatur lag mit Sicherheit nur knapp über dem Nullpunkt, ich fror tatsächlich ziemlich.

»Gut. Aber nur, wenn du die hier«, ich hielt ihm meine geöffnete Hand mit zwei Aspirin entgegen, »nimmst und den Kaffee trinkst.«

Sein Blick ging über die Tabletten in meiner geöffneten Hand zum Wasser in der anderen. »Danke.«

Ich öffnete ihm die Flasche und er ließ mich nicht aus den Augen, während er trank und sein Adamsapfel kleine Sprünge machte. Er setzte das Wasser ab und hielt es mir wieder hin. Ich schraubte den Verschluss fest zu, ersetzte den Kaffee im Getränkehalter durch die Flasche und hielt Spencer stattdessen den dampfenden Pappbecher hin. Wie versprochen zog ich seinen Parka an und ließ mich von seinem Geruch einlullen. Erst danach lenkte ich den Wagen wieder von der Raststätte.

Nachdem er den Kaffee halb ausgetrunken hatte, ging es ihm deutlich besser. Trotzdem wollte er nichts vom Sandwich wissen und verlangte von mir, dass ich es außerhalb seiner Reichweite verstaue. Am besten an einen Ort, an dem er es nicht riechen konnte. Stattdessen nahm er einen Kaugummi aus der Hosentasche und kaute darauf herum. Ein angenehmer Minzgeruch breitete sich zwischen uns aus.

Die Stimmung war angespannt. Ich musste mich konzentrieren, weil ich einerseits so schnell wie möglich fahren, andererseits aber lebend ankommen wollte. Nebenbei versuchte ich, Spencer abzulenken und erzählte ihm von Sawyers merkwürdigem Fotoshooting und den erfolglosen Datingversuchen meines Dads.

Er hörte zu und schien nichts gegen mein Geplauder zu haben, redete aber nicht mit mir. Er sagte kein Wort, was derart ungewöhnlich für ihn war, dass mir ganz flau im Magen wurde.

Mein Handy klingelte mehrmals. Bestimmt wollte Allie wissen, was los war. Ich ignorierte sie. Irgendwann holte Spencer seins aus der Hosentasche und tippte darauf herum. Kurz danach hörten die Anrufe auf.

Den Rest der Strecke verbrachten wir schweigend. Eigentlich war der Weg sehr schön, mitten durch den National Forest, mit riesigen dunkelgrünen Baumwipfeln hoch über uns und weißen Bergspitzen umgeben von Wolken, aber der Grund für die Fahrt und die Tatsache, dass es neben dem peitschenden Regen so still im Auto war, sorgten dafür, dass ich nichts davon genießen konnte.

Spencer gab mir knappe Anweisungen, dass ich in Richtung Eastside fahren sollte. Der Weg war mir vertraut, obwohl ich weiter westlich in Beaverton aufgewachsen war, und es dauerte nicht lange, bis wir in Eastmoreland ankamen.

Wir fuhren eine wunderschöne Allee entlang, vorbei an breiten Toren und weiten Auffahrten, die manchmal so lang waren, dass das dazugehörige Haus gar nicht zu erkennen war. Keines der Anwesen war mit dem Bungalow zu vergleichen, in dem ich aufgewachsen war. Wer hier wohnte, musste steinreich sein.

»Du kannst hier halten«, sagte Spencer unvermittelt und deutete mit dem Arm nach rechts auf den Seitenrand der Straße.

Ich kam der Anweisung nach und wusste nicht genau, was ich jetzt tun sollte. Spencer sah nach draußen, blickte die Auffahrt hoch, vor der ich den Wagen geparkt hatte. Meine Hände waren klebrig vom langen und konzentrierten Fahren.

»Brauchst du Hilfe?«, fragte ich leise.

Spencer schnallte sich selbst ab und schüttelte den Kopf. Er öffnete die Tür und nahm einen tiefen Atemzug. Dann erhob er sich – und sank prompt zurück auf den Beifahrersitz. Er klammerte sich so stark am Rand der Sitzfläche fest, dass seine Hände ganz kalkig aussahen.

Ich zog den Schlüssel aus der Zündung und beeilte mich

beim Aussteigen. Zügig ging ich um den Wagen herum und schlang meinen Arm um Spencer.

»Ich brauche deine Hilfe nicht«, knurrte er.

Ehrlich, er knurrte mich an.

Ich verpasste ihm einen Klaps auf die Schulter und verstärkte meinen Griff um seine Hüften. »Ich bringe dich rein. Punkt, aus, Ende.«

»Du bist herrisch«, murmelte er, als ich ihm beim Aufstehen half. Er zog die Luft tief ein und legte den Arm schließlich auf meiner Schulter ab.

»Und du immer noch betrunken.« Ich schloss die Autotür mit dem Fuß und blieb beinahe mit meinem Flipflop hängen.

»Ich trinke eigentlich nicht«, sagte Spencer und rieb sich mit der freien Hand über die Stirn. »Zumindest nicht mehr als ein Bier zumindest.« Er bemerkte seine Wortwiederholung und seine Lippen verzogen sich missmutig.

»Ich weiß, Spence. Ich weiß«, sagte ich und stützte ihn den Gehweg zu einem schmiedeeisernen Tor hinauf.

»Genau wegen so etwas trinke ich nicht. Genau wegen …« Seine Stimme verklang und er biss die Zähne fest zusammen.

Mein Gott, was war hier nur passiert?

Ich konzentrierte mich darauf, ihn sicher zum Tor zu führen. Ich half ihm dabei, es aufzuschließen, sein Gewicht schwer auf mir, obwohl er versuchte, Haltung zu wahren. Das Tor quietschte, und wir traten hindurch.

Ich traute meinen Augen kaum.

Vor mir ragte das größte Anwesen auf, das ich jemals gesehen hatte. Dieses Haus war gigantisch. Terrakottafarbene Ziegel zogen sich über das Satteldach mit breiter Schleppgaube über dem Haupteingang. An den Seiten des Dachs befanden sich zwei weitere Gauben, die ins Dach eingelassen waren. Die

Fassade des Gebäudes bestand aus einem hellen Gestein, und die Fensterrahmen passten zu den Ziegeln. Der Vorgarten war bewachsen von unzähligen Bäumen und Sträuchern, die jetzt noch kahl waren, aber mit Sicherheit bald aufblühen würden, und der Rasen sah gepflegt aus. Zwei schicke, schwarze Wagen parkten auf dem weitläufigen Vorhof.

»Heiliges Kanonenrohr«, entfuhr es mir.

Im nächsten Moment ertönte ein gedämpfter Schrei aus dem Haus und ich erstarrte. Spencers Hand verkrampfte sich auf meiner Schulter und er zog mich weiter.

Wieder ein gellender Schrei. Das war ein Mädchen, das da schrie, da war ich mir ziemlich sicher.

»Spencer …«, fing ich an, aber ein Blick von ihm genügte, um mich zum Schweigen zu bringen.

Ich schluckte trocken und beeilte mich, ihn die letzten Meter zur Haustür zu bringen. Dort angekommen nahm er den Arm von meiner Schulter und drückte den Rücken durch. Er nahm noch einen tiefen Atemzug. Ein. Aus. Schüttelte die Hände aus. Und auf einmal wirkte er völlig entspannt. Der bittere Zug um seinen Mund war verschwunden, noch dazu jegliche Anzeichen dafür, dass er bis eben noch auf meine Hilfe angewiesen gewesen war.

Seine Hände zitterten nicht mehr. Mit einer erstaunlich koordinierten Bewegung drehte er den Schlüssel im Schloss herum und hielt die Tür auf. Ich folgte ihm ins Haus.

Wieder blieb mir die Luft weg.

Wir standen in einem Foyer, das größer war als das Wohnzimmer und die Küche meines Dads zusammen. Marmorfußboden. Eine abstrakte Statue neben einem Glastisch mit geschwungenen Beinen, auf dem ein riesiger Strauß Blumen in einer Vase stand, die im hellen Schein der Lampen glitzerte und ihr Licht an den cremefarbenen Wänden reflektierte. Direkt daneben führten zwei Treppenaufgänge mit verschnörkelten Geländern ins Obergeschoss.

Die Cosgroves waren nicht nur ein bisschen wohlhabend.

Sie mussten steinreich sein.

Ich traute mich gar nicht richtig, Spencer mit meinen neongrünen Latschen weiter ins Haus zu folgen. Ich kam mir auf dem teuren Bodenbelag nicht ganz würdig vor.

Ein lautes Scheppern hallte an den hohen Wänden des Foyers wider, und Spencers Schultern verspannten sich erneut. Scherben klirrten zu Boden und mein Atem beschleunigte sich. Wir liefen auf der rechten Treppe nach oben, Spencer klammerte sich am Geländer fest und nahm zwei Stufen auf einmal. Er war schnell, sprintete durch einen Flur an Türen vorbei, und wieder erklang das hohe Kreischen, diesmal ganz nah. Am Ende des Flurs hielt er inne und sah über die Schulter zu mir.

»Du kannst nicht mit reinkommen«, sagte er mit fester Stimme.

Ich erkannte ihn kaum wieder, mit diesem gebieterischen Tonfall und der Ernsthaftigkeit in den Augen.

»Ich warte hier«, wollte ich noch sagen, da war er schon durch die Tür getreten und hatte sie hinter sich geschlossen.

Ich konnte Stimmengewirr hören. Die vorwurfsvolle Stimme eines Mannes. Spencer, der leise etwas erwiderte. Den besänftigenden Tonfall einer Frau, die dazwischenging. Sie wurden vom nächsten Schrei unterbrochen, der sich in ein Jaulen abmilderte, als Spencer etwas sagte. Seine Stimme klang weich und beständig, übte einen beruhigenden Einfluss auf mich aus, obwohl ich mit dem Rücken gegen die Wand lehnte und mich nicht im selben Zimmer befand. Ein herzzerreißendes Schluchzen erklang. Das Mädchen stieß klagende Laute aus, die mir einen Schauer über den Körper jagten. Immer wenn

Spencer etwas sagte, war einen Moment lang Ruhe. Dann ging das Ganze von vorne los.

Nach kurzer Zeit öffnete sich die Tür und zwei ältere Leute, von denen ich vermutete, dass es Spencers Eltern waren, traten in den Flur.

Das Erste, was mir auffiel, war, dass Spencer wie die perfekte Mischung aus den beiden aussah. Er hatte die Gesichtsform seines Vaters und die Augen seiner Mutter.

Was mir als Zweites einfiel, war, dass ich ein schreckliches Bild abgeben musste. Mr Cosgrove musterte mich, als wäre ich eine Obdachlose, die unerlaubt in sein Haus eingedrungen war.

Mir egal. Dafür trug er einen gestreiften Schlafanzug.

»Du musst Dawn sein«, sagte Spencers Mutter. Sie hielt mir die Hand entgegen.

Ich ergriff sie und hoffte, dass meine Handfläche nicht klebte.

»Freut mich, Sie kennenzulernen, Mrs Cosgrove«, gab ich mit einem hoffentlich aufmunternden Lächeln zurück.

Das Jaulen wurde wieder lauter, und ich zuckte zusammen.

»Kommen Sie mit nach unten, Dawn«, sagte Mr Cosgrove unvermittelt und legte seine Hand zwischen meine Schulterblätter, um mich durch den Flur zu schieben.

Ich wünschte, Spencer wäre bei mir.

Mrs Cosgrove machte mir einen Becher heiße Schokolade und fand damit den direkten Weg in mein Herz. Leider half der Becher dampfender Köstlichkeit nicht, die bedeutungsschwere Stille zu vertreiben, in der mir das Ticken der riesigen Standuhr unnatürlich laut vorkam. *Tick-tack.*

Ich fühlte mich genauso, wie Mr Cosgrove mich ansah. Wie ein Störenfried. Ein Fremdkörper, der schnellstens entfernt werden musste.

Ich wünschte, ich hätte einfach im Auto gewartet, statt derart in die Privatsphäre dieser Menschen einzudringen.

Tick-tack.

»Sie haben ein wunderschönes Haus, Mr und Mrs Cosgrove«, sagte ich und machte mit der Hand eine Geste, die den ganzen Salon einschloss. Ein Feuer brannte in dem mit Gas betriebenen Kamin und strahlte ein schönes Licht aus, das dem Raum eine angenehme Atmosphäre verlieh. Ich saß auf einem … Keine Ahnung, wie diese Dinger mit den hochgebogenen Sitzflächen ohne Armlehnen hießen. Auf jeden Fall war mein Hintern komplett in das Ding eingesackt, und ich fragte mich, ob ich jemals wieder würde aufstehen können.

Vermutlich musste ich mir darüber aber keine Sorgen machen. Mr Cosgrove würde mir im Notfall höchstwahrscheinlich persönlich unter die Arme greifen und mich aus seinem Haus hinausschleifen.

»Vielen Dank, das ist sehr aufmerksam von dir, Dawn.« Mrs Cosgrove lächelte mich warmherzig an. In ihren Augen stand noch immer Sorge.

»Von wo kommen Sie?«, fragte Mr Cosgrove prompt.

»Ich bin in Portland aufgewachsen, Sir.«

»Wo genau?«

»Beaverton, Sir.«

Er machte einen grunzenden Laut und lehnte sich im Sessel zurück.

»Und du studierst auch in Woodshill?«, fragte Spencers Mutter, und erleichtert wandte ich mich wieder an sie.

»Ich studiere im zweiten Semester Englisch und Creative Writing. Die Uni ist toll, ich fühle mich wirklich …«

Wieder ein Schnauben von Mr Cosgrove.

»… sehr wohl dort.«

Mrs Cosgrove nickte bekräftigend. »Spencer war nicht besonders begeistert, nicht in Portland genommen worden zu sein, aber inzwischen berichtet er auch nur Gutes.«

»Es ist auch wirklich schön dort. Nicht nur der Campus, sondern auch der Unterricht. Ich habe fast nur Dozenten, die sich für die Bedürfnisse der Studenten einsetzen. Das Angebot für Vorlesungen und Seminare ist sehr breit gefächert und man kann seine Schwerpunkte frei wählen. Mir gefällt das Studium sehr.«

»Das ist schön. So soll es sein«, pflichtete Mrs Cosgrove mir bei.

»Was machen Sie, wenn ich fragen darf?«, fragte ich vorsichtig.

»Wir sind Scheidungsanwälte. Unsere Kanzlei ist direkt nebenan.«

Ich verschluckte mich heftig.

»Oh, Dawn. Alles in Ordnung?«, fragte Mrs Cosgrove erschrocken.

»Ja. Danke«, brachte ich hervor.

»Und Sie waren heute bei meinem Sohn, als er sich betrunken hat?«, fragte Mr Cosgrove plötzlich unvermittelt.

Ich kam gar nicht dazu, ihm zu antworten.

»Ach, Raymond«, schalt ihn seine Frau.

»Sein Verhalten ist eine *Schande*, Natalie!«

»Sag so etwas nicht.«

Mr Cosgrove stand so heftig auf, dass der Sessel über den Boden schabte. Ich hielt den Atem an und spürte, wie sich meine Schultern verspannten.

»Er studiert nutzlos vor sich hin, hat keine Perspektive im Leben, kommt betrunken hier an – auf ihn ist kein Verlass. Und du bist zu blind, um das zu erkennen!«

»Bist du fertig?«

Tick-tack.

Spencer stand im Türrahmen, eine Hand über dem Kopf abgestützt. Er sah seinen Vater mit gleichgültiger Miene an. Es wirkte nicht so, als würde er das zum ersten Mal hören.

Ohne ein weiteres Wort rauschte sein Vater aus dem Raum, wenig später hörte ich irgendwo eine Tür zuknallen.

Spencers Haltung veränderte sich sofort. Plötzlich erweckte alles an ihm einen müden, erschöpften Eindruck.

»Olivia schläft«, sagte er.

»Das ist gut«, antwortete seine Mutter. »Wollt ihr über Nacht hierbleiben?«

Für einen kurzen Moment zuckte sein Blick zu mir. Anschließend schüttelte er den Kopf, und sein Griff um den Türrahmen festigte sich. »Nein. Aber danke, Mom.«

Mrs Cosgrove erhob sich und lief mit wenigen Schritten zu ihrem Sohn, um ihn fest in die Arme zu schließen. Er vergrub das Gesicht an ihrer Schulter, und der Moment war so intim, dass ich wegsehen musste.

Ich hörte Mrs Cosgrove etwas murmeln, besänftigende Worte, die sich in Spencers Haar verloren. Dann sagte sie: »Fahrt vorsichtig.«

Ich nahm den Blick von den Füßen. Spencers Mom sah mich aus warmen Augen an und lächelte zaghaft.

»Werden wir«, meinte Spencer und umarmte sie noch ein letztes Mal.

»Danke für die heiße Schokolade«, sagte ich, bevor wir zurück ins Foyer liefen.

»Beim nächsten Mal lernen wir uns hoffentlich unter anderen Umständen noch einmal richtig kennen, Dawn.« Mrs Cosgrove berührte mich flüchtig am Oberarm.

Nachdem sie die Tür hinter uns geschlossen hatte, liefen Spencer und ich stillschweigend zum Auto. Das Schlappen der Flipflops war das einzige Geräusch, das die Nacht durchdrang.

Spencer drückte mir den Schlüssel in die Hand und ich stieg ein. Er dagegen blieb draußen, lief ein Stück über den Gehweg und verharrte an einer Abzweigung zwischen mehreren Bäumen, wo er sich vornüberbeugte und die Hände auf den Knien abstützte. Trotz seiner Haltung konnte ich sehen, wie sehr sein gesamter Körper bebte.

Der Anblick brach mir das Herz.

Er brach mir das Herz.

Ich schaltete den Motor aus und wagte es, Spencer anzusehen. Seine Wangen waren nicht mehr gerötet. Das war ein gutes Zeichen. Sein Atem ging ruhig und gleichmäßig, aber selbst im Schlaf sah er besorgt aus. Als läge eine ganze Tonne auf seinen Schultern und würde ihn niederdrücken.

»Du starrst mich an«, sagte er, ohne die Augen zu öffnen.

Er schlief überhaupt nicht. Dieser Idiot hatte zwei Stunden damit verbracht, sich schlafend zu stellen, nur um nicht mit mir reden zu müssen. Da war ich mir sicher.

Ich konnte es ihm nicht verdenken.

»Weil du herzallerliebst aussiehst, wenn du dich schlafend stellst«, gab ich zurück.

Er öffnete die Augen und erwiderte meinen Blick.

»Wir sind da.« Ich nickte in Richtung seines Hauses.

Er sagte nichts, schaute einfach nur.

»Soll ich dich noch reinbringen?«

Jetzt zog er die Nase kraus. »Das ist total merkwürdig.«

»Wieso denn?«

»Eigentlich sollte es andersherum sein.«

»Du meinst, dass du mich nach Hause bringst und mich fragst, ob du mich noch reinbringen sollst?«

Er nickte und rieb sich über die Augen. Vorhin waren seine Wimpern noch feucht gewesen. Jetzt nicht mehr.

»Emanzipation ist das Zauberwort, Spence.«

»Ich finde den Weg allein. Du kannst den Wagen nehmen, ich hole ihn dann morgen beim Wohnheim ab.«

»Okay. Danke.«

Er schnallte sich ab.

»Spence?«

Er brummte, und sein Blick wanderte über mein Gesicht, weiter nach unten zu meinem Hals.

»Willst du darüber reden?«, fragte ich mit Bedacht.

»Nein.«

Ein letzter Versuch. »Wer ist Olivia?«

Seine Miene verhärtete sich, sein Blick wurde kalt und undurchdringlich. »Ich habe deine Frage verneint, Dawn. Das bedeutet, dass ich nicht mit dir darüber reden will.«

»Tut mir leid«, flüsterte ich.

Er schluckte hart, und das Geräusch kam mir laut im Innenraum des Wagens vor. Auf der Straße war es wie ausgestorben. Es gab nur noch uns beide. Seine Sorge und Trauer, die er hinter einer Mauer zu verbergen versuchte, und meine Fehler, die eine viel zu große Distanz zwischen uns schafften.

»Nicht nur das tut mir leid. Alles, meine ich«, fuhr ich nach einer Weile fort. All das, was sich in den letzten Stunden in mir angestaut hatte, wollte jetzt aus mir herausbrechen. Ich konnte nicht anders. Nicht nach dem, was wir heute erlebt hatten. »Auch das im Club habe ich nicht so gemeint. Ich habe mich wie eine dämliche Kuh verhalten, und ich …«

Seine Hand landete auf meinem Mund.

Ich blinzelte irritiert.

»Ich will das nicht hören, Dawn«, sagte er mit kratziger Stimme. Er klang verschlafen. Vielleicht hatte er doch nicht so getan.

Ich wollte etwas erwidern, nach seiner Hand auf meinem

Mund greifen, aber er hielt mich mit der anderen davon ab und schüttelte den Kopf.

»Ich habe meinen Standpunkt klargemacht, und du hast mir ziemlich deutlich mitgeteilt, was du davon hältst. Du brauchst die Wahrheit nicht schönzureden, nur weil du jetzt plötzlich Mitleid mit mir hast.«

Er holte tief Luft und fuhr mit dem Blick wieder über mein Gesicht. Er schien sich jede Regung einzuprägen, studierte meine Sommersprossen, als würde er in Erwägung ziehen, sie zu zählen.

Tick-tack.

»Ich glaube, ich brauche ein bisschen Abstand.« Er nahm die Hand von meinem Mund, und es geschah wie in Zeitlupe.

Ehe ich etwas sagen konnte, stieg er aus dem Wagen, schlug die Beifahrertür geräuschvoll zu und lief den Gehweg zu seinem Haus hoch.

kapitel 10

Meine Lieblingsfarbe war Pink. So war es schon immer gewesen, und es war mir gleichgültig, dass sie sich total mit meinen Haaren biss. Meistens fand ich den Kontrast sogar ganz hübsch.

In meiner Kindheit hatte ich viel mit Autos gespielt, aber ich hatte sie pink bemalt, mit Blümchen-Stickern versehen und ihnen Namen gegeben. So machte ich es auch heute noch mit meinen Uni-Sachen. Meine Blöcke waren allesamt mit verschiedenfarbigen Folien beklebt, in meiner Federmappe fanden sich Stifte in allen Pinktönen, die man sich vorstellen konnte, manche sogar mit Feen, Glitzer oder sogar Einhörnern darauf. Immer wenn ich zu meinen Utensilien griff, bekam ich gute Laune. Das versüßte mir den Alltag als Studentin.

Mein Sitznachbar in *Anfänge der amerikanischen Literatur bis 1865* vergnügte sich gerade mit einem der besagten Feen-Kugelschreiber und sah fasziniert dabei zu, wie der Glitzer in der durchsichtigen Hülse hinabschwebte.

»Total irre«, wisperte Isaac und schüttelte den Kugelschreiber noch einmal. »Wie eine verdammte Schneekugel.«

Ich grinste und schrieb die nächsten Stichpunkte der Präsentation ab.

Anfänge der amerikanischen Literatur bis 1865 war definitiv einer meiner anstrengendsten Kurse. Das lag gar nicht so sehr an der Thematik, sondern vor allem an Professor Walden. Er war streng, total ungerecht und einer dieser Dozenten, die bloß Freude an ihrem Beruf hatten, wenn sie ihre Studenten schikanieren konnten. Er war wirklich furchteinflößend. Man durfte nicht zu weit hinten sitzen, weil man dort am ehesten Gefahr lief, drangenommen zu werden. Aber auch nicht zu weit vorne, weil er einen dann immer direkt ansprach. Isaac und ich besetzten zwei Randplätze, die in der mittleren Reihe des Hörsaals lagen. Hier war es ruhig, und man wurde nur selten aufgerufen. Das minderte unsere Angst vor Professor Walden allerdings nur minimal.

»Meinst du, er wird es uns durchgehen lassen?«, wisperte ich und beugte mich weiter über meinen Block, damit ich möglichst eifrig wirkte. Was ich ja auch total war. Ich schrieb gerade etwas über Bürgerkriege und die Probleme ab, die der Begriff *amerikanisch* innerhalb der Anfänge der Literatur mit sich gebracht hatte.

»Keine Ahnung, aber ich hoffe es. Ich will nicht auch mittendrin so in die Mangel genommen werden wie Darren«, gab Isaac zurück und schüttelte erneut meinen Kugelschreiber.

Isaac war mir, was Vorträge vor Menschenmassen betraf, sehr ähnlich, weshalb wir uns gleich zu Beginn des Kurses verbrüdert hatten. Als Darren vor wenigen Wochen seinen Vortrag gehalten hatte, hatte Professor Walden ihn mittendrin unterbrochen und ihm deutlich mitgeteilt, für wie schlecht ausgearbeitet er die Präsentation hielt. Es hatte richtig wehgetan, mit ansehen zu müssen, wie Darren – ein total selbstbewusster, eigentlich recht vorlauter Kerl – ins Schwitzen geraten war und zu stottern begonnen hatte. Als ein paar Studenten verlangt hatten, dass Darren seinen Vortrag wenigstens beenden durfte, hatte Professor Walden sie allesamt aus dem Vorlesungssaal verbannt. Inzwischen war unser Kurs ziemlich ausgedünnt, weil so viele abgebrochen hatten.

Ich hatte Todesangst vor diesem Mann. Deshalb waren Isaac und ich auch ziemlich angespannt, weil wir ihn am Ende des Kurses fragen wollten, ob wir statt des Vortrags eine Hausarbeit einreichen durften.

»Hast du dich deswegen extra so hübsch gemacht?«, fragte Isaac leise und deutete mit dem Kinn auf mein Haar.

Ich hob die Hand und strich über den geflochtenen Kranz, den ich auf dem Kopf mit Nadeln festgesteckt hatte. Darauf hatte ich eine Art dünne Blumenranke befestigt, die sich über die Flechtung zog. Die Frisur erinnerte mich an Frühling, obwohl es immer noch kalt draußen war.

»Klingt es doof, wenn ich diese Frage mit Ja beantworte?«

Er schüttelte sofort den Kopf. »Nein, Mann. Habe ich auch.« Er deutete auf sein weißes Hemd und die um seinen Kragen liegende Fliege mit vereinzelten weißen Punkten auf dunklem Stoff. Zusammen mit dem braunen Brillengestell mit Kunststoffrand und seinem absichtlich zerwühlten Haar gab er einen sehr guten Anblick ab.

Wir ließen den Rest der Vorlesung über uns ergehen und warteten dann, dass sich der Saal leerte, bevor wir uns nach vorne zu Professor Walden trauten.

Dass er ein einschüchternder Mann war, erkannte man bereits an seinem scheußlichen Tweedanzug, unter dem er einen Pullunder in derselben grünlich-beigen Farbe mit abstrakten Musterungen trug. Aus seinem Kragen ragte der Knoten einer cognacbraunen Krawatte hervor. Sein Haar war grau, fast weiß, und von der unteren Hälfte seines Gesichts erkannte man aufgrund seines Vollbarts kaum etwas. Der Bart war in einer eckigen Form getrimmt – noch nie hatte ich einen Bart mit derart scharfen Kanten gesehen – und immer wenn Walden redete, bewegte sich das Haar dort auf und ab. Noch dazu erkannte man nie, ob er lächelte oder nicht. Allerdings zweifelte ich immens daran, dass er dazu überhaupt fähig war.

»Professor Walden«, begann Isaac und räusperte sich. »Ich hoffe, wir stören Sie nicht.«

Er sah uns nicht an, während er seine Unterlagen auf dem Pult zu einem Haufen zusammenschob. Er machte eine Geste, die uns wohl zum Weiterreden animieren sollte.

»Als Studienarbeit ist in Ihrem Kurs ein Vortrag angesetzt«, fing ich an. »Wir haben ein sehr interessantes Thema bekommen, von dem wir denken, dass es sich wunderbar schriftlich ausarbeiten lässt, und hoffen daher, dass Sie uns die Genehmigung erteilen, eine zehnseitige Hausarbeit statt eines mündlichen Vortrags als Studienleistung einzureichen.«

Professor Walden blickte kurz auf, musterte mich flüchtig und schob seinen Stapel Unterlagen in eine Mappe, die er mit einem Gummiband verschloss. Danach verstaute er sie in einem braunen Aktenkoffer, dessen Verschluss mit einem leisen Klicken einrastete.

»Wieso studieren Sie?«, fragte er plötzlich und sah mich unverwandt an. Sein Gesicht blieb völlig ausdruckslos. Oder er zeigte eine Regung und sie blieb mir durch seinen eindrucksvollen Bart verborgen.

Ich brachte keine Antwort zustande, weil er mich so eindringlich anstarrte.

Isaac eilte mir geistesgegenwärtig zu Hilfe. »Um zu lernen, die Möglichkeit auf eine Karriere zu bekommen, selbstständig zu arbeiten …«

»Sie waren nicht gefragt, auch wenn ich zu schätzen weiß, dass Sie die Broschüre der Woodshill University gelesen haben«, unterbrach Professor Walden ihn.

Isaac versteifte sich neben mir.

Ich widerstand dem Impuls, seinen Arm zu tätscheln.

»Ich möchte unabhängig sein«, fing ich an und meinte die Worte ehrlich. »Ich will alle Kenntnisse über Literatur erwerben, die Kunst des Schreibens verstehen und …«

»Wo wollen Sie nach dem Studium arbeiten?«, fuhr er mit seiner tiefen, durchdringenden Stimme dazwischen.

Wieso stellen Sie mir eine Frage, wenn Sie mich mittendrin unterbrechen?

Ich holte tief Luft. »Ich würde gerne in der Verlagsbranche arbeiten.« Meine Träume, den ganzen Tag in gemütlichen Klamotten von zu Hause aus zu schreiben, würde ich ihm sicher nicht auf die Nase binden.

»Und Sie denken, diese Arbeitseinstellung wird Ihnen den Einstieg ins Arbeitsleben erleichtern?«, fragte er weiter und pinnte mich mit dem Blick seiner grauen Augen an Ort und Stelle fest.

Ich musste mich verhört haben. »Wie bitte?«

Professor Walden zog seinen Mantel an und schloss die Knopfleiste gemächlich. »Glauben Sie, dass Sie durchs Berufsleben kommen, ohne ein einziges Mal vor Menschen zu reden? Wenn Sie keinen Vortrag halten, bestehen Sie diesen Kurs nicht. So einfach ist das.« Er musterte mich von oben bis unten.

Ich sah deutlich, wie er die Nase rümpfte, als sein Blick an den Blumen in meinem Haar hängen blieb.

»Wenn ich es mir recht überlege, würde ich Ihnen ohnehin einen Kurswechsel ans Herz legen. *Studien weiblicher Schriftstellerinnen* kommt Ihren … Vorstellungen vielleicht eher gelegen.« Er nahm den Aktenkoffer in die Hand. »Guten Tag.«

Mein Mund klappte auf.

Neben mir schnappte Isaac nach Luft.

Forschen Schrittes durchquerte Professor Walden den Hörsaal. Ich starrte ihm nach. Keine Ahnung, wie lange ich so dastand. Erst als Isaac vorsichtig meinen Arm berührte, wurde mir bewusst, wie sehr ich am ganzen Körper bebte.

Eigentlich war ich nach meiner Vorlesung mit Allie zum Mittagessen verabredet. Ich brachte ihr alle paar Wochen ein neues Rezept bei, weil sie unbedingt lernen wollte, wie man richtig kochte. Meistens recherchierten wir im Netz nach Rezepten, gingen zusammen einkaufen und tanzten dann in der Küche bescheuert zu Musik, während wir Gemüse schnitten und Sachen in Töpfe und Pfannen schmissen. An diesem Tag kamen wir leider nicht dazu.

Ich stürmte durch Allies Wohnungstür und lief geradewegs ins Wohnzimmer, und es war mir total egal, ob irgendwer nackt war oder nicht. Ich wirbelte zu Allie herum, die im Eingang zum Wohnzimmer verharrte.

»Dieser … dieser verfluchte Kack-Scheiß-Arsch-Mistkerl!«, brachte ich atemlos hervor.

Ich hatte eigentlich geglaubt, der stramme Fußweg bis hierher hätte mich beruhigt oder zumindest die Wut etwas abgeschwächt, aber das war nicht der Fall.

»Hat Professor Walden Nein gesagt?«, fragte meine Freundin mitfühlend.

Ich tigerte im Wohnzimmer auf und ab. Ich stand völlig unter Strom. »Wie kann man nur so gemein sein?«

Allie setzte sich aufs Sofa, direkt unter die Fotowand, an der auch ein paar Bilder von uns hingen. »Was ist passiert?«

Ich konnte nicht vernünftig antworten – nicht, wenn ich so geladen war. Die Wut flaute nicht ab. In diesem Moment wollte ich wirklich sehr gerne auf irgendetwas einschlagen. Vorzugsweise Professor Waldens Tweedanzug. Oder sein bärtiges Arschgesicht.

»Dieser beschissene Tweed-Liebhaber!«

»Deine Beleidigungen waren schon mal besser, Dawn«, erklang Kadens Stimme von weiter hinten aus der Wohnung.

»Leck mich, Kaden!«, gab ich genauso laut zurück und sah dann erschrocken zu Allie. »War nicht so gemeint, ich schwör's.«

Sie grinste bloß.

»Gott, ich glaube, ich war noch nie so wütend auf einen Menschen. Ich zittere vor Wut. Siehst du?« Ich hielt Allie meine bebenden Hände entgegen.

Ich hörte, wie die Tür zu Kadens Arbeitszimmer mit einem leisen Quietschen weiter aufschwang. »Soll ich Spidey wegsperren? Nicht, dass du ihn häutest, weil du so wütend bist.«

Ich verschränkte die Arme vor der Brust, um das Zittern zu unterdrücken. »Ich würde Spidey gerne beibringen, wie man Menschen frisst und ihn dann auf Professor Walden hetzen. Darf ich das?«

Ein leises Lachen erklang aus dem Arbeitszimmer und ich fuhr herum. Hinter Kaden, der im Türrahmen verharrte, saß Spencer an Kadens riesigem Schreibtisch. Die zwei Bildschirme vor ihm waren hell erleuchtet, er saß mit dem Rücken zu uns und drehte sich auch nicht um. Ich hatte ihn seit Tagen nicht mehr zu Gesicht bekommen.

Ich glaube, ich brauche ein bisschen Abstand.

Er hatte sein Auto Sonntagmittag abgeholt, als ich noch tief und fest geschlafen und mich von der Nacht erholt hatte. Sawyer hatte ihm seinen Schlüssel ausgehändigt, und danach war er sofort verschwunden. Sawyer hatte gleich mit Fragen rumgebohrt, was bei ihm und mir denn los sei. Ich war nicht darauf eingegangen und dachte stattdessen ununterbrochen darüber nach, was in der Nacht zuvor geschehen war. Ich machte mir ziemliche Sorgen um Spencer. Ich gab mir größte Mühe, seine Privatsphäre zu respektieren, aber in Gedanken ging ich die Geschehnisse immer wieder aufs Neue durch.

Was war bei seiner Familie los? Wieso schien sein Vater ihn so sehr zu verabscheuen? Was war in diesem Zimmer passiert? Ich hatte ihn noch nie so am Boden erlebt wie in jener Nacht und wollte wissen, was mit ihm los war. Ich wollte für ihn da sein. Ich wollte wieder seine Freundin sein, aber ich fürchtete, dass er das in der nächsten Zeit nicht zulassen würde. Nicht nach dem, was ich ihm an den Kopf geworfen hatte.

Ich wandte den Blick von seinem Rücken ab und starrte stattdessen auf den Boden.

»Was hat Professor Walden gesagt, um dich so auf die Palme zu bringen?«, fragte Kaden.

Ich atmete tief ein und erzählte es ihnen mit bebender Stimme.

»Was?«, entfuhr es Allie, und auch Kadens Gesicht verfinsterte sich.

»Dummer Wichser.«

»Vielleicht sollte ich wirklich wechseln«, überlegte ich laut und ließ mich neben Allie aufs Sofa fallen.

»Das wirst du ganz bestimmt nicht tun. Dann gewinnt er, und das wollen wir nicht«, sagte sie und verschränkte ihre Finger mit meinen.

Ich seufzte und ließ den Kopf auf ihre Schulter sinken. Mir war nach Weinen zumute, aber ich hatte schon seit Monaten keine Träne mehr vergossen. Wenn ich es das nächste Mal tat, dann ganz bestimmt nicht wegen eines Idioten wie Professor Walden.

»Wäre es okay, wenn ich heute nicht koche?«, fragte ich und zog die Beine an.

»Natürlich. Wir können auch was bestellen oder essen gehen, alles, was du willst.«

»Ich möchte Pizza. Und Eis. Und Schokolade. Und Professor Waldens Auto mit Rasierschaum beschmieren und anschließend Eier draufwerfen.«

Allie lachte laut. »In dieser Reihenfolge?«

Ich nickte an ihrer Schulter. »Genau in dieser Reihenfolge.«

»Würdest du dich auch vorerst nur mit Pizza begnügen?«, fragte Kaden.

Ich nickte so kräftig, dass die Blumen auf meinem Kopf hüpften.

Eine Stunde später saß ich auf dem Boden zwischen Allies Beinen, weil Kaden mich ständig anmeckerte, wenn ich das Sofa bekleckerte, und trommelte mit den Händen auf dem Wohnzimmertisch. Kaden balancierte vier Teller auf einmal und stellte zwei davon vor Allie und mir ab. Beim Anblick des geschmolzenen Käses lief mir das Wasser im Mund zusammen.

»Spence, hör auf, dich vor Dawn zu verstecken und beweg deinen Arsch hierher«, rief Kaden laut.

Mein Gesicht nahm ungefähr die Farbe der Pizzasauce an. »Danke, Kaden.«

»Kriegt euch mal wieder ein. Ist ja nicht auszuhalten dieser Rosenkrieg«, gab er zurück und nahm Platz.

Ich wusste nicht, womit ich gerechnet hatte. Auf jeden Fall nicht mit einem grinsenden Spencer, der putzmunter ins Wohnzimmer trat. Er sah genauso aus wie immer. Ein belustigtes Funkeln in den Augen, einen schelmischen Zug um den Mund und einen Stift in der Hand, mit dem er ununterbrochen klickte. Er war … einfach Spencer.

Bis auf die Tatsache, dass er meinen Blick mied.

Er setzte sich zu uns und wir aßen. Allie hatte die Folge einer Serie angestellt, in der ich die Figuren wegen der schottischen Akzente kaum verstand. Stattdessen schweifte mein Blick immer wieder zu Spencer. Mit präziser Genauigkeit sammelte er den Belag von seiner Pizza, steckte ihn sich in den Mund und aß das leere Stück erst im Anschluss. Er unterhielt sich mit Kaden übers Wandern und irgendwelche neuen Reflektoren, die sie sich zulegen wollten. Er machte Witze, klopfte Sprüche und brachte Allie und Kaden zum Lachen. Diesen Spencer bekam ich nicht mit dem Mann in Einklang, der mir am Wochenende noch gesagt hatte, dass in seinem Leben nichts wieder gut werden würde.

Wie machte er das?

Nachdem wir fertig waren, begann Spencer, den Tisch abzuräumen. Er sammelte unsere Teller ein und brachte sie in die Küche. Allie trat mir mit dem Fuß in den Rücken. Ich legte den Kopf in den Nacken, und als ich sie ansah, nickte sie in Richtung Küche.

Großartig. Sogar unsere Freunde bemerkten, dass etwas ganz und gar nicht stimmte.

Mit einem Seufzen erhob ich mich und sammelte die schmutzigen Servietten ein. Als ich die Küche betrat, beugte sich Spencer gerade runter, um die Teller zu verstauen. Dabei rutschte der Saum seines grauen Langarmshirts hoch und gab einen Streifen leicht gebräunter Haut preis. Mich überkam das Verlangen, ihn zu berühren. Beinahe hätte ich die Hand nach ihm ausgestreckt.

Ich atmete stockend aus, und er erstarrte. Mechanisch schob er den letzten Teller in die Maschine und richtete sich auf. Ich schmiss die zerknüllten Servietten weg und lehnte mich dann mit dem Rücken gegen die Arbeitsfläche.

»Was ist?«, fragte er, ohne sich umzudrehen.

Wie kalt er plötzlich klang. Als wäre seine gute Laune auf dem Weg zur Küche abgestorben und nun unter einer dicken Eisschicht begraben.

»Ich dachte, du willst vielleicht reden«, sagte ich vorsichtig und betrachtete seine Schultern, fuhr mit dem Blick die Linien der Nähte seines Shirts nach. Der Stoff schmiegte sich an seinen Körper, und ich konnte deutlich die Rückenmuskeln hervortreten sehen.

Er holte tief Luft. »Ich will nicht reden.«

»Spencer, ich wollte dir bloß anbieten …«

Er fuhr herum. »Verdammt, Dawn, ich will nicht mit dir reden! Wieso kapierst du das nicht?«

Ich biss mir von innen fest auf die Lippe, machte einen großen Schritt auf ihn zu und stach ihm mit dem Finger in die Brust. »Du bist vor meinen Augen zusammengebrochen, Spencer. Du hast *geweint*, verflucht noch mal. Und nur weil ich nicht mit dir ausgehen will, heißt das nicht, dass du mir gleichgültig bist!«

Er stieß meine Hand beiseite und drängte sich an mir vorbei. Gerade so bekam ich ihn am Ärmel zu fassen und hielt ihn fest. Spencer stieß ein Grollen aus, packte meine Hand und wirbelte mich herum. Ich stieß mit dem Rücken gegen den Kühlschrank und der Aufprall trieb mir die Luft aus der Lunge.

Spencer drückte sich schwer gegen mich, und bei Gott, er war kräftiger, als ich angenommen hatte. Mit einer Hand hielt er meinen Arm über meinem Kopf gepinnt, seine andere lag auf meinem Rücken. Einen Moment lang verharrte er so vor mir. Dann fuhr er an meiner Wirbelsäule hinab, bis zum Ansatz meines Hinterns. Dort spreizte er die Finger und drückte meinen Unterkörper fest gegen seinen. Ich japste laut.

»Das Letzte, woran ich denke, wenn ich dich sehe, ist Reden«, raunte er. Er senkte den Mund an mein Ohr, und sein Atem kitzelte an meinem Haar. »Ich will nicht *reden*, Dawn.«

Mit den Lippen zog er die Linie meines Kiefers nach und ich hielt den Atem an. Mein Körper wurde von plötzlicher, lavaartiger Hitze durchflutet.

»Was dann?«, krächzte ich.

Er verflocht seine Finger mit meinen, drückte unsere Hände fest gegen den Kühlschrank, lehnte sich ein Stück zurück und sah mich an.

Seine Pupillen waren geweitet, auf seinen Wangen lag eine leichte Röte, und jedes Mal, wenn er ausatmete, stieß seine Brust gegen meine.

»Ich glaube nicht, dass du hören möchtest, was ich alles mit dir anstellen will, Süße.«

Doch, das wollte ich. Ich wollte alles sogar sehr detailreich hören, weil mein Körper ihm gerade völlig ausgeliefert war. Er war so heiß, dass ich ihm am liebsten alle Kleider vom Körper gerissen hätte. Jetzt, hier, und ungeachtet der Tatsache, dass unsere Freunde im Zimmer nebenan saßen.

»Was willst du, Spence?«, flüsterte ich. Ich klang, als wäre ich gerade drei Stunden lang Seil gesprungen.

Er näherte sich meinem Gesicht, bis seine Nasenspitze meine ganz leicht streifte. Ein paar atemlose Sekunden verstrichen, in denen ich mich in seinen Augen verlor.

»Ich will, dass du aufhörst, mich zu bemitleiden und wie einen Mann behandelst.« Seine Hand an meinem unteren Rücken tauchte noch weiter ab, bis er meinen Po umschloss und fest zudrückte.

Ich keuchte auf.

»Und wenn du nicht möchtest, dass ich das hier ab sofort jedes Mal mache, wenn wir uns im selben Raum befinden, solltest du dringend das tun, worum ich dich gebeten habe.« Er riss sich von mir los und machte einen Schritt nach hinten, die Hände zu Fäusten geballt. »Abstand, Dawn. Um unser beider willen.«

In gemächlichen Schritten lief er rückwärts und vergrub die Hände in den Hosentaschen. Dabei sah er mir fest in die Augen, fast als hoffte er, ich würde ihn davon abhalten.

Aber das konnte ich nicht. Vielleicht würde ich es niemals können.

Spencer drehte sich um und ging. Ich dagegen blieb schwer atmend am Kühlschrank stehen und klammerte mich an der Tür fest, weil meine Beine drohten, jeden Moment nachzugeben.

kapitel 11

Schon seit einer gefühlten Ewigkeit hielt ich mich von meinen Freunden fern. Besser gesagt, von potenziellen Zusammentreffen mit Spencer. Ich lud Allie ins Wohnheim ein, besuchte sie aber selten in ihrer Wohnung. Ich wollte um jeden Preis verhindern, zufällig auf Spencer zu treffen.

Ich versuchte, nicht zu viel an ihn zu denken und mir nicht zu viele Gedanken über jene Nacht zu machen, in der ich eine völlig neue, viel zu verletzliche Seite an ihm kennengelernt hatte. Ich wollte mir keine Sorgen um ihn machen, bekam es aber nicht auf die Reihe. Und auf gar keinen Fall wollte ich über diese Sache zwischen uns nachgrübeln, die völlig aus dem Ruder gelaufen war.

Ich versuchte, mich nicht jeden Abend, sobald ich im Bett lag, an das Gefühl seiner Hände auf mir zu erinnern. An die Härte seines Körpers dicht an meinem, an seinen sich beschleunigenden Atem. Nein, nein. Spencer Cosgrove wurde vollends aus meinen Gedanken verbannt.

Zumindest, bis ich an Tag neunzehn meines Spencer-Entzugs fast platzte. Allie und ich kochten gerade Spaghetti Bolognese, da kam Kaden nach Hause – Gott sei Dank ohne Begleitung.

»Das riecht köstlich«, meinte er, als er die Küche betrat und Allie zur Begrüßung küsste.

»Wir haben genug für fünfzehn Leute gekocht, du bekommst also ein bisschen was ab«, sagte Allie grinsend.

»Sehr großzügig von euch. Bin sofort wieder da.«

Ich starrte ihm hinterher, als er im Schlafzimmer verschwand.

»Geh und frag ihn.«

»Hm?« Überrascht sah ich an Allie hoch.

»Frag ihn nach Spencer.«

Ich zögerte. »Ich weiß nicht, Allie …«

»Ich habe ihn auch schon seit über zwei Wochen nicht mehr gesehen. Die beiden sind ständig nur bei ihm, nicht hier. Langsam mache ich mir Sorgen«, sagte sie und nickte erneut in die Richtung, in die Kaden gegangen war.

Ich atmete tief durch. Dann erhob ich mich. Die Tür zum Schlafzimmer war offen, also ging ich rein.

Kaden stand halbnackt vor seinem Schrank.

Zum Glück trug er Boxershorts.

»Langsam habe ich das Gefühl, du machst das mit Absicht«, sagte er, als er mich im Türrahmen entdeckte.

»Sag's nicht Allie, sonst bekomme ich Schwierigkeiten«, gab ich möglichst locker zurück und lehnte mich gegen den Türrahmen. »Kaden …«

»Nein«, unterbrach er mich sofort.

»Was?«, fragte ich verdattert.

»Nein, Dawn.«

»Du weißt doch gar nicht, was ich fragen wollte.«

»Du kannst so viel Pasta kochen, wie du willst«, sagte Kaden mit grimmigem Gesichtsausdruck. »Aber ich lasse mich nicht über meinen besten Freund ausquetschen.«

Ich presste die Lippen fest zusammen und starrte auf meine rosa gepunkteten Socken. Erst nach ein paar Sekunden sagte ich: »Ich mache mir Sorgen um ihn. Er wohnt alleine in diesem riesigen Haus. Ich glaube, er schleppt total viel mit sich rum. Ich will nur wissen, ob ich ihm was davon abnehmen kann.«

Erst jetzt, als ich es laut aussprach, wurde mir bewusst, wie sehr ich mich wirklich um Spencer sorgte. In meiner Brust zog sich etwas schmerzhaft zusammen.

Spencer ließ alle immer im Glauben, er wäre gut gelaunt. Er riss Sprüche und Witze und ließ selten Einblick in das zu, was tief in ihm vorging. Ich fragte mich, ob seine Unbeschwertheit und die Tatsache, dass er für seine Freunde stets so viel auf sich nahm, damit zusammenhing, dass er sich einsam und allein fühlte. Ging es ihm in Wirklichkeit nicht so gut, wie er alle immer glauben lassen wollte?

Ich hörte Kaden näher kommen und blickte wieder auf. Er hatte sich ein graues Sweatshirt übergezogen und verschränkte die Arme vor der Brust.

»Spencer wird mit allem fertig.«

»Was bedeutet das?«, fragte ich weiter.

Kaden schüttelte den Kopf. Der Ausdruck um seinen Mund blieb hart, aber sein Blick wurde weich. Keine Ahnung, wie er das bewerkstelligte.

»Du brauchst dir keine Gedanken um ihn zu machen.«

Ich schüttelte den Kopf. »Das glaube ich nicht.«

Jetzt hob er eine Braue. »Ach, nein?«

Er hatte vor mir geweint und war beinahe zusammengebrochen, und auch wenn ich das Kaden nicht verraten würde, machte mich das total fertig. Selbst in dieser Situation hatte Spencer kein Wort von sich gegeben. Kein einziges. Stattdessen hatte er mich von sich gestoßen. Ich glaubte nicht daran, dass er jemandem seine Probleme aufbürden würde – ganz gleich ob derjenige es anbot oder nicht.

»Ich glaube, Spencer ist kein Mensch, der um Hilfe bitten würde«, sagte ich leise.

Kaden nickte langsam. »Das stimmt. Aber er reagiert allergisch auf Mitleid.«

»Ich habe kein Mitleid mit ihm!«, sagte ich aufgebracht.

Kadens Mundwinkel zuckten.

Ich rollte mit den Augen. »Gut, ein bisschen vielleicht. Aber nur weil … Gott, Kaden, du hast seine Familie nicht erlebt. Irgendetwas stimmt bei ihm zu Hause nicht.«

»Ich weiß.«

»Wie kannst du das einfach so hinnehmen?«

Er zuckte mit den Schultern. »Es hilft ihm, nicht die ganze Zeit darüber nachzudenken, was falsch in seinem Leben läuft. Ich bin der Letzte, der jemanden zum Reden zwingt.«

Ich kaute auf der Unterlippe herum. Ich verstand, was er meinte. Auch ich verdrängte viele Dinge. Das änderte aber nichts daran, dass es mir wehtat, Spencer leiden zu sehen.

»Mehr kann und will ich nicht dazu sagen, Dawn. Mach dir nicht so viele Gedanken. Er schafft das schon und weiß, dass wir alle da sind, wenn es ihm zu viel wird.« Kaden drückte meinen Arm im Vorbeigehen und ließ mich allein.

Spencer ging mir nicht aus dem Kopf. Ich füllte meinen Alltag mit Arbeit und Hausaufgaben, um mich von ihm abzulenken, kam aber nicht umhin, in Gedanken immer wieder zu jener Nacht zurückzukehren. Ganz gleich was Kaden mir gesagt hatte, ich konnte nicht aufhören, mir Sorgen zu machen. Auch der Versuch, mich so sehr in die Arbeit zu stürzen, dass ich keine freie Minute am Tag mehr zum Grübeln übrig hatte, ging nach hinten los, da ich stattdessen nachts wach lag und an das große Haus dachte, in dem Spencer lebte, an seine Familie und die Worte, die er verbittert gemurmelt hatte.

Leider traute ich mich immer noch nicht, ihm gegenüberzutreten. Ich wusste einfach nicht, wie ich mich in seiner Gegenwart verhalten sollte. Schließlich war er bei unserer letzten Begegnung ziemlich deutlich gewesen. Er wollte mich nicht sehen.

In den nächsten Tagen konzentrierte ich mich daher voll und ganz auf die Veröffentlichung von *Hot for You* und verpasste der Geschichte den letzten Schliff, damit ich sie endlich auf den entsprechenden Plattformen hochladen konnte.

Eine Testleserin aus dem Forum zauberte Chelsea und Grover das passende Gewand. Auf dem Cover war ein Kerl mit Anzug zu sehen, den eine Frau von hinten umschlungen hielt. Die Nägel waren passend zum Schriftzug in einem intensiven Lila lackiert, und die oberen Hälften der Gesichter waren nicht zu erkennen, sodass dem Leser die Vorstellungskraft nicht geraubt wurde. So wie bei jeder Geschichte, die sich in der Veröffentlichungsphase befand, war das mein neues Lieblingscover.

Ich traf mich mehrmals mit Isaac, um an unserem Vortrag für Professor Walden zu arbeiten. Wir kamen beide ins Schwitzen, sobald wir auch nur daran dachten, wobei Isaac immer wieder versuchte, uns gut zuzureden.

»Keine Sorge, das wird schon, wir bekommen das hin«, murmelte er fanatisch, während er die Brille abnahm, sich mit dem Zeigefinger den Nasenrücken rieb und anschließend die Brillengläser mit dem Saum seines Shirts putzte. Kurz nachdem er das Gestell wieder aufgesetzt hatte, ging das Ganze von vorne los. Seine Sätze waren dabei mal mehr oder weniger verständlich.

Wir saßen in der Bibliothek und belegten zwei ganze Tischflächen mit unseren Unterlagen. Seit Stunden feilten wir an den letzten Zügen unserer Präsentation. Isaac kannte sich zum Glück ganz gut mit der Software aus. Er hatte ein paar eindrucksvolle Tabellen erstellt, dazu einen Zeitstrahl, der alles veranschaulichen sollte. Hätte ich mich daran probiert, hätte die Präsentation wohl nicht so seriös ausgesehen, sondern eher wie die eines Amateurs.

Wir würden diesem blöden Dozenten zeigen, wozu wir imstande waren. Mich würde niemand aus diesem Kurs vertreiben. Er war zwar nicht mein Favorit, aber die Blöße, mittendrin aufzugeben, würde ich mir nicht geben. Am nächsten Tag würde ich vorne im Hörsaal stehen und den besten Vortrag halten, den dieser Mistkerl jemals erlebt hatte. Wahrscheinlich würde ich mich vorher übergeben und vor Aufregung Schweißflecken bekommen, aber das war egal. Was zählte, war, dass Isaac und ich Vollgas gaben.

Während mein Kommilitone weiter vor sich hin murmelte und ich über den Vortrag nachdachte, ließ ich den Blick durch die Bibliothek wandern. Wir saßen im zweiten Stock im Arbeitsbereich, aus dem man nicht verbannt wurde, wenn man sich unterhielt. Auf der gegenüberliegenden Seite befanden sich unzählige Regale mit geisteswissenschaftlicher Fachliteratur.

Ein lautes Kichern riss mich aus meiner Trance, und auch Isaac hielt in seinem Redefluss inne.

Auf der gegenüberliegenden Seite, zwischen den Regalen, konnte ich zwei Mädchen sehen, die sich den Bauch vor Lachen hielten. Sie waren so laut, dass eigentlich schon längst jemand hätte kommen müssen, um sie zu ermahnen. Ich wollte gerade wieder wegsehen, als neben ihnen plötzlich noch jemand in mein Sichtfeld trat.

Spencer.

Sofort senkte ich den Blick auf meine Notizen. Die blaue Schrift verschwamm vor meinen Augen.

Ich war wütend auf ihn. So, so wütend. Auch auf mich. Und auf die ganze Welt, aber vor allem auf ihn, weil er meine Gedanken voll und ganz beherrschte, ganz gleich, wie sehr ich mich dagegen wehrte.

Dafür hasste ich ihn. Vor allem weil ich einfach nicht aufhören konnte, mir Sorgen um ihn zu machen. Seit ich mich mit Kaden unterhalten hatte, war es überhaupt nicht besser geworden – eher im Gegenteil. Ich vermisste unsere Abende voller Gelächter, Spencers dämliche Sprüche, über die ich insgeheim immer grinsen musste, und … einfach alles. Das Gesamtpaket.

Ihn jetzt mit diesen Mädchen zu sehen – so fröhlich und unbeschwert –, tat weh.

Wieder kicherten sie, und jetzt mischte sich männliches Gelächter dazu. Wütend blickte ich von meinen Notizen auf und sah Spencer Bücher auf einer Hand balancieren, während er mit der anderen Hand ein weiteres auf seinen Stapel hob. Er sagte etwas, und alle lachten.

Diesmal schallend, und ich schnaubte verächtlich. Wohl ein bisschen zu laut, denn sofort blickten sie alle in meine Richtung.

Spencer sah mich an.

Meine Haut kribbelte wie verrückt.

Seine Lippen verzogen sich zu einem schiefen Grinsen.

Mein Gesicht fing Feuer.

Ich senkte den Kopf so schnell, dass ich mit der Stirn beinahe auf den Tisch stieß.

»Alles in Ordnung, Dawn?«, fragte Isaac.

Ich murmelte irgendetwas, und Isaac war taktvoll genug, nicht weiter nachzuhaken.

Ich hielt die Karteikarten in der Hand und machte ein paar Schritte durchs Zimmer, während ich redete. Genau an der Stelle, an der ich auf die Präsentation deuten musste, hob ich den Arm. Dafür hatte ich mir farbige Markierungen an den entsprechenden Stellen auf meinem Kärtchen gemacht.

»Du machst mich wahnsinnig«, sagte Sawyer laut.

»Ich habe dir meine Kopfhörer geliehen, damit du mich in Ruhe lässt«, gab ich zurück. Mist, ich hatte den Faden verloren. Noch einmal von vorne.

»Bitte nicht«, stöhnte sie, als ich zurück auf den Anfangspunkt ging und meine Karten wieder zurechtschob.

»Du hast mich unterbrochen und ich habe den Faden verloren. Also muss ich noch einmal von vorne anfangen. Das ist eine gute Übung für morgen«, sagte ich und richtete den Blick fest auf das Kissen, das ich in eines von Sawyers riesigen Cardigans gesteckt hatte, weil mich das Muster darauf an Professor Waldens scheußlichen Pullunder erinnerte.

»Du machst dich total verrückt mit diesem Mist«, meinte Sawyer laut. Sie trug noch immer meine Kopfhörer und konnte ihre eigene Stimme bestimmt kaum hören.

»Es würde mich viel eher verrückt machen, wenn ich das jetzt nicht in- und auswendig lernen würde.« Ich atmete tief in den Bauchraum ein und ließ die Luft in kleinen, geballten Stößen entweichen.

Sawyer starrte mich an wie eine Außerirdische. »Was zum Teufel machst du da?«

Ich seufzte. Jetzt nahm Sawyer die Kopfhörer ab.

»Ich mache Atemübungen, die gegen Nervosität helfen und für eine kräftigere Stimme sorgen«, erklärte ich.

Ihr blieb der Mund offen stehen. Sie hatte sich auf ihrem Bett aufgesetzt und ließ die Arme mit ihrem iPod zwischen den Beinen baumeln. »Mann, du hast echt einen an der Klatsche.« Sie starrte auf das Kissen mit ihrem Cardigan, das ich hochkant auf einem Stuhl platziert hatte. »Aber so richtig.«

»Danke, Sawyer. Das ist so nett und hilfsbereit von dir. Ich glaube, ich werde dich in meiner nächsten Danksagung erwähnen.«

»Könntest du sonst vielleicht deine nächste Protagonistin nach mir benennen? Ich wollte schon immer mal die Hauptrolle in einem Erotikstreifen haben, aber irgendwie war mir das immer zu heikel. Aber in einem Buch wäre ich voll dabei«, sagte sie mit zuckenden Mundwinkeln.

Seit sie von meinem Geheimnis erfahren hatte, hatten wir kein einziges Wort mehr darüber verloren. Ich hatte das Gefühl, dass meine nächste Antwort bestimmen würde, wie wir ab sofort mit dem Thema umgingen.

Ich hielt ihrem Blick stand. »Okay, abgemacht.«

Sawyer grinste. Dann erhob sie sich und lief zu ihrem Schrank, der an der Rückseite unseres Zimmers stand. Sie öffnete die Türen und beugte sich runter. Wenig später kramte sie eine Flasche Wodka hervor, die sie triumphierend in die Höhe hielt. »Hier. Das wird deine Gedanken vom Vortrag ablenken.«

Sofort schüttelte ich den Kopf. »Nein, danke.«

»Wodka ist dein bester Freund, wenn du mal locker werden musst. Komm.« Sie deutete auf ihr Bett.

»Ich kann jetzt nichts trinken, Sawyer.« Ich räusperte mich und heftete den Blick wieder auf meine Karteikarten.

»Wieso nicht? Ich habe dich schon öfter betrunken erlebt.«

Wieder und wieder las ich die erste Zeile, obwohl ich sie im Schlaf hätte aufsagen können. »Ich möchte gerade einfach keinen Alkohol.«

»Du bist die schlechteste Lügnerin der Welt. Echt.« Sie stellte das Zeug zurück in den Schrank und legte ein paar Kleidungsstücke darüber. »Los, sag schon.«

Ich runzelte die Stirn. »Was denn?«

Sie machte eine ungeduldige Handbewegung. »Den wahren Grund für deine Abstinenz.«

Perplex sah ich sie an.

»Ich kann es in deinen Augen und deinen steifen Bewegungen erkennen. Ich glaube, du würdest gerade eigentlich ziemlich gerne einen Schluck trinken. Aber irgendetwas hält dich davon ab. Und das liegt nicht an diesem dummen Vortrag.«

Sie hatte recht. Ich wollte meine Gedanken ziemlich gern betäuben und die Aufregung mildern. Aber ich sollte wegen des Vortrags echt nichts trinken. Außerdem neigte ich dazu, schwere Dummheiten zu begehen, wenn ich Alkohol intus hatte. Ich sah vor mir, wie ich Spencer geküsst hatte, wie er sich danach von mir distanziert hatte. Er fehlte mir, und der Alkohol hätte mir eine grandiose Entschuldigung gegeben, bei ihm anzurufen und ihm meine Sorgen und Ängste vor die Füße zu werfen.

»Oh. *Oh*«, machte Sawyer. »Es liegt an einem Kerl.« Sie hob erstaunt beide Brauen.

»Guck nicht so besserwisserisch«, sagte ich und deutete auf ihr Gesicht.

Jetzt grinste sie und hüpfte auf ihr Bett. »Wer hätte das gedacht. Das Mädchen mit der ewigen Durststrecke hat endlich einen Macker.«

»Ach, halt doch die Klappe.«

Sie klopfte mit der Hand auf das Bett und lehnte sich gegen das Kopfteil, wo sie sich ein Kissen zurechtrückte. »Komm schon, Dawn. Ich verzichte seit einer gefühlten Ewigkeit auf Männer, ich brauche einen Ausgleich.« Wieder klopfte sie mit der Handfläche auf ihr Bett, diesmal fester.

Ich stöhnte genervt und lief durchs Zimmer zu ihr, um mich auf den Rand ihres Betts zu setzen.

»Also?«, fragte sie.

»Es ist nichts«, gab ich automatisch zurück.

Sie rollte bloß mit den Augen. »Ist er Alkoholiker und du darfst deswegen nichts mehr anrühren?«

»Was?«, fragte ich empört. »Nein!«

»Hat er eine Tochter und du musst dich in Diskretion üben?«

»Wo hast du das denn aufgegabelt?«

»Bei der *Bachelorette.*« Sie lächelte verschmitzt und sah dabei so sehr wie die Grinsekatze aus *Alice im Wunderland* aus, dass ich verzweifelt auflachte und stöhnend das Gesicht in den Händen vergrub.

»Du musst mir nichts sagen, Dawn. Aber du sollst wissen, dass ich ganz gut im Zuhören und dem Scheiß bin.«

»Dem Scheiß?« Ich lächelte in meine Hände und nahm sie letztlich runter, um meine Mitbewohnerin anzusehen.

Sie hob eine Schulter und ließ sich dann ein bisschen tiefer in die Kissen sinken, bis sie fast lag. »Du weißt schon.«

Ich lehnte mich mit dem Rücken gegen die Wand. Sawyer hob wenig später die Beine und streckte sie über meinen Oberschenkeln aus.

»Ich kann nichts trinken, weil ich dann möglicherweise eine schwere Dummheit begehe und jemanden anrufe, der momentan absolut nichts mit mir zu tun haben will«, sagte ich langsam und mit Bedacht.

»Okay.« Das Wort kam gedehnt über Sawyers Lippen. »Ist das auch der Grund dafür, dass du seit Wochen hier herumhockst und aussiehst, als würdest du jeden Moment losheulen?«

»So in der Art, ja.« Ich schluckte trocken. »Ich habe mich mit einem Freund gestritten.«

»Was hat er gemacht, um dich zu vergraulen?«, hakte sie nach.

»Er hat mir klargemacht, dass er mehr von mir will, als ich zunächst gedacht habe. Und dann habe ich erfahren, dass er einen Haufen Probleme hat, von denen er mir nichts erzählen will, weil er denkt, ich würde ihn bemitleiden, dabei mache ich mir wahnsinnige Sorgen um ihn und … Es ist irgendwie alles aus dem Ruder gelaufen.«

»Kerle mit Problemen sind immer die heißesten«, seufzte Sawyer, meine Verzweiflung vollkommen ignorierend, und ließ sich zurück in ihr Kissen sinken. »Willst du denn auch mehr von ihm?«

Ich dachte an die letzten Monate, an alle Begegnungen und Treffen mit Spencer, an seine Berührung und seine Stimme und seine schönen Hände und … riss die Augen auf. »Nein. Nein, will ich nicht. Nein!«

»Das war ein Nein zu viel.«

Ich schüttelte heftig den Kopf. »Ich will nichts von Spencer!«

Plötzlich war es totenstill im Raum.

Sawyer brach in schallendes Gelächter aus.

Ich schlug mir die Hände erneut vors Gesicht und nahm mir fest vor, sie nie wieder wegzunehmen. Sie würden für immer an meinen heißen Wangen bleiben. Ich brauchte nur noch eine Tube Sekundenkleber, um die Sache zu besiegeln.

»Ach, Dawn. Es ist nicht schlimm, auf jemanden wie Spencer Cosgrove zu stehen. Auch wenn ich deinen Männergeschmack ziemlich fragwürdig finde.« Sawyer trat meinen Schenkel mit ihrem Fuß.

»Ich will das nicht«, murmelte ich. Langsam nahm ich die Hände vom Gesicht. »Sich auf jemanden einzulassen, bedeutet immer, verletzt zu werden. Und davon habe ich genug hinter mir.«

Sawyer schnaubte. »Wie lange ist deine Trennung her? Ein Jahr?«

»Über ein Jahr.«

»Vielleicht wird es Zeit, dass du einfach mal deinen Kopf ausschaltest und ein bisschen Dampf ablässt. Es muss ja nicht gleich wieder die große Liebe sein. Lass lieber deinen Trieben mal freien Lauf.«

»Meinen Trieben?«, fragte ich mit hochgezogener Braue.

»Du bist doch bestimmt eine richtige Wildkatze im Be…«

Ich schlug mit einem Kissen nach ihr, bis sie vor Lachen kaum noch Luft bekam.

In dieser Nacht vertraute ich Sawyer an, wie sehr mich diese Sache mit Spencer verunsicherte. Ich erzählte ihr von meinen Sorgen und Ängsten und fühlte mich von Sekunde zu Sekunde leichter. Es tat gut, mal mit jemandem zu reden, der die Situation nüchtern betrachten konnte. Nachdem ich geendet hatte, blieben wir eine Weile lang still.

»Und deswegen willst du dich nicht mehr bei deinen Freunden blicken lassen?«, fragte Sawyer irgendwann.

Ich nickte.

»Das ist total unfair. Und auch ziemlich bescheuert, mal so nebenbei bemerkt.«

Ich rückte unruhig auf meinem Platz hin und her. »Ich weiß. Aber ich habe bei Spencer das Gefühl, dass er einfach mehr von mir möchte, als ich ihm geben kann. Ich mag ihn, das ist das Schlimmste an der Sache. Wäre er nur irgendwer, dann würde ich es sogar in Erwägung ziehen, aber so? Kann ich es nicht. Es geht einfach nicht, verstehst du?«

»Merkwürdigerweise ja, obwohl ich eigentlich immer dafür plädiere, die Sau rauszulassen.« Sawyer brummte nachdenklich. »Ihr müsst das klären, Dawn. Es kann nicht sein, dass er nicht mit der Situation klarkommt, du aber diejenige bist, die sich von ihren Freunden fernhalten muss«, sagte Sawyer entschlossen.

Ich seufzte. »Wahrscheinlich hast du recht.«

»Wenn du sagst, du bist noch nicht bereit dazu, dich wieder auf jemanden einzulassen, dann muss er das akzeptieren, Dawn. Lass dich nicht zu irgendetwas drängen, weil er keine Geduld mehr hat.«

Ich blickte zu ihr in den Kissen. Sie lag da und starrte an die Decke, beide Arme hinter dem Kopf verschränkt.

»Du bist echt schwer in Ordnung, Sawyer.«

»Ja, ich weiß.«

»Darf ich jetzt meinen Vortrag weiter üben?«, fragte ich hoffnungsvoll.

»Bekomme ich meinen Cardigan zurück?«, entgegnete sie.

»Wenn du ihn anziehst und so tust, als wärst du Professor Walden, sehr gerne.«

Anstatt einer Antwort klaubte sie meine Kopfhörer von ihrem Nachttisch und setzte sie auf.

kapitel 12

An diesem Morgen hielten sich die meisten Mädchen unseres Flurs von unserem Bad fern. Seit fünf Uhr morgens hing ich über der Kloschüssel und hatte alles hervorgewürgt, was ich am Abend zuvor gegessen hatte.

Es ging mir hundsmiserabel. Ich war schon oft aufgeregt gewesen, aber der heutige Vortrag überstieg alles. Ich zitterte am ganzen Leib und würgte, bis nichts mehr hochkam. Wahrscheinlich glaubten die anderen, dass ich den Abend zuvor mit einer Sauftour verbracht hatte.

Die heiße Dusche half ein wenig dabei, meine Nerven zu beruhigen. Ich fühlte mich wieder einigermaßen frisch und stank nicht mehr nach Angstschweiß. Als ich zurück in mein Zimmer kam, sah Sawyer mich mit gefurchter Stirn an.

»Du siehst ziemlich scheiße aus, Dawn.«

»Vielen Dank auch«, krächzte ich und nahm an meinem Schreibtisch Platz. Kurz ließ ich den Kopf auf die kühle Arbeitsfläche sinken.

Sawyer tippte mir auf die Schulter. Ich drehte mich schwerfällig zu ihr um.

»Hier«, sagte sie und hielt mir die offene Hand entgegen. »Die nehme ich manchmal, wenn's mir übel geht. Wenn wirklich alle Stricke reißen, schmeiß davon einfach zwei, drei Stück ein.«

Ich musterte die kleine Plastikdose in ihrer Hand. »Was ist das?«, fragte ich skeptisch und griff danach.

»So pflanzliches Zeug, das ich von meiner Schwester bekommen habe. Es hilft dabei, ein bisschen runterzukommen«, erklärte sie.

»Oh. Danke«, sagte ich lahm und betrachtete das schmucklose Döschen. Ich öffnete es und schaute auf die kleinen grünen Hülsen.

»Frühstücken willst du wohl nichts, oder?«, fragte Sawyer, und sofort schüttelte ich den Kopf.

So wie es momentan aussah, würde ich wohl nie wieder etwas runterbekommen. Ich schloss die Dose und verstaute sie dann in meinem Rucksack.

»Mach dich fertig. Dann kannst du deine Karteikarten noch einmal durchgehen. Meinetwegen höre ich diesmal auch zu.« Während sie das sagte, verzog Sawyer das Gesicht missmutig.

Trotzdem wusste ich es zu schätzen, dass sie sich die Mühe machte.

Ich schminkte mich und machte nebenbei meine Atemübungen. Die Übelkeit flaute allmählich ab, als ich mir die Haare flocht. Heute zog ich mir einen Scheitel weiter seitlich und machte eine Flechtung, die sich über meinen Kopf nach hinten in einen unordentlichen Knoten zog. Auf diese Weise würde mich mein Pony nicht stören, wenn ich auf die Karteikarten linste, und ich bekam während der Präsentation auch nicht die Gelegenheit, in meinem Haar herumzufummeln.

Isaac und ich trafen uns vor dem Campus-Café, in dem er sich noch einen Kaffee holte. Er sah in etwa so aus, wie ich mich fühlte. Bläuliche Ringe zogen sich unter seinen Augen entlang und seine Fliege saß schief. Ich richtete sie ihm, während wir in der Schlange standen.

»Wir bekommen das schon irgendwie hin«, sagte ich bemüht munter und fummelte an seinem Kragen herum. »So, jetzt sitzt alles.«

»Ich glaube, ich sterbe«, sagte Isaac. »Zu mir war er nicht mal so gemein wie zu dir. Wie machst du das? Du wirkst total ruhig.«

Ich war das Gegenteil von ruhig. Meine Hände zitterten und waren feucht, genau wie meine Achseln, die mit Sicherheit schon für Schweißflecken auf meinem Oberteil gesorgt hatten. Vorträge zu halten, war einfach scheiße. »Ich habe mir heute Morgen die Seele aus dem Leib gekotzt und bin immer noch ziemlich aufgeregt«, sagte ich.

Das Mädchen vor uns drehte sich mit angewidertem Gesichtsausdruck zu uns um und musterte mich abfällig von oben bis unten.

»Vielleicht sollte ich das auch mal probieren«, überlegte Isaac laut.

Ich tätschelte seine Schulter. »Nein. Du schaffst das auch so. Du bist der Beste von allen, hochintelligent und wirst Professor Waldo ordentlich einen reinwürgen.«

Ziel erreicht. Mein Kommilitone schenkte mir ein Grinsen.

Wir holten unsere Getränke und tranken sie auf dem Weg zum Vorlesungssaal. Unser Gespräch ebbte allmählich ab, weil die Nervosität überhandnahm. Ich brachte kaum noch zusammenhängende Sätze heraus und fürchtete, dass mir das während des Vortrags auch passierte. Der Druck, den ich mir selbst machte, war noch viel höher als der von Professor Walden. Ich wollte um jeden Preis beweisen, dass ich den Kurs nicht wechseln brauchte. Ich gehörte in diesen Kurs, und auch wenn es mich ungemeine Mühe kosten würde, das durchzustehen, ich würde einen guten Vortrag abliefern.

Kurz bevor wir beim Saal ankamen, griff ich in meinen Rucksack und holte die Dose mit Sawyers Tabletten heraus.

»Was ist das?«, fragte Isaac.

»So pflanzliches Zeug, das mir meine Mitbewohnerin gegen die Aufregung mitgegeben hat«, murmelte ich und öffnete den Deckel. Ich war an dem Punkt angekommen, an dem mir jedes Mittel recht war. Hauptsache, es half mir dabei, das hier durchzustehen. Ich schüttete drei grüne Tabletten auf meine Hand und betrachtete sie einen Moment lang. Dann kippte ich sie in meinen Mund und schluckte sie mit ein paar Schlucken Wasser herunter.

»Willst du auch? Die gehören zwar Sawyer, aber …«

»Schon okay«, sagte Isaac und blickte skeptisch auf die Dose. »Ich habe … meinen Kaffee. Wobei es wahrscheinlich nicht mein bester Einfall war, jetzt noch Koffein zu trinken.«

Ich klopfte ihm noch einmal auf die Schulter. »Wir machen das schon.«

Er brummte wenig begeistert und gemeinsam betraten wir den Vorlesungssaal. Wir kamen ein bisschen früher, um schon einmal alles anzuschließen und vorzubereiten, aber nicht so früh, dass das Warten unsere Aufregung ins Unermessliche gesteigert hätte.

Es dauerte nicht lange, da füllte sich der Saal allmählich. Als Professor Walden eintraf und sich direkt vor uns in die erste Reihe setzte, begrüßte ich ihn freundlich und reichte ihm das Handout für unseren Vortrag, auf dem wir alles in Stichpunkten noch einmal festgehalten hatten.

»Und? Wirkte er gut gelaunt?«, fragte Isaac, als ich neben ihn trat.

Ich zuckte mit den Schultern. »Das erkennt man doch nie. Sein Bart verdeckt jegliche Emotionen.«

»Das stimmt. Egal. Wird schon.« Isaac hielt mir seine Faust hin, und ich stieß meine dagegen.

Wir taten, als ob unsere zusammengeballten Hände explodierten, und nahmen dann Haltung beim Pult ein. Mein ganzer Körper stand unter Strom. Ich war total hibbelig und verspürte den Drang, mich zu bewegen. Ich rollte die Karteikarten in meiner Hand und zupfte an den Ecken herum. Am liebsten wäre ich noch einmal um den Block gejoggt, um wieder runterzukommen.

Nachdem Stille eingekehrt war, stellte Isaac uns namentlich vor. Er gab eine kleine Einführung in die amerikanische Romantik und erzählte, auf welche repräsentativen Textbeispiele wir uns beschränkt hatten. Schon bei der ersten Folie machte Professor Walden ein Geräusch, das Isaac aus dem Konzept brachte. Er kam ins Stocken und brauchte eine Weile, bis er weitersprechen konnte. Als er den Redefluss wiedergefunden hatte, schnaubte Professor Walden erneut. Isaac hielt inne und schluckte schwer. Er fummelte an seinem Kragen herum, um seine Fliege zu lockern.

Kurzerhand übernahm ich den letzten Abschnitt der Folie, die an eine Tabelle anknüpfte, in der Isaac alle bedeutenden Schriftsteller der Epoche mitsamt ihren Werken aufgelistet hatte. Ich schnitt jedes Werk in zwei kurzen Sätzen an. Normalerweise war ich während Vorträgen total verkrampft und kam nicht aus mir heraus, an diesem Tag jedoch war das genaue Gegenteil der Fall. Ich gestikulierte wild, lief auf und ab und konnte gar nicht aufhören zu reden. Als ich auf die nächste Folie klickte, räusperte sich mein Dozent unüberhörbar. Ich ließ den Blick zu ihm schweifen.

Er hatte die buschigen Augenbrauen tief zusammengezogen und ein Bein übergeschlagen, auf dem er den Ellenbogen abstützte. Er rieb mit Daumen und Zeigefinger über seinen eckigen Bart. Mit missmutiger Miene las er die Stichpunkte auf unserer Folie, schüttelte leicht den Kopf und kritzelte dann etwas auf seinen Notizblock.

»Gibt es ein Problem, Professor Walden?«, fragte ich laut.

Der ganze Kurs schien den Atem anzuhalten, bis auf Isaac, der ein gurgelndes Geräusch machte und den Ellenbogen in meine Seite stieß.

»Ihre Tabelle ist unvollständig«, sagte mein Dozent ungerührt und rieb sich weiter über den Bart.

»Wenn Sie damit andeuten wollen, dass Whitman und Hawthorne fehlen, warten Sie doch einfach ab, bis wir unsere Präsentation beendet haben«, sagte ich freundlich.

Jemand in der hinteren Reihe lachte verhalten.

Professor Walden machte eine Handbewegung, die aussah, als wollte er ein lästiges Insekt verscheuchen. »Fahren Sie fort.«

Isaac erlitt mit Sicherheit bald einen Herzinfarkt. Sein Gesicht war bereits dunkelrot angelaufen. Mit heiserer Stimme fuhr er fort und stellte das erste Textbeispiel vor.

»Das ist eine äußerst schlecht gewählte Stelle«, unterbrach Professor Walden ihn nach kurzer Zeit. »Ich denke, es wäre besser, wenn Sie mit dem nächsten Beispiel weitermachen.«

Isaacs Karteikarten fielen zu Boden. Er stieß einen leisen Fluch aus, und wir bückten uns gleichzeitig, um sie aufzuheben.

»Danke«, murmelte er und nahm den kleinen Stapel entgegen, den ich aufgeklaubt hatte.

»Kein Pro…« Die zweite Silbe des Worts blieb mir im Hals stecken, weil ich zur Seite kippte. Ich landete mit der Schulter gegen Isaac und auch er verlor das Gleichgewicht. Er hatte sich schnell gefasst, stand auf und griff mir unter die Arme, um mich wieder hochzuziehen.

»Alles okay bei dir?«, wisperte er und ich nickte.

Offenbar keine gute Entscheidung, denn die Wände drehten sich und bunte Flecken bildeten sich vor meinen Augen. Beinahe hätte ich gelacht, weil ich mich so unbeschwert fühlte und die bunten Farben ziemlich lustig fand.

Professor Walden riss mich abrupt aus meinem Höhenflug. »Ich denke, wir sind hier fertig. Die nächste Gruppe kann vortreten und ihre Präsentation aufbauen.«

Seine Worte drangen zu mir vor und die Punkte in meinem Sichtfeld verfärbten sich scharlachrot. »Was?« Meine eigene Stimme klingelte mir in den Ohren, so laut hatte ich die Frage gestellt.

»Ich denke, ich war deutlich genug. Das, was Sie da vorne veranstaltet haben, war das beste Beispiel für einen nicht gelungenen Vortrag«, sagte Professor Walden. »Kommen Sie gerne nächstes Jahr wieder. Vielleicht sind Sie dann bereit für meinen Kurs.«

Isaac und ich starrten ihn einfach nur an.

Wir bekamen keine Chance mehr, fortzufahren. Die nächste Gruppe stand auf und trat mit gemurmelten Entschuldigungen und Mitleidsbekundungen zu uns nach vorne.

Mit hochroten Köpfen sammelten wir unsere Sachen ein und flüchteten nach draußen. Dort angekommen musste ich mich erst mal gegen eine Wand lehnen und tief durchatmen.

»Scheiße«, murmelte ich und rieb mir über das heiße Gesicht.

»Ist schon okay«, meinte Isaac.

»Nein, das ist echt blöd gelaufen. Ich … Gott, ich wollte es ihm doch zeigen. Und jetzt habe ich es total ruiniert. Es tut mir so leid, Isaac.«

»Du brauchst dich nicht entschuldigen. Ich war genauso fahrig und habe alles fallengelassen und mich ununterbrochen verhaspelt. Ich meine …«, er sprach weiter, doch ich hörte nur mit halbem Ohr zu.

Ich fummelte am Kragen meiner Bluse herum, weil es sich anfühlte, als würde sie meinen Hals zerquetschen. Isaac redete währenddessen über die Möglichkeiten, die uns jetzt noch blieben. Er wollte sofort mit mir zur Studienberatung gehen und einen Wechsel in einen anderen Kurs in die Wege leiten. Allerdings verstand ich ihn kaum. Ich war nämlich gerade dabei, zu ersticken. Gierig schnappte ich nach Luft.

»Dawn?«

Ich blickte zu Isaac hoch. Er hatte sich vor mir aufgebaut und sah mich besorgt an. Aus den Augenwinkeln sah ich, wie immer mehr Menschen an uns vorbeiliefen. Der Flur füllte sich weiter, und die Luft verschwand zusehends.

»Ist alles okay?«

Ich konnte nur noch den Kopf schütteln. Die Flecken in meinem Sichtfeld breiteten sich immer weiter aus, bis ich gar nichts mehr sah und umfiel.

In den nächsten Minuten wechselte ich zwischen Halbschlaf und Vollrausch. Ich bekam am Rande mit, dass jemand dicht neben mir schnell sprach – ich nahm an, dass es Isaac war. Wobei seine Stimme so hoch und hektisch klang, dass ich ihn beinahe für ein Mädchen gehalten hätte.

»Was hast du dir nur dabei gedacht, Sawyer?«, zischte jemand dicht über meinem Ohr.

Eine Antwort wurde gefaucht. Ich blinzelte mehrmals, damit die Welt aufhörte, sich zu drehen, und stellte fest, dass mich jemand hastigen Schrittes durch die Flure trug.

»Ich glaube, ich bekomme einen Herzinfarkt«, japste Isaac.

»Du hättest auch was von dem Zeug nehmen müssen. Ich hab noch was, wenn du willst.«

»Du wirst Grant *kein* Beruhigungsmittel geben, Sawyer«, zischte mein Träger jetzt.

Auch wenn mir der Kopf wie in Watte gepackt vorkam, war ich mir zu neunzig Prozent sicher, dass es Harry Styles war, der mich gerettet hatte und gerade nach draußen trug. Bester Tag aller Zeiten.

Frische Luft drang an meine Nase. Ich atmete gierig ein. Anschließend drückte ich die Nase an den Hals meines Retters. Er roch nach frischer Wäsche und einem angenehmen Aftershave. Ich wollte hineinkriechen.

Plötzlich wurde ich abgesetzt. Ich blinzelte mehrmals und erkannte verschwommen, dass ich mich in einem Auto befand. Mein Kopf sackte nach hinten, genau an der Kopfstütze vorbei. Sofort schlang sich eine Hand um meinen Nacken und hielt ihn fest.

Ich öffnete meine schweren, trockenen Lider.

Das war ein sehr merkwürdiger Traum.

Statt Harry Styles hockte Spencer vor mir, was aber auch nicht schlecht war. Er kauerte draußen seitlich vom Beifahrersitz und sah mich mit gerunzelter Stirn nachdenklich an.

»Hi«, sagte ich. Meine Zunge klebte schwer am Gaumen, und das Wort kam wie in Zeitlupe aus meinem Mund.

Spencer sah über die Schulter. »Wie viel hast du ihr gegeben?«

»Ich habe ihr dieselbe Dosis empfohlen, die ich auch immer nehme.«

»Sie hat drei Stück genommen«, hörte ich Isaac sagen.

»Drei? Bist du wahnsinnig?«, zischte Spencer.

»Ich habe nicht daran gedacht, dass sie so klein ist.«

Sawyer trat in mein Sichtfeld. Sie spielte mit beiden Händen an ihren Haarspitzen herum. »Alles in Ordnung, Dawn?«

»Alles bestensss …« Meine Zunge gehorchte mir nicht. Ich klang wie eine Fünfjährige, die all ihre Zähne verloren hatte und nun wie verrückt lispelte.

»Ich glaube, wir sollten zum Arzt«, krächzte Isaac. Er stand neben Sawyer und hielt sich an der Beifahrertür fest. Es wirkte beinahe, als würde er sie wie eine Stütze benutzen. Das sah so lustig aus, dass ich kichern musste. Wieder drohte mein Kopf, zur Seite zu fallen, doch Spencer hielt ihn gerade. Sein Daumen strich seitlich an meinem Hals entlang, und der Schwindel lichtete sich.

»Das Zeug ist rein pflanzlich. Die Dosis war wohl einfach zu hoch, sie muss es nur ausschlafen«, erwiderte meine Mitbewohnerin.

Spencer atmete ruckartig aus. »Ich unterdrücke gerade mit aller Kraft den Impuls, dich zu erwürgen.«

Sawyer lachte auf. »Ja, genau. Du mich. Weil ich ja auch diejenige bin, die sie wie eine Aussätzige behandelt.«

»Ich habe keine Ahnung, wovon du sprichst«, knurrte er.

»Leute, ich glaube …«, versuchte Isaac, sie zu unterbrechen.

Sawyer warf ihm einen wütenden Blick zu, der ihn zum Verstummen brachte. Zumindest kam es mir so vor. Meine Sicht doppelte sich. Es wurde immer schlimmer, je öfter ich blinzelte.

»Sie hat mir alles erzählt, Spencer. Ich finde nicht, dass du dich jetzt aufspielen solltest, wenn du der Grund dafür bist, dass sie …«

Den Rest bekam ich nicht mehr mit. Ich versuchte echt, wachzubleiben, aber mein Körper war anderer Meinung. Ich sackte gegen die Kopfstütze und versank in Dunkelheit.

Träge blinzelte ich. Meine Lider waren schwer, aber ich öffnete sie trotzdem.

Ich kannte dieses Haus. Die grauen Wände und die riesige Couch, in deren Ecke ich zusammengerollt lag, kamen mir vertraut vor. Vorsichtig setzte ich mich auf. Alles drehte sich.

»Wie geht's dir?«

Ich zuckte zusammen und starrte Spencer an, der neben mir

saß. Er war in goldenes Licht getaucht, als wäre er eine göttliche Erscheinung oder so, und hielt mir eine Wasserflasche entgegen. Ich starrte auf seine ausgestreckte Hand. Gott, seine Hand. Seine schöne, große, starke Hand.

»Deine Hände sind der Wahnsinn.« Ich streckte die Finger aus und fuhr über seinen Handrücken. Strich über seine warme Haut und genoss das heftige Prickeln, das mich dabei durchfuhr. »Du hast die schönsten Hände, die ich jemals bei einem Mann gesehen habe. Und ich habe schon echt viele Hände gesehen.«

»Ich vermute mal, das war meine Antwort«, murmelte er und lehnte sich zurück. Er verschränkte die Arme vor der Brust.

Oh. Ich verschlang seine entblößten Unterarme mit den Augen. In meinem Kopf schwirrten die Gedanken durcheinander. »Manchmal wünschte ich, ich könnte deine Chelsea sein«, sagte ich leise. »Ich glaube, du wärst ein ganz wunderbarer Grover. Ich hatte sogar dich vor Augen, als ich die Szene in der Dusche geschrieben habe.«

Spencers Mundwinkel zuckten. »Ich verstehe zwar nur die Hälfte, aber okay.«

»Vielleicht hätte ich mir damals dein Badezimmer zeigen lassen sollen. Ich kann seitdem an nichts anderes mehr denken als an dich unter der Dusche. Aber ich kann nicht deine Chelsea sein«, sagte ich entschieden und schüttelte den Kopf.

»Du bist süß«, erwiderte er bloß. Seine Lippen verzogen sich zu diesem schönen Grinsen.

Mir war unerklärlich, wie ein Gesicht derart harte Kanten besitzen und gleichzeitig so weich aussehen konnte. In diesem Moment war ich mir ganz sicher, noch nie einem so schönen Kerl begegnet zu sein. Die Welt erschien mir gerade so klar wie noch nie zuvor. Es kam mir vor, als hätte ich den Schlüssel zum Sinn des Lebens entdeckt.

Ich hob die Hand und berührte seine Mundwinkel. Sein Grinsen verblasste und ich schmollte.

»Nicht aufhören«, murmelte ich und hob die zweite Hand, um seine Lippen wieder auseinanderzuziehen.

Spencer umfing meine Hände und nahm sie von seinem Gesicht. Dann zog er an meinen Armen, und ich purzelte nach vorne, mit der Wange gegen seinen Brustkorb.

»Wie wäre es, wenn wir ein kleines Nickerchen machen, hm?« Er hob eine Hand und strich mir übers Haar, fuhr dann weiter runter zu meinem Nacken.

Augenblicklich entspannte ich mich, schmiegte das Gesicht dichter an ihn, umschlang seinen Bauch mit dem Arm und verknotete ein Bein mit seinem. Er lachte leise, und das Geräusch bereitete mir eine Gänsehaut.

»Es tut mir leid, Spence«, murmelte ich an seiner Brust.

»Was denn?«

Ich schluckte schwer. »Dass ich so bin, wie ich bin.«

Er stützte das Kinn auf meinem Kopf ab und kraulte mir weiter den Nacken. »Dafür brauchst du dich nicht zu entschuldigen, Süße. Niemals.«

Ich schloss die Augen und ließ mich von seinen tiefen, beständigen Atemzügen in den Schlaf wiegen.

kapitel 13

Spencer schlief.

Diesmal war ich mir ganz sicher, dass er nicht so tat. Mein Kopf wurde mit jedem seiner Atemzüge sanft hochgehoben und sackte beim Ausatmen wieder runter. Ein stetiger Rhythmus.

Sein Gesicht war ganz entspannt. Er sah aus wie eine männliche Version von Dornröschen. Abgesehen von seinem leicht geöffneten Mund.

Zum ersten Mal erlaubte ich mir, genauer hinzusehen – ich meine, *wirklich* hinzusehen.

Ich fing bei seinen Haaren an und ließ den Blick über seine Stirn weiter nach unten wandern. Seine Augenbrauen waren ebenso dunkel und voll wie sein Haar, wobei die linke ein wenig ausgedünnter war, dafür aber einen leichten Bogen zur Seite machte. Er hatte lange, dunkle Wimpern, eindeutig ein Erbstück seiner Mom. Sie waren sogar geschwungen. Das war echt unfair, wenn man bedachte, dass Menschen wie ich ohne Wimperntusche total leblos aussahen.

Über Spencers Kinn und seinen Kiefer zogen sich leichte Stoppeln, er musste sich ein, zwei Tage lang nicht rasiert haben. Er hatte keinen gleichmäßigen Bartwuchs. Es kitzelte mich in den Fingern, die Stoppeln zu berühren und über seinen Kiefer, weiter runter bis zu seinem Hals zu streichen, wo sie ausliefen und in samtige Haut übergingen. Unter seinem Kinn entdeckte ich auf der rechten Seite eine Narbe, die nicht nach einem Sturz aussah, sondern eher, als wäre sie durch eine Scherbe oder so hervorgerufen worden. Sie war krumm und zog sich sichelförmig über seine Haut.

Mein Blick wanderte weiter nach unten, zu seinem Arm, der über meinem lag. Er hatte ein paar kleine Muttermale. Über den sehnigen Muskeln seines Unterarms waren die Adern sichtbar und zogen sich in einer geschlängelten Spur bis zur Hand. Er regte sich und sein Griff um mich verfestigte sich.

Ein schmerzhaftes Ziehen machte sich in meinem Brustkorb breit, und gleichzeitig flatterte mein Magen aufgeregt.

Nach knapp dreieinhalb Wochen war die Welt endlich wieder im Gleichgewicht. Und das war so was von beschissen. Ich sollte das hier nicht wollen. Und es sollte sich nicht derart gut anfühlen, in Spencers Armen zu liegen.

Spencers Atem stockte eine Sekunde und er regte sich. Ich lehnte den Kopf zurück, um ihm ins Gesicht zu sehen. Er öffnete langsam die Lider und sah mich träge an. Dann verzog sich sein Mund zu einem verschlafenen Lächeln.

»So könnte ich öfter aufwachen.«

Innerhalb eines Atemzugs verwandelte sich meine eben noch entspannte Haltung in eine krampfhafte Umklammerung. Ich setzte mich auf und klammerte mich an der Lehne des Sofas fest. Mir war plötzlich ganz kalt und schwindelig.

Spencer seufzte und setzte sich ebenfalls hin. »Ich würde ja ›War nicht so gemeint‹ sagen, aber das wäre gelogen.«

Ich räusperte mich und rückte zurück, bis ich mit dem Rücken gegen das Eckteil der Couch stieß. Verwirrt sah ich mich um. Ich befand mich in Spencers Wohnzimmer. Und ich hatte keinen blassen Schimmer, wie ich hierhergekommen war.

»Das hier ist kein merkwürdiger Traum, oder?«, fragte ich und versuchte, mich zu erinnern.

Spencer griff nach einer Wasserflasche auf dem Couchtisch. Gemächlich schraubte er sie auf und hielt sie mir hin. »Trink etwas.«

Ich war irritiert und starrte die Plastikflasche für einen Moment lang einfach nur an. Dann griff ich nach dem Wasser und trank ein paar Schlucke. Erst da wurde mir bewusst, wie ausgetrocknet meine Kehle war. Ich setzte die Flasche kurz ab, um Luft zu holen, danach trank ich gierig ein paar weitere Schlucke.

»Langsam, immer mit der Ruhe«, sagte er und hielt mir die geöffnete Hand entgegen.

Ich gab ihm die Flasche widerwillig zurück und wischte mir mit dem Handrücken über den Mund. Allmählich wurde ich wach. Mein vernebeltes Hirn lichtete sich immer weiter. Und plötzlich überrollten mich die Erinnerungen an meinen Vormittag.

Isaac. Unser Vortrag. Professor Walden. Der ganze Kram, den ich Spencer erzählt hatte.

»Oh nein«, stöhnte ich und ließ mich zurücksinken. »Ich bin so ein Trottel.«

»Quatsch. Du hast nur ... Beruhigungsmittel genommen und wurdest aus deinem Kurs geschmissen.«

Ich kniff die Augen zusammen, als die Erinnerungen in meinem Kopf abliefen wie ein schlechter Horrorfilm. »Verfluchter Mist. Ich hätte diese Tabletten nicht nehmen sollen.« Noch immer spürte ich, wie meine Hände leicht zitterten.

»Sawyer hätte dir dieses Zeug niemals geben dürfen.«

Ich hob eine Braue und sah ihn an. »Woher weißt du überhaupt davon? Ich meine, wieso warst du dort?«

»Ich hatte ein Seminar gegenüber und habe gesehen, wie du auf Isaac gefallen bist.«

Meine Augen weiteten sich. »Ich bin auf Isaac gefallen?«

Er nickte langsam. »Sawyer war auch dort. Sie wollte dich nach dem Seminar abholen. Dann haben wir dich schnellstmöglich aus dem Flur zu meinem Auto gebracht, damit Walden nicht noch einen Grund findet, dich wegen unerlaubter Substanzen anzuschwärzen.«

Ich stöhnte frustriert. Heute war der schlimmste Tag aller Zeiten.

»Wahrscheinlich werden sie mich rausschmeißen. Ich sollte schon mal meine Sachen packen«, murmelte ich.

»Hör auf, so einen Schwachsinn zu reden«, meinte Spencer und trank nun selbst einen Schluck. »Es ist nicht so, als hättest du deinen Dozenten tätlich angegriffen oder so.«

Ich schluckte schwer. »Nein, aber ich habe es total vermasselt. Dabei wollte ich heute den besten Vortrag meines Lebens halten, und jetzt … habe ich einen Kurs weniger.« Ich rieb mir mit den Fingern über die Schläfen. »Armer Isaac. Das ist alles meine Schuld.«

»Er sah aus, als hätte er einen Nervenzusammenbruch. Sawyer hat ihm auch Beruhigungsmittel angeboten.«

»Ich erinnere mich vage.« Ich seufzte. »Darf ich noch einen Schluck trinken?«

Sofort reichte er mir die geöffnete Flasche zurück. Ich bedankte mich und nahm ein paar Schlucke. Langsam pendelte sich mein Kreislauf wieder ein.

»Du hast mich hierher gebracht«, sagte ich nach einer Weile und betrachtete Spencer wieder eingehend. Ich versuchte, dahinterzukommen, was es mit seiner plötzlichen Fürsorge auf sich hatte. In den letzten Wochen hatte er sich schließlich auch von mir ferngehalten und mir deutlich gezeigt, dass er fabelhaft ohne mich klarkam. »Und du redest wieder mit mir. Gibt es dafür irgendeinen bestimmten Grund?«

»Sawyer hat mir einen Einlauf verpasst«, erwiderte er leichthin.

»Ach ja?« Ich blieb skeptisch.

Er griff nach der Flasche und leerte sie in einem Zug. Anschließend schraubte er den Verschluss wieder zu und stellte sie zurück auf den Tisch. »Ich glaube, ich muss mich bei dir entschuldigen.«

Mein Mund öffnete und schloss sich wieder. Damit hatte ich wirklich nicht gerechnet.

»Ich habe mich wie ein Arschloch aufgeführt. Die Sache mit meiner Familie hat mich ziemlich durcheinandergebracht. Eigentlich bin ich, zumindest was das angeht, sehr privat.« Nachdenklich rieb er sich das Kinn. »Ich rede nicht so gern darüber, verstehst du? Du hast mich auf dem falschen Fuß erwischt, und ich … ich habe mich wie ein Idiot aufgeführt.«

Das musste ich erst einmal verdauen. Ich ließ die Worte sacken und zupfte an meinen gepunkteten Socken herum. »Mir tut es auch leid. Ich wollte dich nie bedrängen, Spence.«

»Ich weiß. Du wolltest einfach für mich da sein, so wie«, er machte eine kurze Pause und räusperte sich, »Freunde das nun mal füreinander machen. Und ich habe dich nicht gelassen, weil ich mit ein paar Dingen lieber alleine klarkomme.«

Jetzt sah ich auf. »Das ist auch dein gutes Recht. Ich wollte einfach nur, dass du weißt, dass ich für dich da bin. Falls du mal wieder jemanden brauchst, der dich irgendwohin fährt, oder falls du irgendwann das dringende Bedürfnis verspürst, ein paar Dinge loszuwerden.« Als ich sah, wie er die Stirn furchte, hob ich entwaffnet die Hände. »Aber ich verstehe auch, wenn du nicht darüber reden willst. Reden wird sowieso völlig überbewertet. Wir könnten auch einfach wieder … Freunde sein, wenn du willst.«

Gott, das war ja wohl der lahmste Satz überhaupt. Ich hatte mich noch nie bescheuerter ausgedrückt.

»Ich habe nie aufgehört, dein Freund zu sein, Dawn«, sagte Spencer leise.

»Es kam mir aber so vor«, murmelte ich.

»Ich weiß. Ich kann nur sagen, dass es mir leidtut. Und das meine ich von Herzen.«

Meine Wangen wurden warm, als ich daran zurückdachte, wie er mich gegen den Kühlschrank gedrückt hatte. »Wenn wir wieder Freunde sind, dann kannst du … so was nicht machen«, sagte ich.

Er schien zu wissen, wovon ich sprach, und seufzte. »Ich weiß. Manchmal kann ich mich einfach nicht kontrollieren, wenn du in der Nähe bist.«

Ich schnaubte verächtlich.

»Im Ernst, Dawn. Das war nicht ich, sondern das Monster, das in mir lebt und manchmal einfach hervorkommt. Ob ich will oder nicht«, fuhr er fort.

»Dass du perverses Zeug mit mir anstellen wolltest, ist also darauf zurückzuführen, dass du in Wirklichkeit der Hulk bist?«, fragte ich.

Er grinste breit. »Genau das wollte ich damit sagen. Aber nur der von den Avengers, weil der nämlich quasi Black Widow bekommt.« Er sah mich an und sein Blick ging über mein Haar.

Ich ahnte, was jetzt folgte.

»Black Widow hat übrigens auch rote Haare.« Er legte den Kopf schräg, und sein Grinsen war beinahe so wie immer, nur lag diesmal etwas Vorsichtiges darin.

»Dann hätten wir die Kostüme für Halloween dieses Jahr wohl auch geklärt. Wir bemalen dich grün und ich ziehe mir einen schwarzen Overall an.«

»Das hättest du nicht sagen dürfen. Jetzt werde ich bis Oktober an nichts anderes denken können als an dich in einem schwarzen, eng anliegenden Anzug und …« Er unterbrach sich, und die Muskeln an seinem Kiefer traten deutlich hervor. »Ist das okay?«, fragte er unvermittelt.

Mein Herz machte einen erleichterten Hüpfer, weil sich beinahe alles wieder normal anfühlte. »Wenn ich ehrlich sein soll, habe ich deine Sprüche sogar ein klein wenig vermisst.«

Seine Mundwinkel kräuselten sich weiter. »Ich habe dich auch vermisst.«

Den restlichen Tag verbrachten wir damit, *Der unglaubliche Hulk* zu schauen, asiatisches Essen zu bestellen und unsere Freundschaft wieder einzupendeln. Als er mich am frühen Abend nach Hause fuhr, war es, als hätten wir nie gestritten. Alles war so wie vorher, und ich fühlte mich, als wären riesige Betonklötze von meinen Schultern genommen worden.

kapitel 14

Nervös fummelte ich an den kordelähnlichen Bändern meines Rucksacks herum, als sich die schwere Tür zum Büro der Studienberatung öffnete. Sofort faltete ich die Hände vor dem gefüllten Rucksack und setzte mich aufrechter hin. Meine Kehle war trocken, die Hände klebrig, und allmählich kam ich ins Schwitzen. Ich war schrecklich aufgeregt und fürchtete mich vor dem Gespräch mit der Studienberaterin.

»Ms Edwards«, begrüßte sie mich freundlich und nahm mir gegenüber Platz.

Ich schluckte schwer. »Hören Sie, Mrs …« Ich sah mich nach einem Namensschild um, aber sie kam mir zuvor.

»Perkins«, half sie mir aus.

»Mrs Perkins.« Ich versuchte mich an einem Lächeln. »Was da in Professor Waldens Kurs vorgefallen ist, war ein Ausrutscher, den ich meiner Aufregung zu verdanken hatte. Ich würde den Vortrag wirklich gerne wiederholen.« Diesen Satz hatte ich heute Morgen vor dem Spiegel in den Duschräumen geübt –, bis eines der Mädchen unseres Flurs hereingekommen war und mich dabei erwischt hatte, wie ich mit meinem Spiegelbild sprach.

»Das ist lobenswert, Ms Edwards. Aber leider wird Ihnen Ihre Reue in dieser Situation nicht weiterhelfen. Professor Walden hat unmissverständlich klargemacht, dass er für Sie in seinem Kurs keinen Platz mehr hat. Wussten Sie, dass es eine Warteliste für *Anfänge der amerikanischen Literatur bis 1865* gibt?«

Meine Kehle schnürte sich zu. »Nein, das wusste ich nicht«, gab ich kleinlaut zu. »Was kann ich jetzt machen, um noch genügend Credits zu sammeln?«

Mrs Perkins schob die Brille auf dem Nasenrücken nach oben. Sie wandte sich dem Bildschirm auf dem Schreibtisch zu und klickte mehrmals. »Ich sehe nach, in welche Kurse ein Wechsel möglich wäre.« Eine kurze Pause entstand, in der sie sich wohl durch das Verzeichnis klickte und die Teilnehmerzahlen abglich. »In *Studien weiblicher Schriftstellerinnen* wären noch Plätze frei.«

»Nein.« Das Wort kam so schnell über meine Lippen, dass es ein echtes Wunder war, dass ich mich nicht verschluckte.

Jetzt lag Mrs Perkins' Blick wieder auf mir und sie sah mich abschätzend über den Rand ihrer roten Brille hinweg an.

»Den wollte ich erst nächstes Semester belegen«, erklärte ich. »Bei einer solch spannenden Thematik würde ich ungerne den Anfang des Kurses verpassen.«

Gerade noch gerettet.

Die Studienberaterin klickte sich durch weitere Verzeichnisse. »Hier hätte ich noch zwei praxisorientierte Kurse. *Schreibwerkstatt: Elemente des Handwerks* und *Poesie: Kunst der Worte*.«

Wenn in einem Kurs nach der Anmeldephase noch Plätze frei waren, hatte das meistens einen guten Grund. Sei es der Dozent, der zu erwartende Arbeitsaufwand oder das Thema. Alles in mir sträubte sich gegen einen Kurs über Poesie – das war schon in der Highschool eines meiner Hassthemen gewesen, in dem ich durchweg schlecht abgeschnitten hatte. Und dass in der Schreibwerkstatt noch Plätze frei waren, hatte bestimmt einen Grund. Ich hatte bewusst Schreibkurse gewählt, in denen im Vorlesungsverzeichnis deutlich vermerkt war, dass schriftliche Aufgaben eingereicht werden konnten. In der Schreibwerkstatt würde ich meine kreativen Ergüsse sicher mit der Menschheit teilen müssen. Eigene Arbeiten vor einem gefüllten Vorlesungssaal vorzutragen, war für mich in etwa mit einem Striptease zu vergleichen. Ich fürchtete mich ganz schrecklich davor, aber wenn ich nur diese beiden Kurse zur Auswahl hatte, blieb mir wohl kaum eine andere Möglichkeit.

»*Schreibwerkstatt* klingt doch nach einer tollen Alternative«, sagte ich und zwang mir ein Lächeln aufs Gesicht.

»Sehr schön!«, sagte Mrs Perkins erfreut, und nach ein paar weiteren Klicks hörte ich, wie der Drucker hinter ihrem Schreibtisch zu röhren begann. Sie rollte auf ihrem Stuhl nach hinten und reichte mir kurz darauf zwei Kopien. »Das hier ist der Raum- und Zeitplan. Dahinter befindet sich ein Dokument, das Sie bitte Professor Gates übergeben, wenn Sie seinen Kurs zum ersten Mal besuchen.«

Ich nahm die Papiere entgegen und sah auf den Raum- und Zeitplan. Ich schnappte nach Luft. »Der findet ja heute statt.«

Mrs Perkins warf einen Blick auf die Uhr über der Tür. »Wenn Sie sich beeilen, schaffen Sie es noch pünktlich.«

Ich rannte wie eine Verrückte, und mein Rucksack flog dabei in die Höhe, nur um beim nächsten Schritt wieder auf mein Steißbein zu knallen. Durch die Bücher darin war das nicht besonders angenehm. Hatte ich schon die Kürze meiner Beine und meine nicht vorhandene Kondition erwähnt? Zu meinen größten Hobbys zählten Schreiben, Lesen und mit meinen Freunden auf der Couch zu liegen, während wir uns Filme ansahen. Ich war eine Couchkartoffel durch und durch – und meistens sogar noch stolz darauf.

Heute war das nicht der Fall.

Noch beim Rennen hielt ich mir das Blatt kurz vor die Nase und sah, dass ich schon zu weit gelaufen war. Schlitternd machte ich halt, drehte mich auf dem Absatz um und lief zurück. Völlig verschwitzt kam ich beim Kursraum an. Ich brauchte einen Moment, bis ich wieder zu Atem kam. Danach klopfte ich zaghaft an der verschlossenen Tür. Als ich keine Antwort bekam, öffnete ich sie vorsichtig und schob mich möglichst unauffällig in den Raum. Ich drehte mich um.

Fünf Augenpaare waren auf mich gerichtet.

Ich hatte keine Ahnung, wer erstaunter aussah. Vermutlich ich, denn die Studenten dieses Kurses standen allesamt auf ihren Tischen und blickten von oben auf mich nieder. Der Kerl, von dem ich annahm, er wäre Professor Gates, war der Einzige, der mit dem Rücken zu mir auf dem Boden stand. Statt sich umzudrehen, beugte er sich hinunter und sah mich kopfüber zwischen seinen Beinen hindurch an.

»Hi«, sagte er. Dabei verfingen sich die Fransen seines Schals in seinem Mund, und er spuckte sie geräuschvoll wieder aus. »Wer bist du?«

Die Situation war so merkwürdig, dass ich gar nicht auf die Idee kam, mich zu schämen oder mit meiner Antwort ins Stocken zu geraten. »Dawn Edwards. Ich war gerade bei der Studienberatung und soll ab heute an Ihrem Kurs teilnehmen.« Ich legte den Kopf automatisch auf die Seite, um ihn zumindest halbwegs ansehen zu können. »Zumindest, wenn Sie Professor Gates sind.«

Der Mann stieß ein Fauchen aus. Er erinnerte mich an einen Vampir, dem man eine Knoblauchzehe hinhielt, und ich blinzelte mehrmals, um mich zu vergewissern, dass ich nicht an Halluzinationen litt.

In einer ruckartigen Bewegung richtete sich Professor Gates auf und fuhr zu mir herum. »Kinder, wie ist mein Name?«

Ich sah zu den Studenten auf den Tischen, von denen zwei hörbar die Luft ausstießen.

»Nolan«, sagten sie dennoch im Chor.

Professor Gates breitete die Arme aus. »Herzlich willkommen in der Schreibwerkstatt.«

Ich konnte ihn bloß anstarren. Was mir zuerst auffiel, war sein halblanges, blondes Haar, das er zu einem kurzen Zopf im Nacken gebunden hatte. Ziemlich viele Strähnen hatten sich daraus gelöst und waren durch diesen merkwürdig gemusterten Fransenschal elektrisch geladen, sodass sie seitlich abstanden und sich ohne den leisesten Windzug von alleine bewegten. Er sah aus wie eine männliche Medusa. Nur dass er den Zwiebellook bevorzugte und sich mehrere Schichten Kleidung übergeworfen hatte. Der graue Mantel reichte bis zu seinen Kniekehlen, darunter trug er einen grünen, wallenden Cardigan und die unterste Schicht seines Outfits bestand aus einem gelben Shirt, auf dem in verschlungenen Lettern das Wort *Virgin* stand. Mein Blick verweilte ein bisschen zu lange darauf, und ich schaffte es nur knapp, nicht laut loszulachen. Erst danach sah ich ihm ins Gesicht und stellte überrascht fest, dass er noch ziemlich jung für einen Dozenten war. Vielleicht Ende zwanzig. Er hatte ebenmäßige Gesichtszüge und hübsche graue Augen mit Lachfältchen drum herum.

»Steh da nicht so rum, schnapp dir einen Tisch«, forderte Professor Gates und deutete ausladend auf die freien Tische.

Ich kam seiner Aufforderung zaghaft nach und sah mir jetzt auch die anderen Studenten an. Mit mir waren wir zu sechst. Eines der beiden Mädchen, das einen schwarzen Bob hatte, lächelte mich aufmunternd an, das andere hatte die Arme vor der Brust verschränkt und starrte an die Decke. Zwei der Jungs wirkten ziemlich schüchtern und sahen auf ihre Schuhspitzen und der dritte spielte an seinem Handy rum.

Noch immer ein wenig außer Atem, lief ich durch die schmalen Reihen des Kursraums und legte meine Sachen neben dem schwarzhaarigen Mädchen ab. Umständlich hievte ich mich auf den Tisch.

Das war mit Abstand das seltsamste Seminar, an dem ich je teilgenommen hatte. Das konnte ich jetzt schon sagen, und ich war noch nicht einmal fünf Minuten in diesem Raum.

»Wer mag Dawn erzählen, woran wir gerade arbeiten?«, fragte Professor Gates in die Runde. »Blake, leg dein Handy beiseite, oder ich nehme es dir weg, rufe deine Mutter an und werde sie vor allen Leuten zu Telefonsex verführen.« Gates hielt ihm die geöffnete Hand entgegen. »Und zwar auf Lautsprecher.«

Blake wurde bleich und stopfte das Handy zurück in die hintere Tasche seiner tief hängenden Jeans. »Sorry, Nolan.«

»Grüß deine Mutter von mir und erzähl Dawn, wie die Aufgabe lautet, damit wir weitermachen können«, erwiderte unser Dozent und schnipste ungeduldig mit den Fingern.

Ich wandte mich an Blake und lächelte ihm aufmunternd zu.

»Also, letzte Woche hat Nolan uns Zettel ziehen lassen, auf denen jeweils eine Rolle stand, aus deren Sicht wir einen kurzen Monolog schreiben sollten.« Blake räusperte sich und beugte sich hinunter, um seinen Block vom Tisch aufzuklauben. »Diese Zeilen sollen wir jetzt einer nach dem anderen vortragen, und zum Schluss reichen wir die Zettel herum, und jeder schreibt seine Einschätzung darunter, um welche Figur es sich handelt.«

»Also Alter, Geschlecht und Tätigkeit«, setzte das Mädchen mit dem Bob hinterher.

»Danke, Everly«, sagte Professor Gates und klatschte dann in die Hände. »So, wer will anfangen?«

Ich hätte mich gerne an Everly gewandt und sie gefragt,

wieso wir dazu auf den Tischen stehen mussten, traute mich aber nicht. Der Kurs war so klein, dass sich niemand unbemerkt hätte unterhalten können.

Der Kerl rechts von Blake räusperte sich, faltete seinen Zettel auseinander und sah Professor Gates fragend an. Dieser klatschte wieder in die Hände und grinste breit.

»Heute hat Mommy mir ein Erdnussbuttersandwich mitgegeben«, fing der Kerl in einem dunklen, ganz normalen Tonfall an.

Anscheinend gehörte es zur Übung, nur anhand von Wortlaut und Sätzen zu erkennen, um welche Figur es sich handelte.

»In der Pause habe ich mit Kyle getauscht. Er hatte Thunfisch, obwohl er den gar nicht mag. Ich mag auch keinen Thunfisch, aber Kyle ist so süß. Also habe ich so getan, als würde ich es essen. Dabei habe ich es in Wirklichkeit in meinen Ranzen geschmissen. Jetzt riecht er nach Fisch und Molly hat mich Fischi genannt. Das war voll fies. Aber beim Turnen habe ich einen Aufschwung am Reck hinbekommen und sie nicht. Kyle hat zugeguckt und mir gewinkt. Jetzt geht es mir besser.« Er endete mit einem leichten Nicken und alle lachten verhalten.

Anhand seiner Sätze hatte ich sofort den Eindruck eines achtjährigen Schulmädchens bekommen.

»Sehr schön, Jamie«, lobte Professor Gates ihn. »Jetzt du, Everly.«

Sie nickte und öffnete ein glitzerndes Notizbuch, das mir sofort ins Auge stach. Sie räusperte sich und las dann: »Ich bin müde, und das nicht nur körperlich, sondern vor allem seelisch. Ich drehe mich nachts herum und merke, wie kalt die andere Hälfte des Bettes ist. Ich träume und will ihr davon erzählen, aber sie ist nicht mehr da. Nach all den Jahren ist sie fort, und ich weiß nicht, ob ich jemals darüber hinwegkommen werde. Ich sage allen, dass es mir gut geht, aber das stimmt nicht. Es geht mir nur gut, wenn ich keine Zeit zum Nachdenken habe. Ich fülle meine Zeit mit Dingen, die mir plötzlich ganz unbedeutend erscheinen. Trotzdem bin ich auf sie angewiesen, da ich sonst an nichts anderes mehr denken kann, als ihr an den Ort zu folgen, an den sie gegangen ist.«

Wow. Mir lief eine Gänsehaut über die Arme. Sie hatte so einfache Worte benutzt, und doch waren sie mir total unter die Haut gegangen. Ich war mir sicher, dass es sich bei ihrer Figur um einen Witwer handelte, aber das Alter fand ich sehr schwer einzuschätzen. Die Formulierungen hatten nicht nach einem Rentner geklungen, sondern eher nach einem Mann mittleren Alters.

»Das war ganz wunderbar, Everly«, sagte Professor Gates nun und forderte den nächsten Studenten auf, seine Seite vorzutragen.

Wir hörten uns reihum alle Monologe an und durften uns auf Geheiß von Professor Gates auf unsere Stühle setzen. Nachdem ich so lange auf dem Tisch gestanden hatte, kam mir das Sitzen beinahe fremd vor. Den Rest des Seminars verbrachten wir damit, unsere Einschätzungen auf die Zettel zu schreiben und sie anschließend zu diskutieren. Wir nahmen jeden Text auseinander, zerlegten ihn in seine Einzelteile und diskutierten die Stellen, die ganz besonders auf Alter, Geschlecht und Tätigkeit hingewiesen hatten. Währenddessen saß Professor Gates auf seinem Tisch und baumelte mit den Beinen. Wenn jemand einen Beitrag lieferte, mit dem er nicht einverstanden war, diskutierte er, bis seinem Gegenüber die Argumente ausgingen oder Gates selbst nichts mehr zu sagen hatte und einsichtig nickte. Es war eine sehr interessante Stunde, auch wenn mir bei dem Gedanken, dass bald ich auf diesem Tisch stehen und meine Hausaufgaben vortragen würde, ganz flau im Magen wurde.

Als das Seminar zu Ende war, packte ich meine Sachen zusammen und wollte Everly und den anderen gerade nach draußen folgen, als Professor Gates mich zu sich rief. Everly lächelte mich über die Schulter hinweg an und formte lautlose Worte mit dem Mund, die ich nicht verstand. Sie folgte Jamie und den anderen und schloss anschließend die Tür hinter sich.

Vorsichtigen Schrittes ging ich zurück zu Professor Gates' Tisch, auf dem er noch immer mit den Füßen baumelte, die in roten Chucks steckten.

»Ja, Professor Gates?«

»Nolan«, korrigierte er mich und deutete auf den Tisch in der ersten Reihe. Kurz fragte ich mich, ob er wohl erwartete, dass ich mich wieder daraufstellte. Ich entschied mich dagegen und setzte mich auf die Kante, meine Haltung ein Spiegelbild seiner bis auf die Tatsache, dass ich nicht unbeschwert mit den Beinen baumelte.

»Wie hat dir die Stunde gefallen?«, fragte er, und im Blick seiner grauen Augen lag eine plötzliche Ernsthaftigkeit, die in völligem Kontrast zu seinem Erscheinungsbild stand.

»Ich fand sie toll«, sagte ich, ohne zu überlegen.

»Aus welchem Kurs bist du gewechselt?«, hakte er nach.

»Anfänge der amerikanischen Literatur bis 1865.«

Professor Gates verzog missmutig das Gesicht. »Warum, wenn ich fragen darf?«

»Es gab einige ... Unstimmigkeiten«, wich ich aus. Innerlich verfluchte ich mich für diese vage Ausflucht.

»Hör zu, Dawn. In meinem Kurs gibt es kein schwammiges Gerede. In diesem Raum kann jeder sagen, was er denkt, ohne dafür verurteilt zu werden. Verstanden?« Er wartete auf mein Nicken, bevor er weitersprach. »Gut. Also nochmal: Was ist der Grund für deinen Kurswechsel?«

Ich holte tief Luft und wollte ihm alles erklären, bekam aber nichts heraus. Nach einer Stunde konnte ich Professor Gates unmöglich einschätzen, geschweige denn ihm vertrauen. Das Einzige, was ich über ihn wusste, war, dass er ein bisschen durchgeknallt war.

»Ich hatte eine Meinungsverschiedenheit mit meinem Dozenten«, fing ich schließlich an.

Gates nickte aufmunternd. »Schon besser. Worum ging es bei dieser Diskrepanz?«

Ich musste wieder mehrmals tief einatmen, weil ich mich sofort in die Situation versetzt fühlte, in der Professor Walden mich niedergemacht hatte. In jenem Moment hatte ich es zwar schlimm gefunden, aber mir war gar nicht bewusst gewesen, wie sehr sich seine Worte in mir festgesetzt hatten. Wie Widerhaken, die ich nicht mehr aus meinem Körper bekam. Darüber zu sprechen, fiel mir plötzlich erstaunlich schwer. Professor Gates wartete geduldig.

»Ich habe große Schwierigkeiten, vor vielen Leuten zu sprechen«, erklärte ich mit Bedacht.

»Und Atticus hat dich in die Mangel genommen. Verstehe«, murmelte Gates und rieb sich das Kinn.

»Atticus?«, fragte ich perplex.

»Professor Walden.«

Ah, das ergab Sinn. »Der Name passt ja perfekt«, rutschte es mir heraus. Sofort bemerkte ich meinen Fehler und starrte meinen neuen Dozenten an.

Er lächelte bloß. »Wie ich bereits sagte, ist dieser Raum versiegelt. Alles, was wir hier lernen und worüber wir sprechen, bleibt unter uns. Ich hatte bereits einige Studenten, die zu mir in den Kurs gewechselt sind und erst lernen mussten, damit umzugehen, aber ich schaffe es eigentlich immer, euch die Schüchternheit aus dem Körper zu ziehen. Das werden wir bei dir auch hinbekommen.« Er hüpfte vom Tisch und trat dahinter, um seine verstreuten Papiere und die darauf gestapelten Bücher zu durchwühlen. »Ich respektiere die Wünsche meiner Studenten, Dawn. Wenn du keinen Vortrag halten willst, hältst du keinen Vortrag. Wenn du Lust hast, zu schreiben, wirst du schreiben. Wenn du plötzlich das Bedürfnis verspürst, deine Haare grün zu färben und es dir im Nachhinein nicht gefällt, würde ich alle dazu animieren, es dir nachzutun. Ob ich es schaffen würde, alle davon zu überzeugen, weiß ich nicht, aber ich gebe mein Bestes.«

Er nahm einen Batzen Papier und kam wieder um den Tisch herum zu mir. Ich nahm die Zettel, die er mir entgegenhielt.

»Das sind die Aufgaben, die wir bisher gemacht haben. Bis zur nächsten Woche wäre es ganz schön, wenn du ein bis zwei Übungen machen könntest. Du kannst sie mir auch gerne per Mail schicken, wenn es dir unangenehm ist, etwas vor den anderen vorzutragen. Hinten findest du noch eine Liste mit Fachliteratur, die numerisch sortiert ist. Davon sind eigentlich alle Titel in der Bibliothek zu finden. Habe ich etwas vergessen?« Er runzelte die Stirn und sein Blick richtete sich grüblerisch zur Decke. »Bei Problemen oder etwaigen Fragen scheu dich nicht, dich mit mir in Verbindung zu setzen. Ansonsten freue ich mich über jedes neue Gesicht in meinem Kurs.« Er hielt mir die Hand entgegen und überrumpelt ergriff ich sie. Er umfasste sie auch noch mit der zweiten. Dann drückte er sie fest. »Bald ist die Sache mit Professor Walden vergessen. Glaub mir.«

»Danke, Professor Gates«, murmelte ich.

»Nolan.« Er ließ meine Hand los und lief mit wehendem Mantel zurück an seinen Tisch.

Sein Blick lag so geschäftig auf den Zetteln dort, dass ich davon ausging, entlassen zu sein.

kapitel 15

Die Aufgaben, die Professor Gates mir gegeben hatte, waren so gut, dass ich in der kommenden Woche gleich fünf davon erledigte. Ich war mit Feuereifer bei der Sache, und das nicht nur, weil ich einen guten Eindruck bei meinem neuen Dozenten hinterlassen wollte. Mir gefiel, wie sehr meine Kreativität durch die Aufgaben gestärkt wurde.

Des Weiteren war endlich der Veröffentlichungstag von *Hot for You* angerückt. Ich lud die Geschichte am Mittwochabend hoch, und bereits Donnerstagmittag war sie verfügbar. Meine ersten Leserinnen schrieben mir auf Twitter, und zwei Bloggerinnen meldeten sich bei mir, um ein digitales Exemplar für ihre eReader anzufordern, welche ich ihnen bereitwillig zukommen ließ. Nie hätte ich zu träumen gewagt, dass so viele Leute die Geschichten lesen würden, die ich einfach zum Spaß schrieb.

Sawyer hatte mein Geheimnis für sich behalten. Manchmal machte sie zweideutige Bemerkungen, wenn ich am Laptop saß, aber ansonsten ging sie gut damit um. Sie hatte sogar eine Entschuldigung gemurmelt, als ich ihr die Tabletten zurückgegeben hatte. Insgesamt freute ich mich darüber, dass uns jetzt mehr verband als bloß unsere Wohnsituation. Allerdings sah ich sie in der darauffolgende Woche nicht allzu oft, weil ich durch die Veröffentlichung und Allies anstehenden Geburtstag viel zu tun hatte.

An diesem Tag waren wir alle bei Monica und Ethan verabredet, um die Überraschungsparty zu planen, die wir für Allie schmeißen wollten. Ich saß auf einem riesigen Ledersessel und erzählte Monica und Scott gerade von meinem neuen Kurs, während wir auf die Nachzügler warteten.

»Von dem habe ich auch schon gehört«, meinte Scott und strich sich das blonde Haar nach hinten, obwohl es bereits fein säuberlich gegelt war.

»Ich noch nicht«, sagte Monica. »Aber es klingt nach einem interessanten Unterrichtsstil, wenn ihr auf Tischen stehen müsst, um eure Arbeiten vorzutragen.«

»Er ist so freundlich. Und offen. Und auch total durchgeknallt, aber irgendwie …« Ich hob hilflos die Schultern, weil ich nicht genau wusste, wie ich Professor Gates beschreiben sollte. Er war so bunt und schillernd, dass es mir echt schwerfiel, meinen Freunden eine gute Beschreibung zu liefern.

»Ist er heiß?«, fragte Scott hoffnungsvoll.

Ich runzelte die Stirn. »Wenn man ein Faible für Zwiebellook und lange Haare hat, dann ja.«

»Man kann tolle Dinge mit langen Haaren anstellen.« Scott seufzte verträumt und lehnte sich auf der Couch zurück.

»Wie kann es sein, dass du jedes Gesprächsthema auf etwas Versautes lenkst?«, fragte Monica und klang dabei fast ehrfürchtig.

»Ich habe eben eine blühende Fantasie. Und lange Haare kann man sich beim Sex wunderbar um die Finger …«

»Stopp!«, rief ich laut und hielt mir die Hände auf die Ohren. »Das will ich überhaupt nicht hören, Scottie. Echt nicht. Dann kann ich ihm beim nächsten Mal nicht in die Augen sehen, ohne knallrot anzulaufen.«

Scott sagte etwas, das ich nicht verstand, weil ich mir immer noch die Ohren zuhielt. Er verdrehte die Augen und machte eine Geste mit den Händen, die mir wohl bedeuten sollte, dass die Luft wieder rein war.

»Spielverderberin«, sagte er. »Mach beim nächsten Mal wenigstens ein Foto von ihm, damit ich über ihn fantasieren kann.«

»Ich denke nicht, dass Micah das gutheißen würde.« Monica lächelte schief und spielte an ihrem Pferdeschwanz herum. Es war unmöglich, die Farben ihrer bunten Strähnen an einer Hand abzuzählen.

»Ein bisschen Fantasie hat noch niemandem geschadet«, sagte Scott schulterzuckend.

Da hörte ich, wie sich hinter mir die Tür öffnete und wieder schloss. Ich drehte mich um und sah Ethan mit Kaden und Spencer im Schlepptau ins Wohnzimmer kommen. Spencer telefonierte lächelnd und hob kurz die freie Hand, um in die Runde zu winken. Während Scott weiter über die Vorteile von Männern mit langem Haar schwärmte, lauschte ich Spencer.

»Schon klar. Dann werde ich diesen Jeremy beim nächsten Mal genauer unter die Lupe nehmen«, sagte er. Eine kurze Pause entstand, und dann grinste er seine Schuhspitzen an. Er drehte sich weg und ging ein paar Schritte durch den Raum. »Ich werde dich nicht blamieren, Livvy. Ich bin unauffälliger als ein Ninja. Ich werde ihn einfach nach seiner Nummer fragen und behaupten, *ich* würde ihn süß finden.«

Am anderen Ende fing jemand an, empört zu schimpfen. Das konnte ich selbst von hier aus hören.

»Ja, ja, schon klar. Ich muss jetzt los, wir planen heute Allies Überraschungsfeier. Mh hm. Klar rufe ich morgen wieder an. Direkt wenn ich Schluss habe. Ich dich auch. Grüß Mom von mir. Bis dann.« Er legte auf und drehte sich zu uns um, die Mundwinkel nach oben verzogen. Livvy war sicherlich die Abkürzung für Olivia. Aber seinem Lächeln und dem warmen Blick seiner Augen nach zu urteilen, schien diesmal alles in Ordnung zu sein. Genau genommen sah er ziemlich glücklich aus.

Das ließ mir einen Stein vom Herzen fallen. Eine unerwartete Erleichterung überkam mich.

»Hey, Leute«, sagte er in die Runde.

»Hallo, Nachzügler Nummer zwei«, gab Scott zurück.

»Du tust so, als hätten wir uns Stunden verspätet. Was haben wir verpasst?«

»Bis auf, dass Dawn einen heißen neuen Dozenten hat? Nichts.« Scotts Lächeln bekam etwas Teuflisches.

»Hast du einen Kurs bei Professor Thornton bekommen?«, fragte Spencer und machte Anstalten, sich auf die Lehne meines Sessels zu setzen.

Ich erhob mich und bot ihm meinen Platz an. Er blinzelte perplex. Kurzerhand nahm ich vor dem Sessel auf dem Boden Platz und lehnte mich nach hinten.

»Wer ist Professor Thornton?«, fragte Scott.

»Ein Dozent, der so attraktiv ist, dass ich manchmal meine sexuelle Orientierung infrage stelle«, meinte Spencer hinter mir. Der Sessel knarrte unter seinem Gewicht, als er sich setzte.

»Du musst auch Fotos von ihm machen, und dann starten wir eine Abstimmung zwischen deinem und Dawns Dozenten«, schlug Scott vor und strahlte uns an.

»Ich werde kein Foto von Nolan machen, nur damit ihr ihn begaffen könnt«, sagte ich entschieden und schüttelte den Kopf.

Scott deutete ruckartig mit dem Finger auf mich. »Ha!«

Ich runzelte die Stirn. »Was?«

»Du nennst ihn schon beim Vornamen! Oh mein Gott, wenn ich das Allie erzähle …«

»Du wirst Allie gar nichts erzählen!« Hitze kroch mir ins Gesicht.

»Wer hätte gedacht, dass ausgerechnet du mit einem Dozenten anbandelst.« Scott hob anzüglich die Brauen.

Dieser Spinner.

Wieder knarrte der Sessel unter Spencer, als er sich verrenkte, um die Beine zu beiden Seiten meines Körpers auf dem Boden auszustrecken.

»Wir wissen doch alle, dass Dawn mit niemandem etwas anfängt und sich für mich aufspart«, verkündete er laut und plötzlich lagen seine Hände auf meinen Schultern. »Ist doch so, oder Dawn?«

Ich konnte nur genervt mit den Augen rollen. »Ihr spinnt. Alle miteinander.«

»Und genau deshalb sind wir miteinander befreundet«, sagte Scott und verschränkte die Hände hinter dem Kopf. »So, und jetzt sollten wir vielleicht anfangen, Allies Geburtstag zu planen. Kaden, in deiner Nachricht stand, dass du auch das Geschenk mit uns besprechen willst.«

Kaden nickte. Er hatte sich gegenüber auf den Boden gesetzt, leider hatten Monica und Ethan wirklich nicht viel Platz in ihrer kleinen Zweizimmerwohnung.

»Zum einen haben Dawn und ich uns schon vor Monaten überlegt, eine Überraschungsparty zu schmeißen. Und zum anderen wollte ich euch einen Vorschlag machen, was das Geschenk betrifft.«

»Fahre fort«, sagte Monica in einem gütigen Tonfall und rollte elegant mit der Hand, als würde sie mit einem Untertanen ihres Reiches sprechen.

Kaden schüttelte grinsend den Kopf und rieb sich die kurz rasierten Seiten seiner Haare. Dabei sah er beinahe verlegen aus. »Ihr wisst ja, dass Allie nicht so auf materiellen Kram steht. Und weil ich nun mal der beste Schenker der Welt bin, hat sie eigentlich alles, was sie braucht. Ich dachte, es wäre vielleicht eine ganz nette Idee, wenn wir, ich weiß nicht, einen Ausflug machen oder so.«

»Wenn du ihr eine Superwanderung auf einen der höchsten Berge Amerikas schenken willst, bin ich raus«, warf Monica ein, und Ethan lachte leise. »Das ist mein Ernst. Ihr drei«, sie sah abwechselnd Kaden, Ethan und Spencer an, »werdet mich nie wieder auf irgendeinen Berg jagen.«

»Davon war auch nicht die Rede, Baby. Lass ihn aussprechen«, murmelte Ethan und verflocht seine Finger mit ihren.

Monica sah schon besänftigt aus. »Wollt's nur gesagt haben.«

»Allie wollte schon länger mal an die Küste rausfahren, aber irgendwie haben wir es noch nicht geschafft«, fuhr Kaden fort. Er sah zu Spencer rüber und nickte ihm zu.

»Kaden und ich waren vor ein paar Jahren mal in einer kleinen Ferienwohnung an der Küste«, erzählte Spencer, und ich legte den Kopf in den Nacken, um ihn anzusehen. Er nahm die Hände von meinen Schultern und sah zu den anderen auf dem Sofa. »Ich habe ein bisschen recherchiert und ein Ferienhaus gefunden, das, wenn wir alle zusammenlegen, recht günstig ist. Wir dachten, es wäre schön, wenn wir das Haus bald für ein Wochenende reservieren und dann einen Ausflug dorthin starten.«

»Das ist eine richtig tolle Idee«, sagte ich und Spencer senkte den Blick auf mich.

Er lächelte schief. »Meinst du?«

Ich nickte so energisch, wie es in meiner Haltung und mit nach hinten geneigtem Kopf möglich war.

»Meine Idee wurde von der besten Freundin des Geburtstagskinds abgesegnet«, verkündete Spencer und riss eine Faust triumphierend in die Höhe.

»Ich finde auch, dass das ein ganz toller Einfall ist«, stimmte Scott zu.

»Wir wären auch dabei. Oder, Baby?«, fragte Monica und Ethan nickte.

»Kann ich mir deinen Laptop ausleihen?«, fragte Kaden an Ethan gewandt. »Wenn es in Ordnung ist, würde ich gleich buchen. Nicht, dass sie das zu Hause sieht. Dann könnte ich euch das Haus auch zeigen.«

Es war so niedlich, wie sehr Kaden versuchte, nicht zu aufgeregt zu klingen. Obwohl er eigentlich ein recht harter Kerl war, tat er einfach alles für Allie. Mir wurde ganz schwer ums Herz.

»Klar, Mann. Ich hole ihn dir«, sagte Ethan und verschwand kurz im Schlafzimmer. Wenig später kehrte er mit seinem Laptop zurück und stellte ihn vor Kaden auf dem Wohnzimmertisch ab.

»Hier, das ist es.« Kaden schob den Laptop zu Scott und Monica.

»Das ist ja wunderschön. Wow«, sagte Monica, und auch Scott nickte anerkennend.

Ethan ging um den Tisch herum und beugte sich über den Bildschirm. »Das ist echt eine tolle Idee, Leute.«

Kaden erzählte noch etwas über Lage, Ausblick und die Zimmeraufteilung des Hauses, und als ich an der Reihe war, auf den Laptop zu schauen, robbte ich nach vorne zum Wohnzimmertisch und staunte nicht schlecht.

Das Haus war wirklich wunderschön. Es lag direkt an der Küste in Coos Bay, und der Preis für das Wochenende war zu stemmen, wenn wir zusammenlegten. Von zwei der vier Zimmer hatte man Ausblick aufs Meer. Mit Sicherheit konnte man dort nachts vom Meeresrauschen einschlafen. Ich malte mir bereits aus, mit Blick aufs Wasser zu schreiben, und strahlte Kaden an.

»Ich glaube, das wird wirklich das beste Geschenk aller Zeiten«, sagte ich euphorisch und schob den Laptop wieder zu Kaden.

»Ich wette, sie wird heulen«, erwiderte er und nahm den Laptop mit einem selbstgefälligen Grinsen entgegen.

»Das würde ich auch«, stimmte ich zu.

»Dann reserviere ich jetzt.« Kaden schlug uns ein paar Termine vor und wartete, bis alle zustimmten. Es dauerte eine Weile, aber letztlich entschieden wir uns für das Wochenende unmittelbar nach Allies Geburtstag. Während Kaden fleißig tippte, planten wir den Rest der Party.

»Kaden kann schlecht die Einkäufe erledigen und dann alles bei sich lagern«, sagte Monica wenig später. »Und ich fürchte leider, unser Kühlschrank ist zu klein.«

Ich nickte. »Meiner auch.«

»Ich kaufe ein und lagere alles bei mir«, sagte Spencer unvermittelt. »Weiter.«

Ich hakte den Punkt auf meiner Liste ab und schrieb Spencers Namen neben die Einkäufe.

»Wer lenkt sie ab?«, fragte Scott.

»Dawn natürlich, wer sonst?« Spencer klang, als wäre das eine unveränderliche Tatsache, und ich warf ihm einen Blick über die Schulter zu. Er zwinkerte. Er saß noch immer vorgebeugt auf dem Sessel, die Hände locker zwischen den Beinen baumelnd.

»Ich denke, das bekomme ich hin«, sagte ich mit einiger Verzögerung und wandte den Blick wieder von ihm ab.

»Das muss genau geplant sein. Du darfst nichts Hübsches anhaben. Am besten ziehst du dir Jogginghosen an und bietest ihr an, einen Gammelabend zu veranstalten oder so«, sagte Scott.

»Das wäre schon auffällig unauffällig, vor allem am Abend vor ihrem Geburtstag«, erwiderte Spencer.

Wieder sah ich zu ihm und nickte. »Spence hat recht. Ich könnte auch einfach mit ihr essen gehen oder einen Beautyabend mit Gesichtsmasken, Maniküre und so machen«, überlegte ich laut.

»Ja«, sagte Kaden und zeigte mit dem Finger in meine Richtung, ohne den Blick vom Bildschirm zu nehmen.

»Gut, dann hätten wir das auch geklärt.« Ich hakte den nächsten Punkt auf meiner Liste ab. »Wer lädt die restlichen Gäste ein und verpflichtet alle zur Verschwiegenheit? Scott?«

Ich sah zu meinem Freund auf und er zog sich einen imaginären Hut vom Kopf. »Selbstverständlich.«

»Und Monica? Würdest du die Dekoration übernehmen?«

»Sehr gerne.«

»Ich würde gerne beim Dekorieren helfen, aber ich glaube, das schaffe ich nicht, wenn ich sie ablenken soll«, sagte ich zerknirscht. »Aber ich habe noch ein paar Girlanden und Lichterketten, die ich beisteuern kann.«

Kaden nickte energisch. »Auf jeden Fall. Die ganze Wohnung muss aussehen, als hätte sich ein tollwütiger Clown darin ausgetobt. Meinst du, es gibt auch Partyhüte in Katzengröße?«

Ich lachte auf. »Ich kann gerne online nachsehen. Wobei ich bezweifle, dass Spidey sich dazu überreden lassen würde, einen Partyhut aufzusetzen.«

Er zuckte mit den Schultern. »Wenn ich ihn nett frage, zieht er es bestimmt in Erwägung.«

»Ein Kerl in meinem Kurs bei Professor Thornton arbeitet bei einem Partyservice. Da bieten sie keine Miniaturpartyhüte an oder so, aber ich glaube, die haben dort auch Heliumballons und so Kram«, warf Spencer ein.

»Das ist eine tolle Idee!«, sagte ich aufgeregt und klatschte in die Hände. Ich wusste genau, wie sehr Allie auf so etwas abfuhr. »Sag ihm, am besten keine pinken Ballons, das mag sie nicht. Am coolsten wären natürlich Spiderman- oder Marvel-Ballons, wobei ich mir nicht sicher bin, dass sie welche mit einer Zwanzig haben. Notfalls Silber, das passt nämlich zu der Deko, die ich noch im Wohnheim habe. Oh! Oder wir nehmen …«

Spencer lachte laut.

»Was denn?«

Er grinste mich an. »Hätte ich gewusst, wie sehr du auf Ballons abfährst, hätte ich dir schon längst einen geschenkt.«

»Es gibt nichts Cooleres als Heliumballons, Spence.«

Für eine Weile sahen wir uns an, und alles um mich herum verblasste. Es gab nur noch das Funkeln in seinen Augen und mein Blick ging zu seinem Mund. Sein Lächeln war schief, aber aufrichtig – eines, das man nicht von jeder willkürlichen Person bekam.

Wie schaffte er das? Er schleppte eine riesige Last mit sich rum – das hatte er mir selbst gesagt. Und trotzdem kam er hierher und wirkte wie einer der glücklichsten, gut gelauntesten Menschen der Welt. Der Kerl, der er jetzt gerade war, hatte keine einzige Sorge. Aber ich wusste, dass es in Wirklichkeit ganz anders aussah. Ich fand es gleichermaßen bewundernswert und besorgniserregend, wie er sich vor unseren Freunden gab. Dabei wirkte er nicht einmal, als würde er schauspielern. Spencer war kein Lügner, wenn er sich freute und glücklich war, dann sah man ihm das deutlich an, so wie auch jetzt. Ich wollte unbedingt verstehen, was in ihm vorging.

Als ich wieder hochsah, war das Funkeln in seinen Augen durch etwas anderes ersetzt worden. Meine Kehle wurde trocken, und ein Knoten bildete sich in meiner Magengegend.

Scotts Räuspern unterbrach uns, und hastig wandte ich mich wieder meiner Liste zu, um die nächsten Punkte abzuhaken. Mir fiel das Haar ins Gesicht, und es verdeckte hoffentlich die Hitze, die mir in die Wangen gestiegen war.

kapitel 16

»Blake, mach einen Handstand.« Professor Gates deutete mit einer ausladenden Geste an die Wand.

»Ich fürchte, das kann ich nicht, Nolan«, erwiderte mein Kommilitone.

»Ich fürchte, du wirst es trotzdem versuchen müssen«, erwiderte Nolan ungerührt. Wieder deutete er auf die Wand. »Du kannst die Wand als Stütze nehmen.«

Schwerfällig erhob sich Blake und trat an die Wand. Er brauchte drei Versuche, bis er es geschafft hatte, einen halben und nicht besonders ansehnlichen Handstand hinzubekommen. Erst danach nickte Professor Gates und erlaubte Blake, sich wieder zu uns in den Kreis am Boden zu setzen.

Der Handstand war die Strafe für eine nicht erledigte Aufgabe gewesen. Es war meine dritte Stunde bei Nolan, und allmählich bekam ich den Dreh raus und verstand meinen Dozenten ein bisschen besser. Wobei das nicht heißen sollte, dass ich ihn nicht länger für verrückt hielt – das war er nämlich. Völlig verrückt sogar.

An diesem Tag trug er wieder seinen grauen, wallenden Mantel und darunter ein Shirt, auf dem das riesige Gesicht von Justin Bieber prangte. Nicht der heiße, tätowierte, für Calvin Klein modelnde, zweiundzwanzigjährige Justin Bieber, sondern der kleine, sechzehnjährige Justin Bieber mit Pilzfrisur.

Darunter stand: *Justin Bieber is my boyfriend.* Ich hatte nicht anders gekonnt, als laut zu lachen, nachdem ich den Seminarraum betreten hatte. Ich hatte mir die Hand zwar sofort erschrocken vor den Mund gehalten, aber Nolan hatte es trotzdem gesehen und zufrieden gewirkt. Keine Ahnung, welche Lektion das hatte sein sollen.

Blake hatte inzwischen wieder Platz genommen und blickte zerknirscht drein. Anscheinend hatte die Bestrafung gewirkt. Nolan fuhr fort, als wäre nichts gewesen.

In dieser Unterrichtsstunde machten wir eine Übung, die Nolan *Literarisches Telefon* nannte. Wir sollten einen beschreibenden Text verfassen, etwa eine halbe Seite lang, und diesen Text an den Sitznachbarn zu unserer Linken weiterreichen. Den Text, den wir dann bekamen, sollten wir in einen möglichst nichtssagenden, langweiligen Text umschreiben. Das sollten wir mit jedem Text machen, bis jeder wieder seinen eigenen Text in der Hand hielt, und anschließend sollte jeder seinen ersten und letzten Absatz vorlesen und daraufhin analysieren, was sich durch die Bearbeitung verändert hatte.

Mittlerweile war ich aufgetaut und traute mich, Dinge vorzulesen. Da wir in einer gemütlichen Runde auf Decken am Boden saßen, die Nolan mitgebracht hatte, fiel mir das nicht schwer. Außerdem waren wir nur zu sechst – eine überschaubare Anzahl von Personen, mit denen ich mich inzwischen auch ganz gut verstand. Vor allem mit Everly, dem Mädchen mit dem schwarzen Bob und den blauen Augen, kam ich sehr gut aus. Wir hatten uns bereits vorgenommen, mal einen Kaffee trinken zu gehen.

Zum Ende der Stunde setzte sich Nolan zu uns auf den Boden und faltete die Hände im Schoß. »Was habt ihr in dieser Stunde gelernt?«, fragte er in die Runde.

Es dauerte nicht lange, da setzte Jamie zu einer Antwort

an. »Ich denke, dass Texte ausgewogen sein müssen. Als du uns gesagt hast, dass wir einen darstellenden Absatz zu einem Objekt unserer Wahl schreiben sollen, haben sich alle so ins Zeug gelegt, dass die ersten Texte total überladen mit Adjektiven waren.«

Nolan nickte und lächelte. »Sehr richtig. Noch jemand?«

»Adjektive sind nicht immer schlecht, sollten aber trotzdem benutzt werden, um den Eindruck einer Sache zu verstärken. Die letzten Absätze, die vorgelesen wurden, waren ziemlich eintönig und für kreative Texte vielleicht nicht ganz so gut geeignet«, sagte ich vorsichtig und spürte, wie mein Herz schneller schlug. Mein Gott, ich hatte nur eine Sache gesagt. Mein Körper sollte gefälligst einen Gang runterschalten.

»Genau! Sehr gut, Dawn.« Nolan klatschte in die Hände und schüttelte sich das Haar aus dem Gesicht. Wieder hatten sich unzählige Strähnen aus seinem kurzen Zopf gelöst.

Wir sprachen noch eine Weile über Beschreibungen, die Unterschiede zwischen Personen und Gegenständen, und ehe ich mich versah, war auch mein drittes Seminar der Schreibwerkstatt vorbei.

»Dawn, ich würde dich gerne noch eine Minute sprechen«, sagte Nolan, als wir uns erhoben und seine Decken zusammenfalteten.

Sofort brach ich in Schweiß aus und mein Herz holperte unregelmäßig. Ich wusste, dass dieser Mann mir nichts Böses wollte, dennoch wurde mir heiß und kalt zugleich, wenn ich nach vorne beordert wurde. Auch meine Atemübungen, die ich mir für Vorträge angeeignet hatte, halfen nicht.

Nach und nach verließen die anderen den Raum, und ich ging zum Pult, den Riemen meines Rucksacks fest umklammert.

»Ja, Professor Gates?«, fragte ich und konnte selbst hören,

wie dünn und brüchig meine Stimme klang. Sofort räusperte ich mich.

»Nolan«, korrigierte er mich automatisch.

Inzwischen verstand ich, wieso die anderen darauf umgestiegen waren, ihn bei seinem Vornamen zu nennen. Es war echt nervig, ständig verbessert zu werden.

»Ah, da sind sie ja«, sagte er und griff mit zufriedener Miene ein paar Zettel aus dem Wirrwarr auf seinem Pult. »Ich habe mir die Aufgaben durchgelesen, die du erledigt hast.«

Ich horchte auf und wartete geduldig, bis er den Stapel sortiert hatte und zu mir aufblickte. Er lehnte sich auf seinem Stuhl zurück und legte eine Hand ans glatt rasierte Kinn.

»Diese Texte«, sagte er und hielt den Stapel erneut in die Höhe, »sind wirklich gut. Du hast großes Talent, Dawn.«

Mein Mund klappte auf und wieder zu. »Was?«, krächzte ich.

Nolan blätterte um, schob einen Zettel nach hinten und überflog die nächste Aufgabe, die ich ihm per Mail geschickt hatte. »Du hast einen sehr schönen, bildhaften Schreibstil. Vor allem der Aufsatz zum Thema ›Verrat‹ hat mich sehr bewegt.«

Mein Herzschlag wummerte mir laut in den Ohren, und ich hatte das Gefühl, mich hinsetzen zu müssen. Ich ließ mich nach hinten auf den Tisch sinken, auf dem ich auch bei unserem letzten Gespräch gesessen hatte. »Und das meinen Sie ernst?«

Nolan legte die Blätter auf seinen Schreibtisch und lehnte sich mit verschränkten Armen zurück. »Natürlich meine ich das ernst. Du hast großartige Arbeit abgeliefert, und ich finde, das muss honoriert werden. Weißt du schon, was du nach deinem Abschluss machen möchtest?«

Ich war noch immer viel zu verdattert, um auf diese Frage zu antworten, geschweige denn, überhaupt zu verstehen, was er damit meinte. Nolan wartete geduldig, bis ich mich wieder gesammelt hatte. Verlegen zupfte ich an meinen Nägeln herum.

»Ich würde einfach nur gerne schreiben. Immer, jeden Tag. Und davon leben können«, sagte ich. Zum allerersten Mal hatte ich es laut ausgesprochen. Betont lässig zuckte ich mit den Schultern. »Aber ich weiß, dass das für viele ein Traum ist und so gut wie unmöglich und …«

»Hör auf, deine eigenen Wünsche niederzumachen«, unterbrach er mich sanft, aber bestimmt. »Du willst also vom Schreiben leben. Weißt du auch schon, was du schreiben möchtest? Prosa? Jugendbücher? Literatur für Erwachsene?«

Da ich ihm schlecht sagen konnte, dass ich erotische Novellen schrieb, druckste ich eine Weile um die Antwort herum und sah betreten auf meine Schuhspitzen.

»Wenn es dir nichts ausmacht, würde ich gerne mehr von dir lesen, Dawn. Ich habe dir ein paar Anmerkungen gemacht, die dir hinsichtlich der Bearbeitung für kommende Aufgaben vielleicht helfen, deinen Stil zu verbessern. Wobei ich auch so schon sehr zufrieden damit war«, sagte Nolan und reichte mir den Stapel zurück. »Mach weiter so«, fügte er noch hinzu und machte sich dann geschäftig an dem Chaos auf seinem Pult zu schaffen.

Völlig verdattert rutschte ich vom Tisch und machte mich auf den Weg zur Tür. Ich drehte mich noch einmal zu meinem Dozenten um, aber das Danke blieb mir im Hals stecken. Mein Herz hämmerte zwar immer noch, doch diesmal, weil es von Freude erfüllt war.

»Das ist ja großartig!«, sagte Allie und fasste mich bei den Händen. Sie drückte sie fest. »Also hatte das ganze Drama mit Professor Walden doch etwas Gutes.«

»Gern geschehen«, erklang es vom anderen Ende des Zimmers. Sawyer war gerade dabei, Sachen in ihren Rucksack zu stopfen.

»Wieso gern geschehen?«, fragte ich belustigt.

»Du bist nur dank meiner Tabletten in die Schreibwerkstatt gekommen. Es ist also indirekt mein Verdienst. Ich finde, du solltest mir einen ausgeben.«

»Du bist eine Spinnerin«, gab ich zurück, musste aber grinsen.

Sawyer erwiderte mein Grinsen und zog sich dann ihre Lederjacke über. »Ich bin bis morgen Abend unterwegs. Du kannst also ruhig jemanden abschleppen und laut sein.«

»Vielleicht mache ich das sogar. Aber ist dir klar, dass du es dann verpassen würdest?«

Sawyer hob spöttisch eine Braue. »Das animiert mich dazu, früher nach Hause zu kommen als geplant. Das weißt du, oder?«

Meine Antwort wartete sie nicht mehr ab. Sie schulterte ihren Rucksack und verschwand. Allie und ich starrten ihr noch ungläubig hinterher.

Am Abend würde Allies Überraschungsparty stattfinden, und bis dahin würde es meine Aufgabe sein, sie abzulenken. Kaden und ich hatten abgesprochen, dass er ihr, sobald alles vorbereitet war, eine Nachricht schicken würde, in der davon die Rede war, dass es ihrem Kater Spidey nicht gutging und wir sofort vorbeikommen sollten, um mit ihm zum Tierarzt zu fahren. Kein besonders netter Vorwand, aber immerhin etwas, das ihre Gedanken möglichst weit von einer möglichen Überraschung entfernte.

»Ich habe noch nie von einem Dozenten ein solches Lob bekommen«, erzählte ich Allie, während sie es sich auf meinem Bett gemütlich machte. Es hatte eine Zeit gegeben, in der hatten wir zu zweit in diesem Bett gelegen und uns stundenlang unterhalten, weil sie vor Liebeskummer nicht hatte schlafen können.

»Ich bin mir sicher, dass du großartige Arbeit leistest, und ich bin so froh, dass er das erkennt. Du verdienst ganz viel Anerkennung«, meinte sie so selbstverständlich, dass ich erstarrte.

Unwillkürlich fragte ich mich, ob sie auch so denken würde, wenn sie wüsste, mit welcher Art von Geschichten ich mein Taschengeld verdiente.

Die kommenden Stunden verbrachten wir damit, uns ein bisschen Wellness zu gönnen. Ich machte meiner Freundin verschiedene Flechtfrisuren und zauberte ein paar Locken in ihre Haare und wir machten uns Gesichtsmasken mit Quark. Danach schminkten wir uns und probierten neue Produkte aus, die Allie sich gekauft hatte. Nebenbei schauten wir ein paar Folgen von *The Flash*. Ich kannte den Schauspieler noch von *Glee* und machte im Anschluss an die Folge den Soundtrack der Serie an. Wir tanzten und alberten herum, bis wir ins Schwitzen kamen. Irgendwann warf sich Allie atemlos auf mein Bett. Gerade als ich dabei war, neue Gute-Laune-Songs rauszusuchen, zeigte mir mein Postfach eine Mail an. Ich überflog den Betreff und sah, dass es sich dabei um eine neue Rezension handelte, die zu *Hot for You* verfasst worden war. In den letzten zwei Wochen waren reichlich positive Rückmeldungen eingetroffen, und aufgeregt öffnete ich die Mail.

Meine Euphorie verschwand augenblicklich, als ich den Betreff las.

Billig, Billiger, D. Lily

Ich schluckte schwer. Ich wusste, dass ich nicht hätte weiterlesen sollen, aber ich konnte nicht anders. Wie von selbst verschlang ich die nächsten Zeilen, und ein dumpfer Schmerz breitete sich in mir aus.

Eigentlich schreibe ich keine Rezensionen, aber bei diesem Buch kann ich einfach nicht anders. Ich möchte die Menschheit vor einem Fehlkauf bewahren und fühle mich durch den schlechten Schreibstil dazu genötigt.

Es ist faszinierend, wie jetzt jedes dahergelaufene Hausfrauchen denkt, Schundliteratur verfassen zu müssen. D. Lilys Stil lässt zu wünschen übrig und auch die Charaktere sind überladen an Klischees. Die Sexszenen sind billig und leidenschaftslos beschrieben und noch dazu anatomisch gesehen überhaupt nicht möglich. Gott sei Dank ist dieser Schund nicht als Taschenbuch erhältlich – er würde sich bestenfalls als Kaminanzünder eignen.

»Süße? Alles in Ordnung?«, fragte Allie und setzte sich auf.

Ich biss mir auf die Wange, um nicht eine Salve an Schimpfwörtern und Flüchen auszustoßen. Ich brauchte ein paar Atemzüge, bis ich mich wieder im Griff hatte. »Ja. Alles super.«

Meine Freundin runzelte die Stirn. »Du siehst aber nicht so aus.«

Heute war Allies Abend. Darauf musste ich meinen Fokus legen. Nicht auf diese negativen Worte, die sich in mir festbeißen wollten. Gott, es tat echt weh, so was zu lesen. Vor allem wenn man so viel Arbeit in etwas hineingesteckt hatte. Vielleicht war es ganz gut, dass ich den Abend mit meinen Freunden verbringen würde. Ich freute mich auf die Überraschungsparty. Auf meine Freundin und ihren Abend.

»Ich habe nur versehentlich meine Playlist gelöscht«, sagte ich bedrückt und deutete auf Watson.

»Ach so.« Allie wirkte wenig überzeugt, hakte aber nicht weiter nach, wofür ich sehr dankbar war. Zum Glück lenkte sie das Brummen ihres Handys in dieser Sekunde von mir ab. Sie kramte es aus der Tasche und öffnete die Nachricht. Es war total schlimm, dabei zuzusehen, wie die Farbe aus ihrem Gesicht wich. Am liebsten hätte ich ihr sofort die Wahrheit erzählt, aber Kaden und Spencer hatten mich zu Stillschweigen verpflichtet. Wenn ich es nicht hielt, würde ich beiden zwanzig Dollar schulden – sie hatten gegen mich gewettet. Ich würde sicher nicht verlieren.

»Ich muss sofort nach Hause«, sagte Allie und sprang auf, wobei sie stolperte, weil ihr Blick noch immer auf dem Display lag.

»Was ist los?«, fragte ich und schulterte sofort meine Tasche, während sie durchs Zimmer lief und fahrig in ihre Vans stieg.

»Irgendetwas stimmt mit Spidey nicht. Kaden sagt, er frisst nicht und hat sich unter dem Sofa zusammengerollt, nachdem er gespuckt hat. Das macht er sonst nie«, sagte sie hektisch, und rote Flecken breiteten sich auf ihren Wangen aus. Ihre Augen schimmerten verdächtig, und ich hätte uns alle ohrfeigen können.

Wie hatten wir nur einen Moment lang glauben können, dass es eine gute Idee war, Allie ausgerechnet mit diesem Vorwand zurück in die Wohnung zu locken?

»Alles wird gut. Katzen spucken eben manchmal Fellknäuel aus«, beschwichtigte ich sie und legte ihr die Hand beruhigend auf den Arm. »Keine Sorge, Allie. Ich bin mir sicher, dass nichts Schlimmes mit Spidey ist. Gib mir deinen Schlüssel. Ich fahre dich.«

Allie nickte und schüttelte sich aufgeregt die hellbraunen Locken aus dem Gesicht.

Wenn sie wüsste.

kapitel 17

Schneller als je zuvor kamen wir bei Allies und Kadens Wohnung an. Meine Freundin hatte sich abgeschnallt, noch ehe ich richtig geparkt hatte.

Allie war durch ihre ständigen Wanderungen mit Kaden richtig sportlich geworden und lief voraus, während ich mir dagegen total langsam vorkam. Im Treppenhaus nahm sie zwei Stufen auf einmal und war oben angekommen, bevor ich den vorletzten Treppenabsatz überwunden hatte. Dass ich im Besitz ihres Schlüssels war, hatte sie anscheinend vergessen – sie schlug mit der flachen Hand mehrmals gegen die Wohnungstür. Ich war gerade im Flur angekommen, da öffnete Kaden sie. Er hielt Spidey im Arm und kraulte sein Kinn. Der Kater hatte tatsächlich einen Partyhut auf.

»Was zum …«, brachte Allie hervor, aber die Leute, die sich weiter hinten in der Wohnung befanden, riefen schon laut: »Überraschung!«

Es war nicht wie im Film und auch nicht besonders synchron, erfüllte aber seinen Zweck. Allie brach in Tränen aus.

Ich lief zu ihr und umschlang sie von hinten mit den Armen. »Überraschung«, sagte auch ich und drückte sie fest, während sie meine Hände umfasste und an ihren Bauch drückte.

»Wollt ihr vielleicht reinkommen?«, fragte Kaden und grinste zufrieden.

Allie gab einen erstickten Laut von sich, und ich lockerte meine Umarmung, damit sie hineingehen konnte. Sofort war sie von unseren Freunden umringt, die sie allesamt in die Arme schlossen. Zwischen vielen bekannten Gesichtern befanden sich auch einige Leute in der Wohnung, die ich noch nie zuvor gesehen hatte.

Monica hatte großartige Arbeit geleistet. Das ganze Wohnzimmer war mit Girlanden, Lampions und Lichterketten geschmückt. Über dem massiven Esstisch hingen unzählige Ballons an der Decke, aus denen eine riesige silberne Zwanzig hervorstach.

Musik erfüllte das Wohnzimmer und auf dem Esstisch entdeckte ich Pizza und Fingerfood, das mir sofort das Wasser im Mund zusammenlaufen ließ. Ich hatte schrecklichen Hunger. Aufgrund der ganzen Aufregung hatte ich bisher noch nichts gegessen und steuerte gleich darauf zu, als ich von hinten an der Schulter gefasst wurde.

»Das mit der Überraschungsparty war Dawns Idee«, sagte Spencer und zog mich wieder zu Allie, weit fort vom Essen.

Mein Herz weinte um die Pizza, und am liebsten hätte ich die Hand in dramatischer Geste danach ausgestreckt.

»Ach, es war auch deine und Kadens Idee«, gab ich zurück und erwiderte Allies strahlendes Lächeln.

»Danke, Leute. Das wäre nicht nötig gewesen«, sagte sie und schnäuzte geräuschvoll in ein Taschentuch. Sie stand an Kaden gelehnt und umschlang ihn mit beiden Armen. Er beugte sich zu ihr und drückte ihr einen Kuss auf die Stirn.

»Das war sehr wohl nötig. Warte nur ab, bis du dein Geschenk bekommst«, sagte er leise, und seine Lippen verzogen sich an ihrer Stirn zu einem Grinsen.

Allie stutzte. »Ich dachte, die Party wäre das Geschenk.«

»Ach, Bubbles.« Kaden sah mich an. »Ist sie nicht niedlich?«

»Und wie. Das süßeste Beinahe-Geburtstagskind weit und breit«, stimmte ich zu und nahm meine Freundin dann noch einmal in den Arm.

Danach gingen wir ins Badezimmer, um Allies Make-up ein bisschen aufzufrischen. Sie benutzte grundsätzlich wasserfeste Schminke, weil sie wirklich sehr dicht am Wasser gebaut war, aber trotzdem puderte ich ihre Wangen noch einmal nach und entfernte mit Wattestäbchen die schwarzen Ränder unter ihren Augen.

»Ich kann nicht glauben, dass ihr all das hinter meinem Rücken organisiert habt«, sagte sie, nachdem sie sich wieder beruhigt hatte.

»Dein Gesicht war es allemal wert. Wobei ich fast mit der Wahrheit rausgeplatzt wäre, als du Kadens Nachricht gelesen hast«, sagte ich mit zerknirschter Miene.

»Spidey geht es gut, von daher bin ich einfach nur erleichtert.« Sie seufzte. »Womit habe ich euch nur verdient?« Die Frage hatte sie leise gestellt, aber dennoch hatte ich sie gehört.

Ich strich ihr übers Haar. »Du hast alles Gute dieser Welt verdient, Allie Harper. Hinterfrag es nicht.« Ihre Augen sahen schon wieder verdächtig feucht aus und ich hob mahnend einen Finger. »Nicht wieder weinen!«

Sie nickte mit zusammengepressten Lippen und hob die Hände, um sich Luft zuzufächeln. Nach ein paar weiteren Minuten verließen wir das geräumige Bad wieder und stießen zu den anderen. Im Laufe der nächsten Stunde füllte sich die Wohnung noch mehr, und ein paar von Kadens und Allies gemeinsamen Freunden trafen ein, während ich mich über das Essen hermachte.

Obwohl die Party toll war und ich Spaß hatte, geisterte mir immer noch die schlechte Rezension im Kopf herum. Professor Gates hatte mir heute zwar Komplimente für meinen Schreibstil gemacht, aber die negative Stimme in meinem Kopf war lauter. Mein Hirn war total bescheuert, wenn es sich ausgerechnet an diesem Verriss festklammerte, statt an die Meinung eines Dozenten, der wirklich Ahnung hatte, wovon er redete. Leider hatte ich darüber aber keine Kontrolle. Immer und immer wieder schob sich das Wort »Schund« in meine Gedanken. Es setzte sich dort fest und sorgte dafür, dass ich alles hinterfragte.

Genau aus diesem Grund hatte ich niemandem von meinem Geheimnis erzählt. Weil ich fürchtete, sie alle würden meine Arbeit als Schund ansehen und nicht als etwas, das mir Freude bereitete.

»Pst.«

Ich hob den Kopf und blickte mich um. Wenig später entdeckte ich Spencer gegenüber in der Tür zu Kadens Arbeitszimmer. Er winkte mich zu sich und ich erhob mich. Als ich bei ihm angekommen war, fasste er mich am Arm und zog mich zu sich. In derselben Bewegung schloss er die Tür hinter uns.

»Du musst noch unterschreiben«, sagte er und deutete auf Kadens Schreibtisch. Vor den zwei Bildschirmen, die darauf standen, lag eine hübsche Karte, auf der ein Bild von Coos Bay abgedruckt war. Darauf stand in geschwungenen Buchstaben, dass Allie sich das nächste Wochenende freihalten sollte, weil wir mit ihr an die Küste fahren wollten.

»Die Karte ist sehr hübsch«, sagte ich und sah mich nach einem Stift um.

Spencer trat neben mich und reichte mir den silbernen Stift, mit dem die anderen auch unterschrieben hatten. »Ethan hat sie besorgt, seine Mom wohnt dort in der Nähe.«

Ich unterschrieb und malte ein kleines Herz dazu. Anschließend pustete ich ein paar Mal darauf und klappte die Karte zu, um sie in den danebenliegenden Umschlag zu stecken. »So. Fertig.« Ich richtete mich lächelnd auf. »Das war eine ganz tolle Idee, Spence.«

Er erwiderte mein Lächeln. »Ja, oder? Wir sind ein gutes Team.«

Bevor ich etwas erwidern konnte, hob er die Hand.

»Für dich habe ich auch etwas.«

Ich runzelte die Stirn. »Aber ich habe doch gar nicht Geburtstag.«

»Ich weiß. Es ist nur eine Kleinigkeit, warte.« Er drehte sich zum Schrank, der an der gegenüberliegenden Wand stand, und fuhr dann auf dem Absatz wieder zu mir herum. »Augen zu.«

Missmutig verzog ich das Gesicht.

»Sonst bekommst du deine Überraschung nicht.«

Mit einem Seufzen kam ich seinem Wunsch nach und schloss die Augen. Ich hörte, wie er die Schranktür öffnete. Er werkelte kurz herum, dann schloss er sie mit einem leisen Klicken wieder und kam zurück zu mir.

»Augen auf«, sagte er unvermittelt und ich leistete Folge.

Spencer hielt sich einen riesigen Ballon vors Gesicht, auf dem die Jungs von One Direction abgedruckt waren. Für eine Sekunde erschrak ich. Dann musste ich laut lachen. Er lugte an dem Ballon vorbei, und das schiefe Grinsen grub kleine Kerben in seine Wangen.

»Ich dachte, es ist unfair, wenn nur Allie Ballons bekommt und mein Mädchen leer ausgeht«, erklärte er und hielt mir den Ballon entgegen.

Ich griff nach der blauen Schnur und senkte dann den Blick. Oh nein.

Nein, nein, nein.

Ich kniff die Augen zusammen und biss mir auf die Zunge. Ich würde jetzt nicht heulen. Monatelang waren meine Augen trocken geblieben, ich würde jetzt nicht wegen einer lieb gemeinten Geste weinen. Ich brauchte einen Moment lang, bis ich mich wieder gesammelt hatte. Ruckartig atmete ich aus und sah erst danach wieder zu Spencer hoch.

»Allie wird bestimmt ganz neidisch werden.« Ich zog ein paar Mal an der Schnur, damit der Ballon auf und ab hüpfte. »Danke.«

»Jederzeit«, gab er zurück. Sein Lächeln war ein Stück verrutscht, aber er ließ sich weiter nichts anmerken. »Ich glaube, wir sollten zurück ins Wohnzimmer. Nicht, dass die anderen denken, ich würde sonst was mit dir treiben.«

Jetzt schoss mir wieder Hitze ins Gesicht, und meine Augen verengten sich. Er lachte nur und lief zur Tür.

»Nach Euch, Mylady«, sagte er und verneigte sich.

»Warum? Damit du mir auf den Hintern starren kannst?«, schoss ich zurück.

Er richtete sich wieder auf. »Unterschätze nie die Macht deines süßen Hinterns, Dawn.«

Bevor ich ihn boxen konnte, war er durch die Tür zurück ins Wohnzimmer geschlüpft. Ich hörte ihn noch lachen, obwohl er längst wieder bei irgendwelchen Leuten stand, die ich nicht kannte.

Scott versuchte die ganze Zeit, mich zum Trinken zu überreden, aber ich blieb standhaft. Ich hatte Spencer ein Bier in der Hand halten sehen. Er hatte es zur Hälfte geleert, bevor er es stehen ließ und auf Wasser umstieg. Jetzt, da ich darüber nachdachte, fiel mir auf, dass Spencer generell kaum trank, und selbst wenn er nach einem Bier griff, leerte er es nie ganz.

Wieder fragte ich mich, was es mit seiner Familie auf sich hatte, strich diese Gedanken aber sofort wieder. In den letzten Wochen hatte ich mir zu oft den Kopf darüber zermartert, das musste dringend aufhören. Zumindest in dieser Nacht. Allie hatte bald Geburtstag, darauf musste ich mich konzentrieren. Nicht auf Spencer.

Er erwischte mich mehrmals dabei, wie ich ihn beobachtete. Einmal unterhielt er sich mit einem Kerl, den ich nicht kannte. Beim zweiten Mal stand er in einem Pulk von Mädchen, die er allesamt zum Lachen brachte.

Beim dritten Mal diskutierte er über etwas mit Kaden und knöpfte dabei die Ärmel seines karierten Hemds auf, um sie hochzukrempeln. Er ließ sich Zeit, und ich bemerkte erst, dass er mich beobachtete, als er fertig war und ich ihm wieder ins Gesicht sah. Er hatte den Kopf schräg gelegt und betrachtete mich mit zuckenden Mundwinkeln. Rasch senkte ich den Blick wieder auf meine Cola.

Keine Minute später traten seine grauen Chucks in mein Sichtfeld, und er ließ sich neben mir aufs Sofa sinken.

»Du starrst mich schon den ganzen Abend an«, sagte er leise.

»Tue ich das?«, entgegnete ich.

»Ich bin mir ziemlich sicher, ja.«

»Es könnte doch auch sein, dass ich die Leute, mit denen du redest, anstarre.«

Er stieß mit der Schulter gegen meine. »Dann hast du Kaden gerade wie ein Stück rohes Fleisch angesehen, das darauf wartet, von dir verspeist zu werden.«

Ich schnaubte und nahm schnell einen Schluck Cola, um darauf nicht antworten zu müssen. Mein Blick ging durch den Raum und blieb an Allie hängen. Genau in diesem Moment schlang sie die Arme um Kadens Hals und küsste ihn. Gott, ich wollte auch mal wieder jemanden küssen. Und nicht nur das. Wie lange war mein letztes Mal jetzt her?

Ich stutzte. Für eine Sekunde musste ich wirklich nachdenken, wann ich das letzte Mal mit Nate zusammen gewesen war. Auf jeden Fall hatte ich seit einer Ewigkeit auf körperliche Nähe verzichtet. Ich hatte allen Kerlen, die mich um Dates gebeten hatten, einen Korb gegeben. Ich hatte mich abgekapselt und zurückgezogen, weil ich mich so sehr davor fürchtete, jemals wieder einen Typen derart dicht an mich heranzulassen. Aber in diesem Moment wünschte ich mir zum ersten Mal ernsthaft, diesen Kreislauf zu durchbrechen. Nicht auf emotionaler Ebene, das auf keinen Fall. Aber körperlich? Definitiv.

»Du siehst gerade aus, als würdest du wirklich in Erwägung ziehen, Kaden ins nächste Zimmer zu ziehen und da mit ihm anzustellen, was Chelsea mit Grover in Kapitel acht von *Hot for You* macht«, sagte Spencer dicht neben mir, und unwillkürlich schüttelte ich den Kopf, während ich weiter dabei zusah, wie sich unsere Freunde küssten.

»Die Szene auf dem Schreibtisch ist in Kapitel sieben«, murmelte ich gedankenverloren.

Es dauerte einen Moment, bis ich realisierte, was er gerade gesagt hatte. Es traf mich wie ein Blitzschlag und ich erstarrte. Erst nach einer gefühlten Ewigkeit drehte ich mich langsam zu ihm um.

»Dawn Lily Edwards ... Ich wusste es«, sagte er und lächelte siegessicher. »Ich bin ein verdammt guter Detektiv.«

Das geschah gerade nicht. Dieser Tag konnte unmöglich auf diese Weise enden. Nicht ausgerechnet heute. Mit weit aufgerissenen Augen starrte ich Spencer an.

Sein Lächeln verblasste ein Stück, als er sah, wie aufgeschreckt ich aussah. »Dawn, ich ...«

Abrupt stand ich auf. Mit mechanischen Schritten durchquerte ich das Wohnzimmer und lief in die Küche. Ich stützte mich auf die Arbeitsfläche und holte mehrmals tief Luft. In meiner Brust verengte sich alles, und es fühlte sich an, als würde sich eine riesige Faust um meinen Oberkörper schließen und mir jegliche Luft aus den Lungen pressen.

»Als wir bei mir waren, hast du ein paar Sachen gesagt, die ich nicht verstanden habe«, erklang Spencers Stimme hinter mir.

Ich fuhr zu ihm herum. Mein Atem ging ruckartig, und ich hasste meinen Körper dafür, dass er so leicht die Kontrolle verlor.

»Du hattest kein Recht dazu«, brachte ich hervor.

»Kein Recht wozu? Die Namen Chelsea und Grover zu googlen, weil ich neugierig war?« Spencer machte einen Schritt auf mich zu und ich wich automatisch zurück.

»Nicht.«

»Okay.« Beschwichtigend hob er die Hände. »Ich wollte dir nur sagen, dass ich toll finde, was du machst. Mehr nicht.«

»Du hast es niemandem gesagt, oder?«, fragte ich panisch und presste mir die Hand auf den Brustkorb. Ich hörte seine Worte gar nicht richtig. Mein Herz würde nämlich gleich herausspringen, ganz sicher.

Spencer furchte die Stirn, und sein Blick wurde finster. »Ich tue einfach mal so, als hättest du diese Frage nicht gestellt.«

»Können … können wir bitte nicht darüber reden?«, fragte ich.

»Aber wieso denn nicht?« Er sah aus, als verstünde er die Welt nicht mehr.

»Weil das meine Privatsache ist. Ich will nicht, dass jeder darüber Bescheid weiß und mich dann verurteilt.« Ich biss die Zähne fest zusammen und zwang mich dazu, den Mund zu halten. Der heutige Abend war nicht dazu gedacht, einen seelischen Striptease vor Spencer hinzulegen, nur weil er herausgefunden hatte, was ich in meiner Freizeit trieb.

Jetzt machte er doch wieder einen langsamen Schritt auf

mich zu. Ich wollte wegsehen, aber ich konnte nicht. Etwas in seinem Blick hielt mich mit aller Kraft davon ab.

»Sehe ich aus, als würde ich dich verurteilen?«, fragte er leise, aber dennoch eindringlich.

»Nein, aber …« Meine Stimme gab ihren Geist auf. Ich fühlte mich total entblößt und schämte mich. In diesen Novellen hatte ich unter anderem die Fantasien verarbeitet, die ich von Spencer gehabt hatte – und nun hatte er sie gelesen? Das war das Schlimmste und Peinlichste, was mir jemals passiert war.

»Wenn du wüsstest, was mir beim Lesen alles durch den Kopf gegangen ist, würdest du mich nicht so ansehen«, sagte er und machte einen letzten Schritt auf mich zu, bis ich den Kopf in den Nacken legen musste, um ihn anzusehen.

»Ich glaube, das will ich gar nicht wissen«, brachte ich mühsam beherrscht hervor.

Jetzt bekam sein Grinsen etwas Anrüchiges. »Das glaube ich auch nicht. Aber wenn du mich lassen würdest, dann würde ich all die unanständigen Dinge tun, die Grover mit Chelsea gemacht hat. Angefangen bei der Szene in der Dusche.«

Ich schluckte den Kloß im Hals herunter. »Die ist doch aber ganz am Ende.«

»Ich habe das Feld schon immer gerne von hinten aufgerollt.« Er hob locker eine Schulter.

Wir sahen einander für einen Moment an, und meine Atmung beruhigte sich wieder.

»Wer hat dir das Gefühl vermittelt, dass du dich dafür schämen müsstest?«, fragte Spencer plötzlich.

»Jeder hat Sachen, über die er nicht so gerne redet. Das solltest du wohl am besten wissen«, antwortete ich verbittert.

Er blinzelte perplex. »Autsch.«

Ich presste die Lippen fest aufeinander, bevor ich noch irgendetwas sagte, das ich im Nachhinein bereuen würde.

»Okay, das habe ich wohl verdient«, murmelte er und rieb sich den Nacken.

Eine Weile schwiegen wir uns einfach nur an.

Wie schaffte er es, eine meiner größten Ängste mit einem einzigen Satz aus der Welt zu räumen und so zu tun, als wäre es das Selbstverständlichste der Welt? Warum musste er es mir so schwer machen, mich von ihm fernzuhalten?

Schon den ganzen Abend über hatte ich ihn beobachtet und mich teilweise auf meine Hände setzen müssen, um nicht nach ihm zu greifen und ihn zu berühren. Es wurde einfach immer schlimmer. Nicht nur meine Neugier und das Bedürfnis, hinter seine Fassade blicken zu wollen, sondern auch die Anziehung, die allmählich brodelte und überzulaufen drohte.

»Allie hat gleich Geburtstag«, sagte ich, und meine Stimme klang fremd und falsch. Ich machte kehrt und lief aus der Küche. Ich flüchtete vor dem Rest des Gesprächs, das mir inzwischen unausweichlich schien, allem voran dem Bedürfnis, meine Arme um ihn zu schlingen und mich an ihm festzuklammern, bis wir beide keine Luft mehr bekamen.

»Zehn, neun, acht, sieben, sechs …«

Allie hüpfte auf der Stelle und krallte sich schmerzhaft in meinem Arm fest. Ich lächelte trotzdem. Ihre Freude war ansteckend, und ich ließ mich gerne davon einnehmen, solange es mich von allem anderen ablenkte.

»… fünf, vier, drei, zwei, eins … Happy Birthday!«

Jubelschreie und Applaus folgten, während ich meine beste Freundin fest umarmte. Wir wiegten hin und her, und ich küsste ihre Wange, bevor die anderen sie umzingelten und für sich beanspruchten. Es dauerte eine ganze Weile, bis alle mit ihren Glückwünschen und Gesängen durch waren. Erst danach überreichte Monica Allie den Umschlag mit der Karte aus Coos Bay. Wir sahen gespannt dabei zu, wie sie ihn öffnete und den Text durchlas. Ihre Augen weiteten sich ein Stück, dann riss sie den Kopf hoch und starrte uns alle mit feuchten Augen an.

»Wir fahren an die Küste?«

»Ja«, antwortete Monica. »Gleich nächstes Wochenende, wenn du da kannst und …«

Allie fiel Monica kreischend um den Hals. Dann umarmte sie uns einen nach dem anderen, bis sie letztlich bei Kaden angelangt war und wieder eine gefühlte halbe Stunde damit verbrachte, ihn abzuknutschen. Erst im Anschluss machte sie sich an die Geschenke der anderen und ich zog mich zurück. Ich hielt es einfach keine Sekunde länger in einem Raum mit Spencer aus.

Die Angst war wieder da und löste einen Fluchtinstinkt in mir aus. Ich wollte ihn, aber ich konnte ihn nicht haben. Dass er einer meiner besten Freunde war, machte die Situation noch viel schlimmer. Ich wusste, dass es Dinge gab, die ihn belasteten, und ich wollte sie alle herausfinden, aber gleichzeitig fürchtete ich mich vor dem, was daraus resultierte. Was passierte, wenn … wenn ich dann noch mehr für ihn empfand? Das durfte nicht passieren. Allein der Gedanke daran, mich auf ihn einzulassen, jagte eine Heidenangst durch meinen Körper, bis ich mich gefesselt und erdrückt fühlte. Ich konnte jetzt schon spüren, wie ich mich fühlen würde, wenn wir die Sache in den Sand setzten. Wie es sich anfühlen würde, wenn Spencer mich so verletzte, wie Nate es getan hatte. Noch einmal würde ich das nicht überleben.

Ich brauchte einen Moment für mich und zog mir meine Jacke über. Möglichst unauffällig machte ich mich auf den Weg nach draußen ins Treppenhaus. Soweit ich mich erinnern konnte, war der Zugang zum Dach geöffnet. Ich lief die

Stockwerke nach oben und stemmte mich ganz oben gegen die schwere Tür, die auf das Dach des Wohnhauses führte.

Draußen angekommen holte ich tief Luft. Ich schloss die Augen für einen Moment und lief dann über das Dach. Es war ziemlich frisch, und der dunkle Grund schimmerte im fahlen Schein der Lampe, die über der Metalltür hing. Ich drehte eine Runde über die gesamte Fläche und entschied, dass der Ausblick in Richtung Mount Wilson wohl am schönsten war. Von hier aus konnte man den Park überblicken, der dicht an der Wohnsiedlung grenzte, und im Dunkeln die Umrisse des Berges ausmachen.

Gedankenverloren nahm ich am Rand einer Erhöhung am Ende des Daches Platz. Ganz leise konnte man die Musik von unten hören.

Mir war unsäglich kalt. Dennoch konnte ich mich nicht dazu bewegen, wieder nach unten zu gehen.

Nach einer Weile hörte ich die Metalltür quietschen. Ich brauchte mich nicht umdrehen, um zu sehen, wer mir gefolgt war. Seine Schritte kamen langsam näher, bis das Geräusch dicht hinter mir stoppte. »Bitte spring nicht.«

»Hatte ich nicht vor«, krächzte ich. Hier oben war es so still, dass mir meine Stimme wie ein Störenfried vorkam.

»Tut mir leid, wenn ich dich bedrängt habe. Das wollte ich nicht«, sagte Spencer leise.

Ich brummte.

»Wir müssen nicht reden, wenn du das nicht willst.«

Wieder brummte ich. Zu etwas anderem war ich nicht imstande.

»Dawn?«

»Mh hm?«

»Dreh dich um, damit ich dir in die Augen sehen und feststellen kann, dass wirklich alles in Ordnung ist«, bat er mich in einem Tonfall, der mir einen Schauer über den Rücken jagte.

Ich nahm die Beine von der Anhöhe und drehte mich vorsichtig zu Spencer um. Er hatte die Luft angehalten und ließ sie nun hörbar entweichen. Dann tat er einen entschiedenen Schritt auf mich zu und ging vor mir in die Hocke. Durch dichte, schwarze Wimpern sah er zu mir hoch und hielt mich mit seinem Blick gefangen. So verharrten wir einen unendlich langen Moment.

»Ich habe einen Fehler gemacht«, murmelte er schließlich.

Langsam ließ ich den Blick über sein Gesicht wandern. »Was meinst du?«

»Ich habe dich monatelang um Dates gebeten, weil ich dachte, dass ich so alles richtig mache. Aber du brauchst nicht mit mir ausgehen, wenn du dazu nicht bereit bist. Es ist mir egal.«

»Du darfst so etwas nicht sagen«, krächzte ich.

»Aber es ist die Wahrheit. Ich will dich auf jede erdenkliche Art, die du zulässt, Dawn«, wisperte er.

Ich schüttelte den Kopf. »Ich kann nicht, Spence.«

Sein Blick wurde sanft. »Wieso nicht?«

Zittrig holte ich Luft. Er kam näher, und am liebsten wäre ich nach hinten gerutscht und gefallen. Gleichzeitig wollte ich auf seinen Schoß rutschen, Arme und Beine um ihn schlingen und ihn nie wieder loslassen.

»Weil du mir wehtun wirst«, flüsterte ich.

Jetzt war er derjenige, der den Kopf schüttelte. Ganz langsam hob er die Hände und legte sie zu meinen Seiten ab. Ich konnte seine warmen Hände an meinen Schenkeln spüren. Es kribbelte wie verrückt und etwas in mir taute auf.

»Das, was wir seit Monaten machen, dieses ewige Hin und Her, das krampfhafte Abstandhalten, ist das, was wehtut.«

Das war die Wahrheit. Jedes Mal, wenn wir uns sahen, kostete es mich mehr Mühe, den Blick abzuwenden. Ihn nicht zu lange anzusehen. Ihn nicht zu berühren. Mich von ihm fernzuhalten, aber nicht zu fern, schließlich waren wir Freunde. Es war sehr ermüdend.

»Ich werde dir nicht wehtun. Ich kann dir überhaupt nicht wehtun, weil du mir keine Macht über dich geben wirst. Weißt du noch?«, raunte er und wanderte mit den Händen an meinen Beinen hoch zu meiner Taille. Er schob sie mir unter die Jacke und strich an meinen Seiten hoch, bis mir der Atem stockte.

Langsam nickte ich. Ich würde niemals zulassen, dass er sich so weit vorwagte, wie Nate es getan hatte.

»Du kannst mit mir machen, was du willst«, sagte er leise und strich mit den Fingern sanft an meinen Seiten hinab.

Und wieder hinauf, bis sich eine Gänsehaut über meinem Körper ausbreitete. Dann packte er mich plötzlich fester und zog mich nach vorne, bis ich auf der Kante der Anhöhe saß.

»Hauptsache, du unternimmst bald etwas, weil ich es langsam nicht mehr aushalte.« Er biss die Zähne fest zusammen, und ich spürte, dass da noch mehr war, das er sagen wollte. Aber er hielt es zurück und überließ mir die Wahl, wie diese Nacht enden würde.

Ich bekam keine Luft mehr, aber diesmal hatte es nichts mit Angst zu tun. Das Bedürfnis, mich auf ihn zu stürzen, wurde übermäßig groß. Ich konnte weder mir noch ihm etwas vormachen. Und in dieser Nacht – dieses eine Mal – würde ich mir nehmen, was ich wollte. Was *wir* wollten.

Ich beugte mich vor und kam mit dem Gesicht ganz dicht an seines. In meinem Magen sammelte sich Hitze, die sich in alle Richtungen gleichzeitig ausbreitete. Spencers Augen weiteten sich, und er hielt die Luft an. Ich verringerte den Abstand vollends, bis meine Lippen seine sachte streiften, kaum mehr als der Hauch einer Berührung.

»Hast du getrunken?«, raunte er.

Ich kam nicht dazu, den Kopf richtig zu schütteln – Spencer überbrückte die letzten Millimeter, die zwischen uns lagen, und küsste mich. Seine Lippen waren warm und einnehmend, gleichzeitig vorsichtig. Seine Arme bebten an meinen Seiten, und er schloss die Hände um mein Oberteil. Ich rutschte bis an den Rand der Anhöhe vor und ließ die Hand in seinen Nacken gleiten, um ihn näher an mich zu ziehen. Spencer stöhnte tief. Ich zog seine Unterlippe zwischen die Zähne und biss zu, damit er aufhörte, sich derart zu beherrschen.

Mehr brauchte es nicht.

Er zog mich an sich, fing mich auf und umschlang mich mit beiden Armen. Unsere Zungen trafen aufeinander, und nun war ich diejenige, die ein Seufzen von sich gab.

Spencer fuhr mit den Händen über meinen Rücken, strich über meinen Hals, als wäre er etwas Kostbares, und vergrub dann die Hand in meinem Haar. Er zog mich dichter an sich, um unseren Kuss noch zu vertiefen. Da war nur noch er. Seine Lippen, seine Zunge, seine Zähne. Alles von ihm und alles von mir.

»Genau so hätte unser erster Kuss sein sollen.« Er sprach die Worte direkt in meinen Mund hinein, was mich zum Lachen brachte. Gott, er fühlte sich einfach großartig an.

Ich löste mich ein Stück von ihm. »Nachts unter Sternen?«

Er grinste schief. »So spezifisch war meine Vorstellung nicht, aber das hier kommt dem schon recht nahe.«

All meine Zurückhaltung und Furcht hatten sich aufgelöst, stattdessen hatte die Anziehung gewonnen. Ich berührte ihn zum ersten Mal so, wie ich es schon gewollt hatte, als ich ihn zum ersten Mal gesehen hatte. Meine Hände glitten über seine Schultern, die sich hart und fest anfühlten. Ich drückte sie kurz und zog weiter bis zu seiner Brust. Spencer legte eine Hand über meine rechte auf seinem Brustkorb.

»Fühl mal«, sagte er.

Sein Herzschlag donnerte gegen meine Handfläche, und mein dämliches Grinsen wurde noch breiter. Ein Wunder, dass meine Mundwinkel noch nicht schmerzten.

»Wie eine Maus«, sagte ich und zog eine Linie auf seiner Brust entlang.

Ein gefährliches Funkeln lag in seinen Augen. Seine Pupillen waren geweitet und ich spürte seinen Atem auf meinen Lippen.

Ich wusste nicht, wer diesmal begann. Ich spürte nur noch seine Lippen auf meinen, seinen Körper und sein tiefes Brummen, als ich die Lippen für seine Zunge öffnete. Während unser erster Kuss viel zu schnell vorbei gewesen war, ließen wir uns diesmal Zeit.

Ich ertrank in ihm.

Er küsste mich konzentriert und mit solcher Intensität, dass ich nie wieder würde aufstehen können, weil meine Knie so weich wurden. Er berührte mich an allen Stellen, zu denen er Zugang hatte. Er strich über meinen Hals und kämmte durch mein Haar, bis es mir nicht länger ins Gesicht fiel. Seine Lippen löschten all meine Gedanken aus. In mir war nur noch Platz für das, was er in mir auslöste, und eine flammende Hitze stieg in meinem Körper auf. Sie schoss durch mich hindurch, brachte meinen Körper zum Surren, und ich konnte nicht genug davon bekommen.

Eine Ewigkeit verging, aber wir hörten nicht auf. Spencer küsste mich langsam und tief. Er berührte mich mit heißen Händen, aber gleichzeitig mit einer Bedachtsamkeit, die mir beinahe Tränen in die Augen steigen ließ. Noch nie hatte ich einen solch intensiven Kuss bekommen. Er erschütterte mich tief in meinem Inneren, und ich brauchte einen Moment, um nach Atem zu ringen, weil ich mir sicher war, dass Spencer sich sonst noch weiter vorgewagt hätte. Das hätte ich nicht überlebt, ohne einen Herzinfarkt zu erleiden.

Ich berührte seine Wangen und spürte, wie kalt sich seine Haut anfühlte. Prüfend sah ich ihn an. Seine Augen waren lustvoll verschleiert, und sein Atem ging ebenso abgehackt wie meiner.

»Was denn?«, fragte er.

»Du hast keine Jacke an.«

»Jacken werden überbewertet.«

»Ist dir nicht kalt?«

Er zog mich noch dichter auf seinen Schoß. »Jetzt nicht mehr.«

»Spence.«

»Ich weiß, was du sagen willst, Dawn. Aber mich bekommen keine zehn Pferde von diesem Dach, wenn danach wieder alles so ist wie vorher. Auf gar keinen Fall«, sagte er entschieden und senkte seine Lippen erneut auf meinen Hals.

»Wir können auch einfach irgendwo hin, wo wir ungestörter sind. Und wo es vielleicht ein bisschen wärmer ist«, schlug ich betont locker vor.

Seine Lippen verharrten an meiner Haut. Abrupt löste er sich von mir und starrte mich völlig entgeistert an. »Scheiße, ja.« Er umfing mich mit beiden Armen und hob mich hoch, als würde ich kaum mehr wiegen als Spidey. »Schling deine Beine um mich, Süße.«

Ich kam seiner Bitte mit heißen Wangen nach und kreuzte die Beine hinter seinem Rücken.

»Wunderbar. So kann ich arbeiten«, sagte er und lief mit mir auf dem Arm über das Dach.

Währenddessen betrachtete ich den glücklichen Ausdruck in seinem Gesicht, und in mir kam der unbändige Wunsch auf, ihn erneut zu küssen. Ich wollte seinen Mund erkunden, ihn schmecken und herausfinden, was ihn die Kontrolle verlieren ließ. Ich wollte ihn zum Stöhnen und Seufzen bringen und dieses unglaubliche Gefühl festhalten, das er in mir auslöste.

Schon lange hatte ich mich nicht mehr so lebendig gefühlt.

kapitel 18

Die Fahrt zu Spencer kam mir wie eine Ewigkeit vor, obwohl sie eigentlich gerade einmal zehn Minuten dauerte. Ich musste mich mit aller Macht davon abhalten, die Sache auf dem Dach zu hinterfragen. Denn das wollte ich nicht. Als ich Spencer in sein Haus folgte, fühlte sich alles normal an. Vertraut. Ihm schien es genauso zu gehen. Er zog Jacke und Schuhe aus und legte beides in der Garderobe ab. Ich beobachtete jede seiner Bewegungen und vergaß dabei völlig, meine eigene Jacke auszuziehen. Erst als er mir erwartungsvoll den Arm hinhielt, wurde mir bewusst, dass ich wie eine Idiotin in seinem Flur stand und ihn dabei beobachtete, wie er sich auszog, während ich noch immer total dick eingepackt war.

Sofort nestelte ich am Verschluss meiner Jacke herum. Der Reißverschluss verhedderte sich in den Fransen meines Schals und ich fluchte leise. Nun probierte ich, mit Gewalt daran zu zerren, bis ein unschönes Reißen zu hören war.

Plötzlich umfasste Spencer meine Hände und hielt sie fest. Sofort war die Hitze in meinem Magen wieder da und kämpfte sich an meinem Hals hinauf, mitten in meine Wangen. Was zum Teufel tat ich hier eigentlich?

»Dawn, sieh mich an.«

Widerwillig hob ich den Kopf.

Spencer sah mich aus tiefblauen Augen an, und das Funkeln

darin war so vertraut, dass sich meine Hände automatisch entspannten.

»Hey«, sagte er und seine Mundwinkel zogen sich ein Stück nach oben.

»Hey«, erwiderte ich und kam mir nun noch dämlicher vor.

»Kann ich dir helfen?«, fragte er und deutete auf den Reißverschluss.

Ich nickte langsam.

Mit einem trägen Lächeln senkte er den Blick und gab meine Hände frei. Innerhalb weniger Sekunden hatte er die Jacke geöffnet. Dann fuhr er gemächlich an meinen Armen hinauf und sah mir wieder in die Augen, während er den Stoff von meinen Schultern strich.

Oh. Heiliges. Kanonenrohr.

Meine Kehle wurde trocken, und mein Puls schnellte in die Höhe, so wie er es auf dem Dach getan hatte. Auch der Feuerball in meiner Magengegend war wieder da.

Spencer hängte meine Jacke auf, während ich aus meinen Schuhen schlüpfte und ihm danach ins Wohnzimmer folgte.

»Möchtest du was trinken? Ich habe Saft und … das war's glaube ich auch schon«, meinte er und machte sich auf den Weg in die offene Küche.

»Saft ist gut.«

Spencer füllte uns zwei Gläser und nickte dann in Richtung der Couch im Wohnzimmer. Ich setzte mich in die Ecke, die ich inzwischen als meinen Stammplatz erachtete, und er nahm auf der anderen Seite Platz, mit dem Rücken gegen die seitliche Lehne. So saßen wir einander gegenüber und sahen uns an. Spencer strich mit dem Zeigefinger immer wieder über den Rand seines Glases, zweimal im Uhrzeigersinn, einmal in die entgegengesetzte Richtung, dann wieder von vorne. Mein Blick ging an ihm hoch zu seinem Haar, das völlig zerzaust war, weil ich beim Küssen so oft mit den Fingern hineingefahren war. Es war ein Zeichen, das ich auf ihm hinterlassen hatte, und ich musste hastig wieder auf sein Glas blicken, damit ich nicht schon wieder rot anlief. Leider half das auch nicht richtig. Ich wusste jetzt, wie sich seine Hände auf meinem Körper anfühlten, und ich konnte an nichts anderes denken, als ihm das Glas wegzunehmen und sie zurück auf meine nackte Haut zu legen.

Oh Mann, hatte ich das gerade tatsächlich gedacht?

Krampfhaft suchte ich nach irgendetwas, das mich von ihm ablenkte. Ich griff nach der Fernbedienung vom Couchtisch und schaltete den Fernseher ein. Eine Weile lang zappte ich in den Programmen herum und blieb bei einer Folge *Sex and the City* hängen.

Das Sofa sank unter Spencer ein, als er zu mir rüber rutschte. Ich riss den Kopf herum und starrte ihn an. Er kam immer näher, bis er die Arme zu beiden Seiten meines Körpers abstützte und sich über mir aufbaute.

»Du weißt, dass ich normalerweise alles Mögliche mit dir angucke, Dawn«, raunte er und sein Blick blieb an meinen Lippen hängen. »Aber heute«, fuhr er fort und griff die Fernbedienung aus meiner Hand, »würde ich das Teil ganz gerne auslassen.«

Seine Stimme war tief und kratzig und fuhr direkt in mich. Er war mir so nah, dass ich die Klangfarbe förmlich in meinem Brustkorb spüren konnte, und inzwischen hätte es wohl einen Elefanten auf Rollschuhen gebraucht, um meine Aufmerksamkeit von ihm abzulenken.

Ohne den Blick von mir zu nehmen, schaltete Spencer den Fernseher aus und legte die Fernbedienung zurück auf den Wohnzimmertisch. Noch ehe ich seine Wärme und Nähe vermissen konnte, befand er sich wieder über mir. Eine Hand schob sich unter meinen Rücken, und mit einem kräftigen Ruck zog er mich ein ganzes Stück nach unten. Mein Kopf lag nun auf der Sofalehne, und Spencers Knie drängte sich zwischen meine Beine.

»Schon viel besser, findest du nicht auch?«, fragte er leise und ein Grinsen umspielte seine Lippen.

»Ja.« Unwillkürlich hob ich die Hand und berührte seine Mundwinkel. Gott, er war so schön, dass ich beinahe gestöhnt hätte.

Er nahm meine Hand von seinem Gesicht und drückte sie nach unten, wo er unsere Finger miteinander verflocht. »Ich will dich schon seit Monaten küssen, Dawn. Und jetzt, wo du es mir einmal erlaubt hast, kann ich an nichts anderes mehr denken.«

»Heute Nacht kannst du mich küssen, so viel du willst«, flüsterte ich und drückte seine Hand.

»Ich hatte gehofft, dass du das sagst«, murmelte er und senkte seine Lippen auf meine.

Ich kam ihm entgegen und glitt mit der Zunge in seinen Mund. Jegliche Befangenheit war verschwunden, mitsamt der dünnen Trennwand, die sich während der Autofahrt zwischen uns gebildet hatte. Es war wieder wie auf dem Dach. Nichts anderes zählte mehr, da waren nur noch er und ich.

Spencer fuhr mit der anderen Hand an meine Hüfte. Er packte mich fest und vertiefte den Kuss. Erstaunlich, was er mir mit ein paar Bewegungen vermittelte. Erst hatte ich mich kostbar gefühlt, dann unendlich lebendig, und jetzt fühlte ich mich einfach nur begehrt.

Er knabberte an meiner Unterlippe, und ich wimmerte leise. Mein Körper machte sich vollkommen selbstständig, wenn er so auf mir lag. Es war nicht genug. Ich schlang ein Bein um seinen Rücken, um ihn noch dichter zu mir zu ziehen. Gleichzeitig stemmte ich ihm das Becken entgegen. Spencer stieß ein tief aus der Brust kommendes Geräusch aus.

Mit der freien Hand strich ich über seinen Rücken, fuhr die Muskelstränge mit den Fingern nach und krallte mich letztlich in seine Schulter. Unser Kuss wurde fieberhaft und heiß, und all das, was sich in den letzten Monaten zwischen uns angestaut hatte, wurde mit einem Mal freigelassen wie ein wildes Biest.

Mutig ließ ich die Finger unter den Saum seines Hemds wandern. Seine Haut war heiß und fühlte sich samtig über den Muskeln an. Wieder stöhnte Spencer rau, und ich war der festen Überzeugung, noch nie ein erotischeres Geräusch gehört zu haben.

Er umfasste mein Bein, das ich um ihn geschlungen hatte. Seine Finger drückten sich in meinen Oberschenkel, und ich bekam keine Luft mehr. Im nächsten Moment presste er sich gegen mich, und ich spürte ihn hart durch den Stoff meiner Jeans.

Ich würde sterben. Hier, jetzt, mitten in seinen Armen. Einen sehr schönen, glücklichen Tod.

Er küsste eine heiße Spur an meiner Kinnlinie entlang, runter zum Hals. Er presste seine Lippen auf die Stelle hinter meinem Ohr, und zwischendurch spürte ich seine Zunge an meiner Haut.

»Spence«, keuchte ich und hielt mich an ihm fest. Ich stemmte mich erneut gegen sein Becken, um ihn zu fühlen. Meine Instinkte übernahmen die Oberhand. Nicht mehr ich war Herrin meines Körpers – in diesem Moment beherrschte er mich voll und ganz.

»Ich kann nicht aufhören«, raunte er an meiner Haut und zog seine Spur weiter nach unten.

»Wehe, du hörst auf. Dann haue ich dich. Und zwar kräftig«, brachte ich hervor, erstaunt darüber, wie atemlos ich war.

»Eine großartige Drohung«, erwiderte er noch, bevor er den Stoff meines Oberteils beiseiteschob, um sich Zugang zu meinem Ausschnitt zu verschaffen. »Verdammt, ich liebe deinen Körper.«

Mein Atem stockte angesichts seiner Worte. Endlich gab er meine zweite Hand frei, und sofort vergrub ich sie in seinem Haar, um ihn fester an mich zu ziehen. Spencer verteilte eine Reihe glühender Küsse auf meinem Dekolleté. Seine Hände hielten mich fest – sehr fest. Als müsste er sich selbst davon abhalten, sie in verbotene Regionen gleiten zu lassen.

Aber es gab keine Verbote. Nicht mehr.

Ich drückte die Hände kurz gegen seinen Brustkorb, um mich aufzusetzen. Für einen Wimpernschlag war sein Blick panikerfüllt, aber als ich die Hand hob und seine Wange streichelte, kehrte die Begierde sofort wieder zurück. Danach senkte ich die Hände an den Saum meines Oberteils, und ohne den Blick von ihm zu nehmen, zog ich es mir über den Kopf.

Er atmete scharf ein. »Was machst du da?«

Ich ließ den Stoff zu Boden gleiten. »Ich verschaffe dir leichteren Zugang?«

Jetzt stieß er die Luft zwischen den Zähnen aus. »Das sehe ich. Fuck, das sehe ich.« Er blickte mit hungrigem Blick an mir hinab, blieb einen Moment an meinem BH hängen und sah dann sofort wieder in mein Gesicht. »Du wirst mich noch umbringen, Dawn Edwards.«

»Und du mich. Wenigstens werden wir beide glücklich sterben.« Ich hatte keine Ahnung von dem, was wir hier taten, aber es fühlte sich großartig an.

»Exhibitionistin.« Spencer grinste und blickte nun doch wieder an meinem Körper hinab.

Ich sah die Muskeln an seinem Kiefer angestrengt arbeiten.

»Komm her und hör auf, mich so anzustarren.«

»Dann hättest du dich nicht ausziehen sollen«, gab er zurück.

»Du siehst aus, als würden dir gleich die Augen aus dem Kopf quellen. Wie in einem Cartoon.«

»Vielleicht tun sie das auch, wenn ich lange genug hingucke.« Spencer verschlang meinen Oberkörper mit seinem Blick und seine Augen verdunkelten sich noch mehr. Er schüttelte den Kopf. »Verdammt, Dawn.« Mit beiden Händen versetzte er mir einen leichten Stoß, und ich fiel nach hinten. Dann stürzte er sich auf mich, ohne jegliche Zurückhaltung.

Spencer bedeckte meinen Bauch mit Küssen. Er biss sanft in mein Fleisch, und ich keuchte. Eine Mordshitze jagte durch mich hindurch und ließ meinen Körper erbeben. Er setzte eine perfekte Mischung zwischen Küssen, dem sanften Streichen seiner Lippen und Saugen ein, und als er in meiner Leistengegend ankam und mit den Fingern kurz unter den Bund meiner Jeans strich, zitterte ich. Er merkte es und fuhr mit den Händen an meinem Körper hoch, bis er kurz unterhalb meiner Brust angelangt war. Dort streichelte er meinen Rippenbogen und zeichnete die Linien meines Körpers mit einer Genauigkeit nach, die so wirkte, als hätte er sie jahrelang studiert. Gleichzeitig glitt seine Zunge um meinen Bauchnabel, und ich wand mich unter ihm. Ich brauchte mehr, viel mehr von ihm.

Ich ließ die Hände unter seine Arme gleiten und zog an ihm. Er folgte meiner stummen Bitte und ließ den Mund über meinen Oberkörper nach oben wandern. Bei meinem Gesicht angekommen klemmte er mein Kinn zwischen seine Finger und neigte meinen Kopf nach hinten, um mich besinnungslos zu küssen. Unsere Zungen trafen aufeinander, und ich seufzte in seinen Mund. Mein Körper wölbte sich seinem entgegen, und gleichzeitig griff ich fahrig nach der Knopfleiste seines

Hemds. Ich versuchte, den ersten Knopf zu öffnen, bekam es aber nicht auf die Reihe, weil meine Hände so sehr zitterten.

»Lass mich«, raunte Spencer und setzte sich auf. Er kniete zwischen meinen Beinen und hob beide Hände zu seinem Hemdkragen. Im Gegensatz zu mir zitterte er kein bisschen. Mit ruhigen, koordinierten Bewegungen öffnete er einen Knopf nach dem anderen, ohne seinen lodernden Blick von mir zu nehmen.

Nachdem die Knopfleiste geöffnet war, machte er sich langsam an seinen Ärmeln zu schaffen. Mein Blick klebte förmlich an seinen geschickten Händen. Es war das Schärfste, was ich jemals gesehen hatte. Magic Mike war nichts gegen Spencer, der sich langsam aus seinem Hemd schälte.

»Du siehst aus, als würdest du gleich auf mein Sofa sabbern«, triezte er mich, nachdem der letzte Knopf endlich geöffnet war.

Zwischen den Stoffbahnen konnte ich seine Bauchmuskeln erahnen. Ich setzte mich auf. »Halt die Klappe«, sagte ich halbherzig und ließ die Hände unter sein Hemd gleiten. Vorsichtig strich ich es ihm von den Schultern und fuhr dabei über jedes Stück Haut, das ich zu fassen bekam. Das Hemd gesellte sich zu meinem Oberteil auf dem Boden. Und dann hatte ich nur noch Augen für ihn.

Spencer war athletisch gebaut. Seine Haut war trotz der kalten Monate gebräunt und sah genauso samtig aus, wie sie sich anfühlte. Er hatte ausgeprägte Brustmuskeln und einen harten Bauch, der sich unter meinem Blick fest anspannte. Ich folgte der schmalen Spur dunkler Härchen, die unter dem Bund seiner Jeans verschwand, und ich schluckte trocken.

Er war einfach perfekt. Es war den anderen Kerlen dieser Welt fast schon unfair gegenüber.

Zaghaft berührte ich seine Brust, legte die Hand kurz auf der Stelle ab, unter der sein Herz schlug. Spencer fasste mich bei den Hüften und hob mich auf seinen Schoß. Ich beugte mich über ihn und küsste seinen Hals, die Einkerbung bis zu seinem Schlüsselbein, und genoss die Wirkung, die meine Berührung auf seine Atmung ausübte.

»Ich will dich schon so lange.« Er schlang einen Arm um meine Taille, seine andere Hand glitt zwischen meine Schulterblätter und drückte meinen Körper fest an seine heiße Brust. Haut an Haut. Himmlisch. »Ich möchte es nicht ruinieren, indem wir …« Er verstummte.

Ich nahm sein Gesicht in beide Hände und sah ihm fest in die Augen. »Das, was wir gerade machen, fühlt sich so ziemlich nach dem Gegenteil von Ruinieren an.« Ich beugte mich zu ihm und küsste seine Mundwinkel. »Das hier fühlt sich wundervoll an«, flüsterte ich und drückte einen Kuss auf seinen Kiefer. »Das hier auch.« Ich legte meine Lippen auf seine und genoss den Druck, den er ausübte, obwohl ich den Kuss steuerte.

Als wir uns diesmal voneinander lösten, waren seine Augen fast schwarz vor Verlangen. Der Rest seiner Beherrschung hing an einem winzigen seidenen Faden.

Ich wollte ihn durchtrennen.

Langsam beugte ich mich vor und zog Spencers Ohrläppchen zwischen meine Zähne. »Ich will dich, Spence.«

Er hatte keine weiteren Einwände. Er vergrub eine Hand in meinem Haar, zog mich an sich und küsste mich tief. Mit mir in den Armen erhob er sich, und wie zuvor auf dem Dach schlang ich die Beine um seine Hüften, um mich oben zu halten. Wir beendeten unseren Kuss erst, als Spencer gegen eine Stehlampe lief, die geräuschvoll zu Boden ging, und über die er im Anschluss stolperte. Lachend vergrub ich das Gesicht an seinem Hals und streichelte seinen Rücken.

Er trug mich durch den Flur, die Treppe ins obere Stockwerk hinauf. Mein Herz schlug unkontrolliert, und ich brauchte all meine Selbstbeherrschung, um ihn auf den Treppen nicht mit Küssen oder Berührungen zu reizen. Allerdings wäre die Nacht ziemlich kurz geworden, wenn wir beide ein Stockwerk hinuntergefallen wären und uns Arme und Beine gebrochen hätten, deshalb riss ich mich zusammen.

In seinem Schlafzimmer angekommen löste ich die Umklammerung und glitt an seinem Körper hinab. Ich hatte keine Augen für den Raum, all meine Aufmerksamkeit lag auf Spencer.

Seine Hände lagen noch immer auf meiner Taille, und ein unbestreitbarer Hunger lag in seinem Blick. Ich griff nach seiner rechten Hand und leitete sie an meinem Rücken hinauf, bis zum Verschluss meines BHs.

»Du hast echt vor, mich zu töten«, brachte er hervor.

»Und ich dachte, dass dich das glücklich machen würde«, gab ich zurück und fuhr mit den Händen wieder über die Muskeln an seinem Bauch. Niemals hätte ich es für möglich gehalten, dass Spencer so einen Körper hatte. Dass meine Haut derart elektrisch auf seine reagieren würde oder dass eine bloße Berührung von ihm genügte, um meinen Puls in die Höhe schießen zu lassen.

Er öffnete meinen BH mit einer Hand und senkte den Mund an mein Ohr. »Du hast ja gar keine Ahnung.«

In der nächsten Sekunde streifte er die Träger von meinen Schultern. Sofort richteten sich meine Brustwarzen auf, und ich hielt die Luft an. Seine Hände fanden ihren Weg über meinen Körper, und es kam mir sogar so vor, als bebten sie, bevor er sie um meine Brüste legte. Er stieß die Luft ruckartig aus, verharrte einen Moment lang, bevor er anfing, mich zu streicheln. Ich hatte eine ziemlich üppige Oberweite, vor allem seit ich die Pille nahm, aber Spencers Hände waren groß, und seiner

Atmung nach zu schließen, gefiel ihm, was er berührte. Er zog eine Brustwarze zwischen die Finger und massierte sie sanft. Ich keuchte auf und ein lustvoller Schauer durchlief meinen Körper. Ich krallte mich an ihm fest und schloss die Augen, während er mit seiner bedachtsamen Folter fortfuhr. Als ich wenig später seine Zunge an meinem Hals spürte, konnte ich mich kaum noch auf den Beinen halten.

Benommen sah ich mich um und entdeckte sein Bett wenige Meter von uns entfernt. Von blindem Verlangen getrieben, dirigierte ich ihn durch den Raum, bis er mit den Kniekehlen gegen das Bett stieß. Ich drückte ihn an den Schultern nieder, und er kam meinem stummen Befehl nach und setzte sich auf die Bettkante, ohne die Hände von meinen Brüsten zu nehmen. Mit einem gefährlichen Grinsen und lustverhangenem Blick sah er zu mir hoch. »Ich hoffe, dir ist bewusst, dass ich sie nie wieder loslassen werde.«

»Einverstanden«, sagte ich heiser und erwiderte sein Grinsen. Langsam ließ ich die Hände zu meiner Jeans sinken. Ich öffnete Knopf und Reißverschluss und schälte mich aus der Hose.

Spencer sah mir weiterhin in die Augen, und ich war ziemlich erleichtert, dass er meine Beine nicht genauer in Augenschein nahm. Dort waren Narben, an die ich in diesem Moment nicht denken wollte. Doch Spencer erwiderte meinen Blick stetig, selbst als er seine Finger in mein Höschen hakte.

Es wirkte beinahe, als suchte er nach dem Punkt, an dem ich ihn stoppte. Aber das tat ich nicht. Er schob die Hände weiter unter den Stoff und zog ihn gemächlich nach unten. Ich stand in Flammen.

»Ich warte immer noch auf ein Nein«, sagte er rau und schloss die Hände von hinten um meine Schenkel.

»Ich stehe nackt vor dir, und du denkst, dass ich einen Rückzieher mache?«, entgegnete ich. Ich berührte seine Arme und Schultern, wollte alles von ihm spüren und die Hitze seiner Haut in mich aufnehmen.

»Du sollst wissen, dass du die Möglichkeit dazu hättest, wenn du plötzlich doch nicht mehr willst, okay?«, sagte er. Mit den Flecken auf seinen Wangen sah er einfach zum Knutschen aus. »Du kannst jederzeit einen Rückzieher machen, wenn dir danach ist. Du kannst …«

Ich ließ ihn nicht weitersprechen, sondern beugte mich vor und presste meine Lippen auf seine. Gleichzeitig tastete ich nach seinem Gürtel und öffnete die Schnalle.

»Das ist eine gute Antwort«, murmelte er in meinen Mund. Er stand auf und ich half ihm beim Aufknüpfen seiner Jeans.

Das Rascheln des zu Boden rutschenden Stoffes sandte ein aufgeregtes Kribbeln durch meinen Körper. Ich legte die Hände um seinen Hintern und zog ihn an mich. Sein Lachen ließ meinen Körper erzittern und war so ansteckend, dass ich ebenfalls lächeln musste. Oh Himmel, wieso machte mich das hier nur so glücklich?

Wieder hob Spencer mich mühelos hoch und ließ uns aufs Bett sinken. Seine Arme umfingen mich, seine Finger spreizten sich in meinem Rücken und drückten mich fest an seinen Körper. Ich konnte seine Erektion durch den dünnen Stoff seiner Boxershorts spüren und rieb mich an ihm. Ein kehliges Geräusch kam von seinen Lippen.

»Mach das noch mal«, forderte er rau.

Wie von selbst drängte ich mich erneut gegen ihn, fand genau die richtige Stelle, um den Druck in meinem Unterleib ansteigen zu lassen. Er fühlte sich so gut an. Alles an ihm.

Unsere Lippen trafen sich in einem intensiven Kuss. Unsere Zähne stießen aneinander und unsere Zungen tanzten miteinander. Ich ließ die Hände über seinen Körper wandern, ertastete seine Muskeln und klammerte mich an ihm fest. Ich drückte mich ihm entgegen und nahm alles, was er mir gab. Es war wundervoll und doch nicht genug.

Fiebrig griff ich nach unten und umschloss seine Härte durch den Stoff der Boxershorts. Spencer atmete zischend ein und drückte die Stirn gegen meine. Ich ließ die Hand an seinem Schaft hinabwandern und betrachtete Spencers steinerne Miene. Sanft fuhr ich mit den Fingern unter den Bund seiner Boxershorts und schob sie nach unten. Er atmete hörbar aus und rollte sich von mir runter, um sie ganz auszuziehen. Er drehte mir den Rücken zu und öffnete die Schublade seines Nachtschranks. Ich hörte ein leises Rascheln von Folie, während ich über seinen Rücken strich. Dann war er wieder bei mir, und es gab keine Fragen mehr. Sein Gewicht drückte mich angenehm in die weiche Matratze. Er sah mir fest in die Augen, kämmte mit einer Hand durch mein Haar und strich es mir aus der Stirn.

»Alles okay?«, wisperte er.

Ich küsste ihn sanft. »Mehr als das.«

Mir wurde noch wärmer, als er lächelte.

Mit rasendem Puls griff ich nach unten und umfasste seine Härte. Ich führte ihn zu meiner Mitte und drängte mich ihm ein Stück entgegen.

Ohne den Blick von mir zu lösen, drang Spencer in mich ein. Im Gegensatz zu dem brennenden Verlangen, das in seinen Augen lag, tat er dies ganz bedächtig, beinahe vorsichtig. Er war groß, und ich brauchte einen Moment, bis ich wieder atmen konnte. Es war, als könnte er jede Regung meines Körpers lesen und verstehen, denn erst als ich wieder einatmete, wagte er sich weiter vor. Als er vollständig in mich eingedrungen war, blieb er einen Moment lang ganz still. Er atmete stockend aus. Testweise bewegte er sich ein Stück, dann brummte er leise. Er vergrub das Gesicht an meinem Schlüsselbein, leckte über meine Halsbeuge und zog meine Haut zwischen seine Zähne. Automatisch stemmte ich die Fersen in die Matratze und wölbte das Becken vor. Sein Glied traf einen ganz besonderen Punkt in mir, und ich keuchte laut.

Alles in mir kribbelte und eine enorme Energie staute sich in mir auf. Er fühlte sich so gut an. *So gut.*

»Ich wusste es«, raunte Spencer unvermittelt. Er stützte sich auf einem Arm auf und sah mir in die Augen. Er zog sich ein Stück aus mir zurück, und sofort vermisste ich das Gefühl, von ihm ausgefüllt zu sein.

»Was?«, flüsterte ich und ließ die Hände über seinen Rücken wandern, bis ich bei seinen Schulterblättern angekommen war. Ich drückte meine Finger fest hinein.

Spencer stieß wieder in mich, diesmal kraftvoller. Ich stöhnte und warf den Kopf in den Nacken.

»Dass wir fantastisch sein würden«, hörte ich ihn sagen. Er presste die Lippen kurz auf meinen Hals. »Du und ich.«

Ihn das mit einer solchen Gewissheit sagen zu hören, gab mir den Rest. Ich schlang ein Bein um ihn und zog ihn an den Haaren zu mir herunter. Ich fing sein Stöhnen mit meinen Lippen auf und kam seinem nächsten Stoß entgegen, zog ihn noch tiefer in mich. Spencer baute einen gleichmäßigen Rhythmus auf, und ich bewegte mich in dem Takt, den er vorgab.

Ich ließ die Hand über seinen Bauch und seine Brust wandern und vergrub die Nägel in seinen Armen. Seine Muskeln zuckten unter meiner Berührung, und er drang härter in mich.

Ich keuchte. »Gott, Spence.«

Als ich seinen Namen stöhnte, wurden seine Bewegungen fieberhaft und sein Atem wurde unregelmäßig. Ich reckte mich ihm entgegen und küsste seine Kehle.

Mir war gar nicht klar gewesen, wie sehr ich mich hiernach gesehnt hatte. Das wurde mir erst jetzt deutlich bewusst. Ich wollte Spencer mit einer Heftigkeit, die mir den Atem raubte. Und obwohl er in mir war und mich festhielt, war es noch lange nicht genug.

Ich vergrub meine Finger in seinem Rücken, im selben Moment biss er mir in die Schulter. Ich wimmerte und ließ die Hände weiter hinabgleiten, bis zu seinem Hintern. Ich war gierig und hemmungslos, doch gleichzeitig hatte ich mich noch nie so gut gefühlt. Etwas Gewaltiges stieg in mir auf.

Ich bog den Rücken durch. Meine Brüste drückten sich gegen Spencers Körper und sein tiefes Stöhnen erfüllte den Raum. Sein Rhythmus wurde schneller, sein nächster Kuss war feucht und ohne jegliche Selbstbeherrschung. Zu spüren, wie er die Kontrolle verlor, überstieg all meine Fantasien. Ich klammerte mich an ihm fest, während meine Muskeln sich um ihn zusammenzogen. Alles um mich herum löste sich auf, ich selbst löste mich auf, die Welt verschwamm in einem Rausch aus Farben.

»Dawn. *Dawn.*«

Er sprach meinen Namen wie ein Gebet aus, gleichzeitig klang er wie ein Fluch. Er stieß tief in mich und dämpfte sein Stöhnen an meinem Hals. Ich hielt ihn fest, ganz fest umfasst, während er erschauerte. Ein letztes Mal trafen seine Hüften auf meine, dann sank er auf mich. Noch immer hielt er meinen Kopf umfasst, mein Haar um seine Finger geschlungen. Ich spürte seinen rasenden Herzschlag und wusste nicht, wo sein Puls anfing und meiner aufhörte. Eigentlich wusste ich gar nichts mehr. Mein Hirn war komplett vernebelt.

»Wow«, flüsterte ich. Ich strich weiter über Spencers nackten Rücken, zeichnete unsere Namen auf seiner schweißbedeckten Haut.

Er stützte sich auf die Ellenbogen und hob den Kopf. Seine Wangen waren gerötet und die Lippen geschwollen. Er sah – falls das möglich war – noch besser aus als vorher.

»Wir hätten das schon viel früher machen sollen«, sagte er, und seine Mundwinkel verzogen sich zu einem Grinsen.

»Vielleicht hast du recht.« Ich berührte sachte seine Unterlippe. Als ich den Blick hob, war das Blau in seinen Augen bereits wieder verdunkelt.

»Vielleicht sollte ich einfach genau hier bleiben, damit wir nicht noch mal so viel Zeit vergeuden«, raunte er heiser und bewegte seine Hüfte leicht.

Der Laut, der mir entfuhr, war eine Mischung aus Lachen und Stöhnen. Obwohl ich nichts lieber getan hätte, als meine Beine wieder um ihn zu schlingen und ihn an mich zu ziehen, stieß ich ihn sanft gegen die Brust. »Ab mit dir.«

»Ich bin gleich wieder da«, sagte er und erhob sich. »Beweg dich nicht vom Fleck.« Doch er machte keine Anstalten, zu gehen. Stattdessen ließ er den Blick über meinen nackten Körper wandern, bis mir wieder unendlich heiß wurde. »Oh Mann«, murmelte er.

Hastig zog ich die Decke zu mir und wickelte mich darin ein. Noch immer starrte Spencer mich an.

»Wenn ich Jack wäre und du Rose, dann würde ich dich jetzt malen. Genau so«, sagte er und hob die Hand, Zeigefinger und Daumen gespreizt. Dazu kniff er ein Auge zusammen. »Aber leider bin ich in Aktmalerei nicht so begabt. Ich zeichne seit Jahren nichts anderes als Comics, und am Ende würdest du als nackte Superheldin dastehen.«

»Geh das Kondom entsorgen, Spence.«

Er ließ die Hand wieder sinken und lachte. Es war ein Lachen von Herzen, das mir einen angenehmen Schauer über die Arme jagte und ein Flattern in meiner Magengegend entstehen ließ. Wer hätte gedacht, dass wir derart unbefangen miteinander umgehen würden?

Er machte auf dem Absatz kehrt, und ich betrachtete seinen Hintern, als er ins Badezimmer lief. Wenig später kehrte er zurück. Bereitwillig ließ ich ihn zu mir unter die Decke kommen. Dann lagen wir dicht beieinander. Nackt, verschwitzt und lebendig.

»Du hast mich heute Nacht ziemlich glücklich gemacht«, sagte er irgendwann.

»Wusste ich doch, dass meine Vagina zu irgendetwas zu gebrauchen ist.«

Er grinste. »Deine Vagina ist großartig, aber das meinte ich eigentlich nicht.«

Ich rückte ein Stück näher an ihn heran, um seine Wärme zu spüren. »Ich weiß.«

»Danke.« Er drückte mir einen Kuss auf die Stirn. »Schlaf gut, Baby.«

Mit diesen Worten holte er mich zurück in die Wirklichkeit.

kapitel 19

Es war bereits früher Morgen, als ich mich auf Zehenspitzen nach unten begab und meine Sachen zusammenklaubte. Meine Hände zitterten, als ich mein Oberteil wieder anzog. Ich fühlte mich einfach schrecklich. Meine Organe hatten sich verknotet, meine Glieder waren schwer und fühlten sich nicht nach mir selbst an.

Das, was Spencer und ich miteinander geteilt hatten, war wunderschön gewesen. Das ließ sich nicht abstreiten.

Schlaf gut, Baby.

Es war lächerlich, dass drei Worte genügten, um mich auf direktem Weg zurückzukatapultieren. Der Schmerz drang durch meine Haut, von innen nach außen. Ein Blick auf die Innenseite meines Oberschenkels genügte, und eine heftige Woge Übelkeit erfasste mich. Ich war eine Idiotin gewesen, zu glauben, dass ich meine Vergangenheit jemals hinter mir lassen könnte.

Schlaf gut, Baby.

Wieso? Wieso hatte er ausgerechnet dieselben Worte benutzen müssen, die Nate jeden Abend benutzt hatte, wenn wir ins Bett gegangen waren? Wieso hatte er mir einen Kuss auf die Stirn gedrückt und mich damit direkt in die Vergangenheit zurückversetzt?

Spencer konnte unmöglich wissen, was er damit in mir ausgelöst hatte. Er konnte es nicht wissen, und doch hatte er mich damit wachgerüttelt.

Spencer wollte eine Beziehung, etwas Ernsthaftes. Für mich hingegen war das das Schlimmste, was ich mir vorstellen konnte. In seinen Armen einzuschlafen, die Nacht bei ihm zu verbringen und am nächsten Morgen gemeinsam aufzuwachen – dazu war ich seelisch nicht in der Lage. Es fühlte sich an wie *mehr*. Und diesen Druck ertrug ich einfach nicht.

Ich hatte mir selbst etwas vorgemacht. Denn ganz gleich, wie schön diese Nacht gewesen war, ich konnte mich nicht ernsthaft auf jemanden einlassen. Ich würde nie wieder eine Beziehung führen. Die Angst, verletzt zu werden, war einfach zu groß. Dafür war ich nicht bereit. Ich wollte nie wieder so sehr eingenommen werden, dass ich nicht mehr alleine existieren konnte, und demjenigen die Macht geben, mich zu zerstören. Denn genau das hatte Nate getan.

Ich fand meine Tasche auf dem Küchentresen und lief dann in die Garderobe. Fahrig schlüpfte ich in meine Schuhe, schlang mir meinen Schal lieblos um den Hals und zog meine Jacke an, ohne sie zu schließen. Ich wollte einfach nur nach Hause. Schnellen Schrittes bog ich in den Flur – und erstarrte mitten in der Bewegung.

Spencer. Mit verschränkten Armen lehnte er neben der Haustür. Sein Haar war vom Schlaf ganz zerzaust.

»Was zur Hölle, Dawn?«

Ein dicker Kloß bildete sich in meinem Hals. Ich schluckte und schluckte, aber er wurde bloß größer. Ich ballte die Hände zu Fäusten, immer und immer wieder, um meine Einzelteile beisammenzuhalten. Ich musste dringend hier raus, bevor ich vollends auseinanderfiel.

»Es tut mir leid«, sagte ich entschieden und machte einen Schritt auf die Tür zu.

Spencer kam mir zuvor. Er trat mir in den Weg und zwang mich somit, an ihm hochzusehen. »Was tut dir leid?«, fragte er ruhig.

Kalter Schweiß bildete sich in meinem Nacken, mir wurde flau im Magen. Ich grub die Nägel in die Handflächen, damit der Schmerz zu mir durchdrang. Ich brauchte das Stechen auf der Haut, musste mich darauf konzentrieren – nicht auf das Brennen hinter meinen Augen.

»Tut dir leid, dass du dich gerade rausschleichen wolltest, kurz nachdem wir miteinander geschlafen haben?«, fuhr Spencer fort, jetzt in einem mühsam unbeschwerten Tonfall. »Oder vielleicht, dass du mich gerade behandelst, als wäre ich nicht mehr als ein billiger One-Night-Stand?«

Ich starrte auf meine Schuhspitzen. Sie verschwammen vor meinen Augen. Ich blinzelte mehrmals, aber das Brennen nahm weiter zu.

»Bitte lass mich einfach gehen«, brachte ich hervor.

»Süße, sieh mich an.«

Ich schüttelte den Kopf und kniff die Augen zusammen. Selbst als er mein Kinn zwischen die Finger nahm und meinen Kopf nach hinten neigte, öffnete ich sie nicht. Ich konnte ihm nicht in die Augen sehen. Dafür schämte ich mich zu sehr.

Jetzt legte er die ganze Hand an meine Wange und hielt mich fest. Ich hatte das Gefühl, jeden Moment zu Boden gehen zu müssen. Meine Augen brannten, alles in mir schmerzte, und ich bekam kaum noch Luft, weil ich das Bedürfnis, in Tränen auszubrechen, mit aller Kraft unterdrückte.

»Dawn, *ich* bin es. Du kannst mit mir reden. Wenn du nach Hause willst, dann musst du es nur sagen und ich fahre dich. Genauso wie immer. Das zwischen uns braucht nicht so sein. Du hast keinen willkürlichen Kerl aufgegabelt und mit nach Hause genommen, sondern *mich*.«

Ich schlug die Hände vors Gesicht und schluchzte laut.

Ich war ein Wrack.

Ohne ein weiteres Wort zog Spencer mich an sich. Meine Proteste ignorierend schlang er die Arme um mich und hielt mich fest. Obwohl ich es nicht wollte, zerbrach ich in seinen Armen in meine mühsam zusammengehaltenen Einzelteile. Heiße Tränen liefen mir über die Wangen und landeten auf seiner nackten Haut.

Seit Monaten hatte ich nicht mehr richtig geweint. Jetzt, wo ich einmal angefangen hatte, konnte ich nicht mehr damit aufhören. Ich hickste und machte Geräusche, die klangen, als hätte ich einen unheilbaren Schluckauf. Dazu lief mir die Nase, was echt nicht schön war, vor allem wenn man bedachte, dass Spencer mich an sich drückte und nicht mehr trug als Boxershorts. Mein ganzer Schnodder lief ihm über die Brust. Trotzdem hielt er mich weiter fest und rieb meinen Rücken. Seine Arme blieben an Ort und Stelle, fest und beständig. Es war, als würde er zusammenklauben, was auseinandergebrochen war. Irgendwann hob er mich hoch und trug mich ins Wohnzimmer. Er setzte mich auf dem Sofa ab, in meine Ecke, und verschwand kurz in der Küche. Wenig später kehrte er mit Taschentüchern und einem Glas Wasser zurück.

»Wenn du so viel Flüssigkeit verlierst, musst du was trinken«, sagte er und setzte sich wieder neben mich.

Ich nahm die Box entgegen und wischte mir über die Augen, bevor ich meine Nase ausschnaubte. Herrgott, das mit den Tränen hörte überhaupt nicht mehr auf. Ich fühlte mich wie ein kaputter Wasserschlauch.

Spencer reichte mir das Glas, wartete, bis ich ein paar Schlucke getrunken hatte, und stellte es dann wieder ab. Anschließend stand er auf und schnappte sich die Wolldecke vom anderen Ende des Sofas, um sie kurz darauf über mir auszubreiten.

Dass er so lieb zu mir war, obwohl er mich beim Rausschleichen erwischt hatte, ließ mich nur noch mehr heulen. Ich wollte das überhaupt nicht! Meine Augen mussten ein Leck haben oder so. Es dauerte eine Ewigkeit, bis ich mich halbwegs beruhigt hatte. Meine Augen brannten wie verrückt, meine Haut fühlte sich von den getrockneten Tränen an, als stünde sie unter Spannung, und der Schluckauf blieb.

»Möchtest du immer noch nach Hause?«, fragte Spencer nach einer Weile. Er spielte an den Fransen der Decke herum, rollte ein paar davon zwischen den Fingern, bis sie sich miteinander verknoteten. Anschließend löste er sie wieder und ging zur nächsten Reihe über. Es war eine so typische Spielerei für ihn, dass ich mein Unwohlsein vorübergehend fast vergaß. Ich sah zu ihm auf und schüttelte den Kopf. Er lächelte vorsichtig. Noch immer wirkte er besorgt, aber gleichzeitig schien er erleichtert darüber, dass ich nicht mehr verschwinden wollte.

Für ein paar Minuten sahen wir einander einfach an, und ich bekam immer mehr das Gefühl, dass ich mich wie eine Irre aufführte. Das hier war Spencer. Mein Spencer. Ich brauchte nicht vor ihm flüchten, nur weil er etwas gesagt hatte, das ebenso gut aus Nates Mund hätte kommen können. Spencer war nicht Nate.

Ich bot ihm ständig an, mit mir über seine familiären Probleme zu sprechen, aber ich selbst verhielt mich wie eine Geisteskranke. Ich musste ehrlich sein. Er verdiente die Wahrheit. Nicht jemanden, der sich einfach aus dem Staub machte, ohne ein Wort zu sagen.

»Du hast mich Baby genannt.« Meine Stimme war ein nasales Krächzen, das jeden anderen Menschen mit Sicherheit in die Flucht geschlagen hätte.

Aber Spencer sah mich geduldig an und wartete, bis ich mich gesammelt hatte.

»Nate … Nate hat immer dasselbe zu mir gesagt und mir einen Kuss auf die Stirn gedrückt, bevor wir schlafen gegangen sind.«

Jetzt verdunkelten sich seine Augen. »Süße …«

»Ich weiß, dass du nicht Nate bist. Das weiß ich. Aber trotzdem … Er hat mich so sehr verletzt und damit etwas in mir in Stücke geschlagen. Das sage ich nicht einfach nur so. Es ist die Wahrheit.« Ich griff nach einem weiteren Taschentuch und presste es mir gegen die feuchte Nase.

»Du hast mir nie erzählt, was genau zwischen euch vorgefallen ist«, sagte er nach einer Weile.

»Nicht einmal Allie kennt die ganze Geschichte.«

»Wieso nicht?«

Ich zuckte mit den Schultern. »Weil es keine schöne Geschichte ist. Ich wollte die Vergangenheit hinter mir lassen und nicht mit Mitleid überhäuft werden.«

Jetzt nickte er langsam und sein Blick verklärte sich für einen Moment. Es sah aus, als wäre er in eigenen Erinnerungen abgetaucht. Dann blinzelte er mehrmals und sah mich wieder an.

»Die Vergangenheit hinter sich zu lassen, funktioniert nicht so richtig, wenn man alles tief in sich vergräbt«, meinte er und lehnte sich mit dem Hinterkopf gegen die Lehne, den Blick auf die Decke gerichtet. »Die Vergangenheit hat nämlich die Angewohnheit, nicht locker zu lassen, ehe man sich mit ihr auseinandersetzt.«

»Du bist sehr weise, Spence.«

Er rollte den Kopf zur Seite, damit er mich ansehen konnte. »Das sollte dich eigentlich dazu animieren, mit mir zu reden.«

»Wir sind beide Loser, was das Reden über Gefühle betrifft.«

»Es besteht noch Hoffnung.«

Ich zupfte an meiner Nagelhaut herum und ließ den Kopf

schließlich auch auf die Lehne sinken. Jetzt saßen wir einander in derselben Haltung gegenüber. In diesem Moment lag nichts mehr zwischen uns – nicht, was wir miteinander getan hatten, oder die Tatsache, dass ich vollkommen bindungsgestört war. Wir waren zwei Freunde, die sich in einer geschützten Blase befanden, in der niemand verurteilt wurde. Ein geschützter, sicherer Raum, in dem alles möglich und nichts verwerflich schien.

»Wir waren verheiratet.« Da waren sie endlich, die drei Worte Wahrheit, die ich bisher keinem meiner Freunde in Woodshill anvertraut hatte.

Spencer blieb lange still. Ich wusste nicht, ob er darauf wartete, dass ich weitersprach, oder verarbeiten musste, was ich gerade ausgesprochen hatte.

»Wir haben ein halbes Jahr nach unserem Abschluss geheiratet. Es war eine kleine Feier mit all unseren Verwandten und einer Handvoll Freunden.«

Spencers Finger glitten wieder zu den Deckenfransen, in meine unmittelbare Nähe. Es wirkte beinahe wie ein Angebot.

»Wir haben für ein Haus gespart und direkt nach der Hochzeit mit der Familienplanung begonnen. Nate hat eine gute Stellung in der Firma seiner Stiefmutter bekommen, also haben wir … probiert, schwanger zu werden. Damals kam so etwas wie ein Studium gar nicht in meinen Plänen vor. Kannst du dir das vorstellen?«, fragte ich kopfschüttelnd. »Ich wollte damals schon vom Schreiben leben, den Job in Dads Werkstatt aufgeben, sobald ich mit meinen Novellen genug Geld verdiente. Wir waren ein Paar, seit wir dreizehn waren. Früh heiraten, früh Kinder bekommen und eine Familie gründen. Das war unser gemeinsamer Traum, seit wir jung waren. Jetzt kann ich mir das gar nicht mehr so richtig vorstellen, aber damals … Ich war so glücklich. Alles lief so, wie ich es mir immer gewünscht hatte.« Ich kaute auf meiner Wange herum. Fahrig wischte ich mir die Tränen aus den Augen. »Wir waren eine Woche in den Flitterwochen, direkt danach bin ich mit Dad campen gefahren. Durch die Hochzeitsvorbereitungen und den anschließenden Umzug in Nates und meine erste gemeinsame Wohnung war ich wochenlang eingespannt gewesen und hatte kaum Zeit, was mit meinem Vater zu unternehmen, also wollten wir den Trip voll und ganz auskosten. Leider hat es drei Tage vor unserer Rückfahrt angefangen zu stürmen, und wir mussten den Ausflug abbrechen. Dad hat mich nach Hause gefahren. Es war früher Abend und hat in Strömen geregnet, daran erinnere ich mich noch genau. Auch daran, dass ich Dad gewinkt habe, bis die Rücklichter seines Trucks im Regen gar nicht mehr zu sehen waren. Ich bin reingegangen, vollbeladen mit meinem Koffer, und hörte plötzlich laute Schreie aus unserem Schlafzimmer. Ich hatte schon mein Handy in der Hand, um den Notruf zu wählen, bis sich die Schreie in Stöhnen verwandelt haben. Ich kann mich an jeden Schritt bis zur Zimmertür erinnern. Ich erinnere mich genau daran, wie ich den Türspalt langsam aufgestoßen habe und ihn auf dem Bett sah. Mit einer anderen Frau. Nackt. Er hat …« Ich blinzelte mehrmals, um die Bilder zu verdrängen, die sich mir wieder in den Kopf drängen wollten. »Er hat sie gevögelt. Unsere *Nachbarin.* In unserem Ehebett. Drei Wochen nach unserer Hochzeit. Obwohl wir dabei waren, eine Familie zu gründen.«

»Verfluchte Scheiße«, entwich es Spencer. Mittlerweile hatte er beide Hände um die Decke geschlossen und zerknüllte sie zwischen seinen Fingern. Seine Knöchel traten weiß hervor.

»Sie haben mich nicht bemerkt«, fuhr ich leise fort. Der Schmerz übermannte mich, und ich musste mir den Brustkorb reiben, um das Brennen zu lindern. »Ich habe ihnen zugesehen. Ich konnte mich nicht rühren, ich glaube, ich habe nicht einmal geblinzelt. Noch Monate danach lief die Szene wie ein Film vor meinen Augen ab. Du glaubst nicht, wie schrecklich das war. Ich war gefangen in meinem Körper, wie gelähmt, und habe den beiden beim Sex zugesehen. Sie … sie war so unerträglich laut, dass er ihr den Mund zugehalten hat, als sie gekommen ist.«

Wieder stieß Spencer eine Reihe an Flüchen aus.

»Danach musste ich mich übergeben. Ich bin ins Bad gerannt und Nate hat mich würgend über der Kloschüssel gefunden. Er war nackt, und ich konnte einfach nicht aufhören, zu kotzen«, flüsterte ich. »Er hat Rebecca weggeschickt und das Bett neu bezogen. Ich kam zurück in unser Zimmer, und dann saß er da. Ich war so wütend auf ihn, Spence. Ich … ich habe blindwütig auf ihn eingeschlagen.«

»Er hat viel mehr als eine Tracht Prügel verdient«, knurrte er.

»Nein, du verstehst nicht. Ich habe ihn so heftig gehauen, dass er eine Platzwunde an der Lippe hatte. Hätte er mich irgendwann nicht festgehalten, hätte ich …« Ich presste die Lippen aufeinander und hielt mich so vom Weiterreden ab.

Vorsichtig rückte Spencer seine Hände ein Stück nach vorne, bis sie beinahe bei meinem Schoß angekommen waren. Wieder überging ich das stumme Angebot. Ich konnte ihn nicht berühren.

»Nate hat mir erzählt, dass die Sache mit Rebecca wohl schon seit mehreren Monaten lief. Mir wurde schon wieder übel, weil wir … wir hatten ja trotzdem …« Ich machte eine hilflose Geste.

Er atmete scharf ein.

»Mein erster Gedanke war, ob ich mich vielleicht mit einer Geschlechtskrankheit angesteckt hatte. Mein zweiter, ob ich womöglich schon schwanger war, weil mir so übel war.« Ich lachte freudlos auf. »Als ich ihn fragte, wieso er das getan hat, obwohl wir eine glückliche Beziehung geführt haben, hat er bloß mit den Schultern gezuckt. Er konnte mir keine Antwort darauf geben. Und das war's dann. Sechs Jahre, eine Ehe und ein durchgeplantes Leben. Alles zerstört innerhalb weniger Stunden.« Wieder liefen mir Tränen übers Gesicht.

Noch nie hatte ich mit jemandem darüber gesprochen. Natürlich hatte ich Allie und Scott von Nates Betrug erzählt, und dass ich dringend aus Portland hatte verschwinden müssen –, aber noch nie hatte ich jemandem die ganze Wahrheit erzählt. Was Nate getan hatte. Dass ich ihn erwischt hatte. Dass wir verheiratet gewesen waren. Es tat so weh, es laut auszusprechen. Dass ich jemanden so sehr geliebt hatte, ihm *alles* von mir gegeben hatte, von meinem ersten Kuss über meine Jungfräulichkeit bis hin zu dem Versprechen, mein Leben mit ihm zu verbringen, und dass all das trotzdem nicht genug gewesen war. Dass es anscheinend unmöglich war, mich zu lieben. Ich schämte mich, und es tat weh, und gleichzeitig war ich wütend darüber, dass ich mich schämte und dass es mir wehtat.

Doch trotzdem war es auch erleichternd, Spencer all das jetzt zu erzählen. Und ich hoffte, er verstand nun ein bisschen besser, weshalb ich so war, wie ich war.

»Es tut mir so leid, dass er dir das angetan hat, Süße.« Noch immer lag sein Kopf auf der Sofalehne. Er hob die Hand und fing meine Tränen mit dem Finger auf. »Es muss schwer gewesen sein, danach wieder auf die Beine zu kommen.«

Ich nickte. »Ich glaube, ich stand unter Schock. Ich habe nichts gefühlt, und gleichzeitig hat es so sehr geschmerzt, dass ich manchmal keine Luft mehr bekam und sich alles in mir zusammengezogen hat. Ich … ich konnte nicht mehr in diesem Zimmer schlafen, sondern habe mir ein Hotelzimmer genommen. Zu meinem Dad konnte ich nicht, solange ich so drauf war.«

»Ich hoffe, dein Vater hat Nate eine reingehauen.«

Jetzt riss ich die Augen auf. »Nein. Dad weiß nichts davon, und das soll auch so bleiben.«

Er richtete sich ruckartig auf. »Wie bitte?«

»Mein Dad denkt, wir hätten uns im Guten getrennt. Ich wollte nicht, dass er sich Sorgen um mich macht.«

»Das ist doch nicht dein Ernst, Dawn«, sagte er ungläubig.

»Es ist besser so, glaub mir. Mein Dad ist seit Jahren mit den Duffys befreundet, das wollte ich nicht zerstören, indem ich ihm sage, dass sein Schwiegersohn ein Arschloch ist.«

Ich sah es hinter seiner Stirn arbeiten. Wieder schien er Zeit zu brauchen, um das, was ich ihm über mich verraten hatte, zu verdauen.

»Du … heißt nicht Duffy mit Nachnamen«, sagte er nach einer Weile.

Langsam schüttelte ich den Kopf. »Nicht mehr.« Es kostete ungemeine Mühe, die Worte auszusprechen, ich bekam sie kaum raus. Dass ich drei Monate lang den dämlichen Namen Dawn Duffy getragen hatte, gehörte einem Teil meiner Vergangenheit an, über den ich niemals sprach.

»Okay«, sagte Spencer bloß und starrte auf meine Hand, als würde er da nach einem Hinweis suchen, dass ich dort einst Ringe getragen hatte.

»Ich wollte die Ehe annullieren lassen, aber das geht in Oregon nur, wenn du zur Zeit der Hochzeit unter achtzehn warst oder andere schwerwiegende Gründe wie eine Hochzeit auf Zwang oder eventuelle Verwandtschaft vorliegen. Das war nicht der Fall«, fuhr ich leise fort.

Spencer brummte. »Das habe ich schon häufiger gehört.«

»Deine Eltern?«, fragte ich.

Er blickte auf und nickte. »Sie reden gerne über ihre Arbeit. Da schnappt man vieles auf.«

Ich kaute auf der Unterlippe herum. Es kostete mich so viel Überwindung, mit Spencer über all das zu sprechen, aber gleichzeitig spürte ich, dass ich es jetzt einfach tun musste. Damit er verstand, dass ich ihn nicht aus Spaß immer und immer wieder abgewiesen hatte.

»Als ich dich kennengelernt habe ... Das war vier Monate nach meiner Scheidung.«

Er blickte wieder auf und ich musste mich räuspern.

»Ich wusste, dass ich mich nie wieder auf diese Weise auf jemanden einlassen könnte. Und dann standest du da, mit deinen tollen Haaren, in diesem blöden Hemd, und hast mich so unverschämt angegrinst ... Das war einfach unfair.«

Seine Mundwinkel bewegten sich leicht, aber zu einem Grinsen konnte er sich nicht durchringen. Kein Wunder.

»An jenem Tag, als ich Nate erwischt habe, habe ich einen Teil von mir verloren, den ich nie wiederbekommen werde. Ich glaube nicht mehr an Liebe oder Happy Ends. Zumindest, was mich persönlich betrifft. Ich hatte eins, verstehst du? Nate und ich, wir haben uns geliebt. Trotzdem ist das passiert. Und jetzt ... vertraue ich niemandem mehr.«

Jetzt wurde Spencer ganz ernst. »Deshalb wolltest du gehen.«

Vorsichtig griff ich nach seinen Händen und strich behutsam über seine Handrücken. Auf der linken Hand befand sich ein kleines Muttermal zwischen Zeige- und Mittelfinger. Ich berührte es und umfasste schließlich seine Hand. »Tut mir leid. Ich war einfach ... Deine Worte haben mich so an Nate erinnert, und die Erinnerung war wie ein Eimer eiskaltes Wasser.«

Spencer drehte seine Hand um und verflocht meine Finger mit seinen. »Liebst du ihn noch?«, fragte er leise.

»Nein«, sagte ich mit Nachdruck. Zusätzlich schüttelte ich

kräftig den Kopf und sah Spencer dabei in die Augen, damit er verstand. »Aber das Ganze ist nicht spurlos an mir vorbeigegangen. Die Monate nach der Trennung waren die härtesten meines Lebens. Ich konnte nicht einmal mehr essen, weil ich so taub und gefühllos war … Nur das Schreiben hat mich am Leben gehalten. Wenn ich geschrieben habe, fühlte ich. Wenn nicht, war ich wie ein Zombie. Ich war betäubt, tagsüber habe ich meine Gefühle irgendwie abgeschottet, nachts bin ich schweißgebadet aufgewacht und habe keine Luft mehr bekommen.«

»Himmel, du hättest mit irgendwem reden müssen.« Er drückte meine Hand fest.

»Mit wem denn? Mein gesamter Freundeskreis war auch Nates. Die haben natürlich alle mitbekommen, wie beschissen es mir ging, und haben mich anfangs auch bemitleidet. Aber irgendwann habe ich auch gemerkt, dass sie sich immer weniger gemeldet haben und stattdessen bei Nate und Rebecca rumhingen. Ich habe mich dann irgendwann komplett abgekapselt. Auf solche Leute konnte ich gut verzichten. Zumal Nates bester Freund Benji sogar schon seit Längerem wusste, dass Nate mich betrog.« Ich atmete ruckartig aus. »Ich habe drei Wochen im Hotel verbracht, bevor ich mich zusammengerafft habe und nach Hause zu meinem Dad gegangen bin. Ich sagte ihm, dass Nate und ich uns getrennt haben. Er konnte mir erst gar nicht glauben. Als ich ihm erklärte, es hätte nicht funktioniert, dass wir zu früh geheiratet hätten und unsere Hochzeit ein riesiger Fehler gewesen war, glaubte er mir. Ihm war es damals mit meiner Mom nicht anders gegangen, das wusste ich und nutzte es aus. Ich zog wieder bei ihm zu Hause ein. Wir suchten uns gemeinsam mit den Duffys einen Scheidungsanwalt. Ich erinnere mich nur noch schemenhaft an alles, was wir unterschreiben und besprechen mussten. Ich habe einfach ein Lächeln aufgesetzt, immer dieselben Worte wiederholt und meine Geschichte einstudiert … Nate hat fleißig mitgemacht. Ihm kam es natürlich sehr gelegen, den wahren Grund für unsere Trennung unter Verschluss zu halten und so zu tun, als wären wir beste Freunde, die einen dummen Fehler begangen haben und jetzt wollten, dass alles wieder wie vorher war. Das mit der Eheauflösung klappte recht unkompliziert, wir konnten das Ganze sogar in einem beschleunigten Verfahren abwickeln, weil wir keine gemeinsamen Immobilien besaßen und auch keine … keine Kinder hatten.« Die Worte mussten einfach raus. Sie sprudelten aus mir hervor, konnten nicht länger in mir bleiben.

Spencer streichelte mir sanft die Hand. »Du warst nicht schwanger?«

Ich stieß hörbar Luft aus. »Nein, war ich nicht.«

»Wie bist du damit nur fertig geworden?«, fragte er weiter.

Ich schluckte trocken, den Blick auf unsere Hände gerichtet. »Gar nicht. Die Zeit nach der Trennung war furchtbar. Ich hatte keine Kontrolle mehr über mich, mein Leben, meine Zukunft. Obwohl ich einen Highschoolabschluss in der Tasche hatte, hatte ich keinerlei Perspektive. Mein Leben war total durcheinander, und ich wusste nicht …« Meine Augen wurden wieder feucht. »Ich wusste nicht, wie es jemals wieder normal werden sollte.« Die Worte blieben mir in der Kehle stecken, und meine freie Hand blieb auf meinem Schenkel liegen. Genau dort, wo die Narben unter dem Stoff waren, die ich mir damals selbst zugefügt hatte. »Eines Abends habe ich mich selbst verletzt.«

Spencers Gesicht wurde starr. »Dawn …«

»Nur einmal«, unterbrach ich ihn schnell. »Ich hab es nur ein einziges Mal gemacht. Ich … ich musste einfach wissen, dass ich noch *ich* war.«

Ich konnte ihm nicht in die Augen schauen. Manchmal

konnte ich meinen eigenen Anblick im Spiegel nicht ertragen, wenn ich aus der Dusche kam und meine vernarbten Oberschenkel sah.

»Dawn«, flüsterte Spencer erneut. Er legte all seine Gefühle in die vier Buchstaben meines Namens, und ich sah wieder auf.

»Ich schäme mich total dafür.«

Sein Blick war gequält, als wünschte er sich, damals bei mir gewesen zu sein, um mich von diesem Fehler abhalten zu können.

»Wenn ich jetzt zurückblicke, würde ich mich gerne selber schütteln. Immer wenn ich sehe, was ich getan habe … Ich hab mich richtig gehen lassen. Ich war überhaupt nicht stark«, flüsterte ich.

»Du brauchst dich für nichts zu schämen, Dawn. Nur versprich mir, dass du beim nächsten Mal, wenn es dir so geht, mit jemandem sprichst. Komm zu mir oder rede mit Allie. Wenn du magst, kann ich dir auch die Nummer meiner Therapeutin geben.«

Er sagte diesen Satz beiläufig, als wäre er nichts Besonderes. Ich schluckte schwer. Spencer gab mir das Gefühl, mich nicht schämen zu müssen. Als wäre meine Reaktion auf Nates Betrug und die Scheidung völlig normal.

»Ich werde so etwas nie wieder tun. Der Anblick von Blut hat mich wachgerüttelt. Ich bin mit voller Geschwindigkeit zurück in die Realität katapultiert worden und habe gemerkt, dass ich etwas an meinem Leben verändern muss.«

»Du bist nach Woodshill gekommen.«

Ich nickte langsam. »Ich bin noch drei Monate in Portland geblieben und dann hierhergezogen. So lange hatte ich Zeit, mich wieder aufzurappeln.«

»Du bist stark, Dawn Edwards. So stark.« Bewunderung lag in seinem Blick, und ich fragte mich, womit ich das verdient hatte. Spencer saß vor mir und bezeichnete mich als stark, obwohl ich wohl das genaue Gegenteil davon war.

Ich rückte ein Stück dichter an ihn heran und sah, dass sich eine Gänsehaut auf seinen Armen ausgebreitet hatte. Kurzerhand schälte ich mich aus der Decke, die er um mich gewickelt hatte, und schlug sie auch über ihn. Wir saßen zwar immer noch in einigem Abstand zueinander, aber mit der Decke war es nun, als wäre um uns herum eine schützende Blase.

»Danke.« Spencers Mundwinkel hoben sich, aber die Regung war bloß minimal und erreichte seine Augen nicht.

»Ich kann einer anderen Person nicht so viel von mir geben«, sagte ich leise. Ich wählte meine Worte mit Bedacht, wollte die Wahrheit aber nicht abmildern. »Noch einmal würde ich das nicht überleben.«

Spencer nickte. Er hob die Hand an mein Gesicht und wieder wischte er die Tränen unter meinen Augen fort. Verrückt, dass ich noch nicht ausgetrocknet und eingegangen war wie eine Pflanze.

»Ich bin so ein Idiot«, sagte er plötzlich. »Ich habe dich derart bedrängt, dabei ist das das Letzte, was du gebraucht hast. Ich muss dir eine Todesangst bereitet haben.«

»Du bist kein Idiot, Spence. Sag so etwas nicht.«

Er stieß ein Grollen aus. »Das ist so typisch.«

»Was?« Ich kam nicht mehr so richtig mit.

»Ich bin der König der Fettnäpfchen. Wie hast du es monatelang mit mir ausgehalten, ohne mir eine reinzuhauen?«

»Das hat Kaden doch schon gemacht«, scherzte ich. Ich erinnerte mich zu gut an Spencers blaues Auge und auch an meine Hand, die ich mir geprellt hatte, weil ich daraufhin Kaden eine verpasst hatte.

In unserem Freundeskreis gab es eindeutig zu viel Aggression.

»Es tut mir so leid, Dawn. Hätte ich all das gewusst, wäre ich niemals …« Er zog eine Grimasse und rieb sich den Hinterkopf. »Meine Güte, ich bin schlecht in so was.«

»Ich auch.«

Seine Mundwinkel zuckten. »Das macht es leichter.«

»Also, was wolltest du sagen?«, half ich ihm nach.

»Ich wollte sagen …« Er schluckte hart, und ich sah seinen Kehlkopf hüpfen. »Vor dir war das Letzte, was ich wollte, eine Freundin. Ich habe mich nur auf Mädchen eingelassen, die keine Erwartungen hatten. Aber als ich dich kennengelernt habe, da …« Er zuckte hilflos mit den Schultern. »Da wollte ich alles richtig machen. Ich wollte dir den Hof machen, dich ausführen, all das, was im Dating-Handbuch eben steht. Ich hatte noch nie eine Beziehung und kenne mich überhaupt nicht aus.«

»Ich wusste nicht, dass du bisher noch keine Beziehung hattest«, sagte ich vorsichtig.

»Ich habe bisher noch keine Beziehung geführt, die länger als eine Nacht gedauert hat.«

»Du kleiner Abenteurer.« Im Geplänkel waren wir besser als im Ernstsein. So viel besser.

»Für mehr hatte ich weder Zeit noch Geduld. Bei dir habe ich mir zum ersten Mal gewünscht, ich wäre anders. Dabei hätte ich wohl alles so machen sollen wie zuvor.«

»Das hätte wahrscheinlich schneller zum Ziel geführt«, erwiderte ich.

Seine Stirn furchte sich kurz, und wieder entstand eine Pause, in der wir unseren eigenen Gedanken nachhingen.

»Bereust du, was wir heute Nacht getan haben?«, fragte er unvermittelt.

Es mag verrückt klingen, aber für einen Moment hatte ich vergessen, dass wir miteinander geschlafen hatten. Dieser Fakt war zwischen meinen ganzen Tränen und der schweren Wahrheit irgendwie untergegangen.

Jetzt, da ich in sein Gesicht sah und die Rastlosigkeit in seinen tiefblauen Augen erkannte, wurde mir alles deutlich bewusst. Ich suchte tief in mir nach der ehrlichen Antwort.

»Auf gar keinen Fall«, sagte ich schließlich.

Spencer atmete erleichtert aus. »Und ich dachte schon, du würdest Ja sagen.«

Er lächelte, und ich versuchte, es ihm gleichzutun. Mein Gesicht schmerzte. Ich wusste jetzt, wieso ich das mit dem Heulen so lange vermieden hatte.

»Würde mir nie in den Sinn kommen.«

Er strich mir den Pony aus der Stirn und versuchte, ihn mir hinters Ohr zu klemmen, aber dafür war er zu kurz. Sofort fiel mir das Haar wieder ins Gesicht. Spencer betrachtete die Strähnen konzentriert, eine Falte trat zwischen seine dunklen Brauen. Sein Ausdruck wurde mit einem Mal ganz nachdenklich.

»Ich meinte es ernst, als ich sagte, ich will dich auf jede Art, die du zulässt, Dawn.«

Meine Kehle wurde staubtrocken. Seine Worte verschlugen mir die Sprache. Da hatte ich ihm offenbart, wie verkorkst ich in Wirklichkeit war, und er sagte so etwas.

»Du bist eine meiner besten Freundinnen. Ich will nicht, dass das, was heute Nacht geschehen ist, daran etwas ändert«, fuhr er fort.

Seine Hand war immer noch an meinem Haar. Er rieb eine Strähne zwischen seinen Fingern. Ich konnte mein Haar knistern hören.

»Das will ich auch nicht«, flüsterte ich heiser.

Er ließ den Arm sinken und richtete den Blick wieder auf mein Gesicht. »Gut«, sagte er mit grübelnder Miene. Er nickte langsam, aber es wirkte nicht, als wäre die Geste an mich gerichtet. »Gut«, sagte er noch einmal.

»Gut«, sagte nun auch ich. »Also sind wir immer noch Freunde?«

»Wir sind alles, was du willst.«

Wie bitte?

Anscheinend verriet mich mein Gesichtsausdruck, denn Spencer richtete sich auf und sah mir mit einer Ernsthaftigkeit ins Gesicht, die mir ganz fremd an ihm vorkam.

»Ich will nicht, dass du dir zu viele Gedanken über das machst, was zwischen uns ist. Denn da *ist* etwas, und das können weder du noch ich leugnen«, sagte er mit dieser für ihn so typischen Klarheit. »Ich weiß, dass du dich fürchtest, und auch, wie schwer es für dich ist, dir deinen Kopf nicht über die Zukunft zu zerbrechen. Aber ich denke, dass es besser wäre, wenn du das nicht tust und es stattdessen so machst wie ich.«

»Wie sieht denn deine Methode aus?«

»Wenn ich mir über die Zukunft Gedanken mache, dann bekomme ich auch Angst. Wer tut das nicht?«

»Zukunftsängste sind das Gruseligste, was es gibt«, murmelte ich. Ich erinnerte mich zu gut daran, wie mich das Gewicht meiner ungewissen Zukunft nach der Trennung so sehr niedergedrückt hatte, dass ich kaum hatte atmen können.

»Deshalb gehe ich einen Tag nach dem nächsten an. Jeder Morgen gibt mir die Chance, neu anzufangen. Das nutze ich aus. Ich finde, das sollten wir auch so machen.«

»Du willst also so tun, als hätten wir nicht …?«

»Bist du verrückt? Natürlich nicht«, erwiderte er energisch. »Was ich damit sagen will, ist, dass du dir keine Gedanken darüber machen sollst, wenn es dich zu sehr belastet. Aber du solltest dir auch nicht den Kopf zerbrechen, wenn es noch einmal geschieht.«

Oh. *Oh.*

Ich schluckte schwer und spürte, wie Hitze in meine Wangen jagte.

»Denn das könnte es meinetwegen«, fuhr er leise fort. Diesmal war sein Blick nicht von Mitleid erfüllt, sondern etwas anderem. Etwas, das tiefer ging, voller Verheißungen und Erinnerungen der letzten Nacht war. Etwas, das mir ein scharfes Prickeln durch den Magen sandte. Wie auch immer das nach meinem Zusammenbruch möglich sein konnte.

Es blieb viel zu lange still. Sein indirektes Angebot hing heiß und schwer zwischen uns, und ich zerbrach mir den Kopf darüber, was in der jetzigen Situation und mit meinen pochenden Schläfen vermutlich nicht zu einer fruchtbaren Entscheidung führen würde. Spencer merkte es und wollte seine Hand von meiner Wange lösen.

Ich ließ es nicht dazu kommen und drückte sie stattdessen wieder dorthin. Es fühlte sich schön an. Daran wollte ich festhalten.

»Danke, dass du mir zugehört hast«, flüsterte ich heiser. »Und dafür, dass du mich verstehst.«

Sein Daumen fuhr sachte über meinen Wangenknochen. Es kam mir so vor, als würde ich die Überreste meiner Tränen dort spüren können, eine getrocknete Schicht Salz.

»Danke, dass du mir all das anvertraut hast. Ich weiß das zu schätzen. Mehr, als du denkst.«

Wir saßen noch lange auf dem Sofa, gemeinsam unter der Decke, die Luft erfüllt von Spencers Zuversicht, meiner Unsicherheit und seinem unausgesprochenen Vorschlag.

kapitel 20

Nach Hause zu kommen, fühlte sich merkwürdig an. In mir war alles durcheinander. Gleichzeitig war ich unglaublich müde, was wahrscheinlich nicht nur am Sex mit Spencer lag, sondern vielmehr auf meinen Heulkrampf zurückzuführen war. Meine Güte, ich hatte bestimmt die Tränenreserven für die nächsten fünf Jahre aufgebraucht. Ein Blick in den Spiegel der Wohnheimduschen bestätigte meinen Verdacht, dass mein Gesicht aussah wie ein rot gefleckter Ballon.

Unter der Dusche versuchte ich, den Kopf auszuschalten. Ich brauchte Zeit, um die letzte Nacht zu verarbeiten. Ich stand unter der Dusche, bis das Wasser kalt wurde. Danach schlüpfte ich in meinen Pyjama und traute mich endlich, mein Handy in die Hand zu nehmen und die fünf SMS von Allie zu lesen, die sie mir in der Nacht geschrieben hatte und in denen sie mich fragte, wohin ich verschwunden sei und warum ich ihr nicht Bescheid gesagt hätte. Weinender Smiley.

Ich schrieb, dass sie gestern von so vielen Menschen umringt gewesen sei, dass ich es nicht geschafft hatte, zu ihr durchzukommen. Eine ziemlich miese Ausrede, aber für etwas Kreativeres war ich einfach zu müde. Ich hatte dringend ein bisschen Schlaf nachzuholen.

Dad hatte in meiner Kindheit stets gesagt, dass nach ein paar Stunden Schlaf die Welt immer ganz anders aussah – einer seiner Ratschläge, die immer halfen. Also rollte ich mich in meine Decke wie ein Wrap und schloss die Augen. Ich dachte nicht, fühlte nicht und gab mich einfach der Stille und der Schwere meiner müden Gliedmaßen hin.

Ich wachte auf, als Sawyer zurück ins Wohnheim kam. Sie schleuderte ihre Boots von den Füßen, und sie stießen geräuschvoll gegen die Kommode. Das dumpfe Geräusch riss mich aus dem Tiefschlaf.

»Oh, sorry. Ich wusste nicht, dass du schläfst«, sagte sie, als ich mich aufsetzte und mir die Augen mit beiden Händen rieb.

»Schon okay«, gab ich zurück und gähnte ausgiebig. »Wie spät ist es?«

»Kurz nach sieben«, gab Sawyer zurück und schälte sich aus ihrer Lederjacke.

Vorsichtig horchte ich in mich hinein. Ich hatte den ganzen Tag geschlafen und fühlte mich ausgeruhter und viel klarer als zu dem Zeitpunkt, an dem Spencer mich nach Hause gefahren hatte.

Erst jetzt sah Sawyer mich richtig an. Sie legte den Kopf schief und musterte mich mit leicht gerunzelter Stirn. »Du hattest Sex«, sagte sie plötzlich.

Ich versteifte mich. »Was?«

»Du hattest Sex«, wiederholte sie und verschränkte nun die Arme vor der Brust.

»Woher zum Teufel willst du das wissen?«, entgegnete ich überrumpelt.

Sawyer grinste bloß. »Ich spüre Schwingungen. Und da du es nicht einmal abstreitest, habe ich nun die Gewissheit.« Sie hob ihren Rucksack vom Boden und setzte sich auf ihr Bett. Dann kramte sie ihre Kamera aus dem Rucksack und entfernte die Speicherkarte, um sie wenig später in den dafür vorgesehenen Schlitz in ihrem Laptop zu schieben. »War es wenigstens gut?«

Ich schluckte trocken. Musste sie mir diese Frage ausgerechnet jetzt stellen? Ich wollte nicht darüber nachdenken. Denn wenn ich es tat …

Bilder von Spencer tauchten vor meinem inneren Auge auf. Wie sich sein Körper über meinem angespannt hatte, seine Hand, die sich in meinem Haar festgekrallt hatte …

»Oh Gott«, stöhnte ich auf und vergrub das Gesicht in beiden Händen. Ich ließ mich zurück ins Bett fallen.

»Mach dir nichts draus, Dawn. Das erste Mal nach einer langen Pause ist meistens nicht so berauschend«, sagte Sawyer.

Mein Puls war in die Höhe geschossen, und ich bemühte mich innig darum, nicht Spencers nackten, schweißbedeckten Körper vor mir zu sehen – vergeblich. Sofort nahm ich die Hände vom Gesicht und blinzelte mehrmals, um die Bilder zu verdrängen. Je stärker ich es versuchte, desto schlimmer wurde es. Er hatte sich in meinen Kopf und Körper gebrannt.

»Es war nicht schlecht«, murmelte ich.

»Hm?«

Ich starrte an die Decke, an der meine bunte Weltkarte klebte, die im Dunkeln leuchtete. »Ich sagte, es war nicht schlecht.«

Sawyers Bett knarzte, als sie sich erhob und mit wenigen Schritten zu mir rüberkam. Sie ließ sich neben mich fallen, lehnte den Rücken gegen die Wand und kreuzte die Beine im Schneidersitz. »So, dann erzähl mal.«

»Wer sagt, dass ich darüber reden will?«, fragte ich und sah sie an.

Sie trug dieselbe Kleidung wie am Vortag, zerfetzte Strumpfhosen und ein an den Seiten weit ausgeschnittenes, ausgeleiertes Top, das den Blick auf die Tätowierung an ihren Rippen preisgab. Ich hätte darin womöglich ausgesehen wie ein Gespenst im ramponierten Schlafanzug, aber Sawyer sah einfach aus wie ein Rockstar.

»Das ist doch der Vorteil, wenn man eine Mitbewohnerin hat, oder nicht?«

»Was? Dass man sich am Sexleben des jeweils anderen beteiligt?«, fragte ich perplex.

Sawyer nickte knapp. »Ich lasse dich auch immer an allem teilhaben, was ich so treibe.«

»Das aber eher unfreiwillig«, murmelte ich kaum hörbar. Trotzdem erntete ich einen Schlag gegens Schienbein. »Autsch.«

»Das war verdient. Jetzt spuck schon aus, mit wem du es getrieben hast.«

Ich schwieg, noch immer bemüht darum, die Hitze in der Magengegend zu unterdrücken. Ich war noch nicht bereit, darüber zu reden. Ich wollte diese Sache erst einmal mit mir selbst ausmachen.

Leider interessierte das Sawyer keinen Deut. »War es dieser Typ, der fast zusammengebrochen ist, als euer Vortrag in die Hose ging?«, fragte sie. »Dachte ich mir doch, dass der den Nerd nur spielt, um an die Mädchen ranzukommen.«

»Isaac? Um Himmels willen, nein!«

Sie sah mich prüfend an. »Sag nicht, du hast es mit Spencer getan.«

Hastig richtete ich den Blick wieder gegen die Decke.

Sawyer gab einen überraschten Laut von sich. »Ehrlich? Ich dachte, du willst dich nicht auf ihn einlassen. Seine Annäherungsversuche haben dich doch eher abgeschreckt.« Es klang nicht wie ein Vorwurf, sondern aufrichtig überrascht.

»Eigentlich hat er das auch. Aber dann … ist es einfach passiert. Wir haben uns geküsst, und dann konnten wir irgendwie nicht mehr aufhören«, gab ich kleinlaut zu.

»Habt ihr jetzt eine Sexbeziehung?«, fragte Sawyer verwundert. »Oder will er immer noch mehr?«

Ich schrieb seit Jahren erotische Geschichten und beschrieb dicke Schwänze mit hervortretenden Venen in detaillierten Sexszenen –, trotzdem trieb mir das Wort *Sexbeziehung* die Schamesröte ins Gesicht. Was war bloß falsch mit mir?

»Deinem Ausdruck nach zu urteilen, hat er dich total in die Flucht geschlagen.«

»Nein, das ist es nicht«, gab ich zurück.

»Was dann?« Ihr Tonfall war nicht fordernd. Es wirkte bloß, als würde sie verstehen wollen, was in mir vorging. Warum auch immer.

»Ich glaube, er hat mir vorgeschlagen, eine unverfängliche«, ich räusperte mich, »eine unverfängliche Sache anzufangen. Aber eher indirekt.«

»Was hat er genau gesagt?«

»So etwas wie, ich solle mir nicht den Kopf darüber zerbrechen, falls zwischen uns noch einmal etwas geschieht. Und dass ich mir über die Zukunft keine Gedanken machen soll, wenn es mich in Angst versetzt.«

Sie nickte langsam. »Das ist doch aber genau das, was du willst, oder nicht?«

Ich rollte mich auf den Bauch und stützte das Kinn auf den Händen ab. »Ich weiß, dass ich keine Beziehung will. Das weiß er auch. Aber trotzdem ... Das kann doch nicht einfach so funktionieren.«

»Wieso nicht?«, hakte sie nach.

Ich zuckte mit den Schultern. »Wie machst du das denn immer?«

Ihre Nase kräuselte sich skeptisch.

»Ich meine, gibt es da unausgesprochene Gesetze oder so? Kann man einfach ... Sex miteinander haben, ohne im Gegenzug etwas zu erwarten?«

Verständnis machte sich auf ihrem Gesicht breit. »Wenn ein

Kerl im Gegenzug für Sex etwas von dir erwartet, schlaf auf keinen Fall mit ihm.« Sie rutschte ein Stück tiefer und lehnte den Kopf gegen die Wand. »Nur weil man eine zwanglose Geschichte miteinander beginnt, bedeutet das noch lange nicht, dass man sich zu irgendetwas verpflichtet. Für mich klingt es so, als würde Spencer einfach den Moment mit dir genießen wollen, weil er weiß, dass du für mehr nicht bereit bist. Er nimmt eben das, was er kriegen kann.«

Ich will dich auf jede Art, die du zulässt.

Wahrscheinlich hatte sie recht.

»Du warst so lange in einer Beziehung, dass du gar nicht weißt, welche Möglichkeiten es gibt, Dawn«, sagte Sawyer und grinste. »Zwanglose Affären bringen so viel Gutes mit sich. Beispielsweise …«

Dann erzählte sie mir in aller Ausführlichkeit, was sie in der letzten Nacht getrieben hatte. Anscheinend hatte sie ihr Zölibat gebrochen und war wieder auf der Jagd.

Später am Abend wandte sich Sawyer wieder ihrem Laptop zu, und auch ich kramte Watson aus seiner Tasche hervor. Ich musste meine Gedanken irgendwie loswerden, und das Schreiben half mir in der Regel dabei, mich selbst zu sortieren, wenn alles schrecklich durcheinander war.

Nach der gemeinen Rezension vom Vortag vermied ich es, ins Forum zu schauen, und schaltete das WLAN aus. Stattdessen öffnete ich ein neues Dokument, eine frische, leere Seite, und tippte alles ein, was mir in den Sinn kam. Meine Gedanken, meine Gefühle und alles, was wie dichter, verworrener Kabelsalat in mir lag. Ich tippte und tippte, lauschte den Tönen der Musik in meinen Kopfhörern und ließ alles heraus. Erst nach mehreren Tausend Wörtern hörte ich auf.

Eine neue Geschichte war geboren.

kapitel 21

Nolan drehte sein Haar zu einem Knoten zusammen und befestigte diesen mit zwei Stiften, die er aus Blakes Federtasche stahl.

»Schon viel besser«, sagte er und schüttelte sich die Hände aus. »So. Ich habe die Aufgaben gelesen, die ihr mir geschickt habt. Jamie, da du nichts eingereicht hast, holst du eine Runde Kaffee für uns alle.« Nolan griff in die hintere Hosentasche und holte ein Portemonnaie hervor. »Keine Sorge, geht auf mich. Leute, sagt Jamie, was ihr wollt.«

Blake und Everly riefen sofort, dass sie einen Latte wollten, und ich schloss mich ihnen mit einer heißen Schokolade an. Inzwischen hatte ich mich an die merkwürdige Atmosphäre in diesem Kurs gewöhnt. Ich mochte sie sogar. Auch wenn ich noch immer in Schweiß ausbrach, sobald ich vor den anderen etwas vortragen musste.

Jamie nahm ein paar Scheine von unserem Dozenten und machte sich mit einer Grimasse auf den Weg ins Campus-Café. Währenddessen holte Nolan die Ausdrucke unserer Arbeiten aus seiner Mappe hervor.

»Während viele von euch bei Verlagen oder anderen Unternehmen in der freien Wirtschaft arbeiten möchten, weiß ich, dass einige auch davon träumen, vom Schreiben leben zu können«, fing er an und kam dann zu unserem Tischkreis.

Ja, Tischkreis. An diesem Tag wollte er, dass wir uns im Schneidersitz auf die Tische setzten.

»Wenn ihr das tatsächlich wollt, dann müsst ihr lernen, mit Kritik umzugehen. Heute«, er gab Blake seine Aufgabe zurück, »habe ich euch zerfetzt. Wortwörtlich.« Er reichte Paige, dem dritten Mädchen im Kurs, das nächste Blatt.

Ihre wässrigen blauen Augen weiteten sich beim Anblick der vielen roten Spuren neben ihrem Text.

»Ein Großteil eurer Karriere wird daraus bestehen, auf unfaire Kritik angemessen zu reagieren.« Er gab Everly ihren Aufsatz zurück.

Sobald sie die ersten Zeilen erblickte, verblasste ihr Lächeln, bis es gänzlich erstarb und sich ihre Lippen zu einer weißen Linie zusammenpressten. Sie schluckte schwer, und ich sah, wie ihre Hände zu zittern begannen.

Ich hatte Spaß mit der Aufgabe gehabt. Generell mochte ich sehr, dass Nolan uns dazu anregte, uns mit Dingen auseinanderzusetzen, die uns etwas bedeuteten, und hatte sehr viel von mir selbst in den Text einfließen lassen. Die roten Striche und Zeichen auf dem Blatt schockierten mich und versetzten mir, genau wie die gemeinen Rezensionen, die ich online auf meine Geschichten bekam, einen ziemlichen Stich.

Nichtsdestotrotz begann ich, mir jeden einzelnen Kommentar genau anzuschauen. Meine Formulierungen wären zu schwammig, meine Ausführungen nicht glaubhaft, meine Vergleiche schlecht.

Ich schluckte. Das war hart. Hart und nicht besonders hilfreich, wie ich fand. Nolan schien alles nur mit seinem persönlichen Geschmack zu begründen.

Ich runzelte die Stirn, aber als ich schließlich auf die letzte Seite blätterte und den letzten Absatz las, atmete ich erleichtert auf:

Beim nächsten Mal gerne weniger verschachtelte Sätze. Ansonsten gut gemacht. Weiter so!

Er hatte uns verarscht. Ich hob eine Braue und blickte zum Pult. Nolans Mundwinkel zuckten. Anscheinend fand er es äußerst amüsant, uns in Angst und Schrecken zu versetzen.

Neben mir hörte ich ein leises Schniefen. Ich drehte mich zu Everly um und sah, dass sie sich Tränen aus den Augenwinkeln wischte.

»Hey«, sagte ich leise und legte ihr die Hand auf den Arm. »Lies dir den letzten Absatz durch.«

Sie blinzelte mehrmals, und eine weitere Träne kullerte über ihre Wange, mitten auf das rot bekritzelte Blatt. Dann blätterte sie um. Sofort lichteten sich ihre Gesichtszüge. Gleich darauf sah sie auf und erdolchte unseren Dozenten mit Blicken.

»Alle fertig?«, fragte Nolan in die Runde und klatschte in die Hände.

Zustimmendes Gemurmel kam aus unserem kleinen Kreis.

»Das tut echt weh, Mann«, murrte Blake. Er ließ die Beine baumeln und hielt seinen Aufsatz dazwischen. »Ich habe mir total Mühe gegeben.«

»Das war der Sinn der Sache«, erwiderte Nolan in dem Moment, in dem Jamie mit unseren Getränken zurückkam.

Die konnten wir jetzt alle gebrauchen. Ich nahm meinen Pappbecher mit einem dankbaren Lächeln entgegen und sah nach vorne.

»Wie habt ihr euch gefühlt, als ihr die Kommentare gelesen habt?«, fragte unser Dozent in die Runde. Er stieß sich vom Pult ab und kam zu uns in den Tischkreis. Er setzte sich auf Everlys Tisch.

»Wie ich mich gefühlt habe, kann man mir, glaube ich, ansehen«, meinte Everly und vermied es, Nolan anzuschauen.

Er legte ihr kurz die Hand auf die Schulter und drückte sie.

Eine freundschaftliche Geste. Manchmal kam es mir eher so vor, als wäre er nicht unser Dozent, sondern ein Freund, der uns Nachhilfe gab.

»Und du, Dawn?«, fragte er und drehte sich leicht zur Seite, um mich anzusehen.

Mein Mund wurde sofort trocken, als sich alle Blicke auf mich richteten. Nervös spielte ich am Becherkragen meiner heißen Schokolade herum und schluckte mehrmals. »Ich konnte mit den meisten Anmerkungen irgendwie nichts anfangen. Normalerweise komme ich mit deiner Kritik ganz gut klar und versuche immer, sie umzusetzen.«

Nolan zeigte mit dem Finger auf mich. »Dawn hat das Prinzip verstanden.«

»Tolle Lektion, Nolan«, murrte Blake.

»Ich habe euch absichtlich keine hilfreichen Kommentare an den Rand geschrieben. Ihr werdet nicht jeden Leser mit eurer Arbeit überzeugen können. Manche werden euer Werk sogar hassen, ganz gleich, wie viel Arbeit ihr reinsteckt. Ich will, dass ihr lernt, konstruktive Kritik von persönlichen Neigungen zu differenzieren. Kritik zu bekommen, ist nie leicht. Vor allem nicht, wenn man Herzblut in seine Arbeit steckt. Der Kern liegt darin, das Beste aus harschen Worten herauszufiltern und den Rest nicht zu dicht an euch heranzulassen. Schaut euch mal Rezensionen zu euren Lieblingsbüchern an.«

»Habe ich schon mal gemacht«, meinte Jamie. »Totaler Schrott. Alles, was ich gut fand, hat der Rezensent in seine Einzelteile zertrümmert.«

»Was lernen wir daraus?«, fragte Nolan in die Runde.

»Ich weiß nicht, Mann. Dass sogar unsere Lieblingsautoren schlechte Kritik bekommen und man nicht jeden zufriedenstellen kann?« Blake sah Nolan abwägend an.

»Ganz genau.«

Der Gedanke an die gemeine Rezension der letzten Woche überkam mich. Mit einem Mal sah ich sie mit ganz anderen Augen. Jedes der Worte durchlief mich und ich betrachtete sie von meinem jetzigen Standpunkt aus.

Ich konnte nicht jeden zufriedenstellen. Das war menschlich gesehen überhaupt nicht möglich. Es tat zwar weh, diese Worte zu lesen, aber sie halfen mir auch nicht weiter. Ich konnte nichts mit ihnen anfangen, weil sie auch gar nicht dazu gedient hatten, mir zu helfen.

»Danke, Nolan«, sagte ich unvermittelt.

Er packte meine Hand und riss sie in die Höhe. »Sie hat es kapiert! Ein Hoch auf Dawn und die Tatsache, dass sie mich bei meinem Namen genannt hat!«

Meine Kommilitonen grinsten und prosteten mir mit ihren Kaffeebechern zu.

Dieser Kurs. Er war wundervoll.

Inzwischen hatte ich in Allies Küche ein größeres Arsenal an Gewürzen und Zutaten als in der Wohnheimküche, wo alles ständig auf mysteriöse Weise verschwand.

Heute bereitete ich Fajitas mit Guacamole zu, und zum Nachtisch gab es Schokoladensoufflé mit flüssigem Kern. Keine besonders passende Mischung, aber Allie wollte unbedingt lernen, wie man Soufflé zubereitete, weil sie total süchtig danach war. Ich hatte ihr vorsichtig beibringen wollen, dass es mich jahrelange Übung gekostet hatte, ein vernünftiges Soufflé hinzubekommen, aber davon ließ sie sich nicht entmutigen.

Ich hatte früh gelernt, wie man kocht, da Dad oft zu beschäftigt gewesen war. Seine Werkstatt beanspruchte ihn von morgens bis abends. Und auch wenn einige meiner schönsten Erinnerungen damit zusammenhingen, mit baumelnden Beinen auf den Arbeitsbänken der Werkstatt zu sitzen und Pizza zu vertilgen, hatte ich Dad irgendwann darum gebeten, mir zu zeigen, wie man den Herd benutzt. Damals musste ich zehn oder elf gewesen sein. Da mein Vater keine Ahnung vom Kochen hatte, lernten wir es zusammen. Wir kauften uns Kochbücher mit den einfachsten Rezepten und probierten uns durch alle Seiten. Was diese Sache anbelangte, machte Übung tatsächlich den Meister. Gemeinsam zu kochen, wurde zu unserer liebsten Freizeitaktivität. Als es dann eine Zeit lang wieder stressiger in der Werkstatt geworden war, weil Dad zwei Mitarbeiter entlassen musste, war ich dafür zuständig gewesen, uns durchzufüttern. Wir hatten nicht besonders viel Geld übrig, und so lernte ich früh, mit möglichst wenig auszukommen, mich aber trotzdem vernünftig zu ernähren. Das verschaffte mir im Gegensatz zu vielen Kommilitonen einen Vorteil. Ich hatte zwar nie wirklich alleine gelebt, wusste aber trotzdem, mein Budget gut einzuteilen, ohne darunter zu leiden.

»Wie kannst du dir das alles merken? Ich habe jetzt schon die Hälfte vergessen«, seufzte Allie, als wir den Tisch deckten.

»Das brennt sich irgendwann in den Kopf ein. Zumindest war es bei mir so«, sagte ich und ging zurück in die Küche, um den Ofen auszuschalten.

Die Tortillas waren inzwischen aufgewärmt, das Gemüse für die Füllung stand bereits auf dem Tisch. Ein Salatblatt war auf den Küchenboden gefallen, das Spidey mit seiner rosa Nase skeptisch beschnüffelte. Ich beugte mich zu ihm runter und streichelte seinen kleinen Kopf. Sofort schnurrte er wohlig, und ich lächelte.

Wenig später kehrte ich zurück ins Wohnzimmer und stellte den Teller mit den Tortillas auf den Tisch. Allie machte sich währenddessen an Kadens Docking-Station zu schaffen und stellte die Musik leiser. Der heutige Soundtrack: das aktuelle

Album von Justin Bieber. Das trauten wir uns nur, weil Kaden mit Spencer wandern war.

Ich setzte mich an den Esstisch, und als Allie sich zu mir gesellte und den Blick auf das angerichtete Essen richtete, strahlte sie.

Dass Essen sie derartig glücklich machte, war einerseits niedlich, andererseits aber auch ziemlich traurig. Ich wusste, dass ihre Mutter ihr in ihrer Kindheit stets eingebläut hatte, bloß nichts Ungesundes zu essen, und darauf geachtet hatte, dass sie eine bestimmte Anzahl an Kalorien nicht überschritt. Immer wenn ich darüber nachdachte, kam mein Mutterinstinkt zum Vorschein, und ich verspürte das dringende Bedürfnis, Allie durchzufüttern, bis sie sich nur noch rollen konnte. Deshalb bereitete ich bei unseren Koch-Dates auch immer eine riesige Portion zu.

»Hat sich deine Mom noch gemeldet?«, fragte ich. Ich schob die Schüssel mit der Guacamole zu Allie rüber, und sie nahm sie mir mit einem dankbaren Nicken ab.

»Ja. Ich habe ihr und Dad von der Überraschungsfeier erzählt. Sie hat mich gefragt, ob ich vier Jahre alt bin, und gesagt, dass sie einen Sektempfang angemessener gefunden hätte, bevor sie mir gratuliert hat.« Sie verdrehte die Augen.

»Immer wenn wir über deine Mutter reden, verspüre ich das dringende Bedürfnis, sie heftig zu beschimpfen. Dann fällt mir aber ein, dass sie immer noch deine Mutter ist, und das wohl nicht angebracht wäre«, sagte ich und bestrich meine Tortilla großzügig.

Allie zuckte bloß mit den Schultern. »Tu dir keinen Zwang an.«

»Gut, deine Mutter ist eine dämliche Ziege, und ich hasse es, wie sie mit dir umspringt. Sie soll sich auf einen Kaktus setzen.«

Allie schüttelte grinsend den Kopf. »Ich würde alles geben, um zu sehen, wie du ihr das mal ins Gesicht sagst. Ich glaube, sie würde platzen vor Zorn.«

»Wir können es gerne drauf anlegen. Ich würde auch freiwillig den Boden saubermachen.« Ich rieb mir die Hände und setzte eine möglichst diabolische Miene auf.

»Lieber nicht. Eigentlich hat sich unser Verhältnis in den letzten Monaten total gebessert. Wir führen zwar immer noch keine normale Mutter-Tochter-Beziehung, aber ich denke, der Zug dafür ist einfach schon lange abgefahren.« Allies Blick verdunkelte sich für eine Sekunde. Dann schüttelte sie ruckartig den Kopf, als würde sie finstere Gedanken vertreiben wollen, und blickte wieder auf. »Wie dem auch sei. Danke noch mal für die tolle Feier. Es war der schönste Geburtstag, den ich jemals hatte.«

Ich lächelte. Seit letztem Samstag hatte Allie sich bestimmt an die hundert Mal bei mir bedankt. Bei den anderen mit Sicherheit auch. Ich war die Woche über ziemlich beschäftigt gewesen und hatte mich in meinem Zimmer verschanzt und geschrieben. Einerseits, weil mich meine neue Geschichte nicht losließ, und andererseits ... weil ich mich vor Spencer versteckt hatte.

Spencer.

Mit dem ich geschlafen hatte. Ich war mir sicher, bei seinem Anblick sofort in Flammen aufzugehen oder aber tot umzufallen. Eines von beidem mit Sicherheit.

»Ich kann kaum glauben, dass es morgen schon losgeht. Ich habe keine Ahnung, was ich alles einpacken soll«, fuhr Allie fort.

»Mach es nicht zu kompliziert. Wetterfeste Sachen, festes Schuhwerk, eine Regenjacke und schöne Unterwäsche, falls Kaden und du es die halbe Nacht lang treiben werdet«, sagte ich.

»Du tust so, als würden wir Tag und Nacht nichts anderes tun, als übereinander herzufallen.« Allie rollte ihre Tortilla zusammen.

»Ich für meinen Teil habe Ohrstöpsel eingepackt. Ich liebe euch, aber ein ganzes Wochenende von drei Paaren umgeben zu sein, versetzt mich in Angst und Schrecken.«

»So ein Quatsch! Du und ich schlafen in einem Zimmer, und Kaden mit Spencer. Du wirst wohl kaum Gebrauch von den Dingern machen müssen«, erwiderte Allie mit grimmiger Miene und biss in die Tortilla. Sofort verzog sie das Gesicht genüsslich.

Justin Bieber sang gerade von verspäteten Entschuldigungen, als sich die Wohnungstür öffnete. Leises Lachen drang bis zum Wohnzimmer durch, und ich hörte sofort, wer da bei Kaden war.

Shit. Shit, Shit, Shit.

Kaden trat mit Spencer im Schlepptau ins Wohnzimmer. Beide waren klatschnass.

»Hey«, sagte Kaden. »Es hat angefangen zu regnen, also dachten wir, wir verschieben die Wanderung.«

»Wie schade. Vorhin war es noch total schön«, sagte Allie. »Aber dann eben am Wochenende.«

»Du darfst nur mitkommen, wenn du nicht zu lahm bist. Spence und ich legen nämlich an Tempo vor, und wenn du nicht hinterherkommst, nehmen wir keine Rücksicht. So etwas wie Freundinnenbonus gibt es nicht. Frag Monica.« Dann hielt er kurz inne und versteifte sich. »Wer von euch hat dieses Geplärre angemacht?«

»Ach, sei still. Du liebst JB.«

»Bubbles, wenn du den Scheiß nicht ausmachst, bluten meine Ohren.«

Ich nahm ihr Gekabbel kaum wahr. Mein Blick war auf

Spencer festgebrannt, der sich mit beiden Händen das nasse Haar aus dem Gesicht strich. Er sah aus wie einer schmutzigen Fantasie entsprungen. Wasserperlen strömten über sein Gesicht, das Shirt klebte an seinem Körper, genau wie seine Jeans, und ich verspürte das dringende Bedürfnis, das Wasser von seiner Haut zu lecken.

Oh mein Gott.

Das war echt nicht fair. Ich wollte nicht, dass das Ziehen in meinem Unterleib derart heftig war, aber ich konnte nichts dagegen unternehmen. Sofort sah ich ihn vor mir, spürte förmlich, wie sich seine fiebrigen Küsse in meine Lippen gebrannt hatten. Mir lief das Wasser im Mund zusammen, und das hatte leider nichts mit der Tortilla zu tun.

»Ich sterbe vor Hunger«, sagte er. Er schnupperte in der Luft und gab dann ein genüssliches Seufzen von sich. »Habt ihr wieder gekocht?«

»Dawns Werk. Zum Nachtisch gibt es Soufflé«, sagte Allie stolz.

»Dawn weiß eben, wie man Kerle glücklich macht«, erwiderte Spencer und grinste mich an.

Ich verschluckte mich heftig.

»Habt ihr noch was übrig? Dann würden wir uns kurz umziehen und zu euch setzen.« Kaden drückte Allie einen Kuss auf den Kopf und sah mich dann erwartungsvoll an.

»Alter, sie macht immer kiloweise Essen, weil sie genau weiß, wie gefräßig du bist.« Spencer beugte sich vor und steckte seinen Finger in die Guacamole.

Vergessen waren meine Fantasien.

»Ey! Keiner steckt seine Finger in mein Essen.« Empört zog ich die Schüssel aus seiner Reichweite.

Er grinste bloß. »Ich kann mit meinen Fingern auch eine Reihe anderer Dinge tun, wenn dir danach ist.« Dann leckte er seinen Finger ab. Langsam und mit einem so schmutzigen Gesichtsausdruck, dass mir der Mund offen stehen blieb.

Ich spürte, wie meine Brustwarzen sich unter meinem Top verhärteten. Meine Wangen waren so heiß, dass man die Tortillas nicht mehr in den Ofen zu legen brauchte – ein paar Sekunden an meinem Gesicht reichten vermutlich, um sie zu erhitzen.

»Es ist deine Schuld, wenn du ihm ständig solche Steilvorlagen lieferst, Dawn«, meinte Kaden und schlug Spencer auf den Rücken. Er zerrte ihn in Richtung Schlafzimmer, wo sie sich hoffentlich etwas Trockenes anziehen würden.

Spencer warf noch einen Blick über die Schulter, und ein ziemlich zufriedenes Grinsen breitete sich auf seinen Lippen aus. Ich war froh, als die Tür hinter ihm ins Schloss fiel. Erst danach ließ ich die Luft hörbar entweichen.

»Du siehst aus, als hätte er gerade zum ersten Mal so einen Spruch von sich gegeben«, sagte Allie und machte sich wieder an ihrer Tortilla zu schaffen.

»Leider werde ich dagegen nie immun sein«, murmelte ich und gab damit viel mehr preis, als ich beabsichtigte.

Spencer verhielt sich ganz normal, genau wie er versprochen hatte. Nur, dass ich inzwischen wusste, wie es sich anfühlte, wenn er seine Drohungen wahrmachte, und mir insgeheim wünschte, er würde es wieder tun.

kapitel 22

Das Ferienhaus lag direkt an der Küste. Es war aus Holz und hatte zwei Stockwerke, die beide über breite Fensterfronten verfügten, die den Blick auf die steilen Klippen freigaben. Im oberen Geschoss zog sich ein langer Balkon entlang der Fassade, auf der linken Seite war ein kleiner Vorbau, der über dem darunterliegenden Geschoss hervorstand. Unten befand sich eine Terrasse, auf der eine Bank und eine Sitzgarnitur mit einem großen Tisch und ein paar Stühlen standen.

Während der Fahrt nach Coos Bay hatte mein Mund quasi ununterbrochen offen gestanden. Das Wetter war wunderschön, die Sonne schien und glitzerte auf dem Meer. Woodshill war mit seinem See und dem Tal schon sehr hübsch, aber die Küste – das war eine ganz andere Liga. Das Wasser brandete in riesigen, schaumigen Wellen an den steilen Abhängen, und das Bild der weitläufigen Küste wurde der Karte, die wir Allie geschenkt hatten, überhaupt nicht gerecht. Die Luft war frisch und klar, der Wind peitschte einem um die Nase, und mit jedem Atemzug fühlte man sich frei und erholt. Dabei waren wir gerade einmal eine Viertelstunde hier.

Ich war mit Allie und Kaden in dessen Jeep gefahren. Spencer hatte Ethan und Monica in seinem Hatchback mitgenommen, und Scott würde später mit Micah folgen. Ich entdeckte Monica bereits in dem riesigen Wohnzimmer. Sie hielt sich die Hand über die Augen, um sie von der Sonne abzuschirmen, und winkte uns energisch.

Als wir ausstiegen, sah ich, wie Allie sich unauffällig über die Augen wischte. Sofort ging ich zu ihr und schlang meine Arme um ihre Taille.

»Es ist so schön hier«, sagte sie und stützte das Kinn auf meinen Kopf.

»Atemberaubend schön«, stimmte ich ihr zu. Gemeinsam standen wir seitlich vom Haus und konnten den Blick nicht vom Pazifik abwenden.

»Jetzt kommt endlich rein, damit wir die Zimmer aufteilen können!«, rief Monica aus Richtung der Terrasse.

Allie und ich drehten uns um und sahen, wie unsere Freundin auf der Stelle herumhüpfte. Ihre bunten Strähnen flogen dabei wild umher. Aus der Ferne konnte ich Ethans beschwichtigende Worte hören und grinste in mich hinein. Dann trat ich zu Kaden an den Kofferraum seines Jeeps, der so groß war, dass man, mal so nebenbei bemerkt, mit Sicherheit einen ganzen Haufen Leichen transportieren konnte, und nahm meinen kleinen Koffer entgegen. Da er über und über mit bunten Blumen bedruckt war, war es nicht schwer, ihn von den schwarzen zu unterscheiden.

Gemeinsam schlenderten wir über die Rasenfläche, wobei mein Koffer ab und an stecken blieb, bis ich ihn letztlich über den letzten Rest des Weges zur Haustür trug. Dort angekommen, öffnete Monica uns die Tür überschwänglich.

»Willkommen in Allies Geburtstagshaus!« Sie breitete die Arme aus.

Ethan trat hinter ihr in den Hausflur. »Hey, Leute.«

»Wir haben gute und schlechte Nachrichten«, fuhr Monica fort, während wir uns an ihnen vorbei in den breiten Flur schoben.

»Zuerst die schlechten«, sagte Allie und furchte die Stirn.

»Scott und Micah kommen nicht. Micah hat sich was eingefangen und liegt mit Fieber flach. Scott will ihn nicht alleine lassen.« Monica legte die Arme um Allies und meine Schultern. »Aber die gute Nachricht ist: Wir haben ein Zimmer mehr!«

»Wo ist Spence?«, fragte Kaden hinter uns.

»Der besorgt Proviant und ist zum Supermarkt gefahren, damit wir heute nicht verhungern müssen. Kommt rein, ich will wissen, welches Zimmer sich Allie aussucht, damit wir unsere Sachen endlich nach oben schaffen können.«

Monica verpasste Allie und mir einen leichten Schubs in den Rücken, geradewegs in Richtung Treppe nach oben. Ich erhaschte bloß einen kurzen Blick ins Wohn- und Esszimmer, das sich fast über das ganze Untergeschoss erstreckte.

»Es gibt ein Zimmer im Erdgeschoss, von dort ist der Ausblick leider nicht so schön, da das Fenster seitlich liegt und nicht in Richtung Wasser. Spence hat seine Sachen schon reingebracht«, erzählte Monica, während wir die Treppe hochstiegen. »Jetzt, da Micah und Scott nicht mitkommen, dachten wir, Spence und Dawn können Einzelzimmer nehmen, damit … Na ja, du weißt schon. Es soll schließlich ein bisschen romantisch für Kaden und dich sein.«

Allie drehte sich zu mir und sah mich fragend an.

»Mir ist das recht«, sagte ich lächelnd. Ich nahm mir vor, Scott und Micah wenigstens mit ganz vielen Bildern zu versorgen, wenn sie schon nicht dabei sein konnten.

Oben angekommen führte Monica uns in das erste Zimmer. »Das hier und das direkt neben diesem sind die Zimmer mit Balkon. Sie sind recht ähnlich, bloß dass dort zwei Einzelbetten stehen, die zusammengeschoben werden müssten.«

»Sehr hübsch«, murmelte Allie und grinste beim Anblick des großen Bettes.

»Willst du es?«, fragte Monica und hakte sich bei ihr unter.

»Wenn das für euch okay ist, dann sehr gerne.« Sie trat zum Fenster, das zum Balkon führte. »Wow. Ich glaube, ich werde nie genug von diesem Ausblick bekommen.«

»Dann sage ich Ethan Bescheid, damit er unsere Sachen nach oben trägt. Natürlich nur, wenn es für dich in Ordnung ist, das Zimmer mit Anbau zu nehmen, Dawn.« Monica sah mich fragend an, und ich winkte schnell ab.

»Klar. Hol deine Sachen, ich nehme das übrig gebliebene Zimmer.«

Sie klatschte erfreut in die Hände und tänzelte aus dem Raum. Ich konnte sie auf der Treppe nach Ethan rufen hören.

»So, alle haben ihre Wunschzimmer. Ich werde dann mal mein Reich begutachten«, sagte ich zu Allie. »Treffen wir uns gleich unten?«

Sie nickte lächelnd. Dann warf sie sich rücklings auf das riesige Bett und bewegte die Arme so, als würde sie einen Schneeengel machen wollen. Ich lachte und verließ das Zimmer, nur um auf dem Flur mit Kaden zusammenzustoßen.

Ich deutete mit dem Daumen über die Schulter auf die Holztür. »Das ist dein Zimmer.«

»Cool.« Er zog die Koffer zur Tür und drehte sich dann noch einmal zu mir um. »Danke, dass du mich mit ihr in einem Zimmer schlafen lässt«, sagte er langsam.

Ich lächelte. »Dafür habe ich einen gut bei dir.«

»Abgemacht.«

»Dann hören wir auf der Rückfahrt wieder Justin Bieber.«

»Nur über meine Leiche.« Mit diesen Worten trat er in sein Zimmer und schloss die Tür hinter sich, ehe ich etwas erwidern konnte.

Grinsend zog ich den Koffer hinter mir den Flur entlang, bis ich bei der letzten Zimmertür ankam. Vorsichtig betrat ich den Raum und verharrte in der Tür.

Der Wahnsinn!

Die Nische, die der kleine Anbau bildete, wurde für das Doppelbett genutzt. Das Zimmer war zwar kleiner als die anderen beiden Räume und hatte keinen Balkon, aber das machte überhaupt nichts. Ich trat zum Bett und ließ den Koffer stehen. Von der Bettnische aus hatte man einen wunderschönen Blick auf die Küste. Es war genau so, wie ich es mir vorgestellt hatte. Zum Glück hatte ich Watson mitgenommen. Am liebsten hätte ich mich für die nächsten drei Tage hier verschanzt, um zu schreiben.

Ich packte die nötigsten Sachen aus und machte mich ein bisschen frisch. Dann zog ich mir ein Sweatshirt über und ging nach unten, um das Wohnzimmer und die Küche genauer in Augenschein zu nehmen. Gegenüber der Treppe befand sich ein kleines Bad mit Dusche. Der Flur führte einen direkt ins Wohnzimmer. Hier war alles offen und lichtdurchflutet. Ich betrachtete die antiken Möbel und den gemusterten Ohrensessel. Auch hier war der Ausblick wunderschön. Da war es ganz egal, dass die Dielen bei jedem Schritt knarzten und das Wohnzimmer irgendwie muffig roch.

Ich besah mir den Raum noch ein bisschen und nahm die Bücher in Augenschein, die in einem Regal dicht beim Fernseher standen. Sogar ein paar DVDs standen hier rum. Dann zog ich weiter und stieß die Tür auf, hinter der sich die Küche verbarg.

Mir entfuhr ein leises »Oh«.

Spencer war vom Einkaufen zurückgekehrt und befüllte gerade den Kühlschrank mit Lebensmitteln. Bei meinem Eintreten drehte er sich kurz um und grinste mich schief an.

»Hey«, sagte er und schob die Ärmel seiner Sweatshirtjacke hoch.

»Hi«, erwiderte ich und ärgerte mich sofort darüber, wie merkwürdig meine Stimme klang. Das war nur Spencer. Alles war im Lot. Wir verhielten uns ganz normal.

Normal. Als wäre das zwischen uns jemals auch nur annähernd normal gewesen.

»Hast du Hunger? Ich habe Schokolade gekauft. Und Äpfel. Und anderes Zeug, das Monica mir aufgeschrieben hat, das aber erst zubereitet werden muss«, sagte er schnell und klang beinahe genauso atemlos, wie ich mich fühlte.

»Zu Schokolade sage ich nie Nein.« Ich trat zu ihm und warf einen Blick in die Einkaufstüte, die er gerade ausräumte. Ziemlich weit oben befand sich eine riesige Packung Reese's. »Oh, Jackpot. Du bist der Beste.«

Ich schnappte mir den Beutel und riss ihn auf. Gleich darauf fischte ich einen der Erdnussbuttercups heraus und wickelte das Papier ab. Ich biss ein Stück ab und seufzte genüsslich. Reese's waren eine göttliche Erfindung, ganz klar. Ich wollte Spencer einen dankbaren Blick zuwerfen, aber er starrte mich an, als hätte ich irgendetwas im Gesicht kleben.

»Hast du ein schönes Zimmer bekommen?«, fragte er heiser und griff nun die nächsten Sachen aus der Einkaufstüte.

Ich schob den Rest des Cups in den Mund, kaute kurz und half ihm dann dabei, die Einkäufe zu verstauen.

»Ich habe das mit dem Anbau. Total cool mit dieser Bettnische«, sagte ich.

»Hab mir schon gedacht, dass dir das gefällt.« Er nahm die Tomaten entgegen, die ich ihm reichte. Unsere Finger berührten sich kurz und ich hielt die Luft an.

»Wolltest du keines der oberen Zimmer?«, fragte ich und überspielte damit meine Reaktion auf die flüchtige Berührung.

Spencer zuckte mit den Schultern und schob das Gemüse in der Schublade zurecht. »Nein.«

»Wieso nicht?«, fragte ich weiter und holte einen Salatkopf aus der Einkaufstüte. So wie es aussah, hatte Spencer ziemlich gesund eingekauft. Mal abgesehen von Schokolade und Tiefkühlpizza.

»Allie hatte Geburtstag, Monica hat sich sofort in das erste Zimmer verliebt, und du warst bisher noch nie an der Küste. Da dachte ich, ich lasse euch den Vortritt.« Er sagte das, als wäre das nichts Besonderes, dabei war das Gegenteil der Fall. Mit ernster Miene schob er den Salatkopf zum anderen Gemüse in die Schublade. Die Ordnung schien ihm nicht zu gefallen, er zog ein paar Lebensmittel wieder heraus und ordnete sie neu. Seine Kiefermuskeln spannten sich kurz an.

»Bitte sieh mich nicht so an«, murmelte er nach einer Weile, ohne den Blick vom Innenleben des Kühlschranks zu nehmen.

»Wie denn?«

Er hob den Kopf. Sein Blick ging über mein Gesicht und blieb an meinen Lippen hängen, bevor er wieder in meine Augen sah. Er zog die Brauen zusammen. »Als wäre ich ein Heiliger. Das bin ich nicht.«

»Du hast mir Schokolade mitgebracht und dafür gesorgt, dass ich ein schönes Zimmer bekomme. Hört sich für mich ziemlich nach einem Heiligen an«, entgegnete ich, hievte mich auf die Arbeitsfläche und ließ die Beine baumeln.

Spencer verstaute die letzten Sachen im Kühlschrank und schloss dann geräuschvoll die Tür. Ich zuckte zusammen und sah ihn mit geweiteten Augen an. Er lehnte sich mit dem Rücken gegen die Tür und schloss die Augen, den Kopf nach hinten gelehnt. Er atmete ein paar Mal tief ein und aus.

»Spence?«, fragte ich leise. »Alles in Ordnung?«

Mit beiden Händen rieb er sich über die Stirn. Ich wollte gerade von der Arbeitsfläche rutschen, da drehte er sich zu mir, ein falsches Lächeln auf dem Gesicht.

»Alles gut. Ich habe nur nicht genug geschlafen.«

Es schwang ein Unterton in seinen Worten mit, der mich aufhorchen ließ. »Warst du wieder zu Hause?« Meine Stimme war kaum mehr als ein Flüstern. Ich erinnerte mich nur zu gut daran, wie er bei meinem letzten Versuch reagiert hatte, mit ihm über seine Familie zu sprechen.

Einige Sekunden lang sah er mich still an. Dann nickte er langsam.

Ich rutschte von der Arbeitsfläche und trat zu ihm. Vorsichtig griff ich nach seinem Arm und strich mit dem Daumen über seine Haut. »Ist wirklich alles in Ordnung?«, flüsterte ich.

Er schüttelte den Kopf. Dann nickte er, als wüsste er die Antwort auf diese Frage selbst nicht. In seine Augen war etwas getreten, das dunkler war und tiefer ging, als ich je zuvor bei ihm gesehen hatte.

Ohne darüber nachzudenken, schlang ich die Arme um ihn. Jegliche Fragen oder Neugier waren vergessen. Ich wollte bloß diesen traurigen Ausdruck aus seinen Augen vertreiben, der nicht dorthin gehörte. Es dauerte einen Moment, bis Spencer die Umarmung erwiderte. Seine Arme schlossen sich um mich. Er hielt sich an mir fest und vergrub das Gesicht an meiner Schulter. Sein Atem ging zittrig, obwohl er sich bemühte, tiefe Atemzüge zu nehmen. Ein Schauer durchlief ihn, und sein Griff um meine Taille wurde noch fester. Er drückte die Luft aus meiner Lunge, aber ich scherte mich nicht darum. Es zählte einzig und allein, dass es ihm besser ging.

»Danke«, murmelte er an meiner Halsbeuge. Seine Worte kitzelten an meiner Haut.

Ich ließ die Hände über seinen Rücken wandern, in gleichmäßigen, ruhigen Bewegungen. »Ich wünschte, ich könnte mehr für dich tun.«

»Das hier ist schon mehr, als ich verdient habe.« Es war, als würde er absichtlich undeutlich reden. Trotzdem verstand ich ihn.

Ich wollte ihn gerade fragen, was er damit meinte, als er sich plötzlich von mir löste und aufrichtete. Wenig später hörte auch ich die näher kommenden Schritte. Sofort setzte Spencer wieder eine fröhliche Miene auf.

Kaden erschien mit Allie im Türrahmen der Küche. »Lust auf den State Park?«, fragte er.

»Klar, Mann. Gib mir eine Minute, ich gehe meine Jacke holen«, erwiderte Spencer und lief dann mit langen, schnellen Schritten aus der Küche.

Ich blieb mit einem Haufen Fragen und einem flauen Gefühl im Magen zurück.

Wir waren umgeben von unzähligen Blumen, mitten im botanischen Garten des Shore Acres State Parks. Ein angenehmer, schwerer Geruch lag in der Luft, der mir in der Nase kitzelte. Wohin man auch sah, alles schillerte in den buntesten Farben.

Seit einer Stunde wanderten wir durch den Park. Allie kämpfte mit dem Plan, während Kaden und Spencer dafür nur ein Lachen übrig hatten und vorausliefen. Monica begnügte sich währenddessen damit, alles zu fotografieren, während Ethan ihre Handtasche für sie hielt. Ich dagegen fasste nahezu jede Pflanze im Park an, weil ich einfach nicht glauben konnte, dass so etwas Hübsches tatsächlich existierte.

»Dawn, grins mal«, rief Monica.

Ich drehte mich nach vorne und lächelte in die Kamera. Ein paar Klicks später lief Monica vor und versuchte, Kaden und Spence dazu zu bringen, für ein Foto vor einem Brunnen zu posieren. Ich schoss unterdessen Bilder mit dem Handy, die ich Scott und Micah, aber auch Sawyer schickte. Sawyer antwortete wenig später und fragte, ob ich denn auch Kondome eingepackt hätte. Ich verdrehte die Augen und stopfte das Handy zurück in die Tasche.

»Dawn, stell dich zu Allie«, rief Monica, und ich wandte mich meinen Freunden zu, die mittlerweile fast alle vor dem Brunnen posierten.

»Pack das Teil endlich weg und genieß die Aussicht, Monica.« Kaden zog eine Grimasse und verschränkte die Arme hinter dem Kopf.

»Wenn du endlich mal für ein Foto lächeln würdest, dann vielleicht.«

Ich stellte mich zwischen Allie und Spencer und grinste über Monicas Versuche, Kaden dazu zu bringen, für die Kamera zu strahlen. Das war ein sinnloses Unterfangen. Niemand bekam ihn dazu, zu posieren, nicht einmal Allie. Stattdessen reckte er den Mittelfinger in die Höhe.

»Zauberhaft, Kaden«, murmelte ich.

Spencer legte mir einen Arm um die Schulter, Allie einen um meine Taille, und ich tat dasselbe bei ihnen.

Während meine beste Freundin weiter versuchte, Kadens Arm herunterzunehmen, sah ich an Spencer hoch. Er lächelte breit in die Kamera. Man sah ihm nicht an, dass er vor wenigen Stunden noch in der Küche gestanden und ausgesehen hatte, als wäre die letzte Nacht eine der schlimmsten seines Lebens gewesen.

Er bemerkte meinen Blick und neigte den Kopf zu mir. »Guck in die Kamera. Sonst wird Monica nie Ruhe geben«, sagte er schmunzelnd.

Ich wollte verstehen, was in ihm vorging. Ich wusste, dass er tief in sich Geheimnisse verschloss, von denen er nicht wollte, dass sie jemals zum Vorschein kamen. Aber ich konnte das einfach nicht ruhen lassen. Ich musste wissen, was los war. Wieso er in einer Sekunde derart traurig aussah und im nächsten Moment eine Maske aufsetzte. Für die Welt. Für seine Freunde.

Jetzt senkte Spencer seinen Mund ganz dicht an mein Ohr. »Du darfst mich echt nicht so intensiv anschauen, Süße. Sonst hält Monica meine ausgebeulte Jeans für die Ewigkeit auf ihrem Foto fest.«

»Ach, ich fände, das wäre schönes Beweismaterial.«

Sein Grinsen wurde breiter, und eine zufriedene Wärme machte sich in mir breit. Wenigstens das konnte ich tun: ihn zum Lachen bringen.

Monica fummelte noch kurze Zeit an ihrem Stativ rum und scheuchte Ethan anschließend zu uns. Sie betätigte den Selbstauslöser und ich setzte mein bestes Lächeln auf.

»Kaden, nimm jetzt endlich den Mittelfinger runter.«

»Nö.«

»Kaden!«

»Was willst du machen? Meine Hand ab…« Er kam nicht weiter. Allie machte sich von mir los und stieß Kaden mit beiden Händen gegen den Brustkorb. Er taumelte rückwärts, klammerte sich noch an Allies Jacke fest, und dann landeten beide rücklings im Brunnen. Unmengen Wasser spritzte uns entgegen, und ich stieß ein Quieken aus. Ich hatte die volle Breitseite abbekommen, ebenso wie die anderen.

»Ihr seid doch völlig durchgeknallt!«, rief Monica lauthals. »Ethan, wag es ja nicht …«

»Sorry, Baby.« Dann schlang er die Arme um sie und warf sie mühelos zu Allie und Kaden in den Brunnen.

Als sie wieder auftauchte, hustete sie ausgiebig. »Ich werde dich umbringen, Ethan.«

Kurzerhand stieg ihr Freund ebenfalls in den Brunnen. Ich konnte darüber nur lachen. Monica sah aus, als würde sie jeden Moment explodieren, ihr Gesicht war bereits dunkelrot angelaufen. Ich wollte mich gerade umdrehen und die Kamera holen, als Spencer meinen Ellenbogen festhielt.

»Wir wollen doch keine Spielverderber sein, oder?«, fragte er, und ein diabolisches Funkeln trat in seine Augen.

»Denk gar nicht dran, Spence«, sagte ich und wollte meinen Arm fortziehen.

Doch Spencer zog mich ruckartig an sich und legte die Arme um mich. Plötzlich hob er mich hoch.

»Lass mich sofort runter. Ich werde dich hauen, beißen, kratzen …«

»Alles Drohungen, die mich ziemlich anmachen, Dawn«, sagte er ungerührt und stieg mit mir in den Armen zu unseren Freunden in den Brunnen.

Kurzerhand schlang ich die Beine um seine Hüften, um nicht im Wasser stehen zu müssen. Dazu klammerte ich mich an seinen Schultern fest.

»Lass mich runter!«

»Würde ich ja, aber du erdrückst mich«, krächzte Spencer und sofort lockerte ich meine Umklammerung ein bisschen.

»Ich meinte *vor* dem Brunnen!«

»Stell dich nicht so an«, kam es jetzt auch noch von Allie.

Ausgerechnet Allie! Verräterin.

»Ich habe nur ein Paar Schuhe mit, ihr Idioten!«

Ich dachte nicht daran, Spencer loszulassen. Er war mein Rettungsring in einem Haufen Irrer.

»Schön, du hast es nicht anders gewollt«, sagte er. Dann ließ er sich rückwärts fallen.

Damit hatte ich nicht gerechnet. In der nächsten Sekunde landeten wir beide im Wasser. Mein Kopf blieb zwar über der Oberfläche, dafür war ich ab der Hüfte abwärts komplett in der grünen Trübe versenkt. Spencer tauchte wenig später auf und schüttelte sich das klatschnasse Haar aus.

Ich kniff die Augen zusammen, einige Spritzer landeten in meinem Gesicht. »Du bist vollkommen übergeschnappt.«

Er lachte und wischte sich über das triefende Gesicht. Dann klatschte er mit beiden Handflächen auf das Brunnenwasser wie ein plantschendes Kleinkind. Seine Augen funkelten amüsiert, als ich mir das Wasser von den Wangen wischte und dabei alles nur schlimmer machte. Und aus heiterem Himmel überkam mich der Wunsch, ihn zu küssen. Ich hätte mich bloß vorbeugen müssen, ein ganz kleines Stück. Mehr wäre nicht nötig gewesen.

»Ich finde, Dawn ist immer noch nicht nass genug«, erklang Monicas Stimme hinter uns und riss mich aus meinem Wunschdenken.

Eine weitere Salve Wasser erwischte mich von hinten. Super, jetzt war auch noch mein Oberteil nass.

»Ich finde nicht, dass wir das auf uns sitzenlassen können, oder Dawn?«, fragte Spencer und sein Grinsen wurde noch breiter.

Es war so echt. Jegliche Sorge war aus seinem Blick verschwunden, und ich verstand, dass es keine Maske war, die er aufsetzte. Was auch immer ihn belastete – unsere gemeinsame Zeit lenkte ihn davon ab. Wenn es das war, was er brauchte, dann würde ich alles in meiner Macht Stehende tun, ihm zu helfen. Denn so etwas taten Freunde füreinander, nicht wahr?

Ich stützte mich auf dem Brunnenrand ab und erhob mich. »Sehe ich genauso.« Dann reichte ich ihm die Hand und half ihm hoch.

Wenig später fanden wir uns in einer heftigen Wasserschlacht wieder, die irgendwann so ausartete, dass wir aus dem botanischen Garten geschmissen wurden und Hausverbot erteilt bekamen.

kapitel 23

Meine neue Geschichte trug den Titel *About Us*, weil mir nichts Besseres eingefallen war. Inzwischen hatte ich mich daran gewöhnt, fand sogar, dass er irgendwie cool aussah, weil er so kurz und prägnant war.

Spencer hatte mich zu *About Us* inspiriert. Das Projekt war anders als meine vorherigen Novellen. Normalerweise war alles, was ich schrieb, frei erfunden. Diese Geschichte war … besonders. Weniger sexy. Tiefgehender. Ehrlich. Sie spiegelte meine eigenen Gefühle wider und fungierte beinahe als Tagebuch für mich.

Es ging um Mackenzie, eine Literaturstudentin, und ihren besten Freund Tristan, der als freischaffender Künstler arbeitete. Ihre Geschichte spielte über den Zeitraum von einem Jahrzehnt, und während dieser Zeit wurde ihre Freundschaft wieder und wieder auf die Probe gestellt. Irgendwann verwandelte sich das, was zwischen ihnen war, in mehr, aber es dauerte eine Weile, bis Mackenzie sich dem Prickeln zwischen ihr und Tristan hingeben konnte. Sie fürchtete sich, war durch ihre Vergangenheit geprägt und hatte verlernt, anderen Menschen zu vertrauen. Bis Tristan es ihr langsam wieder beibrachte.

Ich ließ viel von mir in Mackenzie einfließen, ihre Ängste und inneren Kämpfe. Tristan dagegen ähnelte Spencer so sehr, dass es fast schon peinlich war. Er war lustig und unbedarft, aber auch aufopferungsvoll und ernsthaft in Situationen, die es erforderten.

Dass ich im Ferienhaus kein Internet hatte, war gut für mich. In der Regel verriet ich meinen Lesern im Netz stets, woran ich arbeitete, aber diesmal war es anders. Ich fühlte mich beim Schreiben verwundbar. Das lag vielleicht auch daran, dass die Erzählstimme eine ganz andere war als bei meinen bisherigen Werken. Ich wusste noch nicht, ob ich die Geschichte veröffentlichen würde, denn ich wollte Mackenzie und Tristan so lange wie möglich für mich behalten. Das hatte ich so noch nie erlebt.

Deshalb hatte ich mich auch erst getraut, Watson rauszuholen, nachdem sich alle anderen in ihre Zimmer zurückgezogen hatten. Irgendwann war mein Laptop heiß gelaufen, so lange saß ich hier inzwischen.

Ein lautes Klingeln riss mich aus meinem Schreibfluss. Ich horchte auf. Noch einmal ertönte das laute Ringen, das mich an ein nostalgisches Telefon mit Wählscheibe erinnerte. Ich hob Watson von meinem Schoß und stellte ihn auf dem Wohnzimmertisch ab. Dann sah ich mich um und lauschte, aus welcher Richtung das Läuten kam.

Direkt bei der Kommode, auf der Ethan seine Sachen abgelegt hatte, leuchtete das Display eines Smartphones. Das bläuliche Licht wurde schwach an die Wand geworfen. Ich hob Ethans Sachen herunter und verspürte sofort den Drang, mir die Ohren zuzuhalten. Das Handy war viel zu laut eingestellt. Ich hatte keine Ahnung, wie man das Ding ausschaltete, also drückte ich auf dem Display herum und nahm den Anruf versehentlich an.

»Hallo?«, erklang es aus dem Hörer.

»Shit«, zischte ich und hob das Ding an mein Ohr. »Ähm … Hallo?«

»Wer ist da?«, fragte eine Frau, die mir irgendwie bekannt vorkam. Ein lautes Scheppern war am anderen Ende der Leitung zu hören.

In der nächsten Sekunde wurde mir das Telefon aus der Hand gerissen. Ich bekam beinahe einen Herzinfarkt, so sehr erschreckte ich mich.

Spencer sah mich wütend an, dann holte er tief Luft und hob das Handy ans Ohr. »Mom?«

Mrs Cosgrove, natürlich. Deshalb war mir die Stimme derart bekannt vorgekommen.

»Soll ich vorbeikommen?«

Seine Mutter redete schnell und schrill, das konnte ich hören, obwohl Spencer sich immer weiter von mir entfernte und in Richtung der Fensterfront im Wohnzimmer lief.

»Okay. Stell mich auf Lautsprecher. Nein, leg es außerhalb ihrer Reichweite.« Seine Stimme wurde mit einem Mal ganz autoritär. Er klang, als hätte er das schon unzählige Male gemacht. Sein Rücken war durchgedrückt, seine Schultern vollkommen steif. Er trug nur Boxershorts, und sein zerzaustes schwarzes Haar ließ mich vermuten, dass er schon geschlafen hatte.

»Nein, schon okay.« Er warf einen Blick über die Schulter zu mir zurück. Etwas Gequältes lag darin. Hastig wandte er sich von mir ab und sah wieder nach draußen. »Hallo, kleine Olive.« Jetzt sprach er ganz leise. Fast, als würde er mit einem scheuen Tier reden. Sanft und tief und warm.

Wieder hörte ich es durch das Telefon krachen und scheppern. Eine andere Stimme ertönte, aber ich verstand nichts Genaues. Nur schrille Geräusche.

»Olivia, beruhige dich. Du musst nichts sagen. Ganz ruhig.« Spencers Tonfall wurde eindringlich. Noch immer stand sein Körper völlig unter Spannung, und ich wusste nicht, was ich tun sollte. Ich verharrte einfach weiter bei der Kommode, vollkommen hilf- und nutzlos. Sollte ich verschwinden? Zu ihm gehen? Das wollte ich nämlich. Ich wollte ihn festhalten und die Spannung aus seinem Körper nehmen.

»Weißt du nicht mehr? Ich habe dir gestern doch erzählt, dass ich dieses Wochenende unterwegs bin. Ich bin mit meinen Freunden in Coos Bay. Wir haben heute einen Ausflug in den State Park gemacht, sind aber am Ende rausgeschmissen worden. Soll ich dir erzählen, wieso?«

Diesmal hörte ich nichts vom anderen Ende der Leitung. Also fing Spencer an zu erzählen. Er berichtete von der Hinfahrt, auf der Monica und Ethan auf der Rückbank rumgeknutscht hatten, und quittierte das mit Würgegeräuschen. Er erzählte von dem Haus, beschrieb es detailreich und berichtete davon, welches Zimmer er genommen hatte. Dann erzählte er von unserem Ausflug.

»Und dann wollte ich Dawn ins Wasser ziehen, aber sie wollte kneifen.« Er sah über die Schulter zu mir, sein Blick unergründlich. »Nein, eigentlich ist sie nicht feige.«

Wenn er wüsste.

»Andererseits kann ich verstehen, wieso sie nicht in den Brunnen wollte. Das Wasser war total grün und eklig, unter der Dusche sind kleine Algen aus meinen Haaren in den Abfluss geflossen.« Er schüttelte sich und schwach konnte ich Olivias Stimme ausmachen.

Ich verstand nicht, was sie sagte.

»Irgendwann fahre ich mit dir hin und zeige dir den Brunnen. Und die Blumen. Es war so bunt dort, man konnte gar nicht alle Farben mit bloßem Auge erfassen.«

Eine Pause entstand, in der Spencer geduldig wartete. Ich hörte nur seine tiefen, gleichmäßigen Atemzüge.

»Nein. Dad lassen wir zu Hause.« Er lachte, aber es klang

nicht echt. »Mom hat mir vorhin ein Foto von dem Bild geschickt, das du in der Schule gemalt hast. Es ist ganz toll geworden.«

Seine Schultern verkrampften sich immer mehr, und ich hielt es nicht länger aus. Ganz langsam trat ich hinter ihn ans Fenster. Ich zögerte noch einen Moment, aber dann schlang ich die Arme von hinten um seinen Bauch. Ich drückte die Wange gegen seine angespannten Rückenmuskeln und nahm einen tiefen Atemzug. Er roch nach Schlaf und Überbleibseln des botanischen Gartens.

Erst veränderte sich seine Haltung nicht, doch nach kurzer Zeit legte er die freie Hand auf meine überkreuzten Arme und hielt sich an mir fest.

Jetzt konnte ich Olivias Stimme durch den Hörer wahrnehmen. Sie sprach langsam und machte zwischendurch Pausen. Sie klang unheimlich jung.

»Klar rufe ich dich morgen wieder an. Aber nur, wenn du dich ins Bett legst und aufhörst, Mom zu ärgern.«

Olivia schien sich damit zufriedenzugeben, denn wenig später murmelte Spencer: »Gute Nacht, kleine Olive«, und legte auf.

Er ließ den Arm sinken. Keiner von uns bewegte sich. Erst nach einem unendlich langen Moment löste er sich aus meiner Umarmung und drehte sich zu mir um. Seine Augen waren dunkel. Ganz im Gegensatz zu seiner weichen Stimme war sein Blick verhärtet.

»Möchtest du alleine sein?« Meine Stimme war kaum zu hören.

Er schüttelte leicht den Kopf.

»Okay.«

Sein Blick glitt zu meinem Mund und wurde noch dunkler. Instinktiv stellte ich mich auf die Zehenspitzen, legte die

Hände an seine Wangen und streichelte sie mit den Daumen. Spencer lehnte die Stirn gegen meine und schloss die Augen. So verharrten wir, bis sein Atem wieder regelmäßig ging. Vorsichtig beugte ich mich vor und drückte die Lippen auf seinen Mundwinkel. Spencer umfasste meine Hüften. Ich küsste die andere Seite seines Mundes, bevor ich meine Lippen auf seine legte. Nur kurz, ganz bedachtsam. Als ich mich wieder von ihm lösen wollte, knurrte er leise und grub die Finger in meine Haut. Dann zog er mich an sich. Seine Zunge drang forsch in meinen Mund und nichts an seinen Berührungen war zaghaft. Er schob beide Hände unter mein dünnes Top und stöhnte, als er meine Haut ertastete.

Er wollte anscheinend weder allein sein noch reden, sondern Dampf ablassen. Und mir war das recht.

Ich löste mich von ihm und griff nach seiner Hand. Anschließend lief ich voraus in sein Zimmer. Dort angekommen ließ ich ihn an mir vorbeigehen und schloss dann die Tür hinter mir. Schwer atmend ließ ich mich mit dem Rücken dagegen sinken. Es war dunkel im Raum. Ich brauchte einen Moment, um mich an die Dunkelheit zu gewöhnen. Nur schwach machte ich Spencers Umrisse vor mir aus, von Sekunde zu Sekunde wurde das Bild klarer. Ohne weiter darüber nachzudenken, zog ich mein Top aus und ließ die Shorts ebenfalls zu Boden gleiten. Dann war er vor mir, packte meine Hände und hielt sie über meinem Kopf fest. Er drückte sich gegen mich und ich spürte seinen festen Brustkorb an meiner Haut. Meine Brustwarzen wurden augenblicklich hart. Er brummte und senkte die Lippen auf meinen Hals. Im selben Moment beugte ich mich vor und küsste seine Brust. Ich ließ die Zähne über sein Schlüsselbein schaben und zog seine Haut zwischen meine Lippen. Er schmeckte frisch geduscht, rein und warm.

Spencer ließ meine Hände los und vergrub die Finger in

meinem Haar. Er neigte meinen Kopf so, wie er ihn haben wollte, um mich noch tiefer zu küssen. In jeder seiner Berührungen spürte ich Verzweiflung. Ich fühlte, was in ihm vorging, ohne dass er ein Wort sagen musste. Jeder drängende Kuss verriet mir, wie es ihm ging. Als bestünde ein Band zwischen uns, konnte ich seinen Schmerz und seine Sorge nachempfinden.

Ich ertastete seinen Bauch, zupfte am Bund seiner Boxershorts, bevor ich die Hände darunter gleiten ließ und seine heiße Erektion umfasste.

Abrupt löste er sich von mir. Seine Brust stieß gegen meine, sein Atem ging abgehackt. »Dawn, ich kann gerade nicht klar denken. Wenn du weitermachst, dann …« Er keuchte, als ich die Hand an ihm auf und ab wandern ließ.

»Ich will dich alles vergessen lassen«, flüsterte ich.

Ein gequältes Stöhnen kam von seinen Lippen. »Das gelingt dir ziemlich gut.«

Er stützte sich mit einer Hand an der Tür ab. Bei meiner nächsten Berührung stieß er das Becken vor. Ich machte so weiter, bis er sein Stöhnen an meinem Hals dämpfen musste. In der nächsten Sekunde zog ich die Boxershorts nach unten. Er trat aus dem Stoff und zog mich an sich. Gemeinsam torkelten wir zum Bett. Spencer holte sein Portemonnaie vom Nachttisch, fischte ein Kondom heraus und war sofort wieder bei mir. Wenig später lag mein Höschen am Boden, und er zog mich auf sich.

»Ich will dich auf mir«, raunte er.

In dieser Sekunde hätte er alles verlangen können, ich hätte es ihm gegeben. Sein Glied drängte sich gegen meine Mitte, und mir stockte der Atem. Ich wollte ihn, mindestens genauso sehr, wie er mich offensichtlich brauchte. Langsam ließ ich mich auf ihn sinken, Stück für Stück, ohne den Blick von ihm zu nehmen. Selbst im Dunkeln konnte ich seine Augen glitzern sehen. Spencer schlang einen Arm um mich, mit der anderen Hand umschloss er meine Brust. Ich gab ein leises Wimmern von mir und drängte ihm die Hüften entgegen. Er begann, meine Brust erst zu streicheln und dann zu kneten. Instinktiv reagierte ich, indem ich mich leicht aufsetzte und wieder herabsinken ließ. Er war so tief in mir – ich bekam gar keine Luft mehr.

Spencer grub die Finger hart in meine Hüften und half mir dabei, einen Rhythmus zu finden. Bei jeder Bewegung schob er das Becken weiter vor, bis er plötzlich einen ganz herrlichen Punkt traf.

»Oh Gott.« Ich presste die Lippen auf seine Schulter, um jegliche Geräusche zu vermeiden.

Sofort griff er in mein Haar und zog meinen Kopf mit milder Gewalt nach hinten.

»Nein. Ich will dich hören«, sagte er und jegliche Sanftheit war aus seiner Stimme verschwunden.

Angesichts seines herrischen Tonfalls zogen sich meine Muskeln um ihn zusammen.

Zischend holte er Luft. »Fuck, Dawn.«

Ich nahm ihn tiefer in mich auf. Diesmal hielt ich mich nicht zurück, ich ließ ihn deutlich hören, was er mit mir machte. Spencer grub die Finger in meine Seite und steuerte meine Bewegungen. Ich gab mich ihm völlig hin, ließ ihn weiter vor als je zuvor. Tief in meinem Inneren sammelte sich eine Spannung, die so umfassend war, dass ich meinte, Sterne zu sehen. Ich bekam kaum Luft, weil die sich anbahnenden Empfindungen so heftig waren. Er zwickte mir in den Nippel und schob sein Becken wieder auf diese besondere Weise vor, und ich ging in die Luft.

Ich klammerte mich an ihm fest, krallte die Hände in seine Schultern, als alles in mir in gleißendem Licht erstrahlte.

Spencer erzitterte unter mir, presste das Gesicht gegen mich und keuchte meinen Namen.

Ich strich durch sein Haar, legte die andere Hand um seinen Hals und spürte seinen rasenden Puls. Ich kostete den Moment völlig aus, hielt fest und verschloss ihn tief in mir. An diesem Gefühl war nichts falsch. Nichts war angsteinflößend. Das hier war Spencer. Mein Spencer.

Ich drückte die Lippen auf sein Haar. Danach auf beide Wangen, und letztlich neigte ich seinen Kopf nach hinten, um ihn zu küssen. Dieser Kuss war träge und satt. Jegliche Spannung war aus Spencer gewichen. Auch die Verzweiflung war verschwunden. Zumindest vorerst.

Wir sprachen nicht. Nicht, als Spencer sich nach hinten sinken ließ und mich mit sich zog. Nicht, als er die Arme um mich schlang und mich festhielt. Nicht, als wir einander erneut küssten und sich die Trägheit kurze Zeit später in einen Sturm verwandelte. Wir redeten nicht, als wir erneut übereinander herfielen, Spencer mich auf den Bauch warf und von hinten nahm. Die einzigen Laute im Zimmer waren unser Atem, das Geräusch unserer Körper im Einklang und mein Stöhnen, das ich diesmal in seinem Kissen dämpfen musste, da ich sonst das ganze Haus aufgeweckt hätte.

Auch danach lagen wir schweigend nebeneinander. Es war keine unbehagliche Stille. Spencer zeichnete Muster auf meinen Rücken und fuhr die Linien meines Körpers nach. Zwischendurch fühlte es sich so an, als würde er ein Portrait auf meiner Haut malen. Seine Finger waren sanfte Pinsel, und ich war eine Leinwand, die dank ihm so bunt war wie der botanische Garten.

Wir sagten immer noch nichts, als ich irgendwann mitten in der Nacht aufstand und mich anzog. Spencer setzte sich auf und zog mich noch ein letztes Mal an sich. Er spielte mit meinen Haarsträhnen, die er kurz zuvor noch fest um seine Faust gewickelt hatte. Ich öffnete den Mund, um etwas zu sagen, aber Spencer schüttelte nur den Kopf und küsste mich sanft. Dann verschwand ich aus seinem Zimmer, um in mein eigenes zu gehen.

Das restliche Wochenende zog wie im Rausch an mir vorbei. Am nächsten Tag unternahmen wir viel und liefen, bis mir die Füße so wehtaten, dass Allie mich die letzten fünfzig Meter des Rückwegs Huckepack nehmen musste, weil ich mich sonst auf der Straße zusammengerollt hätte oder nach Hause hätte robben müssen.

Monica, Ethan und ich wechselten uns beim Kochen ab. Kaden und Allie wirkten so verliebt, dass mir vom Zusehen schlecht geworden wäre, hätte ich die beiden nicht so gern gemocht. Und Spencer … war Spencer. Seine Wut und die Verzweiflung waren wie verpufft. Stattdessen war er genauso wie immer. Er riss Witze und brachte die anderen zum Lachen. Langsam lernte ich, das zu akzeptieren, weil ich das Gefühl hatte, es ging ihm so besser, als wenn er die ganze Zeit über das nachdachte, was bei ihm zu Hause los war.

Wenn unsere Freunde um uns waren, hatte sich nichts zwischen uns verändert. Zumindest ließen wir das die anderen glauben. Wir alberten herum und versuchten mit aller Macht, das Prickeln, das zwischen uns herrschte, zu ignorieren. Doch sobald die anderen sich zurückgezogen hatten und wir uns alleine in einem Raum befanden, waren wir chancenlos.

An unserem letzten Abend setzte ich mich aufs Sofa im Wohnzimmer und holte Watson raus, nachdem die anderen nach oben gegangen waren. Ich hörte Spencer in seinem Zimmer telefonieren, diesmal deutlich fröhlicher als am Vortag. Nachdem er fertig war, kam er leise zu mir.

Als er hinter mir zum Stillstand kam und sich mit den Armen zu beiden Seiten meiner Schultern abstützte, schloss ich mein Dokument schnell.

»So geheimniskrämerisch«, murmelte er und beugte sich über mich.

Ich legte den Kopf in den Nacken und sah zu ihm hoch. Seine Augen funkelten, und kleine Kerben hatten sich um seine Mundwinkel gebildet. Er wirkte glücklich. Mein Herz setzte einen Schlag aus, als er noch näher kam und mit dem Mund vorsichtig über meinen strich.

Ich schlang eine Hand um seinen Nacken, damit er mich richtig küsste, aber das funktionierte nicht so, wie ich mir das vorgestellt hatte, weil er lachen musste und mit den Zähnen gegen meine stieß. Das fühlte sich zwar nicht so toll an, aber dafür machte mich sein Lachen ziemlich froh.

Er strich mit den Lippen über meine Wange, weiter runter zur Linie meines Kiefers. Ein Schauer rieselte über meinen Körper.

Ich klappte den Laptop zu und schob ihn auf das freie Polster neben mich. »Spence?«

»Mh hm.« Er war zu beschäftigt damit, an meinem Hals zu saugen.

»Du hast hier unten dein eigenes, kleines Badezimmer.«

Er hielt inne. Dann spürte ich seine Zähne an meiner Haut. »Ich mag es, wenn du schmutzige Dinge zu mir sagst.«

»Das war nur eine Feststellung.«

»Ich leite meine Gespräche auch gerne mit der räumlichen Beschaffenheit der Sanitäranlagen ein. Bricht das Eis sofort. Ehrlich, das mache ich stän…«

Ich boxte ihn gegen die Schulter und fuhr zu ihm herum. »Du bist ein Idiot.«

Er grinste schief. Dann nahm er mein Gesicht zwischen seine Hände und gab mir den schmutzigsten Kuss, den ich jemals bekommen hatte. Ich würde nie wieder an etwas anderes denken können als an seinen Mund auf meinem.

In der nächsten Sekunde kam er ums Sofa herum und zerrte an meinen Händen. Da ich ihm nicht schnell genug aufsprang, packte er mich kurzerhand und hob mich hoch. Er versuchte gleichzeitig, mich zu begrapschen, auszuziehen und ins Bad zu tragen. Ich dämpfte mein Kichern in seinem Haar. Erstaunlich, was der Kerl für eine Koordination besaß. Er stolperte bloß einmal.

Erst im Bad ließ er mich runter und schloss die Tür hinter uns. Mit leuchtendem Blick drehte er sich wieder zu mir um. Das Atmen fiel mir immer schwerer, wenn er mich so ansah.

»Die Dusche ist ja winzig«, meinte ich abwesend. Ich war kurz davor, die Kontrolle zu verlieren.

»Ich mag Herausforderungen«, erwiderte er bloß. Dann lagen seine Hände wieder auf mir.

Und zwischen fiebrigen Küssen, heißem Wasser und einem unbändigen Verlangen wünschte ich, dieser Moment würde nie enden. Auch wenn ich wusste, dass ich – genau wie am Vortag – ihn irgendwann allein in seinem Bett zurücklassen und nach oben in mein eigenes Zimmer gehen würde.

kapitel 24

Unser kleiner Bungalow in Beaverton war schon immer mein Zuhause gewesen. Seit ich denken konnte, war das kleine graue Haus mit den weißen Holzbalken mein Zufluchtsort gewesen. Das hatte sich geändert, als ich nach der Sache mit Nate zurückgekehrt war. Klar, es war immer noch mein Zuhause, daran würde sich nie etwas ändern. Aber es fühlte sich anders an. Die rosa Wände kamen mir damals vor, als würden sie mich verspotten. Genau wie die etlichen Fotos von Nate und mir, mit denen meine Korkpinnwände gefüllt gewesen waren. Ich war wie ein Tornado durch mein Zimmer gefegt und hatte sie allesamt abgerissen. Alles, was mit Nate zu tun hatte, war auf einem riesigen Haufen gelandet, den ich am liebsten verbrannt hätte. Doch da ich vor meinem Vater den Schein wahren musste, hatte ich alles hinter seinem Rücken weggeschafft. Natürlich hatte er verstanden, dass ich ein bisschen Abstand von meiner Vergangenheit mit Nate brauchte –, aber ein lodernder Scheiterhaufen hätte dann doch Fragen aufgeworfen.

An diesem Tag pinnte ich Bilder von meinen Freunden in Woodshill an die beiden Pinnwände. Ich hatte neue Rahmen gebastelt, die ich mintgrün angemalt und mit glitzernden Punkten beklebt hatte. Dazu hatte ich Bilder unseres Ausflugs ausgedruckt und befestigte diese nun mit den pastellfarbenen Stecknadeln, die ich besorgt hatte.

Zufrieden betrachtete ich mein Werk. Meine Freunde und ich wirkten auf den Bildern ziemlich glücklich, und eine Woge der Dankbarkeit überkam mich. Ich hatte nicht erwartet, so schnell bei einer Gruppe Anschluss zu finden.

Unser Ausflug war ein voller Erfolg gewesen, auch wenn ich dank Kaden seither Muskelkater hatte. An ihm war ein Motivationscoach verloren gegangen – und zwar einer der unerbittlichen Sorte, die einen anschrie, wenn man nicht mehr konnte. Keine Erfahrung, die ich allzu schnell wiederholen wollte.

Vielleicht lag mein Muskelkater aber auch an den Dingen, die Spencer mit mir angestellt hatte. Während wir tagsüber brav Abstand voneinander gehalten hatten, waren wir nachts übereinander hergefallen, als hätten wir jahrelang auf Sex verzichtet. Anfangs war ich skeptisch gewesen, dass so etwas wie eine Freundschaft mit Bonusleistungen tatsächlich funktionieren konnte, aber das tat sie. Ziemlich gut sogar. Besser als gut. Spencer war einfach … der Wahnsinn.

»Das sieht schön aus«, erklang Dads Stimme hinter mir, und ich erstarrte.

Dabei konnte er gar nicht wissen, was ich gerade gedacht hatte. Trotzdem kam es mir vor, als wäre mir Spencers Name quer über die Stirn geschrieben. In scharlachroter Farbe.

»Danke«, krächzte ich und räusperte mich.

»Du hast lange nicht mehr gebastelt«, fuhr Dad fort, den Blick auf die Bilder gerichtet. Er lächelte.

»Das stimmt.« Ich hatte gar nicht groß darüber nachgedacht. Früher hatte ich alles selbst gebastelt. Die Lust nach bunten, fröhlichen Dingen war mir nach der Scheidung gründlich vergangen. Jedes Mal, wenn ich eine Schere oder Papier in die Hand nahm, musste ich an die Dankeskarten denken, die ich für unsere Hochzeitsgeschenke hatte entwerfen wollen.

Dad legte mir einen Arm um die Schulter, als hätte er meine

Gedanken nun doch gelesen, und gemeinsam liefen wir zurück ins Wohnzimmer.

»Dawny, ich wollte dir noch etwas sagen. Und ich hoffe, es wird dich nicht aus der Bahn werfen.«

Ich horchte auf. »Oh Gott, was ist passiert? Dad, sag jetzt nicht, dass du krank bist.«

»Eigentlich wollte ich dir nur sagen, dass ich …« Er räusperte sich. »Ich habe jemanden kennengelernt.«

Ich atmete erleichtert auf und stieß ihm den Ellenbogen in die Seite. »Dad, das sind ja großartige Neuigkeiten! Ich will alle Details! Wie war euer erstes Date, wie lange läuft das schon, wie heißt sie, und wann kann ich sie kennenlernen?« Das alles sprudelte in Höchstgeschwindigkeit aus mir heraus.

Im Gegensatz zur allgemeinen Auffassung hatte ich immer darauf gehofft, eines Tages eine Stiefmutter zu bekommen. Dad und ich waren zwar ein tolles Team, aber trotzdem fand ich, dass unser Haushalt ein bisschen Frauenpower gebrauchen konnte.

»Das waren viele Fragen auf einmal. Komm, setz dich«, sagte Dad und deutete auf die Couch im Wohnzimmer. Er schenkte mir einen Schluck seiner selbstgemachten Limonade ein und nahm dann neben mir Platz.

»Also, woher kennt ihr euch?«, fragte ich. »Und wie heißt sie?«

»Sie heißt Maureen. Kennengelernt habe ich sie in der Werkstatt.«

Ich pfiff anerkennend. Normalerweise hatte Dad ziemlich strenge Regeln, was den privaten Kontakt mit seinen Kunden betraf.

»Sie hat einen Einbauschrank in Auftrag gegeben, und als ich dann beim Vermessen war, hat es einfach klick gemacht.« Dads Wangen nahmen einen roten Ton an.

Wie niedlich!

»Und wie lange läuft das schon?«, fragte ich.

»Seit knapp eineinhalb Monaten. Ich wollte dir erst davon erzählen, wenn ich sicher bin, dass es etwas Ernstes ist.«

Ich lächelte breit. »Ach, Dad. Das freut mich so für dich. Jetzt erzähl mir mehr über Maureen. Ich will jedes kleinste Detail wissen.«

Dad nahm einen Schluck aus seinem Glas. »Ich dachte, es wäre ganz schön, wenn du sie selbst ausfragst. Wir sind heute mit ihr und ihrer Tochter zum Essen verabredet.«

»Was?«, rief ich aus. »Dad!«

»Tut mir leid«, beeilte er sich zu sagen. Er stellte das Glas zurück auf den Tisch und blickte mich zerknirscht an. »Ich wusste nicht, wie ich es dir am Telefon sagen sollte, also habe ich es immer weiter aufgeschoben und dann irgendwie vergessen, und jetzt … dürfte sie jeden Moment hier sein.«

»Um Himmels willen, Dad. Du kannst doch nicht einfach eine Verabredung ausmachen, ohne mich vorzuwarnen. Ich habe nicht mal schöne Sachen an und wahrscheinlich überall Glitzer vom Basteln«, sagte ich und blickte an mir hinab.

Es war die Wahrheit. Ich hatte das Erstbeste aus meiner Kommode gegriffen, was noch da war, und war über und über mit den Glitzerdingern meiner neuen Pinnwände bestäubt. Es war Waschtag. Das bedeutete, ich trug Leggings und ein übergroßes Shirt. Mein Haar hatte ich nachlässig in einen Zopf geflochten, aus dem etliche Strähnen herausfielen. Außerdem war ich ungeschminkt und verschwitzt, weil ich mit einem Bus ohne Klimaanlage hergefahren war und während der Fahrt die ganze Zeit über wie ein Kegel von einem zum nächsten Menschen getaumelt war. Gute Voraussetzungen, meine zukünftige Stiefmutter kennenzulernen.

Wie aufs Stichwort erklang die Türklingel und ich versteifte mich. Eigentlich war ich nach Portland gefahren, weil meine Seminare ausgefallen waren und ich geglaubt hatte, dass Dad und ich uns einen faulen Tag machen konnten.

Mein Vater erhob sich. »Bitte sei lieb zu ihr. Und auch zu ihrer Tochter.«

»Ich kann nicht glauben, dass du mich nicht vorgewarnt hast. Guck doch nur, was ich anhabe«, sagte ich anklagend und deutete auf mein Outfit.

»Du siehst hübsch aus, Spätzchen. Vor allem der Glitzer auf deiner Nase.« Mit diesen Worten ließ er mich im Wohnzimmer sitzen und eilte zur Tür.

Typisch Dad. Erkannte den Unterschied zwischen einer Fee und einem Troll nicht. Mit einer ruppigen Bewegung strich ich mir übers Gesicht und hoffte inständig, dadurch nichts zu verschlimmern.

Ich hörte, wie sich die Tür öffnete, kurz darauf Frauenstimmen. Ich erhob mich, als ich die drei näher kommen hörte. Dad trat ins Wohnzimmer, direkt neben sich eine wunderhübsche Frau mit schwarzem Kurzhaarschnitt.

»Du musst Dawn sein«, sagte sie mit einem breiten Lächeln und kam auf mich zu.

»Und du wohl meine neue Mama«, erwiderte ich im Spaß und bereute es gleich darauf. Jemand, der meinen Humor nicht einschätzen konnte, nahm das womöglich falsch auf.

Zum Glück lachte Maureen herzlich. Gleich darauf nahm sie mich in den Arm. Erst nachdem ich mich von ihr gelöst hatte, konnte ich ihre Tochter sehen.

Moment mal.

»Everly?«

Sie sah Maureen erstaunlich ähnlich. Ihr schwarzes Haar war zu einem fransigen Bob auf Kinnlänge geschnitten, ihre Brauen waren sehr definiert, und ihr Teint war elfengleich.

»Oh, Gott sei Dank. Ich hatte schon total Schiss«, sagte sie und durchquerte den Raum schnell. Auch sie nahm mich in den Arm.

»Moment, ihr kennt euch?«, fragte Dad. Er klang so nervös, wie ich ihn schon lange nicht mehr erlebt hatte.

»Ja, wir studieren zusammen«, antwortete ich.

»Die Welt ist wohl ziemlich klein.« Maureen sah zwischen Everly und mir hin und her.

»Ihr habt meinen Segen«, meinte Everly.

Als Maureen meinem Dad ein zaghaftes Lächeln zuwarf und er es erleichtert erwiderte, wusste ich augenblicklich, dass es mir nicht schwerfallen würde, sie zu mögen.

Bei einem asiatischen Buffet, zwischen Wan-Tans und Ente im Teigmantel, erfuhr ich alles über Maureen und Everly. Anscheinend arbeitete Maureen bei einem Sachbuchverlag, und Everly wollte in ihre Fußstapfen treten, wobei sie sich, genau wie ich, vorstellen konnte, beruflich zu schreiben. Die Unterhaltung lief entspannt, und es fühlte sich an, als würden wir einander schon viel länger kennen. Nach und nach taute auch Dad auf. Für ihn war es mit Sicherheit total ungewohnt, mit mehr als einer Frau auf einmal unterwegs zu sein, aber er stellte sich wirklich gut an. Vor allem weil er sonst nur von den Mitarbeitern seiner Werkstatt umgeben war.

»Ich glaube, die beiden stehen wirklich voll aufeinander«, wisperte Everly irgendwann, als Dad und Maureen einen weiteren Gang zum Buffet anstrebten.

»Für mich ist das in Ordnung. Dad hatte schon seit Ewigkeiten keine Freundin mehr. Ich habe vor ein paar Jahren sogar mal versucht, ihn zu verkuppeln. Gar keine gute Idee.«

Everly lachte und strich sich das Haar hinters Ohr. »Ja, dito. Ich würde mich freuen, wenn die beiden für eine Weile zusammenblieben. Sind wir komisch, weil wir uns für unsere Eltern freuen?«, überlegte sie laut. »In Filmen sind die meisten Kinder immer total dagegen.«

»Das trifft zu, glaube ich, wenn man vorher immer von beiden Elternteilen umgeben war. Das war bei mir aber nie so. Mein Leben lang war mein Dad allein, und ich würde ihm so wünschen, ein bisschen Glück abzubekommen.«

»Geht mir genauso«, sagte Everly. »Ich glaube, wir haben es ganz gut erwischt.«

Ich erwiderte ihr Lächeln und sah zurück zu Dad und Maureen, die noch immer in der Schlange beim Buffet standen. Mein Blick fuhr über ihre Köpfe und blieb an einem braunen Haarschopf hängen.

Unwillkürlich versteifte ich mich. Alles in mir gefror, und mein Herz setzte für eine Sekunde aus.

»Dawn? Alles in Ordnung?«

Ich hörte Everly kaum. Mein Blick war festgenagelt auf Rebecca. Rebecca, die gerade herzlich lachte.

Dann sah ich Nate.

Es fühlte sich an wie ein Schlag in die Magengrube – schmerzhaft, heftig und übelerregend. Die Luft entwich mir pfeifend, und Einatmen war plötzlich ein Ding der Unmöglichkeit. Die Welt stand still, und es war wie vor über einem Jahr, als ich die beiden miteinander erwischt hatte. Genau wie damals konnte ich auch jetzt nicht wegsehen.

Nate lächelte strahlend, und dabei wurden seine Augen ganz klein. Er hatte das Glück gehabt, keine Spange tragen zu müssen. Seine Zähne waren schon immer schön, gerade und weiß gewesen, weshalb es von uns kaum Bilder gab, als wir vierzehn und fünfzehn waren. Da hatte nämlich ich eine Klammer getragen und mich neben ihm stets wie ein hässliches Entlein gefühlt.

Als hätte er meinen Blick gespürt, drehte er den Kopf in meine Richtung. Sein Lächeln gefror.

Ich tat das Erstbeste, das mir in den Sinn kam: Ruckartig rutschte ich unter den Tisch. Dabei stieß ich mir die Stirn und sah für einen Moment nur noch schwarze Flecken.

Scheiße. Verfluchte, dreckige Superscheiße.

»Was machst du da?«, zischte Everly.

Ich befand mich in einer Schockstarre. Nate hatte mich gesehen. Was, wenn er rüberkam?

Es tat so weh, ihm zu begegnen. Mit ihm in einem Raum zu sein. Ich bekam keine Luft. Ich wollte hier weg.

»Ich weiß nicht, was mit ihr ist. Sie ist einfach …« Everly sprach aufgeregt mit Dad.

In der nächsten Sekunde kroch mein Vater auf allen vieren zu mir unter den Tisch. Mit weit aufgerissenen Augen sah ich ihn an. Mein Sichtfeld verschwamm, und meine Stirn pochte wie verrückt.

»Dawny.« Er griff nach meiner Hand und drückte sie kurz. »Wollen wir nach Hause?«

Ich brachte ein Nicken zustande. Mit Dads Hilfe kroch ich unter dem Tisch hervor und achtete nicht auf mein Umfeld. Meine Konzentration lag nur auf meinen Schritten, Dads Arm um meinen Schultern, Everly und Maureen, die mein Zeug geistesgegenwärtig zusammengeklaubt hatten und dicht hinter uns aus dem Restaurant flüchteten.

Wenig später saßen wir im Auto und fuhren zurück nach Hause. Maureen und Dad sprachen über unverfängliche Themen, sie erzählte ihm von einem neuen Projekt, das sie betreute. Everly tippte unterdessen eifrig auf ihrem Handy herum und klinkte sich gelegentlich in das Gespräch ein. Keiner von ihnen gab mir das Gefühl, albern zu sein oder überreagiert zu haben.

Irgendwie machte es das nur schlimmer.

Ich lag in meinem Bett und starrte an die Decke. Es war gerade einmal kurz nach acht gewesen, als wir von unserem katastrophalen Abendessen zurückgekehrt waren. Ich hatte mich bei Everly und Maureen entschuldigt und mich anschließend in meinem Zimmer verkrochen. Dort starrte ich seit über einer Viertelstunde auf mein Handydisplay. Spencers Name leuchtete mir entgegen und immer wieder verharrte mein Finger über der Wähltaste. Einerseits wollte ich nicht reden, andererseits brauchte ich irgendetwas, das mich wieder wie ich selbst fühlen ließ. Meine Freunde, und gerade Spencer, brachten das immer wieder zustande.

Nach einem tiefen Atemzug wählte ich seine Nummer. Es klingelte eine Weile, und ich wollte schon wieder auflegen, da ging er ran.

»Hey«, sagte er atemlos.

»Stör ich dich?«, fragte ich sofort.

»Nein, ich bin gerade laufen. Was gibt's?«

Ich schloss die Augen und lauschte seinen Schritten auf dem Asphalt. Ein kurzer Windstoß rauschte durch den Hörer, und ich stellte mir vor, wie Spencer lief. Einfach, um mich von allen anderen Gedanken abzulenken.

»Nichts«, sagte ich mit einiger Verspätung.

Jetzt hielten seine Schritte inne. »Was ist los?«, fragte er sanft.

»Ich glaube, ich will nicht darüber reden.« Meine Stimme war heiser und klang abgekämpft. Ich hasste, was allein Nates Anblick in mir auslösen konnte. Welche Macht er immer noch über mich besaß. Ich liebte ihn nicht mehr – davon konnte wirklich keine Rede sein –, dennoch trieb mich eine bloße Begegnung mit ihm und Rebecca wieder an den Abgrund, an dem ich vor geraumer Zeit gestanden hatte.

»Okay, dann reden wir über etwas anderes. Soll ich dir erzählen, woran ich gerade in Kunst arbeite?«, fragte er, und seine Stimme nahm einen unbeschwerten Klang an.

»Ja, bitte.«

»Also, wir fertigen gerade Skulpturen an. Dafür mussten wir erst Skizzen zeichnen. Die musste abgesegnet werden, ich hatte Glück. Miles eher nicht so, er wollte nämlich Kim Kardashians Hintern als Skulptur herstellen, und davon war unsere Dozentin nicht so begeistert, also hängt er jetzt total hinterher, weil wir anderen heute schon angefangen haben, das Modell mit PVC-Rohren und Draht zu formen.«

Ich lächelte und öffnete die Augen wieder. »Wirklich sehr schade für Miles. Die Welt hätte diese Skulptur unbedingt gebraucht.«

Spencer lachte leise. »Das fand Miles auch. Hatte ich erwähnt, dass er einen lebensgroßen Hintern anfertigen wollte? Beim Wort *maßstabsgetreu* ist unsere Dozentin rot angelaufen und hat ihm seinen Block auf den Hinterkopf gehauen.«

Jetzt musste auch ich lachen. »Wie sieht deine Skulptur aus?«

»Das ist eine Überraschung. Ich zeige sie dir, wenn sie fertig ist.«

»Sag nicht, du willst eine detailgetreue Skulptur meines Hinterns formen.«

»Bring mich nicht auf falsche Gedanken, Süße.« Wieder rauschte der Wind durchs Telefon. »Oh, Mann. Wäre es sehr daneben, wenn ich dir sage, dass ich jetzt deinen nackten Hintern vor Augen habe?«

Wieder lächelte ich. Vergessen war der Abend, vergessen war einfach alles. Spencer schaffte es, alles verblassen zu lassen, was mich unglücklich machte. »Mein Dad hat mir heute seine neue Freundin vorgestellt.«

»Ah«, machte Spencer. »Und?«

»Sie ist großartig. Das Lustige ist, dass ich mit ihrer Tochter Everly die Schreibwerkstatt besuche.«

»Was für ein Zufall.«

Ich holte tief Luft. »Ich habe mich heute total blamiert, Spence.«

Er wartete geduldig, bis ich weitersprach. Eine der Eigenschaften, die ich so an ihm mochte, war, dass er nie Fragen stellte. Er gab mir Zeit. Immer gab er mir Zeit.

»Wir waren essen und … Rebecca und Nate waren im selben Restaurant.«

Er atmete zischend ein. »Fuck.«

»Und wie. Ich hatte irgendwie eine Kurzschlussreaktion und bin unter den Tisch gekrochen.«

Wieder fluchte Spencer.

»Ich habe Dad total blamiert«, murmelte ich und hielt mir die Hand vor Augen. Das grelle Licht der Hängelampe brachte meine Augen zum Brennen. Zumindest redete ich mir ein, dass sie daran die Schuld trug.

»Das glaube ich kaum. Dein Vater kennt dich, Dawn. Er weiß, wie hart die Trennung für dich gewesen ist, auch wenn du so getan hast, als wäre alles in Ordnung.« Spencer hielt kurz inne. »Darf ich dir meine ehrliche Meinung sagen?«

»Ich will, dass du immer ehrlich zu mir bist«, gab ich sofort zurück.

»Gut. Ich finde, du solltest deinem Dad die Wahrheit sagen. Was passiert ist, ist total abgefuckt. Du hast so eine innige Beziehung zu deinem Vater. Wenn du das, was dich im letzten Jahr so sehr belastet hat, für dich behältst, wird das in Zukunft immer zwischen euch stehen. Da spielt es keine Rolle, wie sich das auf seine Beziehung zu den Dursleys auswirkt.«

»Duffys«, korrigierte ich ihn mit Verzögerung.

»Mir doch egal, wie die Eltern des Wichsers heißen.«

Wieder musste ich lächeln wie eine Idiotin. »Ich finde es irgendwie süß, wenn du fluchst.«

»Wenn das meine Unwiderstehlichkeit in deinen Augen noch steigert, mache ich das ab sofort immer. Wie würde es dir gefallen, wenn ich laut ›Arschloch‹ rufe?«

Ich stöhnte affektiert. »Das wäre total heiß.«

Er rief das Wort so laut, dass mein Ohr danach klingelte. »Na, wie war das?«

»Ich dachte, du bist draußen auf offener Straße.«

»Bin ich auch. Eine Frau ist in Ohnmacht gefallen, ein Mann hat mich beinahe angefahren, und alle Kinder im Umkreis von fünf Meilen konnten ein neues Wort in ihrem noch nicht ausgereiften Repertoire aufnehmen. Heute Nacht werden mich ihre Eltern mit Heugabeln und Fackeln heimsuchen.«

»Du bist ein richtiger Held.«

»Man tut, was man kann«, erwiderte er, und ich glaubte, ein Grinsen aus seiner Stimme herauszuhören. »Wann bist du wieder zu Hause?«

»Ich wollte heute Abend zurückkommen.«

»Sehen wir uns morgen?«, fragte Spencer.

Mein Herz legte einen Takt zu. »Sehr gerne.«

»Cool.«

»Finde ich auch.«

»Wenn es dir recht ist, würde ich jetzt weiterlaufen. Die ohnmächtige Frau hat mich gerade überholt, und ich ertrage die Schande keine Sekunde länger.«

»Klar. Sorry, dass ich dich so lange aufgehalten habe.«

»Red keinen Quatsch, Dawn. Du kannst mich immer anrufen, wenn dir was auf dem Herzen liegt. Oder auch, wenn du nachts wachliegst und Bock auf unverfänglichen Telefonsex hast.«

Ich setzte mich ruckartig auf. »Spence!«

»Ich meine ja nur.« Er grinste.

Ich sah ihn zwar nicht, aber ich konnte es hören und irgendwie auch fühlen. In meinem Brustkorb breitete sich eine verräterische Wärme aus, und mein Herz machte einen seltsamen Hüpfer.

»Bis morgen, Süße.«

Ich schluckte trocken. »Bis morgen.«

Nachdem wir aufgelegt hatten, fühlte sich die Welt mit einem Mal gar nicht mehr so schlimm an.

kapitel 25

Liebe Dawn,
ich glaube, du hast mir eine falsche Datei im Anhang geschickt. Statt der Aufgabe, die ich euch aufgegeben habe, hast du mir die ersten Kapitel eines Liebesromans geschickt. Die waren wohl nicht für mich bestimmt, oder? Ich habe natürlich trotzdem einen Blick hineingeworfen. Du hast ein richtiges Händchen für prickelnde Dialoge und Spannung zwischen den Protagonisten. Toll! Wenn du magst, gebe ich dir auch gerne noch ausführlicheres Feedback hinsichtlich der Sprache und Erzählperspektive. Ansonsten würde ich mich aber auch über den richtigen Anhang freuen.

Liebe Grüße
Nolan

Nein. Nein, das konnte nicht sein!

In rasender Geschwindigkeit klickte ich auf meinen Mailausgang und sah mir die Nachricht an, die ich am Vormittag an Nolan geschickt hatte.

Tatsächlich.

Ich hatte ihm tatsächlich die ersten drei Kapitel von *About Us* geschickt. Meiner Testleserin hatte ich stattdessen Nolans Hausaufgabe geschickt. Das konnte unmöglich passiert sein.

In dieser Sekunde hoffte ich inständig, vom Blitz getroffen

zu werden. Oder auf ein rasendes Auto, das mich umfuhr. Oder einfach beides gleichzeitig. Ich schlug mit der Stirn auf den Tresen und fluchte gleich darauf, weil es so wehtat.

»Was ist jetzt schon wieder los?«, fragte Sawyer genervt.

An diesem Tag besuchte ich sie bei ihrem neuen Job im *Steakhouse*. Sawyer war zweimal zum Probearbeiten dort gewesen und hatte den Job schließlich bekommen. Jetzt versorgte sie die Gäste mit Getränken und säuberte den Tresen bereits zum fünften Mal.

»Ich habe meinem Dozenten den falschen Anhang geschickt«, erklärte ich und nahm mein Glas zurück.

»Waren es Nacktfotos?«, fragte Sawyer und begann, eines der Gläser auf der Spüle zu polieren.

Nein, keine Nacktfotos, aber dafür mindestens eine sexy Szene, in der Tristan und Mackenzie ziemlich aufreizend miteinander getanzt hatten. Und er hatte ihr schmutzige Dinge ins Ohr geflüstert. Zwar waren diese nur scherzhaft gemeint gewesen, aber dennoch …

Du hast ein richtiges Händchen für prickelnde Dialoge und Spannung zwischen den Protagonisten. Toll!

Toll? Oh Gott, ich würde mich nie wieder in der Schreibwerkstatt blicken lassen. Ich würde nie wieder einen Fuß in die Uni setzen. Ich würde wechseln. Und umziehen. Am besten zurück nach Portland, wo ich Rebecca und Nate jeden Tag über den Weg laufen würde.

»Aaargh.« Wieder ließ ich die Stirn auf den Tresen sinken.

»Jetzt stell dich nicht so an«, meinte Sawyer. »Zeig doch mal.«

Ehe ich mich versah, schnappte sie sich Watson und drehte ihn zu sich herum. Ich wollte ihn sofort zurückzerren, aber sie hatte beide Hände fest um das Gehäuse gelegt.

Sie grinste breit. »Okay, jetzt verstehe ich deine Verzweiflung. Wobei …« Sie scrollte durch die Leseprobe und ich ließ sie machen.

Inzwischen hatte ich es aufgegeben, mich vor ihr zu zieren. Bisher war sie unheimlich toll damit umgegangen, dass ich Erotik schrieb. Sie hatte sogar schon zwei meiner Novellen gelesen und mir gesagt, dass sie einen Protagonisten so heiß fand, dass es sie richtig angemacht hatte. Es war etwas völlig anderes, so was im Netz in Rezensionen und Nachrichten zu lesen. Im realen Leben war ich zuerst knallrot angelaufen, hatte mich aber insgeheim darüber gefreut. Außerdem fing ich allmählich an, Sawyer richtig lieb zu gewinnen. Sie war cool.

»Hier ist nicht mal eine Sexszene drin, Dawn. Stell dich nicht so an«, sagte sie und schob Watson zurück über den Tresen.

»Aber die beiden haben eng miteinander getanzt. Und er hat ihr schmutzige Sachen gesagt. Nolan weiß jetzt also, dass ich …«

»Blablabla«, unterbrach Sawyer mich und machte eine Handbewegung, die mich zum Schweigen brachte. »Hör auf damit. Hör auf, dir einzureden, dass das, was du machst, schmutzig ist. Wenn du so was noch mal sagst, verstecke ich rohe Eier in deinem Bett und fotografiere dich heimlich dabei, wie du dich reinlegst.«

Ich presste die Lippen aufeinander, um nicht grinsen zu müssen. »Okay. Sorry.«

Sie nickte anerkennend. »Beim nächsten Mal passt du einfach auf, an wen du was schickst. Problem gelöst. Wobei … Ist dein Dozent heiß?«

»Was hat das denn damit zu tun?«

Jetzt hob Sawyer eine Braue. »Du musst noch viel lernen, Dawn. Im Ernst, so eine Frage darfst du als sexuell aktiver Mensch wirklich nicht stellen.«

Ich stellte mein Glas auf dem Tresen ab. »Sexuell aktiv? Wie alt bist du, sechzig?«

Sawyer grinste. »Triffst du dich nachher nicht mit Spencer? Frag ihn doch mal, wie er es nennen würde.«

Schlagartig wurde ich rot. »Sawyer! Wir kochen nur zusammen.«

»Mhm. *Kochen.*« Sie warf mir einen Blick zu, der dafür sorgte, dass meine Wangen noch heißer wurden.

»Du bist unmöglich!«

Sie lachte und ging dann um den Tresen herum, um die neuen Kunden zu begrüßen, die gerade hereingekommen waren.

»Ich hoffe, du und deine Küche seid bereit!«, sagte ich zur Begrüßung, als Spencer mir am Nachmittag die Tür öffnete.

Er trug ein weißes Shirt, das seine Haut gebräunter wirken ließ, und eine dunkle Jeans voller weißer Flecken, die verriet, dass er bis eben noch an seiner Skulptur gearbeitet hatte. Er betrachtete mich von oben bis unten, und als sein Blick auf die zahlreichen vollgepackten Einkaufstüten in meinen Händen fiel, breitete sich ein Grinsen auf seinem Gesicht aus.

»So was von.« Er trat zur Seite, und ich ging an ihm vorbei, schnurstracks in die Küche, in der ich die Tüten auf der Arbeitsfläche ablud.

Danach zog ich mich aus und brachte meine Sachen in die Garderobe. Als ich zurückkam, war Spencer bereits dabei, die Einkäufe aus den Tüten zu holen.

»Was machen wir?«

»Spaghetti Verdura«, sagte ich und stellte mich neben ihn.

»Das klingt sexy.«

Ich linste ihn von der Seite an. »Was zum Teufel ist an Spaghetti Verdura sexy?«

Er erwiderte meinen Blick kurz, sah zurück in die Einkaufstüte und schmunzelte. »Die Art, wie du das aussprichst. Ziemlich sexy.«

Ich wusste nicht, was ich darauf antworten sollte, also schüttelte ich nur den Kopf und betraute Spencer mit Zucchini und Auberginen. Ich selbst stellte das Wasser für die Pasta auf und machte mich dann an die Zwiebeln und den Knoblauch.

Als die Zwiebeln in der Pfanne brieten, linste ich über Spencers Schulter, oder eher an seinem rechten Arm vorbei. »Kannst du Würfel statt Scheiben schneiden?«

»Klar, kein Problem.«

Ich trat neben ihn und betrachtete sein bisheriges Ergebnis. »Und die Auberginen bitte ein bisschen breiter.«

Er salutierte mit dem Messer. »Jawohl.«

Spencer war ein sehr umgänglicher Küchengehilfe. Er reichte mir die Utensilien heraus, an die ich nicht rankam, und stand mir nicht im Weg. Nach und nach fügte ich Zutaten für die Sauce hinzu. Das Gemüse ließ ich eine Weile brutzeln, danach kamen die Tomaten hinein. An Gewürze hatte ich blöderweise nicht gedacht. Bis auf Salz und Pfeffer hatte er nichts im Haus.

»Eigentlich macht man noch eine ganze Reihe an Gewürzen und frischen Kräutern hier rein«, murmelte ich und streute eine weitere Prise Salz in die Pfanne.

»Ich werde darauf achten, ab sofort einen Vorrat an frischen Kräutern und Gewürzen im Haus zu haben. Für den Fall, dass du öfter vorbeikommst und das plötzliche Bedürfnis verspürst, meine Küche zu missbrauchen«, gab er zurück.

»Dieser Herd ist dazu da, um mit ihm zu kochen. Alles andere wäre Verschwendung.«

Ich stellte das Salz zurück in den Küchenschrank. Auf Zehenspitzen wühlte ich mich durch die kleinen Behälter, die noch dort standen. Ich entdeckte ein bräunliches Gefäß, das

Tabletten enthielt. Bevor ich danach greifen konnte, schlossen mich Spencers Arme zu beiden Seiten ein. Seine Hände waren auf der Arbeitsfläche abgestützt.

»Brauchst du Hilfe?«, fragte er dicht hinter mir und ich spürte seinen Atem in meinem Nacken.

Ich sank zurück auf die Fersen. »Ich glaube, ich komme ganz gut klar, danke.«

Wieder kitzelte sein Atem mich. Die Härchen an meinen Armen stellten sich auf, alles in mir fühlte sich vollkommen elektrisiert an. Was seine Nähe mit mir machte, war einfach unglaublich. Er brauchte nur den Abstand zwischen uns zu verringern, und schon gingen all meine Sicherungen durch. Er berührte mich nicht einmal.

»Spence.« Meine Stimme klang atemlos. Wenn er mir so nah war und ich die Macht über meinen Körper verlor, konnte ich nicht anders.

»Hm?«, machte er, diesmal dichter an meinem Ohr. Seine Lippen streiften meinen Hals.

»Die Sauce«, krächzte ich.

»Ja.« Er zog meine Haut zwischen seine Zähne, und ich seufzte. Dann saugte er an der Stelle unterhalb meines Ohrs.

Oh, Himmel.

»Aufhören.«

»Mhhh.« Er brummte nur, und doch konnte ich das Nein auf meiner Haut spüren.

»Hör auf damit. Ich bin hergekommen, um mit dir zu kochen. Nicht, um mich von dir ablenken zu lassen.«

Sein Lächeln kitzelte an meinem Hals. »Ich lenke dich aber gerne ab.«

»Wie selbstlos von dir.«

Jetzt nickte er, und sein Haar traf meine Wange. »So bin ich. Selbstlos und aufopferungsbereit.«

Ich lachte auf. Dann drehte ich mich zu ihm um. Noch immer hielt er mich zwischen seinen Armen eingekesselt. Seine Augen waren dunkel, und ich erkannte leuchtende Begierde in ihnen.

»Guck mich nicht so an«, flüsterte ich.

Seine Mundwinkel zuckten, aber er schloss die Augen. »Okay.«

Seine Hände strichen an meinen Seiten hinauf, und er fuhr mit den Daumen über meinen Rippenbogen, dicht unterhalb meiner Brust. Er lehnte sich vor und drückte sich der Länge nach gegen mich.

Sauce oder Spencer, überlegte ich fieberhaft. Spencer oder Sauce. Als ich seinen Körper an meinem spürte und alles in mir zusammenschmolz, fiel mir die Entscheidung gar nicht schwer.

Ich stellte mich auf die Zehenspitzen und küsste ihn. Spencer schloss eine Hand um meinen Nacken und zog mich enger an sich, seine Zunge glitt in meinen Mund und rieb sich an meiner. Ein heftiger Schauer überlief mich, und er fing mein Seufzen mit seinen Lippen auf. Es war, als hielt er all meine Sinne in seinen Händen. Er konnte mit mir machen, was er wollte – ich war nicht imstande dazu, mich dagegen zu wehren. Und obwohl ich diejenige gewesen war, die den Kuss angefacht hatte, war er derjenige, der die Führung übernahm.

Eine Hand fest um meinen Nacken geschlungen, legte Spencer seine andere an meinen unteren Rücken und hielt mich fest. Hitze jagte mir durch den Körper, und ein Kribbeln durchlief mich von Kopf bis Fuß.

Atemlos löste er sich von mir, blieb mir aber ganz nah. Er küsste eine Spur an meiner Kieferpartie entlang. Ich genoss seine Berührungen, bis mir der verdächtige Geruch von etwas Verbranntem in die Nase stieg.

»Oh, Scheiße!« Ich riss mich von Spencer los und hechtete zum Herd. Sofort stellte ich ihn aus und riss die Pfanne von der Platte. Ich rührte in der Sauce herum und besah mir das Ausmaß der Katastrophe. Bloß an ein paar Stellen hatte sich das Gemüse auf dem Boden der Pfanne festgesetzt. Ich schüttete die brauchbare Sauce in eine Schüssel, während Spencer die Nudeln abgoss. Ich war zwar zerknirscht darüber, dass das Essen ruiniert war, aber Spencer versicherte mir, ich solle mir keine Gedanken darüber machen und dass es mit Sicherheit besser schmeckte als die Fertiglasagne, die noch in seinem Kühlschrank lag. Das besänftigte mich ein bisschen.

Diesmal aßen wir am Tisch statt wie üblich auf seinem Sofa.

»Himmlisch. Einfach himmlisch«, sagte Spencer mit vollem Mund und deutete mit der Gabel auf mich. »Du bist eine verdammte Göttin, Dawn Edwards.«

Ich beobachtete ihn beim Essen und schüttelte den Kopf. Ich war mir sicher, dass er das nur mir zuliebe sagte und nicht, weil ihm die angekokelte Sauce so gut schmeckte.

Wir unterhielten uns über die Uni und unsere Vorlesungen. Spencer erzählte mir, dass er im Sommer wieder ein paar Tage mit Kaden wandern gehen wollte. Diesmal ein richtiger Campingtrip, bei dem sie auch zelten wollten.

Nach dem Essen deckten wir gemeinsam ab. Ich wollte eigentlich auch beim Abwasch helfen, aber Spencer ließ mich nicht mal in die Nähe der Spüle. Stattdessen deutete er auf einen der Hocker an der Kücheninsel und sagte: »Wer kocht, braucht nicht spülen. Unterhalt dich lieber noch ein bisschen mit mir.«

Ich fand sofort Gefallen an dieser Regel und erzählte ihm vom *Steakhouse*, wie sehr ich es mochte und dass Sawyer dort nun arbeitete. Ich erzählte ihm, dass ich ihr bei ihrer Schicht am Mittag Gesellschaft geleistet hatte und auch von der peinlichen Geschichte mit Nolan, auch wenn ich dabei das heiße Gesicht in den Händen vergraben musste und Spencer sich so sehr vor Lachen schüttelte, dass er mit der Abwaschbürste sein Shirt durchnässte. Er wollte unbedingt Nolans genauen Wortlaut hören und ließ nicht eher locker, bis ich mein Handy aus der Tasche kramte, um die Mail aufzurufen.

Als ich meinen Mailer öffnete, wurden mir einige neue Nachrichten angezeigt. Unter anderem eine neue Rezension, die ich – neugierig, wie ich war – schnell überfliegen wollte.

Ich öffnete die Mail – und bereute es sofort, als ich den ersten Satz las. Das Herz rutschte mir in die Hose.

Am liebsten hätte ich das Handy sofort ausgeschaltet, zur Seite gelegt und die fiesen Worte vergessen, die mir dort angezeigt wurden. Aber es funktionierte nicht, ich konnte den Blick nicht vom Display lösen. Ich war wie erstarrt.

»Was ist los?«, fragte Spencer unvermittelt. Nur am Rande merkte ich, dass das Plätschern der Spüle gestoppt hatte.

Ich atmete tief durch, um meinen Puls zu beruhigen und das eklige Gefühl zu verdrängen, das sich immer weiter in mir ausbreitete. Mit einem gezwungenen Lächeln sah ich zu ihm auf. »Ach, nichts. Schon okay.«

Doch ich konnte Spencer nichts vormachen. Mit entschlossenen Schritten kam er auf mich zu.

Ich zuckte mit der Schulter. »Ich habe eine fiese Rezension bekommen. Nicht weiter schlimm.«

»Was heißt fies?« Er beugte sich vor, stützte sich mit einer Hand auf der Lehne des Hockers ab und zog mit der anderen das Handy zu sich. Dann begann er, zu lesen.

»Grenzt an Körperverletzung«, murmelte er tonlos. *»Dämlich … Schundliteratur … Finger weg.«* Spencer hielt inne und starrte auf das Display. Er schluckte mehrmals hintereinander. Sein ganzer Körper war angespannt.

»Spence?«, fragte ich leise.

Spencer atmete tief ein. Dann richtete er sich auf und lief ohne ein weiteres Wort aus der Küche.

»Spence?«, fragte ich erneut.

Er warf bloß einen Blick über die Schulter und bedeutete mir mit einer Hand, ihm zu folgen.

Er lief, zwei Stufen auf einmal nehmend, die Treppe ins obere Geschoss hinauf, geradewegs in sein Zimmer, wo er sich auf seinen Schreibtischstuhl setzte und gleichzeitig den PC startete.

Ich hatte keine Ahnung, was gerade vor sich ging. Ratlos blieb ich in der Tür stehen. »Was machen wir hier?«

Spencer winkte mich zu sich, ohne aufzublicken. »Komm her.«

Langsam durchquerte ich das Zimmer. Als ich das letzte Mal hier gewesen war, hatte ich nur Augen für Spencer gehabt, nicht für seine Einrichtung. Auch dieser Raum sah aus, als hätte sich ein Innenausstatter ausgetobt. Rauchblaue Wände, olivfarbene Vorhänge, dunkle Dielen, auf denen ein sandfarbener Teppich lag.

Spencers Bettgestell war aus dunklem Holz gefertigt. Mehrere Kissen türmten sich vor dem klobigen Kopfteil und ein blaugrau karierter Überwurf lag quer über dem Bett. Über dem Gestell hingen verteilt ein paar Schwarz-Weiß-Fotografien. Es waren Aufnahmen von Portland, wenn ich es richtig erkannte.

Bei Spencer angekommen, stützte ich mich mit beiden Händen auf seine Stuhllehne. Während sein PC hochfuhr, ließ ich den Blick weiterschweifen, betrachtete die Zettel und Skizzenblöcke, die sich auf jeder freien Fläche des Schreibtischs stapelten.

Ein Foto von ihm und seiner Familie stach mir ins Auge. Zum ersten Mal sah ich Olivia. Sie sah niedlich aus, und obwohl das Bild schon älter und sie dort noch recht jung war – vielleicht sieben oder acht Jahre –, sah man die Ähnlichkeit zwischen ihr und ihrem Bruder. Sie hatte dasselbe schwarze Haar und die tiefen Wangengrübchen, die auch Spencer besaß, wenn er lachte. Auf diesem Bild sah er eher aus wie ein Rebell, mit seinem genervten Gesichtsausdruck, den zerschlissenen Jeans und dem übergroßen Johnny-Cash-Shirt. Es war offensichtlich, dass er in diesem Moment lieber woanders gewesen wäre und mit den Menschen, die neben ihm standen, absolut nichts anfangen konnte.

»D. Lily schafft es mit ihrem humorvollen Schreibstil nicht nur, mich zum Lachen zu bringen, sondern bringt mich jedes Mal dazu, mir einen ihrer Protagonisten als Mann zu wünschen«, riss Spencer mich aus meinen Gedanken.

»Was …«

»Mit diesem Werk hat die Autorin es geschafft, mich in eine Welt zu entführen, in der alle Dinge möglich sind«, las er unbeirrt weiter. »Ich gehe momentan durch eine schwere Zeit, und ihre Novellen – besonders *Tame Me* – haben mir dabei geholfen, mich von allem abzulenken. Deshalb ein riesiges Dankeschön an Sie, D. Lily, falls Sie das hier lesen.«

Langsam dämmerte mir, was er da gerade tat. »Spence, hör auf«, wisperte ich.

»Ms Lily, wo bekomme ich einen Kerl wie Grover her? Ich würde Sie bezahlen!« Spencer drehte sich grinsend zu mir um. Er deutete auf seinen Schoß und sah mich erwartungsvoll an.

Als ich keine Anstalten machte, seiner Einladung zu folgen, griff er nach meinem Handgelenk und zog mich sanft zwischen seine Beine. Mir blieb nichts anderes übrig, als mich auf seine Schenkel zu setzen. Dann drehte er sich wieder zu seinem Computer um.

»Siehst du das?«, fragte er und deutete mit dem Zeigefinger auf das Feld, in dem die durchschnittliche Bewertung für eine Geschichte angezeigt wurde. Auf der Plattform konnte man maximal fünf Herzen vergeben. Ich stand bei einer soliden Vier, wenn man alle Bewertungen zusammenzählte. »Diese Leser … Dawn, was du machst, bedeutet ihnen etwas. Du gibst ihnen etwas, an dem sie festhalten können. Etwas, das sie aus ihrem Alltag entführt und sie bestärkt. Du zeigst ihnen, dass auch sie stark und großartig sein können.«

Ich schluckte trocken. Meine Augen brannten wieder einmal, und ich senkte den Blick auf die Tastatur.

»Wer auch immer diesen fiesen Mist geschrieben hat, lass dich bloß nicht davon runterziehen«, fuhr er fort. Er drückte mir einen Kuss auf den Hals. »Es gibt so viele da draußen, die dich bewundern. Und das macht mich ziemlich stolz.«

Ich starrte Spencer an, öffnete den Mund, um ihm zu antworten. Aber ich war sprachlos.

Ich konnte nur die Arme um ihn schlingen und mein Gesicht an seinem Hals vergraben.

kapitel 26

An diesem Abend waren wir mit der gesamten Clique bei Allie und Kaden. Erst schauten wir den neuen Avengers-film auf DVD, bestellten Pizza und lieferten uns danach ein Mario-Kart-Turnier. Kadens Mom hatte ihm seine alte Nintendo 64 nach Hause geschickt, und ich genoss das nostalgische Gefühl, welches das Spiel in mir hervorrief. Gegen Allie gewann ich sogar, obwohl sie bereits ein paar Proberunden vorab gespielt hatte. Mein Sieg war mit Sicherheit auf meine jahrelangen Trainingseinheiten mit Dad und seinen Freunden zurückzuführen. Damals hatte ich sie alle geschlagen.

Wie sich herausstellte, war Spencer viel besser darin, so zu tun, als hätte sich zwischen uns nichts verändert. Ich dagegen verschlang ihn mit Blicken, wenn ich mich unbeobachtet fühlte. Seit er sich so lieb um mich gekümmert hatte, war es bloß schlimmer geworden. Je mehr ich mir verbot, ihn zu wollen, desto stärker wurde der Impuls, mich auf ihn zu stürzen. Es war wie eine Diät: Je hartnäckiger man sich verbot, Süßigkeiten zu essen, desto heftiger wurde der Heißhunger.

Ich konnte meinen Blick nicht von ihm nehmen, konnte kaum zuhören, wenn jemand mit mir sprach. Zu fasziniert war ich von Spencers Armen, die sich anspannten, wenn er auf dem Controller herumdrückte, und seinem Lachen, wenn er einen besonders geschickten Überholversuch startete. Meine Finger kribbelten, so drängend war der Wunsch, ihn zu berühren. Und immer wenn unsere Blicke sich trafen, grinste Spencer, als wüsste er ganz genau, was in mir vorging.

Es war ein sehr langer Abend.

Als sich die Runde auflöste, bot Spencer an, Scott und mich nach Hause zu fahren. Irgendwann hörte ich zu zählen auf, wie oft sich unsere Blicke im Rückspiegel trafen.

Als wir bei Scott anhielten, stieg ich mit ihm aus und verabschiedete mich mit einer Umarmung. Er sah mich ein bisschen zu eindringlich an, dann huschte sein Blick zu Spencer, der noch immer am Steuer saß. »Alles okay?«, flüsterte er.

Ich nickte, obwohl das nicht ganz wahr war. »Ja.«

Er hob eine Augenbraue, und in seinem Blick lag eine unausgesprochene Frage. Ich schüttelte bloß den Kopf.

»Tu nichts, was ich nicht auch tun würde«, sagte er, bevor er mich noch einmal umarmte und zu seiner Wohnung lief.

So ein Mist. Scott hatte einen erstaunlich guten Riecher für Dinge, die man vor ihm verbergen wollte. Wenn er gesehen hatte, wie es zwischen mir und Spencer funkte, dann musste ich ab sofort vorsichtiger sein. Diese Sache zwischen uns war gut, so wie sie war. Es funktionierte. Daran wollte ich nichts ändern, indem ich es mit der Welt teilte.

Als ich wieder in den Wagen stieg, spürte ich Spencers Blick auf mir.

»Alles okay?«, fragte er.

Wenn mich das innerhalb so kurzer Zeit zwei Menschen fragten, musste ich wohl ziemlich übel aussehen.

»Alles super«, erwiderte ich und schaute aus dem Fenster.

Die Fahrt zum Wohnheim dauerte nur einen Song von James Morrison lang.

Der Wagen kam zum Stillstand, und ich wagte es kaum, Spencer anzusehen.

»Danke fürs Fahren«, murmelte ich und schnallte mich ab.

Bevor meine Finger den Türgriff berühren konnten, fasste er mich am Arm. Ich atmete tief durch und hob den Blick.

Prüfend sah er mich an. »Was ist los?«

Ich konnte bloß trocken schlucken. »Ich bin einfach nur müde.«

Er runzelte die Stirn. »Bullshit«, raunte er und fing im selben Moment an, meinen Arm zu streicheln. »Was geht in deinem Kopf vor?«

Ach, Mann. Was musste er auch so verdammt attraktiv sein? Immer wenn er mich auf diese Weise ansah – mit dunklen Augen und unergründlichem Blick –, tanzte etwas in meinem Magen auf und ab.

»Sag mir, was los ist, damit ich dir helfen kann.« Er fuhr mit dem sanften Kreisen seiner Finger auf meinem Arm fort.

Ich senkte den Blick auf seine Hand. Ich konnte es nicht aussprechen, solange sein intensiver Blick auf mir lag. Es war zu viel. »Du könntest mir helfen, indem du …«, krächzte ich heiser.

Darüber schreiben? Kein Problem. Aber laut auszusprechen, dass ich ihn wollte? Schlichtweg unmöglich.

Unsicher hob ich den Blick und sah ihn an. Verständnis zeichnete sich auf seinem Gesicht ab. Sein Blick wurde ganz warm, und die Furchen auf seiner Stirn verschwanden.

»Dawn …«, war das Einzige, was er sagte. Meinen Namen, ganz heiser und leise. Dann zog er mich zu sich.

Irgendwie landete ich auf seinem Schoß. Zwar stieß ich mir dabei das Bein an der Armatur, aber das war nicht von Bedeutung, da er seine Lippen fest auf meine presste. Der Schmerz war ganz egal. Ich war endlich genau da, wo ich schon den ganzen Abend hatte sein wollen.

Fest vergrub ich die Hände in seinem Haar, und sein Stöhnen ging mir durch und durch. Seine eigenen Hände wanderten über meinen Körper. Er umfasste meinen Hintern und grub die Finger hinein, um mich fester an sich zu drücken. Ich keuchte. Mein Kopf war wie leergefegt, ich konnte nicht mehr nachdenken. Das Einzige, das ich konnte, war, mich mit ihm zu bewegen. Immer wieder wiegte ich mich gegen seinen Schoß. Ein herrlicher Druck baute sich in meinem Inneren auf.

Inzwischen wusste ich, was Spencer gefiel, und ich nutzte es aus. Sein Atem stockte, wenn ich in sein Ohrläppchen biss. Er packte mich fester, wenn ich meine Lippen über sein Schlüsselbein wandern ließ. Wenn ich leicht an seinen Haaren zog, wurden seine Küsse hungriger und er gab dieses tiefe Stöhnen von sich, das mich weiter anfachte und meine Bewegungen schneller werden ließ.

Unsere Küsse waren so fiebrig, dass ich tatsächlich zu atmen vergaß. Ich lehnte die Stirn gegen seine Schläfe und rang nach Luft. Vorsichtig hob ich die Finger und legte sie an seine geschwollenen Lippen. Sein Atem kam genauso schnell wie meiner.

»Du machst mich verrückt«, flüsterte ich.

Er biss in meinen Finger. »Gut, dass ich was für verrückte Mädchen übrighabe.«

Ich lächelte. »Möchtest du …«

Sein Penis vibrierte.

Gleichzeitig klingelte er schrill.

Irritiert blickte ich nach unten. Durch den Stoff seiner Jeans leuchtete Spencers Handy.

Ehe ich mich versah, befand ich mich wieder auf dem Beifahrersitz, diesmal stieß ich mir den Kopf am Autodach. Spencer fluchte und verrenkte sich ein Stück, um das Telefon aus der Tasche zu holen.

Ich kannte dieses schrille Klingeln. Noch vor wenigen Tagen hatte ich es im Ferienhaus gehört. Es war ein Klingelton, den man nicht überhören konnte und der nichts Gutes verhieß.

»Ja?« Noch immer kam sein Atem abgehackt. Spencer presste die Lippen aufeinander, und sein Blick wurde rastlos. »Wie lange schon?«

Ich griff nach seiner Hand, aber bevor ich sie berühren konnte, zog er sie weg. Mein Herz setzte einen Moment lang aus.

»Okay. Nein, kein Problem. Ich bin auf dem Weg.« Mit steinerner Miene legte er auf. Eine Weile lang blieb es totenstill im Wagen. Spencer umfasste mit der freien Hand das Lenkrad und ließ die Stirn dagegen sinken. Er zwang sich zu ruhigen, tiefen Atemzügen.

Daneben zu sitzen und ihm dabei zuzusehen, gab mir einfach das Gefühl, vollkommen hilflos zu sein. Ich hatte keine Ahnung, was ich tun sollte, um ihm diese elende Last abzunehmen. Ich wusste es einfach nicht.

»Geh rein«, sagte er unvermittelt. Er richtete sich wieder auf, steckte das Handy routiniert zurück in die Tasche und startete den Wagen.

»Aber …«

»Geh rein, Dawn.«

Er sah mich nicht an, sondern richtete den Blick auf die Straße. Sein Gesicht war ganz starr und ausdruckslos. Obwohl seine Wangen noch immer gerötet waren, kam er mir nicht mehr vor wie der Mann, der mich noch vor Kurzem um den Verstand geküsst hatte.

»Spence …«

»Bitte geh einfach, Dawn!« Er riss den Kopf herum und starrte mich wütend an.

»Ich werde dich nicht alleine fahren lassen«, widersprach ich.

Für ein paar ellenlange Sekunden sahen wir einander starrköpfig an.

Schließlich kniff Spencer die Augen leicht zusammen. »Na schön.« Er drückte das Gaspedal so heftig durch, dass die Reifen quietschten.

Reflexartig klammerte ich mich an der Tür fest, um Halt zu gewinnen. Spencer raste durch Woodshills Straßen wie ein Irrer, und inständig wünschte ich mir, ich hätte schneller reagiert und ihm den verdammten Autoschlüssel abgenommen.

Er sprach nicht. Während der gesamten Fahrt. Er ging nicht auf meine Versuche ein, ein Gespräch zu starten, also ließ ich es nach einer Weile bleiben. Ich versuchte auch nicht noch einmal, ihn zu berühren. Ich war einfach nur da, still und bewegungslos. Mehr ließ er nicht zu.

Für die Strecke, für die man normalerweise etwas über zwei Stunden brauchte, benötigte Spencer eineinhalb. Ich war froh, dass wir noch am Leben waren, als wir in die Auffahrt seines Elternhauses fuhren.

Auf dem Weg zum Haus würdigte er mich keines Blickes. Ich verstand, dass es nicht an mir lag, sondern an dem, was dort drinnen auf ihn wartete. Trotzdem tat es weh. Schmerz gesellte sich zu der Angst, die ich seinetwegen verspürte.

Ich lief hinter ihm her, durchs Foyer, vorbei an der abstrakten Statue, den teuren Möbeln, hinauf ins obere Geschoss. Diesmal war kein Kreischen zu hören, im Haus war es erstaunlich ruhig. Es war später Abend, und der Flur war hell erleuchtet. Wie schon beim letzten Mal waren Spencers Schritte fest und schnell, sodass ich kaum hinterherkam. Bei Olivias Zimmer angekommen, verschwand er durch die Tür, ohne mich noch einmal anzusehen. Er tat einfach so, als existierte ich überhaupt nicht.

Wie erstarrt blieb ich im Flur stehen. Gemurmel drang zu mir durch. Die Stimme von Spencers Mutter kannte ich inzwischen. Auch die seines Vaters machte ich aus. Dazu eine leise, langsame Stimme, die mit Sicherheit Olivia gehörte.

Wie auch beim letzten Mal lehnte ich mich gegen die Wand neben der Zimmertür. Ich ließ mich mit dem Rücken daran hinabsinken und rutschte auf den Boden. Dort saß ich und lauschte dem Stimmengewirr, das ich nicht verstand. Es dauerte nicht lange, bis Spencers Eltern aus dem Zimmer kamen. Mr Cosgrove betrachtete mich von oben herab, das Gesicht bitter verzogen.

»Hallo, Dawn«, sagte Mrs Cosgrove, und ich löste den Blick von der starren Miene ihres Mannes.

Im Gegensatz zu ihm, sah sie mich sehr warm und offen an. Obwohl sie stark geschminkt war, konnte ich tiefe Ringe unter ihren Augen sehen.

»Möchtest du mit nach unten kommen?«

Ich schluckte trocken und versuchte, zu lächeln, weil ich beim besten Willen nicht wusste, was ich hier eigentlich tat. Noch nie war ich mir derart unerwünscht vorgekommen.

»Wenn es okay für Sie ist, würde ich gerne hierbleiben«, sagte ich leise.

Mit der Wand im Rücken, hinter der sich Spencer befand, fühlte ich mich irgendwie … sicherer, wenn das Sinn ergab. Ich wollte bei ihm sein. So nah er mich ließ. Auch wenn das bedeutete, dass wir durch eine Wand getrennt waren.

»Natürlich. Sag Bescheid, wenn du etwas brauchst«, sagte Mrs Cosgrove noch. Dann nahm sie ihren Mann bei der Hand und führte ihn durch den Flur in Richtung Treppe.

Die Zeit verstrich. Ich hörte Spencers Stimme und Olivias leises Schluchzen. Ich zog die Knie an und umschlang sie mit den Armen. Irgendwann kam Mrs Cosgrove zurück in den Flur und brachte mir einen Becher ihrer heißen Schokolade. Dankbar lächelte ich sie an, dabei hatte ich das Gefühl, dass sie die heiße Schokolade viel nötiger hatte als ich.

»Danke, dass du ihn begleitet hast«, sagte sie und tätschelte mir kurz die Schulter. »Er gibt es bestimmt nicht zu, aber ich glaube, dass es ihm guttut, wenn er jemanden hat, mit dem er darüber sprechen kann.«

Mit diesen Worten ließ sie mich im Flur sitzen. Ich starrte auf die Sahneschicht und schüttelte den Kopf.

Wenn sie nur wüsste.

Spencer redete zwar mit mir, aber nicht über seine Familie. Wir sprachen über alles, nur nicht über Olivia. In den letzten Wochen hatte ich mir inständig verboten, ihn weiter zu löchern. Wir hatten eine unausgesprochene Abmachung, was das betraf.

Ich trank die Schokolade aus und ließ mein Inneres von ihr wärmen. Meine Beine wurden steif, und mein Po schmerzte, weil ich noch lange auf dem Boden saß, aber es war mir gleichgültig. Das Einzige, das zählte, war, dass Spencer nicht alleine nach Hause musste. Ich erinnerte mich noch gut daran, wie fertig er beim letzten Mal gewesen war, und noch immer spürte ich einen Nachhall des Schmerzes, den sein Anblick in mir ausgelöst hatte.

Spät in der Nacht öffnete sich Olivias Zimmertür. Spencers Beine traten in mein Sichtfeld. Ich sah an ihm hoch, unsicher, wie er jetzt drauf war. Ob er mich brauchte oder nicht.

»Du bist noch hier«, sagte er leise. Seine Augen waren dunkel. Er sah unendlich müde aus. Da, wo normalerweise immer zumindest der Anflug eines Lächelns zu sehen war, war … nichts. Er sah abgekämpft aus. Als wäre all seine Lebensenergie innerhalb weniger Stunden ausgesaugt worden.

»Ich habe auf dich gewartet«, flüsterte ich aus Angst, Olivia aufzuwecken.

Spencer sah mich unergründlich an. Dann lief er ohne ein weiteres Wort den Flur entlang. Ich stemmte mich schnell hoch, um ihm hinterherzulaufen. Er ging die Treppe hinab, in den Salon, um sich von seinen Eltern zu verabschieden. Die Stimmung zwischen ihm und seinem Vater war unterkühlt und eine deutliche Spannung lag in der Luft, die seine Mutter zu kitten versuchte. Man merkte, wie ähnlich ihr Sohn ihr in dieser Hinsicht war. Bei unseren Freunden war stets er derjenige, der die Stimmung besänftigte, wenn eine Situation eskalierte. Ich erkannte viel von seiner Mom in ihm wieder.

Mrs Cosgrove schloss auch mich in die Arme, als wir uns verabschiedeten. All das zog wie im Rausch an mir vorbei. Nachdem wir durch die Haustür getreten waren, verschränkte Spencer die Arme hinter dem Kopf und blieb für ein paar Minuten am Rand der Straße stehen. Seine Augen waren geschlossen und er atmete tief ein und aus. Ich sah, wie sich seine Brust hob und senkte.

Auf dem Rückweg ließ ich ihn nicht fahren. Ich stellte mich mit verschränkten Armen vor die Fahrertür. Ich glaube, er hatte keine Kraft mehr, wütend auf mich zu sein – er gab mir die Schlüssel freiwillig. Genau wie damals machte er auch diesmal die Augen während der Fahrt zu. Ich wusste nicht, ob er schlief oder nur so tat, aber es war mir egal. Die Hauptsache war, dass er ein bisschen Frieden fand.

Langsam fuhr ich zurück nach Woodshill und brauchte zweieinhalb Stunden. Es war kurz vor drei, als ich in Spencers Straße einbog und den Wagen parkte. Ich wollte ihn gerade wecken, da schnallte er sich bereits ab.

»Du kannst den Wagen wieder mit zum Wohnheim nehmen«, sagte er. »Ich hole ihn morgen ab. Oder übermorgen.«

Ich zog den Schlüssel aus der Zündung und schüttelte den Kopf. »Ich werde dich jetzt nicht alleine lassen.«

Spencers Mund öffnete sich, dann schloss er ihn wieder. Er räusperte sich und wich meinem Blick aus. »Es wäre mir lieber, wenn du nach Hause fährst.«

»Und mir wäre es lieber, wenn du aufhörst, mich andauernd wegzuschicken.« Ich beugte mich über die Mittelkonsole und ließ ihm diesmal keine Möglichkeit für Ausflüchte. Ich legte eine Hand an seine Wange und zwang ihn dazu, mich anzusehen. Sein Blick war gehetzt und lief beinahe über mit den Gefühlen, die er stets verborgen hielt.

»Du kannst nicht immer nur geben, Spence. Ich bin hier und gehe nirgendwo hin, bis es dir besser geht«, sagte ich leise, aber eindringlich.

Er schluckte mühsam. »Ich brauche dich nicht.«

»Wir sind Freunde. Freunde spenden sich gegenseitig Trost, wenn es ihnen schlecht geht.«

»Du brauchst mir keine Belehrung über Freundschaft geben.« Jetzt kehrte die Wut zurück.

Gut. Das war besser als der abgekämpfte Spencer, der vor mir flüchten wollte.

»Anscheinend schon, wenn du nicht kapierst, dass ich dich in diesem Zustand nicht alleine lassen werde.«

»Ich möchte jetzt meine Ruhe haben. Was ist daran so schwer zu verstehen?«, entgegnete er kühl.

»Warum?«

Er runzelte die Stirn. »Weil ich deinen Trost nicht *verdiene*, Dawn.«

»Wieso sagst du das andauernd?«, fragte ich ungläubig.

»Du kapierst es einfach nicht.«

»Nein. Das tue ich wirklich nicht.« Ich öffnete die Autotür, trat um den Wagen herum und lief zu seinem Haus, ohne darauf zu achten, ob er mir folgte. Ich schloss die Tür auf und trat in den Hausflur. Ich kam nicht dazu, meine Jacke auszuziehen, Spencer packte mich bei den Schultern und wirbelte mich herum.

»Geh, Dawn«, sagte er gefährlich leise. Er fasste mich bei den Händen und hielt mich davon ab, die Jacke zu öffnen.

»Pech gehabt. Ich bleibe«, knurrte ich.

»Hör auf, so stur zu sein.« Ein Muskel an seinem Kiefer zuckte.

»Nur, wenn du aufhörst, dich wie ein bockiger Junge anzustellen, der keine Hilfe annehmen will.«

»Ich *brauche* deine verdammte Hilfe nicht!«, brüllte er.

Ich zuckte heftig zusammen. Spencer nahm sofort die Hände von mir. Er lief rückwärts, bis er mit dem Rücken gegen die Kommode im Flur stieß. Sie wackelte unheilvoll. Er schlug die Hände vors Gesicht, und seine Schultern fingen an zu beben.

Jetzt war mir gleichgültig, ob er versuchen würde, mich von sich zu stoßen. Mit wenigen Schritten war ich bei ihm und griff nach seinen Händen. Ich umfasste sie fest und zog sie ihm vom Gesicht, damit er mich ansah. Ich legte alles in meinen Blick. Nicht nur Mitgefühl und die Sorge um ihn, einfach alles. Ich hoffte, er verstand, dass er mir vertrauen konnte. Dass ich für ihn da war und er mich nicht von sich zu stoßen brauchte.

»Bitte lass mich rein«, wisperte ich.

Ich erkannte den Moment, in dem er einknickte. Etwas in seinem Blick zersplitterte, das sich auch in seiner Haltung widerspiegelte. Spencer Cosgrove, der stets da war, wenn man ihn brauchte und einen Fels in der Brandung für seine Freunde darstellte; Spencer, der alle stets mit seiner Lebensfreude ansteckte und immer mehr von sich gab, als er bekam, brach in meinen Armen zusammen.

kapitel 27

Ich lehnte mit dem Rücken am Kopfteil seines Bettes und hielt ihn fest. Er lag mit dem Oberkörper auf mir, einen Arm fest um meine Taille geschlungen, den Kopf irgendwo zwischen meinem Bauch und in meiner Armbeuge vergraben. Meine Beine hatte ich angezogen und war ihm auf diese Art so nah, wie ich nur konnte. Ich versuchte, ihn mit meinem Körper einzuhüllen wie in eine warme Decke. Ich strich ihm über die Schultern und über den Rücken. Irgendwann murmelte er etwas, das von meinem Oberteil verschluckt wurde.

»Wenn das an mich gerichtet war, müsstest du ein bisschen lauter sprechen. Aber wenn die Worte für meine Armbeuge bestimmt waren, hast du alles richtig gemacht«, murmelte ich.

Er drehte den Kopf leicht. »Deine Armbeuge ist ein guter Zuhörer«, sagte er heiser.

»Sag das nicht meiner Kniekehle, sonst wird sie neidisch.«

Sein Körper bebte kurz. Hoffentlich, weil er lachte. Alles andere schmerzte mich zu sehr. Das war etwas, das ich an diesem Abend gelernt hatte. Der eigene Schmerz war nicht mit dem zu vergleichen, den man empfand, wenn man jemanden leiden sah, der einem am Herzen lag. Das war viel schlimmer.

»Ich war früher ein richtiges Arschloch.«

Das war mal ein rasanter Themenwechsel. Ich strich zwischen seinen Schulterblättern entlang, hinab und wieder hinauf, um ihn zum Weitersprechen zu animieren.

»Es fing so mit fünfzehn an. Ich hatte es satt, der Vorzeigesohn zu sein, habe Zeit mit den falschen Leuten verbracht und angefangen, zu kiffen.«

»Mit fünfzehn?«, entfuhr es mir.

Spencer drehte sich auf den Rücken und sah zu mir hoch. Sein Kopf war in meinen Schoß gebettet. Seine Wangen waren fleckig und gerötet, sein Blick von Erinnerungen getrübt.

»Mein Vater hasst mich. Das hat er schon immer, auch wenn es damals noch nicht so schlimm war wie heute. Ich war ihm nie gut genug, und das hat er mich, seit ich klein war, spüren lassen. Es ...« Er richtete den Blick gegen die Decke. Als würde es ihm so leichter fallen, über seine Vergangenheit zu sprechen. »Es hat wehgetan. Ich brauchte Ablenkung. Irgendetwas, das meine Gedanken benebelte.«

Ich hob die Hand und fuhr ihm durchs Haar. Jetzt schloss er die Augen.

»Olivia war damals acht. Im Gegensatz zu mir hat Dad sie vergöttert. Sie war immer seine Prinzessin. Seit ihrer Geburt hat er sie bevorzugt und ihr immer alles gegeben, was sie wollte. Bei Familientreffen und auch bei seinen Freunden hat er immer nur von ihr geschwärmt, während er über mich gesprochen hat, als wäre ich eine Schande für die ganze Familie. Und ich ... ich habe sie dafür gehasst.« Die letzten Worte sagte er so schnell, dass ich sie kaum verstand. Er kniff die Augen fest zusammen, und eine Falte bildete sich zwischen seinen Brauen.

Ich streichelte seinen Kopf weiter. Mein anderer Arm blieb auf seinem Bauch.

»Ich war in so viel Scheiße verwickelt«, fuhr er fort. »Irgendwann habe ich nicht mehr nur Gras gekauft, sondern auch gedealt. Nicht, dass ich das Geld gebraucht hätte – einfach weil ich den Kick mochte, den es mir gab. Mom merkte, dass irgendetwas nicht stimmte, und versuchte daraufhin immer hartnäckiger, mich in Familienaktivitäten einzubeziehen. Ständig wollte sie, dass ich Sachen mit Olivia unternahm, dabei standen wir einander nicht wirklich nah. Ihr gefiel nicht, wie ich mich verhielt und dass ich Mom und Dad unglücklich machte. Manchmal hat es sich so angefühlt, als wäre ich ein Eindringling, wenn ich abends nach Hause kam und sie gemeinsam am Tisch essen sah. Ohne mich. Dabei war das meine eigene Entscheidung. Ich habe mich wie ein verwöhnter Scheißbengel verhalten.«

»Jeder macht in der Pubertät irgendeinen Quatsch, Spence«, sagte ich besänftigend.

Eine Weile lang schwieg Spencer. Ich wollte ihn nicht drängen, also strich ich einfach weiter über seinen Kopf und wartete.

»Ich bin für das verantwortlich, was mit Olivia geschehen ist, Dawn«, sagte Spencer schließlich.

Ich hielt in meiner Bewegung inne. »Was ist passiert?«

Er öffnete die Augen, und der Schmerz darin traf mich mitten ins Herz. »Ich sollte auf sie aufpassen, weil die Babysitterin krank war und meine Eltern eine wichtige Veranstaltung besuchten. An diesem Tag war ich eigentlich selbst verabredet gewesen und musste dann ihretwegen absagen. Ich war so sauer. Ich bin mit Olivia zum Spielplatz und habe einen durchgezogen, um wieder runterzukommen.« Sein Blick verklärte sich und er blickte durch mich hindurch. »Sie hat mich dermaßen genervt. Die ganze Zeit rang sie um meine Aufmerksamkeit und wollte, dass ich ihr beim Klettern zusehe. Stattdessen habe ich lieber mit dem Handy gespielt. Bis sie plötzlich schrie.«

Ich atmete scharf ein, und Spencers Blick richtete sich wieder auf mich.

»In Filmen sind solche Szenen immer wie in Zeitlupe, aber Dawn, ich schwöre, es ist alles viel zu schnell passiert. Sie schrie, ich blickte auf, und da war sie schon auf den Boden geknallt. Ich hörte ihren Kopf knacken.«

Ich schlug mir eine Hand vor den Mund.

»Ich dachte, sie wäre tot. Ihr Körper war völlig leblos. Und das Knacken wiederholte sich in Dauerschleife in meinem Kopf. An den Rest erinnere ich mich nur lückenhaft. Ich weiß nicht mehr, wie ich zu ihr rannte, auf einmal hockte ich vor ihr und meine Hände waren voller Blut. Dann war der Krankenwagen da. Wir fuhren ins nächste Krankenhaus. Meine Eltern kamen. Dad schlug mich nieder.«

Ich spürte, wie mir Tränen in die Augen stiegen. Blind griff ich nach seiner Hand und verschränkte meine Finger mit seinen. Seine Haut war erstaunlich kalt.

»Es war das erste Mal, dass er die Hand gegen mich erhob. Als er sah, wie zugedröhnt ich war, schlug er erneut zu. Er hielt mich mit beiden Händen fest gepackt und schrie mich an. Ich hätte mich wehren können, aber das tat ich nicht. Vermutlich stand ich unter Schock.« Seine Stimme wurde immer heiserer und er räusperte sich. »Sie wurde operiert und in ein künstliches Koma versetzt. Ich erinnere mich noch genau daran, wie ich sie zum ersten Mal nach der Operation sah. Dad wollte mich nicht im Zimmer haben, also musste ich draußen warten. Ich sah durch das kleine Fenster, das oben in der Tür eingelassen war. Und da lag sie. Ein Schlauch ragte aus ihrem Mund, und in ihren kleinen Armen steckten Infusionen. Sie sah kaputt aus, blass und leblos. Meinetwegen.« Er schirmte die Augen mit dem freien Arm vor mir ab.

Ich festigte den Griff um seine Hand.

»Es war, als hätte man mir einen Eimer kaltes Wasser übergekippt. Mit einem Mal war ich wach. Ich meine, so richtig.

Olivia würde lange brauchen, um sich zu erholen, und es stand auch nicht fest, welche Folgen sie davontragen würde, aber sie lebte. Das war der Moment, in dem auch mein Leben eine komplette Kehrtwende machte.«

»Wie erging es ihr nach dem Unfall?«, flüsterte ich.

Er schluckte hart. »Es war das schwerste Jahr, das unsere Familie jemals durchmachen musste. Olivia hatte ein schweres Schädel-Hirn-Trauma, bei dem ein Teil ihres Gehirns beschädigt wurde. Eine Seite ihres Gesichts war nach dem Unfall gelähmt, und sie litt unter Aphasie. Das bedeutet, sie hat die Fähigkeit verloren, sich sprachlich auszudrücken. Meine Eltern haben die teuersten Ärzte des Landes organisiert, damit sie die richtige logopädische Behandlung bekam. Sie hat über ein Jahr lang kein einziges Wort gesagt und musste alles von vorne lernen. Sprache, Schrift und selbst Motorik. Sie verstand keine Zusammenhänge mehr. Das Frustrierende war, dass in ihrem Kopf alles wie vorher aussah. Sie wollte uns Dinge mitteilen, konnte es aber nicht, weil ihr Mund und ihre Zunge nicht hinterherkamen.«

Wie schlimm das sein musste. Einen Körper zu haben, der nicht das machte, was man wollte. »Wie ging es dir dabei?«

Er brauchte einen Moment, bis er antwortete. Sein Atem ging unregelmäßig, und ich sah, wie er versuchte, die richtigen Worte zu finden. »Beschissen. Einfach beschissen. Ich stand unter traumatischem Stress, hatte schlimme Panik- und Schlafprobleme. Immer wenn ich versucht habe, einzuschlafen, habe ich Olivias Schreie im Ohr gehabt. Ich konnte nicht aufhören, darüber nachzudenken, dass ich es hätte verhindern können. Ich hatte ständig Schweißausbrüche und habe keine Luft mehr bekommen. Mom hat mich in Behandlung geschickt. Ich bekam eine Therapie und Medikamente gegen die Angstzustände.«

Ich erinnerte mich daran, dass er mir gegenüber mal seine Therapeutin erwähnt hatte. Und an die braune Tablettendose in seinem Gewürzschrank.

»Hat das geholfen?«, fragte ich leise.

»Auf jeden Fall. Ich konnte wieder schlafen. Du glaubst gar nicht, was das für ein Geschenk ist, wenn man mehrere Monate keine Nacht durchgeschlafen hat. Außerdem musste ich mich zusammenreißen ... um meiner Familie willen. Dafür hatte ich viel zu viel wiedergutzumachen. Ich wollte endlich der Bruder sein, den Livvy verdiente. Jemand, der seiner Familie Halt gab, statt sie von innen heraus zu zerstören.«

»Spence ...«, wisperte ich. Ich griff nach seiner Hand und nahm sie von seinen Augen. Ich wollte, dass er mich ansah, wenn ich die nächsten Worte sagte. »Ich werde das jetzt nicht harmloser machen, als es ist, oder schönreden. Wie du dich damals verhalten hast, war nicht in Ordnung, aber es ist nicht deine Schuld, dass Olivia das passiert ist.«

Seine Miene wurde hart, aber ich ließ ihn nicht dazwischen grätschen. Nicht, ehe ich fertig war.

»Wenn du nicht geraucht hättest, wärst du dann da gewesen, um sie aufzufangen?«, fragte ich eindringlich.

Er schnaubte bloß verächtlich.

»Hättest du kein Handy gehabt und ihr beim Klettern zugesehen, wärst du rechtzeitig bei ihr gewesen und hättest sie aufgefangen?«

»Du verstehst das nicht. Selbst jetzt, sechs Jahre später, ist sie eingeschränkt, und alle halten sie für geistig behindert, weil sie nicht mehr richtig reden kann und ihr Gesicht gelähmt ist. Sie hat das nicht verdient, Dawn. Sie hat ein besseres Leben verdient. Und wegen meines Fehlers kann sie dieses Leben nicht haben.«

Ich umfasste sein Gesicht mit beiden Händen und beugte

mich über ihn, damit er nicht vor meinem eindringlichen Blick floh. »Hör auf, dich selbst zu geißeln.«

»Aber ich habe es …«

»Wenn du das Wort *verdient* auch nur in den Mund nimmst, werde ich dich bewusstlos schlagen.«

Er verstummte.

»Ich kenne dich, Spencer Cosgrove. Ich kenne dich, und ich weiß, dass du deine Familie mehr als alles andere liebst. Du würdest alles für sie tun. Das ist mehr als genug.«

»Aufopferungsbereitschaft bringt aber kein verpfuschtes Leben wieder in Ordnung«, gab er zurück.

Wenn er sich das in den letzten sechs Jahren eingeredet hatte, würde es sicher mehr als eine Nacht brauchen, um ihn vom Gegenteil zu überzeugen. Ich streichelte seine Wangen mit meinen Daumen und sah ihm einfach nur in die Augen. Der Ballast lag schwer auf seinen Schultern, und das Gewicht zog ihn nieder. In diesem Moment wusste ich, dass er die Last ab sofort mit mir teilte. Dafür würde ich sorgen.

»Hat sich die Beziehung zu deiner Familie nach dem Unfall verändert?«, fragte ich vorsichtig.

Spencer blinzelte überrascht über den Themenwechsel. Er überlegte eine Weile und lehnte sich in meine Berührung.

»Ja«, sagte er nach einer Weile. »Hundertprozentig.«

»Inwiefern?«

»Ich bin damals nicht von Olivias Seite gewichen. Selbst als sie versuchten, mich rauszuschmeißen, bin ich nicht verschwunden. Einmal habe ich mich mit Kabelbinder an ihr Bett gefesselt. Mein Dad sah aus, als würde er mich erneut verprügeln wollen, aber die Schwestern ignorierten meine Anwesenheit danach, und ich blieb Tag und Nacht bei Livvy. Meine Noten sind in den Keller gerutscht, aber das war mir ziemlich egal. Ich glaube, Mom hat mir nur deshalb verziehen. Damals, als es am schlimmsten war, habe ich zu malen angefangen. Livvys Therapie hat mich dazu animiert, mich ernsthaft mit Kunst auseinanderzusetzen. Ich fand es total faszinierend, wie sie mithilfe von Farben kommunizieren konnte. Wir haben angefangen, uns über Skizzenblöcke zu verständigen. Wenn jemand unter dieser Art von Sprachverlust leidet, muss man geduldig sein. Livvy war sehr reizbar und litt unter Gefühlsschwankungen. Das tut sie heute noch.«

»Fährst du deshalb so oft nach Hause?«

Er nickte. »Ich bin ihr einziger Fixpunkt. Deshalb haben meine Eltern auch dieses Haus gekauft. Als ich in Woodshill angenommen wurde, wollten sie schnellstmöglich herkommen, aber hier sind die Behandlungsmöglichkeiten viel beschränkter als in Portland. Mein Umzug hat Olivias Zustand verschlechtert. Es war eine große Umgewöhnung für uns alle. Ich bin auch nur hier, weil Mom mich zum Studium gedrängt hat. Wenn es nach mir ginge, wäre ich bei Olivia geblieben. Vor allem wegen meinem Dad.«

»Was meinst du damit?«, fragte ich vorsichtig.

Sein Blick wurde düster. »Er weiß nicht richtig mit ihr umzugehen und behandelt sie dementsprechend. Wenn sie einen Wutanfall hat, schreit er zurück. Er hat einfach keine Geduld mit ihr. Er springt mit ihr um, als wäre sie eine Belastung für ihn. Und wenn er mit ihr spricht, redet er sie an, als wäre sie ein Baby oder ein Kindergartenkind. Dabei versteht sie jedes Wort und kann auch anhand der Sprachmelodie erkennen, wenn jemand sie von oben herab behandelt. Manchmal wird das zu viel für sie, und sie bekommt Anfälle. Seit ich nicht mehr dort wohne, ist es noch schlimmer geworden. Weil ich nicht mehr da bin, um als Dads Puffer herzuhalten.«

Beim dem Wort *Puffer* zuckte ich zusammen. Unwillkürlich fragte ich mich, ob Spencer nach dem Unfall öfter als Puffer hatte herhalten müssen. Die Vorstellung machte mich unfassbar wütend.

»Aber es geht ihr inzwischen besser, oder?«, fragte ich.

Er nickte langsam. »Ja, das schon. Sie geht zur Schule und möchte nach der Highschool studieren. Aber es wird schwer werden. Mit Aphasie wird man oft für dumm gehalten oder wie ein Kleinkind behandelt. Es wird ihr Leben lang so bleiben. Sie kann nicht einmal Essen im Restaurant bestellen, weil sie sich nicht traut, Wörter auszusprechen, die in der Karte stehen. Aber sie ist in Behandlung und strengt sich an. Ich bin mir sicher, dass sie alles schaffen wird, was sie sich vornimmt. Und ich werde ihr dabei helfen.«

Er strahlte eine solche Zuversicht aus, dass es mir für einen Moment die Sprache verschlug. »Wie schaffst du das nur?«

»Hm?« Fragend schaute er zu mir hoch.

Ich schluckte trocken und zeichnete mit den Fingerspitzen eine Spur an seinen Schläfen entlang. »Du bist immer so lebensfroh und zuversichtlich, und ich frage mich, wie du das hinbekommst.«

»Von meiner Lebensphilosophie habe ich dir doch schon erzählt.« Er verzog die Mundwinkel, aber es war kein fröhliches Lächeln, sondern eines, das mindestens so schwer aussah wie die Last, die er mit sich herumschleppte. »Jeder Tag gibt mir die Chance, neu anzufangen und ein guter Mensch zu sein. Jeder Morgen ist ein Neuanfang. Ich vergesse zwar nicht, was ich getan habe, versuche aber, damit zu leben und jemand zu sein, der alles wert ist. Die Liebe meiner Familie. Die Zeit meiner Freunde.« Er nahm meine Hand in seine und führte sie an seine Lippen. »Die Berührung eines Mädchens, das viel zu gut für mich ist.«

Ein schmerzhaftes Ziehen machte sich in mir breit.

Wie konnte er nur so etwas sagen? Wie konnte er annehmen, nicht gut genug für seine Familie – für mich – zu sein, bei allem, was er für sie tat?

»Ich will nicht, dass du so etwas sagst.« Meine Stimme klang erstickt, und erst jetzt merkte ich, dass mir Tränen in die Augen gestiegen waren.

Spencer setzte sich auf und sah mich erschrocken an. »Dawn …«

»Als ich hierher gezogen bin, hätte ich es niemals für möglich gehalten, innerhalb eines solch kurzen Zeitraums wieder glücklich zu werden. Ich hätte niemals erwartet, Tränen zu lachen. Oder ausgelassen zu tanzen. Oder mich *lebendig* zu fühlen.« Ich boxte ihn. Nicht besonders heftig, aber mit Nachdruck, damit dieser dämliche Esel verstand, was ich sagte. »Du bist einer der stärksten Menschen, die ich je kennengelernt habe. Also hör verdammt noch mal auf, so etwas zu sagen.«

Sein geschockter Ausdruck verschwand und wurde wärmer. »Süße …«

»Wenn du dich jetzt wieder irgendwie selbst schlecht machst, halte ich mir die Ohren zu.« Ich machte die Drohung umgehend wahr und summte irgendeine Melodie.

Er öffnete den Mund, aber ich hörte ihn nicht. Sein Griff war sanft, gleichzeitig bestimmend. Er zog mir die Hände vom Gesicht.

»Das ist eines von Livvys Lieblingsliedern«, sagte er.

»Ich habe keine Ahnung, was ich gesummt habe«, gab ich kleinlaut zurück.

»Wenn ich mich recht entsinne, war es ein Lied aus dem ersten Teil von *Highschool Musical.*«

»Oh.«

Er grinste. Er grinste tatsächlich. Mit dem Mund, den Augen und seinem ganzen Gesicht.

»Du verrücktes Mädchen«, murmelte er und zog mich an seine Brust.

Gemeinsam sanken wir in die Kissen, die Arme umeinandergeschlungen, Spencers Kinn auf meinem Kopf.

Ich schloss die Augen und sog seinen vertrauten Geruch tief ein. »Erzähl mir mehr von Livvy.«

»Eigentlich ist sie wie jede andere Vierzehnjährige. Sie liebt kitschige Filme, ihr momentaner Favorit ist *Pitch Perfect*. Sie hat eine größere Vorliebe für Boybands als du, was auch der Grund dafür ist, dass ich fast alle Songs deines iPods auswendig kenne. Während der Reha habe ich ihr oft vorgesungen, um die Geräusche zu übertönen, und sie hat mich gezwungen, alle Alben von One Direction auswendig zu lernen. Sie war ziemlich traurig, als Zayn ausgetreten ist, um sein eigenes Ding durchzuziehen, findet sein Album aber ganz gut und will ihn auch weiterhin unterstützen. Ach, und sie steht auf diesen merkwürdigen Nagellack, bei dem man zwei Schichten aufträgt, wovon die obere dann so bricht.«

Ich lachte an seiner Brust.

Er legte die Hand auf meinen unteren Rücken und drückte mich kurz. »Ich habe diese Woche schon Ideen für ihren Geburtstag gesammelt.«

Ich blickte zu ihm hoch. »Wann hat sie?«

»In zwei Wochen. Ich habe keine Ahnung von fünfzehnjährigen Mädchen. Fünfzehn klingt irgendwie schon alt. Mit vierzehn konnte ich leben, da gehört man definitiv noch in die Kategorie Mädchen, aber mit fünfzehn …« Er schüttelte den Kopf. »Ich weiß nicht. Bald ist sie erwachsen. Irgendwann sieht sie in mir nur noch einen blöden, großen Bruder, der ihr total auf die Nerven geht.«

»Das kann ich mir nicht vorstellen, Spence. Was steht denn zur Auswahl, was Geschenke angeht?«

Seine Augen funkelten amüsiert. »Am liebsten würde ich ihr Konzerttickets kaufen, aber Mom war von dem Einfall nicht so begeistert. Mir hat sie es damals auch erst ab sechzehn erlaubt.«

»Ich wünschte, ich hätte auch einen Bruder gehabt, der mit mir auf Konzerte geht.«

»Du kannst mit mir zu Konzerten gehen«, sagte er, und ich grinste in sein Shirt.

»Nicht, dass Olivia eifersüchtig wird.«

»Wir können auch einfach warten, bis sie sechzehn ist und dann zu dritt gehen.«

»In Ordnung, abgemacht.«

In der nächsten Stunde erzählte er mir mehr über seine Schwester, und in jedem Detail, das er mir über sie verriet, erkannte ich seine grenzenlose Liebe für sie. Das Reden fiel ihm von Minute zu Minute leichter. Und es tat gut, für ihn da zu sein. Seine Geheimnisse zu ergründen. Ihn zu verstehen.

Irgendwann, als seine Atmung ruhiger wurde, rieb er sich mit einer Hand die Augen. »Ich bin müde.«

Ich streichelte seinen Bauch. »Dann schlaf.«

Er schüttelte den Kopf. »Du sollst nicht alleine nach Hause fahren müssen.«

Eine lange Pause entstand, in der ich seinem Herzschlag lauschte und in mich hineinhorchte. Da war nichts, bis auf Wärme. Keine Angst. Keine Furcht.

»Ich möchte bei dir bleiben«, flüsterte ich.

Eine Weile lang rührte er sich nicht. Seine Brust hörte auf, sich zu heben und senken. Dann, als hätte er verstanden, was ich gesagt hatte, schlang er die Arme noch enger um mich und vergrub sein Gesicht in meinem Haar.

kapitel 28

Wir waren ein Knäuel aus Armen und Beinen. Ich konnte nicht genau sagen, welches der Beine, die da unten miteinander verknotet waren, zu mir oder zu ihm gehörte. In der Nacht hatten wir uns wohl ausgezogen, weil es zu heiß geworden war, und nun fühlte ich Spencers Haut an meiner. Er hatte einen Arm um mich geschlungen, seine Hand lag auf dem Streifen Haut, wo mein Shirt hochgerutscht war. Den anderen Arm hatte er unter meinem Kopf ausgestreckt. Ich schob die Hand an seinem Unterarm entlang, bis ich bei seinen schlanken, langen Fingern angekommen war. Ich strich über sein starkes Handgelenk und fuhr die Linien an seiner Handinnenfläche nach. Davon wachte er auf. Ich spürte, wie sich die Spannung seines Körpers veränderte.

»Ich habe gut geschlafen«, murmelte ich und spielte weiter an seinen Fingern herum. Ich zeichnete die Kerben in seiner Hand nach, jede einzelne Rille an seinen Fingern.

»Mein Bett ist grandios, nicht wahr?« Seine Stimme klang kratzig und verschlafen.

Ich drehte mich auf den Rücken und wandte ihm das Gesicht zu. Er sah müde und zerknittert aus, aber der Schmerz war aus seinen Augen verschwunden. Er strich mit den Fingern leicht über den schmalen Streifen Haut an meinem Bauch. Mein Atem stockte.

Er beugte sich vor und hielt kurz inne, um ein »Danke« zu raunen, dann lagen seine Lippen auf meinen.

Dieser Kuss war anders. Er fühlte sich nach mehr an als bloßer Dankbarkeit. Auf seinem Mund lag die Verbundenheit, die die vergangene Nacht, die vergangenen Monate zwischen uns geschaffen hatten. Ich öffnete meine Lippen für ihn, und als seine Zunge auf meine traf, berührte er etwas in meinem Inneren, das ich glaubte, verloren zu haben.

Ganz langsam schob er mein Shirt weiter nach oben, bis zum Brustansatz. Mit dem Daumen strich er über die untere Seite meiner Brust, und ich japste. Dann fuhr er seitlich an meiner Taille entlang, bis zum Rand meines Höschens. Er ließ die Hand noch weiter südlich wandern, diesmal bis zu meinem Oberschenkel. Als er die Innenseite streicheln wollte, umfasste ich seine Hand reflexartig.

»Nicht.«

Spencer rollte sich auf mich. Er strich die Haarspitzen aus meiner Stirn und sah mich durchdringend an. Ich fühlte mich nackt. Als könnte er mitten in mich hineinsehen.

»Du bist perfekt, Dawn.« Er küsste mich sanft. »Du brauchst sie nicht vor mir verstecken.« Er senkte den Mund auf meine Wange. »Ich hab mich dir anvertraut.« Er küsste meinen Hals. Mein Ohr. Die Stelle dahinter. Meinen Haaransatz. »Jetzt bist du dran.«

Mein Herz flippte völlig aus. Es fühlte sich an, als würde ich am Rand eines Abgrunds stehen. Bumm. Bumm. Bumm.

»Bitte mach mich nicht kaputt«, flüsterte ich.

Er drückte seine Stirn gegen meine. Für eine Weile blieben wir in dieser Position, mit seinem angenehm schweren Gewicht auf mir und seiner Wärme, die mich umgab und einhüllte.

»Das habe ich nicht vor.«

Ich legte die Hände um seinen Nacken und zog ihn an mich. Spencer gab ein kehliges Geräusch von sich, das sich in unserem Kuss verlor. Ich drückte mich enger gegen ihn, um noch mehr von seiner Wärme zu spüren. Ich wollte sie in mich aufnehmen, festhalten und ihm dasselbe zurückgeben. Er hatte so viel mehr verdient, und ich versuchte, ihm das mit meinem Körper zu zeigen. Mit jeder Geste, jeder Berührung.

Er zog meine Unterlippe zwischen seine Zähne. Sein Biss war fest, aber gleich darauf war seine Zunge da, um den zwickenden Schmerz zu lindern. *Himmel.* Nur ein Kerl wie Spencer konnte es bewerkstelligen, so verrucht und gleichzeitig so süß zu küssen.

Ich ließ die Hände unter sein Shirt gleiten, strich seine Wirbelsäule hinauf. Langsam zog ich das Shirt über seinen Kopf. Meines folgte wenig später, und dann war seine Haut heiß auf meiner.

Ich schlang ein Bein um ihn, um ihn dichter an mich zu ziehen. Ich fühlte ihn hart und heiß durch den Stoff seiner Boxershorts und rutschte ein Stück weiter runter, um mich an dem Punkt zu reiben, an dem ich es am meisten brauchte. Spencer atmete schwer, und die heiße Luft streifte meinen Hals.

Ich fuhr mit den Lippen über seinen Brustkorb und zog eine Spur von Küssen seinen Hals hinauf. Spencer rollte sich auf die Seite und zog mich mit sich, ein Bein noch immer um ihn geschlungen. Er stieß ein Brummen aus, das tief aus seiner Brust kam. Ich war verrückt nach diesem Laut. Vor allem wenn unsere Oberkörper derart dicht beieinanderlagen und ich es in mir surren spürte.

Er schob seine Hand von hinten in mein Höschen und packte meinen Hintern. Ich hatte keine Ahnung, wie er es machte, aber diese Dominanz, gemischt mit seiner Zärtlichkeit, gab mir einfach den Rest. Er zog den Stoff nach unten, und ich trat ihn mit den Füßen vom Bett. Dann strich er an der Innenseite meines Beins hinauf und sah mich an. Seine Finger hinterließen prickelnde Spuren auf meiner Haut. Er glitt immer weiter hoch, über die Reihe von Narben an der Innenseite meines Oberschenkels, aber nichts in seiner Miene veränderte sich. Er sah mich genauso glühend an wie zuvor. Er hielt nicht inne oder verweilte zu lange dort. Er behandelte sie wie einen Teil meines Körpers. Einen Teil von mir.

Er zog seinen Weg nach oben unerbittlich fort, bis seine Hand zwischen meinen Beinen angekommen war. Ohne den Blick von mir zu nehmen, schob er seine Finger in die Feuchtigkeit. Sein unerbittlicher Blickkontakt war eine Herausforderung, der ich unbedingt standhalten wollte. Ein Funkeln trat in seine Augen, und er drang mit zwei Fingern in mich. Langsam. Bedächtig. Als wollte er seine Spuren auf und in mir hinterlassen. Dabei hatte er das schon längst.

Er zog die Finger ein Stück zurück und schob sie dann wieder vor. Er baute einen quälenden Rhythmus auf und beobachtete jede meiner Reaktionen. Jedes Wimmern, jedes Schnappen nach Luft verriet ihm, wie sehr er mich in den Wahnsinn trieb. Als er einen besonders herrlichen Punkt in mir traf und meine Muskeln sich um ihn zusammenzogen, stöhnte er tief. Ich bog den Rücken durch und stemmte mich seiner Berührung entgegen. Ein Zittern durchlief meinen Körper.

»Lass los, Dawn«, raunte er heiser.

Jetzt setzte er auch noch seinen Daumen ein. Eine feste Berührung an meinem empfindlichsten Punkt, ein weiterer Stoß mit seinen leicht gekrümmten Fingern, und ich zerbrach in seinen Armen. Möglicherweise stöhnte ich dabei seinen Namen. Laut.

Er hielt meinen Oberschenkel, der noch immer um seine Hüfte geschlungen war, fest umfasst. Sein Daumen fuhr mit den unerbittlichen Kreisen fort, und mein Körper erschauerte lange und heftig. Und obwohl ich gerade gekommen war, war es noch lange nicht genug. Ich wollte ihn. Ich *brauchte* ihn.

»Spencer.« Meine Stimme klang fremd, weil so viel auf einmal in ihr lag.

Er küsste mich langsam und innig. In mir schien alles nur noch aus Feuer zu bestehen. Ich griff nach unten und streifte den elenden Stoff von seinen Hüften. Weg damit. Weit weg damit. Bis ans andere Ende der Welt damit.

»Verdammt, ja«, murmelte er in meinen Mund und drückte seinen nackten Körper gegen mich.

»Kondom«, antwortete ich.

»Gute Idee.«

Ich liebte, dass es mit uns so war. Dass wir uns völlig im Verlangen verlieren konnten, aber immer noch *wir* waren. Durchgeknallt, verspielt und gleichzeitig voneinander entflammt.

Wenig später spreizte er meine Beine mit den Knien. Er kauerte über mir, sein Gewicht drückte mich in die weiche Matratze, und es gab keinen Ort, an dem ich lieber sein wollte. Unter ihm, eingekesselt von seinen starken Armen, seine funkelnden Augen über mir, die meinen Blick suchten.

Ich umschlang ihn mit den Beinen. In quälender Langsamkeit drang er in mich ein, ohne den Blick von mir zu nehmen. Zentimeter für Zentimeter. Ich fühlte ihn bis in meine Zehenspitzen, in jedem Flecken meines Körpers.

»Du bist verdammt perfekt, Dawn Edwards«, sagte er rau.

»Gleichfalls, Spencer Cosgrove.«

Lächelnd strich er mir den Pony aus der Stirn und ließ sich auf einen Ellenbogen nieder. Ich berührte seine Mundwinkel. Er war so schön.

Er glitt aus mir heraus und drang wieder in mich, Stück für Stück, als kostete er diesen Moment ebenso aus wie ich. Er wiederholte die kontrollierten Stöße, und eine enorme Hitze ballte sich in mir.

Ich beugte mich vor und küsste seine Brust. Ich leckte den leichten Schweißfilm von seinem Hals. Er stöhnte kehlig, und es klang so verflucht sexy, dass sich meine Muskeln eng um ihn zusammenzogen. Zischend holte er Luft, und ich spürte ihn tief in mir pulsieren. Ich fuhr mit den Händen über seine Schultern, krallte mich in seinen Bizeps und schob das Becken hoch, um mehr von ihm zu spüren. Spencer reagierte sofort. Er stieß tiefer in mich, und ich umklammerte ihn fest. Seine Lippen streiften meine, ich bog den Rücken durch. Mein Körper wurde völlig eigenständig, wenn wir einander derart nah waren. Jemanden so sehr zu begehren wie ich ihn, wäre beunruhigend gewesen, wenn es sich nicht derart großartig angefühlt hätte. Es war beängstigend, aufregend, wundervoll – einfach alles.

Spencer war alles.

Ich umfasste sein Gesicht mit beiden Händen, als unser Rhythmus fieberhaft wurde und wir die Kontrolle verloren. Sein Blick war verdunkelt, seine Lippen geschwollen, und Röte stieg ihm in die Wangen. Die Spannung nahm weiter zu, immer weiter, bis es mir schwerfiel, seinen Blick festzuhalten. Aber ich wollte, dass er hinsah. Dass er verstand, was er mit mir machte. Und ich wünschte mir, er begriff endlich, dass er mehr verdient hatte. So viel mehr.

kapitel 29

Ich saß bereits seit einer Stunde am Tresen im *Woodshill Steakhouse*. Ich wollte mich hier mit meinem Dad treffen, war aber schon gemeinsam mit Sawyer zu ihrem Schichtbeginn hergekommen, um mich mit ihr zu unterhalten, während das Restaurant allmählich voller wurde.

Mit *About Us* ging es gut voran, wobei das Ende noch lange nicht in Sicht war. Inzwischen war ich mir sicher, dass dieses Projekt mein erster richtiger Roman werden würde. Diese Geschichte hatte so viele Schichten, die es zu ergründen galt und die ich erzählen wollte. Dadurch, dass ich so viel von Spencer und mir selbst verarbeitete, brauchte ich viel länger, um die richtigen Worte zu finden. Ich hatte probiert, dieselbe Art von Vertrauen zwischen Mackenzie und Tristan aufzubauen, die zwischen Spencer und mir herrschte, und das war wirklich eine Herausforderung.

»Ich glaube, da hinten kommt dein alter Herr.«

Ich drehte mich auf dem Hocker um und sah in Richtung des Eingangs. Ein alter Mann mit Gehstock betrat das Steakhouse. Er musste um die achtzig sein.

»Das sagst du seit einer Stunde bei jedem Mann, der reinkommt«, erwiderte ich. »Langsam ist es eher nicht mehr lustig.«

Sie zuckte bloß mit den Schultern, grinste und polierte ihre Gläser weiter. Obwohl sie sich Mühe gab, es sich nicht anmerken zu lassen, wusste ich, dass sie sich noch immer nicht hundertprozentig wohlfühlte bei diesem Job. Sawyer war ein Mensch, der den größten Teil seiner Zeit draußen verbrachte. Am liebsten streunte sie mit ihrer Kamera durch die Gegend und fotografierte, was ihr vor die Linse kam – die Arbeit im Steakhouse tat sie nur notgedrungen.

Was genau bei ihr los war, hatte sie mir nicht erzählt, aber ich wusste, dass sie auf das Geld angewiesen war. Wenn ich ihr die Arbeitszeit versüßen konnte, indem ich Zeit hier verbrachte und mich von ihr ärgern ließ, dann tat ich das gerne. Außerdem fiel es mir überhaupt nicht mehr schwer, in ihrer Gegenwart zu schreiben.

»Das dürfte er sein, oder?«, fragte Sawyer, und ich rollte mit den Augen.

»Haha, Sawyer.«

»Spätzchen!«

Ich fuhr herum und strahlte Dad an, der mir mit ausgebreiteten Armen entgegenkam. Die Liebe tat ihm offensichtlich gut. Er sah jünger aus, trug Jeans und einen Wollpullover, der ihm gut stand.

»Hey, Dad«, sagte ich und schlang die Arme um ihn. Danach hielt ich ihn bei den Oberarmen umfasst und betrachtete ihn von oben bis unten. »Du siehst toll aus.«

»Ich habe deinen Rat beherzigt und den Overall heute mal zu Hause gelassen. Wollen wir?« Er nickte in Richtung der Bänke bei der Fensterfront.

»Ich wollte dir vorher noch jemanden vorstellen«, entgegnete ich. »Dad, das ist Sawyer, meine Mitbewohnerin. Sawyer, das ist mein Dad, Stanley.«

»Ah! Von dir habe ich schon viel gehört.« Dad schüttelte Sawyers Hand kräftig. »Schön, endlich mal ein Gesicht zum Namen zu haben.«

Sawyer blickte völlig perplex drein. »Oh … ähm, gleichfalls.«

Dad lächelte und machte sich dann auf den Weg zum Tisch. Ich wollte ihm gerade folgen, da hielt Sawyer mich am Handgelenk fest.

»Was?«, fragte ich.

Sie öffnete den Mund und schloss ihn gleich wieder. Sie schluckte schwer. »Du hast deinem Dad von mir erzählt?«

Ich runzelte die Stirn. »Klar. Ich erzähle ihm von all meinen Freunden.«

Sie blinzelte irritiert und ließ mein Handgelenk los. Dann machte sich Erleichterung auf ihren Gesichtszügen breit. »Ach so.«

»Was dachtest du denn?«, fragte ich.

Sie schüttelte nur den Kopf und wandte sich um. Unwillkürlich fragte ich mich, ob sie überhaupt Freunde hatte, deren Eltern sie kannte. Darüber würde ich unbedingt noch mal mit ihr reden müssen.

In der nächsten Stunde aßen Dad und ich unsere Steaks, und er erzählte mir, wie es momentan in der Werkstatt lief. Ich löcherte ihn wegen Maureen, und er machte es gleichermaßen und wollte alles über Everly erfahren. Ich liebte diese Treffen mit meinem Dad, vor allem wenn er derart glücklich war.

»Ich würde auch gerne noch einmal mit dir über letzte Woche sprechen«, sagte Dad irgendwann nach dem Essen und wischte sich den Mund mit der Serviette ab.

»Hm?« Ich war gerade immer noch dabei, das letzte Stück meines Steaks zu vertilgen und schwebte im siebten Fleischhimmel.

»Ich rede von Nathaniel, Spätzchen.«

Das Fleisch kam mir plötzlich wie ein Haufen Mehl vor. Ich würgte es runter und trank schnell ein paar Schlucke Limonade. »Ich habe überreagiert, Dad. Ich wollte dich wirklich nicht blamieren, aber …«

»Was?« Er runzelte die Stirn und lehnte sich mit den Armen auf den Tisch. »Du hast mich doch nicht blamiert. Es ist völlig verständlich, dass du den Anblick deines Exmanns mit einer anderen Frau unangenehm findest.«

Beim E-Wort zuckte ich zusammen. Dieses Gespräch war längst überfällig, das wusste ich, aber das machte es keineswegs leichter. »Dad, ich glaube, ich … ich muss dir etwas sagen.«

Sofort legte er sein Besteck beiseite und sah mich mit großer Sorge im Blick an.

Ich brachte kein einziges Wort heraus. Ich hatte nicht vorgehabt, dieses Gespräch hier und heute zu führen, und wusste überhaupt nicht, wie ich anfangen sollte.

»Du machst mir Angst, Dawny. Spuck's aus«, sagte Dad eindringlich.

»Der Grund, weshalb Nate und ich uns getrennt haben … ist nicht, dass wir uns auseinandergelebt haben«, fing ich leise an.

»Sondern?«

Ich räusperte mich. »Nate … hat mich … sozusagen betrogen.«

Dad öffnete den Mund. Schloss ihn wieder. Ich sah verschiedene Regungen über sein Gesicht laufen, allen voran Fassungslosigkeit. »Wie bitte?«

Ich sammelte mich und grub tief in mir nach dem Mut, den ich brauchen würde, dieses Gespräch zu überstehen.

»Er hat mich mit Rebecca betrogen«, brachte ich hervor. Mein Herz raste und meine Hände wurden feucht.

»Was?« Dad sprach tödlich leise.

Ich griff über den Tisch und umfasste seine Hände. Die Rauheit seiner Haut fühlte sich vertraut an. Nach Zuhause.

»Es ging über einen längeren Zeitraum. Er hat mich über

Monate hinweg hintergangen.« Es kostete mich enorme Überwindung, ihm endlich anzuvertrauen, was damals wirklich geschehen war.

Dads Augen sprühten Funken. Plötzlich erhob er sich und stieß mit den Schenkeln gegen den Tisch, bis unsere Gläser gefährlich wackelten. Er kam um den Tisch herum und setzte sich neben mich auf die Bank. Dann nahm er mich in den Arm.

»Es tut mir so leid, Dad«, flüsterte ich und vergrub das Gesicht an seiner Schulter. »Ich wollte nicht, dass du dir Sorgen machst. Nur deshalb haben wir so getan, als wäre alles in Ordnung. Nate und Rebecca im Restaurant zu sehen … das hat alles irgendwie wieder hervorgeholt. Es tut mir leid, dass ich dir so lange nichts gesagt habe.«

Er sagte nichts und hielt mich fest. Diese Umarmung kam zwar ein Jahr zu spät, fühlte sich aber dennoch genau richtig an. Als bräuchte ich diesen Moment, um endlich mit dieser Sache abschließen zu können. Tränen lösten sich aus meinen Augenwinkeln und liefen warm über mein Gesicht.

»Ich werde ihn umbringen«, sagte Dad nach einer Weile. Er löste sich von mir und machte die passende Geste mit den Händen. Er tat, als würde er die Luft würgen. »Ich werde ihm eine Tracht Prügel verpassen. Und ihn dann auf der Werkbank strecken.«

Ich lachte schwach. »Bitte nicht. Ich will nicht, dass diese Sache deine Freundschaft mit Sherman und Elena sabotiert.«

Die Furchen auf seiner Stirn waren wieder da, tiefer als zuvor. »Deshalb hast du mir nicht davon erzählt?«

»Ich kenne dich, Dad. Ich wusste, wie du reagieren würdest, und wollte nicht, dass du deine Freundschaften aufs Spiel setzt. Außerdem wollte ich stark sein und mir nicht anmerken lassen, wie sehr mich all das mitgenommen hat. Ich bin schließlich eine waschechte Edwards.«

»Dawn, du hättest mir das schon viel früher sagen sollen«, setzte er mit ernster Stimme an. »Du bist meine Tochter. Meine Familie. Das zählt viel mehr als diese Freundschaft.«

Weitere Tränen brannten mir in den Augen, aber ich hatte das Heulen ziemlich satt, also blinzelte ich sie weg.

»Ich habe das ganze letzte Jahr damit verbracht, nett zu diesem kleinen Scheißer zu sein, weil ich dachte, dass ihr einfach nur … Dass es deine Entscheidung war und ihr wieder Freunde sein wolltet so wie früher. Ich habe mich ihm gegenüber zuvorkommend und freundlich verhalten, obwohl er dir das angetan hat«, knurrte mein Vater. Seine Züge waren wutverzerrt. »Sollte er mir noch einmal über den Weg laufen, kann ich für nichts garantieren.«

»Ich will nicht, dass du ihm wehtust, Dad.«

»Jemand, der meiner Tochter so etwas antut, verdient jegliche Art von Schmerz«, erwiderte er ungerührt. Er knackte mit den Knöcheln, und sofort umfasste ich seine schwieligen Hände wieder.

»Nein«, sagte ich entschlossen. »Ich wollte es dir endlich sagen, damit du Bescheid weißt und ich mit dieser Sache abschließen kann. Ich will nicht noch mehr Drama. Bitte nicht.«

Forschend sah mir mein Vater ins Gesicht. »Für dich mag diese Sache vielleicht schon Monate zurückliegen, bei mir sieht das anders aus.«

Ich seufzte. Er hatte recht. Es war meine Schuld, dass diese Situation so ausgegangen war. Ich hatte ihn damit überfallen und wollte ihm die Zeit geben, die er brauchte, damit seine Wut abflaute. Aber ich hatte eine Idee, wie wir diesen Prozess beschleunigen konnten.

Die Sonne schien und glitzerte auf dem See. Vogelgezwitscher hallte im Tal wider, und von Weitem sah ich ein paar vereinzelte Boote auf dem Wasser, aus denen Angelruten ragten.

Dad und ich hatten unsere Rechnung bei Sawyer beglichen, der ich ansah, dass sie sich sorgte. Aber als ich ihr versicherte, dass alles in Ordnung war, hatte sie bloß die Nase gerümpft und unser Geschirr nach hinten gebracht.

»Und ich habe mich immer gewundert, wie du die Trennung so gut wegstecken konntest. Wie vernünftig ihr mit der Scheidung umgegangen seid. Ich komme mir wie ein Idiot vor«, sagte Dad.

Ich hatte mich bei ihm untergehakt, und gemeinsam liefen wir auf dem Sandweg, der einmal um den gesamten See lief.

»Eigentlich hätte ich es wissen müssen. Ich hätte es in deinen Augen erkennen müssen oder so. Eine Mutter hätte das bestimmt gekonnt«, grummelte er.

Beinahe wäre ich stehen geblieben. »Das ist Quatsch, Dad, und das weißt du auch. Schieb das nicht auf deine fehlende weibliche Intuition.«

»Ich weiß nicht einmal, wie man das schreibt.«

Ich lächelte halb. »Ich bin über ihn hinweg, Dad. Es ging mir nach dieser Sache einfach ziemlich schlecht, weil ich Nate vertraut habe und er mich gedemütigt hat. Er hat mich nicht nur betrogen, sondern …« Ich zuckte hilflos mit den Schultern. »Ich hatte keine Ahnung, was ich machen sollte, ohne die Pläne, die ich mit ihm zusammen geschmiedet habe. Ich wusste nur, dass ich schreiben will. Das war von da an mein einziger Plan. Mehr nicht.«

»Vielleicht war das mein Fehler. Ich hätte nicht zulassen sollen, dass ihr euch so früh in eine Ehe stürzt.«

Jetzt hielt ich an und packte seinen Arm fester. »Hör auf, dir einzureden, Fehler in meiner Erziehung gemacht zu haben.«

»Eltern machen sich ständig Vorwürfe. Das geht Maureen nicht anders«, erwiderte er. Seine Mundwinkel hoben sich leicht.

»Dann hört beide auf. Everly und ich sind doch grandiose Beweise dafür, dass ihr alles richtig gemacht habt. Natürlich machen wir Fehler, aber das ist sicher nicht auf mangelnde oder schlechte Erziehung zurückzuführen, sondern auf Menschlichkeit und die Tatsache, dass wir noch erwachsen werden müssen.«

Dad nickte mit nachdenklicher Miene, und wir setzten unseren Spaziergang fort. Die Sonne fühlte sich wunderbar auf meiner Haut an, und ich reckte das Gesicht zum Himmel.

»Wie sehen deine Pläne jetzt aus, Dawny?«

Die Frage, auf die ich früher immer sehr ausführlich geantwortet hatte und die mir nach der Trennung Panikattacken beschert hatte, ließ mich jetzt mit einer ungewohnten Ruhe zurück. Ich wollte gerade antworten, da erregten Schritte hinter uns meine Aufmerksamkeit. Ich drehte mich um und …

Der Läufer war mit Sicherheit noch an die fünfzig Meter von uns entfernt, aber ich erkannte ihn trotzdem sofort.

War ja klar. Dad fragte mich nach meinen Plänen, und keine Sekunde später kam Spencer angerannt – im wahrsten Sinne des Wortes.

Er war in seine Laufmontur gekleidet, sein Rhythmus war gleichmäßig und schnell. Ich hob den Arm, als er noch an die zwanzig Meter von uns entfernt war. Er neigte den Kopf zur Seite und schirmte die Augen mit der Hand vor der Sonne ab. Als er mich entdeckte, breitete sich ein Grinsen auf seinen Lippen aus. Das letzte Stück zwischen uns überbrückte er in Rekordgeschwindigkeit. Bei uns angekommen, trippelte er auf der Stelle.

»Mr Edwards, was für eine Freude, Sie zu sehen.« Er verneigte sich leicht, was bei seinen Hüpfern echt komisch aussah, und wandte sich dann an mich. Sofort verblasste sein Lächeln, und er blieb stehen. »Mr Edwards, wieso sind Dawns Augen so rot?« Er trat näher an mich heran und fasste mich bei den Schultern. »Hast du geweint? Mr Edwards, wieso hat Dawn geweint?«

Er war außer Atem und verschwitzt, aber das war mir total egal. Ich schlang die Arme um seine Taille und drückte ihn an mich. Dann stellte ich mich auf die Zehenspitzen, um mit dem Mund an sein Ohr zu kommen. »Ich habe es ihm endlich gesagt.«

Spencer zögerte einen Moment, dann erwiderte er meine Umarmung, hob mich dabei sogar ein Stück vom Boden. Er presste mir jegliche Luft aus der Lunge. »Ich bin so stolz auf dich.«

Mir wurde warm ums Herz.

Er ließ mich wieder runter. Dann zupfte er mit den Fingern an seinem feuchten Shirt und roch an sich. »Tut mir leid, auf ein Treffen mit meinem zukünftigen Schwiegervater war ich nicht vorbereitet. Mr Edwards, Sie sehen übrigens großartig aus. Auch wenn mir der Overall ein bisschen fehlt. Ich finde, der hat Ihnen immer dieses Ich-bin-handwerklich-begabt-Prestige verliehen.« Spencer grinste und boxte meinem Dad freundschaftlich gegen die Schulter. Dann wandte er sich wieder an mich. »Ich muss noch ein paar Meilen. Sehen wir uns morgen bei Kaden und Allie?«

Ich konnte nur nicken. Spencer zögerte noch einen Moment, dann drückte er mir einen Kuss auf die Schläfe, irgendwo zwischen Stirn und Haaransatz. Im nächsten Moment joggte er wieder los. Er sah noch einmal über die Schulter und hob die Hand. Schwach winkte ich zurück.

Ob ich mich jemals an seine verschiedenen Seiten gewöhnen würde? Auf seinen Schultern lastete ein riesiges Gewicht, und dennoch war er imstande dazu, das Leben leicht zu nehmen. Er war unbeschwert, obwohl er so viel mit sich herumschleppte. Das wollte ich auch schaffen. Das Leben trotz meiner Vergangenheit und des Verrats ein bisschen mehr so zu nehmen, wie Spencer es tat.

»Ich nehme an, dieser Clown kommt in deinen Plänen vor?«, fragte Dad.

Ich hakte mich wieder bei ihm unter und sah Spencers immer kleiner werdenden Gestalt hinterher. »Ich mache keine Zukunftspläne mehr, Dad. Ich nehme jeden Tag so, wie er kommt.«

kapitel 30

»Ich muss euch etwas sagen.«

Allie und Scott blickten auf.

Wir saßen auf dem Boden meines Zimmers und büffelten gerade für eine anstehende Prüfung.

Mich Dad gegenüber geöffnet zu haben, hatte etwas in mir ausgelöst. Es hatte sich angefühlt, als wären die Schnüre, die fest um meinen Oberkörper gelegen hatten, endlich gelockert worden. Ich konnte freier atmen. Das mulmige Gefühl, das mich jedes Mal überkommen hatte, sobald die Sprache auf Nate gefallen war, war verschwunden. Ich wusste, dass Dad mich nun endlich verstand. Im letzten Jahr hatte diese Sache zwischen uns gestanden. Das war jetzt nicht mehr der Fall. Dad und ich vertrauten einander eigentlich alles an. Er hatte mir auch noch mal eingetrichtert, dass es ganz wichtig war, besonders bei großen Dingen, weiter zusammenzuhalten. Daran hielt ich mich ab sofort.

Nun waren meine Freunde dran. Es kostete mich wahnsinnige Überwindung, aber ich fand, dass sie es verdienten, mein Schreib-Geheimnis zu erfahren. Sawyer und Spencer wussten schließlich auch Bescheid. Ihnen hatte ich es nicht freiwillig erzählt, aber ihre Reaktion war besser ausgefallen, als ich es mir jemals hätte wünschen können. Scott und Allie sollten die Ersten sein, denen ich es von mir aus anvertraute.

»Du kannst so etwas nicht sagen und dann in die Ferne blicken und schweigen«, sagte Scott. Erwartungsvoll sah er mich an.

»Sorry.« Mir wurde ganz warm, und mein Magen grummelte, weil ich so aufgeregt war.

»Deinem Blick nach zu urteilen, ist es etwas Schlimmes«, sagte Allie und rückte dichter an mich heran. Sie legte eine Hand auf meinen Oberschenkel. »Du kannst uns alles sagen, Dawn. Das weißt du, oder?«

Ich nickte. »Natürlich weiß ich das. Das macht es aber nicht leichter. Ich … ich weiß gar nicht, wie ich anfangen soll. Am besten zeige ich es euch.«

Ich schnappte mir Watson und klappte ihn auf. Ich öffnete den Browser und nahm aus den Augenwinkeln wahr, wie die beiden sich irritierte Blicke zuwarfen.

»Sag nicht, du hast einen Porno gedreht«, sagte Allie.

»Ich weiß nicht, ob mich das stolz macht oder eher abschrecken würde«, meinte Scott.

»Vielleicht sind es auch nur Nacktbilder«, grübelte Allie laut.

Diese Knalltüten.

Ich gab im Browser »D. Lily« ein und wartete kurz auf die Suchergebnisse. Die Cover meiner Novellen erschienen, und ich schob den Laptop so, dass meine Freunde sie sehen konnten.

»Du willst uns Bücher empfehlen?«, fragte Scott.

»Nur wenn ihr sie lesen wollt. Das müsst ihr natürlich nicht, wenn das nicht so euer Ding ist.«

Allie zog den Laptop ein Stück dichter zu sich und scrollte weiter runter. Mit konzentriertem Blick überflog sie ein paar Klappentexte.

»*D. Lily wurde in Oregon geboren und schreibt seit ihrer Jugend. Die Literatur war ihre erste große Liebe, deshalb findet man sie nur selten ohne Buch vor. Sie hat eine Schwäche für Boybands, sexy Liebesromane und frittiertes Essen.*« Meine Freundin blickte auf. Dann zurück auf den Bildschirm. Sie klickte ein paar Mal herum, sah wieder hoch und noch einmal runter. »Du liebst Boybands.«

»Das tue ich.«

»Und frittiertes Essen«, sagte Scott.

Ich nickte.

»Und dein ganzes Regal steht voll mit Liebesromanen.« Allie deutete auf das Regal neben meinem Schreibtisch.

Wieder nickte ich langsam. Das Herz schlug mir bis zum Hals.

»Das ... bist du.« Auf Allies Gesicht breitete sich ein Strahlen aus. »Oh mein Gott, Dawn!« Sie fiel mir um den Hals.

Okay. Das war doch nicht schlecht.

»Das ist so cool, echt, Dawn«, sagte Scott. Er hob sich Watson auf den Schoß und lehnte sich mit dem Rücken gegen mein Bett. »Die sind ja alle richtig gut gerankt.«

Allie löste sich von mir. »Dawn Lily, nicht wahr? Gott, wieso bin ich da nicht früher draufgekommen?«

»Da ist ja sogar eins dabei, das von zwei Kerlen handelt!« Scott hob den Laptop hoch und drehte ihn, damit Allie und ich das Cover zu *Deep Within* sehen konnten.

»Das war mein erstes Male-Male-Projekt.« Vorsichtig lächelte ich.

»Siehst du! Und du willst mir ständig verbieten, von meinem Sexleben zu erzählen. Dabei bin ich die Inspiration für eine *Schriftstellerin*, Allie.«

So hätte ich mich selbst eigentlich nicht bezeichnet, aber trotzdem tat es gut, das aus Scotts Mund zu hören.

»Ich will sie alle lesen. Jede einzelne Novelle. Ich weiß gar nicht, wo ich anfangen soll«, sagte Allie aufgeregt. »Das Cover gefällt mir. Und das dort auch. Das da finde ich auch richtig toll«, sagte sie und deutete auf *Hot for You*. »Ich wollte mir schon ewig einen eReader kaufen. Welchen nehme ich da am besten? Kann ich die auf allen Modellen lesen, oder muss ich mir ein bestimmtes kaufen? Womit fange ich an? Gibt es eine Reihenfolge, Dawn? Kann ich sie unabhängig voneinander lesen?«

Der Wortschwall kam so schnell und aufgeregt aus Allie raus, dass ich Mühe hatte, die Fragen alle zu verstehen.

»Ich …« Meine Stimme klang immer noch belegt. Ich räusperte mich, aber der Kloß in meinem Hals verschwand nicht.

»Dawn?« Scotts Stimme war ganz sanft geworden.

Ich blickte zwischen meinen Freunden hin und her und starrte letztlich auf den Boden, weil ich Tränen herannahen spürte. Bevor ich mich Spencer anvertraut hatte, hatte ich monatelang nicht mehr geweint. Seitdem ich mich nicht mehr vor anderen verschloss, war ich zu einem richtigen Weichei geworden, ständig lief das elende Salzwasser aus meinen Augen. Hoffentlich war dieses Schlauchsyndrom bald vorbei.

»Ich hatte total Angst, euch davon zu erzählen«, brachte ich hervor und blinzelte heftig. Weg mit dem verdammten Brennen.

»Wieso denn?«, fragte Allie und rückte wieder dichter an mich heran. Sie schmiegte das Gesicht gegen meine Schulter und schlang die Arme um meine Taille.

»Weil … ich dachte, ihr schämt euch vielleicht für mich. Ich liebe das Schreiben so sehr und werde schon beim Lesen von solchen Geschichten so oft verurteilt, da hatte ich irgendwie Panik. Als ich hergezogen bin, hat es mir gefallen, wie ihr mich behandelt habt. Und ich wollte nicht, dass«, hilflos zuckte ich mit den Schultern, »ihr mich mit anderen Augen seht.«

Allies Umarmung wurde fester. »Ich kann deine Angst total verstehen. So ging es mir auch, bevor ich euch von der Sache mit … Anderson erzählt habe. Aber deine Bedenken sind total unbegründet. Ich glaube, ich kann für uns beide sprechen, wenn ich sage, dass ich es ziemlich cool finde, mit einer richtigen Autorin befreundet zu sein.«

Die ersten Tränen befreiten sich aus meinen Augenwinkeln. Aber diesmal nicht, weil ich traurig war, sondern vor Erleichterung.

Scott robbte zu uns rüber und legte nun ebenfalls einen Arm um meine Schulter. »Was Allie gesagt hat.«

Ich lachte und umfasste Allies Arme, den Kopf lehnte ich gegen Scotts Schulter. So blieben wir sitzen, eng miteinander verschlungen, bis es ungemütlich wurde und meine Tränen versiegten.

Dann schnappte sich Allie meinen Laptop wieder.

»Du hast mir mal erzählt, dass du gerne vom Schreiben leben möchtest, aber hast dabei verschwiegen, dass du das schon längst tust«, sagte sie kopfschüttelnd. »Dawn, das ist der Wahnsinn.«

»Ein bisschen was kommt schon dabei rum, aber es reicht noch lange nicht, um das Studium zu finanzieren. Ohne Dad wäre ich aufgeschmissen.«

»Wieso schreibst du unter Pseudonym?«, fragte Scott.

Ich lehnte noch immer an seiner Schulter, während er meinen Kopf streichelte.

»Nate wollte nicht, dass ich mit meinem Namen für solche Geschichten stehe.« Scott versteifte sich, und auch Allie blickte vom Laptop auf. »Ja, ich weiß. Aber inzwischen bin ich dankbar dafür, dass ich ein Pseudonym habe. Ich fühle mich irgendwie freier in der Gestaltung meiner Texte und habe so immer noch die Möglichkeit, mit meinem richtigen Namen in einem anderen Genre zu schreiben.«

»Das klingt einleuchtend. Willst du denn weiter selbst veröffentlichen, oder hast du vor, dich mal bei einer Agentur oder einem Verlag zu bewerben?«, fragte Scott.

Die Vorstellung, jemals bei einem Verlag zu veröffentlichen, erschien mir völlig utopisch. Und doch war mir der Gedanke, mich mal mit Maureen zu unterhalten, in letzter Zeit immer häufiger gekommen. Sie arbeitete schließlich als Lektorin. Zwar für Sachbücher, aber Kontakte hatte sie ja vielleicht trotzdem.

»Ich weiß es nicht«, antwortete ich ehrlich.

»Du solltest dich nicht verstecken. Das hast du überhaupt nicht nötig.«

»Danke, Scott.«

»Nichts zu danken. Wenn du das wirklich professionell machen möchtest und eine Karriere in dem Bereich anstrebst, dann können wir dir helfen. Kaden kennt sich doch mit Programmierung und Grafikdesign und so aus, wir könnten dir eine professionelle Homepage anlegen und ich dich beim Marketing unterstützen. Und wenn du Lust hast, Bewerbungen zu schreiben, kann ich drüberlesen.«

Ich stellte mir vor, Bücher mit meinem Namen in Buchhandlungen stehen zu sehen. Ein Kribbeln fuhr mir durch die Gliedmaßen, aber gleichzeitig wurde mir übel. Meinen Namen und mein Gesicht öffentlich im Netz zu zeigen, machte mich angreifbarer und auch verletzlicher. Bei der letzten schlechten Rezension, die ich bekommen hatte, musste mich Spencer aufbauen.

»Ich glaube, dafür bin ich momentan noch nicht bereit. Es hat mich schon eine riesige Überwindung gekostet, euch davon zu erzählen«, antwortete ich zögerlich.

»Das verstehe ich vollkommen. Ich wollte es dir nur anbieten. Du bist nämlich nicht allein, weißt du?« Scott knuffte mich in die Seite.

Ich atmete tief durch. Weitere Schnüre waren gelöst worden. Ich konnte kaum glauben, dass meine Freunde derart liebevoll reagierten.

»So, ich habe mir einen eReader bestellt«, verkündete Allie feierlich. »Mit welcher Novelle soll ich anfangen?«

Ich lächelte breit. Zum ersten Mal empfahl ich meine Novellen ohne Scham und Vorbehalte.

Nachdem Scott und Allie gegangen waren, fuhr ich einkaufen. Mit einer riesigen Tüte kehrte ich zurück ins Wohnheim und machte mich daran, alles auf dem Boden auszubreiten. Inzwischen war Sawyer wieder zu Hause und legte eine ihrer Vinylplatten auf, die laute Rockmusik in unser Zimmer dröhnen ließ. Zwischen uns herrschte einvernehmliches Schweigen. Sie saß an ihrem klapprigen Tisch und bearbeitete Fotos von Klamottenhaufen (wenn ich das richtig deutete), während ich den halben Boden mit Bastelkram belegte.

Ich würde ein Scrapbook für Olivia basteln.

Spencers Schwester hatte in einer Woche Geburtstag und nach allem, was er mir über sie erzählt hatte, wollte ich ihr unbedingt eine Kleinigkeit schenken, die von Herzen kam. Natürlich würde ich nicht mit Spencers iPod oder der Dockingstation mithalten können, aber das brauchte ich auch überhaupt nicht.

Im Kopierraum der Uni hatte ich ein paar Farbausdrucke von Olivias liebsten Sängern und Bands ausgedruckt, aber auch ein paar Bilder von Spencer und unserem Ausflug nach Coos Bay. Auf einem Foto war Kaden zwar gerade dabei, rückwärts in den Brunnen des botanischen Gartens zu plumpsen, aber gerade das machte das Bild unverwechselbar. Ethan, Allie und Monica starrten erschrocken zu Kaden, während Spencer als Einziger den Kopf in die andere Richtung drehte und mich ansah. Es war ein schönes Foto, bei dessen Anblick mir ziemlich warm wurde.

Ansonsten hatte ich Bilder von Olivias Lieblingsorten in Portland ausgedruckt, von denen Spencer mir berichtet hatte. Ich hatte bunte Pappe, Glitzer und Filzstifte gekauft, mit denen ich ein paar bedeutsame Songtexte in das Buch hineinschreiben wollte. Es war zwar nur eine Kleinigkeit, aber ich hoffte trotzdem, dass sie sich darüber freute und es nicht zu kitschig fand.

Ich schickte Spencer eine Nachricht. Wir schrieben nicht oft SMS – er war einer dieser Kerle, die nur einsilbig antworteten und lieber telefonierten –, aber nachdem wir uns zwei Tage lang nicht gesehen hatten, musste er da jetzt durch. Ich schoss ein Foto von meinen Bastelsachen und schickte es ihm mit einem Smiley. Seine Antwort kam postwendend.

Ist jemand bei dir eingebrochen?

Ich grinste.

Nein, ich bastle.

Seine Antwort war ein Foto seiner Hand, auf der lauter weiße Flecken waren. Bestimmt hatte er gerade mit Gips an seiner Skulptur gearbeitet, um die er ein so großes Geheimnis machte. Es folgte ein weiteres Bild, auf dem er vor einem bunt bespritzten Holztisch stand. Spencer hatte sich genau vor seine Skulptur gestellt und das Bild von oben geschossen, ein breites Grinsen im Gesicht. Ein paar Gipsspritzer waren auch auf seinem Kinn und seiner Wange verteilt, von der Skulptur konnte ich allerdings bloß eine kleine weiße Ecke erkennen, die seitlich hinter seinem Kopf hervorlugte.

Ich tat es ihm nach und machte ein Foto von mir, genau vor dem Scrapbook, sodass nur eine winzige Ecke sichtbar war.

Er antwortete mit einem Selfie vor einer Skulptur, die eindeutig einen lebensgroßen Hintern darstellte. Er grinste noch immer, seine tiefen Wangengrübchen sahen zum Anbeißen aus. Dann folgte ein Bild, auf dem der Erschaffer der Skulptur den Mittelfinger zeigte. Wieder lachte ich.

Ich dachte, die Sache mit dem Hintern wäre gegessen.

Du solltest es vermeiden, die Worte »Hintern« und »essen« in einer SMS an mich zu verwenden. So komme ich auf falsche Gedanken.

Ich wollte gerade antworten, da kam schon die nächste Nachricht.

Es sei denn, du willst, dass ich auf falsche Gedanken komme.

Ich wollte wirklich, dass er auf falsche Gedanken kam. Es hatte keinen Sinn, das zu bestreiten. Ich wollte ihm gerade antworten, da vibrierte mein Handy. Ich ging sofort ran.

»Du bist wirklich schlecht, was SMS schreiben angeht«, neckte ich ihn und grinste meine Bastelsachen an. Mir war total egal, was Sawyer von mir dachte. Ehrlich gesagt war mir alles egal, solange nur dieses Gefühl blieb. Alles war leicht, als würde ich schweben.

»Dawn?«

Ich schwebte nicht mehr. Ich war ein Stein, der in irrsinniger Geschwindigkeit zu Boden raste.

»Ich bin's, Nate.«

kapitel 31

»Was willst du?« Von einer Sekunde auf die andere fühlte sich mein Inneres ganz leer an, und genauso klang auch meine Stimme.

»Mit dir reden?« Er stieß ein atemloses Lachen aus.

Ich kannte dieses Lachen. Ich hatte dieses Lachen jahrelang geliebt. Jetzt löste es Übelkeit in mir aus.

»Ich wollte deine Stimme hören.«

»Okay. Das hast du jetzt. Bis dann.«

»Leg nicht auf.« Panik lag in seiner Stimme, und ich kniff die Augen zusammen. »Bitte. Leg nicht auf.«

Ich hörte seinen Atem durchs Telefon und verspürte das dringende Bedürfnis, den Hörer gegen die Wand zu schmeißen. Mit voller Wucht.

»Ich … ich muss dir etwas sagen.«

Meine Zähne knirschten. Ich bemerkte erst, dass Sawyer sich bewegt hatte, als sie sich neben mich auf den Boden setzte.

»Alles okay?«, flüsterte sie.

Ich schüttelte den Kopf. Das war das Einzige, was ich hinbekam.

»Du fehlst mir, Dawn. Ich vermisse, was wir hatten. Du warst meine beste Freundin, und ich möchte, dass du weißt …«

»Halt den Mund.«

»Ich habe einen riesigen Fehler begangen. Das weiß ich inzwischen. Und ich finde es traurig, dass du nach dieser langen Zeit kein Teil meines Lebens mehr sein möchtest. Wir waren …«

»Hör auf, Nate«, unterbrach ich ihn erneut mit eisiger Stimme.

Er verstummte. Es war still in der Leitung. Ich zitterte. Ob vor Wut oder etwas anderem, konnte ich nicht genau sagen. Das Essen lag mir plötzlich schwer im Magen, und meine Gliedmaßen kribbelten. Es fühlte sich an, als würden abertausende Spinnen über meine nackte Haut laufen.

»Aber ich liebe dich.«

Die Spinnen hielten an. In meinen Ohren rauschte es.

»Was?«, krächzte ich.

»Ich werde dich immer lieben, Dawny«, wiederholte er mit schwankender Stimme. Sein Atem ging abgehackt. »Als ich dich im Restaurant gesehen habe, ist es mir wie Schuppen von den Augen gefallen. Gott, ich weiß, dass ich es total vermasselt habe, aber ich muss dir einfach sagen, dass ich so etwas nie wieder machen werde. Ich habe mich verändert. Ich werde Verantwortung für meine Fehler tragen und …« Ein Poltern erklang, und Nate fluchte laut. »Scheiße. Sekunde.«

Erst jetzt fiel mir auf, wie sehr er lallte. »Du hast getrunken.«

»Es ist ein Jahr her, seit wir diese beschissenen Papiere unterschrieben haben, Dawny. Das erste Jahr, ohne ein Wort mit dir zu reden, seit wir klein waren, und du glaubst gar nicht, wie scheiße weh das tut.« Wieder schien er zu stolpern und einen Moment zu brauchen, bis er weitersprechen konnte. »Ich denke an dich. Jeden Tag. Und du fehlst mir so, verdammt. Manchmal glaube ich …«

»Ich will das nicht hören«, brachte ich hervor. Am anderen Ende der Leitung klirrte etwas.

»Aber ich *brauche* dich, Dawn. Ich brauche dich in meinem

Leben. Ohne dich schaffe ich das nicht.« Seine Stimme brach, und im Hintergrund grölten andere Männer.

»Geh nach Hause, Nate. Schlaf deinen Rausch aus. Und lösch meine Nummer.« Ich legte auf. Dann warf ich das Handy quer durchs Zimmer, mitten gegen die Wand.

Sawyer berührte mich zaghaft am Arm, aber ich reagierte nicht darauf. Auch nicht auf das, was sie sagte.

Ich hörte überhaupt nichts mehr, stand wie betäubt auf und lief ins Bad, wo ich eine der Duschen betrat und die Tür hinter mir verschloss.

Ich hatte es vergessen.

Heute vor einem Jahr hatte ich die Scheidungspapiere unterschrieben, und ich hatte es schlichtweg vergessen.

Ich lehnte den Kopf gegen die Fliesen und genoss die Kälte. Ich hatte gehofft, dass mich das kalte Wasser aus meiner Betäubung riss, aber leider war das nicht der Fall.

Ich brauche dich.

Ich ließ die Hand auf den Oberschenkel sinken und starrte die fünf Narben an. Ich strich am Gewebe entlang und erinnerte mich daran, wie das Blut auf die weißen Fliesen im Bad getropft war. Ich erschauerte.

Ich liebe dich.

Wenn man jemanden liebte – von Herzen liebte –, dann tat man nicht, was Nate getan hatte.

Ich hatte lange gebraucht, bis ich darüber hinweggekommen war. Ich hatte mich selbst gefunden und würde mich nicht wieder von ihm einspinnen lassen. Die innere Kälte, die sich seit seinem Anruf in mir immer weiter ausbreitete, machte mir Angst. Ich wollte das nicht.

Ich schlug den Kopf gegen die Fliesen, bis ich Sterne sah, und kniff die Augen zusammen.

Was tat ich da eigentlich? Ich durfte solchen Gedanken keinen Raum in mir lassen. Das war nicht gesund. Nates Stimme musste aus meinem Kopf verschwinden.

Ich brauchte dringend Ablenkung.

Bier war mein neuer bester Freund. Eigentlich mochte ich das Zeug überhaupt nicht, aber Kaden hatte nichts anderes im Kühlschrank, und ich stellte fest, dass der bittere Geschmack nach der vierten leeren Flasche langsam nachließ.

Wir saßen bei Allie und Kaden und schauten auf meinen Wunsch hin *The Bachelorette*. Während Kaden, Scott und ich darüber diskutierten, welche der Männer wir okay fanden und welche wir überhaupt nicht leiden konnten, half Allie Monica im Bad, ihre Haare neu zu färben. Spencer und Ethan waren gerade mit den Pizzen, die wir bestellt hatten, zurückgekommen und breiteten sie auf dem Wohnzimmertisch aus.

»Oh wow, ich hätte nicht gedacht, dass Mitchell drinbleibt«, meinte Scott und versuchte, an Ethan vorbeizuschauen.

»Ich auch nicht. Er ist ein Arschloch«, stimmte ich zu.

»Welcher ist das noch mal?«, fragte Kaden, während er mir ein neues Bier reichte.

»Der mit den blonden Haaren.«

»Da sind zwanzig blonde Kerle, Scott.«

Scott verdrehte die Augen. »Der mit dem halblangen blonden Haar und dem gottgleichen Gesicht. Der Surflehrer.«

»Ach. Der.« Kaden sah mich Hilfe suchend an, und ich versteckte mein Grinsen hinter Flasche Nummer fünf.

Spencer ließ sich neben mir aufs Sofa fallen. Ich wich seinem Blick aus und starrte stattdessen den blonden Surflehrer an, der gerade seine Rose zum Halbfinale erhielt.

»Die Frau muss blind sein, wenn sie Rodrigo nicht weiterlässt«, sagte Scott.

»Welcher ist das?«, fragte Kaden.

Scott seufzte.

»Der Kerl, der die ganze Zeit in der Latzhose rumläuft. Der Gärtner«, half ich ihm weiter.

»Ach, der der unter der Latzhose nichts trägt und einen Träger immer offen baumeln lässt? Amateur.«

Ich prostete Kaden zu, und wir ließen unsere Bierflaschen gegeneinanderstoßen. Bier war toll. Einen Bierbuddy zu haben, noch viel toller.

»Du hast gar nicht mehr geantwortet, Edwards«, sagte Spencer plötzlich leise, direkt an meinem Ohr. Sein Atem traf meine empfindliche Haut, und ich erschauerte.

Dass ich ihm nicht mehr geschrieben hatte, lag einerseits daran, dass mein Handy vollkommen zertrümmert war, und andererseits daran, dass ich schlichtweg nicht gewollt hatte. Nates Anruf hatte mich mit voller Wucht auf den Boden der Tatsachen zurückgeholt.

Ich spürte Spencers Blick auf mir, aber ich brachte es nicht über mich, ihn zu erwidern. Ich wusste, dass es Kribbeln würde. Überall in mir. Und ich wollte nicht, dass es das tat. Nie wieder.

»Den Kerl hasse ich auch wie die Pest«, meinte Kaden unvermittelt und rettete mich damit vor einer Antwort.

»Ich auch«, pflichtete ich ihm bei.

Wieder klirrten unsere Flaschen.

»Wie viele Biere hatten die beiden schon?«, fragte Spencer an Scott gewandt.

»Ich glaube, drei.«

»Fünf«, berichtigte ich ihn. Ich war schon ein bisschen stolz auf meine neue Trinkfestigkeit.

»Auf die fünf.« Wieder stießen wir miteinander an, und ich gluckste.

»Gibt es einen Anlass für euer Trinkfest?«, erklang Allies Stimme aus dem Bad.

»Aber hallo«, sagte ich trocken. Der Alkohol hatte jegliche Hemmungen, die ich bis vor Kurzem noch gehabt hatte, weggespült. »Kaden und ich trinken auf meinen Jahrestag als geschiedene Frau. Vor genau einem Jahr saß ich in einer Anwaltskanzlei und habe die Papiere unterschrieben.«

Stille. Umfassende, laute Stille.

»Kommt schon, Leute. Das ist ein Grund zum Feiern«, sagte ich bitter und kippte den Rest der Flasche runter. Jetzt schmeckte das Bier plötzlich genauso, wie ich mich fühlte. Die befangene Stille im Raum brachte mich dazu, hastig aufzustehen. Ich strauchelte einen Moment, wurde aber von Spencer gefangen. Seine Hände legten sich auf meine Taille und hielten mich fest.

»Männer sind Arschlöcher und Happy Ends was für Schwachköpfe. Wer etwas anderes behauptet, hat entweder keine Ahnung vom Leben oder wurde noch nie betrogen«, sagte ich leise und machte mich von ihm los. Dann ging ich in die Küche, um die leere Flasche zu entsorgen. Ich stellte sie auf der Arbeitsfläche ab und stützte mich mit den Armen ab, um das Gleichgewicht zu halten. Mir war schwindelig, aber solange die Wände sich drehten, war in meinem Kopf kein Platz für etwas anderes. Ich musste nicht über den Schmerz nachdenken, den Nates Anruf mir bereitete. Ich musste gar nicht denken.

»Dawn?«

Ich antwortete nicht. Stattdessen ging ich zum Kühlschrank, um mir ein weiteres Bier herauszunehmen.

»Süße, sieh mich an.«

»Ich bin gerade nicht in der Stimmung, Spencer.« Ich nahm das Bier heraus und öffnete es. Danach lief ich schnurstracks an ihm vorbei zurück ins Wohnzimmer. Meine Freunde starrten mich an, als hätte ich etwas im Gesicht kleben. Inzwischen waren auch Allie und Monica aus dem Bad gekommen.

»Was denn?«, fauchte ich sie an.

Allie sah mich besorgt an. »Du hast uns nie erzählt, dass du mit Nate verheiratet warst.«

Oh. Oh, *Scheiße*.

Um nicht antworten zu müssen, trank ich von meinem Bier und zuckte gleichzeitig mit einer Schulter. Ein Tropfen lief aus meinem Mundwinkel, und achtlos wischte ich ihn mit dem Ärmel meines Shirts weg. »Na und? Ist keine große Sache.«

»Natürlich ist das eine große Sache!«, erwiderte Allie erhitzt. Sie kam auf mich zu, gleichzeitig wich ich zurück.

»Genau deshalb habe ich es euch nicht erzählt. Ich wollte nicht, dass ihr mich so anseht«, fauchte ich und deutete auf sie.

»Wir sind deine Freunde, Dawn. Das ist ganz normal«, gab Monica zurück.

»Lass gut sein, Monica«, sagte Spencer leise hinter mir. Er legte eine Hand auf meinen unteren Rücken.

Wütend fuhr ich zu ihm herum. »Fass mich nicht an.«

Überraschung flackerte in seinem Blick. »Du brauchst deine Wut nicht an mir auslassen, Dawn. Ich bin nicht Nate.«

»Vielleicht noch nicht. Aber das ist nur eine Frage der Zeit.«

Sein Gesicht wurde ganz starr. Dann runzelte er die Stirn. »Willst du damit sagen, dass du glaubst, ich wäre in der Lage, dir so etwas anzutun?«

Ich zuckte mit den Schultern und wich seinem Blick aus. Ich konnte spüren, wie sich die Stimmung in der Luft veränderte.

»Du willst in mir ein Arschloch sehen, weil es dir und deiner verschrobenen Wahrnehmung gerade in den Kram passt«, sagte er gefährlich ruhig.

Ich sah ihn wütend an. »Jeder Kerl kann zum Arschloch

werden. Manche brauchen nur ein paar Jahre, bis ihr wahres Gesicht zum Vorschein kommt.«

»Weißt du, was ich glaube?« Er trat einen Schritt auf mich zu, der beinahe drohend wirkte.

Trotzig reckte ich das Kinn und sah zu ihm hoch.

»Ich glaube, Nate war schon immer ein Wichser und du zu verblendet, um das zu erkennen.«

»Das ist nicht wahr«, brachte ich hervor.

Ein Muskel an seinem Kiefer zuckte unkontrolliert. »Er hat dir das Gefühl gegeben, dich für deine Arbeit schämen zu müssen, und hat dich betrogen, obwohl ihr verheiratet wart, Dawn. Du *kannst* mich nicht mit ihm in eine Schublade stecken.«

»Wer weiß, wozu du fähig bist, wenn du genug von mir hast.«

Spencers Blick wurde kalt. »Ich glaube, wir sollten dieses Gespräch nicht hier führen. Und auch nicht jetzt.«

»Schön. Ich denke, jetzt ist genau der richtige Zeitpunkt für dieses Gespräch. Früher oder später wäre es ohnehin dazu gekommen.« Ich konnte nicht mehr aufhören. Ich hasste mich dafür, aber ich konnte einfach nicht aufhören.

Spencer stöhnte und rieb sich mit beiden Händen übers Gesicht. Langsam schüttelte er den Kopf. »Wieso willst du es mir heute so schwermachen, dich zu lieben?«

Mein Herz blieb stehen. Ich hoffte, mich verhört zu haben. Ich öffnete den Mund, aber nichts kam heraus. Nicht einmal ein Krächzen. All die Angst war wieder da. Gepaart mit meiner Wut auf Nate und dem ganzen Alkohol keine gute Kombination. Wirklich gar keine gute Kombination.

Wortlos rannte ich ins Bad und übergab mich.

kapitel 32

Mit trockenem Mund und pochendem Schädel wachte ich auf.

Ich war nicht zu Hause, sondern in Allies Schlafzimmer. Ihr Bett war wahnsinnig weich und flauschig, und direkt neben mir lag Spidey auf dem zweiten Kopfkissen. Der Kater sah mich aus wachsamen Augen an. Ich hob die Hand, um ihn zu streicheln, da stieß er ein empörtes Gurren aus und sprang vom Bett.

Das hatte ich wohl verdient.

Vorsichtig setzte ich mich auf und rieb mir die Augen. Ich rief mir den gestrigen Tag ins Gedächtnis.

Nates Anruf.

Der Schmerz.

Der Alkohol.

Die Taubheit.

Mein Streit mit Spencer.

Meine Unterlippe bebte. Verfluchte Scheiße, ich war so eine dämliche Idiotin. Der Ausgang des letzten Abends verschwamm in meinen Gedanken zu einem nebeligen Wirrwarr.

Hastig schwang ich die Beine über die Bettkante und atmete ein paar Mal tief durch, bevor ich mich aufraffte und ins Wohnzimmer ging. Allie und Kaden saßen auf dem Sofa und schauten einen Film. Als sie mich hörten, stellten sie sofort auf Pause.

»Guten Morgen«, sagte ich vorsichtig.

»Morgen.« Kaden sah ziemlich grimmig aus.

»Geht es dir besser?«, fragte Allie, stand auf und kam mir entgegen.

»Ich glaube, ich habe Mist gebaut.«

»Es ist nicht so schlimm, wie du denkst. Jeder macht betrunken mal irgendwelche Sachen. Weißt du noch, als ich so super betrunken mit dir in dieses Verbindungshaus gegangen bin? Hätte Kaden mich nicht nach Hause geschleppt, hätte ich vermutlich ...«

»Ich glaube, das will ich gar nicht hören«, unterbrach Kaden sie. Auch er stand auf und kam auf uns zu. Sein Blick war finster. »Was du Spence gestern an den Kopf geworfen hast, war ganz und gar nicht in Ordnung, Mann.«

Ich fragte mich, ob die Tatsache, dass er mich »Mann« nannte, mich immer noch als seinen Bierbuddy qualifizierte.

»Ich kann mich kaum noch daran erinnern, was ich gesagt habe«, gab ich zu und zupfte an meinen Nägeln rum.

»Du hast ihm sein beschissenes Herz rausgerissen und bist darauf herumgetrampelt, vor uns allen.«

Ich schluckte schwer. Allie fasste mich vorsichtig beim Arm und zog mich zum Esstisch. Sie bot mir einen Stuhl an, und ich ließ mich fallen.

»Süße, seit wann läuft das mit dir und Spencer?«, fragte sie leise.

Meine Wangen wurden heiß, und ich schlug den Blick nieder. »Eine Weile.«

»Gott, Bubbles, du bist blind wie ein Maulwurf«, meinte Kaden und stellte sich hinter Allie. Er fing an, ihren Nacken zu massieren.

»Du wusstest davon?«, fragte sie ungläubig.

»Er hat nicht mit mir darüber gesprochen, wenn du das damit andeutest. Aber mal ehrlich. Er sah so was von durchgevögelt und zufrieden aus.«

Allie holte aus und boxte ihn mit voller Kraft gegen den Bizeps.

»Außerdem waren die beiden echt laut im Ferienhaus«, setzte er trocken hinterher, während er sich den Oberarm rieb.

Meine Wangen wurden noch heißer.

»Seit wann haben wir so viele Geheimnisse voreinander?«, fragte Allie, nun wieder an mich gewandt.

»Es tut mir leid.« Meine Stimme bebte, aber Gott bewahre, ich würde nicht schon wieder heulen.

»Dir braucht nichts leidtun, Dawn. Ich habe nur Angst, dass du das Gefühl hast, nicht mit mir reden zu können. Und das sollst du auf keinen Fall haben. Schließlich komme ich auch immer mit jeder Kleinigkeit zu dir.« Sie griff über den Tisch nach meiner Hand und drückte sie.

Vielleicht war es wirklich an der Zeit, ihr alles anzuvertrauen. Wirklich alles, ohne Ausnahme. Allie war meine beste Freundin. Ich hatte nicht gewollt, dass sie mich bemitleidete. Dabei war daran gar nichts Verwerfliches, es zeigte nur, dass sie sich um mich sorgte. Dass ich ihr am Herzen lag. Ich konnte mich noch daran erinnern, wie sie sich Scott und mir gegenüber geöffnet hatte und wie stolz ich auf sie gewesen war. Es hatte gutgetan, ihr zu helfen und für sie da zu sein. So etwas taten richtige Freunde füreinander.

Also fing ich an, Kaden und Allie alles zu erzählen. Überraschenderweise musste ich diesmal nicht weinen. Allie hingegen heulte wie ein Schlosshund.

Es war eindeutig leichter gewesen, ihr von meinen Novellen zu erzählen. Und das sollte etwas heißen. Manchmal musste ich innehalten und ein paar Mal tief Luft holen, weil ich die Worte kaum herausbrachte.

Kaden fluchte durchgehend. Seine Wut auf mich war wie verpufft, dafür verfluchte er Nate auf jede erdenkliche Weise. Ich erzählte den beiden alles. Ausnahmslos. Obwohl ich mich verletzlicher denn je fühlte, war es gut, alle Geheimnisse zu teilen.

»Gestern Abend … war ich einfach nicht mehr zurechnungsfähig. Nates Anruf hat mich total aus dem Konzept gebracht. Es hat sich so angefühlt wie letztes Jahr. Das habe ich nicht ausgehalten«, schloss ich ab.

Allie wischte sich mit dem Ärmel über die Augen. »Das verstehe ich. Und ich bin mir sicher, dass Spencer das auch versteht, wenn du es ihm erklärst.«

»Ich bin die schlechteste Freundin der Welt.« Ich konnte mich nicht an alles erinnern, aber tief in mir wusste ich, dass ich ziemlichen Mist gebaut hatte.

»Du musst das wieder in Ordnung bringen, Dawn. Er ist …« Kaden suchte nach dem richtigen Wort. »Ich glaube, er hat das gestern nicht so gut aufgenommen. Er war wegen Olivias Geburtstag eh schon ziemlich gestresst und kann das gerade echt nicht gebrauchen.«

»Natürlich.« Ich wusste zwar noch nicht, wie, aber ich würde das wieder hinbekommen.

Er öffnete die Haustür erst nach dem zweiten Klingeln. Sein Haar war feucht und zerzaust, und der Geruch seines Duschgels kitzelte in meiner Nase. Obwohl er äußerlich frisch und wach wirkte, sah ich deutliche dunkle Ringe unter seinen Augen.

Wortlos trat er beiseite und hielt die Tür auf. Wenn er sich über das bunt eingepackte Geschenk in meinen Armen wunderte, verbarg er es gut.

Spencer lief in die Küche und nahm sich eine Wasserflasche

aus dem Kühlschrank. Er drehte sich halb zu mir. »Brauchst du eine Schmerztablette?«

Beschämt schüttelte ich den Kopf. Ich hatte bei Allie bereits eine genommen, war dann nach Hause gegangen, um Olivias Geschenk zu holen und mir den ekligen Geruch des Vortages vom Körper zu waschen.

Spencer nickte und öffnete die Flasche. Dann schloss er sie wieder. Das Ganze wiederholte er ein paar Mal. Er wendete die Plastikflasche in seiner Hand und betrachtete das blaue Logo. Sein Blick war dunkel und resigniert, und mit einem Mal kam mir die Entschuldigung, die ich mir zurechtgelegt hatte, einfach nicht gut genug vor.

Ich machte einen Schritt auf ihn zu, langsam, weil mir sein Blick so fremd und eigenartig vorkam, dass ich nicht wusste, wie ich mit ihm umgehen sollte. Ich berührte seinen Arm vorsichtig und er zuckte zusammen. Das war wie ein Schlag vor die Brust.

»Spencer, ich habe mich wie eine Idiotin aufgeführt. Bitte verzeih mir.« Die Worte schmeckten schal, und ich sah deutlich, dass sie überhaupt nicht zu ihm durchdrangen.

Er wich meinem Blick aus und sah stattdessen weiter auf den Schriftzug der Flasche.

Wieder wollte ich ihn am Arm berühren, aber diesmal fing er meine Hand ab und hielt sie fest gepackt. »Lass das, bitte.« Als hätte er sich an mir verbrannt, ließ er mich los und wich meinem Blick wieder aus.

»Ich wollte dir nie wehtun«, flüsterte ich.

Er riss den Kopf hoch, und der Zorn in seinem Blick traf mich völlig unvorbereitet. »Das kannst du unmöglich ernst meinen.«

Mir schlug das Herz bis zum Hals. »Was?«

Er stieß ein Lachen aus. Es klang falsch, ganz, ganz falsch.

»Du wolltest mir nicht wehtun … Dawn, du reißt mir seit Monaten täglich das Herz raus.«

Ein Haufen Steine rutschte mir in die Magengrube. Mit geweiteten Augen starrte ich ihn an.

»Tu nicht so, als wäre das eine große Überraschung«, sagte er mit tonloser Stimme. »Jedes Mal, wenn du mich von dir stößt. Jedes Mal, wenn du mich an dich ranlässt und dann doch wieder zumachst. Jedes Mal, wenn ich so glücklich bin, dass ich meine, zu platzen, und du anschließend wieder gehst. Du verletzt mich jeden verfluchten Tag, Dawn. Und ich …« Seine Stimme wurde zu einem Krächzen. »Ich kann das nicht mehr.«

Ein heftiges Ziehen machte sich in meinem Brustkorb breit. Das Pochen in meinem Schädel war wieder da. »Spence, ich war betrunken. Ich war sauer, und Nate hat mich …«

»Nur weil Nate sich dir gegenüber wie ein Arschloch verhalten hat, gibt dir das nicht das Recht, mich genauso zu behandeln.« Er schüttelte den Kopf. »Für jemanden, der solche Angst hat, verletzt zu werden, bist du erstaunlich talentiert darin.«

Hitze kroch in meine Wangen, und meine Augen brannten. »Es tut mir leid.«

Er nickte und senkte den Blick. Ich realisierte, dass es keine Worte gab, die mein Verhalten wiedergutmachen konnten.

»Ich habe … ein Geschenk für Olivia gebastelt«, sagte ich schließlich und fühlte mich total dämlich. Das war wohl der unpassendste Moment, den ich mir dafür hätte aussuchen können.

Spencer nahm das Päckchen in Augenschein, das ich zusammengepackt hatte. Neben dem Scrapbook hatte ich auch Schokolade und einen Gutschein für Barnes & Noble in die Geschenkbox getan, weil er mir erzählt hatte, wie gern sie las.

Spencer starrte auf die Schleife und nahm das Päckchen letztlich schweigend entgegen.

»Ich will dir etwas zeigen«, sagte er unvermittelt. Mit großen Schritten durchquerte er die Küche, den Flur und lief anschließend ins obere Geschoss.

Ich kam kaum hinterher, so schnell war er in seinem Zimmer verschwunden. Mein Herz schmerzte. Die Ungewissheit, wohin dieses Gespräch – dieser Tag – mich führen würde, machte mich fertig. Es fühlte sich an, als stünde ich auf zerbrechlichem Grund und würde jeden Moment wieder in die Tiefe stürzen. Dabei hätte ich das nach dem gestrigen Tag nicht mehr für möglich gehalten.

Ich folgte Spencer in sein Zimmer und sah, wie er vor dem Schreibtisch innehielt. Mitten darauf stand die Skulptur.

Mir blieb die Luft weg.

Es war eine große, massive Form mit starken Armen und breiten Schultern. Und davor eine kleinere Form mit zarteren Gliedmaßen. Sie fügten sich ineinander wie zwei Puzzlestücke. Die Skulptur war zwar noch nicht angemalt, aber ich erkannte trotzdem, dass es sich bei den beiden Umrissen um den unglaublichen Hulk und Black Widow handelte.

Ich erinnerte mich an das Gespräch nach unserem ersten Streit. An den Tag, als ich Sawyers Tabletten genommen und er mich zu sich nach Hause gebracht hatte. Der Tag, an dem er mir gesagt hatte, dass er sich in meiner Gegenwart wie ein Monster fühlte, das zu viel Gammastrahlung ausgesetzt gewesen war.

Ich schluckte schwer und sah Spencer an.

»Die habe ich für dich gemacht. Eigentlich wollte ich sie zusammen mit dir bemalen, weil ich gedacht habe, dass sich neulich Nacht etwas zwischen uns verändert hat«, sagte er.

Meine Kehle schnürte sich zu. Natürlich hatte sich etwas zwischen uns verändert. Einfach alles hatte sich verändert. Ich hielt die Distanz zwischen uns keine Sekunde länger aus, ich musste zu ihm und es ihm zeigen, wenn ich es schon nicht aussprechen konnte. Ich verringerte den Abstand zwischen uns und schlang die Arme um seinen Hals. Ich drückte ihn an mich, umfasste seinen Nacken, seine Schultern, und hielt ihn fest. Er erwiderte die Umarmung nicht, stattdessen versteifte er sich. Nach einem kurzen Moment umfasste er meine Arme und zog sie von sich.

»Sei wütend auf mich. Schrei mich an. Sag mir, dass ich mich wie eine dämliche Kuh benommen habe und streite mit mir. Aber stoß mich nicht weg. Bitte«, sagte ich atemlos.

Er schüttelte den Kopf. »Ich bin nicht wütend, Dawn. Ich glaube einfach, dass das die Rache für meine Fehler ist. Dass das Mädchen, in das ich Hals über Kopf verliebt bin, kotzen muss, sobald ich ihr meine Gefühle gestehe.«

Der Nebel in meinem Kopf lichtete sich.

Wieso willst du es mir heute so schwermachen, dich zu lieben?

Er hatte mir gesagt, dass er mich liebt. Wir hatten uns nicht bloß gestritten – er hatte alles von sich vor mir ausgebreitet, und ich war draufgetreten, als würde es nichts bedeuten.

»Spence …«, krächzte ich. Ich rang nach Worten, aber da war nichts in mir.

»Diese Nacht … hat mir alles bedeutet, Dawn. Ich habe dir alles anvertraut. Es ist völlig in Ordnung, wenn du mir nicht dasselbe zurückgeben kannst, das ist es wirklich. Nur glaube ich einfach nicht, dass ich da noch länger mitmachen kann.«

»Mir hat diese Nacht auch etwas bedeutet«, sagte ich lahm. Gott, ich hätte mich selbst ohrfeigen können für meine Worte. Diese dämliche Blockade in meinem Inneren – die Grenzen, die ich um mich selbst gezogen hatte – verhinderte, dass ich mich ihm weiter öffnete. Dabei war ich so kurz davor gewesen. Es war nicht fair, dass Nate das mit einem Anruf zunichtemachte. Dass er dafür sorgte, dass ich das mit Spencer zerstörte.

»Vielleicht hattest du recht.«

»Womit?«, fragte ich, obwohl ich wusste, dass die Antwort mir nicht gefallen würde.

Er erwiderte meinen Blick fest. »Damit, dass Nate dich zerstört hat. Er hat dich beiseite geworfen, aber du bist liegen geblieben. Du *willst* überhaupt nicht nach vorne blicken.«

»Das stimmt nicht!«, brachte ich hervor. Ein schmerzhaftes Pochen eroberte meinen ganzen Körper.

»Du *benutzt* mich, Dawn!«, gab er genauso laut zurück. Er wandte sich ab.

»So ein Schwachsinn!« Meine Stimme überschlug sich. Meine Sicht verschwamm. »Du hast gesagt, dass du mich willst, egal wie. Dass es okay wäre.«

Er schnaubte verächtlich. »Ich weiß. Aber dann bist du …« Seine Stimme wurde ganz heiser und er sah mich kopfschüttelnd an. »Du bist bei mir geblieben. Das bedeutet doch etwas, oder nicht?«

Ich schluckte trocken. »Ja. Aber …«

Er ließ mich nicht aussprechen. »Ja, *aber*. Immer irgendwelche Ausflüchte, damit es nicht zu ernst wird und du mich wieder auf Abstand halten kannst. Das ist doch einfach nur Bullshit.«

»Wir haben das gemeinsam entschieden, Spence. Du und ich. Tu nicht so, als hätte ich dich zu irgendetwas gezwungen, das du nicht gewollt hast.«

Er zuckte zusammen. »Du kannst mir nicht ernsthaft weismachen wollen, dass das zwischen uns nur körperlich ist, Dawn. Wir wissen beide, dass da mehr ist. Vor allem seit jener Nacht. Du bist nur zu feige, das zuzugeben.«

»Hör auf, mich als feige zu bezeichnen!«, sagte ich aufgebracht.

»Aber es ist doch die Wahrheit, oder nicht? Ich will dich, du willst mich, es könnte einfach sein. Nur dass einfach mit dir nicht funktioniert.«

Jetzt war ich diejenige, die schnaubte. »Und was ist mit dir? Ich soll ein Feigling sein, aber du traust dich nicht mal, Leuten zu zeigen, wie es dir in Wirklichkeit geht! Wieso ist das so viel besser?«

»Weil ich mich wenigstens bemühe«, gab er laut zurück. »Ich gebe nicht einfach auf, obwohl meine Vergangenheit absolut beschissen ist. Ich blicke nach vorne, jeden Tag, obwohl es an meinen Kraftreserven zehrt! Das, was du machst, ist …« Er unterbrach sich, als hätte er gemerkt, dass er im Begriff war, etwas zu sagen, das er nicht zurücknehmen konnte. Spencer tippte mit den Fingern auf die Geschenkbox. »Ich wollte dich ihr vorstellen.« Jetzt sprach er leise, kaum hörbar. Als fürchtete er, die Worte würden sich ausdehnen und das zerplatzen lassen, was von uns übrig geblieben war. »Ich kann Olivia niemanden zumuten, der nicht langfristig in meinem Leben bleibt.«

Ich hörte das Blut in meinen Ohren rauschen, immer lauter. »Was willst du damit sagen?«

Er nahm das Paket hoch und gab es mir zurück. Wie vom Donner gerührt nahm ich es entgegen.

»Ich hatte nie die Chance, dir zu beweisen, dass Liebe auch anders funktioniert. So weit hast du mich nie vorgelassen. Und ich habe keine Kraft mehr, dich vom Gegenteil zu überzeugen. Schon gar nicht, wenn du überhaupt nicht vorhast, die Vergangenheit hinter dir zu lassen.«

Ich biss mir auf die Wange und gab den Versuch auf, meine Tränen zu unterdrücken. »Aber ich will dich nicht verlieren«, sagte ich mit brüchiger Stimme.

»Ich glaube, dafür ist es zu spät«, erwiderte er gefasst.

Scheiß auf das Geschenk. Ich ließ es fallen und schloss meine Hände um den Stoff seines Shirts. Ich musste ihn festhalten, ihn berühren, damit er mir nicht vollends entglitt. »Ist es nicht. Es ist nicht zu spät«, sagte ich verzweifelt.

Er schüttelte den Kopf. »Am Anfang … da hast du mir ständig gesagt, du kannst nicht. Jetzt kann ich nicht mehr. Verstehst du das?«

Meine Kehle wurde staubtrocken. »Das mit uns war … Es war gut, so wie es war.«

»Aber es reicht mir nicht mehr«, flüsterte er. Er machte keine Anstalten, mich von sich zu schieben, berührte mich aber auch nicht. Er sah bloß auf mich herab, mit diesem dunklen, betroffenen Blick.

Ich löste meine verkrampften Hände und umfasste seine Wangen. Er sollte, *musste* verstehen, dass er mehr für mich war als nur Mittel zum Zweck. Dass er mir etwas bedeutete.

»Spence …«, flüsterte ich.

Etwas in seinem Blick wurde weicher. Und dann küsste ich ihn. Ich presste meine Lippen verzweifelt auf seine und legte alles in diese Geste, was ich nicht sagen konnte. Er stieß einen kehligen Laut aus und erwiderte den Kuss. Er war verheerend und heftig. Ich krallte die Hände in sein feuchtes Haar und hielt ihn bei mir, ganz dicht, so eng wie möglich. Er musste verstehen. Er *musste* einfach.

Spencer packte mich und hob mich hoch, ich schlang die Beine um ihn, und mein Rücken stieß gegen die Wand. Für einen Moment blieb mir die Luft weg, aber dann waren da seine Zähne, die meine Unterlippe bissen, und Lava schoss durch mich hindurch. Er brandmarkte mich, seine Zunge traf auf meine, und ich verschmolz mit seinem Körper. Er ließ die Hände unter mein Top gleiten, und die Vertrautheit seiner rauen Finger entlockte mir ein Wimmern. Unser Kuss schmeckte nach meinen Tränen. Ich grub die Nägel in seine Schultern. Er stöhnte rau. Seine Lippen lagen auf meinem

Hals, und ich ließ den Kopf zur Seite fallen. Er zog eine heiße Spur über mein Schlüsselbein, weiter nach oben, bis er in mein Ohrläppchen biss.

»Ich bin so verflucht verliebt in dich«, sagte er heiser.

Mein Herz schien schier aus meiner Brust zu springen.

Aber dann war da Nates Stimme, durch den Hörer meines Handys, direkt in meinem Ohr.

Ich liebe dich. Ich liebe dich, Dawny.

Ich versteifte mich. Ich konnte nichts dagegen unternehmen.

Sofort hielt Spencer inne. Er löste sich von mir und sah mir in die Augen.

Das, was bis eben noch zwischen uns bestanden hatte, zerbrach, als er die Panik in meinem Blick entdeckte. Ich konnte es sehen, im tiefen Blau seiner Augen. Auch in mir zerbarst etwas. Die Bruchstücke lagen zu unseren Füßen.

Spencer ließ mich zu Boden gleiten. Er wandte sich von mir ab.

»Spence …«

»Geh.«

Seine Stimme klang hohl. Ohne jegliches Gefühl.

»Ich wollte nicht …«

Er nahm die Skulptur vom Schreibtisch und schmiss sie durchs Zimmer. Wenige Zentimeter neben mir zerbarst sie an der Wand, und ich zuckte heftig zusammen.

Entsetzt starrte ich ihn an.

Sein Gesicht war wutverzerrt. »Was sollte das werden, Dawn? Ein Quickie zum Abschied?«

Ich schluchzte und presste mir die Hände auf den Brustkorb, weil seine Worte so verdammt schmerzten. Ich bekam keine Luft mehr. Spencer begriff, was er gerade getan hatte. Seine Augen weiteten sich, und er machte einen Schritt auf mich zu. Diesmal war ich diejenige, die zurückwich. Erst einen Schritt. Dann noch einen. Immer weiter, bis ich bei der Zimmertür angekommen war, auf dem Absatz kehrtmachte und so schnell ich konnte aus seinem Haus rannte.

kapitel 33

Es gibt unendlich viele Arten von Schmerz, und ich fühlte sie alle.

Zwar hätte ich es nicht für möglich gehalten, aber so war es. Ich verspürte alles auf einmal, bekam kaum Luft, fühlte mich, als würde meine Haut schrumpfen und mein Körper zu klein für all das werden, was in mir wütete. In meiner Brust stach und pochte es wie verrückt und meine Gliedmaßen fühlten sich unbrauchbar an.

Es war schrecklich.

Es kostete mich all meine Kraft, in den Bus nach Portland zu steigen. Es war die beschwerlichste Reise, die ich jemals angetreten hatte. Jede Minute, in der es so in mir schmerzte, fühlte sich an wie mehrere Stunden. Das mag nach einem totalen Klischee klingen, aber so war es. Der Weg von der Bushaltestelle bis zu Dads Werkstatt kam mir doppelt so lang vor als sonst, und am Ende rannte ich, damit ich schneller ankam.

Ich rang nach Luft, als ich die Werkstatt betrat. Mein Keuchen übertönte beinahe das Geräusch der Fräsen, mit denen die Kollegen meines Vaters Holz bearbeiteten.

Ich bewegte mich zwischen den etlichen kleinen Werkzeugwagen hindurch, bis hin zur schmalen Treppe, die ins obere Geschoss führte. Neben dem Fräsen von Holz hörte ich schwache Musik, die aus dem veralteten Radio kam. Mein panisches Japsen zog Dads Aufmerksamkeit auf sich. Er hob den Kopf und wurde aschfahl, als er mich erblickte. Sofort schaltete er die Fräse aus und durchquerte den Raum. Er fragte mich irgendetwas, umfasste mein Gesicht und betrachtete mich eingehend von allen Seiten, um zu sehen, ob ich verletzt war. Als er keine äußeren Verletzungen fand, schloss er mich in die Arme. Ich vergrub das Gesicht in seinem Overall, inhalierte den vertrauten Geruch nach Leim und Holz, dann gab ich auf.

Ich gab einfach auf.

Die Tage vergingen. Ich fühlte mich wie ein Roboter. Ich *verhielt* mich auch wie ein Roboter, ich konnte nämlich nicht mehr weinen. Anscheinend hatte ich keine Tränen mehr übrig. Oder ich war schlicht und einfach zu einer emotionslosen Kartoffel mutiert. Vielleicht aber – und das hielt ich auch für eine Option – war Spencer eine Art Vampir und hatte mir all meine Gefühle … ausgesaugt. Das musste es wohl sein.

Da war ein verdammtes Loch in meiner Brust, und es gab nichts, was ich dagegen unternehmen konnte, weil nichts das reparieren konnte, was Spencer und ich einander angetan hatten.

Mitte der Woche kam Maureen gemeinsam mit Everly vorbei. Sie hatten eine riesige Auflaufform mit Lasagne dabei, die wir gemeinsam verschlangen. Ich fand immer mehr Gefallen an den beiden, sie stellten nämlich keine Fragen. Und das, obwohl ich mich im totalen Zombiemodus befand und mich – bis auf ein paar Brummlaute – nicht an der Unterhaltung beteiligte. Everly gab mir am Ende noch die neue Hausaufgabe aus der Schreibwerkstatt und richtete mir Grüße von Nolan aus. Sie hatte ihm versprechen müssen, mir die neue Aufgabe zu geben. Er wollte sogar ein Beweisbild von Everly. Komischer Kauz.

Noch an diesem Abend loggte ich mich an Dads uraltem Computer ein, um den Aufsatz zu schreiben. Wir sollten von einer Kindheitserinnerung erzählen, die uns beim Großwerden besonders geprägt hatte. Ich stürzte mich in die Arbeit und schrieb über Dads Werkstatt und den einen Tag, an dem ich mit einer Fräse gespielt und dabei ein teures Möbelstück ruiniert hatte. Statt mich anzuschreien, war Dad rücksichtsvoll mit mir umgegangen und hatte mich über die Gefahren in der Werkstatt aufgeklärt. Diese Erinnerung hatte sich in meinem Gedächtnis festgesetzt, weil ich erst verheimlichen wollte, dass ich diejenige gewesen war, die die Schranktür zerstört hatte. Ich hatte mich ziemlich vor Dads Zorn gefürchtet und geglaubt, dass er mich nie wieder mit zur Arbeit nehmen würde. Dabei lag ich völlig daneben. Er hatte sofort gesehen, dass etwas nicht stimmte, und mir auf Augenhöhe erklärt, wie gefährlich mein Handeln gewesen war und was womöglich hätte passieren können. Rückblickend war dies einer der Momente, der unsere Beziehung verändert und mir gezeigt hatte, dass wir auch ohne meine Mom gut klarkamen. Dass wir niemanden brauchten, bis auf uns selbst. Dass man Konflikte lösen konnte, ohne dass es laut und hässlich wurde.

Mein Aufsatz wurde deutlich länger als verlangt. Ich schrieb bis tief in die Nacht und vergaß sogar für ein paar Stunden meinen Herzschmerz. Sofort wünschte ich mir, meinen Laptop mit nach Portland genommen zu haben, ich war so überstürzt aufgebrochen, ohne auch nur einen Gedanken an mein kaputtes Handy oder gar Watson zu verschwenden.

Am Donnerstag kam Dad früher nach Hause und brachte eine riesige Familienpizza mit, die wir gemeinsam vertilgten, während wir das Spiel der Blackhawks anschauten. Als Dad mir Bier anbot, zuckte ich zusammen. Damit erinnerte er mich an den letzten Abend, an dem ich Bier getrunken hatte.

»Nein, danke«, murmelte ich und richtete den Blick auf den Fernseher, ein triefendes Stück Pizza in der Hand.

»Möchtest du mir jetzt vielleicht sagen, was los ist, Spätzchen?«, fragte Dad.

»Es ist nichts los. Ich brauche einfach eine Pause.«

Zwei ganze Sätze hintereinander. So viel hatte ich die gesamte letzte Woche nicht gesprochen. Die Zeit der Einsilbigkeit war wohl vorbei.

»Wovon brauchst du eine Pause?«, hakte Dad nach, dem mein Schweigen wahrscheinlich ganz schön Angst bereitet hatte.

Ich atmete tief ein und aus, nicht imstande dazu, meine Gefühle in Worte zu formen. Schriftlich war ich einfach so viel besser darin, auszudrücken, was in mir vorging, als mündlich.

»Ich habe Scheiße gebaut, Dad«, flüsterte ich. Ich fummelte am Käse herum und zog ihn hoch, um ihn mir um den Zeigefinger zu wickeln.

»Egal was es ist, wir bekommen das wieder hin. So wie wir alles immer wieder hinbiegen.«

Ich spürte seinen Blick auf mir, brachte es aber nicht über mich, ihn anzusehen. Vielleicht hätte mein Robotermodus dann aufgehört und ich hätte wieder mit dem Weinen angefangen. Das wollte ich nicht riskieren.

»Hörst du? Wir bekommen alles wieder hin. Ich bin mir sicher, es ist nicht so schlimm, wie du jetzt vielleicht glaubst«, fuhr Dad fort.

Fast hätte ich gelacht. Fast.

»Es ist schlimmer, Dad. Glaub mir«, krächzte ich.

Er drehte sich zu mir, das sah ich aus dem Augenwinkel. »Sollte ich mir Sorgen machen?«, fragte er, seine Stimme alarmiert.

Ich wappnete mich und drehte mich ebenfalls halb, um ihn anzusehen. »Nein. Es ist … etwas Persönliches. Ich habe jemanden ziemlich verletzt und muss jetzt mit den Konsequenzen leben.«

Nämlich dass Spencer mich nie wiedersehen wollte. Dass ich alle meine Freunde auf einen Schlag verloren hatte. Allie war mit Kaden zusammen – sie gehörte dazu. Ich hingegen war bloß ihr Mitbringsel, kannte die anderen erst seit einem Dreivierteljahr.

»Dann entschuldige dich, Dawny. Wenn ein Edwards Mist baut, dann steht er dafür gerade und verkriecht sich nicht in einem Loch«, sagte Dad unvermittelt.

Ich versteifte mich. »Ich *habe* mich entschuldigt und es hat nicht gereicht.«

Er schnaubte und stellte seine Dose auf dem Wohnzimmertisch ab. »So habe ich dich nicht erzogen.«

Das Pizzastück fiel mir in den Schoß. »Wie bitte?«

Sein Blick verhärtete sich. »Als du die Sache mit Nathaniel beendet hast, habe ich mir Sorgen um dich gemacht, Spätzchen. Obwohl du versucht hast, mich glauben zu machen, dass alles in Ordnung ist, habe ich gemerkt, dass etwas ganz und gar nicht stimmt. Ich dachte, es liegt daran, dass Trennungen nie besonders schön sind, und war mir sicher, dass du nicht lange brauchen würdest, bis du wieder ehrlich lachen kannst.«

Ein Kloß bildete sich in meinem Hals, und ich blinzelte wie verrückt. Auf Wiedersehen, Robo-Dawn.

»Es hat Monate und den Umzug in eine andere Stadt, ein neues Leben, gebraucht, dass du wieder so fröhlich warst wie früher. Dass du wieder lachen konntest. Und jetzt kommst du zu mir, mit verquollenen Augen und einer fadenscheinigen Ausrede, obwohl wir abgemacht haben, ab sofort ehrlich zueinander zu sein.«

»Dad …«

»Ich bin noch nicht fertig«, sagte er sanft, aber bestimmt.

Er fuhr sich mit der Hand über den rasierten Schädel, seine Brauen gefurcht. »Das, was dir widerfahren ist, war echter Mist, und es hat dich aus der Bahn geworfen, aber du kannst jetzt nicht bei jeder schwierigen Situation, in der du dich befindest, einfach das Handtuch werfen. So funktioniert das Leben nicht. So wird es niemals funktionieren.«

Ich schloss den Mund wieder.

»Was glaubst du, wie es uns ergangen wäre, hätte ich einfach aufgegeben, als deine Mom mich verlassen hat?«, fragte er eindringlich. »Es war verflucht schwer. Natürlich haben andere Dinge unter der Entscheidung gelitten, die deine Mom getroffen hat, aber es hat uns enger zusammengeführt. Es hat uns hierhin gebracht.« Er griff nach meinem Arm und drückte ihn behutsam. »Was ich sagen will, Spätzchen, ist … Du kannst nicht einfach aufgeben. Du bist zwanzig Jahre alt. Zwanzig. Du *darfst* Fehler machen, das *sollst* du sogar. Dafür sind die Zwanziger da. Aber du kannst nicht einfach mittendrin stehen bleiben und aufhören, weiterzugehen. Denn ich garantiere dir: Wenn du das jetzt immer so machst, wirst du nie richtig leben. Oder erst damit anfangen, wenn es zu spät ist.«

Ich sog seine Worte auf, jedes einzelne, wie ein trockener Schwamm. In mir klickte es. Und ich verstand. Ich begriff, Stück für Stück, wie sehr ich meine Zeit vergeudete.

Mein Umzug nach Woodshill war ursprünglich eine Flucht gewesen –, aber das Leben, das ich mir dort aufgebaut hatte, war weit mehr als das. Mehr sogar, als ich mir jemals erträumt hätte. Ich hatte einen tollen Studienplatz, der mich zwar ab und an frustrierte, aber gleichzeitig total erfüllte. Ich hatte den besten Nebenjob, den man sich nur wünschen konnte, und trotzdem hatte ich das letzte Jahr damit zugebracht, mich hinter meinem Laptop zu verstecken und niemandem von diesem wunderbaren Geschenk zu erzählen –, weil ich mich schämte.

Wie irre war das? Ich *schämte* mich für etwas, das mich glücklicher machte als alles andere. Nur weil ich Angst hatte, Leute würden mich dafür verurteilen. Dabei hatten all meine Freunde sich für mich gefreut, als sie davon erfuhren. Nicht nur das – sie waren sogar stolz auf mich gewesen.

Ich hatte wunderbare, ehrliche, loyale Freunde und … ich hatte Spencer.

Spencer, der immer an mich glaubte und mir alles von sich anvertraut hatte. Spencer, der jeden Tag einen Neuanfang wagte und trotz der Last auf seinen Schultern einer der fröhlichsten Menschen war, denen ich jemals begegnet war.

»Ach, verfluchte Scheiße«, murmelte ich und lehnte den Kopf gegen die Rückenlehne des Sofas. Vergessen war das Pizzastück, genauso wie die Blackhawks. »Ich bin eine Idiotin.«

Dad brummte. Es klang nach Zustimmung. »Du bekommst das wieder hin, Dawny.«

Er klang so zuversichtlich. Als hätte er keinen Zweifel der Welt daran, dass ich das schaffen konnte.

Ich hoffte inständig, dass er recht behalten würde.

kapitel 34

Am Freitagmorgen kam Allie nach Portland und brachte mir ein paar Sachen vorbei. Gleich nachdem ich die Tür geöffnet hatte, umarmte sie mich, obwohl sie mit Taschen beladen war.

»Auch wenn ich dich gerade umarme: Ich bin sauer auf dich«, sagte sie und presste mir die Luft aus den Lungen.

»Okay«, gab ich zurück und erwiderte die Umarmung ebenso kräftig.

»Du kannst nicht einfach nach Portland abhauen und mir bloß eine Mail schreiben! Wer macht so was denn?« Sie schob mich an den Schultern von sich und schüttelte mich leicht.

»Ich habe mein Handy kaputtgemacht«, sagte ich zerknirscht.

»Ich weiß, ich habe die Überreste gefunden und mitgenommen.« Sie wedelte mit einer der Taschen herum, die sie mit sich trug. »Ich habe mir solche Sorgen um dich gemacht. Und Sawyer auch, sie hat sogar bei Kaden angerufen.«

Mist. Ich hatte vergessen, meiner Mitbewohnerin ebenfalls zu schreiben. Meine Liste mit Dingen, die ich wieder gutmachen musste, wurde immer länger. »Oh, nein.«

»Sie hat gefragt, ob du bei uns wärst. Ich habe ihr gesagt, dass du ein paar Tage zu Hause verbringen möchtest und eine Pause brauchst.«

Ich seufzte und nahm Allie Watson ab, den sie sich um die andere Schulter gehängt hatte. »Danke. Daran habe ich überhaupt nicht gedacht.«

Der Blick aus Allies graugrünen Augen fuhr eingehend über mein Gesicht, als suche sie dort nach Anzeichen für meinen seelischen Zustand. »Wie geht es dir?«

Ich hob die Schultern und nahm ihr auch die zweite Tasche ab, die sie mit meinen Sachen gefüllt hatte. Dann führte ich sie ins Wohnzimmer. Ich war auf Schreibentzug, deshalb hatte ich Allie am Telefon um den Gefallen gebeten, mir meinen Laptop mitzubringen. Sie hatte ohnehin vorbeikommen wollen, da ich bereits seit einer Woche hier hockte und mich versteckte. Wobei das mit dem Verstecken jetzt ein Ende fand.

Dads Worte hatten mich wachgerüttelt. Ich hatte einen Plan.

Allie setzte sich auf die Ledercouch und nahm das Wohnzimmer genauer in Augenschein, während ich ihr in der Küche einen Kaffee machte. Wir hatten sogar Creamer, weil Maureen neulich welchen mitgebracht hatte. Allie war süchtig nach dem Zeug, und ich schüttete eine großzügige Portion hinein. Anschließend gesellte ich mich zur ihr aufs Sofa. Mit einem dankbaren Lächeln nahm sie den Becher entgegen.

Ich nahm all meinen Mut zusammen. »Wie geht es Spencer?«

Allie legte die Hände um den Becher. »Gut. Zumindest will er das alle glauben lassen.«

Das war keine große Überraschung. Ich wusste nicht genau, ob es mich froh machen oder traurig stimmen sollte.

»Ich gehe mal davon aus, dass zwischen euch etwas vorgefallen ist, das dich hierher vertrieben hat?«, hakte Allie vorsichtig nach.

»Ich wollte mich bei ihm entschuldigen. Er sagte, dafür wäre es zu spät. Ich habe ihn geküsst, er hat mir gesagt, wie verliebt er in mich ist, und ich … ich habe mich total verkrampft. Danach wollte er mich nicht mehr sehen.« Das war die kürzeste Zusammenfassung, die ich zustande brachte.

Meine Freundin legte mir eine Hand auf den Arm. »Ist der Gedanke, dass er dich liebt, denn so erschreckend?«

Ich schluckte trocken. »Am Abend, als ich mich mit Kaden betrunken habe, hat Nate mir am Telefon gesagt, dass er mich liebt. Das hat mich zurückkatapultiert. Und diese Worte dann so kurz danach aus Spencers Mund zu hören, hat sich nicht richtig angefühlt. Was nicht daran liegt, dass ich ihn nicht wollen würde …« Ich schüttelte den Kopf und richtete den Blick auf meine Hände in meinem Schoß. »Ich bin völlig verrückt nach ihm, Allie.«

»Das sehe ich.«

»Nate hat mich einfach überrumpelt. Ich … ich wollte nicht verkrampfen.«

»Fühl dich deswegen nicht schlecht, Dawn. Jeder im Umkreis von hundert Meilen kann sehen, dass du in Spencer verliebt bist. Du passt nur besonders gut auf dein Herz auf, weil es schon einmal gebrochen wurde. Das ist nichts Schlechtes, sondern ein Abwehrmechanismus, der sich ganz logisch erklären lässt«, sagte Allie.

Ich hielt die Luft an.

Schlagartig wurde mir klar, dass Allie die Wahrheit sagte.

Ich *hatte* mich Hals über Kopf in Spencer verliebt.

»Seit du in einer Beziehung lebst, bist du ziemlich gut in so was geworden«, erwiderte ich nach einer Weile.

»Kadens und meine Geschichte ist doch das beste Beispiel dafür. Manchmal brauchen die Dinge eben länger Zeit. Ich finde, Spencer kann sich noch ein bisschen gedulden, wenn er es ernst mit dir meint. Wobei er auch nicht von Nates Anruf wusste, oder?« Allie verzog nachdenklich die Mundwinkel.

Ich schüttelte den Kopf. »Nein. Ich wollte es ihm erklären, aber er hatte genug von mir und meinen Ausflüchten. Ich habe ihm Hoffnung gemacht und mit seinen Gefühlen gespielt – monatelang –, nur um ihn dann fallen zu lassen. Ich kann verstehen, dass er nicht mehr kann«, murmelte ich.

»Es war einfach noch nicht der richtige Zeitpunkt. Daran ist überhaupt nichts verkehrt«, sagte sie mit fester Stimme.

Ich brummte nur.

»Ich meine es ernst, Dawn. Wenn man Nate völlig aus deinen Gedanken streichen würde und die Zeit mit ihm überhaupt nicht existiert hätte, was wäre dann?«

Auf Allies Frage gab es nur eine Antwort, da brauchte ich nicht lange nachdenken. »Wenn es die Jahre mit Nate nicht gegeben hätte, hätte ich keine Angst davor, Spencer an mich ranzulassen. Ich glaube … wir wären zusammen.«

»Siehst du? Das zeigt doch, dass du es dir wünschst.«

»Aber …«

»Nichts aber. Wenn wir jetzt nicht hier wären, würdest du in Spencers Armen liegen.«

Ich seufzte. »Vorzugsweise nackt.«

Allie zog die Nase kraus und hielt sich die Ohren zu. »Du hast zu viel Zeit mit Scott verbracht. Ich will mir meine besten Freunde echt nicht nackt miteinander vorstellen.«

»Wieso nicht? Ich habe Kaden schließlich auch nackt ansehen müssen.«

»Das ist etwas anderes. Du bist einfach reingekommen.«

»Weil ich dachte, ihr wärt nicht da.«

»Waren wir aber. Und wie wir *da waren*.« Sie wackelte mit den Brauen.

Kadens Penis trat vor mein inneres Auge. »Ich erinnere mich vage.« Ich schüttelte mir die Erinnerung aus dem Kopf und

Allie lachte laut. Sie steckte mich damit an. Zum ersten Mal seit Tagen brachte ich ein Lächeln zustande.

Als sie sich wieder beruhigt hatte, nahm Allie einen großen Schluck Kaffee. »Also, was machen wir jetzt?«

Ich atmete tief durch. »Es gibt da eine Sache, die ich erledigen muss.«

»Egal, was es ist, ich bin dabei.«

Ich hätte zwar auch alleine fahren können, vielleicht wäre es sogar besser gewesen, aber … ich war froh, dass meine Freundin bei mir war. So froh.

Das Maynard-Haus ragte vor uns auf. Wir waren bereits zweimal um den Block gefahren, weil es schwerer war als gedacht, den Mut zusammenzukratzen, mein Vorhaben in die Tat umzusetzen. Am liebsten hätte ich Eier mitgebracht und sie gegen die Fassade geworfen, aber das wäre Ernest gegenüber nicht fair gewesen. Auch wenn er nicht mehr unter uns weilte. Bestimmt sah er mir gerade von irgendwo aus zu.

»Ich schaffe das«, murmelte ich.

»Natürlich tust du das.«

Ich drehte mich zu Allie und lächelte sie dankbar an.

»Soll ich mit reinkommen?«, fragte sie.

Ich schüttelte den Kopf. »Ich glaube, ich muss das alleine machen. Aber zu wissen, dass du hier draußen wartest, ist schon ein großer Beistand. Danke.«

»Soll ich noch einmal um den Block fahren?«

Ich besah die grünen Ziegel, ließ den Blick über die weiße Fassade schweifen und blieb letztlich beim Erker hängen, durch den Licht in den Vorgarten schien.

»Nein. Ich bin bereit.«

»Ich warte. Wenn du in einer halben Stunde nicht wieder hier bist, komme ich rein«, sagte Allie.

Geistesabwesend nickte ich und stieg endlich aus. Leise schloss ich die Autotür von Allies Wagen hinter mir und öffnete das kleine Holztor, das auf das Grundstück führte. Jeder Schritt fühlte sich schwer an. Auch wenn jede Faser in meinem Körper mich anschrie und mir befahl, umzukehren, lief ich mit durchgedrücktem Rücken und gerecktem Kinn den Weg hinauf, bis ich bei der Tür des Hauses ankam, von dem ich einst geglaubt hatte, dass es mein zukünftiges Zuhause sein würde.

Duffy.

Schweren Herzens drückte ich die Klingel. Es dauerte nicht lange, bis Schritte im Flur erklangen. Mein Herz pochte wie verrückt. Die Tür wurde aufgezogen.

Nates braune Augen weiteten sich überrascht.

»Hi«, sagte ich mit bebender Stimme.

»Hallo«, gab er ebenso unsicher zurück.

Gott, das war komisch. So super merkwürdig. Und irgendwie auch peinlich.

»Was machst du hier, Dawny?«, fragte Nate mit gefurchter Stirn.

Das war eine ziemlich gute Frage. »Ich muss mit dir reden.«

Einen Moment lang konnte er nicht aufhören, mich anzustarren. Dann nickte er langsam und trat beiseite. Unsicheren Schrittes trat ich über die Schwelle. Ich behielt die Jacke an und lief geradewegs ins Wohnzimmer.

Das Haus war anders eingerichtet, als wir es damals geplant hatten. Anscheinend hatte sich Nates Geschmack verändert. Die Einrichtung war in Grau und Schwarz gehalten, wirkte elegant und wenig heimelig. Man sah deutlich, dass er nicht alleine hier wohnte, Fotos von ihm und Rebecca hingen an der Wand.

Eine weibliche Note war auch in den wenigen farblichen Akzenten zu finden, die den kantigen Möbeln die Steifheit nahmen. Und wenn die Kerzen von Bath & Bodyworks und die Bilder an der Wand nicht genug Hinweise lieferten, dann tat es das Regal, das von oben bis unten mit Frauenfilmen gefüllt war. Genauso wie das Bücherregal, in dem ich ganz viele Liebesromane entdecken konnte – darunter auch einige meiner Favoriten.

»Es ist schön geworden«, sagte ich etwas unbeholfen und verharrte mitten im Raum.

»Setz dich doch«, sagte Nate und deutete einladend auf die Couch.

Ich ignorierte die Einladung und nahm stattdessen auf einem Stuhl am Esstisch Platz. Das war weniger … vertraut.

»Möchtest du etwas trinken?«

Ich schüttelte den Kopf. »Nein, danke.«

Er sah anders aus. Erwachsener. Er trug Jeans und ein Hemd, dessen oberster Knopf geöffnet war. Er hatte sein halblanges, blondes Haar abgeschnitten und trug es jetzt kürzer. Bürotauglich, stellte ich fest. Seine Wangen waren rasiert, und obwohl er früher ohne seine Stoppeln immer recht jung gewirkt hatte, hatte ihn das letzte Jahr gezeichnet und sein Gesicht markanter werden lassen. Wobei er in meinen Augen wohl immer der Junge sein würde, mit dem ich aufgewachsen war.

»Ich will mit dir über deinen Anruf sprechen, Nate«, fing ich an.

Er zuckte kaum merklich zusammen und senkte den Blick auf seine Hände, die er auf dem Tisch gefaltet hatte.

»Ich habe lange gebraucht, um über das hinwegzukommen, was du mir angetan hast. Du kannst nicht einfach bei mir anrufen und solche Dinge sagen. Wir sind fertig miteinander, schon lange.«

Er öffnete den Mund ein paar Mal, als würde er etwas sagen wollen, schloss ihn dann aber wieder. »Ich weiß. Es tut mir leid«, sagte er schließlich.

»Nach der Einrichtung und den Büchern da im Regal zu urteilen, wohnst du mit Rebecca zusammen. Wenn das der Fall ist, dann macht es die Sache nur noch schlimmer. Du kannst doch nicht betrunken bei mir anrufen und mir sagen, dass du mich immer noch liebst, verdammt«, sagte ich eindringlich. »Hast du denn nichts aus der Sache gelernt?«

»Das habe ich nicht gesagt«, widersprach er.

Jetzt klappte mir der Mund auf. »Ich weiß nicht, ob du dich komatös betrunken hast und dich nicht mehr erinnern kannst, aber ich habe deine Worte noch ziemlich deutlich im Ohr.«

Er schüttelte den Kopf und keine einzige Haarsträhne bewegte sich. Er hatte sein Haar gegelt. Früher hatte er das nie getan. Es sah seltsam aus. Wie in Stein gemeißelt. »Ich habe gesagt, dass ich dich vermisse, Dawn. Dass wir ein Jahr nicht miteinander geredet haben und dass ich dich immer lieben werde, aber …«

Ich zuckte zusammen. Nate sah es und verstummte kurz.

»Ich weiß, dass ich einen Fehler gemacht habe, vielleicht war es der größte Fehler meines Lebens, das mit dir in den Sand zu setzen, das gebe ich zu. Aber ich habe mich geändert. Ab sofort übernehme ich Verantwortung für meine Fehler.« Er lehnte sich nach hinten und rieb sich den Nacken. »Ich habe dich angerufen, weil ich wollte, dass du es von mir erfährst und nicht über drei Ecken. Ich …« Er räusperte sich und seine Wangen färbten sich rosa.

»Was ist los?«, fragte ich alarmiert. Obwohl eine riesige Kluft zwischen uns lag, kannte ich Nate immer noch gut genug, um zu wissen, dass ihm das, was er mir sagen wollte, ziemlich nahe ging. Oh Gott, hoffentlich teilte er mir nicht mit, dass er krank war und nur noch wenige Monate zu leben hatte. Bitte nicht.

Er sah mir wieder ins Gesicht, und tiefes Bedauern lag in seinem Blick. »Rebecca und ich werden heiraten.«

Ich wartete.

Und wartete.

Der Schmerz blieb aus. Stattdessen überkam mich eine Woge der Erleichterung. Eine Hochzeit war definitiv besser, als todkrank zu sein.

»Sag doch was«, murmelte Nate. Er griff über den Tisch nach meiner Hand, und ich war nicht schnell genug, um sie wegzuziehen. Er umfasste meine Finger sanft. Kein Prickeln fuhr durch mich hindurch. Ich fühlte … überhaupt nichts. Keinen Groll, keine Trauer und auch nichts von den Funken, die früher zwischen uns getobt hatten.

»Herzlichen Glückwunsch, Nate«, entgegnete ich leise und starrte auf meine Hand, die fast vollständig in seiner verschwand. Ich hatte seine Hände immer unglaublich attraktiv und schön gefunden. Jetzt waren sie einfach … Hände. Große, klobige Pranken, die erstaunlich bewegungslos waren. Ganz im Gegensatz zu den Händen, nach denen ich mich sehnte. Hände, die nie stillhalten konnten und oft mit irgendwelchen Farbspritzern oder Kleber besprenkelt waren.

»Mehr hast du nicht zu sagen?«, fragte er ungläubig.

Kopfschüttelnd sah ich ihm wieder ins Gesicht. »Was erwartest du von mir?«

Seine Augen weiteten sich. »Ich dachte … nach allem, was war, würdest du …« Seine Worte verloren sich im riesigen Wohnzimmer.

Ich schnaubte. »Würde ich was? Mich auf den Boden schmeißen und wie ein trotziges Kind schreien?«

»Du darfst mich anschreien, Dawny. Du darfst alles machen, was du willst, wenn das heißt, dass du wieder Teil meines Lebens bist«, sagte Nate erhitzt. Wie um der Aussage Nachdruck zu verleihen, drückte er meine Finger fest.

»Aber ich *will* kein Teil deines Lebens sein.«

»Dawny, bitte ...«, flehte er.

»Ich bin heute hergekommen, um dir zu sagen, dass ich einen endgültigen Schlussstrich ziehe. Du kannst mich nicht mehr anrufen, Nate, verstehst du das? Ich habe mir in Woodshill etwas aufgebaut, und ich will nicht, dass mein neues Leben von Erinnerungen kaputtgemacht wird, die nur mit Schmerz verbunden sind.«

Ich wählte meine Worte mit Bedacht, aber dennoch flackerte Trauer in seinen Augen auf. »Ich kann mir ein Leben, von dem du kein Teil bist, einfach nicht vorstellen. Wir sind miteinander großgeworden, Dawny. Ich möchte dich nicht für immer verlieren, weil du immer einen Platz in meinem Herzen haben wirst. Nur deshalb habe ich angerufen. Weil ich wollte ... Ich dachte, vielleicht könnten wir ...«

»Freunde sein?«, fragte ich und lächelte traurig. »Ich könnte niemals wieder mit dir befreundet sein.«

»Du hast mich einfach aus deinem Leben gestrichen, ohne auch nur ein einziges Mal zurückzublicken!« Es klang beinahe wie ein Vorwurf.

»Das hast du mir ja auch ziemlich leicht gemacht. Was hast du denn erwartet? Dass ich nach allem, was war, noch deine Freundin sein kann? Dir hierbei zusehen?« Ich schloss das gesamte Haus in einer Bewegung ein. Es bedeutete mir noch immer etwas, schließlich war es mit Kindheitserinnerungen verbunden, die tief in mir verankert waren. Aber bei der Vorstellung, hier leben zu müssen, sträubte sich etwas in mir vehement.

»Es tut mir leid«, wiederholte er.

Ich hatte diese Worte schon so oft von ihm gehört. »Ich akzeptiere deine Entschuldigung.« Ich erwiderte den Druck seiner Hand. Einmal. Dann ließ ich sie los. Genau im richtigen Moment, denn jemand kam die Treppe herunter. Die Holzstufen knarrten laut.

»Wer war das an der Tür?«, erklang Rebeccas Stimme vom Flur.

Ich glaube, ich hörte sie zum ersten Mal – mal abgesehen von dem Abend, als ich sie stöhnend und schreiend vor Lust in unserem Zimmer vorgefunden hatte.

Kurz darauf erschien sie im Türrahmen zum Wohnzimmer und erstarrte, als sie mich am Esstisch erblickte. Ihr Gesicht wurde aschfahl. Ihr Schock spiegelte meinen wider. Mein Mund klappte auf. Ich sah an ihr hinab, bis zu ihrem deutlich gewölbten Bauch. Entweder hatte Rebecca einen ganzen Truthahn verdrückt oder doppelte Glückwünsche waren angebracht.

Nate räusperte sich. »Das war die zweite Sache, die ich dir erzählen wollte.«

Deshalb hatte er gesagt, er würde für seine Fehler geradestehen. Das war der Grund für die überstürzte Hochzeit, den Hauskauf und seinen verzweifelten Anruf. Er hatte es ernst gemeint, als er beteuert hatte, dass er Verantwortung übernehmen würde.

Ich empfand beinahe Mitleid mit Nate. Wobei mir das beim Anblick von Rebeccas Miene zunehmend schwerfiel. Ich konnte dieses wunderschöne, schwangere Mädchen nicht mit dem Miststück in Einklang bringen, das sich von einem vergebenen Kerl in meinem Zimmer das Hirn hatte aus dem Kopf vögeln lassen.

»Herzlichen Glückwunsch, ihr zwei«, sagte ich, und obwohl die Worte merkwürdig schmeckten, meinte ich sie ehrlich. Dann erhob ich mich langsam, erwiderte Rebeccas Nicken und lief aus dem Wohnzimmer in den Flur.

»Dawn, warte!« Nate war dicht hinter mir, aber ich hörte nicht auf seine Rufe.

So schnell ich konnte, lief ich aus dem Haus. Vorbei an den

Pflanzen und Sträuchern, im Schnellschritt auf Allies Auto zu. Ich sah meine Freundin schon, und Erleichterung überkam mich. Da hörte ich Schritte hinter mir. Ich wurde am Arm gepackt.

»Dawn, bitte hör mir zu«, sagte er eindringlich. »Du kannst …«

Ich fuhr herum. »Nein!«

Er blinzelte perplex.

Ich holte tief Luft. »Ich habe sechs Jahre meines Lebens mit dir verbracht, nur damit du mich wegwirfst wie Schrott. Das letzte Jahr habe ich damit zugebracht, darüber hinwegzukommen. Ich habe mit uns abgeschlossen. Und ich denke, Rebecca und deinem ungeborenen Kind zuliebe solltest du das auch tun.«

Er ließ mich nicht los. Sein Griff verfestigte sich bloß, als würde er krampfhaft an dem festhalten, was er sich immer noch von uns erhoffte.

»Lass mich gehen, Nate.«

Er schüttelte den Kopf. »Aber …«

»Sie hat gesagt, dass du sie gehen lassen sollst, Arschloch«, erklang plötzlich Allies Stimme hinter mir. Sie trat neben mich, und sofort ließ er mich los.

»Wer ist das?«, fragte er mich leise, ohne den Blick von Allie zu nehmen.

»Ich bin Allie. Schön, dich endlich kennenzulernen.«

In der nächsten Sekunde riss sie die Faust nach oben und verpasste Nate einen Kinnhaken. Nate jaulte auf und hielt sich den Kiefer. Er stieß einen lauten Fluch aus.

Ich starrte Allie mit offenem Mund an. Sie biss die Zähne fest zusammen und schüttelte ihre Hand kurz aus. »Wärst du dann so weit?«, fragte sie.

Ich nickte stumm. Allie hakte sich bei mir unter, und gemeinsam liefen wir zu ihrem Auto. Fort von dem Haus, das einst meine Zukunft gewesen war – genau wie der Mann, der auf dem kleinen Gehweg stand und Schmerzenslaute von sich gab. Ich warf noch einen Blick über die Schulter zurück. Als sich unsere Blicke trafen, war der Abschied endgültig.

kapitel 35

Noch am selben Tag fuhr ich mit Allie wieder nach Woodshill. Wir hielten bei Best Buy an, wo ich mir ein neues Handy kaufte. Ich legte mir auch eine neue Nummer zu, falls Nate meine Bitte nicht ernst nehmen sollte, und schickte Sawyer gleich eine Nachricht, dass ich aus meinem Exil zurückkehrte. Sie antwortete bloß mit einem Mittelfinger-Emoji. Anscheinend war alles wie immer.

»Wieso ist deine Hand jetzt eigentlich nicht in einem Gips?«, fragte ich Allie, als wir vor dem Wohnheim zum Stillstand kamen.

Ich betrachtete ihre Hand eingehend. Sie war nicht einmal blau angelaufen. Damals, als ich Kaden geschlagen hatte, war meine Hand ungefähr auf die doppelte Größe angeschwollen und hatte so wehgetan, dass sogar das Atmen geschmerzt hatte.

»Kaden hat mir eine Nachhilfestunde im Fitnesscenter gegeben. Mit einem Boxsack«, sagte Allie fröhlich und ballte die Hand zur Faust.

»Ich will das auch lernen. Dann kann ich mich verteidigen und prelle mir beim nächsten Mal nichts.«

»Ich kann es dir beibringen«, meinte sie, während wir meine Taschen aus dem Kofferraum holten und uns dann auf den Weg ins Wohnheim machten.

Bei meinem Zimmer angekommen, wurde die Tür aufgerissen, noch ehe ich nach dem Griff greifen konnte. Ein Wirbelwind aus blondem Haar riss mich beinahe um. Die Umarmung dauerte nur eine Sekunde lang, dann löste sich Sawyer von mir. Ehe ich wusste, wie mir geschah, schnipste sie mir gegen die Stirn.

Verdammt, das tat weh. Meine ganze Stirn zwiebelte.

»Mach das nicht noch mal, du blödes Miststück.« Einen Moment lang sah sie mich aus funkelnden Augen an, dann machte sie kehrt und lief zurück in unser Zimmer.

Das Ganze geschah so schnell, dass mir ganz schummrig wurde.

»Was für eine liebevolle Begrüßung«, murmelte ich.

»Wenn du dir etwas anderes erhofft hast, wohnst du im falschen Zimmer«, gab Sawyer zurück.

Da hatte sie wohl recht. Trotzdem hätte ich diesen Wohnheimplatz um nichts in der Welt getauscht.

»Tut mir leid, dass ich mich nicht gemeldet habe. Ich hab's vergessen«, sagte ich und streifte mir die Schuhe im Gehen ab. Meine Hälfte des Zimmers sah genauso farbenfroh und chaotisch aus wie letzte Woche, als ich geflüchtet war. Nur dass eine Papprolle auf meinem Bett lag, an die ich mich definitiv nicht erinnern konnte.

»Was ist das?«, fragte ich Sawyer, die sich an den Tisch gesetzt hatte, auf dem ihr Laptop stand.

»Guck doch rein.«

Allie folgte mir zum Bett und setzte sich mit mir auf meine Patchworkdecke. Ich nahm die Papprolle in die Hand und öffnete den runden Plastikdeckel. Dann hielt ich das Teil kopfüber, um das Bild rauszuholen, das sich darin befand. Es rutschte heraus, und Allie nahm mir das Pappgehäuse ab, damit ich es aufrollen konnte. Ich nahm zwei Kanten des Bildes und ließ es auseinanderrollen.

Es war eines der Bilder, die Sawyer während ihres Fotoprojekts von mir geschossen hatte. Ich befand mich auf der Bank, wo wir einen Großteil des Vormittags verbracht hatten. Im Hintergrund waren die Rasenflächen und Bäume auf dem Campus leicht verschwommen. Meine pinke Bluse ergab zum Rest des Bildes einen tollen Farbkontrast. Und mein Gesicht ... Wow. Ich hatte überhaupt nicht gemerkt, dass Sawyer den Auslöser auch während der Pausen gedrückt hatte. Auf diesem Bild lachte ich von Herzen. Bestimmt war eine besonders merkwürdige Anweisung der Grund dafür gewesen. Es war ein wunderhübscher Schnappschuss.

»Was für ein schönes Bild«, schwärmte Allie.

Ich hob den Blick und starrte Sawyer an.

»Die Aufgabe war ursprünglich gewesen, Nahaufnahmen von verschiedenen Emotionen zu machen. Das Bild passte nicht in die eigentliche Fotoreihe, aber ich fand es zu schön, um es einfach zu löschen«, erklärte Sawyer, ohne den Blick von ihrem Bildschirm zu nehmen.

»Danke«, flüsterte ich. Ich war so gerührt, dass meine Stimme gar nicht richtig rauskam.

»Du kannst es auch für andere Zwecke benutzen. Zum Beispiel als Autorenfoto oder so. Falls du dich endlich trauen solltest, dein Gesicht im Internet zu zeigen«, fuhr meine Mitbewohnerin fort.

Ich nickte und betrachtete wieder das Bild. »Das werde ich.«

»Wirklich?«, fragten Allie und Sawyer gleichzeitig.

Ich fuhr mit den Fingerspitzen die Umrisse meines Gesichts nach. »Ich glaube, ich habe mich lange genug versteckt.«

»Sehe ich auch so«, sagte Sawyer und klappte den Laptop zu. »Ach, und bevor du denkst, dass ich es dir völlig uneigennützig ausgedruckt habe, solltest du wissen, dass meine Dozentin ziemlich begeistert von der Fotostrecke war.«

»Das ist doch toll«, sagte ich, noch immer viel zu gerührt von dem Bild.

»So begeistert, dass wir die Bilder ausgestellt haben.«

Mein Kopf zuckte hoch. »Was?«

Sie lächelte verschlagen. »Es war eine einmalige Gelegenheit, nur die Besten werden ausgestellt. Und da du nicht erreichbar warst, habe ich zugesagt.«

»Deshalb hast du Kaden angerufen?«, fragte Allie.

Sawyer zuckte mit den Schultern.

»Wo hängen die Bilder?«, fragte ich alarmiert.

»Ach, nur im Westflügel, im Flur, wo meine Seminare stattfinden. Da laufen nicht so viele Menschen lang, keine Sorge.«

»Wieso siehst du dann aus wie eine Katze, die unerlaubterweise eine ganze Packung Milch getrunken hat?«, hakte Allie nach.

So einen Vergleich konnte auch nur sie zustande bringen.

»Ihr habt nicht nach der Größe der Bilder gefragt.«

Das war das Einzige, was sie sagte. Ich sprang auf, schnappte mir Allie und zog sie mit mir.

Mein Gesicht war *riesig*.

Die Nahaufnahmen schmückten eine ganze Wand, der Länge nach. Der halbe Flur war mit meinem Gesicht bedeckt. Das Bild, welches Sawyer für mich ausgedruckt hatte, war ein richtiges Portrait, auf dem mein Oberkörper wenigstens noch zu sehen war. Das war bei diesen Bildern nicht der Fall. Ganz und gar nicht.

Mein Mondgesicht war auf die Größe eines Kinoplakats gedruckt worden. Wütend, mit Grimassen, selig mit geschlossenen Augen, schielend, und es gab sogar ein Bild, auf dem ich mit ausgestreckter Hand aufsprang.

Ungläubig starrte ich die Teile an und lief mit mechanischen

Schritten zum ersten Bild, auf dem ich einen total genüsslichen Gesichtsausdruck hatte und aussah, als hätte ich die beste Schokolade der Welt im Mund. Die Dawn auf dem Bild war mindestens fünf Mal so groß wie ich. Ein kleines Kärtchen war an der Seite angebracht.

Erotisch-verträumt, by Sawyer Dixon.

»Ich bringe sie um«, murmelte ich und spürte, wie mein Herz allmählich zu rasen begann. Ein unangenehmes Grummeln arbeitete sich von meinem Magen weiter hinauf und meine Hände begannen zu beben.

»Ich helfe dir, ihre Leiche zu verscharren«, stimmte Allie mir zu, wobei mir das Zucken ihrer Mundwinkel nicht entging.

»Dawn!«

Ich fuhr auf dem Absatz herum.

Nein, nein, nein, verdammt.

Nolan lief durch den Flur auf mich zu. Heute trug er ein Shirt, auf dem *Who run the world? Girls!* stand, und er ging so schnell, dass sein wallender Mantel hinter ihm wehte wie das Cape eines Superhelden. Als er bei mir ankam, fielen die beiden Stifte herunter, die sein Haar zusammenhielten, und wir bückten uns gleichzeitig, um sie aufzuheben.

»Danke«, sagte er und machte sich gleich daran, sein Haar wieder zu einem Knoten aufzudrehen. »Schöne Fotos«, sagte er mit einem Nicken zur Wand.

Ich trat betreten von einem Bein aufs andere. »Ähm … danke.«

»Eine tolle Fotostrecke«, setzte er noch hinterher.

Ich unterdrückte den Impuls, eine Grimasse zu ziehen.

»Egal, weshalb ich eigentlich hergekommen bin: Deine Hausaufgabe ist großartig geworden.«

»Wirklich?«, fragte ich verblüfft.

Er nickte knapp. »Ich habe geheult. Tu ich nicht oft, aber

diesmal konnte ich es nicht unterdrücken. Ich wollte dir noch mal anbieten, die nächsten Kapitel deines Romans zu lesen. Wenn du Feedback brauchst, kann ich gerne drüberschauen. Natürlich nur, wenn du willst.«

Ich schluckte trocken. Dass ich ihm versehentlich die ersten Kapitel von *About Us* geschickt hatte, hatte ich total verdrängt.

»Kein Druck! Ich war nur so begeistert von Tristan und Mackenzie und wüsste gerne, wie es mit den beiden weitergeht. Ich könnte mir gut vorstellen, dass du mit dem Projekt einen Verlag oder zumindest eine Agentur findest. Also, wenn du Feedback brauchst, komm gerne auf mich zu.« Er nickte mir und Allie noch einmal zu, dann setzte er seinen Weg durch den Flur fort.

»Danke, Nolan!«, rief ich ihm noch hinterher.

Er hob bloß die Hand und machte eine wedelnde Geste.

»*Das* ist dein Dozent?«, fragte Allie.

Ich wandte mich zu ihr um. »Er ist cool, oder?«

Allie fächelte sich mit der Hand Luft zu. »Er sieht aus wie Chris Hemsworth. Nur in durchgeknallt. Wie konntest du das vor mir verheimlichen?«

Ich grübelte kurz. »Das ist mir bisher noch nicht aufgefallen.«

Allie schüttelte den Kopf und ich hakte mich bei ihr unter. Jetzt lag mein Blick wieder auf den Fotos. Ich seufzte.

»Was wirst du machen?«

Ich zuckte mit den Schultern. »Ich glaube, nichts. Ich will Sawyer diese Möglichkeit nicht ruinieren.«

»Du magst sie wirklich, oder?«, fragte Allie überrascht.

Ich nickte, ohne darüber nachzudenken. »Sie ist cool. Sie war sogar die Erste, die von meinen Novellen wusste. Man kann sich auf sie verlassen, auch wenn sie zwischendurch ganz schön biestig sein kann.«

»Okay. Dann sind wir ab sofort lieb zueinander.«

Ich lächelte. »Das würde ich toll finden.«

kapitel 36

Den Sonntag verbrachte ich im Bett und starrte die bunte Weltkarte an der Decke an. Mein Kopf pochte, und mein ganzer Körper fühlte sich schwer und unerträglich an. Der Herzschmerz war lästig. Ganz gleich wie sehr Allie versuchte, mich abzulenken, es funktionierte einfach nicht. Mit der Zeit verstand sie, wie ernst der Streit mit Spencer gewesen war. Und sie merkte, dass ich Zeit und Abstand brauchte. Es war einfach zu frisch. Noch immer hörte ich die Worte, die Spencer und ich einander an den Kopf geworfen hatten. Noch dazu sah ich jedes Mal, wenn ich die Augen schloss, sein wutverzerrtes Gesicht vor mir und hörte die Skulptur an der Wand zerschellen. Es war schlimm.

Am Montag ging ich wieder zu meinen Vorlesungen, weil ich genug von dem elenden Gefühl hatte, nichts oder zu viel zu fühlen. Dieses Ungleichgewicht zwischen taub sein und unerträglichen Schmerzen machte mich fertig. Also vergrub ich mich in der Arbeit und lernte. Die Nachmittage verbrachte ich in der Bibliothek, und abends setzte ich mich mit Watson an meinen Schreibtisch und schrieb. Ich schlief nicht gut. Jedes Mal, wenn ich die Augen schloss, sah ich Spencer vor mir oder hörte seine Worte in meinem Ohr. Und wenn das geschah, fingen meine Hände wieder an zu zittern und der Schmerz in meinem Körper wurde unerträglich.

Sawyer erzählte ich die Kurzfassung meines traurigen Liebeslebens und ließ dabei auch nicht die Tatsache aus, dass ich verheiratet gewesen war und Nates Betrug der Grund dafür gewesen war, dass ich monatelang dagegen angekämpft hatte, Spencer dichter an mich heranzulassen. Von da an ließ sie mich nicht mehr aus den Augen. Sie verbrachte ihre Nächte nicht mehr woanders, sondern blieb durchgehend bei mir. Sie schaute sich sogar das Bachelorette-Finale an und schloss eine Wette mit mir darüber ab, wer gewinnen würde. Ich gewann – das Highlight meiner Woche. Sawyer schuldete mir ein Steak im Steakhouse. Hätte sie gewonnen, hätte ich wieder für ihr nächstes Fotoprojekt herhalten müssen. Ich war also doppelt froh.

Allie und Scott hatten Verständnis dafür, dass ich mich zurückzog. Wir sahen uns in unseren gemeinsamen Vorlesungen und gingen mittwochs gemeinsam Kaffee trinken. Sie waren taktvoll genug, mich nicht auf Spencer anzusprechen, und dafür war ich unheimlich dankbar.

Die Mittagspausen verbrachte ich mit Sawyer im Studio des Westflügels, in dem die Fotografiestudenten ihre Bilder bearbeiten konnten. Hier lief ich nicht Gefahr, meinen Freunden und somit Spencer über den Weg zu laufen.

Mein Monstergesicht schmückte den Flur ab Freitagnachmittag nicht mehr, da die nächste Fotoreihe ausgestellt wurde. Diesmal waren es Bilder von Männerhintern. Gemeinsam blieben wir vor dem ersten Rahmen stehen und schlürften an unseren Limonaden, die wir uns bei einem Stand auf dem Campus geholt hatten.

»Siehst du? Dagegen sind meine Bilder geradezu harmlos«, sagte Sawyer und deutete auf den nächsten Rahmen, der aufgehängt wurde.

»Soll ich jetzt dankbar dafür sein, dass du mich nicht nackt fotografiert hast?«, entgegnete ich belustigt und kaute auf dem Strohhalm herum.

Sie nickte. »Ich finde schon. Wobei du einen schönen Körper hast. Deine Brüste sind perfekt, Dawn. Wenn du also mal Lust hast, Aktfotos zu machen, sag Bescheid.«

Ich schüttelte den Kopf. »Vielleicht ein anderes Mal.«

»Irgendwann muss ich noch Aktbilder machen.« Sie legte den Kopf schräg und immer schräger, bis sie beinahe kopfüber auf den Schwarz-Weiß-Hintern guckte.

»Gehört das zu einem deiner Kurse?«

Sie brummte zustimmend. »Ist ziemlich schwer, jemanden zu finden, der sich ohne Bezahlung dafür eignet. Die, die es kostenlos machen, sind meistens pervers und haben irgendeinen seltsamen Fetisch.«

Ich nahm einen Schluck meiner Limonade. »Fotografiestudenten haben es nicht leicht.«

»Hey!« Sie haute mir ihren Ellenbogen in die Seite, und ich verschüttete ein bisschen Flüssigkeit auf dem Boden.

Meinen grimmigen Blick bekam Sawyer nicht mehr mit, weil sie ihren Weg durch den Flur fortsetzte.

»Ich meine ja nur …«, fing ich an, während ich aufholte. »Ihr habt diese ganzen neuen Gerätschaften und Zugriff auf Studios und so. Das ist echt cool.«

Wir bogen nach rechts ab, und dann links, zum Studio, wo Sawyer ihr nächstes Projekt bearbeiten würde. Ich hatte noch keine Ahnung, worum es sich handelte, sie hatte ein ziemliches Geheimnis daraus gemacht.

»Ich weiß. Wir sind …«

Ich rannte in sie hinein, weil sie mitten in der Tür stehen geblieben war.

»Sawyer?«, fragte ich und streckte den Hals durch, um ihr über die Schulter zu blicken.

»Du hast hier nichts zu suchen«, fauchte sie und machte einen langen Schritt nach vorne.

Zischend holte ich Luft.

Spencer saß an einem der Computer neben einem Kerl, den ich nicht kannte. Als er mich entdeckte, weiteten sich seine Augen ein Stück.

Er stand auf, ohne Sawyer anzusehen, und machte einen Schritt in meine Richtung. »Dawn …«

Doch bevor er auch nur ein Stück weiterkam, machte es laut *Platsch*.

Spencer blinzelte mehrmals und sah dann an sich hinab. Sein blaues Hemd war von Limonade durchtränkt. Auch sein Haar triefte.

»Halt dich von ihr fern, oder ich kastrier dich, Cosgrove.« Sawyer stach ihm mit dem Finger fest in die Brust.

Er schluckte hart. Dann hob er die Hände und wischte sich über das nasse Gesicht. Im nächsten Moment durchquerte er den Raum und lief an mir vorbei, ohne mich eines weiteren Blickes zu würdigen.

Kurz darauf wurden Sawyer und ich aus dem Studio geworfen.

Am darauffolgenden Wochenende schrieb ich Tag und Nacht. Sawyer arbeitete, weshalb ich zum ersten Mal in dieser Woche alleine war. Ich schätzte sie ungemein dafür, dass sie so auf mich aufpasste, aber es war auch schön, mal wieder ein bisschen Zeit für mich zu haben. Zumal meine Gefühle und Gedanken überzusprudeln drohten, seit ich Spencer im Studio gesehen hatte.

Ich schrieb an *About Us*, bis meine Handgelenke wehtaten. Ich verarbeitete alles in der Geschichte. Mackenzie fühlte, was ich fühlte, und es schmerzte und erleichterte mich gleichzeitig.

Ich schrieb davon, wie sie mit ihrem Exfreund abschloss und endlich bereit dafür war, Tristan eine Chance zu geben. Wie sie begriff, dass ihre Gefühle tiefer gingen als alles andere. Dass es ihr nichts ausmachte, was ihr Ex tat, und wie wenig sie sich in dem Leben sah, das sie sich früher immer als ihre Zukunft ausgemalt hatte. Ich schrieb davon, wie sie die Wochen voller Herzschmerz ohne Tristan verbrachte und vergeblich versuchte, sich mit Arbeit und Lernen abzulenken.

Und dann geschah etwas, das mir noch nie passiert war.

Ich bekam eine Blockade.

Es war Sonntagmorgen, und plötzlich hörten meine Finger zu tippen auf. Dort, wo normalerweise tief aus meinem Inneren die Worte sprudelten, war auf einmal nichts mehr.

Nichts.

Tristan und Mackenzie hatten einander tief verletzt, und zum ersten Mal in ihrem Leben herrschte zwischen den beiden Funkstille. Sie liebten sich, dennoch war es unmöglich, sie zu versöhnen. Egal was ich versuchte, die beiden ließen sich nicht wieder zusammenführen. Jeder Satz, den ich schrieb, fühlte sich schrecklich falsch an. Für die paar Worte, die ich normalerweise innerhalb weniger Minuten geschrieben hätte, brauchte ich den ganzen Tag. Ich saß Stunden am nächsten Kapitel, und alle Sätze, die ich mühsam zusammenkratzte, löschte ich letzten Endes wieder. Irgendwann war ich so gefrustet, dass ich Watson geräuschvoll zuklappte. Ich stand auf und tigerte im Zimmer umher.

Das hatte ich nun davon, dass ich versucht hatte, Spencers und meine Geschichte aufzuschreiben. Obwohl meine Figuren immer ihr Happy End bekamen, gelang es mir diesmal nicht.

Ich würde nicht akzeptieren, dass mein Herzschmerz meine Arbeit beeinträchtigte. Ich würde es schlichtweg nicht zulassen. Kurzentschlossen schnappte ich mir Watson wieder und öffnete ein neues Dokument.

Ich brauchte *About Us* nicht. Obwohl mir die Geschichte naheging, war ich nicht darauf angewiesen, sie zu beenden. Ich wusste ja noch nicht einmal, ob ich sie überhaupt veröffentlichen wollte!

Zum Glück hatte ich noch eine ganze Reihe anderer Ideen, die nur darauf warteten, endlich aufgeschrieben zu werden. Dann würde ich mich eben mit *Breathing Fire* begnügen. In dieser Geschichte ging es um Brady und Holden. Holden war Feuerwehrmann –, wenn das nicht Grund genug war, diese Geschichte endlich zu beginnen, dann wusste ich auch nicht.

Ich suchte im Internet nach Bildern von sexy Feuerwehrmännern, die mir als Inspiration dienen sollten. Ich schnappte mir das Notizbuch, in dem ich den groben Inhalt aufgeschrieben hatte. Dann fing ich an, das erste Kapitel zu schreiben.

Doch schon nach wenigen Sätzen wurde mir klar, dass ich nicht so leicht von *About Us* loskommen würde.

Das zähe Gefühl, das bereits seit dem Morgen anhielt, ließ nicht nach. Es setzte sich weiter fest, bis ich kein einziges Wort mehr herausbekam. Verfluchte Superscheiße.

Tristan und Mackenzie ließen mich nicht los. Die Geschichte hatte sich in mir festgesetzt, mit Widerhaken, Superkleber und allem, was haftete.

Die beiden verdienten ein Happy End. Es war falsch, ihre Geschichte einfach enden zu lassen, ohne alles zu versuchen. Und ich wusste, dass ich, solange mir das nicht gelang, nichts Neues beginnen konnte.

Frustriert schloss ich den Browser und verabschiedete mich schweren Herzens von den ganzen halbnackten Feuerwehrmännern. Stattdessen öffnete ich meinen Posteingang und begann, eine Mail zu schreiben.

Lieber Nolan,
was tut man bei einer Schreibblockade?
Ich sitze momentan am Finale von About Us *und weiß nicht weiter. Mein Kopf ist vollkommen leer. Ich glaube, die Muse hat mich verlassen. Hast du vielleicht einen Tipp?*

Liebe Grüße
Dawn

Ich schickte die Mail ab und öffnete das Dokument von *About Us* erneut. Dann las ich und überarbeitete die ersten Kapitel. Noch immer verspürte ich enormes Bauchkribbeln, während ich las. Diese Geschichte war etwas ganz Besonderes, das spürte ich. Als ich bei Kapitel fünf angekommen war, blinkte mein Mailer auf.

Liebe Dawn,
streich das Wort »Muse« aus deinem Wortschatz – der Begriff ist ein von Esoterikern erfundenes Konstrukt, das nur dazu dient, dich zu entmutigen.
Was die Blockade betrifft: Betrachte die Geschichte aus einem anderen Blickwinkel. Geh die Handlung von vorne durch und sieh nach, wo die beiden vielleicht einen falschen Weg eingeschlagen haben. Manchmal kann man mit kleinen Eingriffen große Veränderungen schaffen, die der Handlung helfen könnten.

Liebe Grüße
Nolan

PS: Wenn die beiden am Ende nicht zueinanderfinden, ist das auch völlig in Ordnung. Es gibt auch Liebesromane mit bittersüßen Enden oder gar welche, die offen ausgehen.

Ich las die Mail. Zweimal. Dreimal. Immer wieder, bis ich die Worte im Schlaf hätte aufsagen können. Anschließend las ich *About Us* bis zum Ende von Kapitel sechsundzwanzig – die Stelle, an der ich nicht mehr weitergekommen war.

Natürlich hätte ich Dinge ändern können. Eine ganze Menge sogar. Mackenzie hätte Tristan früher vertrauen können. Die beiden hätten bereits in Kapitel sieben miteinander nach Hause gehen können. Tristan hätte seine wahren Absichten früher klarmachen können, statt sich hinter einer Fassade aus Scherzen und Halbwahrheiten zu verstecken. Es war, wie Nolan geschrieben hatte: Ein paar kleine Eingriffe hätten genügt, um den beiden ihr glückliches Ende zu geben. Bei einem Manuskript gar kein großer Aufwand.

Aber es war nicht *richtig*.

Es war Spencers und meine Geschichte. Sie war voller Fehler und Ungereimtheiten. Sie war echt – echter als alles, was ich zuvor geschrieben oder sogar erlebt hatte. Und ich würde nicht akzeptieren, dass wir kein siebenundzwanzigstes Kapitel bekamen.

Mit Spencer wollte ich Kapitel siebenundzwanzig, achtundzwanzig, neunundzwanzig und alles darüber hinaus. Weil ich gottverdammt noch mal verliebt in ihn war.

Ich war wütend und verletzt, aber ich war mir sicher, dass es ihm genauso ging. Er hatte mir beim Streiten diese Worte an den Kopf geworfen, weil er geglaubt hatte, ich würde ihn bloß zum Spaß benutzen und für eine unverfängliche Bettgeschichte halten. Das rechtfertigte nicht alles, aber ich konnte es nachvollziehen. Doch wenn wir die Chance auf unser Happy End nicht vermasseln wollten, musste einer von uns einen Schritt in die richtige Richtung machen. So wie es jetzt war, würde es jedenfalls nicht funktionieren.

Noch einmal las ich Kapitel sechsundzwanzig. Und dann schrieb ich.

Kapitel 27

Spencer,
alles, was Mackenzie für Tristan empfindet, fühle ich für dich. Das, und noch so viel mehr. Ich weiß, dass ich ganz schlecht darin bin, dir das offen zu zeigen, aber … hier steht es. Schwarz auf weiß.
Ich kann meine Fehler nicht rückgängig machen – so gerne ich das auch würde. Aber ich kann das tun, was du mir gezeigt hast: Jeden Tag neu anfangen und jemand sein, der die Liebe eines Mannes wert ist, der einfach perfekt für mich ist.

In Liebe
Dawn

Anschließend druckte ich das Manuskript aus. Ich rief Allie an und fuhr mit ihr gemeinsam zu Spencers Haus. Dort legte ich das Paket mit der blauen Schleife auf die Fußmatte.

Und wartete.

kapitel 37

Ich wartete neun Stunden.

Um drei Uhr morgens klingelte mein Handy und ich schreckte hoch. Beim Versuch, danach zu greifen, stieß ich mir den Handrücken am Nachtschrank. Fluchend wischte ich über das Display und nahm den Anruf an.

»Hallo?«, krächzte ich.

Einen Moment lang war es still. »Tristan ist ein Arschloch.«

Schlagartig war ich hellwach.

»Er hat Mackenzie überhaupt nicht verdient. Nach dem, wie er sie behandelt hat, sollte sie sich jemanden suchen, der besser zu ihr ist«, fuhr Spencer fort.

Ich hörte das Rascheln von Papier und räusperte mich. Mein Herz klopfte wie verrückt. »Das will Mackenzie aber überhaupt nicht.«

Wieder raschelte es. Es hörte sich an, als würde er durch das Manuskript blättern. Auch er räusperte sich. »Dawn … Das ist ein großartiges Buch. Wirklich. Ich habe beim Lesen alles empfunden, was Mackenzie gefühlt hat.«

Ich bedankte mich murmelnd.

»Ich … ich musste es zweimal lesen, um alles zu verstehen. Vor allem die Dinge, die zwischen den Zeilen stehen«, fuhr er leise fort. Seine Zettel raschelten.

»Und?« Mein Herz klopfte bis zum Hals.

»Jetzt … habe ich sie verstanden. Manchmal bin ich ein bisschen langsam.«

»Langsam ist nicht schlimm. Ich bin auch langsam«, sagte ich schnell.

»Okay.« Er räusperte sich erneut. »Ich hab noch ein paar Dinge, die mir aufgefallen sind.«

Ich richtete mich ein Stück auf. »Ich höre.«

»Dass Tristan derart viele Frauen aufreißt, gefällt mir nicht. Ich meine, er ist seit Jahren vernarrt in Kenzie, verhält sich aber gleichzeitig wie ein Hurenbock. Das macht seine Gefühle an manchen Stellen ein bisschen unglaubwürdig.«

»Ich erinnere mich daran, dass mir mal jemand gesagt hat, er hätte nur Beziehungen, die eine Nacht dauern«, murmelte ich.

»Ein Verschleiß von zehn Frauen in der Woche ist schlichtweg unrealistisch, Süße. Auch wenn Tristan wahnsinnig attraktiv ist und einen Traumkörper hat.«

Ich schloss die Augen und sah sein Grinsen vor mir, das arrogant und gleichzeitig herzallerliebst war. Ein Ziehen machte sich in meinem Brustkorb breit.

»Außerdem könnte ich mir gut vorstellen, dass das vielleicht aufgehört hat, nachdem er sie kennengelernt hat«, fuhr er leise fort.

Ich schluckte schwer. »Meinst du?«

Er brummte zustimmend. »Definitiv.«

»Wieso?«, fragte ich.

»Weil sie etwas ganz Besonderes für ihn ist.«

Meine Kehle wurde trocken. »Und er für sie.«

Jetzt schwieg er. Ich hörte seinen ruhigen Atem durchs Telefon und wünschte mir plötzlich, er wäre bei mir. Oder ich bei ihm.

»Ich wusste nicht, wie du dich dabei gefühlt hast, Dawn«, sagte er nach einer Weile rau.

»Wobei?«

»Bei allem. Ich meine, natürlich habe ich gehört, wenn du mir gesagt hast, dass du nicht kannst, aber so richtig verstanden habe ich es jetzt erst. Du hast Mackenzies Gedanken so … real beschrieben. Am liebsten hätte ich mich selbst gehauen, weil ich zu blind und ignorant war, um nachzuvollziehen, wie es in dir aussah. Ich habe dich nie drängen oder verletzen wollen.«

Ich spielte mit dem Zipfel meiner Decke herum. »Ich weiß.«

»Ich wollte es dir nur noch einmal sagen.«

Die Stille machte mich nervös, und ich versuchte, die anfängliche Leichtigkeit des Telefonats zurückzubringen. »Weniger Frauen für Tristan, ist notiert. Was noch?«

An seinem Ende der Leitung raschelte es erneut. »Also … Die erste Sexszene gefällt mir nicht.«

Jetzt setzte ich mich auf. »Wie bitte? Meine Sexszenen sind gut!«

»Ich sage ja nicht, dass sie schlecht sind. Du beschreibst es nur so, als hätte er sich blind auf sie gestürzt. Dabei war sie mindestens genauso gierig«, sagte Spencer trocken.

»Quatsch. Mackenzie war nicht so gierig wie Tristan.«

»Und ob sie das war. Ihre Eier waren mindestens genauso blau wie seine.«

Ich prustete los.

Sawyer stöhnte und presste sich das Kissen auf den Kopf.

»Ich finde, da könntest du noch mal drübergehen«, sagte Spencer ernst.

»Einverstanden. Was sagt deine Liste noch so?«

Er atmete stockend aus. »Kapitel zwanzig. Tristans Liebesgeständnis kommt zu einem völlig falschen Zeitpunkt.«

»Deshalb reagiert Kenzie ja auch so blöd.«

»Ich finde ihre Reaktion schon passend, nur muss Tristan irgendwann noch erfahren, wieso sie sich so schwer damit tut.

Die Vorstellung, dass Tristan sie liebt, kann doch nicht wirklich so furchtbar für sie sein, oder?«

Ich lächelte schwach. »Nein, ganz und gar nicht. Sie war nur wegen Donovans Anruf völlig fertig.«

»Ist sie wirklich zu ihm gefahren und hat ihm all diese Sachen gesagt?«, fragte er gedämpft.

Nates Gesicht trat mir vor die Augen. Der Schmerz, der darin aufgeflackert war, als er verstanden hatte, dass mein Abschied endgültig war. »Ja, ist sie. Und sie ist froh, dass sie es gemacht hat. Sie hat mit ihm abgeschlossen.«

Er atmete stockend aus. »Das ist gut.«

»Soll ich dir was sagen?«

»Mhh.«

»Donovan heiratet bald und wird Vater.«

Spencer fluchte. »Was?«

»Ja. Er wohnt jetzt in dem Haus, das er für sich und Kenzie gekauft hat. Gemeinsam mit seiner Verlobten und ihrem ungeborenen Kind.«

»Dämlicher Idiot. Er hätte sie niemals betrügen dürfen.«

»Hätte er es nicht getan, wären Tristan und Kenzie niemals Freunde geworden.«

»Ich glaube, die beiden wären früher oder später aufeinander gestoßen.«

»Wieso?«

»Weil das Schicksal die Karten richtig verteilt hat und schon dafür gesorgt hätte, dass die beiden zueinanderfinden. Und weil Tristan nicht eher Ruhe gegeben hätte, bis er sie gefunden hat.«

Ich lachte leise.

»Dein Lachen ist mein Lieblingsgeräusch«, sagte er unvermittelt. »Das hat mir gefehlt.«

Mein Herz legte richtig los. Ich hatte das Gefühl, eine ganze

Sambatruppe trommelte in meinem Brustkorb. Ich räusperte mich. »Was ist der nächste Punkt auf deiner Liste?«

»Dawn, es tut mir leid. All das, was ich dir an den Kopf geworfen habe. Dass ich uns aufgegeben habe und dich feige genannt habe. Du bist nicht feige. Du bist das Gegenteil.«

Ich umfasste den Hörer fester. »Meinst du das ernst?«

»Natürlich, Süße.« Jetzt war seine Stimme weich und warm. Wie meine Decke. »Ich war wütend und gefrustet. Ich hatte immer wieder das Gefühl, dass ich dich für eine Sekunde habe und jeden Moment mit dir genießen muss, weil du ohnehin wieder gehst. Dabei war das nie deine Absicht. Dass du dich nach dem, was dir widerfahren ist, überhaupt auf mich einlassen konntest, obwohl du solche Angst davor hattest, ist unglaublich mutig gewesen. Das verstehe ich jetzt und … es tut mir so leid.«

»Mir auch. Alles«, flüsterte ich. Ich lehnte mich zurück in die Kissen und zog die Decke hoch bis zum Kinn.

»Was ist mit Kapitel siebenundzwanzig?«, raunte Spencer nach einer Weile.

Ich seufzte. »Das gibt es noch nicht.«

»Du kannst mich nicht so hängenlassen, Dawn. Ich brauche das nächste Kapitel.«

»Ich kann nicht weiterschreiben, wenn ich nicht weiß, wie es weitergeht. Ich war sogar schon so verzweifelt, dass ich Nolan um Hilfe gebeten habe«, sagte ich.

Spencer lachte, und jetzt verstand ich, was er mit dem Lieblingsgeräusch meinte. Mir ging es nicht anders.

»Und, was sagt der Meister?«, fragte er.

»Nolan sagt, wenn gar nichts mehr geht, soll ich mich vom Gedanken losmachen, den beiden auf Zwang ein glückliches Ende zu geben.«

Plötzlich war es still in der Leitung. Anscheinend hatte er aufgehört zu atmen.

»Spence?«, fragte ich. Ich dachte schon, er hätte aufgelegt.

»Ich will ein siebenundzwanzigstes Kapitel, Dawn.«

»Das will ich auch. Ich weiß nur nicht wie«, sagte ich vorsichtig.

Er schnaubte. »Tristan und Mackenzie gehören zusammen. Du weißt es, ich weiß es, und die Welt ist sich darüber auch schon seit Anbeginn der Zeit im Klaren.«

Die bunte Weltkarte verschwamm vor meinen Augen. Ich blinzelte wie verrückt.

Genau diese Worte hatte er in einem völlig anderen Zusammenhang schon einmal zu mir gesagt. Damals hatte ich noch zu sehr in meiner Vergangenheit festgesteckt. Doch jetzt war mein Herz offen. Für ihn, für neues Vertrauen, für das, was er in mir auslöste.

»Frag mich noch mal«, flüsterte ich.

»Hm?«, machte Spencer.

»Frag mich noch mal«, wiederholte ich.

»Ich kann dir leider nicht folgen, Süße.«

Ich räusperte mich, damit der Kloß in meinem Hals verschwand. »Wir können noch stundenlang über unsere Fehler reden. Oder wir überspringen das und machen stattdessen ab sofort alles richtig.« Ich kaute auf der Unterlippe herum. »Also frag mich bitte noch mal um ein Date, damit ich dir endlich die richtige Antwort geben kann.«

Er atmete hörbar ein. »Geh mit mir aus.«

Ich lachte auf. »Das war keine Frage.«

»Fuck, stimmt.« Wieder holte er tief Luft. »Dawn Lily Edwards, würdest du mir die Ehre erweisen und mit mir ausgehen?«

Ich sammelte mich, um ihm endlich die Antwort zu geben, die er schon viel früher verdient hätte.

»Ja. Ja, ja, ja.«

kapitel 38

»Mach einen Fischmund«, sagte Allie und zückte den Lipgloss.

»Wie macht ein Fisch denn? So?«, fragte ich und öffnete den Mund weit. Dann machte ich Blubbergeräusche.

»So gefällst du mir schon viel besser.« Sie lächelte mich an, fasste mich beim Kinn und neigte meinen Kopf nach hinten.

»Wie denn?«, fragte ich, obwohl ich glaubte, die Antwort bereits zu kennen.

»Glücklich«, lautete ihre simple Antwort.

Ich lächelte. So gefiel ich mir auch viel besser.

»Jetzt sei ein bisschen kooperativer«, forderte sie und wedelte mit dem Lipgloss vor meinem Gesicht herum.

Ich machte einen Kussmund und hielt still, während sie meine Lippen rosa anpinselte.

Heute hatte ich mein erstes Date. Mein erstes, richtiges Date mit Spencer.

Ich starb vor Aufregung.

Ich hatte Spencer zum letzten Mal im Fotografiestudio gesehen. Bis heute hatten wir bloß telefoniert und uns Nachrichten geschrieben.

»Er hat dir immer noch nicht gesagt, wohin ihr fahrt?«

Ich schüttelte den Kopf.

Ich hatte keine Ahnung, wohin Spencer mich ausführen würde, weil er es mir partout nicht sagen wollte. Es sollte eine

Überraschung werden, was meine Aufregung bloß steigerte und auch die Outfitwahl nicht gerade leicht machte. Ich hatte mich für einen Zweiteiler aus einem spitzenbesetzten Oberteil und einem weich fallenden Midirock entschieden und hoffte, damit nicht völlig danebenzuliegen.

»Kaden!«, rief ich unvermittelt und Allie zuckte zusammen.

»Warn mich beim nächsten Mal vor«, murmelte sie und verstaute den Lipgloss in ihrem Kosmetikbeutel.

»Was ist?«, fragte Kaden und steckte den Kopf ins Bad.

»Hast du wirklich keine Idee …«

Er verschwand, ohne mich ausreden zu lassen. Ich stöhnte frustriert.

»Du wirst ihn nicht weich bekommen. Das schaffe nicht mal ich, wenn er sich was in den Kopf gesetzt hat«, meinte Allie. Sie betrachtete mich noch einmal eingehend. »Du siehst wunderhübsch aus.«

Ich stand vom Badewannenrand auf und betrachtete mich im Spiegel. Mein Haar hatte ich zu einem Kranz geflochten, weil ich wusste, dass Spencer es so mochte. Ich hatte die Flechtung auseinandergezogen, damit sie lockerer saß. Allie hatte mich geschminkt und Lidschatten in warmen Brauntönen auf meine Lider gegeben. Meine Wimpern hatte sie ausgiebig getuscht und rosafarbenen Lipgloss aufgetragen.

»Ich sehe aus, als hätte ich heute ein Date«, sagte ich und legte mir die Handrücken auf die Wangen. Mir wurde warm.

»Ihr seid so süß«, meinte Allie, während wir ins Wohnzimmer gingen.

Dort zog ich mir die Schuhe an, eisblaue Absatzsandalen, die einen feinen Riemen hatten, der sich um mein Fußgelenk zog. Ich liebte diese Schuhe und hatte bisher noch nie eine Gelegenheit bekommen, sie anzuziehen. Für mein erstes Date mit Spencer fühlten sie sich genau richtig an.

»Ich möchte mit dir auch auf ein Date, Kaden.« Allie gesellte sich zu ihm in die Küche und schlang die Arme von hinten um ihn.

»Alles, was du willst, Bubbles.« Er legte eine Hand auf ihren Arm. »Wobei ich es schön finde, zu Hause Zeit mit dir zu verbringen. Dates sind oft so gestellt. Man ist so eingezwängt und …« Er bemerkte meine geweiteten Augen und hielt inne. »Aber Dates können auch … ganz, ähm, toll sein.«

Ich blickte ihn skeptisch an. »Danke, Kaden.«

In diesem Moment klingelte es. Ich schreckte hoch, blickte an mir hinab und presste die Lippen noch mal aufeinander, um sicherzugehen, dass mein Lipgloss auch saß.

Gemächlich schlenderte Kaden zur Tür. »Du siehst aus, als hätte dir jemand einen Baumstamm in den Hintern geschoben, Dawn. Guck mal freundlicher.«

Ich wünschte mir sehnlichst einen Gegenstand, den ich gegen seinen Kopf werfen konnte. Leider verschwand er im Flur und öffnete die Wohnungstür. Dann pfiff er anerkennend.

»Du trägst aber dick auf, Alter.«

Spencers Antwort verstand ich nicht.

»Ich fühle mich, als würde meine Tochter zum ersten Mal ausgehen«, sagte Allie. Sie fächelte sich mit den Händen Luft zu, ein sicheres Zeichen dafür, dass sie jeden Moment anfangen würde, zu heulen.

»Oh nein, Dawn. Was hast du getan?«, fragte Kaden alarmiert. Er kam mit Spencer im Schlepptau zurück ins Wohnzimmer.

Allerdings hatte ich keine Aufmerksamkeit mehr für die beiden übrig.

Spencer trug einen Anzug. Er war schwarz, klassisch und hatte ein dezentes Webmuster. Unter dem Jackett trug er ein weißes Hemd, das bis oben hin zugeknüpft war und in mir den

Wunsch weckte, es auf der Stelle aufzureißen. Dass er keine Krawatte trug, hätte mir das wohl auch möglich gemacht.

Sein schwarzes Haar hatte er gestylt. Nicht zu streng, sondern ein bisschen zerzaust. Am liebsten hätte ich ihn angesprungen. Aber diesmal wollten wir es langsam angehen lassen. Und die richtige Reihenfolge war mit Sicherheit nicht Sex vor dem ersten Date.

Schade eigentlich.

Meine Kehle wurde trocken. Noch trockener, als er in langsamen Schritten auf mich zukam. Ein Lächeln zupfte an seinen Mundwinkeln, und wie von selbst erwiderte ich es.

»Hey«, sagte er und beugte sich zu mir. Er drückte einen Kuss auf meine Wange und verharrte kurz oberhalb meines Ohrs. »Du siehst wundervoll aus, Dawn.«

Ein Schauer ging durch meinen Körper, und in meinem Magen flatterte es aufgeregt.

»Danke, gleichfalls.«

Er richtete sich wieder auf und hielt mir den Arm hin. »Bereit zum Aufbruch?«

Ich nickte und drehte mich noch kurz zu Allie und Kaden um.

»Geht, bevor sie anfängt, richtig zu flennen«, sagte Kaden.

Allie boxte ihm in den Bauch, und er gab ein Grunzen von sich. »Ich heule überhaupt nicht«, entgegnete sie und blinzelte dabei verdächtig. »Ich freue mich bloß.«

»Ich mich auch«, sagte ich und hakte mich bei Spencer unter.

Gemeinsam liefen wir zur Wohnungstür. Ich sah noch einmal über die Schulter zurück und strahlte Allie an.

Spencer fuhr mit mir zu meinem Lieblingsitaliener, dem *Cassanos*. Dort gab es die beste Pasta und Pizza in ganz Woodshill. Von außen sah die schmucklose Fassade unscheinbar aus, aber das machte das schöne Innere wieder wett. Mit den Schwarz-Weiß-Fotografien von italienischen Hotspots und den Privatbildern der Inhaber wirkte die Atmosphäre sehr persönlich und liebevoll. An diesem Tag war sogar ein Pianist da, der Livemusik spielte. Die Klänge des Klaviers erfüllten das Restaurant, dazu kam der herrliche Geruch von frisch zubereitetem Essen.

Spencer verflocht seine Finger mit meinen und lotste mich vorbei an den Tischen in Richtung Küche. Beinahe hätte ich innegehalten und ihn gefragt, was er vorhatte, aber ich vertraute ihm. Also ließ ich mich durch die Klapptüren nach hinten ziehen.

In der Küche des *Cassanos* herrschte emsiges Treiben. Wir waren recht früh, es war erst später Nachmittag, und ich war mir sicher, dass hier am Abend Hochbetrieb herrschte. Auf dem riesigen Gasherd befanden sich ein paar Pfannen, in denen Sauce köchelte und gegenüber, zwischen einer Lücke in den riesigen Stahlregalen, konnte ich jemanden sehen, der Pizzateig in der Luft herumschleuderte.

Keiner der Küchengehilfen wunderte sich darüber, dass wir einfach hereinspaziert kamen. Die meisten begrüßten Spencer und mich sogar freundlich. Mit gezielten Schritten führte er mich durch die Küche, zwischen Töpfen und Pfannen hindurch, bis wir hinten angelangt waren.

»Ah, da seid ihr ja endlich.« Der Mann, der bis eben noch die rohe Pizza durch die Luft befördert hatte, kam mit ausgebreiteten Armen auf uns zu. Er hatte Mehl an den Händen, eine weiße, fleckige Schürze um und trug ein Kopftuch, auf dem Sterne abgebildet waren. Sein Gesicht war braun gebrannt und voller kleiner Einkerbungen und Falten, und ein grauer Bartansatz zeigte sich auf seinen Wangen.

»Dawn, das ist Antonio Cassano, ihm gehört der Laden. Er

zeigt uns heute, wie man italienische Pizza macht«, erklärte Spencer.

Antonio gab Spencer die Hand und zog ihn in eine halbe Umarmung, bei der er ihm auf den Rücken klopfte. Danach verneigte er sich leicht vor mir.

»Hallo, Dawn, schön dich kennenzulernen. Nenn mich Tony.« Er hatte einen leichten Akzent, der seiner Stimme eine schöne Melodie gab.

»Ich freue mich auch«, sagte ich, noch immer viel zu perplex.

»Also, Freunde.« Tony klatschte in die Hände und trat dann an die Arbeitsplatte. Dort nahm er sich zwei weiße, frische Schürzen, die er uns reichte. »Ihr seht viel zu schick aus für die schmutzige Arbeit, die vor uns liegt.« Anzüglich hob er die Brauen, und Spencer grinste schief.

Ich begriff sofort, wieso sich die beiden so gut miteinander verstanden.

Spencer kam mir zuvor und nahm Tony die Schürze ab. Er hob die obere Schlaufe über meinen Kopf, darauf bedacht, nicht mit meiner Frisur in Berührung zu kommen. Dann trat er um mich herum und band eine Schleife in meinem Rücken. Seine Finger streiften den nackten Streifen Haut, der zwischen meinem Spitzenoberteil und dem Rock frei lag, und ich hielt die Luft an. Er brauchte erstaunlich lange, um die Schürze zu befestigen. Danach zog er sich sein eigenes Jackett aus, krempelte die Hemdsärmel hoch – jetzt war es nicht nur die Hitze des Ofens, die meine Wangen zum Glühen brachte – und band sich seine Schürze locker um die Hüften.

Tony geleitete uns zum Waschbecken, wo wir Schmuck ablegen und unsere Hände ausgiebig waschen sollten. Anschließend gingen wir zurück zu seinem Arbeitsplatz.

»Also«, fing Tony an. »Ich werde euch heute zeigen, wie man

Pizzateig wirft.« Er schob zwei riesige Bretter mit Teigklumpen über die stählerne Fläche. »Zuerst nehmt ihr eine Handvoll Mehl, damit der Teig nicht an euren Fingern kleben bleibt.«

Wir folgten seiner Anweisung. Tony ging währenddessen um uns herum und drehte das Radio lauter, das an der Seite des Stahlregals hing. Jetzt tönte italienische Musik durch die Küche, und die Gehilfen, die Gemüse schnitten, jubelten.

Ich schielte zu Spencer rüber. Er bestrich die Teigkugel liebevoll mit Mehl und ließ die Finger darüber gleiten. Mir wurde warm.

»Wenn ihr das gemacht habt, dann drückt den Teig mit der Hand flach, bis er etwa einen Zentimeter dick ist«, sagte Tony.

Wieder schielte ich zu Spencer. Jetzt drückte er den Teig behutsam, wobei er ihn nicht flachdrückte, sondern … begrapschte. Als würde es sich bei der Kugel nicht um Teig handeln, sondern Brüste. Ich hob eine Braue und sah hoch in sein Gesicht. Er hatte die Augen geschlossen und trug einen ziemlich genießerischen Ausdruck zur Schau. Ich unterdrückte ein Lachen.

Es klatschte, und Spencer wurde jäh aus der Trance gerissen. Tony hatte ihm mit einem nassen Handtuch auf den Hintern geschlagen.

»Wenn du es nicht ernst nimmst, wartest du draußen, bis Dawn und ich fertig sind«, drohte der Koch.

Spencer presste die Lippen schuldbewusst aufeinander und nickte. Als Tony wegsah, zwinkerte Spencer mir zu. Ich hatte noch nie einen Kerl erlebt, der zwinkern konnte und dabei nicht wie ein Vollidiot aussah, aber Spencer konnte es. Mehr sogar noch – sein Zwinkern war unfassbar attraktiv.

»Sieh mich nicht so an«, murmelte er.

Ich grinste bloß. Vor diesem Date hatte ich Angst gehabt. Ich hatte gefürchtet, alles wäre anders zwischen uns. Dass wir verkrampft wären oder unser Streit noch immer zwischen uns stehen würde. Aber ich hatte mich getäuscht. Alles war wie immer. Wenn nicht sogar noch besser. Dieses Date war großartig.

»Woher kennst du Tony?«, fragte ich, während ich den Teig weiter bearbeitete.

»Er hat mal für meine Eltern gearbeitet. Er war unser Caterer«, antwortete Spence. Ein wehmütiges Lächeln umspielte seine Lippen. »Mit fünf war er mein bester Freund. Er ist hierhergezogen, bevor …« Er räusperte sich. »Vor dem Unfall. Sogar noch bevor ich meine Arschlochphase hatte.«

»Standet ihr euch damals nahe?«

»Dad war nicht begeistert darüber, aber ja. Tony ist ein guter Kerl und hat mir viel beigebracht. Nachdem er weggezogen ist, war ich unheimlich wütend, und die Dinge sind aus dem Ruder gelaufen.«

»Hör auf, dein Date zu versauen, indem du einen solchen Quatsch erzählst«, erklang Tonys Stimme hinter uns. Wieder blickte er mir über die Schulter. »Sehr schön.« Dann sah er zu Spencer. »Ein bisschen dick, aber damit können wir auch arbeiten.« Er griff nach meinem Teig und nahm den Rand jeweils zwischen Daumen und Zeigefinger. »Jetzt dehnt ihr die Scheibe und kneift den Teig etwa in diesem Abstand vom Rand entfernt, einmal um den gesamten Kreis.«

Wir kamen der Aufforderung nach.

»Wie sieht es bei dir aus? Hast du noch viel Kontakt zu den Freunden deiner Kindheit?«, fragte Spencer.

Ich schüttelte sofort den Kopf. »Ich verstehe mich noch ganz gut mit Luke. Er hatte nichts mit Nate und unserem gemeinsamen Freundeskreis zu tun, sondern ist der Sohn eines Kollegen meines Dads. Wir haben früher oft in der Werkstatt zusammengesessen und uns über alles Mögliche unterhalten. Ansonsten habe ich zu allen den Kontakt abgebrochen.«

Er warf mir einen Seitenblick zu.

»Es ist besser so«, versicherte ich ihm lächelnd. »Ich bin hier viel glücklicher, als ich es jemals in Portland war. Weil ich sein kann, wer ich will. Und ich habe auch das Gefühl, dass ich damals nie solche Freunde hatte wie hier. Beispielsweise vertrauen Allie und ich uns alles an, das hatte ich bei meinen früheren Freunden nie. Da war alles eher oberflächlich.«

Er nickte. »Ging mir auch so. Die ganzen Leute von der Privatschule haben sich nie wirklich für mich interessiert. Da bestand immer der Vergleich, wer die reicheren, tolleren Eltern hat. Nach Olivias Unfall habe ich auch mit niemandem mehr Kontakt gehabt. Sie hielten mich für einen Freak, wegen der Therapie, den Medikamenten und weil ich lieber bei Livvy geblieben bin, als auf Partys zu gehen.«

Es war erstaunlich, wie leicht es ihm fiel, mit mir darüber zu sprechen. Da, wo sonst immer Barrieren bestanden hatten, war jetzt nichts mehr. Wir unterhielten uns über unsere Vergangenheit, als wäre sie genau das. Vergangen. Etwas Abgeschlossenes, das uns geprägt hatte, aber keine Macht mehr über uns besaß. Weil wir selbst in der Hand hatten, wohin es ging.

»Können wir jetzt endlich werfen, Tony?«, fragte Spencer wenig später.

Der forsche Koch betrachtete unsere Pizzen, die allmählich Form annahmen, machte ein paar Handgriffe, um den Rand auszubessern, und nickte schließlich.

»Jetzt geht ihr mit der Faust unter den Teig, in etwa so«, sagte er und machte die Bewegung an seiner Pizza vor. »Die andere Hand formt ihr auch zur Faust, genau so, und dann schiebt ihr sie neben die andere. Sehr gut, Dawn.« Er nickte energisch. »Jetzt zieht ihr die Hände ein Stück auseinander.«

»Aber dann wird der Teig noch dünner«, sagte ich.

»Das macht überhaupt nichts«, erwiderte Tony. »Jetzt dreh deine linke Faust zu dir hin und die andere von deinem Körper weg, sodass sich der Teig beim Dehnen dreht. Sehr gut, Spencer!«

Spencer hatte den Dreh bereits raus, während ich bloß ein paar flapsige Bewegungen hinbekam. Als Spencer der Teig runterfiel, gab ich einen triumphierenden Laut von mir.

»Wenn eure Pizzen den richtigen Durchmesser haben, könnt ihr die Fäuste in einem Bogen nach hinten bewegen. Die andere dreht ihr nach vorn. Wenn ihr die Bewegung leicht nach oben verlagert, dreht sich der Teig stärker.«

Ich versuchte es, aber mein Teig fiel runter.

»Das war ein bisschen zu stark, Dawn. Nicht, dass die Pizza gleich in deinem hübschen Gesicht klebt«, meinte Tony.

Spencer lachte. Er versuchte zwar, es zu unterdrücken, aber sein Arm war meinem so nah, dass ich ihn beben spürte. Mit dem Absatz trat ich ihm auf den Fuß. Er atmete zischend ein.

In den nächsten Minuten versuchten wir, das mit dem Drehen richtig hinzubekommen. Es war schwerer, als es aussah. Ich bekam Mehl ins Gesicht und war mir sicher, dass auch die Schürze nicht viel von meinem Outfit schützte. Nach einer Viertelstunde bekam ich das Drehen hin. Der Teig drehte sich auf meinen Fäusten und ich quietschte.

»Sehr schön, Dawn! Jetzt könntest du sie hochwerfen. Aber pass auf, dass du sie vorsichtig mit den Fäusten fängst, damit sie nicht reißt«, sagte Tony.

Ich versuchte es und fing sie tatsächlich wieder auf.

»Das ist so unglaublich sexy«, murmelte Spencer.

Erneut warf ich die Pizza, diesmal ein bisschen höher. Ich fing sie mit den Fäusten und grinste ihn breit an. »Ich bin toll.«

Spencer hatte seine Pizza auf das Brett fallenlassen und starrte mich einfach nur an. Sein Blick glitt zu meinem Mund und zurück zu meinen Augen. *Ich will dich küssen*, stand deutlich in seinem Blick geschrieben.

»Dein Teig dürfte gleich belegt werden«, sagte Tony zu mir, und ich eiste den Blick von Spencer los. Gleich darauf besah sich Tony Spencers Pizzateig und rümpfte die Nase. »Deiner könnte noch ein wenig Arbeit vertragen.«

Nachdem wir sie in den Ofen geschoben hatten, schälten wir uns aus den Schürzen und wuschen uns Hände und Arme. Spencer und ich halfen einander dabei, die Mehlspuren auch aus unseren Gesichtern zu entfernen, wobei ich jede Gelegenheit nutzte, seine Mundwinkel zu berühren und die Linie seines Kinns nachzufahren.

Spencer zog das Jackett wieder an und führte mich anschließend durch das halbe Restaurant, bis wir beim Pianisten ankamen. Auf der breiten Fläche vor dem Piano zog er mich an sich. Ich strauchelte kurz und starrte perplex zu ihm hoch.

»Was machst du?«, fragte ich.

Er umfasste meine Hand, strich mit dem Daumen über meine Haut und umfasste mit dem anderen Arm meine Taille. Probehalber wiegte er uns vor und zurück. »Tanzen«, lautete seine kurze Antwort.

»Stand das im Dating-Handbuch?«, fragte ich amüsiert.

Er schüttelte den Kopf und zog mich eng zu sich, bis mein Ohr seinen Kiefer streifte. »Nein. Aber ich wollte das schon immer mal mit dir machen.«

Dann bewegte er sich. Der Pianist spielte eine Melodie, die mir vage bekannt vorkam, die ich aber nicht einordnen konnte.

Ich legte den Kopf in den Nacken, und Spencers Augen verdunkelten sich, als sich unsere Blicke trafen. »Ich habe mich fürchterlich benommen, Dawn.«

Ich schüttelte den Kopf. »Das hier ist unser erstes Date. Was vorher gewesen ist, ist nicht mehr wichtig.«

Spencer bewegte die Hand auf dem Stück Haut, das von

meinem Zweiteiler freigelassen wurde. Seine Finger fanden ihren Weg darunter und streichelten meinen unteren Rücken. Ich zerfloss, mitten in seinen Armen.

»Ich wollte dir nur noch mal sagen, dass es mir leidtut.«

»Mir auch. Sind wir dann fertig?«, fragte ich.

»Wir sind noch lange nicht fertig miteinander, Dawn Edwards«, antwortete er leise und beugte sich vor, bis unsere Lippen wenige Millimeter voneinander entfernt waren. Unsere Münder streiften sich flüchtig. Ein Versprechen. »Das hier ist gerade erst der Anfang.«

Nachdem Tony uns die Pizzen eingepackt in Kartons gebracht hatte, bezahlte Spencer und wir verließen das Restaurant. Ich hatte angenommen, dass wir dort auch zum Essen bleiben würden, aber der Plan war wohl ein anderer.

In seinem Wagen angekommen, drehte sich Spencer auf dem Fahrersitz zu mir. »Dawn, ich würde dir gerne meine Schwester vorstellen.«

Meine Augen weiteten sich.

»Ich weiß, dass das unsere erste richtige Verabredung ist, und ich will dich auf keinen Fall unter Druck setzen oder so, aber … Olivia ist ein wichtiger Teil meines Lebens, und ich hatte eigentlich schon längst vor, euch miteinander bekannt zu machen. Ich weiß, dass ich …«

Ich sprang ihn an. Wortwörtlich. Innerhalb von zwei Sekunden hatte ich mich auf seinen Schoß geworfen und die Arme um seinen Hals geschlungen.

Er umfing mich mit beiden Armen und hielt mich fest. »Ich weiß nicht, wie ich das deuten soll, aber es gefällt mir.«

Ich vergrub das Gesicht an ihm. Tief inhalierte ich seinen vertrauten, angenehmen Duft. Tränen stiegen mir in die Augen, und dieses Gefühl in meiner Brust schwoll immer weiter an.

»Süße?« Er streichelte meinen Rücken. »Ist alles in Ordnung?«

Sofort lockerte ich meine Umarmung und lehnte mich ein Stück zurück, um ihn anzusehen. »Bist du dir sicher?«

Sein Blick wurde weicher. Er hob eine Hand und strich mir eine Strähne aus der Stirn. Dann nickte er langsam.

»Ich weiß, wie wichtig sie dir ist. Wenn du es dir anders überlegst, dann ist das auch okay.«

»Ich glaube, Livvy würde mich umbringen, wenn ich dich nicht endlich vorbeibringe. Sie wartet schon«, antwortete er belustigt.

»Was?«

Er nickte. »Ich habe ihr dein Geschenk gegeben, nachdem wir miteinander telefoniert haben, sie aber darum gebeten, mit dem Aufmachen zu warten, bis ich dich mitbringe.«

Ich haute ihm gegen die Schulter. »Du kannst ihr doch nicht einfach ein Geschenk vor die Nase stellen und ihr verbieten, es aufzumachen.«

»Der Plan war nicht ganz durchdacht, das stimmt.«

»Dann müssen wir uns beeilen!« Ich machte Anstalten, von seinem Schoß zu kriechen, aber er hielt mich an der Hüfte fest.

»Eine Sache noch«, sagte er.

»Was denn?«

Er schob eine Hand in meinen Nacken und zog mich zu sich. Ich wartete auf die Berührung seiner Lippen, aber er sah mich weiterhin an, als wartete er auf meine Erlaubnis.

Ich schloss den Abstand zwischen uns und legte meinen Mund sanft auf seinen. Vorsichtig ließ ich die Zunge über seine Unterlippe gleiten und knabberte daran. Er gab ein erleichtertes Seufzen von sich, und ich fing es mit meinem Mund auf. Seine Zunge glitt in meinen Mund und fand meine. Gott, wie ich ihn vermisst hatte.

Es fühlte sich an wie ein erster Kuss, ein zweiter Kuss, ein siebenundzwanzigster Kuss. Er war voller Vergebung, Gefühlen und schmeckte nach einem Neuanfang. Nach etwas ganz Großem. Nach *uns*.

Dieses Mal kam mir die riesige Fassade des Anwesens gar nicht mehr so beängstigend vor. Wahrscheinlich lag es daran, dass ich es an diesem Tag zum ersten Mal betrat, ohne dass es sich um einen Notfall handelte.

Als wir vor der Tür standen, drückte Spencer meine Hand. In der anderen Hand hielt er die Pizzakartons, die wir vom *Cassanos* mitgebracht hatten.

Die schwere Tür öffnete sich, und Spencers Mutter lächelte uns freundlich an. »Dawn, wie schön, dich wiederzusehen.« Sie nahm mich in den Arm. Dann wandte sie sich an ihren Sohn. »Hallo, mein Großer.«

Spencer umarmte seine Mutter fest.

»Livvy wartet schon. Sie hat heute von nichts anderem geredet als dir, Dawn.« Sie lächelte mich über die Schulter hinweg an und lief durch das riesige Foyer, zu dem Raum, in dem wir vor wenigen Monaten nachts gesessen hatten.

Jetzt kam ich allmählich ins Schwitzen. Ich blieb stehen und sah Hilfe suchend zu Spencer hoch. »Was, wenn sie mich scheußlich findet?«, flüsterte ich.

Seine Mundwinkel zuckten. »Wird sie nicht.«

»Woher weißt du das? Ich meine … Guck mich doch mal an. Ich bin total uncool aus Sicht einer Fünfzehnjährigen.«

»Bist du nicht.«

»Du bist keine Fünfzehnjährige, also kannst du das überhaupt nicht beurteilen.«

Er hob meine Hand an seine Lippen. »Vertrau mir.«

Ich schluckte schwer und nickte. Dann lief ich weiter bis

zum Salon, nickte Mrs Cosgrove noch einmal zu und betrat den Raum dicht hinter Spencer.

»Endlich!«

Olivia saß auf dem edlen Sessel, aus dem ich beim letzten Mal kaum wieder herausgekommen war. Sie stand auf und kam uns entgegen.

Mit ihrem dunklen Haar, den dichten Augenbrauen und dem breiten Mund, der jetzt zu einem Lächeln verzogen war, war sie Spencer wie aus dem Gesicht geschnitten. Und sie war groß. Diese Teenagerin hatte kaum etwas mit dem Mädchen gemeinsam, das ich zuletzt auf dem Bild auf Spencers Schreibtisch gesehen hatte. Ihre Wimpern waren getuscht, sie trug Lipgloss, und das Haar hatte sie halb hochgesteckt. Ihre Jeans waren eng, und auf ihrem T-Shirt war ein großes, glitzerndes Herz, in dem #LoveIsLove stand.

Ich mochte sie augenblicklich.

»Hi«, sagte sie, als sie bei mir ankam. Sie umarmte mich kurz, ließ mich aber schnell wieder los. »Ich bin Olivia.«

»Freut mich, dich endlich kennenzulernen«, sagte ich, dabei wurde diese Floskel gar nicht dem gerecht, was ich gerade empfand. »Ich bin Dawn.«

»Ich weiß. Er redet …« Sie machte eine Pause, und ihr Lächeln verrutschte ein Stück. Sie holte tief Luft und senkte den Blick. Nach einer Weile hob sie ihn wieder. Ihre Wangen röteten sich, und es dauerte noch eine Zeit, bis sie weitersprach. »Er redet viel. Von dir.«

»Ich erzähle nur Gutes, Süße.« Spencer stellte erst die Pizzakartons auf dem antiken Tisch ab, dann zog er seine Schwester in eine stürmische Umarmung.

Sie wehrte sich sofort und strich sich mit genervtem Ausdruck über die Haare, nachdem er sie wieder freigegeben hatte.

»Siehst du?«, rief Spencer. »Genau das habe ich gemeint,

als wir über ihren Geburtstag gesprochen haben! Kaum ist sie fünfzehn, findet sie mich unerträglich.«

»Ich würde mich auch wehren, wenn du meine Frisur kaputtmachst«, erwiderte ich und besah mir das Ausmaß der Zerstörung. »Zeig mal her.«

Olivia hielt mir den Kopf hin, und ich steckte die Haarnadel, die halb rausgerissen worden war, wieder zurecht. Dabei erhaschte ich einen Blick auf die breite Narbe auf ihrer linken Kopfhälfte. Man konnte sie deutlich sehen, da keine Haare entlang der breiten Linie wuchsen, aber Olivia hatte ihre Frisur so gestylt, dass das kaum auffiel.

»So, jetzt stimmt alles wieder«, sagte ich.

»Danke«, erwiderte sie und lächelte wieder. Nur von Nahem fiel auf, dass ihr rechter Mundwinkel ein bisschen weiter hochging als der linke. Ihre ganze linke Gesichtshälfte blieb starr. »So, und jetzt darf ich … ähm … ich darf jetzt …« Sie holte tief Luft, wieder suchte sie nach den richtigen Worten. Eine kleine Pause von wenigen Sekunden entstand. »Ich darf auspacken.«

»Meinetwegen hättest du das auch früher tun können«, erwiderte ich. »Aber ich glaube, Spence wollte ein bisschen Drama machen.«

»Das macht er gerne.« Sie schnappte sich das Geschenk vom Boden und nickte in Richtung des Sessels.

Ich nahm auf dem zweiten rechts neben ihr Platz.

Olivia hob das Paket hoch und schüttelte es leicht. Dann riss sie die Schleife so ruckartig auf, dass ich lachen musste. Sie sah dabei genauso aus wie ich, wenn ich Geschenke auspackte. Ich brachte nie die Geduld auf, mir Zeit dabei zu lassen, sondern fiel einfach darüber her.

»Oh, cool. Danke«, sagte Olivia und hielt den »Barnes & Noble«-Gutschein in die Höhe, damit Spencer ihn sehen konnte. Er stand noch immer dort, wo ich ihn zurückgelassen hatte und sah seiner Schwester mit verschränkten Armen dabei zu, wie sie auspackte.

Sie war gerade dabei, die Schokolade zu öffnen, und schob sich ein Stück in den Mund. Gleich darauf hielt sie mir die Schachtel hin.

Ich griff zu. »Danke.«

Olivia hob das Scrapbook aus der Box. »Wow«, hauchte sie. Sie öffnete die erste Seite und besah sich die Bilder, die ich reingeklebt hatte. Spencer kam durch den Raum zu uns und stellte sich hinter ihren Sessel, die Ellenbogen auf der Rückenlehne abgestützt.

Olivia blätterte langsam durch das Buch. Bei der Seite mit dem Songtext zu *Through The Dark* von One Direction musste sie lächeln und fuhr mit den Fingern bedächtig über die Worte. Auf den nächsten Seiten waren die Bilder von unserer Clique, die wir in Coos geschossen hatten.

»Das ist der, ähm ...?«, sagte Olivia und legte den Kopf in den Nacken, um Spencer anzusehen.

»Der Brunnen, ja. Ich habe die Fotos noch gar nicht gesehen«, antwortete er und beugte sich noch ein Stück vor.

»Süß«, sagte Olivia und malte mit dem Finger einen Kreis um Spencers und mein Gesicht.

»Natürlich sind wir süß«, erwiderte Spencer.

Meine Mundwinkel zuckten.

»Du kannst dich nicht ...«, fing Olivia an. Ihr Mund blieb einen Moment offen stehen. »Das ist ...«

»Eingebildet?« Spencer grinste über die Rückenlehne auf sie nieder. »Wenn es um Dawn und mich geht, neige ich nie zu Bescheidenheit. Das dürftest du doch inzwischen wissen, Livvy.«

Sie lächelte. Es war herzerwärmend und gleichzeitig faszinierend, wie die beiden miteinander kommunizierten. Ich hatte gelesen, dass man Aphasikern nicht mit Unsicherheit ge-

genübertreten durfte und sie bei Wortfindungen unterstützen sollte, statt ihnen Fragen zu stellen, die sie bloß verwirrten.

»Er redet wirklich oft über dich. Es ist … manchmal nervig«, sagte Olivia an mich gewandt und sah dann wieder auf das Scrapbook. Sie blätterte weiter. »Was ist das für ein … Song?«, fragte sie.

Ich legte den Kopf schräg und betrachtete die Zeilen, auf die sie deutete. Dann schnappte ich nach Luft. »Sag mir nicht, du kennst den nicht.«

Sie schüttelte den Kopf und mehrere Strähnen lösten sich aus ihrer Frisur.

Ich starrte sie ungläubig an. Ich war ernsthaft empört. »Mir wurde gesagt, du kennst alle Teeniefilme dieser Welt. Aber wenn du die *Cinderella Storys* nicht gesehen hast, dann … dann ist das eine echte Bildungslücke! Hätte ich das gewusst, hätte ich dir stattdessen die Gesamtbox geschenkt.«

Spencer überspielte sein Lachen mit einem Hüsteln.

Ich deutete anklagend mit dem Finger auf ihn. »Es ist deine Aufgabe, ihr die Klassiker zu zeigen, Spence!«

»Ich habe nie behauptet, ich wäre gut in diesem Job«, entgegnete er. Sein Grinsen war breit, warm und ehrlich. Es ließ seine Augen leuchten, und ich konnte spüren, wie glücklich er war.

»Du kannst den Job, ähm …« Olivia räusperte sich. »Du kannst den Job haben. Ich feuere Spence.« Sie blickte zwischen uns hin und her. »Außerdem bist du ab sofort wahrscheinlich öfter hier. Oder?«

Ich verlor mich noch immer in Spencers Lächeln. Sein Glück sprang auf mich über, und alles in mir kribbelte wie verrückt. Dann sah ich seine Schwester an – das Mädchen, das alles für den Mann war, den ich liebte.

»Ich könnte mir nichts Besseres vorstellen.«

epilog

Drei Monate später

Von Weitem konnte ich Isaac sehen, der sich durch die Menge kämpfte. Ich streckte mich und hob die Hand, um ihn zu uns zu winken. Er entdeckte mich und grinste.

»Hey, Leute«, begrüßte er Allie, Kaden, Scott und Everly, die mit mir am Tisch saßen.

An diesem Abend hatten wir unseren Lieblingsplatz in der Sitzecke des *Hillhouse* bekommen.

»Hi.« Ich nahm Isaac in den Arm. »Schön, dass du kommen konntest.«

»Bei dieser mysteriösen Einladung konnte ich gar nicht anders«, erwiderte er und setzte sich mir gegenüber hin. »Was feiern wir denn?«

»Das will sie nicht sagen, bevor die anderen da sind«, sagte Allie.

Everly und ich grinsten uns über den Tisch hinweg an. Sie wusste bereits, was der Anlass für unser Treffen war. In den letzten Monaten waren wir einander noch nähergekommen und inzwischen gut befreundet. Dadurch, dass Maureen und Dad unzertrennlich waren, hatten wir in den Sommerferien ziemlich viel Zeit miteinander verbracht.

»Sie grinst und schweigt«, sagte Scott und nippte an seinem Bier. »Seit Stunden.«

Everly warf einen Blick auf die Uhr. »Wir sind erst seit einer halben Stunde hier, Scott.«

Ein Blitzlicht ließ mich zusammenzucken. Ich drehte mich um und sah Sawyer wenige Meter entfernt stehen, ihre riesige Spiegelreflexkamera vorm Gesicht.

»Guck nicht in die Kamera, Dawn«, sagte sie laut, um die wummernde Musik zu übertönen. »Du kennst das Prozedere doch inzwischen.«

Ich verdrehte die Augen. »Ich habe dich als Teil der Party eingeladen und nicht als Fotografin engagiert, Sawyer.«

»Wohin ich gehe, geht auch Frank.« Sie ließ die Kamera nicht sinken.

Nachdem ich in der letzten Woche zum inzwischen achten Mal für Sawyer vor der Kamera hatte posieren müssen, hatte ich dem Ding einfach einen Namen geben müssen.

Meine Mitbewohnerin schlenderte zu uns und blieb neben Isaac stehen. »Rutsch mal, Nerd.«

Isaac hob eine Braue.

Sie klimperte mit den Wimpern und schenkte ihm eines ihrer seltenen Lächeln. »Bitte.«

Isaac knickte mit geröteten Wangen ein und rutschte auf der Sitzbank näher zu Allie.

Sawyer setzte sich neben ihn und legte Frank auf dem Tisch ab. »Also, was ist der Anlass für die Party?«

Sie blickte sich um und vermied dabei, in Allies und Kadens Richtung zu sehen. Diese Sache zwischen ihnen musste sich dringend klären. Sie alle gehörten zu meinem engen Freundeskreis, und ich fand es schade, dass sie noch immer nicht so richtig miteinander redeten, bloß weil Sawyer mal was mit Kaden gehabt hatte.

»Oh, Shit«, sagte Kaden unvermittelt und runzelte die Stirn. »Er hat nicht mehr alle Tassen im Schrank.«

»Süße!«

Ich schrak auf und wandte mich in die Richtung, aus der Spencers Ruf erklungen war.

Mein Freund hatte tatsächlich nicht mehr alle Tassen im Schrank. Und ich liebte ihn dafür.

Man sah ihn überhaupt nicht. Er trug nämlich einen riesigen Strauß Ballons vor sich her, die mit Helium gefüllt waren. Wie viele es waren, konnte ich gar nicht genau sagen. Auf ein paar waren Buchstaben, die wohl zusammen meinen Namen ergeben sollten, auf anderen wiederum stand *Herzlichen Glückwunsch*.

»Fuck, sag nicht, du bist schwanger«, stöhnte Sawyer.

Ruckartig drehte ich mich zu ihr um. »Um Himmels willen, nein.«

»Ich habe euch inzwischen so oft miteinander erwischt, dass es mich nicht wundern würde.«

Ich spürte, wie mir Hitze in die Wangen schoss. »Jetzt weißt du, wie ich mich immer gefühlt habe.«

»Ihr werdet jetzt aber nicht zusammenziehen, oder? Ich hab echt keine Lust, mir das Zimmer mit einer Fremden zu teilen«, murrte sie.

Ich schenkte ihr ein aufmunterndes Lächeln. »Keine Sorge, so schnell wirst du mich nicht los.«

Spencer kam mit Monica und Ethan im Schlepptau bei uns an und musste sich erst einmal von den Ballons losmachen, bevor er sich zu mir beugte und mich küsste. Ich schlang die Arme um seinen Nacken und zog ihn dichter zu mir. Der Gedanke daran, dass er tatsächlich zu mir gehörte, war noch immer überwältigend, und ich nutzte jede Gelegenheit, um ihm zu zeigen, wie verliebt ich in ihn war. Auch wenn dieser Kuss, der immer stürmischer wurde, nicht ganz uneigennützig war. Meine Zunge glitt in seinen Mund, und er machte dieses Geräusch, das tief aus seiner Brust kam und mir jedes Mal einen

Schauer über den Körper jagte. Erst als Scott sich räusperte, machte ich mich von ihm los.

»Sind die für mich?«, fragte ich atemlos.

»Ich dachte, wenn wir schon feiern, dann richtig. Dazu gehören Ballons.« Er zwinkerte und setzte sich neben mich.

Ethan zog Monica am Tischende auf seinen Schoß. »Also, erfahren wir jetzt, was wir feiern? Ich meine, nur so interessehalber. Ihr wisst, dass ich auch ohne Anlass Party machen kann.« Er schlang die Arme um seine Freundin.

»Los, Süße. Sag's ihnen, sag's ihnen, sag's ihnen«, forderte Spencer und legte unter dem Tisch eine Hand auf meinen nackten Oberschenkel.

Ich räusperte mich und blickte in die Runde. Isaac nahm einen Schlüssel und klirrte damit gegen Allies Glas, wie um eine Rede anzukündigen.

»Ich habe keine Rede vorbereitet oder so«, sagte ich mit erhobenen Händen. Ich spürte, wie meine Wangen immer wärmer wurden, was nicht nur daran lag, dass ich ziemlich aufgeregt war. Spencers Finger strichen über die Innenseite meines Schenkels, und ich presste die Knie fest zusammen. »Ihr wisst ja, dass ich im letzten Jahr viele Novellen unter Pseudonym veröffentlicht habe.«

Ein zustimmendes Murmeln ging durch die Runde. Inzwischen kannten sie alle meinen Nebenjob. Sogar Kaden hatte sich eine der Novellen durchgelesen. Seine Wahl war auf *Hot for You* gefallen. Ich war live dabei gewesen und hatte ihn dabei beobachtet. Allie und ich hatten sogar Beweisbilder gemacht, woraufhin er sich in sein Arbeitszimmer verkrochen hatte. Als er wieder rausgekommen war, waren seine Wangen ziemlich gerötet gewesen.

»In den letzten Monaten habe ich an meinem ersten Roman gearbeitet. Sawyer kann euch bestätigen, dass ich wie ein Zombie Tag und Nacht geschrieben habe«, sagte ich mit einem Nicken zu meiner Mitbewohnerin.

»Zombie ist eine ziemlich gute Beschreibung. Sie saß auf ihrem Bett, manchmal auch am Schreibtisch, ungeduscht, mit schwarzen Ringen unter den Augen, und sah dabei aus wie eine Verrückte. Manchmal hat sie geheult beim Schreiben, manchmal sah sie aus, als würde sie jeden Moment kommen.«

Isaac lief puterrot an, nahm das Glas, das eigentlich Allie gehörte und trank einen großen Schluck. Ich glaube nicht, dass er es merkte.

»Danke, Sawyer, für diese wirklichkeitsnahe Beschreibung meines Zustands«, erwiderte ich.

Sie lächelte bittersüß und bedeutete mir mit einer Handbewegung, weiterzusprechen.

»Auf jeden Fall habe ich ziemlich intensiv mit meinen Testlesern«, ich nickte in Spencers Richtung, und er verbeugte sich leicht, »an diesem Roman gearbeitet. Everlys und mein Dozent Nolan hat sich das Projekt auch durchgelesen und Anmerkungen gemacht, inwieweit man die Handlung noch verbessern könnte.«

»Der Thor-Typ?«, fragte Monica und sah zwischen Allie und mir hin und her.

Wir nickten, und sie seufzte entzückt.

»Nolan meinte, er könnte sich gut vorstellen, dass ich mit dem Roman einen Verlag finden würde. Also …« Ich sah Hilfe suchend zu Everly.

Sie beugte sich vor und lehnte sich mit den Armen auf den Tisch. »Meine Mom arbeitet bei einem Sachbuchverlag. Sie hat vorher in einem Belletristikverlag gearbeitet und versteht sich noch sehr gut mit ihren ehemaligen Kolleginnen. Also hat sie Dawn dort einen Kontakt weitergegeben.«

Die anderen sahen wieder zu mir. Ich biss mir auf die Unterlippe. Spencer stieß mit der Schulter gegen meine, eine eindeutige Aufforderung, endlich mit den Neuigkeiten herauszuplatzen.

»Mein Debütroman *About Us* wird im nächsten Jahr bei Triangle Publishing erscheinen. Unter meinem richtigen Namen«, verkündete ich und drückte mir die Handrücken auf meine Wangen.

Eine Sekunde lang war alles still.

Dann brach Chaos aus.

Allie kreischte laut und sprang so schnell auf, dass der Tisch heftig wackelte. Monica und Ethan stellten Fragen, während Kaden Spencer ein Highfive gab und dann ebenfalls aufstand. Plötzlich wurde ich von Ethan hochgehoben und herumgewirbelt. Sawyer blieb sitzen und betrachtete das Geschehen durch Franks Linse.

»Herzlichen Glückwunsch, Babygirl!«, rief Scott.

Ich wurde von einem in den nächsten Arm geworfen.

Monica und Isaac wollten gleich wissen, worum es in dem Roman ging, Scott und Everly sprachen über potenzielles Marketing, das sie unternehmen wollten, und Allie und Kaden sagten mir, wie stolz sie auf mich waren. Meine Freunde bombardierten mich mit Fragen, während Sawyer alles mit der Kamera festhielt.

Plötzlich lag Spencers Hand auf meinem Rücken. Ich spürte sofort, wenn er mich berührte. Ein Kribbeln fuhr durch meine komplette Rückseite, bis in meine Zehenspitzen.

»Entschuldigt uns bitte einen Moment«, sagte er und schob mich in Richtung der Tanzfläche.

»Was machst du?«, fragte ich.

»Ich mag diesen Song, bin egoistisch und will dich dreieinhalb Minuten für mich haben.«

Spencer führte mich an den Rand der Tanzfläche und zog mich dann eng an sich.

Das war eines der Dinge, die ich in den letzten Monaten ununterbrochen getan hatte: Tanzen. Spencer hatte nicht übertrieben, als er gesagt hatte, er würde nur noch mit mir auf die Tanzfläche gehen. Die andere Sache, die wir ununterbrochen getan hatten, war … nun ja. Sagen wir so: Spencer lieferte mir täglich unendlich viel Inspiration für neue D.-Lily-Geschichten.

»Ich bin so verdammt stolz auf dich«, flüsterte er in mein Ohr, während seine Hände über meinen Körper wanderten. Er drehte mich herum und drückte sich von hinten gegen mich.

Ich gab mich seinen Bewegungen hin und lehnte den Kopf gegen seine Schulter. »Und ich auf dich«, erwiderte ich.

Er vergrub das Gesicht an meinem Hals. Das war eines der Dinge, die Spencer noch lernen musste: mit Komplimenten umzugehen. Es gab noch immer Tage, an denen er vom Gewicht seiner Vergangenheit niedergedrückt wurde und sich schuldig für das fühlte, was mit Olivia geschehen war. Aber wir würden das schon hinbekommen.

Einen Tag nach dem nächsten.

danksagung

Trust Again entstand während eines sehr zeitintensiven Semesters, in dem es viele Tage gab, an denen ich mir weder das Datum, geschweige denn den Wochentag merken konnte. Dank gebührt meinem Mann Christian, der mich in allen Bereichen unterstützt hat – vor allem in Sachen Pausenbrot.

Beim Schreiben habe ich viel gezweifelt und gebangt, ob das, was ich tue, überhaupt gut ist – hier hat mir meine Testleserin Yvonne stetig Zuversicht und Mut geschenkt. Danke Yvo, dass du meine Kritikerin und Freundin bist.

Dank geht an Bianca Iosivoni, der ersten Vorsitzenden des Spencer-Cosgrove-Fanclubs, weil sie so für diesen Helden brennt und mich dazu animiert hat, noch mehr aus ihm herauszuholen. Außerdem danke ich Kim Nina Ocker für ihren Witz und Charme, Laura Kneidl für ihre klugen Ratschläge und Carolin Wahl für ihren emotionalen Beistand. Mädels, ich weiß nicht, wie ich Bücher ohne euch geschrieben habe.

Unendlicher Dank gilt meinen Agentinnen Kristina Langenbuch Gerez und Gesa Weiß, die immer ein offenes Ohr für mich haben und einfach großartige Arbeit leisten.

Und dann gibt es so viele Menschen, die unentwegt arbeiten, damit meine Bücher den Weg zu den Lesern finden, deshalb einen riesigen Dank an das gesamte Team bei LYX. Ihr macht fabelhafte Bücher, und das sage ich nicht nur als Autorin, sondern auch als treue Leserin.

Ganz besonderer Dank gilt Spencers und Dawns größtem Fangirl: meiner meisterhaften Lektorin Stephanie Bubley. Danke, dass du an meine Geschichten glaubst. Es ist eine solche Freude, mit dir an ihnen zu arbeiten.

An dieser Stelle eine riesige Umarmung an meine Freunde und Familie. Danke für eure unermüdliche Unterstützung, danke, dass ihr stolz auf mich seid. (Aber hört bitte auf, bei meinem ehemaligen Deutschlehrer mit mir anzugeben, das ist so unendlich peinlich.)

Und zu guter Letzt an all die wunderbaren Leser und Blogger: Ich respektiere und wertschätze eure Arbeit ungemein und freue mich über jedes Bild, jeden Tweet und jede Nachricht, die ich von euch erhalte. Danke, dass ihr der Again-Reihe eine Chance gegeben habt – wir sehen uns in Band 3 wieder!

leseprobe

mona kasten
feel again

Was zum Teufel mache ich hier eigentlich?

Nicht zum ersten Mal an diesem Abend stellte ich mir diese Frage. Dass ich den Eindruck hatte, nicht dazuzugehören, war für mich nichts Neues. Eigentlich war es eher mein Dauerzustand. Aber dieses Gefühl, umgeben von lauter Menschen zu sein und sich trotzdem vollkommen allein vorzukommen – es war in Gegenwart von vier frisch verliebten Pärchen einfach besonders unerträglich.

Genauer gesagt: Ich musste mich beherrschen, nicht quer über den Tisch zu kotzen.

Dass ich mit zwei der anwesenden Typen vor einiger Zeit selbst etwas am Laufen gehabt hatte, machte die Sache nicht gerade besser. Noch während Ethan und ich Spaß miteinander gehabt hatten, war Monica auf seiner Bildfläche erschienen – und er damit von meiner. Und Kaden? Der hatte mich keines zweiten Blickes mehr gewürdigt von dem Moment an, in dem Allie in sein Leben getreten war. Das war mittlerweile ein Jahr her.

Ob ich irgendetwas an mir hatte, dass Kerle in die Flucht schlug und dafür sorgte, dass sie sich bei der nächsten sich bietenden Gelegenheit in eine Beziehung stürzten?

Und wenn schon. Es war ja nicht so, als ob ich an etwas Ernsthaftem interessiert wäre.

Ich wandte den Blick von den turtelnden Pärchen ab und ließ ihn stattdessen über die Tanzfläche schweifen, wo ich den rothaarigen Flummi entdeckte, der der Grund für meine Anwesenheit in diesem Schuppen war. Meine Mitbewohnerin Dawn war so ziemlich meine einzige Freundin. Sie hatte eines ihrer Bücher bei einem Verlag unter Vertrag gebracht, und uns deshalb zum Feiern hierher eingeladen. Auch wenn ich es ihr selten offen zeigte – Dawns Freundschaft war mir wichtig. Nur deshalb war ich hier.

Ein feuchtes Geräusch ertönte zu meiner Rechten und ich bemühte mich darum, mein Gesicht nicht bitter zu verziehen. So gerne ich Dawn auch hatte: Kaden und Allie beim Mandelhockey zuzusehen und -hören, war einfach zu viel des Guten. Ich brauchte dringend noch einen Drink, wenn ich den Abend überstehen wollte.

»Ich gehe zur Bar. Willst du auch noch was?«, fragte ich den Kerl, der neben mir saß. Ich hatte blöderweise seinen Namen vergessen, obwohl Dawn ihn mir bestimmt schon hundertmal vorgestellt hatte. Es war irgendetwas mit I. Ian, Idris, Illias … Namen waren meine Schwachstelle. Stattdessen gab ich den Menschen in meinem Kopf meist Spitznamen. Seiner lautete »Nerd«.

Auf den ersten Blick wirkte er völlig fehl am Platz – vielleicht sogar noch mehr als ich. Er trug ein Jeanshemd mit Fliege. Im Ernst, eine *Fliege*. Sie war weiß mit blauen Punkten, und ich starrte sie einen Moment zu lange an, bevor ich den Rest von ihm in Augenschein nahm. Seine Locken, von denen ich nicht sagen konnte, ob sie hellbraun oder dunkelblond waren, hatte er mit Gel oder Haarspray fixiert, damit sie ihm nicht in die Stirn fielen. Abgerundet wurde der geschniegelte Look mit einem halb runden Brillengestell aus braunem Kunststoff.

Er war viel zu overdressed für das *Hillhouse*, und ich konnte dem Drang, seine geordneten Federn einmal gehörig durcheinanderzubringen, nur gerade so widerstehen.

Er erwiderte meinen kritischen Blick. Auch seine Augen hatte eine undefinierbare Farbe. Irgendwo zwischen braun und grün, von dunklen Wimpern umrahmt.

»Also?«, hakte ich nach.

»Was?« fragte er, und eine leichte Röte trat auf seine Wangen.

Niedlich.

»Ob du einen Drink möchtest«, wiederholte ich langsam.

Er schluckte schwer. Es wirkte beinahe, als hätte er Angst vor mir. Wenn ich ehrlich war, konnte ich das ganz gut verstehen. Alles an mir war ein einziges Warnschild: von dem schwarzen Eyeliner, den ich zu großzügig um meine Augen auftrug, über das Oberteil, dessen Cutouts in Form eines riesigen Totenkopfs einige meiner Tattoos freilegte, zu den Stiefeln, mit denen ich schwere Metalltüren hätte eintreten können … Ich konnte ihm seinen ängstlichen Ausdruck nicht verdenken.

Aber da er und ich die einzigen waren, die mit der Zunge nicht im Mund von jemand anders hingen, blieb uns wohl nichts anderes übrig, als zusammenzuhalten. Wenigstens für diesen einen Abend.

»Danke. Ich habe noch«, sagte der Nerd mit einiger Verspätung und hob ein Glas mit roten Cocktailschirmchen hoch.

»Ich glaube, das ist nicht dein Glas.«

Sein Blick schoss zu dem Glas in seiner Hand, und er zuckte zusammen. Seine Wangen wurden noch dunkler und nahmen ziemlich genau die Farbe des Schirmchens an. »Shit.«

Ich stand auf und nickte zur Bar. »Kommst du mit oder willst du den anderen lieber weiter zuschauen? Ich meine, ich habe kein Problem mit Spannern. Nur mir gibt das irgendwie nicht so den Kick, den ich heute Abend brauche.«

»Wie witzig, Sawyer«, meldete sich Monica zur Wort, erstarrte allerdings sofort, als ich ihr einen Schweig-oder-Stirb-Blick zuwarf.

Wenn ich etwas auf Knopfdruck beherrschte, dann diesen Todesblick, in dessen Geschmack vor allem Leute kamen, von denen ich wusste, dass sie gern und viel hinter meinem Rücken über mich redeten. Oder die mir einen der wenigen Typen ausgespannt hatten, die ich jemals auch nur annähernd interessant gefunden hatte.

Ich brauchte wirklich dringend einen Drink. Oder drei. Zum Glück erhob sich auch der Nerd. Ich griff nach seiner Hand, ohne Monica und die anderen eines weiteren Blickes zu würdigen. Seine Finger waren ganz kalt, aber ich würde nicht riskieren, dass er mir auf dem Weg über die Tanzfläche verlorenging, weil er zu höflich war, seine Ellenbogen einzusetzen.

Bei der Bar angekommen, lehnte ich mich über den Tresen und lächelte Chase zu. Er war Barkeeper im *Hillhouse,* und unsere letzte Begegnung hatte nackt und verschwitzt in seiner Wohnung geendet.

»Lange nicht mehr gesehen, Babe«, sagte er zur Begrüßung und schenkte mir ein träges Halblächeln. »Was darf's sein?«

Er stützte sich mit beiden Händen zu den Seiten meiner Arme ab und beugte sich zu mir nach vorne. Er war genau mein Beuteschema: düstere Aura, Tattoos, wirre Haare und ein kantiges Gesicht, das von Bartstoppeln umrahmt war. Ich erinnerte mich genau daran, wie sie sich an den Innenseiten meiner Schenkel angefühlt hatten. Zu schade, dass er mittlerweile eine Freundin hatte und somit tabu für mich war. Sonst hätte ich gegen eine Wiederholung jener Nacht ganz und gar nichts einzuwenden gehabt.

»Ich hätte gerne einen Bourbon. Und für meinen Freund hier …«, fing ich an und sah den Nerd an.

»Ein Bier«, sagte er schnell, ohne mir oder Chase in die Augen zu sehen. Die roten Flecken hatten sich mittlerweile auf seinem Hals ausgebreitet und verschwanden unter dem engen Kragen seines Hemds.

»Ein Bier«, wiederholte ich.

Für einen kurzen Moment blickte Chase zwischen uns hin und her, eine Augenbraue nach oben gezogen. Es sah so aus, als wollte er etwas sagen, doch dann nickte er nur.

Mit einem »Geht aufs Haus« stellte er unsere Drinks wenig später vor uns auf den Tresen.

»Cool. Danke.«

Ich griff nach meinem Glas und warf dem Nerd einen zerknirschten Blick zu. »Ich bin echt schlecht, was Namen angeht«, fing ich an. »Wie heißt du noch gleich?«

Zum ersten Mal an diesem Abend zeigte sich der Ansatz eines Lächelns auf seinem Gesicht. »Grant. Isaac Grant.«

Der Typ stellte sich mit seinem Nachnamen vor. Wie bei einem verdammten Bewerbungsgespräch. Oder als wäre er James Bond höchstpersönlich. Wer machte so was?

»Dixon. Sawyer Dixon«, ahmte ich ihn nach und hob mein Glas. »Auf einen guten Abend, Grant, Isaac Grant.«

Kopfschüttelnd stieß er mit mir an.

»Also, Grant, Isaac Grant, was verschlägt dich an diesem Abend hierher?« Ich lehnte mich rücklings gegen die Bar, um die Tanzfläche überblicken zu können. Unsere Gruppe war von hier aus kaum zu erkennen, bloß zwischendurch sah ich Dawns Haare in den bunten Lichtern aufleuchten.

»Dasselbe wie dich, schätze ich.«

Ich nippte an meinem Bourbon. »Bist du gut mit Dawn befreundet?«

Er hob eine Schulter, als wüsste er nicht genau, was er darauf antworten sollte.

»Auf jeden Fall bist du kein großer Freund von Small Talk, oder?«, fragte ich.

Wieder der Ansatz eines Lächelns. Schade. Er hätte eigentlich ganz attraktiv sein können – wäre da nicht dieser Stock gewesen, der in seinem Hintern steckte.

»Und du bist sehr direkt«, erwiderte er so leise, dass seine Stimme beinahe von den wummernden Bässen verschluckt wurde.

»Ein Fluch oder Segen. Alles eine Frage der Perspektive, Grant, Isaac Grant.«

Er stöhnte auf. »Wirst du mich jetzt immer so nennen?«

Ich drehte mich zu ihm und lehnte mich seitlich gegen die Bar. »Wenn du dich so vorstellst, dann musst du damit rechnen. Noch besser wäre gewesen, wenn du dazu auch noch deinen Zweitnamen gesagt hättest.«

In seine Augen trat ein amüsiertes Funkeln. Im Halbdunkel des Bartresens war es noch schwerer, ihre genaue Farbe auszumachen. Ich beugte mich ein Stück weiter vor und stellte fest, dass er genauso roch, wie er aussah: geschniegelt, sauber und akkurat. Mit Sicherheit benutzte er irgendein teures After Shave.

Es überraschte mich, dass es mir gefiel.

»Verrätst du ihn mir?«, wisperte ich.

Seine Augen weiteten sich. Es machte Spaß, ihn aus dem Konzept zu bringen, stellte ich fest.

»Du darfst nicht lachen«, sagte er.

Ich hob zwei gekreuzte Finger. »Niemals.«

Isaac holte tief Luft. »Theodore.«

Ich nickte anerkennend. »Isaac Theodore Grant. Gefällt mir. Hat etwas Erhabenes.«

Er hob eine Braue. »Echt jetzt?«

Ich nickte und nahm noch einen Schluck von meinem Whiskey.

»Wenn ich das meinem Grandpa erzähle, freut er sich«, sagte er. »Ich wurde nach ihm benannt.«

»Dann richte Grandpa Theo liebe Grüße aus, wenn du ihn das nächste Mal siehst.«

Er stieß ein atemloses Lachen aus. Es war nett, zu sehen, wie er mal ein bisschen lockerer wurde. Ich hatte Isaac zum ersten Mal getroffen, als meine Mitbewohnerin nach einem Vortrag zusammengebrochen war – weil sie Beruhigungsmittel genommen hatte, die ich ihr vorher zugesteckt hatte. Damals hatte er gewirkt, als würde er sich jeden Moment vor Aufregung übergeben.

»Hast du einen Zweitnamen?«, fragte er nach einer Weile.

Ich zuckte zusammen. Unwillkürlich schoss meine Hand zu dem Medaillon, das sich unter dem Kragen meines Tops verbarg. Ich drückte meine Handinnenfläche fest darauf und brauchte einen Moment, um unser spielerisches Geplänkel wieder aufnehmen zu können.

Schließlich sagte ich, zu spät und mit einem zu breiten Grinsen: »Isaac Theodore! Ich kann nicht glauben, dass du ein Mädchen beim ersten Treffen schon so etwas fragst. Ich darf doch sehr bitten.«

Isaacs Blick wanderte zu der Hand auf meiner Brust. Er runzelte die Stirn.

»Dass ich dich entführt habe, hat übrigens einen Grund«, sagte ich schnell, um das Thema zu wechseln.

»Der da wäre?«, fragte er.

Wer zum Henker brachte es fertig, sich mit einer Flasche Bier in der Hand derart gewählt auszudrücken?

»Wir sind die einzigen auf dieser Party, deren Hirn nicht von

Liebe benebelt ist. Das bedeutet, wir müssen zusammenhalten, Isaac Theodore.«

Er lächelte, und um seine Augen erschienen lauter kleine Lachfalten. »In Ordnung.«

Ich hielt ihm mein Glas noch einmal hin. Als er mit seiner Flasche dagegen stieß, hatte ich die Hoffnung, dass der Abend vielleicht doch gar nicht so übel enden würde, wie erwartet.

Eineinhalb Stunden und drei weitere Drinks später waren Isaac und ich in Sachen Small Talk zwar noch nicht wirklich viel weiter gekommen, eine Gemeinsamkeit hatten wir aber herausgefunden: Wir liebten es, Leute zu beobachten, vor allem, wenn sie seltsame Paarungsrituale auf der Tanzfläche durchführten.

»Ich könnte mich niemals so bewegen«, murmelte Isaac und legte den Kopf schräg. Ich folgte seinem Blick und entdeckte einen Typen, der einen ziemlich krassen Hüftschwung draufhatte.

»Ich könnte es dir beibringen.«

Er sah mich mit hochgezogener Braue an. »Ich dachte, du tanzt nicht gerne.«

»Nicht zu so schrecklicher Musik, nein. Aber ich weiß, wie man sich bewegt. Ich zeige es dir bei Gelegenheit unter vier Augen«, sagte ich lächelnd.

Seine Wangen bekamen wieder diesen Rosaton. Inzwischen hatte ich es fünfmal geschafft, ihn zum Erröten zu bringen. Die Zehn wollte ich im Laufe des Abends unbedingt noch knacken.

»Ich habe das Gefühl, dass alle Leute, die da unten stehen, nicht tanzen, weil sie Spaß dran haben, sondern nur, weil sie …« Er unterbrach sich selbst und presste die Lippen fest aufeinander.

»Weil sie jemanden aufreißen wollen?«, half ich ihm aus. »Das stimmt. Das *Hillhouse* ist nichts anderes als eine Partnervermittlung für notgeile Studenten.«

Er hatte gerade die Flasche angesetzt und verschluckte sich. So heftig, dass es ihm zur Nase wieder rauskam. Ich reichte ihm hastig mehrere Servietten.

Er sah so komisch aus, dass ich laut lachen musste, was die Aufmerksamkeit von ein paar Mädchen erregte, die seitlich an der Bar saßen und Isaac und mich jetzt anstarrten. Als ich demonstrativ zurückstarrte und eine Augenbraue hob, steckten sie die Köpfe zusammen und tuschelten. Wenig später kicherten sie unüberhörbar.

Als ich mich wieder zu Isaac drehte, war sein Blick resigniert.

»Was ist?«, fragte ich.

Er winkte ab. »Nichts.«

»Wegen denen da drüben? Mach dir nichts draus. Ich bin das gewohnt«, sagte ich schnell.

Isaac wirkte überrascht. Er blickte zwischen der Mädchengruppe und mir hin und her. Dann breitete sich Erkenntnis auf seinen Zügen aus. »Sie meinen nicht dich, Sawyer.«

»Wie meinst du das?«, fragte ich verwirrt.

Er trank den Rest seines Biers und stellte die Flasche auf dem Tresen ab. Sein Blick heftete sich fest auf das dunkle Holz. »Ich besuche ein paar Seminare mit ihnen. Sie … sind nicht sehr nett.«

»Was heißt das, nicht nett?«, hakte ich nach. Mir gefiel nicht, wie er auf einmal dreinblickte: Als würde er sich schämen.

»Ich will den Abend nicht mit einer bescheuerten Story ruinieren«, murmelte er.

»Sag mir, was ›nicht nett‹ bedeutet, Isaac Theodore«, forderte ich, diesmal mit mehr Nachdruck.

»Okay, okay.« Er hob kapitulierend die Hände und warf einen letzten flüchtigen Blick zu den Mädchen. »Es ist keine große Sache. Seit das neue Semester vor drei Wochen angefangen hat, haben die es irgendwie … auf mich abgesehen.«

»Inwiefern?«

Er wurde schon wieder rot, aber diesmal konnte ich mich nicht darüber freuen. Ich hatte plötzlich ein ganz ungutes Gefühl.

»Ach, es sind nur Lästereien und … anderer Kram.«

»Anderer Kram«, wiederholte ich langsam.

Isaac rieb sich den Nacken verlegen. »Sie erzählen überall rum, ich wäre Jungfrau.«

»Bist du das denn?«, fragte ich.

Er sah mir fest in die Augen und schüttelte den Kopf.

»Dann sag ihnen das doch.«

»Das habe ich schon versucht, aber sie haben nur gelacht. Inzwischen schließen sie Wetten darauf ab, wer mich … zuerst …« Er räusperte sich.

»Sie schließen Wetten darauf ab, wer es zuerst mit dir treibt?«, fragte ich erhitzt.

Er nickte langsam.

»Woher weißt du das?«

»Sie machen nicht gerade ein Geheimnis daraus.«

Wut flammte in mir auf, und ich brauchte einen Moment, bis ich wieder sprechen konnte. »Das ist das Geschmackloseste, was ich seit Langem gehört habe. Ich meine, selbst wenn du Jungfrau wärst – das geht die doch überhaupt nichts an. Was fällt denen ein, so eine dämliche Scheiße abzuziehen?«

Isaacs Lippen öffneten sich leicht, und er sah mich an, als würde er mich erst jetzt zum ersten Mal richtig wahrnehmen.

»Hast du ihnen gesagt, dass sie damit aufhören sollen?«, fragte ich.

Er schüttelte den Kopf. »Es ist mir egal. Inzwischen habe ich mich dran gewöhnt.«

»Ich finde das nicht in Ordnung«, sagte ich und warf den Mädchen einen bösen Blick zu. Das brachte sie allerdings nur dazu, noch lauter zu kichern.

Ich drückte den Rücken durch und wollte mich gerade auf den Weg zum anderen Ende der Bar machen, da griff Isaac nach meinem Ellenbogen und zog mich zurück zu sich an den Tresen. Er war ein gutes Stück größer als ich, und ich musste meinen Kopf in den Nacken legen, um ihm ins Gesicht sehen zu können.

»Es ist wirklich nicht wichtig. Und es macht mir nichts aus.« Er lächelte besänftigend, und merkwürdigerweise flaute meine Wut augenblicklich etwas ab.

»Es gefällt mir trotzdem nicht.«

Er neigte seinen Kopf zur Seite und betrachtete mich eingehend. »Wieso?«

Ich warf einen Blick über die. Eines von den Mädchen machte gerade eine obszöne Geste mit ihren Händen.

Zur Hölle mit ihnen.

Langsam drehte ich mich zurück zu Isaac und legte meine Hände flach auf seine Brust.

Sein Atem stockte.

»Weil ich dich schwer in Ordnung finde, Grant, Isaac Theodore Grant.«

Im nächsten Moment stellte ich mich auf die Zehenspitzen und küsste ihn.

Als mein Mund seinen berührte, stieß Isaac ein gedämpftes Geräusch aus. Ich fing es mit meinen Lippen auf. Bestimmt drängte ich meinen Körper gegen seinen, bis er rücklings gegen den Bartresen stieß. Ich ließ meine Hand an seinem Nacken hinaufwandern, bis ich sie in seinem Haar vergraben und ihn fester an mich ziehen konnte.

Komm schon, Isaac. Spiel mit.

Ich leckte über seine Unterlippe, und er keuchte überrascht. Seine Hände glitten zu meinen Hüften und endlich, *endlich* erwiderte er den Kuss. Unsere Zungen trafen kurz, beinahe schüchtern aufeinander.

Dann löste ich mich wieder von ihm.

Die Röte, die diesmal auf seine Wangen getreten war, gefiel mir deutlich besser, als die, die dort erschien, wenn er peinlich berührt war.

Durch halb gesenkte Lider blickte er auf mich nieder. Seine Augen waren ganz dunkel. Und plötzlich zog er mich wieder an sich und presste die Lippen fest auf meine.

Whoa.

Isaac schob eine Hand in meinen Nacken, die andere spreizte er auf meinem Rücken. Er vertiefte den Kuss, drang mit seiner Zunge hungrig in meinen Mund. Eine enorme Energie ging von ihm aus und auf mich über, und für einen Moment blieb mir tatsächlich die Luft weg. Meine Knie wurden weich.

Meine verdammten *Knie* wurden weich.

Das war mir noch nie passiert.

Fest krallte ich meine Hände in den Stoff seines Jeanshemds und zog ihn enger an mich. Kein Millimeter war mehr zwischen uns. Ich saugte an seiner Zunge und spürte, wie sein Brustkorb unter meinen Händen vibrierte. Hitze schoss in meinen Magen, und direkt weiter nach unten, als Isaac meine Unterlippe zwischen seine Zähne zog und zubiss.

Heilige *Scheiße*. Wer hätte gedacht, dass dieser Kerl so küssen konnte?

Diesmal war er derjenige, der sich zurückzog. Er lehnte seine Stirn gegen meine und atmete schwer.

Ich war genauso atemlos.

»Wo hast du gelernt, so zu küssen, Isaac Theodore?«, murmelte ich, meine Hände noch immer auf seinem Brustkorb.

Er öffnete gerade den Mund, um mir zu antworten, da …

»Was zur Hölle macht ihr da?«, erklang es hinter mir.

Schuldbewusst drehte ich mich zu Dawn um. Sie hatte beide Hände in die Hüften gestemmt und funkelte uns aus zusammengekniffenen Augen an. Ihr kastanienrotes Haar war zerzaust, und sie blies sich den verschwitzten Pony aus der Stirn.

Ich sagte das erstbeste, das mir in den Sinn kam. »Wir haben Isaac gerade dabei geholfen, seinen Ruf zu verbessern.«

Hinter mir spürte ich, wie Isaac sich versteifte.

Dawn blickte skeptisch zwischen uns hin und her. »Aha. Kommt ihr zurück an unseren Tisch?«

Ich nickte und ließ zu, dass sie sich bei mir unterhakte. Als ich mich nach wenigen Metern zu Isaac umdrehte, starrte er auf den Boden.

Die Mädchen am anderen Ende der Bar hatten aufgehört, zu lachen.

Der Montagmorgen begann damit, dass ich mir vor meinem ersten Kurs einen riesigen Smoothie holte und damit über das Campusgelände spazierte. Woodshill war toll. Obwohl ich mittlerweile ein Junior und der Campus seit zwei Jahren mein Zuhause war, betrachtete ich die schönen Backsteingebäude mit den hohen Torbögen und die Statuen einflussreicher Personen immer wieder so, als wäre es mein erster Tag hier. Es gab immer wieder etwas Neues zu entdecken.

Zum Beispiel war mir noch nie das Muster auf der Backsteinmauer direkt neben dem Astronomiegebäude aufgefallen. Ich stellte meinen Smoothie auf einer Bank ab, holte meine Spiegelreflexkamera aus der Tasche und ging in die Hocke.

Durch die Linse betrachtete ich die Musterung im Gestein. Wahrscheinlich war Regen in das Gemäuer eingedrungen, und die Feuchtigkeit hatte sich so ausgebreitet und es so verfärbt, dass es aussah, als ob ein Gesicht sich in Richtung der Sonne reckte.

Das Licht, das auf die Mauer fiel, war genau richtig. Immer noch durch die Linse blickend, machte ich einen langsamen Schritt zurück und drehte am Rädchen für den ISO-Wert. Manuell stellte ich den Fokus ein.

Ich drückte den Auslöser und bekam Gänsehaut.

Selbst nach Jahren sandte das leise Klicken noch ein aufgeregtes Kribbeln in meine Magengegend. Fotografie war alles für mich. Besonders an Tagen wie heute, wenn es mir gelang, noch vor meinem ersten Kurs ein perfektes Foto zu schießen.

Nach einer Weile packte ich meine Kamera wieder ein, nahm meinen Smoothie und ging zu meinem Kursraum. *Visualisierung der Gesellschaft und ihrer Ideologien* war eines meiner liebsten Seminare. Mittels Fotografie spiegelten wir dort bestimmte Aspekte der Gesellschaft wider oder drückten unsere Meinungen zu verschiedenen Themen aus. In diesem Semester lautete die Aufgabenstellung, einen Beitrag für das kritische Verständnis der sozialen Wirklichkeit zu leisten. Leider gehörte zu dem Abschlussbericht, den wir schreiben mussten, auch eine theoretische Analyse. Da mich Theorie meist hibbelig machte, hätte ich darauf gut verzichten können, aber für diesen Kurs nahm ich sogar das in Kauf.

»Morgen«, sagte ich in den Raum und bekam vereinzeltes Murmeln zurück.

Ich lief zu meinem gewohnten Platz in der ersten Reihe, ließ mich auf den Stuhl fallen und holte meinen Laptop aus der Tasche. Das Ding hatte schweineviel Geld gekostet und war – neben meiner Kamera, die Dawn liebevoll auf den Namen Frank getauft hatte – mein teuerstes Besitztum.

»Wenn wir vollzählig sind, würde ich mit der heutigen Theorieeinheit anfangen«, sagte meine Dozentin, Robyn Howard, und allmählich ebbte das Murmeln im Raum ab. Sie öffnete ihre Präsentation, die sie mit dem Beamer an die Leinwand warf, und begann, mit Begriffen wie Ortsspezifität, Wesentlichkeit und Modifikation um sich zu werfen. Ich mochte Robyn sehr, nicht zuletzt, weil sie jung war, blaue Haare hatte und mich – im Gegensatz zu vielen meiner anderen Dozenten – noch kein einziges Mal schräg von der Seite beäugt hatte. Ihren Vorträgen konnte ich trotzdem nur mit einem Ohr folgen. Ich hasste Theorie.

Stattdessen öffnete ich das Photoshop-Programm und rief mein neuestes Projekt auf – eine Fotoreihe, die den Titel »Der Morgen danach« trug. In den letzten fünf Monaten hatte ich Bilder von One-Night-Stands gemacht. Nicht von den Männern, das war nicht mein Stil. Stattdessen hatte ich die wild auf dem Boden verteilten Kleidungsstücke fotografiert und versucht, sie besonders zu inszenieren. Ich hatte die Lichtstrahlen eingefangen, die am Morgen durch die Vorhänge geschienen waren, hatte Ewigkeiten auf dem Boden gekauert, um im richtigen Moment auf den Auslöser zu drücken und das perfekte Bild zu bekommen.

Ich klickte auf die neueste Datei. Besonders gut gefiel mir, dass der Fokus hier nicht auf den Kleidungsstücken, sondern auf einer Uhr lag. Die ganze Szene war in rotes Licht getaucht. Ich zoomte das Bild etwas näher heran, um das Ziffernblatt erkennen zu können, da atmete hinter mir jemand zischend ein.

Ich drehte mich um. Ein blondes Mädchen – ich glaubte, mich zu erinnern, dass sie Ashley hieß – starrte mich mit geweiteten Augen an.

»Ist was?«, fragte ich.

Sie presste ihre Lippen zu einer schmalen Linie zusammen und senkte den Blick wortlos auf ihren eigenen Laptop.

Stirnrunzelnd drehte ich mich wieder nach vorne.

Den Rest des Seminars verbrachte ich damit, das Bild zu bearbeiten. Als Robyn mit der Theorie durch war, ging sie durch die Reihen und kommentierte die Zwischenstände unserer Werke. Bei mir angekommen, beugte sie sich über meinen Laptop. »Sehr schön, Sawyer«, sagte sie und nickte anerkennend. »Mir gefällt, wie du auf diesem Bild hier mit dem Licht gespielt hast.«

»Nicht nur damit …«, schnaubte Ashley hinter mir. Ich hatte keine Ahnung, was ihr Problem war und widerstand dem Drang, auf ihre Bemerkung einzugehen, während meine Dozentin in unmittelbarer Nähe war.

»Hast du schon eine Idee für dein Abschlussprojekt?«, fragte Robyn weiter.

»Ich weiß noch nicht genau. Ich hätte noch eine Reihe mit Bildern vom Campus, aber die scheint mir irgendwie nicht …«, ich suchte nach dem richtigen Begriff, »… *wichtig* genug.«

Robyn lächelte warm. »Du bist eine Perfektionistin durch und durch.«

»Nur, wenn es um Fotografie geht.«

»Lass dir nicht zu viel Zeit zum Nachdenken. Du hast großes Talent, aber denk daran, dass du auch eine Abschlussarbeit schreiben musst und die Fotoreihe umfassender wird als die bisherigen Arbeiten, die du für mich gemacht hast.«

»Okay. Ich halte die Augen offen.«

Sie nickte kurz, dann wandte sie sich dem nächsten Studenten zu.

Nach der Stunde räumte ich meinen Kram zusammen und schulterte gerade meinen sackförmigen Rucksack, da stieß

Ashley mit ihrer Schulter mit voller Kraft gegen mich und stürmte aus dem Raum.

Was zur Hölle?

Ich folgte ihr schnellen Schrittes. Als würde sie auf mich warten, stand sie neben der Tür des Seminarraums, wo sie von zwei Freundinnen umarmt und getröstet wurde. Als sie mich entdeckten, warfen sie mir einen vernichtenden Blick zu.

»Habe ich dir irgendetwas getan, Ashley?«, fragte ich.

Sie fuhr zu mir herum. Rote Flecken hatten sich auf ihrem Gesicht ausgebreitet, ihre Augen funkelten.

»Ich heiße *Amanda*, Schlampe«, fauchte sie.

Ups. Ich war wirklich nicht gut darin, mir Namen zu merken. »Und ich heiße Sawyer, und nicht Schlampe. Was hast du für ein Problem?«

Sie machte einen drohenden Schritt in meine Richtung. »Hattest du Spaß?«

Ich hatte wirklich keine Ahnung, was dieses Mädchen von mir wollte.

»Ich habe generell viel Spaß in meinem Leben, aber ich glaube, darum geht es gerade gar nicht«, erwiderte ich.

»Für wie blöd hältst du mich? Denkst du, ich hätte Coopers Uhr nicht erkannt?«, keifte sie. Ihre Stimme war so hoch, dass sich meine Nackenhaare aufstellten.

»Ich ... ich weiß nicht, wovon du sprichst«, sagte ich.

»Du hast mit meinem Freund geschlafen!«, schrie sie laut.

Studenten reckten ihre Hälse im Vorbeigehen, um mehr von dem Drama mitzubekommen. Ein paar von ihnen erkannte ich, besonders ein Brillenträger stach mir ins Auge, der gerade aus dem Raum schräg gegenüber gekommen war und nun – wie alle anderen – im Gang innehielt. Es war Isaac. Grant, Isaac Grant. Dawns Freund, den ich am Wochenende geküsst hatte. Dass er mich mit genau demselben Gesichtsausdruck ansah wie alle anderen Umherstehenden auch, versetzte mir einen Stich.

Ich versuchte, die Fassung zu bewahren und mir den Schock nicht anmerken zu lassen. »Ich wusste nicht, dass Cooper eine Freundin hat«, sagte ich ruhig.

Amanda lachte und schluchzte gleichzeitig. Ihre Freundinnen streichelten beruhigend ihre Schultern.

Cooper, der verfluchte Wichser. Er hatte dieses Mädchen mit keinem Wort erwähnt. Nicht auf der Party, nicht, als er mich gefragt hatte, ob ich mit zu ihm wolle, nicht während der drei Male, die wir miteinander geschlafen hatten.

Fuck.

Instinktiv trat ich auf Amanda zu. Gefühlt die halbe Uni hatte sich um uns versammelt und schien jedem unserer Worte gebannt zu folgen.

»Er hat dich mit keiner Silbe erwähnt«, sagte ich so leise, dass uns hoffentlich niemand verstand.

Sie hob den Blick, und der unbeschreibliche Zorn in ihren Augen war die einzige Warnung, die ich bekam. In der nächsten Sekunde holte sie aus und verpasste mir eine schallende Ohrfeige.

Der plötzliche Schmerz ließ mich Sterne sehen.

»Du dreckige Hure!« Ihre Stimme überschlug sich.

Nur verschwommen nahm ich wahr, wie alle um uns herum anfingen, wild durcheinanderzureden. Jemand rief laut »Catfight!«, als Amanda erneut die Hand hob. Trotz des Schmerzes und des Schocks reagierte ich und packte ihr Handgelenk.

»Du schlägst *mich*, weil dein Freund seinen Schwanz nicht in der Hose behalten kann?«, fauchte ich und grub meine Nägel in ihre Haut.

»Du mieses Stück …«

»Wenn ich du wäre, würde ich jetzt den Mund halten«, unterbrach ich sie tödlich leise. Ich verfestigte meinen Griff. Dann kam ich mit dem Gesicht ganz dicht an ihres. »Ich kann nichts dafür, dass dein Freund ein Arschloch ist.«

Ihre Hand erschlaffte, und ihre Augen liefen mit Tränen über. Unvermittelt ließ ich sie los und machte auf dem Absatz kehrt.

Die Geräusche, das Murmeln und die gezischten Beleidigungen – es war zu viel. Meine Wange schmerzte, mein Schädel dröhnte, und ich bekam keine Luft mehr.

So schnell ich konnte, bahnte ich mir einen Weg durch die Leute, den Kopf erhoben, aber trotzdem nicht in der Lage, irgendetwas in meinem Umfeld zu erkennen. Als ich fast draußen angekommen war, fasste mich jemand am Arm. Ich fuhr herum, war schon bereit dazu, mich zur Wehr zu setzen …

»Alles okay?«, fragte Isaac. Er betrachtete mich prüfend durch seine Brillengläser.

»Ich muss hier raus«, krächzte ich.

Er schaltete schnell und hielt mir die Tür auf. Mit wackeligen Beinen trat ich nach draußen. Isaac führte mich ein Stück über den Campus, bis zu einer Parkbank. Ich war froh, mich setzen zu können. Hier nahm kaum jemand von uns Notiz. Ich holte zittrig Luft.

»Zeig mal«, meinte er und beugte sich vor. Ich drehte mein Gesicht so, dass er sich meine Wange ansehen konnte. Sein Blick verdunkelte sich.

Ich ließ mich zurücksinken und schloss die Augen. Meine Hände zitterten weiterhin, aber die tiefen Atemzüge halfen mir dabei, mich wieder zu beruhigen.

»Hier, iss das«, sagte Isaac nach einer Weile.

Ich öffnete die Augen. Er hielt mir einen Schokoriegel vor die Nase. Zögerlich nahm ich ihn entgegen, wickelte das Papier herunter und biss ein kleines Stück ab. Im ersten Moment rebellierte mein Magen, aber die Schokolade tat mir gut. Und obwohl ich eigentlich nicht für Süßkram zu haben war, aß ich sie bis zum letzten Krümel auf.

Nachdem ich fertig gegessen hatte, starrte ich für ein paar Minuten einfach nur geradeaus. Dann drehte ich mich stirnrunzelnd zu Isaac. Obwohl er genau gehört hatte, was Amanda mir vorgeworfen hatte, war er mir gefolgt. Das verwirrte mich.

»Wieso bist du mir hinterhergelaufen?«, fragte ich skeptisch.

Er runzelte die Stirn. »Weil das da drinnen gerade gar nicht ging.«

»Eine Schlampe wie ich hat es wohl nicht anders verdient«, sagte ich ironisch.

»Sawyer!« Isaac sah mich empört an.

»Was denn? Du hast doch gehört, was ich gemacht habe.«

»Mir ist egal, was du gemacht hast – körperliche Gewalt ist nie in Ordnung«, erwiderte er grimmig. Er sah mich weiter an, durch die Gläser dieser blöden Streberbrille, und ich fragte mich unwillkürlich, ob sie Sonnenstrahlen bündelten und auf mich richteten, weil mir plötzlich unangenehm warm wurde.

»Ich wusste es nicht«, sagte ich irgendwann und richtete den Blick auf meine Schuhspitzen. »Ich …«

»Schon gut«, unterbrach Isaac mich. »Ich glaube dir.«

Ich blickte auf und strich mir das Haar hinters Ohr.

Isaac studierte eingehend mein Gesicht, dann fiel sein Blick wieder auf die pochende Stelle auf meiner Wange, wo sicherlich noch immer der Abdruck von Amandas Hand zu sehen war.

»Wir sind nicht das, was sie über uns sagen, Sawyer. Lass dir das bloß nicht einreden.« Er lächelte mich aufmunternd an, und langsam, ganz langsam flaute das schmerzhafte Pochen in meiner Wange ab.